徐棻戏剧代表作

自在飞花 上

徐棻 著

中国戏剧出版社
CHINA THEATRE PRESS

图书在版编目（CIP）数据

自在飞花：上下 / 徐棻著. -- 北京：中国戏剧出版社，2023.10
ISBN 978-7-104-05399-6

Ⅰ. ①自… Ⅱ. ①徐… Ⅲ. ①戏剧－剧本－作品集－中国－当代 Ⅳ. ① I230

中国国家版本馆 CIP 数据核字（2023）第 187191 号

自在飞花：上下

责任编辑：赵宇欣
责任印制：冯志强

出版发行：中国戏剧出版社
出 版 人：樊国宾
社　　址：北京市西城区天宁寺前街 2 号国家音乐产业基地 L 座
邮　　编：100055
网　　址：www.theatrebook.cn
电　　话：010-63385980（总编室）　010-63381560（发行部）
传　　真：010-63381560

读者服务：010-63381560
邮购地址：北京市西城区天宁寺前街 2 号国家音乐产业基地 L 座

印　　刷：北京鑫益晖印刷有限公司
开　　本：787mm×1092mm　1/16
印　　张：42.5
字　　数：606 千字
版　　次：2023 年 10 月　北京第 1 版第 1 次印刷
书　　号：ISBN 978-7-104-05399-6
定　　价：298.00 元（上下册）

版权专有，违者必究；如有质量问题，请与出版社联系调换。

徐葆同志

荣耀秋菊

茂盛青松

一九八七年 曹禺

笔吐乳珠心怀时代

徐荣同志哂存

张为

序一 致敬徐棻先生

陈 彦

（中国作协副主席 茅盾文学奖获得者）

我很早就知道徐棻先生了。第一次知道是有一个叫《燕燕》的戏，被陕西一个花鼓戏地方剧种移植演出，那时传统戏才解放，大家突然有一种清泉流过心田的感觉。后来我又看了《死水微澜》《田姐与庄周》，再就是谢平安先生在排拙作《迟开的玫瑰》时的屡屡念叨，直到2019年的第29届中国戏剧梅花奖终评，又有两个演员分别凭《目连之母》和《马前泼水》最终"夺梅"——我才知道，她的作品已将10人送上了中国戏剧梅花奖的领奖台。徐先生在我们去南宁评奖之前，寄来了《新风徐来》《徐棻新编折子戏精选》两本大著。我便背着一路南下，看过没看过的戏，都再过一遍，读得有滋有味。有一些剧本是不能用来阅读的，但徐棻先生的戏剧，读来让人不禁感慨、感叹、感佩，时或喷饭，时或泪涌，时或为哲思惊异，时或为情感顿挫绞杀，时或为才情瞠目结舌。我不断地在低吟：我是在与最好的戏剧文学交流对话。真是笔力老到，举重若轻，嬉笑怒骂不着一痕。关于徐棻先生的研究肯定有很多成果，可惜我没有时间找来细读，只是作为一个观众、读者和编剧晚辈，讲讲我的一点粗浅体会与感受。

感受一：徐棻先生是当代戏曲的重要创新者，也是最忠诚的守墓人。无论从诸多改编本还是原创本看，几乎无处不见创造，无处不有新意，但又无处不是戏曲，无处不把戏曲的写意性发挥到极致。时空广泛地流动起来，气韵、节奏自由到"随心所欲不逾矩"的地步。读先生的剧本时时让人想到庄子的《逍遥游》《德充符》《秋水》《至乐》等精彩篇章。人间天上、神仙鬼怪、生命符号、大地上的灵怪万物任我化合。表面看似轻松甚或荒诞，却在浓烈的浪漫主义情感洋溢中，充盈着严肃深刻的价值厘定与改判，无不具有强烈的社会现实观照。

戏曲的坚守与革新是一个漫长的探讨话题。无论持什么观点，我相信在徐棻先生的剧作面前，都会沉静下来做一番思考：戏曲的本质审美特征是什么？徐棻先生的戏是不是对这种本质特征的最好坚守？她的每出戏都在自由的时空转换中，把冗长的过程剔除得干干净净，把故事梳理得清清爽爽，让人物丰盈得血脉偾张，让思想弥漫在每一句台词背后，尤其是给导演、作曲、舞美和演员留下了巨大的创造空间，使他们凭着自己的聪明才智，得以成长为戏曲舞台各行当的参天大树。她是在创新，但我认为更是在固守戏曲之道，是拉升式、提纯式的戏曲最坚定的守墓人。相信戏曲史会给她一个很重要的地位，因为她是这个历史中的一个独特的固守与拉升环节。

感受二：徐棻先生在中国哲学的"虚空""反观""玄思"中，以大道至简的笔触，承载了让人遐思无限的精神内涵。有很多地方让人想到孔孟、老庄，包括名家的思辨，佛教的救赎与自我绑缚。舞台表达简约到不能再简约。正是这种表达的至简，留出了大量思想精神空白，让人物内心得以"穿刺"、打开、反观，从而让许多历史暗角、人性沉郁、生命困惑得以洞照，使舞台剧在遵从观众充分满足娱乐功能的同时，进入一种并不刻意强调的高台化育层面。观众笑了、哭了、爱了、恨了，最后被戏的指向牵引着走进了徐氏的价值判断还浑然不觉，这是创作的大能耐。

简约是徐棻先生最鲜明的写作特征。像中国书法、绘画、木刻，当然根本还是持守着戏曲之道：三五步走遍天下，七八人百万雄兵。只是她把这种简约发挥到了极致。阿来先生的《尘埃落定》，是一部气象、内蕴与铺陈都十分博大的长篇小说，徐棻先生的改编，让我们在时间的大幅压缩下读懂读精一部大部头经典成为可能。同样在对莎士比亚戏剧《麦克白》的中国化改编《马克白夫人》上，那句"浓缩的是精华"的广告语，在这里找到了最好的注脚。中国文化最讲究留白，都在空白处做大文章。空不是无，空是有的无限，连佛教讲的空，我理解也是对物化的"色"的普遍存在的一种无奈屏蔽。戏曲在越写越实的当口，出现了徐棻先生这样大量在空白处做文章的方家，对我，我想也包括其他编剧同道，都是有巨大启示与借鉴意义的。她的剧作从客观上，提供了舞台景观与表演内容的高度和谐统一，不至于让我们看到真山真水与虚拟的穿针引线、唱念做打的悖谬与打架。我们都喜欢说简约，但做起文章来，何时舍得简约，何时又有简约的得心应手的灵丹妙方呢？而徐棻先生有，不是一点，是全部，并且已经形成强烈的徐氏剧作风格。

感受三：徐棻先生的作品中具有巨大的人文关怀与生命悲悯，更重要的是具有启蒙意义。都在说人文关怀，深入到骨子里的人文关怀到底是什么？徐棻先生的作品里俯拾即是。她那么尊重生命、尊重弱者甚至失败者、尊重传统封建社会的女性，肯定被世俗社会一点点约定俗成、麻木不仁并且是反复遮蔽了的人性价值。承认生命的正当欲望，给生命的合理诉求赋予积极的价值意义。我们说悲悯情怀，悲悯不仅仅是生离死别的悲痛哀伤以及对具有崇高毁灭感的悲剧的高歌咏叹，悲悯更是对弱小者过错的宽容抚慰，是对芸芸众生心灵幽暗的普遍照亮。由人及万物，都努力投去一抹人性的光芒，让惨死地狱者也感到一丝春光般的暖意，那才是悲悯的至高境界。

仔细想，当下戏剧可能并不缺单纯的编剧技术，而缺的是对历史与现实的提炼概括能力，这种提炼与概括能力直接影响着戏剧的社会生存能耐。徐棻先生的作品，对历史与现实人物的描状极其丰富、深刻、凝练而又鲜

活,他们的对视、回眸、抗争、咏唱、独白,能使观众找到普遍的认同感、代入感、昭示感与启蒙感。一个民族要进步,文化人始终都有启蒙责任。启蒙就是追求社会向好、向善、向美、向上的持续创新力量。要构建起真正的中国精神、中国力量和民族气魄,思想精神的守正创新与不断启蒙,将是文化人久远的任务。一个好的社会、一个进步的社会,一定是尊重人的尊严、尊重人的价值尤其是尊重普通人的生命尊严与价值、让人的创造力充分涌流的社会,从这个意义上讲,启蒙正是文化自信与坚守的重要组成部分。徐棻先生的剧作里处处体现着具有前瞻性的启蒙思考,许多人物都具有这种认识价值,她的戏不仅仅停留在塑造鲜活人物与讲好故事上,更是在人的生成与毁灭中,去探寻更好的生命活法。这与社会追求进步的本质是高度一致的,因此,徐棻是时代的,也是未来的,相信更是历史的。

让我们向徐棻先生致敬!

2019 年 4 月

序二　一代风流　川剧大家

朱丹枫

（四川省委宣传部原副部长　一级艺术研究）

在我国三百多个地方戏曲剧种中，川剧昆、高、胡、弹、灯声腔俱备，生、旦、净、末、丑行当齐全，并以其独特的艺术风格和丰富的表现手法，在戏曲舞台上独树一帜，深受中外戏剧界的注目。川剧呈现出的千姿百态的人物形象、精湛奇巧的表演技艺、绚烂多姿的戏剧场面、浓郁隽永的乡土风情、亦庄亦谐的个性语言，使其成为我国地方戏曲园地中的一朵奇葩，在我国戏曲艺术历史长卷中占有重要的地位。

川剧艺术源远流长，川剧事业生生不息。川剧从形成、演变到发展，迄今已有近300年的历史。其间，它曾有过花团锦簇，也出现过枝叶凋零。新中国成立后，这个古老的剧种才获得了新生和前所未有的发展。尤其是1982年中共四川省委提出"振兴川剧"以来，全省戏剧界团结一致，大胆探索，锐意进取，在"出人、出戏、出效益、赢得观众"方面，取得了足以自豪的成就。今天，川剧已经成为四川建设先进文化的载体、弘扬民族文化的品牌、展示地方文化的名片。

从"抢救、继承、改革、发展"到"保护、继承、改革、创新"，川剧事业的发展艰难曲折而又充满希望。在这条筚路蓝缕、玉汝于成的道路上，行走着一批又一批优秀的川剧艺术工作者，其中，就有这么一位温婉智慧、

享有盛誉的著名剧作家徐棻。她的剧作受到广大观众的热烈欢迎，先后荣获中宣部"五个一工程"奖、文化部（今文旅部）"文华大奖"、"文华新剧目奖"、"曹禺戏剧文学奖"、四川省"五个一工程"奖等多个重大奖项。这些作品，既是作者心血智慧的结晶，也是振兴川剧事业的硕果，对川剧的发展具有重大的现实意义和深远的历史意义。

徐棻是当代川剧艺术的杰出代表之一。今天，我们提及川剧艺术，必然要提及徐棻和她的作品。我认为，在川剧艺术承前启后、发展创新的过程中，徐棻和她的作品是一个重要的标杆或者说一个重要的标志。其重要性体现在以下三个方面。

第一，对传统戏曲的现代化进行了成功实践。源远流长的传统戏曲在长期的发展过程中产生了大批优秀作家和经典作品，深厚的历史积淀无疑是其继续发展的坚实基础。但传统戏曲如果囿于传统、止步不前，就会与时代脱节，与观众疏远。川剧要与时俱进、不断发展，就必须随时补充新鲜血液，不断吸收外来艺术营养，自觉体现现代艺术精神。徐棻的作品从表现形式上看是地道的川剧，具有鲜明的川剧自身面貌，但其包容性的思想观念、开放性的戏剧结构、多元化的叙述方式，均较传统戏剧有了巨大的差别，其核心是体现戏剧的当代性和人的当代性，从而使川剧艺术较之其他戏曲剧种更快、更鲜明地体现出"现代化"的特征。《田姐与庄周》《死水微澜》等脍炙人口的作品，表现了崭新的时代内容，尤其是对女性意识的自觉张扬、对人性的深层挖掘，开拓了传统戏曲的新天地，赋予传统戏曲新的时代精神与社会价值。可以说，在中国戏剧发展史上，徐棻的作品是地方戏曲剧种中最具备现代感和自觉性的。

第二，对外来戏剧的民族化进行了有益探索。如果说以《雷雨》为代表的经典作品标志着话剧这一外来艺术形式完成民族化从而开创了中国现代戏剧的新纪元，那么以《欲海狂潮》《马克白夫人》为代表的川剧新创剧目则标志着传统戏曲对西方现代话剧等外来艺术形式的成功转化，从而为外来戏剧民族化开拓了新的空间，昭示了新的可能。对戏曲而言，没有民族文化精神和传统艺术传承的"现代性"，便不具备戏曲的当代意义，民族艺术的"传统性"必须和西方现代派戏剧的"现代性"构成内在的有机联系；对川剧而言，没有民族文化审美心理和对当代中国人文形象的塑造，也便不具备川剧独特的审美价值，"本土化"和"现代性"也要形成内在的统一关联。离开了"传统性"和"本土性"，"现代性"就只能是无源之水、无本之木。不少改编外国剧目最大的困境，便是缺乏对这种中国式"现代性"的理论升华和系谱构建。徐棻的作品十分注重切入中国当下广阔的文化现实和深广的历史文脉，在秉持民族戏剧"内核"的基础上对西方现代戏剧进行中国化、民族化的改造，自觉地将象征主义、表现主义等现代派手法与中国传统戏曲的程式性、虚拟性、写意性、抒情性等美学特征有机融合，从而到达完全的中国化、戏曲化、川剧化。这样的"改编"实质上就是一种卓越的艺术创造，是民族传统文化"自知"与"自觉"之上的一种超越，是徐棻对川剧乃至中国戏剧的杰出贡献。

第三，对演出形态的创新化进行了积极尝试。当代戏曲在演出形态上不断发展，将传统戏曲的演员中心变为包括演员、舞美在内的立体、综合的演出形态，使剧本创作与舞台演出全面融合，这是对传统戏曲演出形态的新的探索。徐棻的作品也是如此。她每推出一个作品，都会给人一种惊喜甚至惊奇。她的作品突破了传统戏曲忽略舞台、布景、灯光等技术因素的陈规，创造性地将升降舞台引入川剧表演，大量借助布景、灯光来转换场景、描写环境、烘托氛围，将上述技术性因素创造性地融入戏曲表演，使之成为表现心理活动、推动情节发展的不可或缺的重要因素，使舞台从单一、外在的表演空间变成一体化、审美化的戏曲元素，从而拓展了戏曲的表现空间，丰富了戏曲的表现手段。需要指出的是，剧中舞台、灯光、布景等现代技术是服从、服务于人物塑造和情节推进的，并未突兀和游离于演出之外，舞台的中心和观众的注意始终聚焦在演员身上，从而加强了

全剧的感染力、吸引力。正是在演出形态上成功处理了继承与创新的关系,才使她的作品得到老戏迷和新观众的共同喜爱。这说明,传统戏曲要为当今观众所接受,就需要在继承传统的同时巧妙创新,才能符合不断改变的社会心理和审美需求。

这种继承与开放、传统与创新的有机结合,是20世纪中国戏剧发展最为重要的特点之一,也是20世纪中国戏剧从古典走向现代的艰难历程所留给我们最宝贵的经验与启示。如果说1942年毛泽东为延安平剧研究院写下"推陈出新"的题词和1951年政务院颁布《关于戏曲改革工作的指示》从根本上决定了20世纪后半叶即新中国成立以来中国戏剧的道路与方向,那么以徐棻剧作为代表的传统戏曲新创剧目则在创作、演出的专业层面再次实践了这一方向并证明了它的正确性,从而在川剧乃至中国戏剧史上留下浓墨重彩的一笔。

民族灵魂,文以化之;国家精神,文以铸之。当前,文化的竞争日趋激烈,文化的战略意义日益凸显。在构建和谐社会、建设和谐文化的历史机遇期,面对文化大繁荣大发展和西部文化强省建设的崇高使命,我们无疑需要有更多、更强势的艺术品牌,通过品牌的凝聚力与辐射力、影响力与感召力,来引领创作道路,催生优秀作品,从而担当起讴歌时代、鼓舞人民、满足群众精神文化需求的社会责任。四川文艺要在全国占有一席之地,就必须拥有自己的优势特色。四川要从文化资源大省向文化强省跨越,就必须打造自己的著名品牌。在汲取外来文明的同时,作为捍卫中华优秀传统文化、构建民族精神家园的重要方面,本土艺术品牌具有不可替代的作用。无论古今,无论中外,任何民族精神的延续,任何时代风尚的升华,都体现出各自民族、各个时代的艺术品牌所能起到的文化担当作用。中外戏剧史上被视为不同国家和民族艺术品牌的剧作家、戏剧流派,都在不同的时代背景下实现了自己的文化担当。川剧源于生活,来自民间。它的生命在于源远流长的巴蜀文化,它的活力在于四川人的思维、语言、智慧,它的本质在于用艺术手段真实反映生活的悲欢离合、大众的喜怒哀乐。它不仅具有独特的审美价值，也承载了巨大的社会责任，在中国特色社会主义建设、和谐社会建设，特别是公共文化体系建设方面，更应当突出其品牌作用，强化其时代文化的担当的精神品质、道德勇气和艺术良心。一种融入民族精神、独具地域神韵的文化品牌确立于世界，则将是创造并保有这一品牌的艺术和剧种体貌更加坚实、魂魄更加健硕的关键。因而，具有鲜明而独特的巴蜀风格、巴蜀特色、巴蜀气派的川剧艺术正是四川文艺的最大优势和四川文化的最好品牌之一。我们需要给予川剧艺术足够的关注、更多的投入，推出更多观众喜爱、影响广泛的精品剧目，使川剧不仅在四川，而且在全国、在世界都具有更大的影响力，从而让川剧继续成为四川对外交流的名片，把四川形象宣传出去，把四川文化推介出去。这就是徐棻剧作在当代文化建设中所具有的重要意义。

在她的谦谦风范面前，我们常有"高山仰止、景行行止"之感。因为，我们喜爱她的作品，也敬爱她的为人。

我们敬祝徐棻艺术青春永驻。

2009 年 10 月

目 录

序一　致敬徐棻先生 …………… 陈　彦　001
序二　一代风流　川剧大家 …………… 朱丹枫　005

·上·

死水微澜 ……………………………… 001
欲海狂潮 ……………………………… 049
王熙凤 ………………………………… 087
田姐与庄周 …………………………… 127
马前泼水 ……………………………… 163
红梅记 ………………………………… 207
卓文君 ………………………………… 243
秀才外传 ……………………………… 273

· 下 ·

尘埃落定	319
目连之母	369
红楼惊梦	407
燕 燕	447
花自飘零水自流	491
马克白夫人	531
辛亥潮	547
死去活来	595
后 记	646

死水微澜

（根据李劼人同名小说改编）

人　物

主　　角：邓幺姑、罗德生、顾天成、蔡兴顺、邓大娘

配　　角：顾幺爸（兼袍哥甲、土老财甲）

　　　　　陆钟和（兼袍哥乙、土老财乙）

　　　　　官兵队长（兼袍哥丙、土老财丙）

　　　　　土老财丁（兼袍哥丁）

男角若干（兼演）：轿夫们、吹鼓手们、袍哥们、官兵们、执十字旗者

女角若干（兼演）：农妇们、喜娘们、妓女们

题　语

这是一幅川西平原的风情画，
也是一幅黑暗岁月的写意图。
这里有一个女人对封建婚姻的大胆反抗，
也有一个民族对外来侵略的本能拼搏。
短短一则故事反映了国家的内忧外患，
小小一段悲欢沉浮着几个人物怪物。

【幕在唢呐声中徐徐拉开。

帮　　腔　　　　川西平原一方土……

【邓幺姑背身站立。

帮　　腔　　　　土生土长邓幺姑……

【邓幺姑转身亮相，百无聊赖地漫步。

帮　　腔　　　　朝夕漫游田间路……

【邓幺姑伫立远眺。

帮　　腔　　　　满怀春情望成都……

【幕后女声哀呼："苦哇，苦哇……"

【一群衣衫破旧的农妇步履蹒跚上。她们都背着背篼。

【农妇们都是黑发的青年妇女。她们以简单而沉重的舞蹈走各种队形。

【邓幺姑于农妇之间载歌载舞。

邓幺姑　　（唱）农妇苦，农妇苦。

农妇们　　（接唱）苦呀，苦呀……

邓幺姑　　（唱）三岁割草，五岁喂猪，

农妇们　　（半讲半唱）算不得苦。

邓幺姑　　（唱）七岁砍柴，九岁晒谷，

农妇们　　（半唱半讲）算不得苦。

邓幺姑　　（唱）十二栽秧到十五，

农妇们　　（半唱半讲）算不得苦。

邓幺姑　　（唱）十六七嫁个憨丈夫，

农妇们　　（接唱）那才苦。

邓幺姑　　（唱）十八九背起娃儿做活路，

农妇们　　（将围裙搭在背篼上，看似背着婴儿。接唱）真是苦，真是苦。

邓幺姑　　（唱）二十几崽崽生了一堂屋，

农妇们　　（接唱）说不出的苦，说不出的苦。

邓幺姑　　（接唱）黄花女眨眼成老妇，

农妇们	（青青黑发一霎变成苍苍白发，并手拄拐杖脚步踉跄。唱）苦呀，苦！
邓幺姑	（唱）一辈子这样过死不瞑目。
农妇们	（接唱）要瞑目。 　　　自从开天辟地有盘古， 　　农家女世世代代哪个不？
邓幺姑	（唱）我就不！
农妇们	（唱）除非你不做农家妇。
邓幺姑	（唱）就不做！就不做！
农妇们	（轻蔑地，唱）只怕你命薄，没得那个福。没得那个福……

【她们向邓幺姑做脸做色地下。

邓幺姑	（向远去的农妇们）我绝不像你们，绝不像你们！
帮　腔	只盼有人把媒做， 　　花轿抬我上成都。

【邓幺姑远望。邓大娘端竹椅上。

邓大娘	（一边吆鸡一边叫）啊……幺姑……啊……幺姑。
邓幺姑	（应声）哎——（圆场见邓大娘）妈，叫啥子？
邓大娘	（重重放下竹椅）叫啥子？我问你，你又在路上望啥子？
邓幺姑	我望……小麦灌了浆没有。
邓大娘	望啥小麦灌浆啊！妈晓得，你在望媒人。
邓幺姑	（难为情地撒娇）你乱说！你乱说……
邓大娘	（叹息着坐下）今天呢，倒是真的来了一个媒人，还是从成都来的。
邓幺姑	（大喜）真的？（又掩饰）我不信！
邓大娘	不骗你，真是成都来的。那会儿，你正在后院坝喂鸡。人家从窗户上，悄悄地把你看了个一清二楚。论模样儿，没的说。可是……
邓幺姑	（紧张地）妈……

死水微澜

自在飞花

邓大娘	可是，那当家奶奶嫌我们是庄稼人，门不当户不对，不肯要你。
邓幺姑	啊……
邓大娘	幺姑，我的幺姑啊……
帮　腔	我的闺女一枝花， 　　远远近近谁不夸。
邓大娘	（唱）做媒的，牵起线线儿来作伐， 　　算一算，也有二三十家。 　　不是你，嫌弃人家茅草棚棚儿矮， 　　就是人家嫌我们，竹篱笆笆儿差。 　　二十二岁你还未嫁， 　　急得为娘拜菩萨……
邓幺姑	（放声大哭）妈……
邓大娘	莫哭，莫哭。乖女，听妈的劝，答应前几天来说的那门亲事吧。
邓幺姑	（哽哽咽咽）哪门……亲事嘛……
邓大娘	就是天回镇那家姓蔡的。人家好歹是个杂货铺的掌柜，又无父母兄弟姊妹，你过门便是掌柜娘子。再说，天回镇离成都只有二十里。你嫁到天回镇，要算半个成都人了。也免得呀——
帮　腔	花谢色衰不值价， 　　受人轻贱泪巴巴。
邓大娘	幺姑啊，答应了吧。高不成，低不就，取个中间也好嘛。
邓幺姑	（无可奈何）噢——（点头）
邓大娘	（叫）乡亲们，我家幺姑娘要嫁给天回镇兴顺号杂货铺的蔡掌柜了。 【幕后喊："邓幺姑嫁人了，邓幺姑嫁人了。" 【吹鼓手和喜娘们上，当场为邓幺姑换上嫁衣，搭上盖头，

舞蹈。

合　　唱　　　　半是喜来半是恨，

邓幺姑只做了半个成都人。

半喜半恨，半个成都人。

哎呀呀，嫁到天回镇，

哎呀呀，半个，半个成都人。

【切光。同时，追光送罗德生执酒壶、蔡兴顺执酒碗上。二人相扶相依、踉踉跄跄（形成醉舞）。

【蔡兴顺头上歪戴着有两朵金花的瓜皮帽，领口敞开，肩上搭着扎成花朵的红长绸，长绸拖了一半在地上。

罗德生　　（唱）我帮你，接，接，接婆娘。

蔡兴顺　　（念）接，接婆娘。

罗德生　　（唱）了却为兄事一桩。

蔡兴顺　　（念）事，事一桩。

罗德生　　（唱）姑父母九泉当欢畅，

蔡兴顺　　（念）欢，欢那个畅。

罗德生　　（唱）兴顺号有了掌柜娘，

　　　　　　　　财源茂盛达三江。

蔡兴顺　　（念）三江、四江、六七八九江，江、江——那个江。

罗德生　　喝！（自饮）

蔡兴顺　　大、表哥。你也接、接一个。我们，一家一个、婆娘。

罗德生　　我不、不接。

蔡兴顺　　不接，我们就、就打伙一个，婆娘。

罗德生　　女人，我、不爱。

蔡兴顺　　爱、爱。

罗德生　　没有哪个女人，把我拴、拴得住。

蔡兴顺　　拴、拴住。

罗德生　　没有哪个女人，把我迷、迷得倒！

自在飞花

蔡兴顺　　迷、迷倒！
罗德生　　袍哥人家，爱、（拍酒壶）爱酒。
蔡兴顺　　酒、酒。
【罗德生把酒壶伸向蔡兴顺，绕一圈后却将酒倒进自己的口中。
【蔡兴顺捧碗接酒，追着酒壶不觉跪在罗德生面前。
【罗德生喝酒，蔡兴顺仰面接那流下的。两人晃晃悠悠。
【罗德生晃悠中抓住蔡兴顺肩上的红绸，踉跄着走向一边，昏然倒下。
【蔡兴顺接着罗德生丢下的酒壶，一边喝一边走到另一边，踉跄倒下。
【两人鼾声此落彼起。灯光渐暗。罗德生与蔡兴顺在暗中暂隐。
【鸡鸣。一束光罩住邓幺姑。她轻揭盖头，窥视。

帮　　腔　　　　夜沉沉，宾客散尽……
【邓幺姑慢慢站起，张望。

帮　　腔　　　　静悄悄，四下无人。
【邓幺姑轻步行走，追光跟着她。有人在暗处摆上掌柜椅。

邓幺姑　　（唱）羞怯怯，悄悄去到店堂里，（圆场）
　　　　　　　　喜滋滋，把蔡家铺子看分明。
　　　　　　　　只见那——
　　　　　　　　金字招牌黄灿灿，
　　　　　　　　雪花粉墙白生生。
　　　　　　　　双间铺面多宽敞，
　　　　　　　　三张方桌品字形。
　　　　　　　　几排木架靠墙站，
　　　　　　　　各色杂货满柜陈。
　　　　　　　　柜台内外分宾主，

	主人的座椅油漆新。（绕椅而舞）
	油漆新，亮铮铮，
	雕花刻朵带描金。
	这么长的脚脚这么高的背，
	这么宽的扶手这么大的身。
	稳当当，重沉沉，
	不动不摇如生根，如生根。（上椅高坐）
	生了根的宝座归了我，
	我高坐宝椅收金银。
	掌柜娘子胜农妇，
	邓幺姑我不开心来也开心。
帮　腔	新郎一夜无踪影，
	你的男人是怎样的人？

【邓幺姑不安了。她慢慢滑下椅子，轻轻地绕场寻找。光区灯暗。

【追光照邓幺姑圆场。掌柜椅在黑暗中被人搬下。罗德生与蔡兴顺在黑暗中躺回原位。

【邓幺姑看见红绸末端。她轻轻拾起红绸，顺绸来到罗德生面前。

邓幺姑　　是他！

【满台灯亮。邓幺姑拿开罗德生胸前的红绸花，细细端详。

邓幺姑　　（轻轻自语）他就是兴顺号的掌柜，我的丈夫……（喜）啊！你看他，五官端正，身强体壮。醉酒酣睡之中，眉宇间也有一股英气。万不料我邓幺姑竟嫁给这样一个男子。虽然未进成都，我也心满意足了。（"咚"一声跪下）菩萨啊，多谢菩萨！多谢菩萨！（虔诚叩头）哦，天色麻麻亮了，少时定有街坊邻里前来。我要把掌柜的叫起，也免得人家笑话。（摇罗德生）掌柜的，天亮了。掌柜的……噢，叫不醒。我去做碗醒

酒汤来喂他。（拿起红绸下）

【罗德生呻吟，起身，揉眼，伸懒腰。

帮　　腔　　　　耳边仿佛有人唤，

　　　　　　　　声轻情重扣心弦。

【邓幺姑端碗上，直奔罗德生。

邓幺姑　（含羞而热情地）醒酒汤，你喝嘛……（低头递上）

【罗德生一怔，慢慢转身。

邓幺姑　掌柜的，你……喝……

罗德生　（尚未完全清醒）你……是……

邓幺姑　（大胆地抬起头来盯着罗德生）我是……（一笑）你的婆娘……

罗德生　（惊醒）啊，不！（忙后退）不不不。你是，是……（踢着蔡兴顺，指着蔡兴顺叫）你是他的婆娘！

邓幺姑　（惊）他？……那你，你是谁？

罗德生　我，我是他的，大老表……（望着邓幺姑）

邓幺姑　（怔住）大老表……

罗德生　（将蔡兴顺提起，吼叫）傻子，你的婆娘给你送醒酒汤来了，傻子……

邓幺姑　傻子……（看着傻子，汤碗掉地，大叫一声"妈呀"，捂着脸跑下）

罗德生　（想叫邓幺姑）喂……（又叫蔡兴顺）傻子，快去看看你的婆娘！（在蔡兴顺脸上拍打着）快去看看你婆娘！

蔡兴顺　（迷迷怔怔）婆娘！嘻嘻。（向罗德生推动的方向跟跄而去，嘟哝着）婆娘……婆娘……（下）

【灯光转暗。掌柜椅被安置在一角。

【一束强光罩住罗德生，他若有所失。看见邓幺姑掉下的碗，不觉拾起来，捧到胸口上……

帮　　腔　　　　傻子的婚事我操办，

　　　　　　　　红颜薄命实可怜。

【罗德生下。全台灯亮。

【土老财甲、乙、丙、丁上。两人手拿空瓶、长烟杆，两人手提钱袋、短烟杆，舞蹈性地走来。

土老财甲　　（唱）蔡傻子，有傻福。
土老财乙　　（唱）把一个美人抬进屋。
土老财丙　　（唱）癞蛤蟆吃着天鹅肉。
土老财丁　　（唱）气得我捶胸又顿足。
齐　　唱　　　　　为把那婆娘勾搭上手，
　　　　　　　　我一趟一趟去铺子——
土老财甲　　（念）打酒。
土老财乙　　（念）打醋。
土老财丙　　（念）称盐巴。
土老财丁　　（唱）买蜡烛。

【四土老财圆场。

【邓幺姑拿着围裙上。

帮　　腔　　　　都说幺姑命太苦，
　　　　　　　　嫁了个傻头傻脑的傻丈夫。
邓幺姑　　　（唱）满腹悲怨向谁诉？
　　　　　　　　只恨红绳错系足。
　　　　　　　　打起精神把生意做，
　　　　　　　　半夜枕上——
帮　　腔　　　　慢慢哭。
四土老财　　（齐呼）蔡大嫂！（奔到邓幺姑面前）我打二两白干……我打一两陈醋……五个铜钱的盐……一支蜡烛……
邓幺姑　　　一个一个地来，一个一个地来。
四土老财　　（讨好地笑着）要得，要得……（互相推）你去，你去……（又争先）我买……

自在飞花

【在土老财的争抢中，罗德生上。

罗德生　　（先冷眼旁观，忽猛然大叫）傻子！

【众人吃了一惊，回头盯住罗德生。

罗德生　　（语气放平和）傻子，柜上那么忙，还不过去帮一下。

蔡兴顺　　（放下算盘）哦。（把四土老财的瓶子和铜钱接过来与邓幺姑虚下）

罗德生　　（向四土老财）你们，怎么都变得这么勤快了？每天自己跑到乡场上来打酱油买醋？

四土老财　（赔笑趋近）罗五爷……（参差不齐地）我家的长工病了……我家的丫头子跟别人跑了……我的婆娘把脚崴了……

罗德生　　（微怒）莫给老子打假岔！我的兄弟伙早跟我说了，你们一个二个都是耗子腰杆上别洋枪——

四土老财　怎讲？

罗德生　　起了打猫心肠！（暗指邓幺姑）

四土老财　（连声）不敢，不敢……

土老财甲　罗五爷，您老人家是本码头仁字号舵把子的大管事。纵横百里，您一句话算数。我们，咋敢对傻子的婆娘起打猫心肠啊。

土老财乙　是呀。哪个不晓得罗五爷你和蔡傻子是至亲骨肉？傻子的家就是你的家，傻子的婆娘就是你的婆娘……

土老财甲、丙、丁（附和）哦……

罗德生　　（点头）嗯。（忽惊觉）啥话？！

土老财乙　（连忙）哎哟！说包了说包了！（打自己的脸颊）打嘴打嘴！傻子的婆娘是你的表弟媳妇……

罗德生　　明白就好。都把花花肠子给我收起来！

四土老财　喳。收起来，收起来。

土老财丙　罗五爷，其实，我们不想做啥，也不敢做啥。我们跑到这儿来，不过是想看她一眼。未必然，连看她一眼也不许哟？

土老财丁　（附和）再说，我们看她一眼，还要花钱买东西。傻子的生意，不是更加红火了嘛！

土老财甲、乙、丙（附和）哦……

罗德生　　看一眼哪？（一顿）不行！

四土老财　（失望）啊？！

罗德生　　看半眼嘛……无妨！

四土老财　半——眼？五爷，那个半眼，咋个看？

罗德生　　不会看哪？不会看就不要看！

四土老财　好好好，半眼就半眼。半眼，半眼……

罗德生　　只要你们落教，五爷请你们喝酒。（叫）傻子，来两斤绵竹大曲，两盘花生豆腐干。

【蔡兴顺应声，与邓幺姑来回端酒端菜。

罗德生　　（招呼四土老财）喝嘛。

四土老财　多谢罗五爷。（喝酒）

【罗德生高坐抽烟。蔡兴顺与邓幺姑下。
【顾天成风风火火跑来。

顾天成　　（叫着）哪个跟我进城去，看教堂里的死娃娃？哪个跟我去……（拉土老财甲）走。进城去看死娃娃！

土老财甲　死娃娃有啥好看？（低声）傻子的婆娘才好看。

顾天成　　傻子的傻婆娘有啥好看？

土老财甲　哪个说她是傻婆娘？

顾天成　　不是傻婆娘怎么会嫁给蔡傻子？跟你说，教堂里的东西才好看啰！

（唱）洋人拿些玻璃罐罐儿，
　　　把两三月的胎儿泡在里边儿。
　　　还泡些腰子、肚子和脑花儿，
　　　泡出陈色就晒成肉干儿。
　　　再擂成面面儿、捏成片片儿、搓成圆圆儿，
　　　说它是洋药赛过灵丹儿。

　　　　　　　教民们吃了要成神仙儿，
　　　　　　　寻常人吃了要发疯癫儿。
　　　　　　　洋鬼子做事没得心肝儿，
　　　　　　　阎王爷怎不拉他上刀山儿？！
　　　　　依我说，就该放一把火，把教堂给他烧了。（土老财们害怕）走呀，一路去看！（见土老财们后退）你们不去，我去了。（转身见罗德生）啊，罗五爷，你去不去？

罗德生　　要去，各自去。
顾天成　　那我就走了。（脱帽弯腰，下）

【顾天成说话时，邓幺姑端菜碟上，在一旁静听。

邓幺姑　　这个人神戳戳的。他是哪个？
土老财甲　土老财顾天成。
邓幺姑　　（边放菜碟边说）他说的洋人洋教，我在乡下也听人说过。说洋教好凶好凶，连官府都害怕。又说，不管是开铺子的，还是收租子的，只要奉了洋教成了教民，官府也要怕他们。我就不明白，中国人有这么多，为啥就奈何不得几个洋人？为啥官府不但害怕洋人，还要害怕教民？大老表，你说呢？（望着罗德生）

罗德生　　（没有料到）这……（望着邓幺姑）
帮　腔　　　　这婆娘与众不同！
邓幺姑　　（转向四土老财）你们说呢？
土老财甲　蔡大嫂有所不知。洋教者，邪教也。邪者，妖魔鬼怪也。洋人会使魔法，故而官府也不能不怕……
土老财乙　（不甘示弱）最厉害的，是洋教要来毁我们的教。我们的读书人有儒教，和尚尼姑有佛教，阴阳八卦有道教，除病驱灾有巫教……
邓幺姑　　（不屑地）说这些做啥？人家洋教供的菩萨是上帝，名叫……耶稣。

土老财丙　　蔡大嫂比你们有见识。上帝者，天也。所以，耶稣就是天子。天子者，皇帝也。所以，耶稣也是一个皇帝！

土老财丁　　莫听他打胡乱说！那耶稣不是皇帝，不兴磕头。再说，洋人的腿杆是直的。叫他磕头，他的腿杆也弯不下去！

邓幺姑　　（轻蔑地）我才不信！洋人也是人，免不得白天要走路、夜晚要睡觉。要是腿杆不能弯，未必然他们站起睡，直起走？（走两步直膝行路状）

【四土老财大笑。罗德生亦笑。

邓幺姑　　（高声）大老表！

【众人笑声戛然而止，齐盯着邓幺姑。

【罗德生一愣，忘了吸烟，盯着邓幺姑。

邓幺姑　　（大大方方）大老表，洋人洋教的事，你一定清楚。你说，我们的官府为啥害怕洋人？而且，还要害怕奉了洋教的老百姓？

罗德生　　这……（望着邓幺姑）

帮　腔　　　　这婆娘，这婆娘，
　　　　　　　与众不同的这婆娘！

邓幺姑　　大老表，你说嘛。

罗德生　　好……（慢慢从高处下来）这件事，说简单也简单，说深沉也深沉。

四土老财　（附和）你说，你说。

罗德生　　从根本上说，是我们中国又穷又弱，洋鬼子又富又强。洋人用洋枪洋炮打进来横行霸道，我们的官府害怕洋枪洋炮，所以就害怕洋人。一些中国人奉了洋教成了教民，洋人就认为他们是自己人，就保护他们。不安分的教民就拿洋人来吓唬官府。官府因为他们有了洋靠山，所以就害怕这些教民。

【四土老财边听边点头应声"哦……哦……"

【邓幺姑眼也不眨地盯住罗德生。罗德生讲话时不看邓幺姑，

但讲完时却不由得把目光落到邓幺姑的脸上。二人相视不觉一阵战栗。

【两束强光罩住罗德生、邓幺姑二人。土老财和掌柜椅隐去。

帮　腔　　　相对忽觉心儿慌！
邓幺姑　　（唱）大老表见多识广，
　　　　　　　你比他们百倍强。
　　　　　　　一团乱麻巧梳整，
　　　　　　　话虽短来理却长。
　　　　　　　我从此再不乱猜想，
　　　　　　　再不会脑如面浆眼如盲。
　　　　　　　心敬仰……
　　　　　　　待我把好菜炒几样，
　　　　　　　敬你一杯表衷肠。（含笑慢慢退开）
罗德生　　（向转身欲去的邓幺姑大叫）不！

【邓幺姑止步回头。

罗德生　　不！不不不。我要走……（转身）
邓幺姑　　大老表！
　　　　　（唱）问一声你到哪里去？
罗德生　　（唱）跑江湖，走四方。

【罗德生圆场。邓幺姑隐去。

罗德生　　（唱）翻龙泉，过简阳，
　　　　　　　资阳、资中到内江。
　　　　　　　哥老会中多杂事，
　　　　　　　一年四季都在忙。
　　　　　　　忙里偷闲逛柳巷——

【光区扩大。妓女们亮相，分组走队，搔首弄姿。

妓女们　　（向罗德生）我是真心对你……我只爱你一个……你是最好的男人……我要嫁给你……

罗德生	（唱）姐儿妹子味道长。
	有的娇滴滴，
	有的泪汪汪。
	有的耍刁蛮，
	有的灌迷汤。
	有的装乖卖妖娆，
	有的纠缠说从良。
	我无真情和真意，
	今夜相好明朝忘。

【妓女们散去，光区暗。只有追光罩住罗德生。

罗德生	（接唱）袍哥惯在江湖闯，
	英雄豪气荡八荒。
	从不把女人放心上，
	也难得思亲念故乡。
	却为何，却为何，如今常想天回镇，
	似觉挂肚又牵肠。
	身不由己踏归路，（圆场）
帮　腔	鬼使神差意惶惶。

【全台灯亮。掌柜椅高踞一角。

【袍哥甲、乙、丙、丁迎出。

四袍哥	（欢呼）罗哥回来了。（拉罗德生入店，替他更衣）
蔡兴顺	（闻声跑来，傻笑）嘿嘿嘿……大老表，嘿嘿嘿……
罗德生	傻子，你还好吗？
蔡兴顺	好，好。嘿嘿嘿嘿。
袍哥甲	如今的傻子每天笑得合不上嘴啰。
袍哥乙	你那表弟媳妇替他生了个儿子，叫金娃子。
罗德生	啊……傻子你当爹了！
蔡兴顺	当爹。当爹。嘿嘿嘿嘿。（跑下）

【众人拉罗德生落座。

罗德生　　我走了这一年多,天回镇咋样?成都咋样?

袍哥丙　　咋样也不咋样。天回镇和成都还是死水一潭,啥子都和从前一个样。

袍哥丁　　罗哥,近日有一大笔钱可以弄到手。只是你哥子不在,我们几个兄弟伙不敢动手。

罗德生　　(笑)莫非你娃想打家劫舍?

袍哥丁　　那倒不是。是为顾天成那个土老财,从成都背回来的一千两银子……(与罗德生耳语)

袍哥甲、乙、丙　　罗哥,干不干……

罗德生　　不干!袍哥人家,要正大光明!不做这些个亏心事。

袍哥甲　　我才不觉得亏心哩。顾天成又不是善良百姓。一只蠢猪,就该烫他的毛子!

袍哥乙　　对。就该烫他的毛子!他那一千两银子是拿去捐官的。哪晓得帮忙的人走了,官没有捐成,才把银子又背了回来。这样的钱,我们做啥不要?

袍哥丙　　罗哥,只要你哥子睁只眼、闭只眼,兄弟们就……

罗德生　　说不干,就不干!(向一边走去)

四袍哥　　罗哥!(追去)

【传来婴儿啼哭声。罗德生止步回头。四袍哥围住他游说。

袍哥丁　　罗哥你看!(指后台)顾天成仗着有几个臭钱,每天来勾引你表弟媳妇。再不给他点颜色看看,傻子就要戴绿帽子了!

罗德生　　(望着后台)哦?老子们打过招呼,他竟有这么大的胆子?

袍哥丙　　常言道,色胆包天!

袍哥乙　　顾天成赌咒发誓,说了,不把你哥子的表弟媳妇弄到手,他就不姓顾。

顾天成　　(在内)蔡大嫂,蔡大嫂。

袍哥甲　　(拉罗德生后退,低声)他们来了。罗哥你悄悄看嘛。

【罗德生与四袍哥退到一角。罗德生低坐,四袍哥蹲下。
【邓幺姑抱着布卷子(婴儿)摇晃着上。顾天成跟在后面。

顾天成	(讨好地)金娃子怕有十几斤了。你抱起好累呀,让我替你抱一下。
邓幺姑	(闪开)笑话。抱个娃儿有啥累?我这双手,打铁都打得。(向掌柜椅走去)
顾天成	(赔笑紧跟)你是掌柜娘子,抱个娃儿坐在掌柜椅上,也不方便嚏。
邓幺姑	(把背小孩的包裙扔给顾天成)帮我铺开。
顾天成	(接住,夸张地屈膝高声答应)喳。(帮邓幺姑把布卷子绑到背上)

【罗德生不觉站起来看,四袍哥拉他坐下。
【邓幺姑去坐掌柜椅,顾天成赶紧扶她。邓幺姑厌恶地打掉他的手。
【罗德生再次站起,又被四袍哥按住。
【顾天成抚摸着接触过邓幺姑的手,喜不自禁,从怀中摸出一根银簪。

顾天成	蔡大嫂,你看这是啥子?(高举银簪)
邓幺姑	(斜睨一眼)一根银簪嘛。
顾天成	(轻声)给你买的。
邓幺姑	(冷笑)打发丫头子的东西,我才不稀罕呢。
顾天成	(忙掏出另一件东西)你再看这个。
邓幺姑	那是啥?
顾天成	(抖开,是一顶缀有许多银铃饰的婴儿帽子)给金娃子买的帽儿。(将帽子玩得银铃乱响,身段恰似小丑)
邓幺姑	无亲无故,我才不要你买的东西。
顾天成	我收金娃子做干儿子嘛。(把银簪与帽子放在一起)这就是我们认干亲的礼信。往后呀,我就是金娃子的干爹!

自在飞花

罗德生	（站起，高声叫）金娃子的干爹——是我！
邓幺姑	（欢呼）大老表！
罗德生	（回身向四袍哥）你们要烫他的毛子，就烫他的毛子。（向邓幺姑走去）

【邓幺姑从掌柜椅上下来。

【四袍哥把不知所措的顾天成拉下。

邓幺姑	（奔到罗德生面前，盯着他）大老表……
罗德生	（尴尬）哦，让我看看金娃子。（从邓幺姑手中接下布卷子）
邓幺姑	这娃儿长得倒是胖嘟嘟的，就是五官不端正，像他那个傻子爹。（蔡兴顺上）傻子，你怎么还在打算盘？大老表回来了也不叫我一声。（从罗德生手中抱回布卷子交给蔡兴顺）去，把柜台看好，不要来烦我。（推蔡兴顺下场，转向罗德生）大老表，走嘛。你还是住你从前住的那个房间。
罗德生	等一下。（拿出一个精巧的圆盒给她）
邓幺姑	（打开圆盒）啊，一对金镯子！（故意问）给哪个买的？
罗德生	哪个戴起好看，就是给哪个买的。
邓幺姑	（把金镯子戴上）好看吗？好看吗？
罗德生	（忘情地握住邓幺姑的手）好看。好看。
邓幺姑	大老表，为啥送我这么重的礼？
罗德生	（松手）我……我是金娃子的干爹呀。
邓幺姑	（一笑）我给你打洗脸水。
罗德生	不忙。（取出一块衣料）你看。
邓幺姑	衣料！

【邓幺姑打开衣料左看右看，然后把衣料裹在身上转向罗德生。

| 邓幺姑 | 好看吗？ |
| 罗德生 | （痴痴望着邓幺姑，突然跪下紧紧抱住她，把脸贴在她的身上） |

【邓幺姑喜出望外。

幕后合唱	得到了，得到了，得到了——
男领唱	浑身涌热浪，
女领唱	满脸堆红云。
男领唱	无酒已沉醉，
女领唱	不言也销魂。

【二人起舞。

男领唱	给你半世积攒的爱，
女领唱	给你平生所有的情。
男领唱	给你半世积攒的爱，
女领唱	给你平生所有的情。
合　唱	干柴烈火冲天起，
	恨不得融为一个人。

【台上出现"耳帐"之类的东西，将罗德生、邓幺姑二人遮住。

【传来婴啼声。蔡兴顺背着布卷子，抖动身体哄着孩子上。

【婴啼声止。蔡兴顺推门入（效果声），走近"耳帐"。

邓幺姑	（在帐内）傻子，这里没有你的事儿。你出去。

【蔡兴顺转身，发蒙。

邓幺姑	出去把门关严哈。
蔡兴顺	（答应）哦。（走几步出门，转身把门带上——效果声）

【蔡兴顺转身，发呆。切光。

【黑暗中传来掷骰子的"哗啦"声与众人的吆喝声。

【两束灯光照四袍哥与顾天成在一起赌博。（骰子可以拟人化）

袍哥甲	你输了。
顾天成	小输无妨，再来。
袍哥甲	掷几点？
顾天成	比小。

袍哥甲	刚才下家输了,这回该我当庄。下注。(叫)牌打精神骰掷劲,饭吃热烙汤喝鲜。开庄啰。(袍哥们暗地换了骰子,掷骰)
四袍哥	你又输了。
顾天成	怎么回回都是我输?让我来摇。
袍哥乙	说好的,赢家摇。
顾天成	那,我就不要了。
袍哥丙	好好好,你摇,你摇。掷几点?
顾天成	比大。来不来?
袍哥乙	来!哪个怕你?(暗地再换骰子)
顾天成	我不信,这回还是我输!
袍哥甲	(叫)眼睛明亮亮,盯在大碗上!
顾天成	看我的!(摇碗,揭碗)
四袍哥	两点。还是你输。拿钱来!
顾天成	才几回啊?我一千两银子就输光了!
四袍哥	输了就是输了。未必你想赖账?
顾天成	哪个想赖账?(抖索着摸出银票)一千两银子啊……(伸出手又缩回)
四袍哥	(伸手)拿来哟!
	【顾天成不舍。袍哥们去抓。拉扯中,袍哥藏在怀里的骰子落在地上,但银票抢到手中,四人高兴。
顾天成	(拾起骰子,明白了,一跳八丈,大吼)你们!你们用灌了铅的骰子,烫老子的毛子呀!
	【四袍哥吃惊回望,有点心虚胆怯。
	【罗德生与邓幺姑上。
罗德生	吵啥子?吵啥子?
顾天成	(举起骰子向罗德生)罗五爷!你的兄弟伙用灌了铅的骰子,烫老子的毛子,诈骗老子一千两银子!

罗德生	（一把抓住顾天成举骰子的手）住口！你到哪里弄来灌了铅的骰子，栽诬我的兄弟伙！（顺手拿下顾天成手上的骰子）
顾天成	（气极）你你你，原来你罗五爷跟他们是一伙的！老子跟你拼了！（一头向罗德生撞去）
邓幺姑	（忙抢到罗德生面前，拦住顾天成）顾三爷，算了，算了。
顾天成	（一把抓住邓幺姑的手，一边从手背摸到胳膊，一边哭声喊叫）蔡大嫂，你要替我主持公道呀……
罗德生	（见状大怒，掰开顾天成的手，将他推倒在地）你敢调戏良家妇女！
顾天成	还我银子，还我银子！（一边叫着，一边爬起来扑过去）
罗德生	（抓住顾天成）给我打！（把他推开，与邓幺姑下）

【四袍哥背向观众站成一排，对顾天成左右开弓做打耳光状。顾天成叫着"哎哟哎哟"面孔两边摆动做挨耳光状。

【然后袍哥们又围着顾天成，做拳打脚踢状，顾天成做挨打滚跌状。

【顾天成"当场变衣"，将华丽的外衣变成被撕扯坏的破衣。

【最后，顾天成被四袍哥抬起来丢到地上。

【四袍哥下。灯暗。追光照着顾天成。

顾天成	（哼哼唧唧爬起来，反顾自己）啊，把老子烫成卷毛猪啦！（咬牙）姓罗的，不怕你是仁字号的大管事，在码头上吃得开，我顾天成死活跟你拼了！（跺脚）哎哟……（一瘸一拐地圆场）

【陆钟和上。他臂弯上搭件衣服，胸前挂个硕大的十字架。

陆钟和	（见顾天成）哟，这不是顾三爷嘛！
顾天成	陆老二哪……
陆钟和	你怎么弄成这副样子？
顾天成	我倒了血霉了……（手语，吹打）
陆钟和	原来这样。罗五爷这个人平素间堂堂正正的，怎么会指使兄

	弟伙烫你的毛子，还把你打成这个样子！
顾天成	陆老二，你说，我咋个才能报仇雪恨？你要是帮了这个忙，我就送你五十两银子。
陆钟和	五十两银子呀？好。好。（思索片刻）有了。想报仇你就入洋教，当教民。
顾天成	（恐惧）入洋教？当教民？
陆钟和	对。当了教民，背靠洋人，牯逼官府，整你的仇人。
顾天成	好。入洋教就入洋教。立马带我去教堂。

【传来教堂钟声。陆钟和给顾天成穿上衣服。

【全台弱光中，身着黑袍的执旗者上。他高举一面比"帅旗"还大的黑旗。黑旗四周镶着白色狼牙边，中间有个大大的白色十字架。旗后跟着身裹黑袍的教民们，他们胸前都有一个硕大的白色十字架。众人跟着十字旗圆场后，十字旗停于台中。教民们在旗后列成一排。陆钟和隐去。

【顾天成跪在十字旗前。十字旗从他身上三拂而过，顾天成起身面向观众。这时，他胸前已挂上那种硕大的白色十字架。

【钟声中，执十字旗者率教民们下。钟声止。

【顾天成亲吻十字架，跑到台口跪下，双手合十放于胸前，闭目做祈祷状。

| 顾天成 | （画十字，大叫）阿弥陀……阿门！（起）如今我是教民了！老子有了洋靠山，定教官府捉拿罗德生，与我报仇雪恨。（矮身法，欢舞十字架） |

【顾幺爸领二男仆从顾天成背后冲上。

顾幺爸	（大叫）三娃子，你给老子站倒！
顾天成	（止步回身）哦，是幺爸呢。
顾幺爸	（劈头一巴掌）哪个是你幺爸？
二男仆	（吼）跪倒！
顾天成	（跪）幺爸。侄儿只是有点爱赌，有点爱嫖，并没有什么大错。

顾幺爸	还说没有大错？你入了洋教！
顾天成	入洋教有啥不好？连官府都怕洋教。
顾幺爸	背时娃娃，世道变了！

    （念）前些年洋教吃得开，

      入教的百姓都很歪。

      现而今，义和拳在北京受拥戴，

      打教堂、杀洋人——都说是"应该，应该"。

      教民要把脑壳宰，

      同宗同族都受灾。

      族长们决心除祸害，

      要把你——

| 帮 腔 | 逐出祠堂撵上街！ |

【二男仆冲过去，剥下顾天成的衣服，让他只剩贴身衣裤。

顾天成	咋个的？说逐出祠堂就逐出祠堂了啊？
顾幺爸	从此不许你再姓顾。
顾天成	那我姓啥呢？
顾幺爸	百家姓随便你姓一个。
顾天成	那我的田地房产呢？
顾幺爸	田地房产没收，充公交与祠堂。
顾天成	这这这！这不是存心让我当叫花子？
顾幺爸	能当上叫花子还是你的造化。只怕你——要被捉去砍脑壳！
顾天成	（大惊）真的呀？
顾幺爸	识相的，赶快找个地方躲起来。（率二男仆下）
顾天成	（魂不附体）躲起来，躲起来……（东跑也不是，西跑也不是）

【幕后人呼："杀。"顾天成藏在一角偷看。

【罗德生率众袍哥执大刀奔上。一段"奔袭"之舞。

| 合 唱 | 咬钢牙，举大刀， |
| | 腹中肝胆烈火烧。 |

     打教堂，灭洋教，

     敢和洋枪比低高。

     不许洋人行霸道，

     袍哥们义气薄云霄。

     偏不信，世道就是这世道，

     袍哥们要教死水起波涛。

  【罗德生率袍哥们下。

顾天成　　（从躲藏处出来，目送）姓罗的领着袍哥打教堂，幸好他们没有看见我。我要赶快躲起来。（下）

  【全台灯亮。邓大娘上。

邓大娘　　（叹息）唉！

帮　腔　　嫁出的女儿泼出的水，

邓大娘　　（唱）邓幺姑如今住天回。

     镇上人七舌又八嘴，

     传过来闲言碎语一大堆。

     说她枉自生得美，

     不守妇道品行亏。

     与她的大老表……夜夜成双又成对，

     把她的亲丈夫……无情无义往外推。

     这些话，为娘的听了难入睡，

     背上犹如锥子锥。

     去劝她，三从四德莫违背，

  （念）顾惜名节呀——

帮　腔　　少惹是非。

  【邓幺姑跑上。

邓幺姑　　（欢喜地）妈，你来了！妈，我好想你哟！

邓大娘　　想我？想我就不该气我，不该丢我的脸！

邓幺姑　　妈！您老人家进门就发气。我哪儿丢您的脸了？

邓大娘	还要装疯卖傻！我问你。你，（小声）和你那个大老表有什么勾扯？
邓幺姑	（愤懑）啥叫勾扯？只怪你老人家找了那么多人给我说媒，为啥不把我说给大老表？你明明晓得蔡兴顺傻头傻脑的，为啥要瞒着我？
邓大娘	啊？说来说去，还是我的不是了？
邓幺姑	妈……我不是怪你老人家，我只怪这个世道不许我自己找男人。可是，我也不想让这个世道把我一辈子糟蹋了！
邓大娘	你想做啥？！你想做啥？！
邓幺姑	我呀，别的都不想。只想和大老表恩恩爱爱地过一辈子。
邓大娘	（大怒）你、你你你……（举起拐杖要打邓幺姑，拐杖在空中停住，突然低声）你就是有这个心，也要偷偷摸摸的嘛。
邓幺姑	我就是不想偷偷摸摸！我们真心相好，就要正大光明。我们两个呀，人前人后都一样的恩爱。
邓大娘	你就不怕人家戳你的背脊骨？
邓幺姑	不怕。我就要这样。看哪个又能把我咋样！
邓大娘	（顿足）天哪，天哪……（向内叫）蔡兴顺，你给我过来，过来！

【蔡兴顺上。

蔡兴顺	来了来了。
邓大娘	来了？是你来了还是我来了？唉，兴顺哪，你要把你的老婆管好。不许她和你的大老表……这个……那个……
邓幺姑	傻子，你要是不许我和大老表恩爱，你就给我一纸休书，我们两个打脱离。你要是不肯和我打脱离，我就跟大老表逃走，走到很远很远的天涯海角，你怎么找也找不到。你说！
邓大娘	她是你的婆娘，咋能让她和大老表勾扯。你说！
邓幺姑	准许我和大老表恩爱。你说！
邓大娘	不许她和大老表勾扯。你说！

邓幺姑	你说！
邓大娘	你说！
邓幺姑	（逼着蔡兴顺）说，说！
邓大娘	（逼着蔡兴顺）说，说！
蔡兴顺	（不住点头两边应声）说。说。（最后对邓幺姑）我，不管你……
邓大娘	（责怪）兴顺！
蔡兴顺	（向邓大娘）只要每天，每天能够看到她。她，她做啥我都不管。
邓大娘	（无奈地跺着拐杖）呃！（生气地背转身去）
邓幺姑	（感动地）傻子，你真乖！（远远地做亲吻状）"叭！"（打击乐）
蔡兴顺	（喜出望外，摸着脸颊）嘿嘿嘿。（歪着头，指另一边脸颊）
邓幺姑	（笑）哟，才惯使不得咧！（再远远地做亲吻状）"叭！"（打击乐）
蔡兴顺	（自抚双颊，大悦）嘿嘿嘿……（笑着一蹦一跳地下）
邓幺姑	（去安抚邓大娘）妈。我的事你就不要操心了。我还要感谢你把我嫁给了傻子。若不然，我哪会认得大老表？若不然，我哪会晓得生活是这样的快乐，这样的舒坦，这样的称心如意！有了大老表，我这一辈子算是没有白活了。
	【罗德生亲昵地叫着"幺姑、幺姑"，提着一条鱼跑上。
邓幺姑	大老表。（奔去扑到罗德生的怀里）
罗德生	（趁势搂住邓幺姑甩了个圈，然后做亲吻她面颊状发出一连串"叭叭叭"的脆响。抬头突见邓大娘，连忙放开邓幺姑，难为情地）姻伯母来了……
邓大娘	（扭头）哼！
邓幺姑	（笑着）妈，你就在这里耍一会儿，我请你老人家吃鱼。
	【罗德生把幺姑扛在肩上，下。

邓大娘	（目送，迷惑）这世道……像要变了……（边走边自语）这世道……像要变了……（下）

【灯暗。顾天成在追光中冲出。他穿一身不合体的女人贴身花衣裤。

顾天成	（叫）变了。哈哈……变了。哈哈……变了！变了！
	（念）这世道真好比王大娘的皮蛋——
帮　腔	说变就变。
顾天成	（念）八个国家的洋人结成伙——
帮　腔	来打义和拳。
顾天成	（念）西太后与皇上躲出北京——
帮　腔	去逃难。
顾天成	（念）洋人洋教又可以——
帮　腔	无法无天。
顾天成	（念）想从前，被烫毛子——
帮　腔	牙根咬断。
顾天成	（念）报深仇，雪大耻——
帮　腔	去找洋靠山，呼儿嗨，呀呵嗨，去找洋靠山。

【台上亮起弱光，顾幺爸上，后随手捧衣冠的二男仆。众人圆场。

顾幺爸	（念）世道变逼得我——
帮　腔	赔礼道歉。

【顾幺爸与顾天成碰面。

顾幺爸	哎呀，三娃子！
	（念）族长们请你到祠堂——
帮　腔	还你的房产，还你的田。
顾天成	（做色）不去！
顾幺爸	三娃子，大量些！（向二男仆招手）

【二男仆替顾天成穿衣服，戴帽子，又以手为"轿"，把他抬

起来。

【陆钟和跑上，也是衣冠不整。

陆钟和	（叫）顾三爷，顾三爷，你欠我的五十两银子呢？
顾天成	我啥时候欠你五十两银子了？
陆钟和	哟，你就忘了？那回你说，你要报仇，为了天回镇的那个……
顾天成	（打断）晓得了。住轿。（从二男仆"手轿"上跳下）
顾幺爸	（拉住顾天成）三娃子，到祠堂去！
顾天成	（打掉顾幺爸的手，神气地）老子今天有事，不去！回去跟那些老不死的东西说，明天在祠堂为我披红挂彩放鞭炮，当着众人退还我的田地房产！
顾幺爸	（点头哈腰）遵命照办，遵命照办……（率二男仆退下）
顾天成	（向陆钟和）罗德生领人打教堂，我是人证。
陆钟和	真的呀？那我也做个人证。
顾天成	对，跟着做人证，包你有糖吃。
陆钟和	走，找洋人去！

【顾天成、陆钟和圆场，在台中跪下。

【十字旗出。后随一排裹在黑袍中的教民。顾天成、陆钟和隐去。

【十字旗摆动之后，把背面换为正面。这一面有个大白圈。圈里有个大大的白色"拿"字。

【"拿"字旗摆动。官兵们执枪冲上，围着"拿"字旗奔跑后，下。

【"拿"字旗下。官兵复上，过场下。

【教民们形成黑色的屏障。

【罗德生内唱："恨教民为虎作伥——"

【罗德生奔上，"空翻""甩辫""膝行"等身段与教民"共舞"过场。

【教民下。罗德生圆场。

罗德生	（接唱）密告我攻打教堂。
	官府派兵将，
	袍哥齐遭殃。
	弟兄们，抛妻别子闯罗网，
	我只得，离乡背井去逃亡。
	不怕性命今日丧，
	怕只怕，与心爱的人儿——
幕后合唱	天各一方！天各一方！天各一方！
罗德生	（急煎煎地叫）幺姑，幺姑……
	【满台灯亮。邓幺姑奔上。
罗德生	（将邓幺姑紧紧抱住，面向观众一口气说下去）我的心肝、我的宝贝、我的人哪。我招了杀身之祸官兵正在捉拿。我不怕杀、不怕剐、不怕砍头，只是舍不得你、舍不得你、舍不得你呀……
	【二袍哥狼狈奔上。
二袍哥	（惊叫）罗哥，快走！（拉罗德生）
邓幺姑	（大叫）我跟你走！（拉住罗德生不放）
罗德生	你不能走！你有儿子，还有傻子。你要好好活着。只要我不死，有朝一日，我一定回来，一定回来……
邓幺姑	（哭喊）我跟你走……
	【传来"呜呜"的号声。
二袍哥	过山号响了，快走！快走！
	【二袍哥扯开罗德生与邓幺姑，拉走罗德生。邓幺姑追去，被袍哥推倒在地。罗德生见状又奔回，二人紧紧拥抱在一起。
幕后男女声唱	生离死别，生离死别。
	嘶声悲号，肠断肝裂。
幕后女声独唱	情难舍，情难舍，情难舍……
幕后男女声唱	肠断肝裂，生离死别……

	【罗德生不住地叫着:"幺姑,幺姑,我舍不得你呀……"被二袍哥拉下。
邓幺姑	(在地上爬着追去,哭叫)大老表,我的大老表呀……(晕倒)
	【蔡兴顺提着算盘出来,见状大骇,忙过去连扶带抱拉起邓幺姑。
蔡兴顺	幺姑,幺姑……
	【官兵们冲上,列队。跛足的官兵队长上。
	【蔡兴顺惊骇地把邓幺姑藏在自己身后。
官兵队长	罗德生就住在这个兴顺号,给我搜!
	【官兵们乱窜一气。二官兵抬出掌柜椅给官兵队长坐。
官兵们	(窜毕列队)没有人!
官兵队长	没有人?(向蔡兴顺)你把罗德生藏在哪里?
蔡兴顺	没、没有……
官兵队长	不肯说?(吼)给我打!
	【众官兵拥上。邓幺姑抢出,护住蔡兴顺。
邓幺姑	站住!巴掌大一间铺子,你们搜也搜了,查也查了,没有人就是没有人,哪个把人藏了?!
官兵队长	(跳上椅子)咦,公事场合,哪有你妇道人家说话的!(叫)打她的男人!
	【众官兵拥上,邓幺姑保护蔡兴顺,替他挨了几下。官兵们把邓幺姑和蔡兴顺分开。
官兵队长	(吼叫)把蔡兴顺拉出去往死里打,看他说不说罗德生藏在哪里!
邓幺姑	(拼命阻拦,叫)不要打他,他什么都不知道!不要打他,不要……
	【众官兵拖蔡兴顺下。
邓幺姑	(满腔仇恨齐发向官兵队长,狂叫)我与你拼了!
	【邓幺姑抓起算盘冲向掌柜椅,用算盘打官兵队长。官兵队长

躲避。

【两人围着掌柜椅一阵打斗，官兵队长不时惊叫"来人"。

【终于跑来几个官兵，抓住邓幺姑。

官兵队长　（狂叫）打死这个恶婆娘！

【官兵们围打邓幺姑。官兵队长拿过长棍击打邓幺姑头部。邓幺姑"僵尸"倒地。众官兵住手，喘息。

官兵队长　看她死了没有？

官兵甲　（试试邓幺姑的鼻息）还有一丝儿游气。

【另一些官兵上。

官兵队长　蔡兴顺说了没有？

官兵乙　没有说。也说不出话了。

官兵队长　好。把他拖回衙门去交差。（走几步，发现官兵们未动）哦。这店铺里的东西，你们喜欢啥就拿啥。

众官兵　（欢呼）啊……（正要动）

官兵队长　站住！现钱，是我的！

【众官兵四面跑下。

官兵甲、乙　（争夺掌柜椅）我的，我的。

官兵队长　放下！椅子归我。抬走。（下）

【官兵甲、乙抬椅子下。

【灯光渐灭，只有一束红光照着地上的邓幺姑。她的手轻轻动了一下。

【少顷，红光灭。邓幺姑隐去。

【传来顾天成的叹息声："唉……"

【定点光中站着顾天成。他提着许多礼品。

帮　腔　　　不该不该大不该，

顾天成　（唱）顾天成做事——

帮　腔　　　不成才。

顾天成　（唱）怂洋人逼官府把罗德生陷害，

　　　　　　　万不料与心上人儿惹祸招灾。
　　　　　　　出脱了兴顺号几十年的好买卖，
　　　　　　　邓幺姑被打得皮开肉绽、骨断筋折、三魂悠悠、七魄渺渺、只差丁点儿——赴泉台。
　　　　　　　那时节，我正在祠堂闹气派，
　　　　　　　收回了田地房产，我好不乐哉快哉。唉！
　　　　　　　事过后才晓得，我糊里糊涂戳了拐。
　　　　　　　我只得，厚着脸皮、三番五次、五次三番，追到幺姑的娘家来。
　　　　　　　且喜得，我心爱的人儿不知是我在作怪。
　　　　　　　我定要，千方百计、百计千方——
帮　　腔　　拿起花轿把她抬。
【小儿哭声。全台灯亮。邓大娘抱布卷子（金娃子）上。哭声止。
邓大娘　　（哄着金娃子）金娃子莫哭莫闹，让你妈多睡一会儿……
顾天成　　（殷勤恭敬地）邓大娘……
邓大娘　　哟，顾三爷，你又来了……
顾天成　　我来看看蔡大嫂好些没有。
邓幺姑　　好些了。昨天下午，她都出来晒了一会儿太阳。
顾天成　　阿弥陀佛（画十字）。这一下我就放心了。哦，这些东西是送给蔡大嫂滋补身子的。
邓大娘　　哎呀，你往天送来的东西还没有动过……我们穷家小户受不起这么重的礼。
顾天成　　你老人家一定要收下，好让你的幺姑早些好啊……
【邓大娘推着不接。顾天成追着要送。
【邓幺姑头缠带血的白布蹒跚而上。
邓幺姑　　妈……
顾天成　　蔡大嫂，好些了吗？（搬竹椅让她坐）

邓幺姑　　　（慢慢坐下）好些了。
邓大娘　　　幺姑你看，顾三爷又送来这么多的补品。
邓幺姑　　　（向顾天成）自从我遭了难，你请医熬药送补品。那么远的路，你差不多每天都来看我。你不如明说，是不是还想做金娃子的干爹？
顾天成　　　（大叫）不！我才不想做金娃子的干爹咧！
邓幺姑　　　那，你想做啥？
顾天成　　　我想……（跑去抱过孩子，叫着）我要做金娃子的后爹！
邓大娘　　　那咋个要得！金娃子的亲爹还活起的。要不得！
邓幺姑　　　（冷静地）有啥要不得？
邓大娘　　　啊？！
顾天成　　　你答应了？
邓幺姑　　　（往竹椅上一靠，不看顾天成，幽幽地）我，可以答应你。不过，要依我五件大事。
顾天成　　　漫说五件。就是五十件、五百件，我件件依从。
邓幺姑　　　口说无凭，要拿纸笔写清楚。还要画押捺手印儿，永世不得反悔。
顾天成　　　依你，依你。都依你。（把金娃子塞给大娘，跑下）
邓大娘　　　（觉得在做梦）幺姑，幺姑，你要做啥？你要做啥？
邓幺姑　　　（自语似的）我要找一条……我能够找到的……最好的……生路……

【顾天成拿纸笔上。

顾天成　　　（殷勤地笑着）幺姑。你说嘛。我写。

【邓幺姑慢慢站起。

帮　腔　　　　　眼中已无泪，
　　　　　　　　　心底尚流血。
邓幺姑　　　（唱）桩桩件件你要写明白。
　　　　　　　　一要开释蔡兴顺，

　　　　　　　让他平安度日月。
　　　　　　　疏通官府莫骚扰，
　　　　　　　他受凌辱我悲切。
　　　　　　　二要银子整三百，
　　　　　　　修理兴顺号，生意再搞热。
　　　　　　　我与傻子认兄妹，
　　　　　　　常来常往，你不能做脸色。
　　　　　　　三要金娃子不改姓，
　　　　　　　依旧蔡门一骨血。
　　　　　　　长大后，送进学堂读子曰，
　　　　　　　须继承，蔡、顾两家，两家的产业。
　　　　　　　四要财产归我管，
　　　　　　　管房管地管金帛。
　　　　　　　你花银子向我要，
　　　　　　　戒嫖戒赌戒纳妾。
　　　　　　　五一条……只怕你不肯写……

顾天成　　我肯我肯。你说嘛！
邓幺姑　　（唱）五一条，把罗德生案子快了结。
　　　　　　　说他并非为首者，
　　　　　　　闹事的袍哥已剿灭。
　　　　　　　有一朝他回转……
　　　　　　　我与他续旧情，你不许干涉。
顾天成　　这……
　　　　　（背念）我料定罗德生回不来也！
　　　　　　　　写几句讨好她——
帮　　腔　　有啥要不得？
顾天成　　写好了。押也画了，手印也捺了。（交纸给邓幺姑）
邓幺姑　　（接纸，边看边说）回去准备三聘六礼，花红果酒，全堂吹

	打，八抬花轿。等罗德生的事结了案，等蔡兴顺出了牢，你就可以选个吉日来接我。（揣纸入怀）
顾天成	（欢喜而顺从地应着）喳。（跑下）
邓大娘	幺姑，虽然他写了字据画了押，但人家有钱有势，你就不怕他反悔？
邓幺姑	（轻蔑地）哼，像他这样猪头猪脑的男人，我随随便便也把他降得住。（金娃子哭，幺姑抱过他）金娃子，为了你的亲爹和你的干爹，也为了我们娘儿母子的生活，妈要，改嫁了……（把儿子贴到脸上，蹒跚而去）
邓大娘	（目送，自语）这世道……真是……要变了……（把礼品放在竹椅上，拖着竹椅走去，自语着）这世道……真是……要变了。（下）

【灯暗。台左一束光照见蔡兴顺。他蓬头垢面，衣衫褴褛，赤着双脚，拄着竹竿，神情呆滞。他慢慢挪步到台中。

【台右，另一束光照见邓幺姑。她手捧钱褡裢慢慢走到蔡兴顺面前，心疼地整理他的乱发。蔡兴顺一动不动。片刻，邓幺姑把钱袋搭在蔡兴顺的臂弯上，望着他一步步退去。

【蔡兴顺慢慢转身目送邓幺姑，慢慢退向台角，顺竹竿滑到地上，蜷成一团。追光渐灭，蔡兴顺渐隐。

【台上渐渐亮起弱光。这时，换上嫁衣嫁裙，戴上凤冠，搭上盖头的邓幺姑，已被喜娘们簇拥在台中。

【轿夫们与吹鼓手们默默走上。邓大娘穿新衣抱金娃子上。

【鼓乐声起。灯光渐亮。

【出嫁的队伍就像送葬的队伍，一行人慢慢往前行走。

【当这行队伍走到台前时，突然定格。

【鼓乐声戛然而止。万籁俱寂。

邓幺姑	（慢慢掀开盖头，上前一步，望远而呼）大老表，我等你回来……

【盖头从邓幺姑手上慢慢滑下,她也慢慢蹲下,跪坐在地遥望远方。

【台上灯光渐暗。众人渐隐。唯一束强光照定邓幺姑。

帮　腔　　　死水微澜澜又静,

　　　　　　何日风暴起大波?

【悲凉的唢呐声又起。

【唢呐声中,幕徐落。

——剧终

1995 年创作

1996 年首演

"其乐斋"品戏

此剧被认为是川剧也是戏曲改革的里程碑。关于此剧的评论很多：说它做到了"继承传统与发展传统""古典美与现代美""思想内容与艺术形式"三方面的完美结合，说它将人文意识与历史意蕴结合得非常好，把爱情、人情、爱国之情结合得非常好，说它为古老剧种的继承与发展闯出了一条崭新的道路，说它是古老戏曲转型为现代戏曲的一个代表作……从1996年到2023年，上述种种评价在广大观众与专家学者间一直未变。

此剧的结构，打破了传统戏曲的结构方式。作者在下笔之前，已预设了全剧的舞台呈现，被称为是"戏曲文学创作的立体思维"。此剧在保持戏曲美学的原则下，引进了影视的蒙太奇、文学的叙述和舞蹈的动因等，发展了戏曲的表现手段，拓宽了戏曲的时空自由，形成了一种崭新的舞台呈现方式。

剧中塑造了几个个性化的人物，又多次使用"代角"和"符号化"等手段，使演出更加五彩缤纷。让观众在享受艺术之丰美时，也思索其深邃的思想内涵、体验着某些人生况味。

此剧的出现，标志着作者创作风格的嬗变，也为中国戏曲的现代转型构建了一种新的艺术形态。这种形态被称为"无场次现代空台艺术"。

此剧被收入10卷本《曹禺剧本奖精选》和《中国当代百种曲》中。

四川省川剧学校（今为四川艺术职业学院）排演《死水微澜》，田蔓莎饰邓幺姑

四川省川剧学校排演《死水微澜》，田蔓莎饰邓幺姑、赵文学饰罗德生、张小兵饰蔡兴顺

四川艺术职业学院排演《死水微澜》，陈巧茹饰邓幺姑，陈星阁、郑胜利、杨又村、梁勇饰土老财

四川省川剧学校排演《死水微澜》，田蔓莎饰邓幺姑、赵文学饰罗德生、梁明秀饰邓大娘

上海戏剧学院戏曲学院青年京昆剧团排演《死水微澜》，石晓珺饰邓幺姑、孙建宏饰顾天成

四川省川剧院排演《死水微澜》，张燕饰邓幺姑

四川省川剧院排演《死水微澜》，张燕饰邓幺姑、谢章洪饰罗德生

四川省川剧学校排演《死水微澜》,
许明耻饰顾天成

四川省川剧学校排演《死水微澜》,王华熙、陈星阁、郑胜利、梁勇饰土老财

上海戏剧学院戏曲学院青年京昆剧团排演《死水微澜》，石晓珺饰邓幺姑

四川艺术职业学院排演《死水微澜》，陈巧茹饰邓幺姑

四川艺术职业学院排演《死水微澜》，虞佳饰邓幺姑

四川省川剧学校排演《死水微澜》，田蔓莎饰邓幺姑、赵文学饰罗德生

四川省川剧学校排演《死水微澜》，田蔓莎饰邓幺姑，赵文学饰罗德生，张文、郑胜利饰袍哥

四川艺术职业学院排演《死水微澜》,陈巧茹饰邓幺姑、张小兵饰蔡兴顺

四川省川剧学校排演《死水微澜》,田蔓莎饰邓幺姑、梁明秀饰邓大娘

四川艺术职业学院排演《死水微澜》，陈巧茹饰邓幺姑、许明耻饰顾天成

四川省川剧学校排演《死水微澜》，赵文学饰罗德生

四川省川剧学校排演《死水微澜》，赵文学饰罗德生

四川省川剧学校排演《死水微澜》，田蔓莎饰邓幺姑

欲海狂潮

（根据［美］尤金·奥尼尔话剧《榆树下的欲望》改编）

人　物

蒲　兰：30来岁，白老头之妻

三　郎：30来岁，白老头之子

白老头：76岁，土老财

欲　望：意念拟人化的形象

茄子花：30来岁，茶馆老板娘

老汉甲、乙：兼演公差

邻妇甲、乙：老汉之妻

场　次

第一场　躁动之间　　　　第二场　喜怒之间

第三场　爱恨之间　　　　第四场　进退之间

第五场　离合之间　　　　第六场　血火之间

第一场　躁动之间

【在黑暗的混沌中，空灵而奇特的声响伴随着"欲望"的躁动。

欲　望　（悠悠地）我是你的欲望……我是你的欲望……

帮　腔　　　轻薄似流云，
　　　　　　狂暴如旋风。
　　　　　　藏在你的灵魂里，
　　　　　　伏在你的心坎中。
　　　　　　我将你喜怒哀乐全操纵，
　　　　　　来无影，去无踪。

【台上走出蒲兰、白三郎、白老头、茄子花四人，各造型定格。

欲　望　人生在世，最重要的东西就是——钱财。

白老头　（上前）对头！我已经积攒下不少钱财。可恨，两个儿子跑出去，却再也不回来！

欲　望　老三没有跑。

白老头　他想独吞我的财产！我偏不让这个不孝的东西独吞我的财产。我要趁着身强体壮，再讨一个老婆，再生一个儿子。

欲　望　那，就去把女人接回来。

白老头　对对对。去把女人接回来。

帮　腔　去把女人接回来。

【白老头在帮腔声中，打着"哈哈"到一旁，定格。
【蒲兰上前。

蒲　兰　（唱）寡妇门前是非多，
　　　　　　穷家小户更奈何。
　　　　　　三分姿色频招祸，

　　　　　　　情急乱把——
帮　腔　　　　　　乱把终身托。
蒲　兰　（自语）我——只有嫁人了……
欲　望　（轻声）嫁人，也不该嫁给白老头。
蒲　兰　不嫁他，就无人可嫁。
欲　望　（轻声）他已经76岁了！
蒲　兰　就因为他76岁了！他活不了多少年了！
欲　望　（轻声）既是如此，那就嫁。
蒲　兰　（横下心，叫）嫁！嫁！嫁！（疾步而去，站到白老头身边，定格）

【茄子花寻找三郎，二人相遇。

茄子花　三郎，我到处找你。听说你那个爹……
三　郎　（断喝）我没有爹！
茄子花　没有爹！那白老头是你啥？
三　郎　他是我：肉中的刺，眼中的钉，催命的鬼，勾魂的精，一个不共戴天的——
　　　　（唱）大仇人！
茄子花　我晓得你恨他。可是，不管你怎么恨他，他都是你的爹！
三　郎　（不耐烦地）少管我家的闲事！
茄子花　不是爱你，哪个管你家的闲事？（一顿）呃！你晓不晓得，你爹又要讨老婆了！
三　郎　（惊）啥？
茄子花　听说，他相中了一个三十来岁的女人。今天就要把那个女人接回来。这一下，你就有了一个新妈，也有了一个和你争夺财产的人！
三　郎　啊！（呆立）
茄子花　我看你咋个对付得了啊……
欲　望　想办法对付！

众	（自语）想办法对付！（分下）
欲　望	（念）如果没有我——欲望，
帮　腔	你将怎样生活？
欲　望	（念）如果只有我——欲望，
帮　腔	生活又是什么，又是什么……

【欲望飘然而下。

第二场　喜怒之间

【白老头内叫："走啊！"

帮　腔	小车轮，向前滚……

【帮腔中，白老头推小车上。

白老头	（向内叫）娘子，走啊。

【蒲兰上，坐车。

帮　腔	二人同路不同心。
白老头	（唱）推小车，载回来一朵彩云，
	推小车，送回去我的欢欣。
	告别了，寂寞孤独的苦境，
	拥有了，娇娇滴滴的美人。
蒲　兰	（唱）登小车，怀抱着一团乌云，
	登小车，心儿上裹着寒冰。
	服从了，乖蹇残忍的命运，
	抛弃了，清白明净的纯真。
白老头	（唱）猛虎扑食，一动而定。
蒲　兰	（唱）狡兔避祸，三窟藏身。
白老头	（唱）直挺挺，是不动不摇的大树，
蒲　兰	（唱）弯弯绕，是又软又韧的长藤。

二　人	（唱）天地万物，各有禀性，
	耕耘生活，各展其能。
帮　腔	各展其能。
白老头	（停车）到了。（指幕内）娘子，这就是我的家。大家都叫它白家院。
蒲　兰	白家院……（观望）
	（念）院门内石板青砖，
	屋脊后翠竹连天。
	这，就是我的家呀……
白老头	（警惕地）你的？是我的！
蒲　兰	（警惕地）啊？你的？
白老头	（忙缓和）哦，我们的！我们的！唉，人少房子多，格外显得空空荡荡、冷冷清清。一个家总要有个女人。
蒲　兰	是呀，一个女人总要有个家。
白老头	（看远处）咦，田里没人做活路。太阳才偏西，未必然就收工了？（叫）三郎！

【茄子花跑上。

茄子花	哎哟，新郎官儿把新娘子儿都接回来了哟。
白老头	茄子花！你咋个在这里？
茄子花	在这里等着看新娘子儿呀。
白老头	三郎呢？咋个田里没有人？
茄子花	三郎等着欢迎他的新妈，就提前收工了。
白老头	（向蒲兰介绍）这是乡场上开茶铺的老板娘，人称茄子花。
茄子花	哎呀！哪有介绍人家外号的哟！
白老头	这是三郎的新妈蒲兰。
茄子花	（看蒲兰）哟！哟！哟！
	（唱）这个新娘子儿真呀嘛真好看，
	好像个妖精儿……好像个天仙儿下呀嘛下尘凡儿。（向

　　　　　白老头）

　　　　　老夫、少妻，你老人家小心点儿，

　　　　　要谨防乐极生悲——你少活几十年儿嘛，少活几十年儿！

白老头　　你咒我？（脱鞋）看我打不得你！（夸张地要打）

　　　【茄子花嬉笑着逃下。

白老头　　这个小寡妇在乡场上开茶馆，开得没老没少、没规没矩的了。

蒲　兰　　不关我的事。我要进去看看我的房子。

白老头　　（不悦）房子的话，我劝你少说！

蒲　兰　　（停步）我为啥要少说？

白老头　　呃……家里还有个三郎！

蒲　兰　　（转身）有个三郎又怎样？我嫁到这个家，就是这家的女主人。管你三郎五郎，我逢人就要说：这是我的房子，我的房子……

　　　【传来三郎的叫声："跑了！跑了！"三郎随声跑上。

白老头　　啥子跑了？

三　郎　　母牛！怀了崽崽的母牛，跑了！

白老头　　没用的东西！咋让母牛跑了？（将三郎推倒在地，转身跑下）

三　郎　　（先坐在地上看，再爬起来追过去看，然后起身大笑）哈哈哈……

　　　【三郎笑够了转身与蒲兰目光相遇，两人不觉直勾勾地盯着，一动不动。

蒲　兰　　（片刻后，微笑着走近他）我猜，你是白三郎。我叫蒲兰。

三　郎　　你是？……

蒲　兰　　我是，是……（飞快地）是你爹新娶的妻子。

三　郎　　（一怔之后）不要脸！（背过身去）

蒲　兰　　（浑身一颤，假装没有听见）你爹和我说起过你……

三　郎　　哈哈！（猛转身抄起双手，挑战地斜视对方）

蒲　兰　　还没有进你家的大门，我就明白了，你恨你的爹。我也听说，

		你的两个哥哥受不了他的虐待，跑了。但是我不会站在他那一边，我不会帮他来欺负你。我只想……
三　郎	（一字字地）你只想得到这些田地、房产！（狠狠盯住她）
蒲　兰	我……唉，三郎呀。
帮　腔	心中莫起火，
	恶语慢出唇。
蒲　兰	（唱）蒲兰来此地，
	由命不由人。
	只怨世路多险峻，
	寡妇难以抗欺凌。
	走投无路因穷困，
	这时候，突然遇着你父亲……
三　郎	（唱）他有钱，你有貌，
	他买人，你卖身。
	试问你——
	又比娼妓强几分？！
蒲　兰	（念）话如剑，刺人心……
帮　腔	无言以对且吞声。
三　郎	你晓不晓得，他从前的两个妻子，都是被他活活地累死、气死、折磨死的。
蒲　兰	也怪她们不会保护自己。
三　郎	呵，你有什么本事保护自己？
蒲　兰	我呀，除了洗衣、做饭，别的活路，一概不干。我，是来享福的。我要好好活着，等着他……（猛住口）
三　郎	哈哈！我要把你的话说给他听。
蒲　兰	（一笑）他听你的，还是听我的？
三　郎	你记着：这些财产全是我妈留给我的！你休想把我的东西抢走！

蒲　兰　　三郎，我嫁给老鬼总不能白嫁。我只想得到自己的那一份，我不会伤害你……（一边说，一边走近他）

三　郎　　（注视着她，着魔似的软化，充满情感地）那就好……那就好……

蒲　兰　　（不觉握住他的手，柔情地）三郎你听我说……

三　郎　　（突然惊觉，甩开她的手，狂怒地）我恨你！（号叫）我——恨——你！（奔下）

蒲　兰　　（目送，喃喃地）好一个逗人爱的白三郎……（望着三郎的去向）

帮　腔　　　　沙漠里，
　　　　　　　　见清泉！

蒲　兰　　（唱）意外的惊喜，令我陶醉，
　　　　　　　　心颤的感觉，让我晕眩。

帮　腔　　　　陶醉……晕眩……

【帮腔中，蒲兰隐去。

第三场　爱恨之间

【白老头抱着铺盖卷跑上。

白老头　　（乐不可支）我的母牛要下崽崽了！看样子还是一胎两崽！大郎，二郎，老子不怕你们跑。你两个跑了，老子的母牛就下两个崽崽。一个顶你大郎，一个顶你二郎。它们比你两个还好，光吃草，不吃饭，又不穿衣服，又不讨婆娘，又不争财产。哈哈哈，两头牛崽崽！（向幕内）娘子！娘子！

【蒲兰的声音："喊啥子？喊啥子？"

白老头　　母牛要下崽崽了，我去牛棚里照看它，今晚上我就不回来睡了。

【蒲兰的声音："晓得了，晓得了。"白老头打着"哈哈"下。
【三郎荷锄，慢步走来。

帮　腔　　　　盼夕阳西坠，
　　　　　　　恨夕阳落山。

三　郎　（唱）一心啊想回庭院，
　　　　　　　两脚啊偏又蹒跚。
　　　　　　　似觉门内有妖魔，
　　　　　　　又像门内有天仙。
　　　　　　　胆儿怕，魂儿牵，
　　　　　　　彷彷徨徨，彷彷徨徨在门边。（坐下，垂头）

【蒲兰张望着上。

帮　腔　　　　心不安，神不安，
　　　　　　　坐立不安为哪般？

蒲　兰　（唱）一阵阵品着蜜糖，
　　　　　　　一阵阵吞着黄连。
　　　　　　　似觉得，幸运在向我招手，
　　　　　　　又仿佛，灾难已降临身边。
　　　　　　　忽悲啊忽喜，谁懂得我的苦辣酸甜？
　　　　　　　是福吗是祸？谁知道什么是我的明天？（见三郎，喜）
　　　　　　　他回来了！（欲前又止）我不能见他！我不能见他！（转身走）

【欲望上，拦住蒲兰。

帮　腔　　　　情涌狂澜勿须挽，
　　　　　　　相思债，该偿还。

【帮腔中，欲望鼓动蒲兰，蒲兰努力抗拒。最后，欲望推蒲兰一把，下。

蒲　兰　（被推到三郎身后）三郎，收了工为何不回家？
三　郎　（抬头，但不看她）有你在，我就不想回。
蒲　兰　　有我在，你就不敢回。

| 三　郎 | 不敢？（站起）你以为我怕你？
| 蒲　兰 | 你就是怕我。因为……你喜欢我。
| 三　郎 | （大笑作掩）哈哈哈……（笑不下去）
| 蒲　兰 | 虽然你每天都在提醒自己：要戒备我，要仇恨我。可是，你偏偏还要喜欢我，偏偏还想得到我……
| 三　郎 | （狂叫）住口！你想勾引我，好吞掉我的财产。告诉你，我是一块硬骨头，你啃不动，也嚼不烂。（转身要走）
| 蒲　兰 | （拉住他）你到哪里去？
| 三　郎 | 我，（故意气她）我去找茄子花。
| 蒲　兰 | 茄子花？就是那个开茶馆的老板娘？不许你去！
| 三　郎 | 怎么？吃醋啦？那就吃你的醋去！我宁可要茄子花，也不要你！（推开她，走）
| 蒲　兰 | （大怒）哈哈！你以为我真的看上了你？
| 三　郎 | （回身）不是看上了我，为什么天天缠着我？
| 蒲　兰 | 我缠你？我缠你？就算我缠你，（边想边说）那，那也是因为，因为我，我要把这个家完全变成我的。就是你，也变成我的！
| 三　郎 | 我到茄子花那里去睡觉，看你怎么变！
| 蒲　兰 | 好哇。那就去找你的破鞋！
| 三　郎 | 破鞋也比你好。她不图谋我的财产！
| 蒲　兰 | 那你就滚！滚！
| 三　郎 | （不动）这会儿，我还不想去。等到天黑了……
| 蒲　兰 | 我叫你爹砍死你！（拾起锄头，叫）老头子！

【三郎无奈地"呸"了一声，跑下。白老头上。

| 白老头 | 我才离开一会儿就闹翻天。怎么，又跟三郎吵架了？
| 蒲　兰 | （扔下锄头）三郎不是个好东西。你怎么也不管教管教？
| 白老头 | 唉。管凶了，又怕他也跑了。要是他也跑了，就只剩我一个人了。

蒲　兰	怎么只剩你一个人？未必然我不是你明媒正娶的妻子？幸好我不是自己走来的，而是你用车子把我接来的！
白老头	娘子莫多心。在我的心里，除了地里的庄稼、圈里的牲口，就只有娘子你了。
帮　腔	娘子长得美，
	赛过杨贵妃。
白老头	（唱）秋波一转我心醉，
	樱口一笑我魂飞。
	干枯的老年得安慰，
	有了你，我气不馁，体不累，意不懒，心不灰。
	盘算经营力充沛，
	积粮攒钱逞雄威。
	喜滋滋，我与娘子亲个嘴……（被蒲兰用手指抵住伸去的嘴）
帮　腔	你把财产留给谁？
白老头	（转不过弯）财产？
蒲　兰	财产！你说，你的财产由哪个继承？
白老头	继承？谁也休想得到我一分一厘的东西！
蒲　兰	可是，田地房产你带不进棺材！
白老头	那我就放一把火，烧他个精光！
蒲　兰	这就是我嫁给你的下场？（撒娇地骂）你这个没良心的……
白老头	（连忙）娘子娘子，你晓得我心疼你，我不会那样对待你。这些财产，我还是要留点给你。
蒲　兰	留点？好多点？
白老头	（含糊）总有一点嘛。
蒲　兰	总有一点！那么，其余的呢？
白老头	（支吾）其余的嘛，以后再说。
蒲　兰	留给三郎？

欲海狂潮

白老头	呃……好嘛，他是我的儿子。
蒲　兰	你的儿子……（望着三郎的去处，旁白）你去找茄子花，看我怎么收拾你！（转身）你的儿子刚才……
白老头	刚才怎样？
蒲　兰	（随口而出）调戏他妈。
白老头	（茫然）调戏他妈？
蒲　兰	未必然我不是他妈？刚才你听到我们吵架，就是他在调戏我。我拿起锄头打他，他才跑了。
白老头	有这种事！（狂怒）这个混账东西！我，我……（拾起锄头）我砍死他！
蒲　兰	（大惊，抓住锄把）不！
白老头	闪开！
蒲　兰	（不放）不！不！不！（使劲夺锄头，被推坐在地）我哄你的！
白老头	（猛停步，转身，盯着蒲兰）哄我的？
蒲　兰	哄你的！（起身）哎呀，随便说句话，你就气成这个样子。（故作轻松地）哄你的。
白老头	你，是不是怕我砍死他要吃官司，就故意说是哄我的？
蒲　兰	真是哄你的，因为我气他不过。刚才，他收工回来不进院子，说是见不得我，气得我和他吵了一架。想到你要把财产留给他，我就恨不得把他撵起走……
白老头	（立刻）好。把他撵起走！（走）
蒲　兰	（拦住）要不得！把他撵起走了，人家要怪我这个后妈不贤惠……
白老头	（推开她）莫管那么多！（走）
蒲　兰	要不得！（拉住）他走了哪个帮你做活路？雇长工短工要多花好多钱，那才划不过！（拿过锄头，放下）
白老头	（自语）砍死他要吃官司；撵走他，又要花钱雇人工。（坐下）

	唉。我挣下这份家业，本为传给儿子。哪晓得，三个儿子都和我不贴心。
蒲　兰	（到他身后，给他捏肩）我和你贴心嗬。
白老头	（回头盯着她）你？（猛站起，跑到一边） （韵白）老婆再贴心，也非骨肉亲。一旦我死去，老婆便嫁人。把我的钱财带到别人家，叫我怎甘心？
蒲　兰	（韵白）啊？做了你老婆，不算骨肉亲。一旦你死去，我成穷苦人。你既然对我无情义，娶我安的什么心？
白老头	（韵白）我娶你，为的就是生儿子。
蒲　兰	（韵白）非夸口，想生儿子就能生。
白老头	（韵白）那就与我生一个！
蒲　兰	（韵白）能生也不给你生！
白老头	（韵白）只要你能生儿子，你母子就是继承人！
蒲　兰	（韵白）说此话，你可当真？
白老头	（韵白）若失言，雷打火焚！
蒲　兰	（韵白）一言为定！
白老头	（韵白）老天做证！
蒲　兰	（韵白）三击掌！
白老头	（韵白）如铁钉！
蒲　兰	（韵白）钉牢！
白老头	（韵白）钉深！
蒲　兰	（韵白）老天保佑你——如意称心！（推白老头上前，转身退下）
白老头	（跪下，举手向天，高呼）苍——天！ （唱）日月呀，日月中天挂， 　　鬼神呀，鬼神明察。 　　你看我热汗抛洒， 　　白了头发。

苦熬了七十六个冬夏，

怎舍得钱归孽障、粮喂乌鸦？

请赐我贴心的儿子，

恳求你呀，慈悲的菩萨！（叩头）

【传来牛叫声："哞……"

白老头　　（想起）母牛！母牛要下崽崽了！（跳起来）两个崽崽……（跑下）

第四场　进退之间

【蒲兰懒懒地上。

帮　腔　　　　月淡淡，夜深深，

　　　　　　　意惶惶，步沉沉。

蒲　兰　　（唱）朦胧疏星忽闪闪，

　　　　　　　时明时暗像我心。

　　　　　　　大院一切皆平静，

　　　　　　　为何神志总不宁？

　　　　　　　听吱吱秋虫，忽阵阵寒噤，

　　　　　　　可恼这寂寂寥寥、空空荡荡、萧萧索索、冷冷清清。

【入室，闭门，落座。

【三郎轻轻走来。

帮　腔　　　　孤独的身影，

　　　　　　　踟蹰地潜行。

三　郎　　（唱）夜色里混混沌沌，

　　　　　　　模糊了假假真真。

　　　　　　　树影团团，遮掩我满面羞窘，

　　　　　　　清风飒飒，隐蔽我过院穿庭。

　　　　　　别家女，再不能将我吸引，

　　　　　　才懂得，除却巫山不是云。（入室，闭门，坐下）

　　　　【鼓打三更。二人倾听。

帮　腔　　　更漏又传声，

　　　　　　蹉跎了多少良辰。

三　郎　　（猛站起，向隔壁大声叹息）唉——

蒲　兰　　（唱）长叹声，传音讯，

　　　　　　他拂去假意露真情。（望着隔壁，大声叹息）唉——

三　郎　　（唱）长叹声，传音讯，

　　　　　　我又是喜悦又是惊。

　　　　【二人转望隔在其间的"墙壁"，扑到"墙壁"上，手掌相抵，抚"墙"。

蒲、三　　（同唱）手抚墙壁浑身震，

　　　　　　指尖儿感到了他的温存。

　　　　　　一壁遮视线，

　　　　　　隔墙难隔心。

　　　　　　寻觅三十载，

　　　　　　才识意中人。

　　　　　　销魂魄，荡心旌，

　　　　　　恨不得穿墙而过诉衷情……

　　　　【二人在想象中穿过"墙壁"相见，同叫："三郎（蒲兰）！"

蒲　兰　　（唱）三郎啊，我日落想你到日出，

三　郎　　（唱）蒲兰啊，我黎明想你到黄昏。

蒲　兰　　（唱）三郎啊，我想你饮食不知味，

三　郎　　（唱）蒲兰啊，我想你坐卧不安宁。

蒲　兰　　（唱）从今后，相亲相爱如鱼水，

三　郎　　（唱）我与你，白头厮守永不分。

　　　　【二人拥抱。欲望突现。

欲　　望	（念）	怎不问一问，
		财产归何人？！

【二人猛力推开对方，各回原处坐下。欲望隐去。

三　　郎	（唱）	冷汗沁，
蒲　　兰	（唱）	神志清。
三　　郎	（唱）	且喜方才是幻境，
蒲　　兰	（唱）	缠绵相拥不是真。
三　　郎	（唱）	小心她阴谋得逞，
蒲　　兰	（唱）	切不要惹火烧身。
三、蒲	（同唱）	漫天迷雾驱不尽，
		我和她（他）无形的壁垒中间横。

【二人徘徊。欲望出现。

欲　　望	（念）	沙，沙，沙——
蒲、三	（同唱）	是他（她）的脚步响，
欲　　望	（念）	怦，怦，怦怦——
蒲、三	（同唱）	是我的心跳声。
欲　　望	（念）	沙，沙，沙——
蒲、三	（同唱）	扇旺了情的烈火，
欲　　望	（念）	怦，怦，怦怦——
蒲、三	（同唱）	撞开了爱的闸门。
蒲　　兰	（唱）	大院多寂静（欲望夹白：多寂静），
三　　郎	（唱）	只有我二人（欲望夹白：只二人）。
蒲　　兰	（唱）	机缘天所赐（欲望夹白：天所赐），
三　　郎	（唱）	错过难再寻（欲望夹白：难再寻）。
蒲、三	（同唱）	又何必，扭扭捏捏、躲躲闪闪，
		辜负了，日日夜夜、晨晨昏昏。

【二人冲到门边，猛停步，后退。

三　　郎	（念）	他毕竟是生父，

蒲　兰	（念）他毕竟是夫君。
蒲、三	（同念）他是那——
	（同唱）推不倒的墙，
	打不开的门！

【二人颓然落座。欲望戴老妇面具出现。

欲　望	看看我是谁……看看我是谁……
蒲、三	（缓缓抬头，梦呓般）你——是——谁？
欲　望	我是这里的女主人。
三　郎	你是我的母亲……
蒲　兰	你是他的前妻……

【欲望飘动着，蒲兰和三郎也飘动着。

欲　望	他把我累死、气死、折磨死，为了霸占我的财产……
三　郎	他把我不当儿子当长工，想夺去你留给我的财产……
蒲　兰	我做了他的老婆，竟得不到我应得的财产……
欲　望	我恨他……
三　郎	我恨他……
蒲　兰	我恨他……
蒲、三	我该怎么办哪？我该怎么办哪？
欲　望	（韵白）不要像我，软弱无能。折磨受尽，痛苦一生。去和不公的命运抗争。抗争……抗争……（飘下）
蒲、三	（同念）抗争！
帮　腔	抗——争！

【帮腔中，二人奔去开门。

蒲、三	（二人面对，刹那的停顿后，同叫）三郎（蒲兰）！

【他们扑向对方，三郎抱起蒲兰，像疾风般旋转而去，下。

第五场　离合之间

【邻妇甲、乙与老汉甲、乙嬉笑着上。

四　人　　（唱）吃喜酒，庆三朝，
　　　　　　　　蒲兰生下小狼羔。

邻　妇　　（唱）父是爷爷兄是父，
　　　　　　　　乡邻们，笑掉了牙齿笑弯了腰。

老　汉　　（唱）白老头头上戴绿帽，
　　　　　　　　大家的心里乐陶陶。

邻　妇　　（唱）喝喜酒，看热闹，

老　汉　　（唱）看他们：夫妻、父子、爷孙、兄弟，一团糟。

四　人　　（唱）哎呀，一呀嘛一团糟。

【白老头喜洋洋拱手上。与四人说笑。

白老头　　诸位，我家娘子给我生了个胖儿子，请诸位来喝杯喜酒。

老　汉　　老哥还能生儿子，老当益壮啊。

白老头　　不是吹牛，（拍胸）哥子我七十六岁生儿子，是要算老当益壮啊。

邻　妇　　（玩笑式）儿子是不是你的哟！

白老头　　儿子不是我的？未必然是你们家老头儿的？嘻嘻嘻。你看你们家的老头儿，这个身上干筋筋，这个脸上黄卡卡。我就是把娘子借给他两个睡几天，他两个也生不出儿子！（自知失言，笑着掌颊）打嘴！打嘴！看我高兴得忘乎其形了。走，喝酒，喝酒……（招呼众人下）

【茄子花上。

茄子花　　（唱）吃喜酒，庆三朝，
　　　　　　　　妒火在我腹中烧。
　　　　　　　　我爱三郎魂颠倒，

　　　　　　谁知他，一年都不来把门敲。
　　　　　　只恨蒲兰卖妖娆，
　　　　　　他鬼迷心窍把我抛。
　　　　　　吃喜酒把三郎找，
　　　　　　找着他，说个子丑寅卯重新渡鹊桥，
　　　　　　哎呀，重新渡鹊桥。
【三郎背身向内拱手退出，口里说着："诸位慢慢吃，慢慢吃……"
【茄子花一见惊喜，轻轻上前拉起三郎的后衣襟，拉得三郎连连后退。

三　郎　　（叫着）哎哎哎……（挣开，见是茄子花，不悦）拉拉扯扯做啥子！

茄子花　　哟！我是来给你道喜的哟。恭喜你得了一个——（故意让他紧张）

帮　腔　　　弟……弟……呀。

三　郎　　（松了一口气）是该道喜。

茄子花　　你这个……弟弟呀，没有一处不像你。眉毛、眼睛、鼻子、嘴巴、脸盘子都和你长得一模一样。大家都说他……

三　郎　　（紧张）说啥？

茄子花　　说他长大了，会跟你一样漂亮，也跟你一样，（吟）会勾引女人啰……

三　郎　　莫乱说！（走）

茄子花　　（拦住他）三郎，好久吃你的喜酒呢？

三　郎　　（斜视她）我的喜酒？

茄子花　　三郎！你晓得我对你是一片真心，我自己又有财产……

三　郎　　这件事，你想都不要想！（挣开，转身自去）

茄子花　　（大叫）你想一辈子陪着你那个后妈？

三　郎　　（猛停步，回头）她是我的——妈，我是要陪她一辈子！

茄子花	可惜,现在而今,从今往后,她……不需要你陪了!
三　郎	(不顾一切地)为啥不需要我陪?
茄子花	人家有儿子了!你爹说过,只要她生个儿子,就把田地、房产全部留给她和她的儿子!她为啥还要你?要你和她争夺财产吗咋个?!
三　郎	(怒斥)你胡说!
茄子花	不信就去问你爹!你爹把契约文书都写好了。今天,乡约地保都来当证人!
三　郎	(咆哮)滚!你给我滚!
茄子花	(怒骂)傻瓜!你以为你那个后妈硬是爱你?她是要你帮她生个儿子,好霸占你的财产!老娘看你给她当牛、当马、当长工!你这个背时的傻瓜……
三　郎	滚!滚!

【三郎要打茄子花,茄子花叫骂着跑下。三郎追下。

【少顷,蒲兰抱婴儿上。

蒲　兰	(四处张望,轻声呼唤)三郎,三郎……你说要来看儿子,怎么还不来呀。
帮　腔	美滋滋——
蒲　兰	(唱)荒滩变仙岛。
帮　腔	喜洋洋——
蒲　兰	(唱)地狱变天堂。 　　只要能与我的三郎长相伴, 　　我不怕一头撞倒铁壁铜墙。 　　有了儿子,多了个愿望, 　　愿我的小乖乖——长得聪明健康又漂亮,
帮　腔	像他的爸爸白三郎。

【白老头微醉地端着碗上。

白老头	娘子,我到处找你。你怎么在这里?

蒲　兰	我抱娃娃出来见见天日。
白老头	娘子，你给我生了儿子，我敬你一碗酒。
蒲　兰	（接过酒碗）哪有月母子喝酒的？（将酒泼在地上）我看你是醉了。（下）
白老头	我没有醉，没有醉。嘿嘿，她还不晓得我的酒量。再喝半坛子，我也不得醉。姓白的没有老，我要活一百二十岁！我还能再生个儿子。哈哈哈。

【三郎阴沉沉地上。

白老头	（转身看见）这半天你跑到哪里去了？也不来帮忙。
三　郎	你得儿子，要我帮啥子忙？
白老头	好。你不帮老子的忙，总该帮自己的忙。今天有几桌女客，你该去跟她们喝喝酒，摆摆龙门阵，挑一个合适的成亲。
三　郎	为什么我要成亲？
白老头	你若成亲，就可以得到一些陪嫁。
三　郎	就像你和我妈成亲那样，图谋她的财产？
白老头	放屁！这些财产都是我辛辛苦苦挣来的！
三　郎	好嘛。你会挣。我也会挣。
白老头	你会挣？你挣的在哪里？
三　郎	（跺脚）就在这里！就在这里！
白老头	想独吞我的财产？你娃娃做梦！（掏出文书）
帮　腔	契约文书已写定， 乡约地保为证人。
白老头	（唱）白家田产与房产， 由她母子来继承。那时候—— 田间，没有你土一寸， 仓内，没有你米一升。 院里，没有你一间房， 柜中，没有你一两银。

	你勤作苦做能温饱，
	要不然——
帮　腔	饿死沟渠喂老鹰。
三　郎	（又惊又怒）你，你你你为何这样对我？
白老头	因为你忤逆不孝，竟敢调戏你的妈！
三　郎	哪个说的？
白老头	你妈亲口对我说的！那一回，就在院子门口，你调戏她，她拿起锄头打你才把你赶走。当时老子就要杀了你，她怕我吃官司，硬把老子拦倒。老子要撵你走，她又说，你走了要花钱雇长工。她还说，她要跟我生个儿子，免得这些财产，都落到你这个畜生的手中……
三　郎	（再也听不下去了，怒号）我杀了她！
白老头	（一把抓住）你敢！
三　郎	（疯狂地）我杀了她！
	【二人扭打。白老头将三郎打倒在地。
白老头	（轻视地拍拍手）哼！你杀了她？小心我杀了你！（下）
	【蒲兰轻轻叫着"三郎"，寻觅着上。见三郎，大惊，奔过去扶起他。
蒲　兰	三郎，三郎，你怎么了？你怎么了？
三　郎	（迷迷糊糊地）你是——谁？
蒲　兰	我是蒲兰。你怎么不认得我了？
三　郎	我……认得……你……（猛然一掌打去）
	【二人身段造型。
三　郎	（唱）你有那，吐不尽的甜言蜜语，
	你有那，蛊惑人的一笑一颦。
	酥胸里藏着刀剑的锋刃，
	朱唇上涂着罂粟的毒津。
	纤纤素手，撕碎我编织的美梦，

　　　　　　皎皎玉体，撞塌我警惕的长城。
　　　　　　老天啊，
　　　　　　快将这假情假爱的孽妖厉鬼，
　　　　　　抛进那火海刀山永不超生，永不超生！

蒲　兰　　三郎，你怎么了？我没有做什么对不起你的事呀。

三　郎　　你跟我睡觉，是为了生个儿子，好夺去我的财产！

蒲　兰　　不是这样的！不是这样的！

三　郎　　你让他写下契约文书，把财产全部留给你和你的儿子，不给我一砖一瓦一草一木。

蒲　兰　　不是这样的！

三　郎　　你对他说我调戏你！你不让他赶我走，是舍不得花钱雇长工！

蒲　兰　　我……（感到分辩不清了）

帮　腔　　　　百口难辩！
　　　　　　悔不该一时怒起胡乱言。

三　郎　　你说呀！你讲呀！你没有话说了吧？告诉你，我要报复！我要把儿子的真相告诉老头子，让他把你赶到大街上去要饭。我要饿死你和你的儿子！

蒲　兰　　（乞求地）他也是你的儿子……

三　郎　　他不是我的儿子！他生下来是为了实现你的阴谋，夺走我的财产！我巴不得没有生下他！我巴不得他死！（走）

蒲　兰　　（痛呼）三郎！（膝行而前，抓住他）三郎，你要到哪里去？

三　郎　　我要到一辈子也见不着你的地方！

蒲　兰　　（声泪俱下）三郎！你不要相信你爹的鬼话。我是真心对你，我是真心对你呀……

三　郎　　事到如今，我还能相信你是真心吗？

蒲　兰　　假如，假如我能够证明我是真心对你，你就像从前一样对我好，是不是？

三　郎	可是，你证明不了。你不是神仙，不能把儿子收回肚子里。你证明不了。你证明不了……（甩开她，走）
蒲　兰	（爬着追去，喊着）三郎！三郎……
帮　腔	天塌地陷！天塌地陷！ 　　一霎时坠落深渊。
蒲　兰	（唱）软绵绵，脚下踩不着地， 　　黑沉沉，头上望不见天。 　　急煎煎，困在网罗里， 　　迷蒙蒙，悬在云雾间。 　　眼睁睁，旧恨新仇理还乱， 　　痛煞煞，飞灾横祸到眼前。 　　怎舍得，我的天堂又成地狱， 　　怎舍得，我的仙岛又是荒滩。 　　狂风啊，恳求你将他的疑云驱散， 　　暴雨啊，恳求你洗尽我不白之冤。 　　闪电啊，快将那契约文书烧成灰烬一片， 　　霹雳啊，快击碎飞短流长的瞎猜妄谈。 　　我的真情不掺虚假半点， 　　老天啊， 　　你剖开我的胸膛——让他看我的心肝！
帮　腔	让他看我的心肝。

【蒲兰摇摇晃晃下。

第六场　血火之间

【婴啼。

【三郎夹着包袱走来，注意到哭声，扭头盯着摇篮，转身自去。走几步，还是忍不住停下，跑到摇篮边，放下包袱，摇着摇篮，慈爱地注视着婴儿。婴儿止啼。

三　郎　　（喜悦地）我摇你，你就不哭了。你这个机灵的小东西。你知道是爹爹在摇你，爹爹心疼你、喜欢你，我的小乖乖……（去亲他，猛然抬头）不！在这个屋檐下，有了你，就没有我。（后退）我不能让这个小东西哭软了心肠。我要把我妈埋藏在地下的钱挖出来作路费，走到看不见人的地方。（奔下）

【少顷，蒲兰脚步沉重，失魂落魄地走来。

【婴儿啼。蒲兰惊觉。奔向摇篮边。

帮　腔　　我的儿哪……

蒲　兰　　（唱）儿子的脸如花瓣，
　　　　　　　　散着香，发着甜。
　　　　　　　　妈妈的心如碎片，
　　　　　　　　火在煮，油在煎。
　　　　　　　　你本是我酿造的蜜酒，
　　　　　　　　却变成我栽种的黄连。
　　　　　　　　你本是我欢乐的佐证，
　　　　　　　　却变成我灾难的根源。
　　　　　　　　我爱你父亲，也爱你，
　　　　　　　　深深的爱呀，竟难两全……

蒲　兰　　（放下婴儿，发现包袱，拿起）他的包袱！他要走！他不能走！不能走！

【蒲兰四下探望，见椅子，忙把包袱放在椅上，自己坐到包袱上，愣着。

【舞台某处出现弱光，隐隐可见三郎。

三　郎　　事到如今，我还能相信你是真心吗？

蒲　兰　　假如我能够证明，我是真心对你……

三　郎　　你证明不了。你不是神仙，不能把儿子收回肚子里。你证明

　　　　　　　不了，证明不了……（隐去）
蒲　兰　　（猛站起）我能证明！我能证明！
　　　　　　【欲望冲上。
欲　望　　杀——死——他……
蒲　兰　　啊！
　　　　　　【蒲兰抗拒那可怕的想法。欲望却在一边逼迫。蒲兰陷于苦苦的挣扎中。
　　　　　　【二人舞蹈身段过场。
欲　望　　（念）搬掉这爱的羁绊，
　　　　　　　　　抛弃这爱的腐肉。
　　　　　　　　　消除猜疑的迷乱，
　　　　　　　　　扫尽流言的祸端。
　　　　　　　　　杀死他、杀死他、杀死他、杀死他——
　　　　　　　　　杀死在摇篮！
　　　　　　【在欲望的喊叫中，蒲兰向摇篮奔去。（欲望隐）
　　　　　　【蒲兰抱起婴儿，高举欲摔。婴啼。
帮　腔　　　　使不得！
　　　　　　【蒲兰将婴儿丢回摇篮，恐怖地后退，碰着椅子，无力地滑到地上。
　　　　　　【婴啼止。舞台另一处出现三郎。
三　郎　　我要饿死你，还有你的儿子！
蒲　兰　　（乞求）他也是你的儿子……
三　郎　　他不是我的儿子！我巴不得没有生下他！我巴不得他死！我巴不得他死！（隐去）
　　　　　　【蒲兰跳起来，顺手从椅上抓起包袱，紧紧盯着摇篮。
欲　望　　（突现，狂呼）他要他死！他要他死……
　　　　　　【在欲望的叫声中，蒲兰举起包袱。婴儿啼。蒲兰浑身颤抖。
　　　　　　【欲望喊叫着去到蒲兰身后，"变脸"，手把着蒲兰的手，将包袱按到婴儿头上。

【婴啼声渐弱渐停。欲望隐去。蒲兰昏沉沉伏在摇篮边。

【死一样的沉寂。

【少顷，三郎上。见蒲兰，冷笑。他走近摇篮，拿起包袱走开。

三　郎　（似乎在期待什么，走了几步，竟忍不住停下）白太太！

【蒲兰没有反应。

三　郎　（觉得奇怪，上前一步，大声）白太太！

蒲　兰　（抬头，木然地）啊？

三　郎　白太太，祝你大富大贵一千年。白家院的傻瓜长工，告辞了。

蒲　兰　（清醒过来）你不能走！（抓住他）三郎，我已经证明了，已经证明了……

三　郎　（不解）你证明了什么？

蒲　兰　现在，没有人可以从你手里夺走财产……也没有人可以从我身边……夺走你……没有了……再也没有了……

三　郎　（有点惊慌）你，你做了什么？

蒲　兰　（怪笑）我，我把他……弄死了……

三　郎　（努力去理解）你把他……弄死了？

蒲　兰　（怪笑）弄——死——了……

三　郎　（放开蒲兰，先是惊恐，后是痛快）该！这个老浑蛋！他罪有应得！他死有余辜！（把包袱丢掉）快，我们赶快做些手脚，让别人看来，像是他喝得烂醉的时候把自己弄死了。我们可以证明，他因为得了儿子而喝得太多……

蒲　兰　（猛醒，大悔，狂叫）天哪！（抓住三郎猛摇）你为什么早不跟我说？！为什么不叫我弄死老头子？为什么不叫我弄死老头子？

三　郎　（诧异）你，你弄死了……谁？

蒲　兰　（撕心裂肺地）我们的……儿——子！

三　郎	（如五雷轰顶，慢慢瘫在地上）老天爷呀……（膝行向前，扑到摇篮边，大恸）我的儿呀……（忽又跳起，抓住蒲兰）你为什么？为什么？！
蒲　兰	你说，你巴不得他死……
三　郎	（猛推倒蒲兰）我怎么会说这种话？他是我的心肝宝贝！我宁可砍下自己的头，也舍不得伤他一根毫毛……
蒲　兰	（惊慌失措）三郎，我是要……
三　郎	（根本不听她说话，只顾咆哮）你是毒蛇！天底下没有比你更贪婪、更凶狠的女人！我要报官，告你杀了我的儿子。我要让官府把你抓去问罪，斩首示众，万剐凌迟！（奔下）
蒲　兰	（挣扎站起，追叫）三郎！三郎……（知道一切都无可挽回了，霎时万念俱灰）

【白老头上。

白老头	娘子，你怎么还不睡？快去睡一会。不然，儿子醒来，你又睡不好了。
蒲　兰	（冷冷地）他再也不会醒来了。
白老头	（莫名其妙）再也不会？
蒲　兰	他死了。
白老头	（走向蒲兰）你喝醉了？还是病了？（以手试其额）
蒲　兰	（猛力打开他的手，疯狂地）告诉你，我把他弄死了。弄死了！
白老头	（愣了片刻，到摇篮边伸手去摸，立刻惊恐而悲哀）啊，我的儿子……
蒲　兰	（怒号）他不是你的儿子！我恨你！我恨你！我要是有见识，就该杀了你，而不是他——我和三郎的儿子……
白老头	（呆了片刻）原来……这样……难怪，自从母牛下了崽崽，你一直不让我挨你，说是已经怀孕了……（突然咆哮）你欺骗我！我杀了你！（拔出匕首，抓住蒲兰，见蒲兰冷冷的目光，

	他又呆住。少顷，他扔下匕首，推开蒲兰）杀了你要吃官司，那才划不着。我要去报官。（欲走）
蒲　兰	用不着。三郎已经去了。
白老头	他去了？（想想，取出契约）看，这是把财产留与你和他（指摇篮）的契约文书。现在，你总不会要它了。（边说边撕成碎片）我用一顶绿帽子换回来全部财产，值得，值得。哈哈！值得！（他边撕、边走、边笑着哭）值得……值得……（下）
	【蒲兰凄然四顾。
帮　腔	撞倒了铁壁铜墙抬头看， 　　　　只看见白茫茫一片云烟。
	【帮腔中，蒲兰看了看摇篮里的婴儿，再看看三郎的去处。她慢慢拾起匕首，刺向自己的胸膛，倒下。
	【三郎的呼声从远处传来："蒲兰……"
三　郎	（幕内唱）凉风吹醒痴狂汉……
	【三郎呼喊着"蒲兰"，奔上。
三　郎	（唱）舍得下性命舍不下你呀——我的蒲兰。 　　都怪我真假不辨， 　　逼得你杀子伤天。 　　我该受那千刀万剐， 　　怎让你把罪责承担？！
三　郎	蒲兰，我们一起逃走，一起逃走……（寻找，发现蒲兰，忙将她抱在怀中）蒲兰！（发现蒲兰已死）蒲兰……
帮　腔	霎时间阴阳隔断， 　　　　只觉得——
三　郎	（唱）裂肺摧肝！
帮　腔	裂肺摧肝！裂肺摧肝！裂肺摧肝！
	【三郎抚尸痛哭。
	【公差甲、乙与白老头分上。他们没注意到三郎和蒲兰。

公　差	（叫着）罪犯在哪里？罪犯在哪里？（见白老头）你的女人呢？
白老头	（不知怎样说）在，在……
公　差	（转身见三郎）三郎，凶手在哪里？
三　郎	在……这……里……
差　甲	（见蒲兰，过去试试鼻息）哎呀，死了！
白老头	（急趋前）死了？！
差　乙	那，我们抓哪个？
三　郎	抓我！（猛站起）抓我！是我杀了他们母子二人。我是凶手……
差　甲	（提醒）三郎，莫要乱说啊！
差　乙	杀人要偿命啊！
三　郎	（突然安静下来）我偿命。（拾起匕首，猛刺胸膛）

【二公差大惊，跑下。

白老头	（抢前扶住他，叫）三郎！你为什么要这样？为什么要这样？
三　郎	我——偿命！（推开他，拔出匕首，又刺一下）
白老头	（哀号）三郎！你不要死！你不要死呀！三郎……

【三郎踉跄着倒下，死去。

白老头	（痛呼）我的儿哪……（抚尸哭号）你为何要死……为何要死呀……（抬头四顾）没有了……什么都没有了……只有，财产……可是，财产带不进棺材，我要财产做什么……（想起）我说过，我要把它们烧个精光。对，烧光！（他发狂般奔下，举火把跑出，向观众）你们看着，谁也休想得到我一分一厘的东西。（他四处放火，叫着）烧呀！烧呀……

【四处火起。白老头扔去火把。见摇篮，他把摇篮推入火中。见椅子，把椅子扔进火中。他看着越烧越大的火，拍手大笑。
【欲望忽然冲出，直指白老头。

欲　望	你这个疯子！你这个傻瓜！你要活一百二十岁，你可以再讨

　　　　　　一个老婆，再生一个儿子。你为什么烧掉财产？！为什么烧掉财产？！

白老头　　啊！（抱头跪下，捶胸号啕）我该死！我该死……
欲　望　　快抢救你的财产！抢救你的财产！
白老头　　抢救财产！抢救财产！财产！
　　　　　【白老头在欲望的喊叫中，朝欲望指示的方向，在火中奔进奔出。
　　　　　【火光冲天。白老头身上着火，面色成灰，倒地而死。
　　　　　【火光渐熄。台上复归黑暗，一如幕启之时。
　　　　　【片刻，欲望出现，又开始躁动……
欲　望　　（念）如果没有我——欲望……
帮　腔　　　　你将怎样生活？
欲　望　　（念）如果只有我——欲望……
帮　腔　　　　生活又是什么？
欲　望　　（悠悠地）我是你的欲望……我是你的欲望……欲望，欲望，欲望……

——剧终

1987 年初稿（弹戏）

1989 年首演

2006 年修订（高腔）

"其乐斋"品戏

当社会处于巨变中而不免沉渣泛起、人欲横流时,作者开始思考人的欲望。她在奥尼尔的话剧故事中找到了载体,并赋予它一个哲学命题:"如果没有欲望,你将怎样生活?如果只有欲望,生活又是什么?"

为求中国观众的理解和喜爱,作者把这个美国的现代戏,变成一个中国的古代戏。这就要在"中国化""戏曲化""川剧化"上下一番功夫。作者发挥了戏曲艺术写意的虚拟性、程式性、符号性、综合性、时空自由性等多种表现方式,并借鉴西方现代主义中的象征主义、表现主义及荒诞戏剧的某些创作手法,最终达到了上述"三化"的目的。2009年,中国戏曲学会授予此剧"中国戏曲学会奖",并举办专题研讨会,认为它是"外国戏剧中国化"的成功范例。

剧中有个引人注目的形象——"欲望",这是个意念拟人化的角色,集抽象与具象于一身。当剧中人的某种欲望处于急剧躁动中或迅速膨胀时,"欲望"就会出来推波助澜,以充分揭示人物思想感情的复杂性,展现人物沉浮在欲望中的痛苦与欢乐、获得与失落、理性与疯狂、善良与邪恶。这个形象中外戏剧皆无,是为作者首创,故被喜欢"她"的人称为"神来之笔"。

成都市川剧院（今为成都市川剧研究院）排演《欲海狂潮》，陈巧茹饰蒲兰

成都市川剧院排演《欲海狂潮》，王超饰白三郎

成都市川剧院排演《欲海狂潮》，孙普协饰白老头

成都市川剧院排演《欲海狂潮》，叶长敏饰欲望

成都市川剧院排演《欲海狂潮》，陈巧茹饰蒲兰、孙勇波饰白三郎

成都市川剧院排演《欲海狂潮》，熊宪刚、叶述蔚、陈娟、陈作全饰村民

成都市川剧院排演《欲海狂潮》，陈巧茹饰蒲兰、王超饰白三郎

成都市川剧院排演《欲海狂潮》，陈巧茹饰蒲兰

上海戏剧学院戏曲学院 2019 级研究生毕业作品,根据川剧《欲海狂潮》改编为京剧演出,刘韩希烨饰蒲兰、戴国良饰白三郎

上海戏剧学院戏曲学院 2010 级导演专业研究生佟姗姗毕业作品,根据川剧《欲海狂潮》改编为小剧场实验京剧《杀子》,演员石晓珺、潘洁华

成都市川剧院排演《欲海狂潮》,陈巧茹饰蒲兰、朱琴饰欲望

成都市川剧院排演《欲海狂潮》,刘萍饰蒲兰、肖海清饰白老头

成都市川剧院排演《欲海狂潮》,陈巧茹饰蒲兰、孙普协饰白老头、王超饰白三郎、马丽饰茄子花

王熙凤

(取材《红楼梦》)

人　物

女角：王熙凤　　　　男角：贾　琏

　　　尤二姐　　　　　　　跛道人

　　　贾　母　　　　　　　贾　珍

　　　来旺妇　　　　　　　来　旺

　　　平　儿　　　　　　　夏太监

　　　翠　儿　　　　　　　锦衣卫们 (兼演四男仆)

　　　小　娟

　　　丫鬟仆妇们

【前奏毕。幕内呼："圣旨下——"大幕速启。
【黑暗的舞台后部，高处，定点光下站着手捧圣旨的夏太监。

夏太监　奉天承运，皇帝诏曰：贾氏元春，贤淑恭谨，德稳仁厚。敕封凤藻宫尚书，加封贤德妃。钦此。

【幕内高喊："贵妃省亲，闲人回避……"定点光灭。夏太监隐。
【笙箫鼓乐齐鸣。舞台后部出现一溜光区。御林军缓步横穿全场。

幕后唱	御林军，好威武，
	护送凤辇到华屋。
	贵妃省亲归贾府，
	齐天富贵傲皇都。

【幕后唱中，灯光渐暗。御林军渐隐。

【传来跛道人的声音："咿——呀——嗨……"

【舞台前角亮起一束追光，跛道人甩着拂尘和御林军反向过场。

跛道人	（边走边唱）有福便有祸，
	有圆就有方。
	高从低处起，
	易从难处量。
	相随分前后，
	相形见短长。
	好了就了，了了就好，
	谁能说尽，人世沧桑。（下）

【全台灯亮。地点：暖阁中。匾额"有凤来仪"。

【丫鬟仆妇上，站队。王熙凤上，亮相。

帮　腔	粉面含春威不露……

【王熙凤四面观察。

帮　腔	朱唇未启笑先闻。
王熙凤	（向幕内）哈哈哈，老祖宗！暖阁炉火正旺，你老人家可歇息片刻。

【王熙凤至侧幕处搀出贾母。二丫鬟随后。

贾　母	呵呵呵，那就歇息片刻，歇息片刻。
王熙凤	老祖宗。你老人家看这"有凤来仪"，比前面的"崇光泛彩"如何？
贾　母	我看这"有凤来仪"，比前面的"崇光泛彩"更加气派。

帮　　腔	人间造出天上景，
	贵妃赐名大观园。
贾　　母	（唱）大观园里我说大话，
	谁家的园子敢和它比富、比美、比新鲜？
王熙凤	哈哈哈。老祖宗呀！
	（唱）你老人家一句话把穴位点，
	宫里传，史官修史——也把这园子夸呀夸呀夸个没完。
	贵妃省亲事，过去快月半，
	可是城里乡下、茶楼酒馆儿、老少爷们儿、姑娘媳妇儿
	还拿着这事聊着天。
	有的说，贾府积德该露脸，
	有的说，皇恩浩荡大无边。
	更多的说，老祖宗是那王母娘娘下凡来转一转，
	我贾府，才能福禄寿喜占了个全。
贾　　母	（唱）凤丫头呱唧呱唧话一串，
	说得我，心里抹蜂蜜——那就叫个甜。
	哈哈哈哈。
	【来旺妇上。
来旺妇	回老太太，珍大爷有事求见。
贾　　母	（自语）珍儿有事？（向来旺妇）请吧。
来旺妇	是。（转，叫）老太太有请珍大爷。
	【贾珍上。
贾　　珍	（念）皇家婚丧皆大事，
	特来报与祖母知。
	孙儿见过老祖宗。
贾　　母	有什么事，巴巴地跟到园子里来？
贾　　珍	回老祖宗，适才孙儿闻报，南安王——驾鹤西去了。
贾　　母	（惊起）怎么？南安王他，他归天了……（慢慢坐下）唉，想

	当年，若没有他对你祖父的提携、照应，哪有我们这宁国府、荣国府？你妹妹哪能入宫得为贵妃？你们又哪有今日的荣华富贵？
贾　珍	孙儿知道这层情义。故而，得到噩耗便立刻前来禀告。
贾　母	那，速速派人前去吊唁，送上银子一万两。
贾　珍	一万两……
	【贾珍向左右一看。来旺妇率众仆下。
贾　珍	老祖宗。
	（唱）有句话，说出口来像说谎……
贾　母	（插白）什么话吞吞吐吐？
贾　珍	（唱）我贾府早已是空瓢。
贾　母	（插白）什么？我贾府成了空瓢？！
贾　珍	（指熙凤，唱）
	大妹妹管家政，她心里透亮……
	（夹白）为接贵妃来省亲——
	（接唱）两府的银子都用光。
	公库私蓄浪打浪，
	寅年吃了卯年粮。
	此刻支出一万两，
	不由孙儿心发慌。
贾　母	（插白）那，依你之见？
贾　珍	（接唱）只送他——五千两银子可妥当？
王熙凤	（插白）万万不可！
	（接唱）如今有贵妃——我贾府身份非寻常。
	府库缺银两，
	千万莫声张。
	府库缺银两，
	更要显堂皇。

　　　　　　　　只要门面撑得好，
　　　　　　　　何愁金玉不满箱？
　　　　　　　　吊唁银子一万两，
　　　　　　　　定要送与——
帮　腔　　　　　定要送与南安王。
贾　珍　　大妹妹，我东挪西借，好不容易凑足了五千两……
王熙凤　　（紧接）你就把那五千两银子交与我。其余五千两，我就是当了妆奁，卖了首饰，献出体己私房，也要替老祖宗表表我贾府的情义，替我家贵妃娘娘争个光光鲜鲜的面子！
贾　母　　好个凤丫头！祖母没有白白心疼你。珍儿，你就把五千两银子交与你大妹妹。南安王之事，就由她去办理吧。
贾　珍　　这……孙儿遵命。
贾　母　　凤丫头，等你生下个儿子，你就是十全十美的媳妇了。
　　　　【贾珍有所触动。
王熙凤　　（笑着）老祖宗莫着急啊。我还担心一不留神给你老人家生出五个孙儿，清一色儿的五虎上将，使枪弄棒地吓着你老人家呢。
贾　母　　呵呵呵。（起身）莫说五虎上将啦。（边走边说）你只要生一个儿子就够了。
　　　　【王熙凤扶贾母下。
贾　珍　　嘿嘿，我出银子，她做面子……嘿嘿，十全十美，样样都好……可是，没有生儿子……（有了主意）没生儿子你就好不了！凤丫头呀，凤辣子！
　　　　（念）休怨我不仁不义暗中使坏，
　　　　　　　只怪你不贤不惠呀——
帮　腔　　　　惹祸招灾！
　　　　【切光。贾珍隐。
　　　　【黑暗中，传来丫头一个接一个的呼声："二爷回府……"

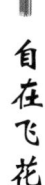

【舞台某处，定点光照贾琏得意："呵呵呵……"

贾　琏　（唱）珍大哥做主——他嫁了个姨妹，

　　　　　　琏二爷纳妾——我进了个洞房。

　　　　　　秘密安家……（两边一看，接唱）在花枝巷，

　　　　嘻嘻嘻嘻。

帮　腔　单等生下个小儿郎。

贾　琏　（站定，端正身段，咳嗽一声）我回来了。

【全台灯亮。地点：王熙凤的起居室。

【王熙凤快步上。平儿随后。

王熙凤　（边走边说）哟！二爷，您还记得回来呀？

贾　琏　当然记得哟！

　　　　（唱）一日不见夫人面，

　　　　　　如同隔了三个春。

　　　　　　三日不见夫人面，

　　　　　　你说隔了几个春？

王熙凤　（唱）夫君你在想念我，

　　　　　　请问用的什么心？

帮　腔　用的什么心？

贾　琏　（一愣）什么叫用的什么心？

王熙凤　（笑着）二爷，你老人家想我，用的是这个心呢？（指着贾琏的前胸）还是用的——（扳过贾琏的身子，指着他的后背）用的这个心？

贾　琏　哈哈哈哈。你这一张嘴呀！我服了。服了。

平　儿　二爷辛苦，快快坐下。

王熙凤　二爷，几天不打照面，你老人家在哪里辛苦呀？

贾　琏　大清早就吃了山西醋吗？开口闭口酸溜溜的！你又不是不晓得，我家贵妃娘娘这些日子——凤、体、欠、安。为了方便进宫去问病请安，我特意在凤藻宫外，找个客栈住下了。

王熙凤	哦……我听说,贵妃娘娘只是感冒风寒,不碍事。
贾　琏	感冒风寒,要是别人都不算病。可是,我家贵妃娘娘是——哮喘!感冒风寒,不免咳嗽。如果痰壅气阻,一口气上不来说不行就不……(猛住口)呸呸呸!(自掌其颊)臭嘴!臭嘴!
王熙凤	嗨。当真辛苦了就好好歇一歇。平儿,去给二爷弄点好吃的……
贾　琏	不必了。我回来就是跟你说一声,免得你又东猜西想。说了话我就走。
王熙凤	你才回来……
贾　琏	哪个叫我在衙门里有差事呢。(起身)
王熙凤	哼,也不知是在衙门里有差事,还是在什么春香院儿、秋香院儿里有差事。
贾　琏	要不然,你跟我到衙门里去看一看?
王熙凤	我呀,有那闲工夫,不如自己养精神。
贾　琏	对啰。还是自己养精神。(转身疾步而去,下)
王熙凤	二爷!(起身追两步)二爷……呃!话都没有说两句!(想一想,叫)来旺媳妇!来旺媳妇!

【来旺妇奔上,躬身叫"奶奶"。

王熙凤	这几天二爷在哪里?他都做了些什么?打听清楚没有?
来旺妇	正在打听……
平　儿	(劝解)奶奶!你何必管二爷在外头怎样。难道,你还指望二爷守身如玉吗?
王熙凤	我是防着他在外头纳妾安家!平儿呀平儿,你也该多长个心眼儿,谨防你二姨娘的位子,让别的女人抢去了!
来旺妇	(岔开话题)奶奶,来旺收利钱,回来了……
王熙凤	怎不早说?
来旺妇	二爷在这儿,我没敢说。

自在飞花

| 王熙凤 | 叫！ |
| 来旺妇 | 是。（边叫边走）奶奶传来旺！（下） |

【来旺上。

来　旺	（念）主子掌大权，
	奴才有威风。
	见过奶奶。禀奶奶，当收的利钱，奴才已收回二千三百两。
王熙凤	怎么才这么一点儿？
来　旺	（将一沓银票呈与平儿）有的借贷人家，实实无钱偿付……
王熙凤	什么话！我是拿钱放利，不是行善周济。莫非你心慈面软，拿主子的银两，做自己的人情？
来　旺	奴才不敢。（一顿）奶奶，有的借贷人家，愿将儿女送入府中为奴做婢抵偿债务，不知奶奶……
王熙凤	闭嘴！府中小厮成队，丫鬟如云。谁稀罕他什么儿女。我要银子！
来　旺	是。要银子！
王熙凤	就这两天，不管你用什么法子，该收的利钱，都要与我收回来！
来　旺	是。

【来旺下。

平　儿	奶奶，朝廷不许发放高利贷。若是把人逼急了……
王熙凤	你怕有人告发我？哼！哪个要告，就让他去告！
帮　腔	贾府上下人缘广，
	元春又把贵妃当。
王熙凤	（唱）只要有人有胆量，
	便告我：贪赃枉法、叛逆谋反也无妨！（一顿，长叹）唉。
	若不把弄钱的办法多多想，
	我这当家人——
帮　腔	如何把家当？

【来旺妇一迭连声叫着:"奶奶,打听到了,打听到了……"奔上。

来旺妇	奶奶,打听到了。我们二爷在花枝巷娶……(猛住口)
王熙凤	聚?聚什么聚?又是聚赌嫖娼?
来旺妇	不不不。是娶,娶了一个——新奶奶!
王熙凤	(惊呆)啊!(落座)
平　儿	(拉来旺妇到一旁)谁家女子?
来旺妇	尤家二姨!
平　儿	就是珍大奶奶的后妈带过门儿的拖油瓶、珍大爷的那个姨妹儿?
来旺妇	就是她!
平　儿	这么说,此事必由珍大爷做主。
来旺妇	正是珍大爷做主。说是为了我二房的香烟后代。
平　儿	我们奶奶这样年轻,忙什么香烟后代?
来旺妇	珍大爷说,如今奶奶经血不调……
平　儿	经血不调!他当大哥的,怎么知道弟媳妇经血不调?
来旺妇	这!(思索)
王熙凤	(咬牙)二爷说的。
平、妇	(难以置信)二爷说的?
王熙凤	除了他,还有谁?还有谁?他,他们……一个个都像乌眼鸡,恨不得吃了我!
来旺妇	奶奶!让我带几个小厮前去,问那尤二姐一个勾引良家子弟的罪名,一阵乱棒将她打死。(欲走)
平　儿	(拦住)不可!人命关天。官府追究起来,对二爷的前程和奶奶的名声都大为不利!
来旺妇	那就将尤二姐赶出京都!(再走)
平　儿	(再拦)使不得!她好歹是珍大爷的姨妹。如今跟了二爷,就是二爷的人。你将她赶出京都,奶奶在二爷和珍大爷面前怎

样交代？

来旺妇　　顾不得那么多！绝不能等尤二姐生出个儿子。要知道母以子贵……

王熙凤　　（怒吼）不要说了！

帮　腔　　　　指天骂，切齿恨，

王熙凤　　（唱）恨煞那——

帮　腔　　　　恨煞那送子观音。

王熙凤　　（唱）享用着香蜡果品，

　　　　　　　怎不送贵子麒麟？

　　　　　　　可叹我机关算尽，

　　　　　　　却无计怀一个娇儿在身。

　　　　　　　这短处，害煞我，

　　　　　　　这短处，利于人。

　　　　　　　他们嫁的嫁姨妹，

　　　　　　　结的结姻亲。

　　　　　　　明枪暗箭，

　　　　　　　无不对准我的心！

　　　　　　　岂能容对头们，计谋得逞！

　　　　　　　岂能容卧榻侧，酣睡他人！

　　　　　　　岂能容这争斗，我败她胜！

　　　　　　　岂能容贱尤娘，抗礼分庭！

帮　腔　　　　怒难忍，气难吞……怒难忍，气难吞……

王熙凤　　（慢慢镇定下来，唱）

　　　　　　　我必须——后发制人。

王熙凤　　（坐下）我记得……尤二姐是定了亲的。

来旺妇　　奶奶好记性。尤二姐打小定亲，男人名叫张华。如今，那张华家道败落，已沦为当铺里的一个伙计了。

平　儿　　这么说，尤二姐与张华退婚了？

来旺妇	还没有。珍大爷说，嫁了再退也不为迟。
王熙凤	（想着）好……好。（向来旺妇）把你男人叫来！
来旺妇	是。（向外叫）奶奶传来旺。

【外面一声声传开去："奶奶传来旺……奶奶传来旺……"来旺跑上。

来　旺	（急着说）奶奶。讨债的事……
王熙凤	（打断）当铺伙计张华，你可认得？
来　旺	（一愣，有点蒙）啊？当铺伙计？张华？哦，认得，认得。
王熙凤	认得就好。适才你说，有些人家愿将儿女抵债？
来　旺	是。
王熙凤	其中，可有长得好看的姑娘？
来　旺	长得好看的？嗯，有，有。
王熙凤	挑一个好看的，与我送来。立马就去！
来　旺	是。（边跑边念叨）挑一个好看的……（下）
王熙凤	（站起）与我淡妆素裹。吩咐备马套车。
平、妇	奶奶要到哪里去？
王熙凤	我要去会一会那尤二姐！

【切光。

【黑暗的舞台某处，亮起一束光。跛道人执葫芦半醉半醒地喝酒。

跛道人	（唱）看螳螂，欲捕蝉儿正伸手，
	有黄雀，身后一啄把它揪。
	那黄雀，叼着螳螂扑腾着翅，
	却不知，逮鸟的正把罗网收。
	逮鸟人，大摇大摆在路上走，
	冷不丁，强盗的钢刀架咽喉。
	那强盗，抢得银钱去沽酒，
	不提防，官兵捉去砍了头。

那鬼魂，在阴曹地府晃晃悠悠、悠悠晃晃、晃晃悠悠、悠悠晃晃地来回走呀来回走，拿不准，该往哪儿去把胎投。

【定点光渐灭，跛道人隐。

【传来翠儿的长叹声：唉……

帮　腔　　　躲躲藏藏办婚事——

【灯光渐亮。地点：尤二姐的前厅。

【翠儿手捧鲜花上，慢步行走。

帮　腔　　　遮遮掩掩成了亲。

翠　儿　（唱）府外安家名不正，

　　　　　　　更怕那，琏二奶奶闻风声。

　　　　　　　倘若一朝事败露，

　　　　　　　灾祸飞来谁担承？

　　　　　　　我忧愁，她高兴……

　　　　（向内叫）二小姐，鲜花采来了。

【尤二姐快步上。

尤二姐　　嗨呀，好美的花呀！（接过花束）

　　　　（唱）花儿朵朵笑盈盈。

　　　　　　　这一朵笑的是，伶仃二姐甘来苦尽。

　　　　　　　这一朵笑的是，贫贱尤娘嫁了王孙。

　　　　　　　这一朵笑的是，夫君待我情深义厚。

　　　　　　　这一朵笑的是……

翠　儿　（唱）笑的是，你如醉如痴在迷津。

尤二姐　（唱）春风扫愁云，

　　　　　　　弱女献芳心。

　　　　　　　终身有托实可庆，

　　　　　　　只求这，小院深巷永太平。

【传来人喊马嘶。尤二姐与翠儿诧异。

尤、翠	（同唱）车轮轧轧人呼喊，
	蹄声嘚嘚马嘶鸣。
	谁这样威风凛凛？
翠　儿	（走去张望，大惊后退）哎呀！
帮　腔	琏二奶奶进了门！
尤二姐	啊……（鲜花落地，浑身发抖）我躲，躲躲躲，躲起来……
翠　儿	（拾起鲜花抛去，拉住尤二姐）无处躲！无处藏！快去迎接她……多说好话，多说好话……

【人喊马嘶中，丫鬟仆妇们冲上，列队。

【平儿上。

平　儿	（高声）琏二奶奶驾到！

【尤二姐浑身颤抖，不知所措。翠儿忙拉她一起跪下。

【王熙凤一阵风似的卷来，猛停步。

帮　腔	来会这、来会这尤家窈窕，
	强忍着、强忍着怒火中烧。
王熙凤	（念）遍地陷阱捕狡兔，
帮　腔	任你三窟也难逃。
王熙凤	（慢慢转身，俯视尤二姐，故作小声）平儿，这跪着的是谁呀？
翠　儿	（连忙）我家二小姐恭迎琏二奶奶。请二奶奶升堂。
王熙凤	哎哟，是尤家妹妹呀！妹妹行此大礼，折煞为姐了。
尤二姐	（语无伦次）奴家年轻无知……小妹原本不敢……
王熙凤	妹妹呀。
	（念）今朝相逢三生幸。（扶起尤二姐）
帮　腔	三生幸。
王熙凤	（唱）你看为姐——
帮　腔	满面春。

【翠儿端椅子放在中场。尤二姐请熙凤坐。

| 王熙凤 | （唱）哎呀，贤妹妹呀，你又何得—— |
| 帮　腔 | 谦逊恭敬。 |

【王熙凤把尤二姐按在椅上。

【以下，尤二姐诚惶诚恐不知所措。王熙凤时站时坐随心所欲。

王熙凤　　（唱）听为姐沥胆倾心。
　　　　　只怨我，年纪轻，
　　　　　言语不知浅和深。
　　　　　常劝二爷保重要紧，
　　　　　休在外眠花宿柳、低唱浅斟，
　　　　　惹公公恼怒、让婆婆生气，
　　　　　这都是妇人家的一片痴心。
　　　　　谁知二爷错会了意，
　　　　　把为姐竟当作：吃醋拈酸、妒忌不堪的小妇人。
　　　　　娶妹妹原本正经事，
　　　　　竟然背地结姻亲。
　　　　　让别人骂我不贤惠，
　　　　　叫我有冤哪……有冤无处申。
　　　　　妹妹休把流言听，
　　　　　错疑为姐不宽仁。
　　　　　为姐心术若不正，
　　　　　上有两层公婆，中有姐妹妯娌，岂能容我到如今？
　　　　　须知我在管家政，
　　　　　或赏或罚都得罪人。
　　　　　恨我之人操舌刃，
　　　　　恶言诽谤是常情。
　　　　　妹妹为人多聪敏，
　　　　　何不详情一二分？

尤二姐	（念）家大人众多议论，
	姐姐不必挂在心。
王熙凤	（念）妹妹说话多中肯，
	可算为姐一知音。（长叹）唉！
	（唱）叹为姐——
帮　腔	膝前尚无子，
王熙凤	（唱）岂不巴望后代根？
	欲替二爷再婚娶，
	只恨未逢中意人。
	今得贤妹妹，
	不禁喜盈盈。
	我看妹妹好人品，
	我看妹妹性温存。
	难怪二爷他喜爱，
	为姐一见嘛……也心疼。
	特地亲自来拜见，
	不过是惺惺惜惺惺。
	望求妹妹启大驾，
	搬进府，我们同欢同乐、同食同饮、同坐同行。
	一不分大小，
	二不论卑尊。
	晨昏去定省，
	早晚侍夫君。
	家务料理好，
	儿女抚成人。
	那时节——
	祖母高兴，公婆欢欣，
	夫妻相敬，姐妹相亲，

　　　　　　　阖府欢庆，乐享天伦。
尤二姐　　（连连后退）小妹不敢妄想，不敢妄想……
王熙凤　　（接唱）要是妹妹不进府，
　　　　　　　闲言杂语不堪闻。
　　　　　　　贤妹妹名不正来言不顺，
　　　　　　　在人前不敢抬头把腰伸。
　　　　　　　养下的娇儿——（小声）叫私生子，
　　　　　　　私生子进不了爹的门。
　　　　　　　他怨你、恨你、轻贱你，（大声）
　　　　　　　看你伤情不伤情？
　　　　　　　事关重大，你要清醒……
尤二姐　　啊……
　　　　　　（背唱）欲言无语冷汗淋。
　　　　　　　她字字如芒刺我背，
　　　　　　　句句如箭穿我心。
　　　　　　　今朝闻她一席话，
　　　　　　　我才是——妻不妻来妾不妾，
　　　　　　　路柳墙花一般的人……
王熙凤　　妹妹，你要想清楚啊。
尤二姐　　（接唱）多谢姐姐施恻隐，
　　　　　　　亲驾仙舟渡迷津。
　　　　　　　妹何尝，不想离却这处境……
翠　儿　　（急忙插话）二小姐。是二爷要我们住在这里。如要进府，也该先向二爷禀明才是。（示意不可答应）
尤二姐　　哦……（转向王熙凤）
　　　　　　（接唱）且容我，先向二爷来禀明。
王熙凤　　妹妹呀！
　　　　　　（接唱）只因二爷错疑我，

　　　　　　　我才亲自来相迎。
　　　　　　　专候二爷人不在，
　　　　　　　先接妹妹进府庭。
　　　　　　　让他知我非妒妇，
　　　　　　　免去猜疑重相亲。
　　　　　　　你若不进府，
　　　　　　　我也不回门。
　　　　　　　愿陪妹妹住在此，
　　　　　　　执手相伴晨与昏。（坐下，背身拭泪）

尤二姐　　　这……
　　　　　　（背唱）她实言实语和泪诉，
　　　　　　　我又愧又怜仔细听。
　　　　　　　我若执意不进府，
　　　　　　　叫她脸面何处存？
　　　　　　　再若二爷将她怪，
　　　　　　　夫妻难免起纷争。

翠　儿　　　二小姐！（摇手示意）

尤二姐　　　（接唱）你看她，素妆来迎多谦逊，
　　　　　　　言谈举止甚可亲。
　　　　　　　你看她，倾诉衷肠多诚恳，
　　　　　　　情热恰似火一盆。
　　　　　　　叫我怎好不应允？

翠　儿　　　（低声，念）怕她是诈不是真。

尤二姐　　　这……

【王熙凤示意平儿。

平　儿　　　（向尤二姐）新奶奶！
　　　　　　（念）容奴才细禀……容奴才细禀。

【平儿跪下，暗示众丫头。众丫头一齐跪下。

平　儿	（唱）奶奶所言皆是真。
	自从前日知此事，
	便令奴婢扫府庭。
	腾出房子——
众	（念）腾出房子三间整，
平　儿	（唱）拨出奴婢——
众	（念）拨出奴婢八个人。
平　儿	（唱）屋里屋外——
众	（念）屋里屋外熏兰麝，
平　儿	（唱）房前房后——
众	（念）房前房后挂彩灯。
	今日家宴早齐备，
	专候新奶奶进府门。
平　儿	（唱）新奶奶又何得犹豫不定？
众	（唱）莫辜负大奶奶一片诚心。
	请新奶奶进府……请新奶奶进府……
尤二姐	你们起来，起来。
	【平儿与丫头们起。尤二姐转向王熙凤。
尤二姐	（唱）愿进府长伴姐姐，
	从今后——
帮　腔	唯命是听。
王熙凤	这就好了。妹妹请。
	【王熙凤携尤二姐之手，并肩而下。平儿等随下。
	【切光。
	【台前一侧，追光中出现贾琏。
贾　琏	（向舞台对面叫）珍大哥、珍大哥。
	【台前另一侧，追光中出现贾珍。
贾　珍	喊啥？喊啥？

【二人疾步向前，相会于台沿中部。

贾　琏　　大哥，尤二妹是不是看望她姐姐来了？
贾　珍　　没有来呀。怎么，她不在花枝巷吗？
贾　琏　　不在，连大门都锁上了。
贾　珍　　啊？！该不会是，是走漏了风声……让你们家那口子弄走了？
贾　琏　　哎呀！要是这样就糟了！
贾　珍　　你赶紧回家看看动静。我去老祖宗那里探探风声。
珍、琏　　快——走！（二人转身分下）

【全台灯亮。地点：贾府庭院某处。
【贾母上。丫鬟仆妇数人随上。

帮　腔　　　　小憩半日精神爽，
　　　　　　　自寻逍遥出华堂。
贾　母　　（唱）花香鸟语人欢畅，
帮　腔　　　　穿庭过院漫徜徉。

【传来王熙凤的声音："老祖宗……"王熙凤随声而上。

王熙凤　　老祖宗，孙媳给你老人家请安来了。
贾　母　　你这猴儿！不要嘴上抹蜂蜜前来哄我。你呀，请安是假，有事是真。
王熙凤　　（撒娇）哎呀老祖宗！你老人家就装一会儿糊涂嘛，不要一语道破嘛。
贾　母　　哈哈哈……说嘛，有什么事？
王熙凤　　喜事！喜事！（向内招手）过来吧。（扶贾母坐下）老祖宗您先坐着。

【平儿领尤二姐上。翠儿随后。

王熙凤　　老祖宗，我带来一人，请你老人家过目。（向尤二姐）快来见过老祖宗。
尤二姐　　（近前施礼）见过老祖宗。
贾　母　　这是谁呀？

自在飞花

王熙凤	是珍大哥的姨妹——尤二姐。
贾　母	尤二姐？（细看）啧啧啧，世上竟有这么好看的女孩儿。
帮　腔	小尤二眉目俊俏难描画，
	就是那画中人儿也难比她。
贾　母	凤丫头。
	（唱）你觅得仙姬来见我，
	莫非要与她找婆家？
王熙凤	（唱）老祖宗秋毫明察，
	道隐衷所言不差。
	都只为，不孝有三无后为大，
	为子嗣主意早拿。
	老祖宗若还喜爱，
	便与夫再娶娇娃。
	养麟儿把香烟续下，
	好替我，膝前孝敬你老人家。
贾　母	（唱）滋心润肺几句话，
	难得孙媳这豁达。
	都说祖母偏爱你，
	谁似你，大贤大德实堪夸。
	此女子，雪作肌肤花作貌——
	（夹白）琏儿可纳。
帮　腔	琏儿可纳。
王熙凤	妹妹，快叩谢老祖宗的恩典。
尤二姐	谢老祖宗恩典。（跪下）
	【来旺呼叫着奔来。
来　旺	奶奶，不好了……不好了……
王熙凤	（呵斥）该死的奴才！大呼小叫什么？没见老太太在这儿吗？
贾　母	何事大惊小怪？

106

| 来　旺 | 回老太太，有人在衙门里把我家琏二爷告了。
| 贾　母 | 啊？告他何来？
| 来　旺 | 告他倚财仗势、强占民妻。人家还要把妻子索讨回去！
| 贾　母 | 小奴才竟做出这等丑事！但不知他强占了何人的妻子？
| 来　旺 | 这……奴才不敢说……
| 贾　母 | 有什么不敢？说！
| 来　旺 | 二爷强占了当铺伙计张华的妻子。就是……就是这个——尤二姐。
| 贾　母 | 啊？凤丫头！你怎么找个有了婆家的女子？
| 王熙凤 | （忙跪下）哎呀，老祖宗。孙媳不知她有了婆家呀。
| 贾　母 | 你糊涂！哪里找不到一个美人儿？何苦让人告到官府，落下骂名？横竖尚未圆房，快快送她回去。
| 王熙凤 | 孙媳遵命。（站起）
| 尤二姐 | 老祖宗……（有口难言）老祖宗……
| 贾　母 | 你既然许了张家，就该去到张家。
| 尤二姐 | 我，我……（转向王熙凤，求助）姐姐，姐姐……
| 王熙凤 | 这……（指贾母，表示爱莫能助）
| 翠　儿 | （早已忍不住了，此时鼓足勇气上前，跪下）启禀老太太，我家小姐与琏二爷的婚事，乃是珍大爷做主……
| 贾　母 | 珍大爷做主……（向王熙凤）可是如此？（见王熙凤点头）你不知她有了婆家，尚情有可原。但是你珍大哥岂能不知？他也糊涂了？（向来旺）请你珍大爷。
| 来　旺 | 是。（转身走）

【贾珍上。

| 来　旺 | 哦，珍大爷来了。（退下）
| 贾　珍 | 呵呵，老祖宗！今天天气好……
| 贾　母 | 珍儿！你尤二妹既有婆家，为何又将她许与你二弟为妾？
| 贾　珍 | 这……尤二妹退了亲的，不算有婆家呀。

自在飞花

贾　母	既然退了亲，为何人家又告到官府，要将她索讨回去？
贾　珍	告到官府……哎呀，老祖宗！

（唱）张华家境甚贫困，
　　　讹诈钱财是刁民。
　　　若将尤二退回去，
　　　坏了我府好名声。
　　　倘若是，以讹传讹传进了皇宫里，
　　　教我家贵妃娘娘——娘娘的脸面何处存？
　　　求祖母暂息雷霆怒，
　　　且待官府——查明真相、断个输赢。

贾　母	亏你是个当家主子，连这点小事也办不利索，还要闹到打官司！
贾　珍	都怪孙儿！怪孙儿大意了！大意了！
贾　母	（向尤二姐）你，起来吧。
尤二姐	多谢老祖宗。（起身）
贾　母	（向王熙凤）且让她在府中住下。等官司了结之后，再与琏儿圆房。
王熙凤	孙媳遵命。
贾　母	唉。（站起）一点兴致，都被你们败了。回去吧。
珍、凤	送过老祖宗。

【女仆们拥贾母下。

贾　珍	（意在言外）大妹妹，我家尤二妹，就拜托你啰。
王熙凤	打官司的事，就拜托大哥啰。
贾　珍	好。（双关地）我倒要看看那张华——有好大的神通！（下）
王熙凤	妹妹，刚才的事，幸亏老祖宗松了口，不然，谁敢违拗她老人家？现在好了，等珍大哥结了案，你就和二爷圆房。平儿，领新奶奶到她的院子里去。
平　儿	新奶奶请。

尤二姐　　　小妹告辞。

【尤二姐转身走。翠儿跟去。

王熙凤　　　哦，妹妹。你这翠儿丫头长得十分清秀，说话又很伶俐。我有心把她留在我的身边使用，不知妹妹肯赏脸否？

尤二姐　　　（畏怯地）这……姐姐之命，小妹敢不依从。只是……

王熙凤　　　（打断）那我就道谢了。

平　儿　　　新奶奶，我们走吧。

【尤二姐与翠儿凄惶相望，有口难言。尤二姐慢慢后退。

幕后唱　　　　　寒霜骤降凋碧树，
　　　　　　　　满眼花草顿时枯。

【尤二姐下。平儿跟下。

王熙凤　　　翠儿。以后你就在二门外打扫院子。没有我的吩咐，不得随意走动。（高声）来人！

【一仆妇上。躬身："奶奶。"

王熙凤　　　把这个丫头翠儿带下去，交与来旺他娘管束。

【仆妇应声："是。"翠儿敢怒不敢言，转身疾下。仆妇跟下。

【贾琏上，东张西望。

王熙凤　　　（转身看见）二爷，你在找什么？

贾　琏　　　（尴尬）没，没找什么……

王熙凤　　　是找尤二姐吧？我已经替你接进府来，还带她见了老祖宗。

贾　琏　　　（紧张）啊？老祖宗怎么说？

王熙凤　　　老祖宗……（笑）夸我贤惠。

贾　琏　　　夫人原本贤惠，而且越来越贤惠了……呃，老祖宗见了尤二姐，怎么说？

王熙凤　　　老祖宗吩咐我，择个良辰吉日，让你们圆房。

贾　琏　　　哈哈。我和尤二姐早已成亲，还圆个什么房。

王熙凤　　　（正色）二爷！莫忘了你姐姐是凤藻宫的贵妃娘娘！贾府也是国公府！你好歹是个国舅爷！外头那些偷鸡摸狗的事在这儿

不能做！若不正儿八经地圆个房，那尤二姐就没个正经名分。没个正经名分，以后生下儿子，算是我贾府的公子，还是外头的野种？你，连这个也不明白吗？

贾　琏　　（尴尬，无奈）明白，明白，明白……一切听从夫人的安排也就是了。

王熙凤　　张华告状，知道了吗？

贾　琏　　听说了……

王熙凤　　你自己不会办事，连累我在老祖宗跟前挨骂。好好的一个贤惠人，眨眼儿的工夫就不贤惠了。我招惹哪个了……（拭泪）

贾　琏　　哎呀夫人。

　　　　　（念）都怪我——

帮　腔　　　　耳根软心中无主，

贾　琏　　（念）经不住——

帮　腔　　　　珍大哥嘀嘀咕咕。

贾　琏　　（唱）你有那，可以撑船的宰相肚，

　　　　　　　　求你多宽恕，不要伤心不要哭。（连连作揖）

王熙凤　　（唱）妻懂得：在家须从父，

　　　　　　　　出嫁当从夫。

　　　　　　　　三从与四德，

　　　　　　　　自幼便背熟。

　　　　　　　　为了二房早得子，

　　　　　　　　我为你呀——

帮　腔　　　　寻访美人儿遍京都。

贾　琏　　（笑）你为我寻访美人儿？这个我却不信。

王熙凤　　二爷小看为妻了。（大声）来旺媳妇回来了吗？

【来旺妇上。

来旺妇　　奶奶，奴才回来了。姑娘也来了。

王熙凤　　叫她过来。

来旺妇	（向内叫）小娟，过来。
贾　琏	嘻！还真有这回事呀？

【小娟慢步上。

小　娟	（唱）进入贾府为抵债，
	沦作奴婢好悲哀。
来旺妇	上是二爷与二奶奶，快去叩见。
小　娟	奴婢小娟，叩见二爷、二奶奶。（跪下）
贾　琏	（向熙凤）这就是你物色的美人儿？
王熙凤	二爷你看如何？
贾　琏	（向小娟）起来。（绕小娟而看）不错，不错。（托起小娟的下巴，看）小家碧玉、秀色可餐。
王熙凤	小娟，二爷喜欢你，你就与二爷侍寝吧。
小　娟	（不懂）侍……（向来旺妇）侍什么？
来旺妇	（没好气）侍寝！就是陪二爷睡觉。
小　娟	（惊骇，"咚"一声跪下）奶奶，我是来当丫头的！
来旺妇	当个通房丫头，是你的福气。走！（拉起小娟，拖她走）
小　娟	（一路高叫）我是来当丫头的……我是来当丫头的……（被拉下）
贾　琏	哈哈哈……夫人，那我就少陪啰。
王熙凤	想走就走。免得你和尤二姐圆不了房，怪到我的头上。
贾　琏	我哪儿敢，我哪儿敢。哈哈哈……（扬长而去，下）
王熙凤	（目送，喃喃）他……就这样走了……打着哈哈儿，走……了……把我孤零零地丢下……为什么我要受这样的委屈……（呐喊）为什么我要受这样的委屈？！
帮　腔	为什么？为什么？为什么？
王熙凤	（唱）我本是，人上之人把权掌，
	却为何，竟要忍受这凄惶？
	我也是，花容月貌俏模样，

　　　　　　　却为何，十天九夜守空房？

　　　　　　　他那里，三妻四妾不为过，

　　　　　　　我这里，一夫一妻难成双。

　　　　　　　他那里，朝三暮四任放荡，

　　　　　　　我这里，从一而终方贤良。

　　　　　　　恼恨不能讲，

　　　　　　　人前笑脸装。

　　　　　　　泪水腹中淌，

　　　　　　　怨气心中藏。

　　　　　　　何日容我悲声放，

　　　　　　　我定会——

帮　　腔　　　哭倒昆仑赛孟姜。

　　　【王熙凤大哭掩面。灯光渐暗。王熙凤隐。

　　　【舞台某处，定点光下，跛道人在打太极拳。

跛道人　　　（唱）萧墙干戈起，

　　　　　　　孽海恩怨稠。

　　　　　　　八卦八八六十四，

　　　　　　　算不清人间喜和忧。（造型，定格）

　　　【舞台前区亮起弱光。贾珍、贾琏、来旺、来旺妇从四方奔出，四人交叉圆场后，舞台上出现两处小光区。贾琏、贾珍为一组，来旺夫妇为另一组，两组分别走入小光区中站定。各说各话。

贾　　珍　　　二弟，我去见了那张华！

来　　旺　　　果然，珍大爷去见了张华！

贾　　琏　　　原来，是来旺强迫张华到衙门里告我！

来旺妇　　　想必，珍大爷不会善罢甘休！

贾　　珍　　　我已和张华说好，明天带他去见老祖宗。

来　　旺　　　我今夜去找张华，不能让他跟珍大爷进府。

贾　琏	你要让张华在老祖宗面前……（小声）
来旺妇	你要按奶奶的吩咐……（小声）
贾　珍	一定要张华戳穿凤辣子的诡计！
来　旺	一定要把张华这个活口灭了！
四　人	（同声）对！就这么办！（四人各出光区，分向四方而去，光区灭）

【那定点光中，跛道人继续打太极拳。

跛道人	（接唱）种瓜便得瓜，
	种豆便得豆。
	世上无墙风不透，
	蛛丝马迹出红楼。

【定点光灭。跛道人隐。

幕后唱	西风阵阵，落叶片片。

【灯光渐起。地点：尤二姐简陋的起居室。

幕后唱	天色昏昏，苦雨绵绵。

【全台灯亮。尤二姐病恹恹上。

幕后唱	长夜漫漫，魔影眈眈，

【尤二姐体弱无力、脚步蹒跚。

幕后唱	芳心颤颤，珠泪涟涟。
尤二姐	（唱）只恨我，心痴意软，
	错信她，巧语花言。
	只落得——
	三日为新妇，
	三月做囚犯。
	渴无粗茶饮，
	饥无热膳餐。
	冻无重衾拥，
	寒无二衣添。

自在飞花

　　　　　　　　受尽了人间磨难，

　　　　　　　　朝而暮度日如年。

　　　　　　　　到如今——

　　　　　　　　欲退无路，

　　　　　　　　欲语无言。

　　　　　　　　欲走不能，

　　　　　　　　欲死不甘。

　　　　　　　　只因腹中已有孕，

　　　　　　　　不知是女或是男。

　　　　　　　　若能生下小娇儿，

　　　　　　　　赢得祖母心喜欢。

　　　　　　　　保全二姐一条命，

　　　　　　　　抚子成人求平安。

　　　　　　　　且忍满腹悲和怨，

　　　　　　　　强自振作咬牙关。

　　　　　　　　往事休再回头看——

帮　　腔　　　愿如衰草待来年。

　　　　　【平儿惊惶奔上。

平　　儿　　（一边低声叫着）奶奶来了！奶奶来了！

尤二姐　　（惊惶）她来了……（一把抓住平儿）平儿你要救我！你要救我！救救我！

平　　儿　　镇定些。镇定些。怀孕之事，千万莫让她看出来……（挣脱尤二姐，往内室趋避，回头叮咛着）莫让她看出你怀孕了……（下）

　　　　　【内传人声："琏二奶奶到。"

尤二姐　　（惊慌失措，喃喃着）她来了，她来了……

　　　　　【王熙凤上，来旺妇跟上。小娟和一个丫头随上。

王熙凤　　妹妹，为姐看你来了。

尤二姐	（极度紧张）小小小，小妹不知姐姐驾驾驾，驾到，还望姐姐恕恕恕，恕罪。（欲拜，晕，被小娟和丫头扶住）
王熙凤	怎么这样不中用？
来旺妇	（小声）莫非她——当真有了？
王熙凤	妹妹，妹妹……
尤二姐	（清醒过来，忙推开二丫鬟）姐姐……（去搬椅子）姐姐请坐……（又觉晕眩，不由得伏在椅背上）
王熙凤	妹妹不必劳神。（抬起她的下巴）呀！妹妹脸色不好，莫非身体有恙？
尤二姐	啊没，没有没有……是，是小妹不知姐姐驾到，唯恐姐姐怪罪……
王熙凤	（打断）妹妹多心了。为姐是来向妹妹道喜的。
尤二姐	（大惊）喜？（下意识捂着肚子）我没有喜……我没有喜……
王熙凤	妹妹还不知道吗？你那未婚夫张华，欠了人家的赌债，逃得无影无踪。因此，他和二爷的官司，也就不了了之。如今，为姐要选个吉日，让你和二爷圆房。这，不是喜又是什么？
尤二姐	当……真？
王熙凤	当真！只是妹妹怎么憔悴了？你这个样儿，我怕二爷见了……（小声）不喜欢你了。待为姐与你请个医生来。
尤二姐	（大声）不！（忙缓和）不不不……小妹无病，不必请医。
王熙凤	哎，方才晕倒了，怎说无病呢？平儿，你时常过来陪伴新奶奶，她有病，怎不报与我知？
平儿	新奶奶只是偶感风寒，故而未敢惊动奶奶。
王熙凤	死丫头不知轻重！新奶奶如此憔悴，圆房之时，二爷必定怪我照顾不周。（向尤二姐）好妹妹，你可怜可怜为姐，就是不愿请医，也该滋补滋补。来旺媳妇，快取御用补虚丸。
来旺妇	是。（下）
王熙凤	平儿，温汤伺候。（转）妹妹，御用补虚丸乃嫔妃们常用的良

药。服用几日，便可见效。妹妹年轻，服下此药，必定又是天姿国色。

【来旺妇拿药丸上。

王熙凤　（取药）妹妹服下此药，不出三五天，又是一个大美人儿。（递药）

尤二姐　（接药）多谢姐姐。

王熙凤　只是一件。女子服用此药，必须无有身孕。若有身孕，服之立即堕胎。

【尤二姐大惊，药丸落地。

王熙凤　妹妹为何惊慌？

尤二姐　小妹未……未曾……

王熙凤　（微笑）你看——（指药）它都掉了。

尤二姐　这……（俯身拾起，浑身颤抖）

王熙凤　（亲切地）妹妹莫非怀孕了？

尤二姐　没有！没有，没有……

王熙凤　既未怀孕，惊怕何来？服下此药，好与二爷圆房呀。（转）来旺媳妇，伺候新奶奶服药。（从容入座）

【来旺妇应声，从尤二姐手中拿过药丸，从平儿手中拿过茶盘，将药丸放在盘中端向尤二姐。来旺妇步步上前，尤二姐步步后退。二人圆场。

尤二姐　（退无可退之时，不由得长恸一声，跪倒在王熙凤的脚下）饶了我吧……

王熙凤　这是何意？

尤二姐　我，我，我有孕了。（匍匐在地）

王熙凤　哦……（狠狠拧了身旁的平儿一把，转向尤二姐）既是如此，怎不早说呀？

尤二姐　（哀求）姐姐，我的贤姐姐呀……

（唱）求姐姐网开一面，

　　　　　　　把腹中胎儿姑宽。

　　　　　　　若是女，在姐姐膝前听使唤，

　　　　　　　若是男，也算二房一炉烟。

　　　　　　　求姐姐慈悲为念，

　　　　　　　妹自当结草衔环。

　　　　　　　姐姐呀！（叩头不止）

帮　　腔　　啊……啊……

王熙凤　　妹妹想到哪里去了？（扶住尤二姐）适才为姐不知情由，让你服药，也是为了你与二爷圆房。既有身孕，自然不必服用。快快起来。

尤二姐　　小妹终身铭记姐姐的大恩大德。（起）

王熙凤　　小娟。你与我沏的贡茶呢？把它端来。

小　　娟　　是。（下）

王熙凤　　妹妹有孕，就是二房的功臣。老祖宗不知道该有多欢喜。为姐嘛，也指望托你的福，在老祖宗跟前讨个好呀。

【小娟端茶上。

小　　娟　　奶奶，贡茶来了。

王熙凤　　（接茶）妹妹，此乃外邦进贡之茶，是贵妃娘娘所赐，安神压惊最好，平日里我都舍不得喝。今天正好沏了，妹妹喝两口儿安安神、压压惊吧。（把茶盅递到尤二姐面前）

尤二姐　　（不得不接过茶盅）多谢姐姐。

王熙凤　　妹妹闻闻，香不香？

尤二姐　　香，香……

王熙凤　　贵妃娘娘赏赐的贡品！寻常人家儿哪儿去喝？快尝尝。（看尤二姐喝了一口）味道如何？

尤二姐　　好。好……

王熙凤　　好就多喝几口。

【尤二姐不敢拂其意，又喝两口。

王熙凤	再喝两口儿，你就神清气爽了。
	【尤二姐再喝两口。来旺妇过来接过茶盅。王熙凤与尤二姐坐下。
王熙凤	妹妹。为姐早想过来看你。只是太忙太忙了。今日，还是凤藻宫传下话来，说我家贵妃娘娘旧疾复发。娘娘犯病，这还了得！府里有爵位的老爷们和诰命夫人们急忙进宫。问病的问病，请安的请安。家里的事，也都搁了下来。为姐这才清闲了些，也才有空过来看你……
尤二姐	（按着腹部猛然站起）啊……
王熙凤	妹妹怎么啦？
尤二姐	我腹中……疼痛……（扶住桌子）
王熙凤	哎呀，请太医，请太医……
	【平儿要走，被来旺妇拦住。
王熙凤	妹妹挺住。太医就要来了，太医就要来了……
尤二姐	哎呀……（扎挣，身段过场后，指着王熙凤）你——呀！（欲倒，被小娟与丫头架住）
王熙凤	搀她进去。
	【小娟与丫头架尤二姐下。来旺妇跟下。平儿欲跟去。
王熙凤	（大喝）平儿！（盯住平儿，慢慢向前，一字字地）别人家的猫逮耗子，我家的猫——逮鸡呀！（用力打她一个耳光）
	【同时传来尤二姐的惨叫："啊！"来旺妇上。平儿下。
来旺妇	奶奶，打下来了，还是一个男胎。
王熙凤	小娟走来！
	【小娟上。
王熙凤	小娟，新奶奶吃了贡茶，为何胎儿就掉了？莫不是你这贱人，在贡茶中放了什么东西？
小　娟	（大惊跪倒）没有！奶奶，我没有……
王熙凤	没有？贵妃娘娘赏下的贡茶会堕胎吗？想必是歹人将你收买，

	要断我二房的香烟后代。来旺媳妇！把这贱人拖去拷打审问，要她从实招来！
来旺妇	是。（向内叫）来呀！
	【应声而上四个男仆。
来旺妇	（指着小娟）把这贱人拖去拷打审问，要她从实招来！
四男仆	是。（上前抓住小娟）
小 娟	（叫）冤枉……冤枉……
	【四男仆高举小娟下。来旺妇跟下。平儿慌张跑出。
平 儿	奶奶奶奶，她她她……（指着里面说不出话）
王熙凤	她怎么了？
平 儿	她……死了……
	【来旺奔上。他浑身颤抖着，上下牙磕碰着。
来 旺	（言语不清）死了，死了……
王熙凤	你说什么？
来 旺	（牙齿咯咯响）死了，死了……
王熙凤	（厉声）说清楚！
来 旺	（一个激灵后镇静了一点）我家贵妃娘娘……
王熙凤	（紧张）娘娘怎么样？
来 旺	（颤抖着）一口气上不来就……（用力吼出）死——了！
王熙凤	啊！（一个趔趄被平儿扶住后，悲号）娘娘！你不能死！你不能死呀！
	【切光。众人隐。
	【黑暗中夏太监内叫："圣旨下！"夏太监捧旨出现在定点光中。
夏太监	（念）"奉天承运，皇帝诏曰：贾氏子弟，藐视王法，恃强凌弱，辜负圣恩，有忝祖德。着革去世职，抄产入官。其所犯各罪，按律论处。钦此。"（高声）来呀。将贾琏绑了，押送顺天府大牢。
	【全台灯亮。地点：王熙凤的起居室。

【二锦衣卫绑贾琏上。

贾　琏　　　（叫）冤枉……

夏太监　　　冤枉？那尤二姐和张华冤不冤枉？那抵债的丫头小娟冤不冤枉？呸！现如今，你家的贵妃娘娘死了，你们也恶贯满盈了。贾珍已去了顺天府大牢。你也到牢里去，和你大哥做个伴儿。带走！

【锦衣卫押贾琏下。王熙凤追出。

王熙凤　　　（追叫）二爷……

夏太监　　　琏二奶奶！往日你好威风。今天，让你见识见识咱家的威风。（叫）抄！

幕后男声齐唱　抄……

【锦衣卫冲上。杀气腾腾圆场。下。

幕后男声轮唱　抄家！抄家！抄家！

【熙凤惊骇地躲避到桌后。

幕后男声齐唱　想抄家，盼抄家。

　　　　　　　喜抄家，爱抄家。

　　　　　　　抄你家，抄他家。

　　　　　　　锦衣卫的美差——是抄家。

　　　　　　　抄了别人家，

　　　　　　　肥了自己家。

　　　　　　　倘若想发家，

　　　　　　　便去抄人家。

　　　　　　　咿儿哟，呀儿哟。

　　　　　　　倘若想发家，

　　　　　　　便去抄人家。

　　　　　　　咿儿哟，呀儿哟，

　　　　　　　手忙脚乱快抄家，

　　　　　　　锦衣卫的美差——是抄家。

　　　　　　抄家……抄家……抄家……
　　　　　【幕后唱中。锦衣卫们拿着各种珍品，先先后后返场，快乐地互相炫耀。有人不断下场，又拿着另外的珍宝上场（群舞）。
　　　　　【夏太监敞开一个口袋。有的锦衣卫便把东西丢进他的口袋里。
　　　　　【锦衣卫满载而去，下。夏太监把口袋让一个锦衣卫扛下。
　　　　　【二锦衣卫捧出两只精美的小箱子放在桌上，打开箱盖。

夏太监　　（拿出一沓纸）银票！哈哈，这是琏二奶奶的私房钱！
　　　　　【王熙凤从桌后站起，直勾勾盯着箱子。
夏太监　　（从另一小箱内拿起一沓纸）高利贷！朝廷严禁高利贷，贾府知法犯法。哈哈，铁证如山！（向锦衣卫）拿走！
王熙凤　　（大叫）我的箱子！（两手扑在箱子上）
　　　　　【二锦衣卫拖开王熙凤。夏太监抱二箱扬长而去。二锦衣卫跟下。
王熙凤　　（狂喊）我的箱子！我的箱子！（向四面高叫）来人哪……来人哪……
帮　腔　　　力竭声嘶无人应，
　　　　　　大树倒散了猢狲。
王熙凤　　（唱）贵妃啊，我的娘娘啊，
　　　　　　你不该撒手人寰升天去。
　　　　　　熙凤啊，你这贱人啊，
　　　　　　你不该弄权敛财太逞能。
　　　　　　再无颜去见祖母，
　　　　　　再无颜面对家人。
　　　　　　刀割般的悔，斧劈般的恨。
　　　　　　悔前悔后，恨己恨人。悔前悔后，恨己恨人。
帮　腔　　悔不尽，恨不尽，悔不尽，恨不尽，悔恨不尽——
王熙凤　　（唱）但求速死，不求生！

（有气无力晃晃悠悠地叫着）让我死吧……让我死吧……

【灯光渐暗。王熙凤晃悠着隐去。

【传来跛道人的声音："咿呀嗨——"

跛道人　（幕后唱）呼啦啦倾了大厦……

【台上渐起昏暗的灯光，照出一片高低不平的乱坟岗。

【乱坟之间，飘摇着长的短的、新的旧的各种样式的纸幡。还有几炷快要烧尽的香，在乱坟间飘出几缕轻烟。

跛道人　（幕后唱）昏惨惨灭了油灯……（小雪乱飞）

【乱坟后的高处，弱光照跛道人手执拂尘慢步过场。

跛道人　（唱）红楼好梦醒，

　　　　　凤去如飞云。（大雪纷飞）

　　　　　但则见，茫茫大地一片白，

　　　　　唯有那，絮絮谈资遗后人。（渐隐）

女声独唱　　唯有谈资遗后人……

【独唱声中，台上仅一束弱光照着一座新坟。

【大雪中，坟头纸幡飘摇……寒风中，轻烟摇曳飘升………

【大幕缓缓落下。

——剧终

1963 年创作

1979 年首演

2023 年修订并排练

"其乐斋"品戏

王熙凤

作者于1963年创作的《王熙凤》,曾束之高阁16年,直到1979年才得以演出,旋即红遍大江南北,被许多戏曲剧团争相移植。评论界认为它突破了戏曲改编《红楼梦》的窠臼,不再拘泥于原著的某章节、某事件,而是用移花接木、刀削斧砍、形影相似等手法,塑造了一个立体的、极具个性的艺术形象——王熙凤,为《红楼梦》的改编开辟了一条新路。

王熙凤和尤二姐的故事,过去的戏多演绎争风吃醋。此剧从更高的意义上去表现原著的总体精神,表现那个金玉其外、败絮其中、争权夺利、尔虞我诈、横行霸道、草菅人命的贵族之家在败落道路上的断崖式下坠。

不过,作者的创作旨趣显然更在人文关怀上。君不见,尤二姐、小娟、翠儿以至平儿和没出场的张华,他们的遭遇有多伤惨。而王熙凤在谋害别人时,也受着别人(包括丈夫)的谋害。"一人之下众人之上"被认为有"宰相之才"的王熙凤,为何也有"哭倒长城"的痛苦和悲哀?

戏剧中从未出现过的"红楼跛道人",在这里出现了。他分明在戏外,却又似在戏中。他俯瞰着,旁观着,自言自语地唠叨着,好像要告诉我们什么,又好像什么也没说。是作者意犹未尽或意在言外?让我们看完戏后再想想,想想作者还要说什么。

成都市川剧院排演《王熙凤》，裴小秋饰贾母

成都市川剧院排演《王熙凤》，肖开蓉饰王熙凤

广西壮族自治区戏剧院桂剧团排演《王熙凤》，苏国璋饰王熙凤

成都市川剧院排演新版《王熙凤》，陈巧茹饰王熙凤

成都市川剧院排演《王熙凤》，李红秀饰王熙凤、王世泽饰贾琏

田姐与庄周

故事新编

人 物

田　氏　　庄周之妻

庄　周　　半仙之体的哲人

楚王孙　　贵公子（兼庄周化变的楚王孙）

童　儿　　楚王孙的随从（兼纸人化变的童儿）

傻　姑　　田氏的邻居（兼纸人化变的傻姑）

少　妇　　新寡

邻居老妇6～8人（由男角反串，兼演风神）

【大幕缓缓拉开。轻烟缭绕中，鸦声阵阵：哇！哇！哇……

幕后唱　　红尘飞扬兮，混沌真假。

　　　　　是非曲直兮，雾里观花。

【地点：庄家前院。

【浓密的竹林遮天蔽日，只从缝隙中透出些许蓝天。这里有一个简陋的竹桌和两个竹凳。荆钗布裙的田氏从轻烟中手捧陶盅上。

田　氏　　（唱）夫修道，

　　　　　　　　妻捧茶。

　　　　　　　清静无为，

　　　　　　　淡泊人家。

　　　　　　　谨守纲常顺人事，

　　　　　　　不问风雨度生涯。

　　　　　　　无喜无愁无奢想，

　　　　　　　闲来倚门数暮鸦。

　　　　　【一枝红杏横空伸到田氏面前。田氏："呀！"

幕后唱　　　隔墙红杏入庭院，

　　　　　　　拨动心弦一枝花。

　　　　　【田氏将陶盅放在桌上，采花插鬓，高兴呼唤。

田　氏　　有请先生。

　　　　　【庄周内应"来了"，随声上。

庄　周　　（念）我梦蝴蝶蝶梦我，

　　　　　　　我观鱼乐鱼便乐。

　　　　　　何事呼叫？

田　氏　　已按先生吩咐，熬好七星松露茶。（转身端茶）

庄　周　　且慢。你那头上戴的什么？

田　氏　　隔墙杏花。

庄　周　　把杏花给我。

田　氏　　先生要杏花则甚？（给花）

庄　周　　你呀，你呀。

　　　　　（唱）小妇人，见识浅，

　　　　　　　不解为夫教导言。

　　　　　　　杏花长枝头，

　　　　　　　摇曳春风前。

　　　　　　　吸天地滋养而吐艳，

　　　　　　　受日月精华而香甜。

　　　　　　　你将它活活折断，

		损了本性，失了自然。
		岂不知庄周学旨、为夫心愿？
		（念）无欲！无为！
		（唱）无欲无为勿伤天！
田　氏	先生！（略带撒娇地将杏花从庄周手中拿回）花儿已经摘下，就让为妻戴戴，有何不可？	
庄　周	哎！损天然之美而求矫饰之美，非庄周之道。拿来。（取花）看着！待为夫将它还原枝头。（施法）	
【魔术：杏花还原枝头。田氏惊诧不已。		
庄　周	为夫修道去了。（拿起陶盅）不可打扰于我！（走）	
田　氏	不敢打扰先生……哦，先生，要是有人来访呢？	
庄　周	叫他等着。	
田　氏	要是等久了呢？	
庄　周	那就请他出去走走，申时之后再来。（下）	
田　氏	是。申时之后。（转身见花）唉！杏花呀，杏花！	
		（唱）你既有一片天地可怒放，
		又何必墙东伸到墙西来。
		我也知万紫千红春如海，
		我也想踏青绿野笑颜开。
		我也想飞步奔出柴门外，
		我也愿绰约风姿受青睐。
		莫奈何人世规矩难更改，
		不容我自作主张自安排。
【楚王孙上。童儿随上。		
楚王孙	（念）奉命请高士，	
		何惧涉山川。
【田氏转身，与楚王孙照面。		
楚王孙	请问大姐，这里可是庄先生的府宅？	

田　氏	正是。请问你们……
童　儿	我家公子是楚国王孙，特来拜见庄周先生。
田　氏	啊，贵客到了，快快请坐。
楚王孙	多谢。请问大姐是府中何人？学生也好称呼。
田　氏	贱姓田，在先生跟前侍奉箕帚。
楚王孙	（感到意外，不觉起身）哦？！
童　儿	（向王孙）侍奉箕帚是干啥的？
楚王孙	（小声）这就是先生娘子，我要叫师母，你要叫师婆婆。
童　儿	啊？叫她师婆婆？她那个样儿，叫一声大姐就差不多了！
楚王孙	休得无礼！（转）学生见过师……（也觉碍口）师母。
田　氏	（有点难为情）不必多礼。公子请坐。
楚王孙	请问师母，庄先生可在家中？
田　氏	先生正在修道，要申时之后才得见客。
童　儿	要等那么久呀？！
楚王孙	往下站！
田　氏	公子此来，有何贵干？
楚王孙	学生奉楚王之命前来，请庄先生前往我邦，入朝拜相。

【傻姑跑上。

傻　姑	田姐，田姐，赶庙会去呀！
田　氏	傻姑，姐姐这里有客……
傻　姑	有客？（见王孙，上前细看，傻笑）这个客人长得粉嘟粉嘟的，好乖呀！
童　儿	（大怒，跳出）丑女子，爬开些！
傻　姑	瓜娃子，滚远些！

【二人争吵："丑女子……""瓜娃子……"王孙、田氏分别拉开二人。

田　氏	（向傻姑）先生修道，怕人吵闹，赶你的庙会去。
傻　姑	（拉住田氏）说好一起去！你也去！你也去！

田　氏	好好好。我一会就去。一会就去。（哄着傻姑，推她下）
童　儿	赶庙会……嘿嘿，公子，我们也去赶庙会。看看这里的庙会，和我们楚国的庙会有啥不同。
楚王孙	好主意。只是……（示意对田氏说）
童　儿	师婆婆，你带我们去看庙会，看到申时回来，也免得吵闹师爷爷修道。好不好？
田　氏	（稍加思索）好。请公子稍候，我更衣便来。（下）
童　儿	（雀跃）赶庙会！赶庙会！
楚王孙	（观赏）庄先生真乃名人高士。你看他这府宅也与众不同。真可谓：

（吟）竹篱茅舍，
　　翠柏青松；
　　古朴幽雅，
　　神韵仙风。

【田氏更衣上。

田　氏	有劳公子久候了。

【王孙转身见田氏，不觉呆住。

童　儿	啊呀，师婆婆，你好好看啊！你就像个下凡的仙女。公子，你说是不是？ （见王孙状）公子，公子，（大声）公子！你怎么看呆啰？

【楚王孙与田氏难为情。

童　儿	师婆婆，你样样都好看，就是头上不好看。该戴一朵花嘛。
楚王孙	是呀，是呀。（见杏花）那杏花娇嫩鲜艳，待学生摘来，与师母压鬓。
田　氏	摘不得！
楚王孙	为何摘不得？
田　氏	这……花儿长得好好的，摘下可惜了。
楚王孙	哎，此花能为师母增添风采，也不枉它开得如此鲜艳了。（摘

花递上）

田　氏　（不好不接）多谢……公子请。

【楚王孙下，童儿跟下。田氏注视手中杏花。

田　氏　（唱）花一朵，话两般，

　　　　　　　谁是谁非谁能言？

　　　　　　　似觉春风吹池水——

幕后唱　　　　荡起了甜也荡起了酸。（转身戴花）

【台上灯光渐弱，渐灭。田氏隐。

【传来一个女人的长叹："苦呀……"

【灯光渐起。台上有新坟一座。少妇执扇上。

少　妇　（唱）自家叹息自家听，

　　　　　　　只怨命苦不怨人。

　　　　　　　为了有个安身处，

　　　　　　　用心用力来扇坟。（跪下扇坟）

庄　周　（幕内唱）修道毕……

【庄周执扇上。

庄　周　（唱）小院无人影，

　　　　　　　步山野，满目皆是春。（见少妇）

　　　　　　　荒冢间，为何有人挥纨扇？（夹白）小娘子。

　　　　　　　因何故在此扇坟？

少　妇　先生哪。

　　　　（唱）结发一年整，

　　　　　　　我夫命归阴。

　　　　　　　独处山坡地，

　　　　　　　孀居似孤魂。

　　　　　　　既怕疾病扰，

　　　　　　　又怕虎狼侵。

　　　　　　　无奈亡夫有遗训，

		坟干始可另嫁人。
		我只好，每日挥臂将坟扇，
		顾不得，腰酸手痛双膝疼。
庄　周	哈哈哈………	
	（唱）小娘子，欠思忖，	
	枉自扇坟茔。	
	岂不知，冬有霜雪夏有露，	
	还有雨和冰。	
	你看你，体弱身娇扇儿轻，	
	喘吁吁，汗涔涔。	
	只落得，坟头之上草青青，	
	何日可干坟？	
少　妇	（插白）如此说来，坟干无望了！喂呀……（向坟而泣）	
庄　周	嗨！	
	（唱）人死灵魂升天去，	
	躯壳入土化为尘。	
	生生死死自然事，	
	岂容那，愚夫愚训愚弄人。	
	可叹此妇也愚钝，	
	竟把妄言来谨遵。	
	悲天悯人吾本性，	
	我何不，施展法力干坟茔。	
【庄周从袖内取出一物，此物即刻变成云帚（魔术）。		
庄　周	飓风大神，急急如令。（施法）	
【风神们执巨扇上，围坟做"扇坟之舞"。庄周挥云帚"配舞"。		
【少顷，坟上青草变成黄色，风神们下。		
庄　周	小娘子你看。青草枯黄，坟茔已干。你可以改嫁了。	
少　妇	啊！当真青草枯黄，坟茔已干。（拜）小妇人告退……	

田姐与庄周

庄　周　　（恢宏大度地）去吧。愿你嫁一个如意郎君。去吧，去吧……
　　　　　【庄周挥手后退。少妇施礼后退。分下。
　　　　　【坟茔消失处，出现各色野草花（示意变了地点）。
　　　　　【童儿蹦跳而上。
童　儿　　嗨呀，这里这么多鲜花！（回身招呼）师婆婆，公子，快来呀！这里好多好多鲜花！（采花，捉蝶）
　　　　　【田氏欢舞而上。
田　氏　　（唱）从不知天有这么样的蓝，
　　　　　　　　从不知地有这么样的宽。
　　　　　　　　从不知碧水如镜照人面，
　　　　　　　　从不知青山如柱插云端。
　　　　　　　　地是常见的地，
　　　　　　　　天是常见的天。
　　　　　　　　水是常见的水，
　　　　　　　　山是常见的山。
　　　　　　　　为什么今日里令人陶醉？
　　　　　　　　为什么今日里令人缠绵？
　　　　　　　　为什么……
　　　　　【楚王孙上，玩耍着白扇。
楚王孙　　（唱）　为什么……
楚、田　　（同唱）为什么，一路走来身轻如飞燕？
　　　　　　　　为什么，心似小鹿扑腾在胸间？
童　儿　　（指着田氏的头，惊叫）哎呀！师婆婆头上有只大马蜂！
田　氏　　（惊怕）啊！马蜂！（以手帕赶蜂，躲闪）
　　　　　【楚王孙以白扇赶蜂。童儿以披衫赶蜂。三人身段过场。童儿赶蜂下。
　　　　　【田氏在躲闪中跌倒，楚王孙连忙相扶，二人不觉依偎在一起。

【田氏与楚王孙亲密相拥,双手相握,忘情对视。静场。
【鸦啼:"哇哇!"二人惊觉,慌乱起身,未察觉白扇已在田氏手中。

幕后唱	鸦啼声声如告警,
	惊醒沉沉梦中人。
楚王孙	(唱)她是师母,
田　氏	(唱)他是学生。
楚王孙	(唱)我虽独处,
田　氏	(唱)我有夫君。
田、楚	(同唱)意马心猿,忙把缰绳紧……
楚王孙	(速念)时近黄昏,学生且先行。(急下)

【灯光渐暗。仅留一束追光笼罩着田氏。

田　氏　　(唱)方才间,相依相偎那一瞬,

　　　　　　那一瞬,烈火烧沸一腔情。

　　　　　　不由人,甜蜜蜜地品,

　　　　　　酸楚楚地噙。

　　　　　　苦涩涩地抿,

　　　　　　软温温地存。

　　　　　　这滋味,两载夫妻何曾有?(慢步圆场)

　　　　　　只觉得,如醉如痴暗销魂……

　　　　(突见白扇)哎呀,他的扇儿!怎么在我这里!(四顾无人,展扇而观)神女楚襄会巫山。楚王孙……这书画,想必是他的墨宝。(将白扇捧于胸前,遐想,旋即清醒)不可胡思乱想!不可胡思乱想!

田　氏　　(唱)不过白日做一梦,

　　　　　　梦中偶遇楚王孙。

　　　　　　田氏既为庄氏妇,既为庄氏妇,

　　　　　　岂容邪念——岂容邪念乱我心。(扬手欲丢白扇)

【传来庄周的声音："田氏！"满台灯亮。
【田氏忙将白扇藏于袖内。庄周上。
【地点：庄周家的南华堂。
【舞台后部深邃无光。舞台中区高悬一匾。有定点光照着匾上"南华堂"三字。匾下有简陋的木桌木椅。桌上有一盏陶盅。

庄　周　田氏，你回来了？

田　氏　回来了。

庄　周　何处去了许久？

田　氏　只因来了贵客楚王孙。我怕他们吵闹先生，便带他们去看了看庙会。

庄　周　哦。我已见过那楚王孙。他说，楚王请我入朝拜相。岂知，我庄周无意功名利禄。便用几句话儿，将他打发走了。

田　氏　哦，已经打发走了……

庄　周　我观你脸色不好。莫非衣衫单薄，出去受了风寒？（欲摸田氏的衣袖）

田　氏　（赶紧闪开）没有没有……不过有些儿困倦罢了。

庄　周　有些儿困倦？那就坐下。听我讲一桩奇事，与你解一解困乏。

田　氏　什么奇事？

庄　周　适才我信步山野，遇见一位少妇执扇扇坟。

田　氏　扇坟？

庄　周　只因她的丈夫临终有言，其妻若要改嫁，须待坟干之后。可是那坟茔久久不干，故而那少妇执扇扇之。

田　氏　（疑虑自语）先生怎会出此奇言怪语……

庄　周　田氏，你在想什么？

田　氏　我想，世上哪有这种事。

庄　周　扇坟之事虽然少见，可是许多夫妻平时恩恩爱爱，一旦丈夫死去，其妻便急于改嫁。这样的事，倒也不少。看来，你们这些妇人女子——大多心口不一！你说是也不是？

田 氏	（惶恐）这……
庄 周	你猜，先生我对此事，如何处置？
田 氏	听先生之言，莫非责骂了她？
庄 周	哎，口出恶言秽语，非庄周所为。
田 氏	先生莫非将那妇人拉去见官？
庄 周	我庄周从不惊动官府。
田 氏	那，先生莫非叫来乡邻，羞辱于她？
庄 周	我庄周从不兴师动众。
田 氏	（猛想起，自语）先生精通仙术！（急转）先生，你莫非施展法力，召来众仙，将她打入十八层地狱，受苦受难，万劫不复？
庄 周	（得意）嗯。我确曾施展法力。
田 氏	（惊）施展法力！
庄 周	召来众仙。
田 氏	（站起）召来众仙！
庄 周	手执飓风宝扇。
田 氏	（扶椅）飓风宝扇！
庄 周	如此左扇右扇，东扇西扇，上扇下扇，再猛力一扇……
田 氏	（骇极）啊！（转身躲在椅后）
庄 周	（诧异）田氏，你怎么了？
田 氏	我，怕！
庄 周	怕什么？
田 氏	十八层地狱……
庄 周	哎，是我召来众位风神，以飓风扇干坟台，让那少妇改嫁去了。
田 氏	（慢慢站起）甚……么？
庄 周	人死之后，灵魂升天而去，留下躯壳也化作灰尘。那少妇既想改嫁，为丈夫的又何必让她悲悲切切地守寡，日日夜夜地

	怨恨呢？
田　氏	（惊骇，思索）先生精通仙术……莫非，他用这样一个故事，来试探于我……（转）先生，你妻我，我不是那种扇坟求嫁的妇人……
庄　周	哈哈哈！田氏，此话不要说早了。
田　氏	先生你，你信不过为妻？
庄　周	什么信得过信不过。有朝一日，我庄周死去，你不必扇坟，便可以改嫁。
田　氏	改嫁？不不不！先生若有好歹，你妻决不改嫁，决不改嫁！
庄　周	决不改嫁？嘿嘿！莫非要我临终之前，与你写一纸休书吗？（不以为然）嗨！（拂袖自坐，端盅喝水）
田　氏	休书！
幕后唱	休书二字他出口，
	霹雳一声我惊魂。
田　氏	（唱）先生原是半仙体，
	明察秋毫本如神。
	若知山野那一瞬，若知那一瞬……
	教我如何说得清？（夹白）先生！
	你妻知妇道，
	奉君当至诚。
	先生若不信，
	对天——把誓盟。
	天地神灵，日月三光，田氏若有二意，五雷轰顶，永不超，生……（田氏惊慌叩拜，紧张得晕眩欲倒）
庄　周	（惊异）田氏，田氏……（趋前扶她）真是累着了……歇息去吧……

【庄周扶田氏走。走动中，白扇从田氏袖中滑落。二人下。

【鸦啼："哇，哇哇，哇！"

庄　　周	（内唱）杏花取下又戴上……

【庄周执杏花快步返场。

幕后唱	又戴上，又戴上。

【庄周踢着白扇，拾起观看。

庄　　周	神女楚襄会巫山，楚王孙！楚王孙……（思索）不好！不好！
	（接唱）王孙扇儿身边藏。
	郊游归来多异样，
	神志颠倒话反常。
	猛想起楚王孙风流倜傥，
	怀春妇怎经得蝶浪蜂狂！
	莫非她坠入了爱河情网？
	莫非她抛出了芳心柔肠？
	莫非她失检点山野路上？
	莫非她有密约私奔楚乡？
	莫非她情急更胜扇坟妇，
	盼我死，盼我亡，只盼另嫁郎！
	嫉恨恼怒似狂浪……
	（焦躁徘徊，摔去陶盅，夹白）有了！
	借仙术，假死百日探其详。
帮　　腔	假死探其详。

【庄周抛去白扇与杏花，施法（身段），（大叫）哎——呀！（跪在地上）

【田氏跑出。

田　　氏	先生，先生……（扶庄周坐到椅上）先生你怎么了？
庄　　周	为夫……活不成了……
田　　氏	先生何出此言？
庄　　周	适才……我的师父前来，说我六根不净，难以成仙。魂魄离体，顷刻即亡。我死之后，只求在这南华堂中，停棺……百，

田姐与庄周

日……（死）

【直射"南华堂"匾额之强光骤灭。

田　氏　　（大哭）先生！先生……

【老妇们拄杖而来。

老妇们　　（七嘴八舌）庄先生怎么了？

　　　　　　　　哎呀，死啰。死啰。

　　　　　　　　咋个说死就死啊？

　　　　　　　　帮忙布置灵堂嘛。

　　　　　　　　都来拜祭拜祭庄先生。

【老妇们背身站成一排施礼，给自己系上白腰带。田、庄和桌椅等隐去。

【台上垂下各式灵幡。老妇们抬出"纸扎的"童男童女置于台前两侧。

老妇们　　（向内叫）田氏走来。

【田氏披麻戴孝上。

老妇们　　田氏，做寡妇有做寡妇的规矩，听我教导于你。

【田氏跪下。老妇们手拄拐杖指指戳戳（老妇舞）。

老妇们　　（男声齐唱）寡妇莫嫌守节苦，

　　　　　　　　女人生死为丈夫。

　　　　　　　　夫主在时守夫主，

　　　　　　　　夫主死了守茅屋。

　　　　　　　　茅屋垮了守坟土，

　　　　　　　　坟土平了守枯骨。

　　　　　　　　不搽胭脂粉，

　　　　　　　　不穿好衣服。

　　　　　　　　不照梨花镜，

　　　　　　　　不露笑面目。

　　　　　　　　春日不观景，

　　　　　　　秋夜不听曲。

　　　　　　　紧紧闭门户，

　　　　　　　一步也不出。

　　　　　　　天天这样做，

　　　　　　　百年后，贞节牌坊竖草庐。

　　【老妇们与田氏分下。薄烟泛起。灵幡飘动。

　　【突然，狂风呼啸，雷声轰隆，似乎要摧毁一切。却又戛然而止。

　　【灵幡间出现庄周的身影。

庄　周　　（唱）施法力，百日后，庄周显影……

　　【灵幡后，庄周与楚王孙交替出现。

　　【片刻后，庄周隐去。楚王孙穿过灵幡，来到台前。

楚王孙　　（唱）变一个，楚王孙，试探真情。

　　　　　（念）心是庄周心，

　　　　　　　貌是王孙貌。

　　　　　　　欲知田氏情何在，

　　　　　　　只得使出这一招。

　　　　　此有纸扎的童男童女。待我将他们点化成人，也好助我一臂之力。

　　【庄周施法。两个纸人转动着来到台前（去掉假面）。童男变成王孙的童儿，童女变成了邻居傻姑。他们用木偶身段载歌载舞。

姑、童　　（唱）笑话笑话真笑话，

　　　　　　　纸人变成了肉娃娃。

　　　　　　　我本是——

童　儿　　（唱）篾条编，毛笔画，

傻　姑　　（唱）颜色染，糨糊刷。

童　儿　　（唱）一无肠肚二无腰花，

傻　姑　　（唱）三无心肝四无肋巴。

童　儿	（唱）五无儿女六无爹妈，
傻　姑	（唱）七无媳妇八无当家。
童　儿	（唱）九不吃喝十分听话。
傻　姑	（念）不累，不睡，
童　儿	（念）不病，不痛，
傻　姑	（念）不跑，不闹，
童　儿	（念）不哭，不叫，
童、姑	（唱）任人牵来任人挂，
	一天到晚笑哈哈，笑哈哈。
楚王孙	你们听着，少时我去试探田氏，你们要从旁相助，探明田氏的真情是否还在我的身上。
傻　姑	结发夫妻，自然情深。先生何必试探？
楚王孙	你两个纸扎的人儿哪里知道，人，心，善，变！只怕她的心已经变了。
童　儿	先生既会仙术，何不掐指一算？算一算她的心在哪里。
楚王孙	世上万物，唯有人心难测。就连我半仙之体，也看之不透。
童、姑	嘿嘿……嘿嘿……
楚王孙	为何傻笑？
童　儿	先生只给了我们一副人的皮囊。
傻　姑	还没有给我们人的心肠。
童　儿	我们都没有人心肠，
傻　姑	又怎么懂得人心肠？
楚王孙	如此，先生赐你们一副人心。（施法）
姑、童	哈！我们变人了！多谢先生。（施礼，硬着腰打躬）
楚王孙	既要施礼，为何不肯躬腰？
童、姑	背上还有一根篾条。
楚王孙	待先生与你们抽了！（从二人的颈后各抽出一根长长的篾条）

【傻姑与童儿四肢柔软，活蹦乱跳。

楚王孙	休得胡闹。随定我来。（执篾条下）

【童儿与傻姑蹦跳翻滚而下。

【鸡啼。全台灯光转亮。田氏身着孝服，手捧麻衣上。

田　氏	（唱）两行清泪送先生，
	一腔孤愁伴亡灵。
	可怜我，朝夕环顾，只形单影，
	怎度这，日出日落，不尽晨昏？

【田氏披上麻衣。傻姑在幕内叫："田姐，田姐……"跑上。

傻　姑	田姐，你家的贵客来了！
田　氏	我家哪有贵客。

【楚王孙上。童儿紧随。

楚王孙	师母……
田　氏	（恍如梦中，张口无言）
楚王孙	（转）庄先生，你怎么就去了……（哭拜）
童　儿	（旁白）噫！装得还像嘛！
傻　姑	（踢童儿一脚）嗯？
童　儿	哦，师爷爷呀……（跟去哭拜）
田　氏	先生呀……（大哭，跪下）
傻　姑	田姐，哭啥？一个人才安逸，免得遭人家管倒……（劝着）
童　儿	（拉楚王孙衣袖）你看，人家哭得好伤心。
楚王孙	伤心是伤心，就是不知伤的什么心。（起身向田）请师母节哀顺变。

【傻姑扶起田氏。

楚王孙	师母。学生仰慕先生道德文章，回国禀明父母，特来求学门下。不料先生竟溘然长逝，叫学生好不伤悲……如今，学生只有一求，不知师母恩准否？
田　氏	所求……何事？
楚王孙	学生欲在府中小住几日，以便拜读先生文章，略慰平生仰慕。

	不知师母意下如何？
田　氏	多谢公子盛情。只是，孤男寡女，多有不便……
傻　姑	什么有便不便？你家前后两院，正好一人一半。瓜娃子陪公子住前院。
童　儿	丑女子陪师婆婆住后院。
田　氏	不可，不可。左邻右舍，会有碎语闲言……
傻　姑	咸盐？！盐多你就多腌些泡菜！走，我陪你到后院打瞌睡！

（强拉田氏下）

【切光。一束光照着楚王孙与童儿。

童　儿	先生，下面的戏，怎么唱？
楚王孙	下面的戏么……不好唱……
童　儿	不好唱，那就不唱了。
楚王孙	哎，这等大事，岂能不了了之？你且躲在一旁，看我前去试妻！
童　儿	好。我看你怎样试妻！

【二人分下。

【全台灯亮。地点：庄家后院。一片竹林。一架花盆。一把高背竹椅。

【田氏执长柄扫帚上。

田　氏	（唱）夜漫漫，日长长，
	秋风无情催叶黄。
	黄叶零落无依傍，
	飘飘荡荡向何方？
	泪眼问叶叶不语，
	瑟瑟簌簌泣残阳。
	夜漫漫，日长长，
	形只影单好凄凉。
	愁似落叶扫不尽，

　　　　　　　落叶一片泪一行。
　　　　　　　我似落叶叶似我，
　　　　　　　眼望脚下路茫茫。（漫不经心地扫地）

【楚王孙上。

楚王孙　（唱）庄周试妻到后院，
　　　　　　　强忍意乱与心烦。
　　　　　　　装得风流又倜傥，
　　　　　　　说些蜜语和甜言。

楚王孙　（轻轻走到田氏身后，拍其肩）师母。

田　氏　（惊，退到远处）公子！你你你……你私入后宅，于礼有碍。快快出去！

楚王孙　师母。一别数月，思念若渴。我是专程为你而来哟。

田　氏　不！不不！你是为先生而来！

楚王孙　那不过托词而已。师母，庙会途中之约，难道你就忘了？

田　氏　庙会途中，哪有什么约？哪有什么约？

楚王孙　（旁白）她不敢承认。（转）师母，我赠你白扇……

田　氏　赠我白扇？

楚王孙　神女楚襄会巫山。

田　氏　不过一幅字画。

楚王孙　那便是约你前往楚国。

田　氏　约我前往楚国？

楚王孙　你为何不肯如约而往呢？

田　氏　我乃先生之妻，怎会前往楚国？

楚王孙　（旁白）原来她的心还在我的身上！（转）师母，你年纪轻轻，便甘心寡居一生吗？

田　氏　我曾对天盟誓，为先生守节，矢志不渝。

楚王孙　（旁白）田氏真不愧我庄周之妻也！哈哈哈……嗯，只恐她言不由衷，口是心非。（转）师母，难道你不愿与我长享同游

之乐？

田　氏　（强撑着）什么同游之乐！那日陪公子出游，不过是避免吵闹先生修道，略尽主妇之谊罢了。（扫地掩饰）

楚王孙　（旁白）只怕未必！（跟在田氏身后）师母，若说只尽主妇之谊，哪有许多的情景。学生尚还记得师母你呀……

（唱）杏花插云鬓，

　　　春色笼秀眉。

　　　忘情天地内，

　　　欢跃如雀飞。

　　　若不是山醉水醉人心醉，

　　　哪能够流连忘返日暮归？！

田　氏　（又急又怕，插白）你你你，休得胡言乱语！（逃到一边）

（唱）只说是我心已如枯井水，

　　　又谁知还似大海浪千堆。

　　　多少向往多少畏，

　　　才后退又被往前推。

　　　苍天哪，

　　　莫教他目光如电照心扉。（急急扫地）

楚王孙　师母！（夺过扫帚，远远抛去）师母呀！

（唱）杏花纨扇两情美，

　　　千里相逢天做媒。

　　　又何必口儿心儿苦相悖，

　　　落得个魂儿梦儿空相随。

　　　倒不如真情直对，

　　　学鸳鸯比翼双飞。

　　　春日里，踏青芳丛采花卉，

　　　夏日里，荡舟荷池笑莲肥。

　　　秋日里，饮酒寻觅月中桂，

	冬日里，围炉漫赏雪里梅。
	你亲我爱如鱼水，
	师母呀，我的师母呀，
	当品尝——
	这至醇、至厚、至香、至美，人生甘露酒一杯。
田　氏	（背唱）人生既有甘露美，
	谁不希求饮一杯。
	想当初，我与先生成婚配，
	同食同饮同罗帏。
	遵妇道我毕恭毕敬，
	迷仙道他无欲无为。
	寡言常相对，
	芳心如死灰。
	今有王孙情如水，
	龟裂土怎拒雨霏霏？
	只觉得耳烧面热心如醉……
	先生，夫啊……快与你妻解困危！
楚王孙	（唱）其状暧昧，其状暧昧，
	总觉她呀——口是心非。

【楚王孙多方窥视田氏（走动着）。田氏借竹椅和花架掩饰（各种造型）。

| 楚王孙 | 你看她两眼闪光，似秋波荡漾；颜面生辉，似三月桃花；愁眉深锁，似捧心西子；婀娜窈窕，似神女天降……哈哈！这是我的女人哪！庄周呀庄周，你前世积下什么功德，今生娶着这绝色女子。真是艳福不浅，艳福不浅呀！哈哈哈…… |
| 楚王孙 | （突然醒悟）不对！她那明亮的秋波是为王孙而荡漾；她那娇媚的容颜是为王孙而泛彩。在王孙这个风流浪子面前，她春心萌动，光艳照人。她，她就要跟着王孙去了，她就要跟着 |

	王孙去了！（猛击自己的头）庄周呀庄周，都怪你这个会使仙术的浑蛋！谁叫你变着法儿在她面前唱什么淫词艳曲，装什么风流情种。她一个年纪轻轻的女子，怎经得俊俏郎君的引诱！都怪你！都怪你！（捶胸）
楚王孙	（转身细看）她那含泪之眼，不见欢乐。她那凄惶之态，并无喜色。只怕她心里还是念着我！是倒是啊，那楚王孙算得什么？不过油头粉面、虚有其表。怎比我庄周德高望重、世人共仰。我何苦疑神疑鬼、试来试去？不试了，不试了。
楚王孙	（走向田氏，忽又止步）啊？她那样看我一眼……（走向另一边）她又这样看我一眼……她到底是在留恋我的旧情，还是在贪恋王孙的新爱？这这这！这叫我如何是好？如何是好？
楚王孙	（背唱）可叹庄周半仙体， 　　　难辨她心属于谁。 　　　试妻不可半途废， 　　　怕的长留怨和悲。（插白）田氏，妻呀！ 　　　倘若你真情尚在我，（插白）从今后啊…… 　　　我一日看你三百回，看你三百回！
楚王孙	师母，学生真心爱慕。恳求师母允婚，随我前往楚国。师母若不允婚，我就长跪不起了！（跪下）
	【楚王孙追逼田氏，田氏退避（二人身段过场）。
田　氏	（终于双手扶住楚王孙）我，允了……
楚王孙	允了？
田　氏	（有羞有喜也有愧）允……了……（反身急下）
楚王孙	（失魂落魄地）允了，允了，允了……
	【童儿与傻姑上。
童、姑	喂，人家都允了。
楚王孙	（大怒而起）我晓得允了！我晓得允了！
童、姑	发啥脾气？！

楚王孙	（跺脚）她要改嫁了！她要跟着别人去了！田氏，你这无情无义的……
童　儿	先生，这件事不能怪先生娘子。
楚王孙	怎么不怪她？
童　儿	当初，你只求她守灵百日，人家又没有违背你的遗言。
傻　姑	再说，你又变成一个美男子去引诱人家。人家还抵挡了好一阵。要是我呀，早就挡不住了。
童　儿	何况，是你苦苦求她。她是看你可怜，一时心软而已。
傻　姑	对对对。她不过一时心软，一时心软。只怕这会儿她就后悔了。这会儿她的心又回到先生的身上了。
楚王孙	她的心，又回到我的身上了？
傻　姑	回了。回了。你说过：人、心、善、变！
童　儿	先生嘞。这么好的女人，丢了可惜哟。
楚王孙	我也晓得可惜哟。
傻　姑	那就再试一下嘛。
童　儿	再试一下。再试一下。
楚王孙	（想了想，咬牙）好！再试一下，就再试一下。不试个水落石出，我还不晓得拿她怎么办。附耳过来。

【楚王孙向二人耳语。

楚王孙	可曾明白？
童、姑	明白了。
楚王孙	（向内呼叫）哎哟，哎哟……（下）
傻　姑	（向内叫）田姐，公子不好了。公子生病了。

【田氏跑上。

田　氏	公子病了？待我去看。
童　儿	（拦住）看不得！公子犯病，形容异常。他不许人看，不许人看。
田　氏	那那那，那公子得的什么病？

童　儿		脑壳里的病——旧、疾、复、发！
田　氏		既是旧疾，该有药方。
童　儿		药方倒有，只是……
田　氏		快说，什么药方？
童　儿		人脑！
田　氏		什么？人——脑？
童　儿		以往公子得病，就在大牢内提一死囚，砍头取脑。不然，不出两个时辰，公子就要活活痛死！
田　氏		天哪，天哪。这深山茅屋，平民百姓，到哪里提什么死囚，取什么人脑……（焦急徘徊）有了！童儿，为救公子之命，我愿自尽而亡。我死之后，你赶紧将我的脑髓取出，解救公子。（走）
童　儿		（拉住她）要不得！太医说过，女人之脑救不了命。只能用男人之脑。
田　氏		（绝望）男人之脑！

【传来楚王孙呼痛声："哎哟……"

傻　姑		田姐，我有一个办法。
田　氏		什么办法？
傻　姑		庄先生已经死了，何不将他的脑髓取出，解救公子？
田　氏		（大震）先生之脑？！

【童儿递上斧头。

田　氏		（惊退）不！不！

【传来楚王孙叫声："哎哟！"

傻　姑		公子活不成了！公子活不成了！
童　儿		（逼上）快劈棺取脑！劈棺取脑！

【田氏拒绝再三，终于接过斧头，奔下。

【切光。一束光照着童儿与傻姑。传来楚王孙的叫声："哎哟……"

童、姑	（向幕内）哎哟，哎哟，人家都劈棺去了！
	【庄周上，跑入光圈。
庄　周	她当真劈棺去了？！
傻　姑	你要死，人家怎能不去？
庄　周	好。我就是要看看。看她会不会为了那个男人，就去劈我的棺！
童　儿	你当真要看？
庄　周	要看！这种事，一定要看个清楚明白！
童　儿	那就看！
傻　姑	看就看！
庄　周	（跺脚）看！看！看！
	【切光。鸦啼："哇哇哇……"
	【弱光渐起。灵幡飘摇。轻烟缭绕。舞台底部依然是无边的黑暗。
田　氏	（内唱）肝肠断，心痛胆裂……
	【田氏执斧上。
田　氏	（唱）心痛胆裂。

　　日月无情天地黑。

　　悲切切，先生去也，

　　喜滋滋，良缘初结。

　　好端端，大祸压顶，

　　眼睁睁，亲人永别。

　　莫不是，前世烧了断头香，

　　莫不是，姻缘八字少一撇。

　　闪得我——

　　眼未干泪，

　　心又滴血。

　　旧恩未了，

　　　　　　　新情又迫。

　　　　　　　受不完无边苦难重叠叠，

　　　　　　　受不完无边苦难重叠叠……哎！

　　　　　　　前因后果顾不得，

　　　　　　　劈棺路上不敢歇。

　　　　　【田氏圆场，突然止步，腿软跪地。

田　氏　　（唱）我与他，两载夫妻共茅舍，

　　　　　　　寒灯相伴度日月。

　　　　　　　虽无情爱似甘露，

　　　　　　　也曾关心问冷热。

　　　　　　　如今他，长眠不知日和夜，

　　　　　　　怎忍心，劈棺取脑恩义绝。

　　　　　【幕后传来呼痛声"哎哟"。田氏挣扎站起，走几步又退回。

田　氏　　（唱）忽闻训诫响耳畔，

　　　　　　　似见乡邻变脸色。

　　　　　　　都说妇人须守礼，

　　　　　　　纲常规矩反不得。

　　　　　　　改嫁原当受谴责，

　　　　　　　岂可劈棺惊尸骸。

　　　　　【幕后又传呼痛声"哎哟"。田氏踉跄不能自持。

田　氏　　（唱）他头痛，我心痛，

　　　　　　　他受折磨我遭劫。

　　　　　　　情难丢，爱难舍，

　　　　　　　难将王孙永抛别。

　　　　　　　泰山崩，黄河决，

　　　　　　　那是我心与我血。

　　　　　　　乞天宥，求地赦，

　　　　　　　乞求先生莫见责。

你曾施法干坟垒，
为免孤孀久悲切。
你曾讲人死灵魂升天去，
空留下世俗之躯化灰灭。
你如今无知无觉自去也，
他尚且有情有爱在我侧。
求先生救他一条命，
发慈悲——容我劈棺免灾厄。

【田氏捧斧，转体飞跪，仰面高呼："先生宽恕我！"
【庄周奔出，站远处观看。

庄　周　咄！这个温柔顺从的女人，当真要去劈棺？

【田氏甩发，咬发，举斧，转身穿行于灵幡之间（圆场）。
【庄周紧随其后（圆场）。
【田氏至灵幡后部，隐入黑暗中。

庄　周　（反身冲至台前，气急败坏）呀呀呀呀呀！为了那个小白脸，她居然要劈我的棺！

【突然，一道强光射向舞台底部，那里有个斗大的白色"奠"字。田氏高站"奠"字一侧，举斧颤抖。

庄　周　（转身看见，惊恐大叫）田氏回来！回——来！

【同时，田氏向着"奠"字用力一劈。
【"砰"一声巨响，庄周跌坐在地，造型，定格。
【同时，田氏手松斧落，头晕旋转，仰面倒下（隐去）。
【全场灯暗。只有一束弱光笼罩着木雕似的庄周。
【静场片刻，灯光渐起。南华堂桌椅复原，但匾额已无。
【田氏晕靠在桌旁。庄周定格在一边。
【童儿与傻姑轻轻分上。
【童儿扶起失魂落魄的庄周。傻姑把田氏安顿在椅上。

童　儿　先生，你试了半天，结果呢？

庄　周　（慢慢缓过神来）结，果，么……
傻　姑　结果怎样？
庄　周　她，她这一斧……劈下。把我……劈、醒、了。
童、姑　什么醒了？
庄　周　她对我庄周，乃是纲常道德之夫妻恩情。她对楚王孙，才是自然天性之男女恋情。
童　儿　纲常道德之夫妻恩情？自然天性之男女恋情？
傻　姑　有啥不同啊？
庄　周　唉，其中奥妙，可意会而不可言传了。
童、姑　（互语）好深沉啊。先生，还是请你把我们变回去，当个纸娃娃。
庄　周　为什么？
童　儿　才半天我就明白了，做人的日子好难过哟。
傻　姑　（指田氏）你看她嘛。又想做啥，又不敢做啥。连我都跟着她揪心断肠。做人真是太难了。
童　儿　再说先生你嘛。你老人家不但是鼎鼎大名的圣人，还是半个神仙。嘴上天天说：清静呀，无为呀，自然呀，天性呀，哪晓得遇到这些事，还是丢不开、放不下。你们这个人哪，太难做了！
庄　周　（震动）啊！
　　　　（唱）小人儿几句话醍醐灌顶，
　　　　　　　这才是当局者迷旁观者清。
　　　　　　　崇尚自然和天性，
　　　　　　　诸子百家有我名。
　　　　　　　自以为超凡脱俗入仙境，
　　　　　　　自以为胸襟磊落无纤尘。
　　　　　　　谁知夫妻纠葛起，
　　　　　　　那剪不断，理不清，万般爱，千重恨，又甜又苦又酸又

　　　　　　辣难丢难舍的种种情，把自己的道德文章抛到了九霄云。

　　　　　　枉自我著书立说发宏论，

（念）庄周呀，庄——周！

（唱）你算什么圣贤？算什么哲人？

童、姑　　先生，还是请你把我们变回去，当个纸娃娃。

庄　周　　（感慨万千）唉！你们才做了半天的人，便如此畏惧艰辛，你们也只能做个纸娃娃。好，待先生将你们变回去。（施法）

【童儿和傻姑恢复原来的面孔（变脸）。庄周吹气，童儿与傻姑飘下。

庄　周　　（走向田氏，自语般低呼）田氏……

（喃喃吟诵）两载夫妻，

　　　　　　未曾仔细看你。

　　　　　　怀抱美玉，

　　　　　　不懂爱护珍惜。

　　　　　　而今放手，

　　　　　　任你随他远去。

　　　　　　顺乎自然，

　　　　　　不必相怨相欺。

庄　周　　（推推田氏）田氏，苏醒。

田　氏　　（慢慢醒来，见庄大惊）鬼！鬼！

庄　周　　田氏不必害怕，我是庄周。

田　氏　　你，你，你不是死了吗？

庄　周　　为夫乃半仙之体，哪能说死便死？近日之事，皆是我施展法力，假装死去，好化变为楚王孙，前来试探于你。

田　氏　　（懵懵懂懂）试……探……

庄　周　　如今，我已明白个中情由。愿顺其自然之性，还你自由之身。休书在此，你就寻找你的意中人儿去吧。（将休书放在椅上，颇有不舍地注视田氏，毅然转身，急下）

田　氏	他说,什么?(努力理解)他,假装死去……化变成,楚王孙……化变,化变成楚王孙……来试探,试探于我……(四顾)原来,楚王孙并没有回来……楚王孙并没有回来……(开始明白,感到恐怖)可是,我允婚改嫁!我执斧劈棺!我,我,我是一个坏女人……我是一个坏女人。(见椅上休书)他把我休了。他,他他他他,把我——休,了!
田　氏	(唱)只恨我经不起情爱引诱, 　　　只恨我受不了寂寞春秋。 　　　只恨我违妇道节操未守, 　　　只恨我把清名一旦抛丢。 　　　从今后—— 　　　千人指,万人骂, 　　　苦痛羞辱无尽头。(突然冷静) 　　　回首尘世多荒谬, 　　　不如一死——休,便,休。
帮　腔	休便休……休便休……

【田氏拾斧劈颈。顿时,一片鲜血染红田氏肩项衣襟。田氏造型,定格。

【台上泛起烟雾。

幕后唱	人心难测兮,世路艰辛! 　　　致卿魂断兮,罪归何人? 　　　罪归……何人……

【烟雾缭绕于田氏周围,大幕闭。

——剧终

1987年初稿首演(与胡成德合作)

2021年徐棻修改重演

"其乐斋"品戏

一个"五毒俱全"的老故事，新编为川剧《田姐与庄周》。1987 年首演时，被赞许"化腐朽为神奇"。

当年，此剧被认为是一部"心理分析剧"。认为它试图从哲理的高度，去解剖"难以战胜自我"的人性两难，所以它也具有强烈的人文关怀。

只要是活生生的人，不论是愚夫愚妇还是德高望重者，归根都是凡人，都难免凡人的七情六欲。于是观众在剧中看见了空洞的道理在具体的情感面前是多么苍白无力；看见了人为自己定下的规矩如果不合情理，人就会有意无意去破坏它；看见了人不能挣脱自己给自己戴上的枷锁，就只有走向死亡之路；看见了有人利用特权（如庄周的仙术）杀了人却又不是凶手……总之，观众会从剧中看见人性的弱点和人生的荒谬；会明白人在不能战胜自己时，自己就是自己的头号敌人。

此剧将观赏性与哲理性相结合，将外行想看的"热闹"和内行关注的"门道"相结合，将古老戏曲的虚拟性、程式性、技巧性、符号性、时空自由性等传统手法和莎士比亚式的内心独白相结合，很好地达到了剧作者一贯追求的"雅俗共赏"的艺术效果。

此剧被收入《曹禺剧本奖精选》。其音乐为川剧之弹戏。

成都市川剧院排演《田姐与庄周》,刘芸饰田姐

中国台湾国光剧团豫剧队（今中国台湾豫剧团）排演《田姐与庄周》，王海玲饰田姐、唐文华饰庄周

成都市川剧院排演《田姐与庄周》，刘芸饰田姐、媛凤饰傻姑、雷国贤饰童儿

成都市川剧院排演《田姐与庄周》,刘芸饰田姐

成都市川剧院排演《田姐与庄周》,毛盛林饰庄周、杨织云饰小寡妇

成都市川剧院排演《田姐与庄周》，刘芸饰田姐、闵捷饰楚王孙

成都市川剧院排演《田姐与庄周》，虞佳饰田姐

马前泼水

故事新编

人　物

朱买臣　　　　崔巧凤
崔　嫂　　　　李老板
张屠夫　　　　泥瓦匠
马　夫、报子们（兼演衙役们）

场　次

第一场　谈婚　　第二场　煮饭
第三场　茹苦　　第四场　离家
第五场　论嫁　　第六场　还乡
第七场　回家

第一场　谈婚

【幕启。马嘶。报子甲举红纸卷打马上。他颔下有短须。

报子甲　　（举纸亮相，叫）报喜！喜报！

【四青年报子上。五人跑马圆场。

幕后合唱　　考举人，考进士，
　　　　　　考出人间多少事！
　　　　　　离合悲欢与沉浮，
　　　　　　几人品味几人思？

【报子五人催马下。

朱买臣　　（内念）烂柯山打柴归……

【朱买臣肩挑柴担、脚步踉跄上。

帮　腔　　劳累不已。

朱买臣　　（唱）读书人原无有缚鸡之力。
　　　　　　赴科场已两度栉风沐雨，
　　　　　　叹名姓落金榜——

帮　腔　　心中悲戚。

【朱买臣圆场。崔嫂上。

崔　嫂　　（念）为把小姑嫁出去，
　　　　　　还需要，读书人的一支笔。

　　　　　（见朱，叫）朱买臣……哦，朱先生！朱先生！

朱买臣　　（回身）哦，是崔大嫂。请问大嫂，唤我何事？

崔　嫂　　请你到我家，帮我写几个字。

朱买臣　　（为难地）这！

崔　嫂　　咋个？你是读书人。请你写几个字，还让你为难啦？

朱买臣　　唉，崔大嫂呀。

帮　腔　　多有不便，多有不便，

	伶仃人儿无空闲。
朱买臣	（唱）我要上街卖柴去，
	挣钱买米又买盐。
	回到家中要做饭，
	稀粥野菜把肚填。
	振作精神翻书卷，
	不到五更不敢眠。
	替你写字非不愿，
	无暇前往——
帮　腔	请包涵。
朱买臣	（作揖）大嫂见谅。
崔　嫂	这么说，还真的不能耽搁你。那就这样，你的柴，我买了，你把柴送到我家。饭呢，就在我家吃。等你帮我写了字，我再给你几文写字的钱……
朱买臣	（连忙）写字的钱叫作"润笔"，"润——笔"。
崔　嫂	润笔？好，你要润笔就润笔。去还是不去？
朱买臣	去！去！（笑）这等好事，哪有不去之理。（忙挑上柴担）

【二人圆场，边走边说。

朱买臣	请问大嫂，要我去写什么文字？
崔　嫂	婚书。
朱买臣	哦，婚书。但不知大嫂家中何人婚嫁？
崔　嫂	去了你就晓得了。（敲门，叫）巧凤，开门。

【崔巧凤上。

崔巧凤	（念）与寡嫂难相处，急欲出嫁，
	愁只愁找不到，如意人家。（开门）
	嫂子回来了？（见朱）这位是……
崔　嫂	这是我们烂柯山下的朱买臣朱先生。快把柴担接过去。

【崔嫂自顾进门。

|【崔巧凤接柴担时，与朱买臣四目相对，二人触电似的呆住。

| 帮　腔 | 　　　　眼前一亮，
　　　　云雾间喷出朝阳。 |

| 崔　嫂 | 巧凤，把柴担拿进去。 |

【巧凤忙接过柴担，进门后又回头一笑，下。
【朱买臣失魂落魄地跟着她走。
【崔嫂叫"朱先生"。朱买臣吃惊地转身。

崔　嫂	朱先生这边坐。
朱买臣	（掩饰着情绪，强自镇定地过来）哦，坐，坐。
崔　嫂	（摆弄桌上的纸笔等）你看，写字的东西都借来了。我去打水磨墨。

【崔嫂到侧幕边。朱买臣趁机向巧凤的去处张望，望不见什么。见崔嫂端碗过来，忙又坐下。

朱买臣	大嫂，莫非是这位巧凤姑娘要出嫁？
崔　嫂	不是她还有哪个？早该嫁人了！再不嫁，只怕嫁不出去了。如今二十四岁了！都是个老姑娘啰！
朱买臣	敢问大嫂，你家小姑为何耽误了青春年华？
崔　嫂	命不好！先是她爹，也就是我的公公死了。接着她妈，也就是我的婆婆死了。守孝三年又三年，就成了二十四岁的老姑娘！所以呀，今年，不，今天，我无论如何也要把她嫁出去！
朱买臣	但不知嫁与何人？
崔　嫂	来求亲的，有三家。最起劲儿的是张屠夫。
朱买臣	张屠夫？知道知道。（讥讽）嫁与屠夫嘛，不愁没有肉吃！
崔　嫂	哈哈。对头！另一家呢，是东街的泥瓦匠。
朱买臣	（嘲笑）好哇。嫁与泥瓦匠嘛，不怕房子漏雨、老鼠打洞啰。
崔　嫂	嘻嘻。是这个话。还有呢，就是杂货铺的李老板。
朱买臣	杂货铺的李老板……（着急）他是有妻室的人了！
崔　嫂	可是他还没有儿子！他要接个二姨娘替他生儿子！

朱买臣	哦……（无奈地）唉。嫁与杂货铺嘛，也不愁柴米油盐酱醋糖了。	
崔　嫂	（得意）你看，三个人家都不错吧？	
朱买臣	（反话）不错不错。三个人家对大嫂你——都有好处。但不知巧凤姑娘意下如何？	
崔　嫂	管她意下如何！长嫂当母，崔家没得人了，凡事我说了算！我让这三家去算命，哪个与巧凤合八字，就把巧凤嫁给哪个。（倒水磨墨）	

【幕内人声："走哇。"屠夫、泥瓦匠、李老板载歌载舞上。

三人唱	算命八字手上拿，
	口中不住打哈哈。
	巧凤虽然年纪大，（夹白）长得那个美呀——
	烂柯山下一枝花。咿啊哟，呀啊哟，一呀嘛一枝花！

（叫）崔大嫂！

【崔嫂从桌后迎出。朱买臣转到桌后写字。

三　人	（举白纸）八字合！（举红封）礼单到！
崔　嫂	咋搞的？你们三个人都与巧凤合八字？
三　人	那还有假？不信你去问"王铁嘴"，他的算命摊摊儿还在街边边摆起的。
崔　嫂	（不知如何是好）这这这……
朱买臣	大嫂，婚书已经写好，请问填上何人的名姓？
三　人	（一拥而上）我！我！当然是我！
朱买臣	（凛然地）世上哪有一女嫁三夫！请三位后退。（见三人不退，便以笔调墨，弹墨，逼得三人后退）崔大嫂，买臣还要回家读书，请你快拿主意。
崔　嫂	（看看三人，不觉低声）朱先生，你说哪个好点儿？
朱买臣	要我说？（傲然扫视三人）你家小姑无论嫁与谁，都是鲜花插到牛粪上！

三　　人	（大怒）啥？！我是牛粪？！
李老板	朱买臣！你竖起耳朵打听打听，这烂柯山下，要讲过日子，哪一家比得上我？！
泥瓦匠	朱买臣！去年我帮你修补破草房，少收你几文钱！你就忘了？！
张屠夫	朱买臣！鲜花我们不配插，哪个配插？未必然是你这个吃不起饭、穿不起衣、住不起瓦房的穷酸？！
朱买臣	（怒）我穷酸！我我我，我是穷酸。我穷酸也比你们强！
三　　人	咦！你比我强？你哪点比我强？哪点比我强？
帮　　腔	比你强就是比你强！
朱买臣	（唱）我铁骨铮铮，
	我仪表堂堂。
	我温良恭让，
	我满腹文章。
	我是鲲鹏只待展双翅，
	我是鳌鲸未曾下海洋。
	单等那——春闱开，赴科场，
	跃龙门，姓名扬。
	紫袍玉带入宫墙，
	琼林宴上见君王。
	御赐金印手中掌，
	凤冠霞帔送回乡——赠予嫁我的好姑娘。
	凤冠霞帔——
帮　　腔	赠予嫁我的好姑娘！
李老板	朱买臣，你这穷酸还会做好梦啊！
泥瓦匠	你从十八岁考到二十六岁……
张屠夫	你的凤冠霞帔在哪里？在哪里？啊？
	【三人"哈哈哈"前仰后合。朱买臣羞愧难当。
崔　　嫂	（制止）好了好了。少说两句！（转）朱先生，写婚书嘛。

朱买臣	（带怒地）婚书早已写好，你让我填上哪个的名姓？
崔　嫂	（向三人）既然都合八字，我也不晓得该把巧凤嫁给你们哪一个。（想想）这样吧，你们三个抓阄！抓到哪个，就是哪个。
三　人	这！（旁白）这几天赌钱总是赢。我正走好运，不怕抓阄！ （叫）抓阄！抓阄！
	【幕后巧凤声："慢着！"随声而上。
崔巧凤	不必抓阄。我已选中一人。
众	是哪个？哪个？
崔巧凤	就是你们说的穷酸——朱先生！
	【众惊。朱买臣惊得毛笔落手，连连后退。
朱买臣	不可不可。万万不可！万万不可……
崔巧凤	刚才朱先生还在夸口，怎么转眼之间就不可了？
朱买臣	那那那，那不过是气话，气话！因为他们戳，戳戳戳，戳到了我的痛处。我，我，我确实很穷。我真是……唉！
帮　腔	太穷了。
朱买臣	（唱）朱买臣穷家穷户茅屋破， 　　　每日里愁吃愁穿没着落。 　　　自己难以得温饱， 　　　哪有能耐娶老婆。
帮　腔	莫难过！
崔巧凤	（唱）你孤单一人力量弱， 　　　有我可以多干活。 　　　屋前屋后种瓜菜， 　　　再养几只鸡鸭鹅。 　　　我能砍柴去上山， 　　　还能捞鱼去下河。 　　　你只需，专心专意把书念， 　　　考一个，探花榜眼在下科。

那时节,凤冠霞帔送与我,

留一个——

帮　腔	千古佳话人传说。
朱买臣	你,你真的愿意——下嫁于我?
崔巧凤	心甘情愿。
朱买臣	哈!哈!哈哈哈……
崔　嫂	闭嘴!(怒骂)打啥子哈哈?!一个穷酸在老娘这儿打啥子哈哈?!(转向巧凤)不要脸的小贱人,竟敢跑出来自己找男人!我不开口,你休想嫁人!还不给我滚下去!滚下去!

【崔巧凤不满地下。

朱买臣	(追几步)姑娘!(转向崔嫂)崔大嫂,你家小姑心甘情愿,你又何必……
崔　嫂	哟!啧啧啧!(上下打量,讥讽)看样子,你还当了真了,动了心了。
朱买臣	婚姻大事,自然是要当真的。难得姑娘钟情于我,自然是要动心的。
崔　嫂	好哇。那就拿来。(伸出手)
朱买臣	拿什么来?
崔　嫂	聘礼!(拿起桌上的红封)看,人家的聘礼!你有吗?拿来!(把红封拍到桌上)
三　人	(又来了劲)对!叫他拿聘礼!拿聘礼!
朱买臣	是是是。该有聘礼,该有聘礼……(思索片刻,灵机一动,大叫)有了!
三　人	(向朱)有了?在哪里?
朱买臣	在崔大嫂的衣袋中。
崔　嫂	我?我的衣袋中怎么会有你的聘礼?
朱买臣	大嫂,你买了我一担干柴,尚未付钱;我替你写了婚书,你也未付润笔之费。大嫂将这两笔钱支付与我,我便将这两笔

钱作为聘礼……

崔　嫂　　（大怒）呸！好个朱买臣！你搅乱我家的好事，还想要钱？（端起桌上的水碗向朱泼去）我给你钱！（脱下一只鞋去打朱）我给你钱！

【三人起哄叫"打"。接着，屠夫亮出割肉的刀，泥瓦匠拿出抹灰的铲，李老板举起算盘，四人一起追打朱买臣。

【朱买臣左躲右闪，抱头逃窜下。屠夫等三人追下。

崔　嫂　　（边穿鞋边叫）不要打出人命来！不要打出人命来！（追下）

第二场　煮饭

【朱买臣逃上，圆场。

帮　腔　　　　只说天降桃花运，

朱买臣　　（唱）只说天降桃花运，

　　　　　　　　只说有幸得知音。

　　　　　　　　不料一笑才出口，

　　　　　　　　恶言秽语喷上身。

　　　　　　　　写字未付费，

　　　　　　　　柴钱未结清。

　　　　　　　　横遭打和骂，

　　　　　　　　欺我读书人。

　　　　　　　　逃进草堂内，（跨入）

　　　　　　　　转身欲关门。

　　　　　　　　却见柴门外，

　　　　　　　　山高松柏青。

　　　　　　　　都说烂柯有山神，

　　　　　　　　神啊神，求您垂怜朱买臣。（跨出）

马前泼水

　　　　　　一求神，保佑买臣高中脱贫困，

　　　　　　二求神，保佑巧凤嫁个好郎君。

　　　　　　倘若得遂我心愿，

　　　　　　修庙宇，塑金身，香烟供奉晨与昏。（跪拜）

【崔巧凤肩挎小包上。

帮　　腔　　　跌跌撞撞往前奔，

　　　　　　一心要嫁朱买臣。

崔巧凤　　（见朱）朱先生……朱先生……

朱买臣　　（起身见崔，惊疑）姑娘，你，你怎么来了？

崔巧凤　　我，（难为情地）我找你来了。

朱买臣　　（不敢相信）找找找，找我……何，何事？

崔巧凤　　找你……跟你回家……

朱买臣　　（大惊）啊？（回过神来）姑娘你，你，你你你你莫非要……（小声）私——奔？

崔巧凤　　先生若不嫌弃，愿与先生成就百年之好。

朱买臣　　（呆住）这！（自语）圣人云：非礼勿视，非礼勿言，非礼勿动。今日这事，我该如何是好？如何是好？（焦虑徘徊）

崔巧凤　　（看不透朱的意思）先生若是不愿，巧凤我……我就回去了吧。（转身走）

朱买臣　　（看着巧凤走，又急又慌，忽来勇气，大叫）慢着！（自语）今日，这非礼勿视，我也视了。这非礼勿言，我也言了。只剩下这非礼勿动……我我我，我便动了又待如何？！

　　　　　（吟）她好比卓氏文君从天降，

　　　　　　我做个司马相如又何妨？

　　　　　姑娘，买臣何德何能，竟遇着你这样有胆有识、如花似玉的姑娘肯下嫁于我。买臣真是好福气也。哈哈哈……

崔巧凤　　先生且莫高兴，我们赶快进屋去。免得我嫂子追来，我们的事就完了。

朱买臣	哎呀，要是你嫂子追来，这小小柴门也挡不住她呀！
崔巧凤	所以说，我们要赶紧把生米煮成熟饭！
朱买臣	（苦笑）姑娘！我家除了几棵野菜，连糠都没有，哪有煮饭的米啊！
崔巧凤	（难为情地笑指其额）书呆子！那米——就是你和我呀！
朱买臣	（恍然）哦……煮饭去！煮饭去！哈哈哈……

【巧凤从布包中扯出红绸抛与朱。二人披红挂彩、载歌载舞拜天地。

幕后唱	多谢苍天相照看，
	赐我一桩美姻缘。
	夫妻同心共患难，
	下一科，不中探花中状元。

【二人下。

第三场　茹苦

【马嘶人喊。报子甲举红纸卷打马上。他颔下已是长须。
【四青年报子跟上。他们颔下已有短须。

报子们	（叫）报喜！喜报！（跑马圆场）
幕后唱	进士一科需三年，
	三个三伏暑，九个数九寒。
	熬呀熬，熬得春秋再转换，
	盼呀盼，报子又过烂柯山。

【朱买臣上。崔巧凤跟上。二人与报子们反向圆场。
【朱买臣拦马，与报子身段过场。

朱买臣	（拦住报子甲）报子哥！报子哥！请问报子哥往哪家报喜？
报子甲	烂柯山下朱……

自在飞花

朱买臣	（大叫）朱什么？朱什么？
报子甲	朱老爷的小公子朱元盛。
朱买臣	你你你你没有看错？
报子甲	没有错！是朱元盛不是朱买臣。你呀，过三年再来问吧。

【报子们打马下。

【朱买臣失魂落魄，腿软跌地。

【崔巧凤呆立片刻，想起朱买臣。

崔巧凤	先生……先生……（过去扶他，扶不起）先生你怎么样了？
朱买臣	（坐地不起，以袖遮面）我，我我，我无脸见你，无脸见你……
崔巧凤	先生……我没有怪你，没有怪你。快些起来……（拉他）
朱买臣	（起身，抓住巧凤的手，呜呜咽咽）娘子，我对不住你……你为我吃苦受累，我还是名落孙山……我，我对不住你呀……（大哭）
崔巧凤	（含泪相劝）还有下一科，还有下一科嘛……（劝不住，跺脚大吼）不许哭！
朱买臣	（打个激灵，张嘴瞪眼，戛然无声）
崔巧凤	（哭声哭气）男子汉大丈夫，我都不哭，你，哭个啥？（呜咽）不，许，哭……
朱买臣	（哽咽，吞声）不哭。不哭。有你这样好的娘子，我哭啥？我不哭。我要笑，你看，我在笑。（哭着笑）嘿嘿，嘿嘿嘿……
崔巧凤	（替他拭泪，哽哽咽咽）对啰。还有下一科嘛……
朱买臣	（强笑）还有下一科。（抽泣，忙把抽泣变成笑）还有下一科。嘿嘿嘿……
崔巧凤	（也强笑）嘿嘿嘿……（抽泣，强忍）还有下一科……

【两人相对哭着笑："嘿嘿嘿"……又各自背身抽泣。

【传来母鸡下蛋的叫声："咯嗒咯嗒。"

| 崔巧凤 | （忙拭泪转身）先生，母鸡下蛋了。你去把鸡蛋捡了。 |
| 朱买臣 | （机械地）哦，把鸡蛋捡了。 |

崔巧凤	把炖好的鸡汤舀一碗来喝了。
朱买臣	（机械地）哦，把鸡汤舀来喝了。
崔巧凤	喝了鸡汤，再读诗书也就是了。
朱买臣	（机械地边走边说）哦。把鸡汤捡了，把鸡蛋读了，把诗书舀来喝了。（下）
崔巧凤	（压着声哭）喂——呀！（哭着到侧幕边拿出扁担和柴刀。扁担上绾着捆柴的绳子）
帮　腔	满腹悲怨向谁讲？
崔巧凤	（唱）自己选的男人，自己嫁的郎。
	凤冠霞帔，三年痴想成梦想，
	糟糠之妻，三年糟糠还是个糟糠。
	砍柴上山，僻静无人好把悲声放——
帮　腔	我要痛痛快快哭一场。

【崔巧凤饮泣而下。

【马嘶人喊。报子甲执红纸卷慢步上。他已是灰发灰须。

【四报子跟上。他们的颔下皆是长须。

报子甲	（懒洋洋叫）报喜！喜报！

【报子们懒洋洋走马。

帮　腔	报子报得鬓发苍，
	懒催老马懒奔忙。
报子甲	（念）看惯了失意人儿泪泉涌，
报子乙	（念）看惯了得意人儿喜若狂。
报子丙	（念）也见过失意人儿活得美，
报子丁	（念）也见过得意人儿反遭殃。
报子们	（同念）隔三年，又从烂柯山下过……

【朱买臣迎面上，他已是颔飘长髯。

【报子甲停马，与朱买臣互相望着。

帮　腔	这情景，帮腔不知怎样帮。

马前泼水

报子甲	（慢吞吞）这，一，科……
	【崔巧凤内叫："报子哥！"她随声奔出，顺手将朱买臣推到一边。
崔巧凤	（急迫地）这一科怎样？这一科怎样？这一科——怎样？
报子甲	（不得不说）还是，没有……
崔巧凤	还是，没……有……（呆立）
	【朱买臣痛苦地背身垂头。报子们轻轻打马下。
崔巧凤	（失神地喃喃着）没……有……
帮　腔	过了一个三，又过一个三，
	怎样熬过下一个三？
	【崔巧凤晃了两下，晕倒。
朱买臣	（大惊）娘子！（见崔巧凤缓过气来）娘子……（扶她起）
帮　腔	下一个三，下一个三，
	人生能有几多三？
	【崔巧凤挣扎站起，闭目不语，将朱买臣推开，晃晃悠悠而去，下。
朱买臣	（轻轻跟去，小声叫着）娘子，娘子……（跟几步，痴痴目送，唱）
	等来无尽的悲愤，
	等来无尽的羞惭。
	只恨我——
	枉读了诗书，
	辜负了红颜。
	她心有怨责备我，
	我心有怨向谁言？
	只怪老天欠公正，
	喜报不到柴门前。
	今科买臣又不中，

怕只怕，草堂之中起波澜。（下）

第四场　离家

【传来崔巧凤的声音："我回来了。"

【崔巧凤带醉，提一块肉上。

崔巧凤　　（念）一年三百六十天，
　　　　　　　　　天天度日如度年。
　　　　　　　　　凤冠霞帔终不见，
　　　　　　　　　私奔美谈成笑谈。

【朱买臣捧碗执筷上。

朱买臣　　（高兴地）娘子回来了。娘子回来了。

崔巧凤　　我回来不回来，与你有啥相干？

朱买臣　　（赔笑）你是我的娘子，自然与我相干。娘子出去许久，想必腹中饥饿。为夫已将晚膳做好，娘子快来用膳吧。

崔巧凤　　用膳？你有啥子东西给我吃？

朱买臣　　我有，稀……饭……

崔巧凤　　稀饭？去年的米，还没有霉烂吗？

朱买臣　　未曾霉烂。未曾霉烂。（讨好）娘子种出来的米，十年都不会霉烂。一颗颗都像珍珠，白生生、亮铮铮的！

崔巧凤　　拿来我看。（把着朱买臣的手看碗，笑）这碗稀饭好，可以当镜子，让我照一照。

【崔巧凤带醉"照镜"。朱买臣尴尬配合。二人身段过场。

崔巧凤　　（唱）稀饭照人面，
　　　　　　　　　不是旧时颜。
　　　　　　　　　空憔悴，枉挂牵，
　　　　　　　　　该怨人……唉。还是该怨天？（推开朱买臣）

自在飞花

朱买臣	（唱）低头把气咽，
	理短勿多言。
	穷日子原本不好过，
	难为她呀——
帮　腔	吃苦受累许多年。
朱买臣	娘子，用膳吧。
崔巧凤	吃过了。我吃了这么大两碗排骨面。（拍拍肚子）你看，我的肚子还是胀鼓鼓的。
朱买臣	（放碗筷于桌）何人请娘子吃了排骨面？
崔巧凤	杂货铺的李老板。
朱买臣	娘子，我与你说过，李老板的东西不能吃！
崔巧凤	为啥不能吃？
朱买臣	哎呀。他对你不怀好意！
崔巧凤	不怀好意？（笑）那才好呢。那样，我就时常会有排骨面吃了。嘻嘻嘻。（有点站不稳）
朱买臣	（扶她一把）娘子，你还喝了他的酒？
崔巧凤	酒，不是他的。是泥瓦匠的。
朱买臣	啊？那泥瓦匠也是不怀好意的！
崔巧凤	我还拿了张屠夫的肉。（拿起肉）明天，有肉吃！哈哈哈。有肉吃！
朱买臣	娘子！娘子！他们的东西都不能要！（夺过肉，丢去）他们对你都不怀好意！
崔巧凤	你倒是怀着好意，那你给我吃的呀，给我穿的呀。嫁汉嫁汉，穿衣吃饭。你不管我吃，不管我穿。我嫁与你，难道是为了吃苦不成？
朱买臣	娘子，吃得苦中苦，方为人上人。
崔巧凤	我吃够了苦了！我不想再吃苦了！
朱买臣	娘子，这么多年都熬过去了，再熬一熬。熬到下一科，说不

		定就熬出头了。
崔巧凤		熬不出头了！你不出草堂，听不见人家怎么笑话你。都说你不会读书，都说你一辈子也休想考中！
帮　　腔		只恨我，假聪明，假干练，
		错打了算盘，错结了姻缘。
崔巧凤		（唱）自从来到你的家，
		好像失足落深渊。
		每日里，腰酸背痛筋欲断，
		似觉得，石压土埋不见天。
		茅屋，挡不住冬天的风雪、夏天的雨，
		旧衣，遮不住轻薄的目光、刺骨的寒。
		可怜我，辛苦熬日夜，
		熬过了，三年又三年。
		熬掉青春好岁月，
		熬掉锦绣佳华年。
		熬得我，恨你凤冠霞帔乱许愿，
		熬得我，恨你无计养家枉为男。
		熬得我，心灰意冷只剩倦、厌、怨，
		熬得我，情消爱淡——
帮　　腔		再也不愿熬一天！
朱买臣		娘子之言令买臣心惊肉跳。娘子不愿再熬，又待如如如，如何？
崔巧凤		给我一纸休书，把我休了。
朱买臣		什么？
崔巧凤		给我休——书。
朱买臣		啊！
帮　　腔		休书二字似利剑，
朱买臣		（唱）将我心肺来刺穿！

自在飞花

娘子啊，我的巧凤啊，
请你回头看一看，
门外就是烂柯山。
可记得，七年之前秋云淡，
你肩挎小包到门前。
同拜天地共许愿，
不离不弃不食言。
清晨起，我与你把青丝绾，
采野菊，插在你的两鬓边。
到晚来，疼你手酸脚也软，
焐热了，寒衾冷枕让你眠。
那一年，你身患重病似火炭，
卧榻旁，我日夜照料不偷闲。
涸辙中，相濡以沫情非浅，
娘子啊，我的巧凤啊，
怎能够，撒开双手各一边。
劝娘子，再把目光朝前看，
咬牙关——

帮　　腔	再熬两年。
崔巧凤	啊？还要熬两年？跟你说，两天我都不愿熬了！（伸手）拿来！
朱买臣	拿什么？
崔巧凤	休……
朱买臣	（连忙）娘子！你我夫妻情深，再不要提那两个字！
崔巧凤	不提它？不提它我还懒得回来呢。
朱买臣	不回来，你到哪里去？
崔巧凤	我的去处多得很！不要忘了，我原是烂柯山下的美人儿。我要是生在富贵人家，说不定早当了皇后娘娘。如今，我虽然年过三十，可是，只要吃点好的补养补养，穿点好的打扮打

	扮，我跟那些二十来岁的女人也不差多！嘻嘻嘻。跟你说，想要我的男人哪，多得很！
朱买臣	如此说来，你，莫非想要改嫁？
崔巧凤	若有合适的人家，改个嫁又有何不可？
朱买臣	原来，你，你想要改嫁？
崔巧凤	想要改嫁又怎样？今天你把我休了，明天我就能嫁出去！你信不信？信不信？
朱买臣	（咬着牙）我——信！
崔巧凤	那就把我休了。
朱买臣	休？
崔巧凤	休。
朱买臣	休就休！（赌气走）休就休，休就休……（猛转身）哎呀娘子，七年都熬过来了。你就再熬一熬嘛。
崔巧凤	我懒得熬了。拿休书来。
朱买臣	当真要我休？
崔巧凤	当真要你休。
朱买臣	果然要我休？
崔巧凤	果然要你休。
朱买臣	那那那，那我就休啰……
崔巧凤	休嘛。
朱买臣	休嘛！（生气地走）休嘛，休嘛，休嘛……（到桌边又猛然跑回）嗨呀娘子，只求你再等两年，就两年，两年……
崔巧凤	两天都不想等了。我累了，我厌了，我烦了，我怕了，我受不了了，我不想跟你过了。拿休书来！拿休书来！拿休书来！
	【崔巧凤逼近。朱买臣后退，一直退到背贴舞台台框。
朱买臣	（呆立片刻，终于爆发，直指巧凤）你，你，你你你你好绝情哪！
男声唱	心碎肠断，心碎肠断，

马前泼水

| 朱买臣 | （唱）七年情、七年义，化作云烟。（横下心来）哎！
大丈夫人穷志不短，
无妻室……
（念）无妻室也做个——
（唱）立地顶天！
（大叫）我与你，写——（冲到桌边，提笔写字。写毕，抛笔，冲出来将纸丢到崔巧凤脚下，向外走） |
| 崔巧凤 | 你到哪里去？ |
| 朱买臣 | （念）不信书生终无用，
衣锦荣归自有年。（疾下） |
| 崔巧凤 | （追着，叫）天要黑了，你到哪里去？你到哪里去？（一阵风起，崔巧凤打个冷战酒意全消。转身见地上休书，拾起）休书！（回忆着）哦，是我要他休了我……那么，走的人该是我呀！他为啥走了？（叫）朱买臣，你给我回来！回来！（跺脚叫）你这个书呆子！身上一文钱也没有。你出去咋个活吗？丢下这么大一片草房，还有那么多的书，未必然你都不要了？朱买臣，你想我给你当看门狗呀……（呆了片刻）走，远，了……嗨，走了就走了。以后呀，我一个人吃饱了全家不饿，再不用为你操心了。（反身进屋，看休书）他真的把我休了……（哭起来，边哭边数落）朱买臣，你个没良心的！叫你休你就休呀？也不劝一劝我，也不哄一哄我，也不请人来说几句好话。说休就休了，你个没良心的……（转念）嗨！哭啥？休了就休了，反正这样的日子我也不想过了。（见桌上碗筷，端起）这是他熬的稀饭。嗯，香喷喷的。他熬的稀饭比我熬的好吃。可是，我再也不愿天天吃稀饭了。 |
| 帮　腔 | 借酒发疯讨休书，
休书到手又嘀咕。 |
| 崔巧凤 | （念）难道当真要改嫁？ |

帮　　腔	烂柯山下再寻夫？（下）

第五场　论嫁

【灰须灰发的李老板上。后随灰发崔嫂。其后两男仆捧盘子，内盛绸缎和银子。四人圆场。

李老板	（唱）崔巧凤不是省油灯，
崔　嫂	（唱）她居然敢学卓文君。
李老板	（唱）烂柯山下闹私奔，
崔　嫂	（唱）落得一个坏名声。
李老板	（唱）白白吃苦七年整，
崔　嫂	（唱）讨封休书又单身。
李老板	（唱）到如今，不老不少不年轻，
崔　嫂	（唱）论改嫁，高不成来低不成。
李老板	（唱）她说过，好马不吃回头草，
崔　嫂	（唱）我看她，饿马无草啃树根。
李、崔	（同唱）三朵花儿开，一呀一朵闹莲花，啃呀么啃树根。
	（同笑）嘻嘻嘻嘻。
崔　嫂	到了。（叫）巧凤，开门！

【崔巧凤无精打采上，叹气："唉！"

帮　　腔	独居三月整，
	坐卧不安宁。
崔巧凤	（唱）夜半醒来扪心问，
帮　　腔	不该气走朱买臣。
崔巧凤	唉！

【崔巧凤开门。四人进。二仆把盘子放在桌上。

| 崔巧凤 | 你们，这是做啥？ |

自在飞花

崔　嫂	妹子，这是聘礼。李老板的妈答应了。
李老板	我妈她老人家答应了。答应了。
崔巧凤	答应啥子了？
李老板	答应我接你——嘻嘻，做老婆！
崔　嫂	嫂子给你道喜！道喜！
崔巧凤	道喜？哼，我嫁给他，有啥喜？
崔　嫂	哎呀妹子！（拉她到一旁）我说妹子，莫高抬身价了。你咋个就不明白，自己是个二婚！何况你的名声又有点儿那个……能嫁给李老板当四姨娘，也就不错了。
崔巧凤	四姨娘。我就听不得这几个字！
崔　嫂	傻妹子！你比那三个女人都漂亮。李老板要是只喜欢你一个，那三个还不是跟没有一样。
崔巧凤	唉。怨哪个？当年嫁给他，还是二姨娘。如今嫁给他，就成了四姨娘了。都是自己找的！（打自己一下，向李）说嘛。啥时候过门儿？
李老板	嘿嘿。先不忙，不忙过门儿……
崔巧凤	这是啥子话？
李老板	（赔笑）你呢，先在这儿住着。我呢，先给你做个上门郎……
崔巧凤	胡说八道！这是朱买臣的家！
李老板	那有啥？你嫂子不就在你们崔家招了个上门郎吗？
崔　嫂	是呀。只要婆家没有人了……
崔巧凤	（打断）我兄长是死了，可是朱买臣还活着！这是他朱家的草堂，屋里还有很多的诗书！他考中考不中都会回来！

【李老板示意崔嫂。崔嫂只好又把巧凤拉到一边。】

崔　嫂	实话跟你说。李老板的妈——那个死老婆子，她要你生了儿子，才许你过门儿！
崔巧凤	为，啥，子？前头那三个女人，也没有说生了儿子才过门儿。（向李）你说！你妈为啥要我生了儿子才过门儿？

李老板	我妈她,她她她,她不放心!
崔巧凤	不放心啥?
李老板	不放心——你。
崔巧凤	不放心我?我咋个了?
李老板	你你你,唉!我妈说,你敢私奔,胆大包天。她怕你过了门儿,不生儿子就,就,就就就,就卷起银子逃走……
崔巧凤	啊……(半天回不过神来,然后暴跳如雷)当我是强盗呀?!当我是骗子呀?!(指李)你没有跟你家老婆子说吗?我原是朱买臣的妻!她不晓得朱买臣是有学问的人吗?我跟朱买臣过了七年的苦日子,哪个见我有丁点儿不规不矩、不干不净的?你开个杂货铺的有几个臭钱?我看你这个老东西就一钱不值!我宁可饿死、冻死,也不会嫁给你这个老杂毛!你给我滚!滚!滚!(把桌上的衣服和银子扫荡到地上,到侧幕边拿出柴刀,叫骂着)你再敢踏进这道门槛,我就砍死你!(举刀乱挥)

【李老板逃下。两男仆拾起地上的东西逃下。崔嫂指指点点地骂着下。

【崔巧凤颓然呆坐。

【张屠夫提着肉,泥瓦匠拿着酒,二人分上。

二　人	(唱)烂柯山下一枝花,咿啊哟, 　　　当年未曾娶着她,呀啊哟。 　　　私奔七年又待嫁,咿呀咿啊哟咿哟, 　　　癞蛤蟆见了——也张开嘴巴。 　　　咿啊呀,咿啊咿啊呀咿呀, 　　　蛤蟆也张嘴巴。(进门)
二　人	(向发呆的崔巧凤小声谄媚)先生娘子……(互相一望)不对不对……巧凤姑娘……不对不对……崔——大——姐!(在巧凤肩头拍一下)

自在飞花

崔巧凤	（惊起，怒吼，举刀）做啥？！
二　人	（忙举起手里的东西）我给你送肉（酒）来了。
崔巧凤	都给我滚开！（挥手）

【二人连忙后退。

帮　腔	抬眼看，恶心翻，
崔巧凤	（唱）一对蛤蟆在跟前。

　　　　　这一个，酒糟鼻子猪眯眼，

　　　　　满口黄牙带黑斑。

　　　　　这一个，瘦骨嶙峋骷髅面，

　　　　　缩头躬背又耸肩。

　　　　　想起我夫朱买臣，

　　　　　美髯俊面、风骨清朗赛潘安，

　　　　　温存体贴、博学多才品行端。（向屠夫）

　　　　　你油腻邋遢站远点，

　　　　　莫弄得姑奶奶一身膻。（向泥瓦匠）

　　　　　你泥灰木渣四处溅，

　　　　　莫弄得姑奶奶心里烦。（命令地）

　　　　　快把酒肉放桌面……（见二人把东西放在桌上后）

　　　　　各自退到门外边。

二　人	（向门边退去，唱）我退，退，退到门里边。
崔巧凤	（呵斥）退到门外边！
二　人	（忙跳出门槛，唱）门外边就门外边，

　　　　　只要姑奶奶心喜欢。

　　　　　点个头，嫁给我，

　　　　　我愿把你供神龛，

　　　　　咿呀咿啊哟咿哟！把你供神龛。

【二人下跪。崔巧凤飞快地关门上闩。

二　人	（起身拍门）崔大姐！崔姑奶奶！

崔巧凤	你们给我听着：以后有啥好东西想孝敬姑奶奶，只管送来。可是，哪个敢打姑奶奶的歪主意，我就拿柴刀砍死哪个！
张屠夫	崔巧凤，你连我们都不嫁，还想嫁个啥样的？
泥瓦匠	未必然你不明白，有身份的男人嘴上说得好听，可是他们永远不会娶你为妻！
崔巧凤	（怒喝）闭嘴！我就没想过改嫁！
二　人	啊？没想过改嫁？那你为啥不要朱买臣了？
崔巧凤	我，我，我……（努力地想，终于想出个理由）我是要逼他考个功名回来！
二　人	哦……（互相望着）原来如此！唉！（无奈地走，忽又回头）
张屠夫	崔大姐，我从来没有对你动手动脚、不规不矩哟。
泥瓦匠	以后朱先生回来了，你不要在他面前乱说哈。
二　人	以后有啥子事用得着我，你只管吩咐，只管吩咐。
崔巧凤	滚！
二　人	是。（无奈）唉！（分下）
崔巧凤	（自语）我都做了些什么？我都做了些什么……（痛哭，跌跌撞撞下）

第六场　还乡

【青年衙役甲上。亮相。

衙役甲	（叫）报喜！喜报！（跑马圆场）
幕后唱	快马加鞭又加鞭，
	报喜又过烂柯山。
	往年报喜为科考，
	今年报喜来新官，今年报喜来新官。

【衙役甲跑马下。

【朱买臣内唱:"石板道响马蹄……"

【马嘶人喊。衙役们鸣锣开道上,站队,叫"回——避——"。

朱买臣　（内唱）石板道响马蹄,踢踢,踏踏,踢踏踢踏、踢踏踢踏天籁一片。

【马蹄声起。马夫翻腾上。朱买臣扬鞭走马上。

朱买臣　（唱）乡邻们,夹道迎热闹非凡。

　　　　　昔日里,无一人青眼相看,

　　　　　今日里,尽换作谄笑媚颜。

　　　　　果真是,世态炎凉、人情冷暖。

　　　　　好教我,怨怒悲愤、填满心间。

　　　　　不予搭理把路赶……

【朱买臣催马圆场,衙役们圆场站队。

【幕后传来崔巧凤的声音:"夫——君——"

朱买臣　（接唱）何人胆敢把路拦?

　　　　何人拦路?

马　夫　禀大人,有一妇人拦路,口里叫着……

朱买臣　叫着什么?

马　夫　叫着"夫,君"。

朱买臣　啊……（自语）是她。是她来了!（转）让那妇人近前。

马　夫　是。（转）大人吩咐,让那妇人近前。

【一衙役向幕内叫:"大人吩咐,让那妇人近前。"

【崔巧凤内唱:"千悔万悔,悔得我的肝肠断……"

【崔巧凤快步奔上,直愣愣站定。

崔巧凤　（唱）欲见夫君……好羞惭。

　　　　　我倒有,满腹话儿对他讲,

　　　　　怕只怕,他不肯与我来交言。

　　　　　心怀愧疚偷眼看……

【崔巧凤偷看。衙役喝:"威——武。"崔巧凤惊避。

崔巧凤	（接唱）马背上下地和天。
	自酿苦酒自吞咽，
	莫奈何，莫奈何，
	双膝跪在马头前。（崔巧凤跪下）
马　夫	禀大人，那妇人来了。
朱买臣	马头之前，所跪何人？
崔巧凤	崔氏——巧凤。
朱买臣	崔氏巧凤又是何人？
崔巧凤	是……是烂柯山下、朱买臣之妻。
朱买臣	啊？难道烂柯山下，还有一人与本官同名同姓不成？
崔巧凤	官人休要戏弄于我。烂柯山下，只有你一个朱买臣。我，就是你结发之妻崔巧凤。
朱买臣	这就奇怪了。本官怎么不知，我还有一个结发之妻呀？
崔巧凤	官人！夫——呀！
崔巧凤	（唱）两年前，都怪我心生厌倦，
	逼官人，写休书一念之间。
	你走后，我每日倚门长盼，
	盼我夫，无灾病一路平安。
	我为你，守茅屋情义未变，
	我为你，受孤单只等团圆。
	今日里，在马前屈膝谢罪，
	求官人宽恕我——
帮　腔	你宰相肚里能撑船。（伏地）
朱买臣	（唱）崔巧凤跪马前泪流满面，
	想起我男儿泪何曾少弹。
	那时节她只有鄙视白眼，
	那时节她只有冷语恶言。
	逼写休书情义断，

马前泼水

自在飞花

	害我流落大路边。
	一介书生如乞丐，
	失却家园失尊严。
	这口恶气实难咽，
	不泄此愤——
男声唱	心不甘！心不甘！
朱买臣	（向马夫）取一铜盆，盛水过来。
马　夫	是。（至侧幕边端铜盆过来）
朱买臣	崔氏。
崔巧凤	官人。
朱买臣	这里有一铜盆，你好生端着。（待崔接过铜盆后）你看，盆中何物？
崔巧凤	盆中是水。
朱买臣	不错，盆中是水。（突然举鞭将铜盆打落在地）
崔巧凤	（惊慌）水……（抓起铜盆，看着地上的水，惶恐地向朱）盆中的水，打泼了！
朱买臣	你，把它收回盆中。
崔巧凤	你说——什么？
朱买臣	我叫你，把泼洒在地之水，收回盆中！
崔巧凤	这这这，覆水难收啊！
朱买臣	是啊！覆水难收！既知覆水难收，为何要我认你为妻？！
崔巧凤	啊！（盆从手落，呆坐于地）
朱买臣	（唱）笑你痴！
	覆水泼地如休妻，
	难收覆水难认妻。
	嫌我贫穷你逐夫婿，
	见我为官你屈双膝。
	你对我并非有情义，

　　　　　　　你爱的玉食和锦衣。
　　　　　　　打马扬鞭各自去……

　　　　　【朱买臣打马欲走，崔巧凤叫着"官人"起而阻拦。二人走的走、拦的拦，身段过场。最后，巧凤被马冲撞跌地。二人造型。

朱买臣　　（接唱）再纠缠便治罪——你后悔莫及。

　　　　　【朱买臣打马下。众跟下。

崔巧凤　　（慢慢明白过来）休了……休了……真的，休——了……
　　　　　（唱）我好恨哪，我好恨！
　　　　　　　恨我当初鬼迷心。
　　　　　　　雪天，雪天丢去身上袄，
　　　　　　　夜行，夜行抛却手中灯。
　　　　　　　苦日子，前两个三年都熬过，
　　　　　　　熬不过，第三个三年两下分。
　　　　　　　只落得，只落得马前泼水遭耻笑，
　　　　　　　只落得，只落得覆水难收枉断魂。
　　　　　　　执盆去打池塘水，
　　　　　　　把我的，悔恨羞辱全洗清。

帮　　腔　　　　　　啊……

　　　　　【崔巧凤拾起铜盆，摇摇晃晃下。

第七场　回家

　　　　　【马夫导朱买臣挥鞭慢行，上。

朱买臣　　（唱）怨崔氏辱崔氏遂我之愿，
　　　　　　　曾发誓不与她破镜重圆。
　　　　　　　泼水时刹那间志得意满，

	却为何一路上心中不安？
衙　役	禀大人，来到草堂。
朱买臣	啊！
	（接唱）见草堂忽觉得思绪慌乱……
	【朱买臣下马，挥手。马夫牵马下。
朱买臣	（接唱）故居门外忆当年。
	想起九年之前，我曾在此向山神许愿。说买臣若得功名，便在烂柯山上修建庙宇，供奉山神。今朝衣锦还乡，定当不食前言。待我到任之后，即刻修建庙宇，以谢保佑之恩。山神，买臣在此先行叩谢了。（跪拜）
	【忽传崔巧凤之声："朱先生，朱先生。"
	【朱买臣猛抬头，呆住。传来他自己的声音："姑娘，你你你，你怎么来了？"
	【传来崔巧凤之声："先生若不嫌弃，愿与先生成就百年之好。"
	【朱买臣猛站起。传来他自己的声音："煮饭去。煮饭去！哈哈哈！"
朱买臣	（忘情地）娘子，娘子……（想起来）唉。我哪里还有什么娘子……想那日，我等她回家用膳。谁知，等回来一个冷面铁心的妇人。她嫌我贫穷，蓄意改嫁。我写罢休书，夺门而出。任她大声喊叫，我是头也不回。那时，我身无分文，跌跌撞撞。夜宿破庙，日走长街。但凭满腹文章，一手好字。我，与人代写书信，代写讼词，代写婚约，代写借据，代写房产地契，代写红白喜事的庆匾挽联。我代写，代写，代写……就这样一路写去，写到京师，写进科场……不料，此番科考，再不觉往年的艰难。竟然下笔有神，一泻千里。待等放出皇榜，竟得高中探花。犹记当时，我恍恍惚惚若在梦中……其后，皇上赐宴，当众夸奖：说我不但文章锦绣，更能体察百姓疾苦，胸怀济世之才……哈哈。皇上他哪里知道，非是我

能够体察百姓疾苦,乃是我穷愁潦倒,从百姓的疾苦中走了过来……(陡然一悟)呀!若非崔氏逼要休书,使我怀恨而走。我定然一如既往,蜗居陋室,手捧书卷,死背强记。只知道自家穷困,哪知道百姓疾苦,哪会有济世之才?那么,皇榜之上,也未必有我朱买臣的名字了……这,这这,这样看来,崔氏逼要休书,倒是有助于我……适才间,我马前泼水,羞辱于她,是不是有点太……太过无情了……(叫)人来。

【衙役甲上。

朱买臣	速取纹银十两,送与那马前泼水的妇人。
衙役甲	是。(下)
朱买臣	唉。
帮　腔	转念之间心绪变,
	惆怅填满胸臆间。
朱买臣	(唱)推柴门,进庭院,
	青菜两畦入眼帘。
	并非是,人去房空蓬长蒿乱,
	并非是,黄叶铺地狐走兔钻。
	莫非她,果然在家将我盼,
	莫非她,果然独居待团圆。
	急走入室细查看,
	一切皆似两年前……
	旧书房,如当年一尘不染,
	旧书架,置诗书秩序井然。
	旧书桌,摆放着往日笔砚,
	旧书窗,透阳光高卷竹帘。

【传来母鸡下蛋后的叫声"咯嗒咯嗒"。

朱买臣	(接唱)母鸡咯咯下了蛋——
	(大声叫)娘子,母鸡下蛋了。今天这个蛋,该你吃。

	【崔巧凤的声音："还是你吃。"
朱买臣	你劳作辛苦，你吃。
	【崔巧凤的声音："你读书辛苦，你吃。"崔巧凤随声端碗上。
崔巧凤	先生，鸡汤炖好了，快来喝汤。
朱买臣	（转身）要我喝这鸡汤，你就吃那鸡蛋。你不吃那鸡蛋，我就不喝这鸡汤。
崔巧凤	要我吃那鸡蛋，你就喝这鸡汤。你不喝这鸡汤，我就不吃那鸡蛋。
朱买臣	好好好。我便喝了这鸡汤。（要接碗）
崔巧凤	烫！小心烫着！我给你吹吹。（吹汤）
朱买臣	娘子，今天我要犒劳犒劳你。
崔巧凤	犒劳我什么？
朱买臣	你——看！（手一挥，变出一朵花）
崔巧凤	（惊喜）花！
朱买臣	你——再——看！（再变出一朵花）
崔巧凤	多好看的花呀！
朱买臣	来，我与你戴上。（拿过汤碗放在桌上，与巧凤戴花）
崔巧凤	先生，你怎么会玩儿这个把戏？
朱买臣	是我少年时，跟人学的。
崔巧凤	哪儿来的花儿呢？
朱买臣	数数你的鸭子。
崔巧凤	（数着）哟，鸭子怎么少了一只？
朱买臣	那只鸭子，变成你头上的花儿了。
崔巧凤	啊？你把我的鸭子换了花儿了！（撒娇）还我鸭子！还我鸭子！
	【崔巧凤追，朱买臣躲。朱买臣把桌上的碗递到崔巧凤手上。
朱买臣	（叫）鸡汤泼洒了！鸡汤泼洒了！（见崔巧凤端着碗不敢动了，开怀大笑）哈哈哈……
	【崔巧凤隐去。

朱买臣	（笑完）娘子，娘子……（四面一看，清醒过来）	
帮　腔	神志恍惚回当年。	
朱买臣	（接唱）似听得欢笑声响在耳畔。	
	似看见倩影儿来到眼前。	
	想起她，鸡鸭成群养后院，	
	想起她，开荒种地供三餐。	
	那些年，我不愁柴米和油盐。	
	那些年，我又像老爷又像仙。	
	久考不中生抱怨，	
	她心我心俱一般。	
	不记她七年共忧患，	
	单记她错在一念间。	
	买臣愧为男子汉，	
	胸襟狭窄理不端。	
	得高中，焉能将她弃而不管？	
	得高中，怎能对她泼水马前？	
	得高中，十两纹银怎抵她大胆私奔、辛苦照料、深情一片？	
	得高中，凤冠霞帔不与她穿与谁穿？	
男声唱	不与她穿与谁穿？！	

【衙役甲执铜盆上。

衙役甲	禀大人，找不见马前泼水的妇人，只找见这个铜盆。
朱买臣	在哪里找见这个铜盆？
衙役甲	在水塘边。
朱买臣	你在怎讲？
衙役甲	在水塘边。
朱买臣	（惊）哎——呀！（浑身颤抖）
衙役们	（惊呼）大人！（扶住他）

马前泼水

朱买臣	（有气无力地）人……来……
衙役甲	（叫）来人啦！

【衙役们和马夫奔上。

朱买臣	快快快，快去水塘和四周，找找找，找寻我的夫人！
衙役们	是。（下）
朱买臣	（向衙役甲）你你你，速将凤冠霞帔取来！
衙役甲	是。（下）
朱买臣	（向马夫）快快快，快去烂柯山后，找着姓崔的大嫂，看我的夫人可曾回到娘家！若在娘家，你说老爷请她即刻回来！
马　夫	是。（欲走）
朱买臣	慢着。带马过来，我要去寻找夫人。

【马夫将马鞭交给朱买臣。朱买臣欲上马，却因浑身颤抖而几次上不了马背。最后经马夫的帮助才坐了上去。马夫下。

朱买臣	巧凤！娘子！你，你你你，你不要吓我。买臣向你赔罪来了！

【朱买臣猛挥鞭，马跑，越跑越快，终于将紧张万分又不善骑马的朱买臣摔下马背（马鞭飞入幕后）。失去马匹的朱买臣只得爬起来跑路。他越跑越快，一路磕磕碰碰、跟跟跄跄（髯口功、水袖功等），又跌倒在地（膝步横场等）。

【衙役乙上。

衙役乙	大人，找到夫人了。
朱买臣	（精神大振，一跃而起）她在哪里？她在哪里？
衙役乙	在——（指侧幕后）
朱买臣	娘子！（奔向前，突然停步）

【四衙役用一块门板抬着崔巧凤的尸体上，站住。

衙役乙	（轻声）她，在水塘里……
朱买臣	啊！（喷出一口鲜血）
衙役乙	（惊呼）血！

【朱买臣（僵尸）倒地。衙役们叫着"大人！"上前将朱买臣

围住。

【传来崔嫂的叫声："巧凤……"跑上。

崔　嫂　（见尸体，哭叫）巧凤！（跑过去，哭叫着）妹子呀！你这是为啥呀！你左盼右盼的夫君回来啦！你为啥要寻死呀！你跟他受了那么多的苦，却享不到他的福，这是为什么，为什么呀……

【二衙役过来扶崔嫂到一旁。

【衙役甲捧凤冠霞帔上。

衙役甲　大人，凤冠霞帔到。

【衙役们闪开。朱买臣已变成白发白须。

【朱买臣接过凤冠霞帔，颤抖着去到崔巧凤身边，将霞帔盖在她的身上，再将凤冠放在她的胸前。

【四衙役抬着崔巧凤慢慢过场。崔嫂跟在后面。

崔　嫂　（哭着）妹子呀！你跟他受了那么多的苦，却享不到他的福呀……这是为什么，为什么呀……

朱买臣　（目送着，喃喃地）巧凤啊，娘子啊……（慢慢跪下）

帮　腔　　情天谁可补？

　　　　　恨海谁能填？

　　　　　哀哉长遗憾，

　　　　　悲思绕人寰……

【帮腔反复着……

【衙役们抬着崔巧凤慢慢过场。

【朱买臣慢慢伏在地上，一动不动。

【大幕缓缓落下。

——剧终

2005年此剧为太原市晋剧院而作，当年首演，剧名为《烂柯山下》

2012年此剧为成都市川剧院改写，剧名为《马前泼水》

"其乐斋"品戏

川剧《马前泼水》讲的是两千多年前的一个故事,却让我们看到了今人的生活:

看到了好夫妻的炙热感情,如何被油盐柴米一点点冷却;

看到了人物的每一次选择,如何改变他们的命运;

看到了在安逸中死读书的朱买臣,被迫离家后历经艰难而因祸得福;

看到了人物在遭遇挫折后应先从自己身上找原因;

看到了敢于私奔、敢于坚守、敢于认错的崔巧凤,却承受不住践踏尊严的羞辱;

看到了原本可以避免错误的朱买臣,因为不肯避免而摧毁了两个人的人生;

看到了……

其实,生活曾经给这两人机会。那机会曾被崔巧凤死死地、满怀希望地抓着。那机会也同时给了朱买臣,可惜他把机会和水一起泼掉了。等他明白过来,想赎回失去的一切时,晚了!不肯停留的时间已从他脚下滑过,不肯等待的机会已从他身边飞走。结局只能是:

崔巧凤死了,死在羞辱与悔恨中。

朱买臣活着,活在悔恨与痛苦中。

这个戏让人看时揪心,看后泪目。走出剧场,想得更多……

太原市实验晋剧院首演《烂柯山下》，谢涛饰朱买臣

成都市川剧院排演《马前泼水》，蔡少波饰朱买臣、陈巧茹饰崔巧凤

成都市川剧院排演《马前泼水》，蔡少波饰朱买臣、陈作全饰李老板、陈而刚饰屠夫、彭凌饰泥瓦匠

玉溪市滇剧院移植川剧《马前泼水》，冯咏梅饰崔巧凤

桂林市桂剧团移植川剧《马前泼水》，伍思亭饰崔巧凤

成都市川剧院排演《马前泼水》，蔡少波饰朱买臣、陈巧茹饰崔巧凤

成都市川剧院排演《马前泼水》，蔡少波饰朱买臣、陈巧茹饰崔巧凤

成都市川剧院排演《马前泼水》，
陈巧茹饰崔巧凤

太原市实验晋剧院排演《烂柯山下》，谢涛饰朱买臣、姜芳饰崔嫂、梁忠威饰李老板、
王钧饰屠夫、代尉君饰泥瓦匠

成都市川剧院排演《马前泼水》,蔡少波饰朱买臣、陈巧茹饰崔巧凤

太原市实验晋剧院排演《烂柯山下》,谢涛饰朱买臣、魏建琴饰崔巧凤

中国评剧院排演《马背上下》，王婧饰崔巧凤、韩立姣饰朱买臣

陕西省戏曲研究院移植川剧《马前泼水》，李小青饰朱买臣、张蓓饰崔巧凤

浙江小百花越剧团（今为浙江小百花越剧院）移植晋剧《烂柯山下》之《买臣荣归》，陈海峰饰朱买臣

太原市实验晋剧院排演《烂柯山下》，谢涛饰朱买臣、王春梅饰崔巧凤

忻州市北路梆子一团移植晋剧《烂柯山下》，韩晓翠饰朱买臣、田华饰崔巧凤

红梅记

(根据明代周朝俊同名传奇改编)

人　物

李慧娘　　　　　　裴　禹
贾似道　　　　　　太夫人
乔先生　　　　　　廖尽忠
女角若干（兼姬妾、鬼魂、梅树、丫鬟）
男角若干（兼影子、家丁、校卫、男仆）

场　次

第一场　问李　　　第二场　遇裴
第三场　重逢　　　第四场　玉碎
第五场　诓裴　　　第六场　鬼怨
第七场　幽会　　　第八场　放裴
第九场　惩奸

第一场　问李

【殷殷红梅，淡淡月色，透出一派神秘的凄美。
【几个女人的鬼魂在舞台后区时隐时现，飘来飘去。

帮　腔　　　梅花红，月色白。
　　　　　　月白梅红宰相宅，
　　　　　　宅内人泣鬼呜咽。
　　　　　　恨未消，冤未雪，
　　　　　　半闲堂上有老贼，有老贼！

【传来贾似道的狂笑："哈哈哈……"女鬼隐去。
【半闲堂内外。校卫与家丁上场，站队。姬妾们上场，站队。
【贾似道上。

帮　腔　　　半闲堂，香飘兰麝……
贾似道　　（唱）这气派，不是金阙，胜似金阙。
　　　　　　权压群僚为宰辅，
　　　　　　万众之上，一人之侧。
帮　腔　　　谁敢惹？！
贾似道　　（唱）俺才是啊——金口玉牙、斩钉截铁。
乔先生　　（内念）军情报相爷！

【乔先生上，快步圆场。

帮　腔　　　踮脚尖，飞奔似飘雪。
　　　　　　半闲堂外猛停歇。
乔先生　　（唱）先把领儿拉、衫儿扯、靴儿拍，
　　　　　　再把肩儿耸、背儿弓、眼儿斜。
　　　　　　秉事前须想清楚，
　　　　　　欲开口先看脸色。
帮　腔　　　把一个奴才做绝！

乔先生	（一惊）哪个在骂！我是奴才？宰相的奴才也是奴才中的上品！哼。（入室）禀相爷，昨日边报道来，元人退兵了。
贾似道	你在怎讲？
乔先生	元酋忽必烈得着相爷书信，见说大宋皇帝情愿纳币称臣，便收下金银珠宝、粮食绸缎，欢欢喜喜撤兵北归了。
贾似道	哈哈哈！本相说过，忽必烈只晓得烧杀抢掠，哪懂得欺诈瞒骗。送一些财宝，说一句称臣，就把他哄走了。
乔先生	如此高明的退兵之计，也只有相爷才想得出来。
贾似道	说得不错。有劳先生写一道奏章，向皇上奏明，就说忽必烈已然退兵。
乔先生	还要写上，是相爷定下妙计，忽必烈损兵折将，大败而逃。
贾似道	好好好。便如此写来，如此写来。哈哈哈。
乔先生	哈哈哈。告退。（下）
贾似道	（向姬妾们）元兵退去，本相心喜。尔等速速整妆更衣，随本相游玩西湖、观赏红梅。
姬妾们	是。
贾似道	慧姑娘呢？
姬妾们	妾等不知。
贾似道	请太夫人！
姬妾们	（向内）有请太夫人。

【太夫人应声"来了来了"上。二丫鬟随上。

太夫人	（唱）昔日本是船家妇，
	把舵摇橹在西湖。
	风吹雨打叹命苦，
	天天求神又拜佛。
	如今成了宰相母，
	享尽人间万种福。
	只望我儿多行善，

	谁知他心狠手又毒。
	嘴皮磨破劝不住，
	怕只怕——报应来时只有哭。
帮　腔	我的天哪，阿弥陀佛！
太夫人	儿哪，你惊抓抓的喊啥子？
贾似道	母亲，慧姑娘怎么又不出堂？
太夫人	啊？她又没有出来吗……（看看姬妾们）哎呀！没有出来嘛，就没有出来嘛。这么多女人围着你，未必然还不够你支使？
贾似道	我单单要那李慧娘！（向姬妾们）本相今日游湖，不要尔等，各自下去！

【姬妾们与二丫头下。

贾似道	母亲。李慧娘在哪里？
太夫人	我又不是管家婆，我晓得她在哪里！
贾似道	母亲！我请你老人家帮我劝她，未必然你没有劝？
太夫人	劝了劝了，劝——不——了！你想嘛，那李慧娘是大家闺秀，你把人家骗进府来当歌姬，人家就一百个不情愿，哪还肯给你做妾！
贾似道	给我做妾，也是她的造化！
太夫人	呸！有本事，自己去说！
贾似道	你帮我说！
太夫人	我不说！
贾似道	当真不说？
太夫人	不说！
贾似道	果然不说？
太夫人	不说！
贾似道	你不说，你不说……谨防儿子认不到人！（使劲甩袖头）

【太夫人骨碌碌转着圈被悬空挂在侧幕上——川剧特技"挂壁"。

贾似道	（不见反应，回头看）咦，人呢？（抬头见）你怎么在那里挂起？
太夫人	是你把我弄来挂起！
贾似道	我何曾把你弄来挂起？
太夫人	常言道，当官的衣裳角角掸死人。老娘偌大年纪，哪经得你袖头子掸啰！
贾似道	呃！你给我下来哟！
太夫人	（下地）下来了。下来了，老娘还是不说！
贾似道	你，你你你……好。今天，你要是不把李慧娘弄来陪我游西湖……那，那，我的个娘，你就不要想过安生日子！（跺脚，下）
太夫人	不过安生日子，你要把老娘咋个？你要把老娘……呃！都怪他年轻时，我没有把他管好，让他在街上混混混，混成个混世魔王！唉。还是去把李慧娘给他找来。阿弥陀佛！（下）

第二场　遇裴

【贾府后园内外。李慧娘上。

帮　腔	长吁短叹……
李慧娘	（唱）愁压云鬓损钗环，
	恨填心头步蹒跚。
	夜无眠，泪眼盼天亮；
	待天亮，又盼着月上东山。
	度日如年。
帮　腔	都只为啊——
李慧娘	（唱）元兵犯四川，
	举家逃江南。
	亲人被冲散，

	流落到临安。
	遇老贼，骗入宰相府，
	逼我做歌姬，陪他作乐与寻欢。
	走又不敢，留又不甘，
	困高墙，何日得见天……呀！
	后园门半开半掩，
	难得这机缘。
	无人来瞧见……
帮　　腔	轻移莲步出后园。
李慧娘	（唱）但则见——
帮　　腔	晴空万里蓝，白云如花绽，
	红梅齐怒放，红了半个天。
李慧娘	（唱）莫非是……
帮　　腔	梦里来到桃花源？

【太夫人上。

太夫人	（叫）慧姑娘！
李慧娘	（大惊，回头，松气）啊！才是太夫人。
太夫人	你偷跑出来要得安逸，害我在半闲堂挨儿子一顿埋怨。
李慧娘	连累太夫人了。太夫人，你老人家答应过我，要去相爷面前替我说情，劝他放我出府寻找爹妈。他允还是不允呀？
太夫人	这！（旁白）这个要我劝那个，那个要我劝这个。依我看，哪个都劝不倒！
李慧娘	太夫人，相爷怎么说？
太夫人	他说……你今天陪他游了西湖再说。
李慧娘	游了西湖再说？（走开）他答应放我走，我才去。
太夫人	哎呀。他高兴了，才可能放你走。快跟我回去。
李慧娘	我不去……我不去……

【太夫人拉慧娘走，慧娘挣扎着不愿走。二人拉拉扯扯中，慧

娘头上的钗环被梅枝挂住，停步。

李慧娘　　哎呀，挂住了！挂住了！（背身而立）

太夫人　　（看）真是越忙越乱！（试着替慧娘解开）唉呀！钗环小，梅枝高。看又看不清，解又解不了。（想一想）站着不要动，待我去拿把剪刀。（下）

【裴禹上。

裴　禹　　（唱）离钱塘，赴春闱，

帮　腔　　　　　到临安，心已灰。

裴　禹　　（唱）权奸当道国难重，

　　　　　　　半壁河山空泪垂。

　　　　　　　西湖纵可比西子，

　　　　　　　万种风情付与谁？！（忽见慧娘背身而立，惊诧）

　　　　　呀！那旁梅树之下，有一女子动也不动。莫非她——（做个上吊的动作，惊骇，忙向慧娘奔去，叫着）小娘子，想开些。小娘子，想开……（到了慧娘身后，发现不是上吊，连忙后退，自语）吓我一跳！（挥汗，欲去又停）请问小娘子，何故站立树下动也不动。莫非有为难之事否？

李慧娘　　多谢君子动问。是我头上钗环，被梅枝挂住，动弹不得。

裴　禹　　原来如此。学生可与小娘子解下钗环，但不知使得使不得？

李慧娘　　那就有劳君子了。

裴　禹　　（尽量和慧娘拉开距离，小心翼翼地解钗环）解开了。（忙退到一边）

李慧娘　　（转身，低头施礼）多谢君子。

裴　禹　　（低头还礼）不必多礼。

【二人慢慢起身，抬头一见，如遭电击。

帮　腔　　　　莫非梦里曾相见，

　　　　　　　是王嫱？是潘安？

【二人造型定格。太夫人拿一把修剪花木的大剪上。

太夫人　　（自语）你会挂，我会剪，把你剪成光杆杆。慧姑娘，我来了……（见状吓得跌坐在地，剪刀旁落，自语）天哪天哪，要出事！要出事！（忙起身）慧姑娘！慧姑娘！（见慧娘不闻，转向裴禹）嘿！嘿！（见裴禹不闻，着急，发现二人的眼光已连成一线——川剧手法"拴眼线"。她拾起大剪，一刀剪去）

【慧娘与裴禹清醒，羞窘，各自逃下。

太夫人　　（向李）你跑不脱！老娘要去告你……（扛着剪刀跑，忽停步）算了。算了。这些事，让儿子晓得了，又是一条人命。算了算了。（下）

第三场　重逢

【四便衣家丁上，查看过场，下。
【贾似道上。乔先生随后。

帮　腔　　　　雪霁天晴好风光，好风光，
　　　　　　　西子湖畔慢徜徉。

贾似道　　（唱）元兵北退，百姓当欢畅，
　　　　　　　微服私行，听一听万民颂扬。
　　　　　　　却为何，青松红梅无人赏，
　　　　　　　抬眼望——

帮　腔　　　　竟一派凄凉。

贾似道　　原以为湖畔游人熙熙攘攘，怎么竟如此寂寂寥寥？

乔先生　　（小声）适才密探来报。说是相爷对元兵纳币称臣之事，已被三学书生得知。西湖情景异常，莫非是百姓们也知道了……

贾似道　　知道又如何？我看哪个敢对本相说一声"不"？！

【乔先生示意。家丁搬桌凳、酒菜上。贾似道落座。
【李慧娘上。

帮　腔	感时花溅泪，
李慧娘	（唱）恨别鸟惊心。
贾似道	（见李心喜，起身）慧姑娘。
李慧娘	哦，相爷。（施礼）
贾似道	慧姑娘，今日游湖，欢喜否？
李慧娘	碧波映红梅，方知西湖冬日之美。
贾似道	那就好。那就好。哈哈哈。
	【太夫人上。二丫头随上。
贾似道	母亲，你来陪慧姑娘坐坐。待我去采一枝并蒂红梅，来与慧姑娘压鬓。
李慧娘	不不不……怎敢有劳相爷。
贾似道	是别人么，休想。是你慧姑娘么，本相定要亲手采来。（寻看着下）
太夫人	难得！（向慧娘）他这么讨好女人，还是头一回。（坐下）
	【李慧娘走向一边赏梅。两个丫鬟过来替太夫人捏背捶腿。
	【裴禹上。
帮　腔	国事已有千钧重，
	无奈又添一段愁。
裴　禹	（唱）半日来，魂儿失，魄儿落，精神儿游走，
	迷迷糊糊、怅怅惘惘，闷闷忧忧。
	这滋味何曾经受？
	惶惶然，不知心儿何处丢。
	莫非是——被那红梅花儿勾？
	是被那朵花儿勾。
	倩影儿刻在了心头，
	想忘却已不能够。
	从今后啊——
	国事悠悠，情思悠悠。

自在飞花

	啊，怎么这一树红梅，很像那一树红梅。（看梅）
李慧娘	（在另一边转身见裴禹，喜）又是他呀。
帮　腔	长江翻巨浪，
	冲决防波堤。
	把人儿嵌入心底，
	看慧娘——如痴如迷。
李慧娘	（脱口而出）美哉，少年！
	【恰逢贾似道执梅从慧娘身后走出，听见了她的话，震惊，盛怒，咳嗽。
李慧娘	（惊觉）相爷……
贾似道	（丢去梅花，走向裴禹）哈哈哈！这位相公，莫非来游玩西湖？
裴　禹	（回身礼貌地）老先生。
太夫人	（回头见裴，吃惊，旁白）咋个又是他？！
贾似道	老夫听说，今日贾丞相要来游湖，相公怎不回避回避？
裴　禹	西湖乃众人之西湖，又不是他贾家的西湖，何须回避？
贾似道	啊！
李慧娘	（旁唱）说不得！
贾似道	说得好！老夫也不想回避，何不一同游湖。
裴　禹	这……学生并非有意游湖，不过信步至此而已。（走开）
贾似道	相公留步。
李慧娘	（旁唱）留不得！
太夫人	（向贾小声）认都认不得，让他走让他走！
贾似道	（不理她）相公！老夫前来游湖，少个交言之友。我看相公一人，也孤独无趣。你我何妨同饮几杯，闲谈闲谈。
裴　禹	萍水相逢……
贾似道	（紧接）相逢何必曾相识。坐坐何妨？
李慧娘	（旁唱）坐不得！

乔先生	（拦路）相公，莫要辜负我家老爷的盛情。
贾似道	相公快来入座。
裴　禹	如此，学生从命。
贾似道	老夫姓甄。哦，这是我的母亲。
裴　禹	（施礼）太夫人，学生有礼。
太夫人	老身还礼。（向贾）儿哪。你们慢慢游玩，我们先回去了。（推慧娘走）
贾似道	母亲！你老人家不要扫儿的雅兴。（向二丫头）扶太夫人上座。（叫）慧姑娘过来把盏。 （念）相公，湖畔相逢——
帮　腔	是缘分。
贾似道	请问尊姓大名。
裴　禹	（唱）学生姓裴名禹字舜卿。
贾似道	仙乡何处？
裴　禹	（唱）离此不远钱塘县。
贾似道	到此何事？
裴　禹	（唱）原为科考登龙门。
贾似道	考个状元。
裴　禹	（唱）学生要弃考归隐。
贾似道	却是为何？
裴　禹	（唱）只因为秦桧还魂。 　　　　媚敌寇，瞒军情， 　　　　上欺君，下欺民。 　　　　哀鸿遍野官不问（拍案而起）， （念）纵然得高中—— （唱）也无有锦绣前程！
李慧娘	（旁唱）令人敬！
太夫人	（旁白）书呆子！

红梅记

自在飞花

贾似道	（唱）好后生！
	难得你，忠心耿耿、铁骨铮铮，
	听得我，牙根咬断，热血沸腾。
	（念）西湖得识真君子，
帮　腔	不枉老夫今日行。
贾似道	请问相公居住何处？
太夫人	儿哪，太阳落山了。
裴　禹	天色不早，学生告辞。
贾似道	老夫与相公一见如故。请问相公……
太夫人	相公有空，请过府来耍。
贾似道	老夫有心拜会相公……
裴　禹	多谢盛情。只是，学生要隐居林泉了。告辞，告辞。（下）
贾似道	（追上几步，目送）
乔先生	（叫）人来。
	【二家丁上。
乔先生	你二人跟着那生，看他居住何处。
家　丁	是。（下）
贾似道	嘿嘿嘿！（转）今日游湖，你们高兴，本相开心。好得很。哈哈哈！（猛停笑，怒喝）回府！（转身疾下。乔先生跟下。）
太夫人	（向李慧娘）惹祸了，惹祸了！呃！（下。二丫鬟跟下。）
李慧娘	（念）可恨老贼布陷阱，
	提心吊胆为书生。
	慧娘一语错出口，
	只怕灾祸要降临。（下）

第四场　玉碎

【半闲堂内。风声啸，烛影摇——"山雨欲来风满楼"。

帮　　腔　　（唱）烛影摇红，将起风暴！

【家丁们执灯笼快步过场下。
【姬妾们碎步奔出，或私语、或窥望、或窃听，时动时静各种造型。

帮　　腔　　　　半闲堂一派蹊跷。
　　　　　　　　似闻得风声鹤唳，
　　　　　　　　似听见鬼哭狼嚎。
　　　　　　　　心惊肉跳！
　　　　　　　　与慧娘同病相怜，同受煎熬！

贾似道　　（内念）心肺炸，怒火烧……

【姬妾们闻声躲避而下。贾似道上。

贾似道　　（唱）恨如刀，羞如刀，妒如刀，
　　　　　　　　堂堂宰相无处逃。
　　　　　　　　奇耻大辱，只恐怕千年贻笑，
　　　　　　　　逆我者，决不饶！
　　　　　　（怒喝）李慧娘走来。

帮　　腔　　　　闻呼唤，心惊诧！

【李慧娘上。

李慧娘　　（唱）想必是湖边事儿发。
　　　　　　（念）一任他恶语相加，

帮　　腔　　　　还需要随机应答。

李慧娘　　上是相爷，慧娘有礼。

贾似道　　慧姑娘。太夫人言说，你不愿做府中歌姬，是也不是？

李慧娘　　慧娘不善歌舞，做不了歌姬。

自在飞花

贾似道	好。不做歌姬,便做本相的如夫人!
李慧娘	(断然)不!(忙缓和)慧娘愚钝,做不了……如夫人……
贾似道	那,本相便与你邀媒纳聘,让你嫁与今日湖畔相逢的裴生!
李慧娘	啊……相爷何出此言?
贾似道	你不是夸他"美哉,少年!"吗?
李慧娘	慧娘看那少年与红梅相映成趣,不觉随口赞叹一声……也算不了什么。
贾似道	你口儿赞之,心儿爱之,若还算不了什么,难道要私奔于他,才算什么不成?
李慧娘	相爷说到哪里去了!一句赞词,充其量不过"爱美之心,人皆有之",也不曾有违周公之礼。
贾似道	小贱人!
帮　腔	好一张利口!
贾似道	(唱)不肯贵为宰相妾,
	却愿贱似青楼花。
	露春情一声勾搭,
	卓文君看上了题桥司马。
	想奔他,待奔他,
	恰似个浪荡小淫娃。
帮　腔	冤煞!
李慧娘	(唱)红尘紫陌湖边路,
	观景色随口一声夸。
	与书生并未交言,
	又不曾行为佻㒓。
	何须生出祸根芽,
	以虚为实,点白为瑕。
帮　腔	胆大!
贾似道	(唱)堂堂宰相府,

　　　　　　森严有家法。
　　　　　　怒火难忍下,
　　　　　　羞辱难洗刷。(取剑)
　　　　　　了却你心儿牵挂,
　　　　　　魂儿魄儿去寻他。(挥剑)
　　　　【李慧娘逃避。姬妾们奔上劝阻,拦的拦,拉的拉。众人身段过场。
　　　　【贾似道挥剑横扫,众妾跌倒。贾似道刺中李慧娘。李慧娘慢慢倒下。

帮　腔　　　香消玉殒在一霎!
贾似道　　(念)尔等众姬妾,
　　　　　　仔细听明白。
　　　　　　逆我之意者,
　　　　　　龙泉溅碧血!(白)人来!
　　　　【校卫们应声上。
贾似道　　将尸首抬出去,埋在红梅树下。(下)
　　　　【校卫们高举慧娘,缓步行。
帮　腔　　　梅树下,
　　　　　　又添冤魂,又添冤魂伴落花,冤魂伴落花……
　　　　【校卫们抬李慧娘下。姬妾们哭着,跟下。

第五场　诓裴

　　　　【乔先生上。
乔先生　　(念)连日来辗转打听,
　　　　　　那裴生才是祸根。
　　　　　　今夜晚三更时分,

　　　　　　去将他诓入府庭。

　　　　（叫）廖尽忠走来！

【廖尽忠上。

乔先生　今夜三更时分，我要引一书生前来。待他进入西厢，你就去一刀杀却！

廖尽忠　知道了。（下）

乔先生　（圆场）来此已是。（鬼祟四顾，敲门）裴相公，开门来。

【裴禹上。

裴　禹　（念）才送走三学书友，

　　　　　　还有谁夜来敲门？

　　　　（开门）你，你像是甄老爷府中之人？

乔先生　在下正是甄老爷门下心腹幕僚。

裴　禹　到此何事？

乔先生　奉甄老爷之命，来请相公过府叙话。

裴　禹　过府叙话？黑夜过府，多有不便。请转告甄老先生，容我改日拜访。（走）

乔先生　相公！（追去小声）你们三学书生，不是有一本参奏贾似道的万民书吗？

裴　禹　（惊）你！你你你，我不明白你说些什么！（转身避开）

乔先生　（追过去）相公！你们，不是还没有找到将万民书呈与皇上之人吗？

裴　禹　我不晓得这些事。（着急）哪个跟你说的？哪个跟你说的？

乔先生　相公。我家老爷与你们志同道合，你们的事他自然知道。为了避开贾似道的耳目，特请相公黑夜过府，共商对策。

裴　禹　（惊疑不定）共商对策？

乔先生　相公被三学书生推作为首之人，若不能将万民书呈与皇上，岂不是功亏一篑，有负众人之托了？

裴　禹　（为难）这，这这这……（背过身去）

乔先生	相公不必多疑。我家老爷若与贾似道一伙,相公早就没命了。
裴　禹	啊……
乔先生	我家老爷愿助相公一臂之力。相公快快带上万民书,随我前去。
裴　禹	那万民书……乃是要紧的东西,焉能随身携带。我早已将它珍藏起来。
乔先生	哦……是要藏好。是要藏好。那就见了我家老爷再说。我替相公把门儿关了。(关门状)
帮　腔	总觉得,有蹊跷。
裴　禹	(念)我的事,甄老爷如何知道?
帮　腔	趁机前去探明了。
乔先生	相公请。
裴　禹	请嘛。(下)
乔先生	哼。(念)书生不知世道险, 　　　　　此番有去无有回。(下)

第六场　鬼怨

【贾府梅林中。女鬼二三飘过。

帮　腔	冷月凄风夜苍茫, 　　幽灵缥缈绕画廊。

【李慧娘上,身段圆场。

李慧娘	(唱)可怜我,花样年华把命丧, 　　　可怜我,生死无人问短长。 　　　可怜我,悲情与人齐埋葬, 　　　可怜我,冤魂绕梅思裴郎。 　　　老奸贼,罄竹难书其罪状,

自在飞花

	恨只恨，人怨天不闻，鬼怨人不帮。
	怨恨冲霄动天壤——
帮　腔	飘雪飞霜，飘雪飞霜……
李慧娘	（唱）雪缀梅枝梅更艳，
	霜点花蕊花更香。
	纵然是，落红为泥碾作尘，
	那黄土也含芬芳。
	慧娘我，生不与贼同污淖，
	死要做他背上芒。
	贾似道，贼呀贼！
帮　腔	莫小瞧缈缈孤魂李慧娘。

【内传人声"相公请"。乔先生提灯笼领裴禹上，二人过场下。

李慧娘	呀！
	（唱）朦胧灯火照，
	竟然是裴郎。
	霹雳随闪电，
	骤雨伴风狂。
	明枪容易躲，
	暗箭最难防。
	书生进贾府，
	必定遭祸殃。
帮　腔	快前往，速相帮！
	快前往，速相帮！（李慧娘穿行于梅林之中）
	穿梅林，泪长淌，
	穿梅林，情惨伤。
	见梅树，忆裴郎，
	一棵梅树一裴郎。
	一树一裴郎……

李慧娘	（唱）	自从相逢梅树下，
		一缕情思绕心房。
		活着不敢想……
帮　腔		不敢想。
李慧娘	（唱）	死后徒悲伤……
帮　腔		徒悲伤。
李慧娘	（唱）	而今人鬼隔阴阳，
帮　腔		隔阴阳。
李慧娘	（唱）	聚首枉断肠，枉断肠。
帮　腔		紧跟随，去西厢，
		道原委，救裴郎。
李慧娘	（念）	犹恐他知实情魂飞魄丧，
	（唱）	还需要绕着弯儿——
帮　腔		慢慢说端详。

【李慧娘走出梅林，下。

第七场　幽会

【廖尽忠提刀，杀气腾腾过场。

【乔先生提灯笼上，恭立道："相公请。"裴禹上。

帮　腔		一路走来一路想，
裴　禹	（唱）	走进甄府更迷茫。（圆场）
		好一片深宅大院，
		好一片碧瓦红墙。
		走过了雕梁画栋，
		走过了梅林荷塘。
		似皇家官苑，

自在飞花

　　　　　　似仙家禅房。
　　　　　　甄老爷是官是商？
　　　　　　这富贵非比寻常。
　　　　　　抗贾贼事关生死，
　　　　　　他竟肯出手相帮。
　　　　　　莫非是人神共愤，
　　　　　　天降下古道热肠。
　　　　　　心疑惑，心难放，
　　　　　　忐忐忑忑，忐忐忑忑自猜详。

乔先生　　相公请进。

裴　禹　　这是什么所在？

乔先生　　此乃西厢。是老爷的书斋。相公在此歇息片刻，待我去向老爷回禀。

【裴禹进屋。乔先生转身。廖尽忠执刀上。

廖尽忠　　那生来了？

乔先生　　已在房中。

廖尽忠　　待某杀之！

【廖尽忠执刀入室，举刀便砍。裴禹大惊而避。

乔先生　　（急步跟去，叫）慢！

【廖尽忠闻声藏刀——川剧特技"藏刀"。

裴　禹　　（向乔）他他他，他要杀我！

乔先生　　（向廖）裴相公怎么说你要杀他？

廖尽忠　　啥话？我连刀都没有！

裴　禹　　你的刀……（指其袖）在那里！

【廖尽忠脱袍、甩衣、舞臂、拍腿——无刀。

乔先生　　想是烛火不明，相公看花了眼。

裴　禹　　看花了眼……刚才，你叫他"慢"。慢些什么？

乔先生　　他是个鲁莽之人，说走，就冲。我叫他慢些，以免吓着相公。

	果然吓着相公了。（向廖）伺候相公，就在门外。相公不叫，不许进来。出去！
	【廖尽忠与乔先生出门。
廖尽忠	（现刀，向乔）说的是，等他进了西厢就杀，为何又不杀了？
乔先生	有个要紧的东西还未到手。
廖尽忠	什么东……
乔先生	（打断）嘘！（示意室内有人，领廖尽忠下）
裴　禹	（疑惑）是我看花了眼……（不安地关门上闩，下）
	【李慧娘上。
帮　腔	拭珠泪，忍悲伤，
	见裴郎，诉衷肠。
李慧娘	（念）把门儿叩响。（敲门）
帮　腔	何人到西厢？
裴　禹	（执烛返场）谁在叩门？
李慧娘	相公用茶否？
裴　禹	用茶……哦，想是丫鬟送茶来了。我正好向她打听打听这位甄老爷。（高声）等着。待我与你开门。（执烛开门）
	【李慧娘入室，烛火熄灭，忽又自燃——川剧特技"变烛火"。
裴　禹	（不见人，退入室中，掩门，转身见李背身而立）咦，她倒各自进来了。你这丫头，送茶就送茶，何得与我作耍。你的茶呢？
李慧娘	原非送茶之人。
裴　禹	不是送茶之人，来到西厢则甚？快快出去！
李慧娘	相公且慢责怪，先看看我是何人。
裴　禹	你是何人？
	【李慧娘慢慢转身。裴禹举烛细看。
裴　禹	（惊）你，你好像——红梅树下的……人儿……
李慧娘	是我。

裴　禹	（大喜）真的是你！（吹灭蜡烛，抛去，奔上一把抓住慧娘之手）
	【二人身段过场。
帮　腔	喜似海潮涌……
	悲如山岳沉……
裴　禹	（唱）只说是，再难与你重相见，
	万不料，天从人愿又逢卿。
李慧娘	（唱）只说是，一别留下千古恨，
	万不料，鬼使神差又逢君。
裴　禹	（唱）不枉我，朝夕相思苦，
	不枉我，四处把你寻。
李慧娘	（唱）不枉我，踏雪到书斋，
	不枉我，失魄又落魂。
裴　禹	（唱）这情缘，三生石上早注定，
	这情愫，千载长留万世存。
	再莫要两下离分，再莫离分，
	哪怕是，利剑长刀颈上横。
李慧娘	（唱）闻言泪长滚，泪长滚……
帮　腔	错过今生待来生。
裴　禹	你，落泪了。（替她拭泪）
李慧娘	我，高兴哪……
裴　禹	还未请教小姐芳名。
李慧娘	我名李慧娘。
裴　禹	李慧娘……慧娘请坐。慧娘，你怎么知道我在这里？又怎能前来会我？
李慧娘	这……那日湖畔，你与甄老爷叙话，可记得有个人儿从旁把盏？
裴　禹	好像，是有个人儿从旁把盏。

李慧娘	那人儿就是我。
裴　禹	是你？
李慧娘	我乃府中……一名歌姬。
裴　禹	哦……慧娘受苦了。待我与甄老爷交涉，救你出府，带你回家。
李慧娘	难得裴郎情深义重。可惜慧娘福薄，不能与你同行了。
裴　禹	这是为何？
李慧娘	裴郎，你道甄老爷他是何人？
裴　禹	他是何人？
李慧娘	他，正是老贼贾似道！
裴　禹	（惊）啊……可是刚才你，你也叫他甄老爷。
李慧娘	我怕吓着你，未敢一语道破。
裴　禹	慧娘你……你你你，你能深夜来到西厢，莫非是老贼定下美人计，要你前来加害于我？
李慧娘	裴郎，慧娘我，我已不在人世了。
裴　禹	不在人世？什么叫，叫叫叫，叫不在人世？
李慧娘	哎呀裴郎！那日，慧娘随同老贼游湖，见你在树下赏梅，不觉赞叹一声"美哉，少年"。此话被老贼听见，回到府中，将我唤至半闲堂前，不容分说就是这样一剑……
裴　禹	那那那那一剑怎样？
李慧娘	将我杀却！
裴　禹	（大惊）哎——呀！（跳上椅子）你你你，你才是鬼呀……
李慧娘	慧娘纵然是鬼，也不会害你！
裴　禹	（下椅观察）你行动有影，说话有声。分明是——
帮　腔	分明是，花容月貌依然在， 　　怎说是，芳魂已然赴泉台。
裴　禹	我不信！我不信！我不信！
李慧娘	（唱）纱窗外，人儿草草埋，
裴　禹	（唱）探究竟，急步出书斋。（二人圆场）

李慧娘	裴郎，你来看。
帮　腔	红梅树下葬尸骸。（二人身段造型，观看）
裴　禹	（悲极）回……书……斋……（裴禹携慧娘入室）
	（唱）卿为我，一言遭杀害，
	卿为我，魂魄到书斋。
	卿为我，无怨无悔、相救无旁贷，
	好教我，敬爱交加、悲愤交集、无语可抒怀。
	发誓言，裴禹对卿深深拜，
	定将老贼拉下马——
帮　腔	斩首长街！斩首长街！斩首长街！
裴　禹	哎呀慧娘。老贼将我诓进府来，定是要加害于我，想拿到参奏他的万民书！
李慧娘	既是如此，快随我逃走！
帮　腔	轻轻地把门儿打开，
	悄悄地步出书斋。

【二人身段下场。乔先生提灯笼与执刀的廖尽忠上。

乔先生	（入室，叫）裴相公，甄老爷有请……
廖尽忠	（查看后）四下无人，想是逃走了。
乔先生	各门各路皆有人把守，他哪里逃得出去。你快快四处搜寻。待我去禀告相爷。

【二人分下。

第八场　放裴

【家丁们搜寻过场，下。
【姬妾们惊骇过场，下。
【女鬼二三上，引家丁下。

帮　腔	助裴郎，脱祸灾。

【裴禹与李慧娘上。迎面遇着廖尽忠。廖尽忠挥刀杀裴。裴禹躲闪。慧娘掩护。裴禹逃下。李慧娘下。廖尽忠追下。

帮　腔	助慧娘，冤魂齐来。

【女鬼引家丁上，与之周旋而下。

【裴禹奔出。传廖尽忠吼声："哪里走！"

帮　腔	跳下石阶！

【裴禹身段过场。

帮　腔	滑过苍苔！

【裴禹身段过场。影子奔上。裴禹和影子相撞，捂额而退。

帮　腔	撞粉墙，魂飞天外……

【裴禹见影子，以为那是来捉拿自己的人，便和影子打起来：他举拳打，用脚踢，以肩撞，把自己打得疼痛不堪，再用两手乱打一气——川剧特殊手法"打影子"。

帮　腔	逃命人，和墙上影子打起来！

【李慧娘上。

李慧娘	（拉住裴禹）裴郎。你在做啥？
裴　禹	（上气不接下气）他……打我……
李慧娘	他打你……（看）哎呀裴郎。那是粉墙上你的影子。
裴　禹	我的影子？

【传廖尽忠声："哪里走！"

李慧娘	裴郎快走。

【李慧娘拉裴禹圆场。影子下。

李慧娘	裴郎你看！那一棵梅树高过墙头。你快快攀树上墙，从那里逃走。

【李慧娘推裴禹走。裴禹又奔回。

裴　禹	慧娘！我宁愿和你死在一起。我不走！我不走！
李慧娘	裴郎不走，谁去剪除贾似道？！谁与慧娘报仇？！

裴　　禹	你死我生,教我怎能安心?你留我走,教我怎样割舍?怎样割舍呀?!
帮　　腔	情依依,悲切切……
李慧娘	(唱)只恨人间有恶贼。
	是生离,亦死别,
	生死相隔心不隔。
	今宵裴郎出罗网,
	去为万民清君侧。
	薄命慧娘能相助,
	不是人杰是鬼杰。
	一朝除奸党,
	我冤便昭雪。
	一朝破元兵,
	我心更喜悦。
	一朝得遂慧娘愿,
	红梅树下来报捷。
	牢记着,黄土垄中我在望,
	望裴郎,红梅树下来报捷。
帮　　腔	红梅树下来报捷……

【李慧娘推裴禹走,裴禹不舍。

李慧娘	(推他)快走!快走!快走!

【裴禹叫着"慧娘",下。
【廖尽忠执刀奔上。慧娘转身相拦。
【廖尽忠一刀砍去,慧娘挥手,廖尽忠刀落身后。慧娘下。

廖尽忠	咦!有一女子护着裴生逃走。是我一刀砍去,竟砍在梅花树上,将某的钢刀震落!(拾刀)
	(念)遇着蹊跷事,
	报与相爷知。(下)

第九场　惩奸

【半闲堂内外。贾似道提剑上。

贾似道　（念）听说是，女子暗将裴生放，
　　　　　　　　难道我相府中，还有一个李慧娘？！
　　　　姬妾们上堂！

姬妾们　（内应）来了……（上）上是相爷，妾身有礼。

贾似道　尔等之中，谁人放走裴生？好好说出，饶她不死。如其不然，本相便将尔等一个个碎尸万段。

姬妾们　我等不知此事，还望相爷详查。

贾似道　做了这种事，想必不会轻易说出。来人！

【家丁们应声奔上。

贾似道　将她们拖到两廊之下，吊起来一个个——打！

姬妾们　冤枉……

【家丁们如狼似虎，将姬妾们拖下。太夫人跑上。

太夫人　（叫着）出了啥子事？出了啥子事？（向贾）背时娃娃！你硬是不怕遭报应哪？前几天才杀了李慧娘，今天为啥又要打人嘛？！

贾似道　妈！（咬牙切齿）有人，要给你的儿戴绿帽子！

太夫人　哎呀！女人那么多，你就是想戴，也没有那么多绿帽子给你戴噻……

贾似道　（怒）说些啥？！

太夫人　我是说，女人那么多，哪能个个都有绿帽子给你戴……

贾似道　（吼）说些啥？！

太夫人　我是说，就算有人要给你戴绿帽子，那也是个把个人，顶把顶绿帽子。你把那么多人都弄来打……

贾似道　（跳起来）再不走，我把你也弄来打！

自在飞花

| 太夫人 | 谨防遭报应！（边逃边骂）谨防遭报应……（下） |
| 贾似道 | 是谁放走裴生？不说就给我打！ |

【传来姬妾们的哭喊："冤枉……"】

| 帮　腔 | 　半闲堂上闹喧哗…… |

【李慧娘上，圆场观望。鞭笞声声。】

贾似道	是谁放走裴生？不说就给我打！打！打！
帮　腔	原来放裴事儿发。
李慧娘	（唱）众姐妹，两廊遭毒打，
	狠心贼，罪名胡乱加。
	这一边，只少个牛头马面，
	这一边，只少个无常夜叉。
	哪里是大宋朝宰相府邸，
	分明是地狱中——
帮　腔	阎罗殿衙！
李慧娘	（叫）住手！
贾似道	你是何人？
李慧娘	我是你认识的人。
贾似道	灯火不明，观之不清。
李慧娘	我就是放走裴生的人！
贾似道	大胆贱人，为何要放走裴生？
李慧娘	（接唱）对你说句心里话，
	放裴生只因——我爱他！
帮　腔	我爱他、我爱他、我爱他！
贾似道	哇呀呀呀呀！气煞我也！

【贾似道拔剑冲向慧娘，几次刺去，但刺她不死。】

李慧娘	哈哈哈！贾似道，你，杀不死我。
贾似道	我要杀你，焉能杀你不死？！
李慧娘	（笑着）人，只能死一次。我已死了，哪能再死？

贾似道	你死了？
李慧娘	不错。死了。
贾似道	你你你，是谁？
李慧娘	未必然，这么快就忘了你一心想要的——李慧娘！
贾似道	（惊）李慧娘……（强作镇定）我却不信。
李慧娘	那你就看个清楚！
贾似道	（细看）鬼！鬼！

【贾似道想逃跑。李慧娘将他抓住——川剧特殊手法"提人"。

【贾似道逃，女鬼们出，各式变脸——川剧特技"变脸"。

贾似道	（魂飞魄散，叫）打鬼……打鬼……

【廖尽忠奔出，执火把看李慧娘。李慧娘吐火。廖尽忠大骇而逃，下。

【女鬼们齐出围住贾似道。贾似道隐去。

【女鬼们飘来飘去变出了梅林。

帮　腔	雪缀梅枝梅更艳，
	霜点花蕊花更香。
	香土之中是慧娘，
	她在望，梅下报捷来裴郎。
	梅下报捷来裴郎，来裴郎……

【帮腔中，李慧娘也变成了梅树……

——剧终

2007 年改编并首演

2008 年进京纪念改革开放 30 周年

"其乐斋"品戏

自在飞花

1567—1620年间,周朝俊所写的《红梅记》虽非佳作,却有一定文化内涵和历史底蕴。400多年后的2007年,作者对它进行了开拓性、创造性的改编,使其具有了鲜明的川剧特色,表现了古典戏曲在艺术之林中的现代传承。可以说,作者的机敏睿智以及她对戏曲规律的娴熟于心,使这个《红梅记》呈现出一种传统与现代珠联璧合、相得益彰的状态。

我在欣赏中发现这戏有三大优点:一是戏中的许多川剧特技和手法的运用都非常自然,二是剧本保持了川剧一贯具有的高度文学品位,三是剧中每个演员对人物的刻画都非常精彩、可圈可点。

自1952年全国地方戏会演以来,剧评家就说川剧的艺术个性中有"人气""猴气""仙气",难得的是观众都认为这评语十分准确。说它有"人气",指的是它虽有严格的表演程式却并不僵化而富有浓厚的生活气息。说它有"猴气",指的是它的人物都不死板简单而总是活泼灵动充满生气。说它有"仙气",指的是它在塑造人物或表达感情时,常有出人意料的神来之笔,如"变脸""拴眼线"之类。此"三气"在这个《红梅记》中都有突出的表现。

成都市川剧院排演《红梅记》，陈巧茹饰李慧娘

成都市川剧院排演《红梅记》，陈巧茹饰李慧娘、王超饰裴禹

成都市川剧院排演青春版《红梅记》，余洛州饰贾似道、王华茂饰太夫人

成都市川剧院排演《红梅记》，陈巧茹饰李慧娘、孙普协饰贾似道

成都市川剧院排演《红梅记》，孙普协饰贾似道、蔡少波饰乔先生

成都市川剧院排演《红梅记》，陈巧茹饰李慧娘、王超饰裴禹

成都市川剧院排演青春版《红梅记》，王浩博饰廖尽忠

中国台湾国光剧团豫剧队（今中国台湾豫剧团）移植川剧《红梅记》为《一树红梅》，萧扬玲饰李慧娘

成都市川剧院排演《红梅记》，陈巧茹饰李慧娘、孙普协饰贾似道

成都市川剧院排演青春版《红梅记》，余洛州饰贾似道、王华茂饰太夫人

成都市川剧院排演青春版《红梅记》，李玲琳饰李慧娘、王裕仁饰裴禹、王浩博饰廖尽忠

成都市川剧院排演青春版《红梅记》，余洛州饰贾似道

卓文君

原创小剧场戏曲

人　物

卓文君　　　　富家青年寡妇（青衣、花旦）
司马相如　　　穷家著名文人（小生）
卓王孙　　　　文君的父亲（老丑）
上　差　　　　长公主的家丞（老生）
　　　　（卓王孙与上差由一人兼演）
雁　儿　　　　文君的丫鬟（奴旦）
驹　儿　　　　相如的书童（童生）
男　仆　　　　卓王孙的贴身仆人（丑净）
帮腔兼歌队与舞队数人（曼妙旦角）
家丁二人

场　次

第一场　听琴　　　　第二场　夜奔
第三场　卖酒　　　　第四场　传书

【幕前曲：

　　　　锦水有鸳，

　　　　汉宫有木。

　　　　琴尚在御兮，

　　　　而新声代故。

　　　　　　　　　——卓文君

过场（一）

【卓王孙上。

卓王孙　（念）老夫卓王孙，

　　　　　　　有女卓文君。

　　　　　　　女儿寡居在娘家，

　　　　　　　为父好心疼。

【男仆上。

男　仆　老爷，有人求见。

卓王孙　哪个求见？

男　仆　司马相如。

卓王孙　司马相如？（自语）这司马相如，家徒四壁，一贫如洗。上月邀媒前来提亲，求我将文君嫁他，已被我一口回绝。（向男仆）他来做啥？

男　仆　观赏园林。

卓王孙　观赏园林……嗯。想我卓家园林，虽比不得皇帝的上苑，但在巴蜀却是首屈一指。往来的达官显贵、雅士文人，哪个不慕名前来观赏？这个司马相如嘛，论家境，虽然贫穷；论才学，颇有名气。

男　仆　名气大得很哟！连县太爷都是他的朋友，还亲自到客栈拜会

	过他！
卓王孙	我晓得！（自语）对这种人嘛，还是要给点面子。（向男仆）去，打开中门迎接。说老爷欢迎司马相公游园。游园之后，老爷还要请他吃饭。
男　仆	晓得了。（下）
卓王孙	正是：纵然腰缠万贯，不可怠慢书生。（下）

第一场　听琴

【文君上。

帮　腔	阵阵凉风透深闺， 淡淡哀愁挂双眉。 久久枯坐无聊赖， 懒懒移步出绣帷。
卓文君	（唱）难排遣：这闷闷恹恹、凄凄惶惶、惆惆怅怅、孤孤单单、骉骉颓颓。 寂寂长廊啊，悠悠， 高高画栋啊，巍巍。 垒垒秦砖啊，沉沉， 列列汉瓦啊，灰灰。 空荡荡富贵明堂了无滋味， 清幽幽园林深处去把梦追……（圆场）呀！ 前日花香浓浓，陶醉， 今日落红片片，堪悲。 前日黄莺双双，成对， 今日孤雁嘎嘎，单飞。
卓文君	呼啦啦惊觉春光去不回！

帮　　腔　　　　人生苦短心如晦……

卓文君　　　　（念）懵懵懂懂出了嫁，

　　　　　　　　　惊惊骇骇守了寡，

　　　　　　　　　哭哭啼啼回了家，

　　　　　　　　　迷迷茫茫呀……

帮　　腔　　　　喜怒哀乐为了谁？

【雁儿上。

雁　　儿　　　　小姐，小姐。那个司马相如，来了。

卓文君　　　　司马相如？求亲之事，已被爹爹回绝。他来则甚？

雁　　儿　　　　说是来观赏园林。老爷正客客气气地陪他游园。他说，要弹琴唱曲，向老爷致谢。

【幕后传来琴声。

雁　　儿　　　　小姐你听。他当真在弹琴了。你听，你听！

【相如出现，弹琴。

司马相如　　　（唱）凤兮凤兮归故乡，

　　　　　　　　　遨游四海求其凰。

　　　　　　　　　时未遇兮无所将，

　　　　　　　　　何悟今夕升斯堂。（隐去）

卓文君　　　　雁儿，你快去把老爷引开。我要看一看这个司马相如。

雁　　儿　　　　好。我去把老爷引开。

【雁儿下。

卓文君　　　　他这一曲《凤求凰》，分明是唱与我听的呀。

帮　　腔　　　　《凤求凰》，动芳心。

卓文君　　　　（唱）袅袅的，不是琴声是情声，

　　　　　　　　　殷殷的，不是歌声是心声。

　　　　　　　　　爽爽的，不见形影见秉性，

　　　　　　　　　柔柔的，不见丝弦见红绳。

　　　　　　　　　牢牢牵住我手，

	深深激动我情。
	忙忙移步而往，
帮　　腔	悄悄窥视伊人。

【文君圆场。司马相如上，圆场寻觅。

【文君看见，躲闪，窥视。

【二人身段过场。

司马相如	（唱）见彩霞之缥缈兮，
	是佳人裾裙。
	闻金玉之铿锵兮，
	乃环佩咚叮。
	怜相如之苦心兮，
	求神女降临。
	赐时光之一瞬兮，
	诉倾慕情深。

【二人对面。

帮　　腔	有艳淑女在此方，
	室迩人遐毒我肠。
	何缘交颈为鸳鸯，为鸳鸯。
	胡颉颃兮共翱翔，共翱翔。
	为鸳鸯，共翱翔。

【二人走近。传来驹儿声音："相公相公，你在哪里？"

【文君隐蔽。驹儿跑上。

驹　　儿	相公！卓老爷在找你，他摆了酒席请你吃饭。
司马相如	请我吃饭？可是，（说给卓文君听）我家无隔夜之粮，吃了卓老爷的酒席，还不起卓老爷的人情。
驹　　儿	卓老爷不得要你还情，他晓得你家境贫寒。
司马相如	（说给文君听）卓老爷若是不嫌相如贫寒，可到成都去找我。
驹　　儿	找你做啥？

司马相如	找我……耍！
驹　儿	（莫名其妙）耍？
司马相如	（说给文君听）到了成都找司马巷。找到司马巷就找到我了。
驹　儿	卓老爷不得去找你。
司马相如	卓老爷知我情深如海、痴心不改，定会前去找我。
驹　儿	这些话，吃饭的时候你跟卓老爷说。走。
司马相如	（闪开，说与文君听）饭后，我即刻返回成都。从此，我便诚诚恳恳、殷殷切切、朝朝暮暮、时时刻刻、废寝忘餐、夜以继日、不懈不息、望穿秋水地等着。等着你……来找我哈。
驹　儿	相公，你说这么多做啥？卓老爷又不在这里！还没有喝酒，未必然你就醉了？
司马相如	我就是醉了。醉了醉了！哈哈哈哈。（下）
驹　儿	吔！卓家的酒这么凶嗦！（耸鼻做嗅状）还没有闻到丝丝儿酒气气儿哒嘛，相公咋个就醉了？相公，相公……

【驹儿下。雁儿上，看见了驹儿的背影。

雁　儿	小姐，那就是司马相公的书童。你可曾看见相公？
卓文君	看见了。
雁　儿	怎么样？啊？怎么样？
卓文君	（有点难为情）好。
雁　儿	就是好！（一顿）唉！他再好，老爷也不得让你嫁给他！
卓文君	老爷不让嫁，我自己嫁。
雁　儿	啊？你自己嫁？
卓文君	我已遵从父命，嫁过一回。这一回，我要自己做主！
雁　儿	啊？自己做主？
卓文君	雁儿你不晓得。嫁给一个自己不喜欢的男人，那日子……那日子难过得很哪……若是错过这司马相如，只怕再难遇着如意郎君……我，我就要嫁他！
雁　儿	既是如此，那就嫁！（转念）可是小姐，你嫁与司马相如，

	就要吃苦受穷啊。他没有钱!
卓文君	没有钱,不怕!只要他,有情。
雁　儿	有情?
卓文君	(念)愿得一心人,白头不相离。
帮　腔	愿得一心人,白头不相离。

【卓文君下。雁儿随下。

过场（二）

【卓王孙上。

卓王孙	(韵白)夜深人静心不静,独自徘徊暗沉吟。想这巴蜀临邛郡,并无几家富贵人。再为女儿寻佳偶,实难找门当户对、如意称心。那司马相如来游园,分明想着这门亲。可惜他,无田地、无房产、又无金银。若将女儿嫁与他,我的脸面何处存?若将女儿嫁与他,如将女儿推火坑。哪怕他司马相如有学问,要娶文君也不行!(忽然一惊)猛想起摆好酒菜饭,室内室外找客人。客人逗留花园里,咄!他会不会遇见卓文君?孤男寡女若相见,怕的一见就倾心!咦……去绣楼查看动静,愿春水波浪不兴。(下)

第二场　夜奔

【卓文君内念:"夜色降,月昏黄。"

帮　腔	月昏黄。

【卓文君上。雁儿执伞随后。二人载歌载舞圆场。

卓文君	(唱)月昏黄,出兰房。

自在飞花

出兰房,穿游廊。

穿游廊,过厅堂,

过厅堂,见西厢。

见西厢,有烛光。

有烛光,心儿慌。

心儿慌,步踉跄。

步踉跄,碰纱窗。

碰纱窗,咣当响。

咣当响,惊起鸟儿扑棱棱、扑棱棱、扑棱棱飞四方。

飞四方,树枝晃。

树枝晃,叶飘扬。

叶飘扬,往前闯。

往前闯,柳成行。

柳成行,栀子香。

栀子香,绕荷塘。

绕荷塘,到东墙。

到东墙,卸门杠,

卸呀,卸呀,卸门杠……

雁　儿　　小姐,我们跑出来了!

卓文君　　快走!

【二人圆场。

帮　腔　　　　文君夜奔,千古流芳。

【幕后人声吼叫:"走起!"

雁　儿　　（向后张望）小姐!像是家丁追来了!

卓文君　　是他们追来了。快跑!

【文君二人奔跑。男仆率二家丁执灯笼上,追赶。

【两组人身段圆场。

雁　儿　　哎呀小姐!他们要追拢了!

卓文君	找个地方躲起来。

【文君与雁儿下台,走入观众席,走到某个观众(最好是男性)身边,示意他不要说出,蹲下,表示躲了起来。

【男仆与两个家丁冲到舞台前沿,张望。

男　仆	(向卓文君那边的观众)喂,那位大哥。请了请了。我家小姐和丫鬟出门烧香迷了路。请问大哥,看见这样两个年轻女子没有?
卓文君	(向那观众小声)请你说,往成都那边去了。
观　众	往成都那边去了。
男　仆	(拱手)多谢大哥。(向二家丁)走,往成都那边追!

【男仆率二家丁跑下舞台另一侧,跑过观众席。三人下。

卓文君	(起身向答话观众施礼)多谢大哥。(快步走向舞台)
雁　儿	(跟去,一路叫着)小姐,小姐……(在舞台上拉住文君)小姐!你让家丁们往成都走,我们往哪里走?
卓文君	我们往平乐走。
雁　儿	往平乐走?嗨呀小姐!成都在那边。平乐在这边。我们往平乐走,不是离成都越来越远哪?
卓文君	不怕。到了平乐,我们雇一只小舟,慢悠悠从水路到成都。
雁　儿	哦,明白了。家丁们到了成都,根本找不到我们。等他们回到临邛,我们才到达成都。你想学中国女排,和他们耍一个时、间、差!
卓文君	聪明。
雁　儿	聪明的是小姐!走。到平乐去!

【文君与雁儿下。

过场 （三）

【卓王孙怒冲冲吼叫着上。

卓王孙　丢人哪……丢人！丢人！鬼女子竟敢私奔司马相如，到成都去过吃红苕、啃苞谷、喝稀饭、一天两顿的苦日子！呃！老子硬是想不通，鬼女子为啥这样做！（似听见观众中有人说话）啥？你说："只要小伙长得帅，哪怕天天吃野菜！"哎哟喂！如今哪里还有这样的女娃子？如今的女娃子，都是"宁愿在宝马车里哭，不愿在自行车上笑"。（又听见有人说话）啥呢？你叫我"不要一竹竿打倒一片"，你说"卓文君就不是这样的人"。哎哟喂！卓文君是个瓜女子、蠢丫头！天底下有几个卓文君哟！

【男仆上。

男　仆　禀老爷，小姐和姑爷从成都回来了。

卓王孙　打胡乱说。

男　仆　当真回来了。回了平乐镇。在平乐镇开了个相君酒馆，卖酒！

卓王孙　啊？卖酒？

男　仆　两个人想"白头不相离"嘛，也要挣钱活命噻。

卓王孙　这件事，我咋个没有听说？

男　仆　哪个敢跟你说？

卓王孙　我不信！你小姐何等聪明？就是要开酒馆谋生，那酒馆不开在成都，也要开在临邛。在巴掌大的平乐镇，开酒馆赚得到啥子钱？

男　仆　嗨呀老爷！小姐私奔，名扬天下。姑爷文章，也很有名。这两个人打打伙伙做生意，哪会赚不到钱？如今，不但我们临邛的人，牵起线线儿到平乐镇去喝酒；就连那些成都人，也骑马的骑马、划船的划船、坐轿的坐轿、走路的走路，一个二个脚尖尖儿踩着脚后跟儿地跑到平乐镇，去喝我家小姐和姑爷卖的酒。嗨！说穿了，就是去看我家小姐和姑爷。如今，这个就叫——"名、人、效、应"！

卓王孙	真的呀？
男　仆	真的！
卓王孙	（双脚跳）呔！死女子安心臊我的皮！
男　仆	就是臊皮。
卓王孙	安心丢我的脸！
男　仆	就是丢脸。
卓王孙	安心气死我！
男　仆	就是气死我。不不不。是气——死——你！

【卓王孙"僵尸"倒地。

男　仆	（惊叫）哎呀，死了！（以手背试鼻息）
帮　腔	死不得！

【卓王孙一跃而起。男仆吓得跌个四脚朝天。

男　仆	哦，还没有死哟？
卓王孙	我死了，万贯家财归哪个？我才不得死。我只有不许她卖酒！
男　仆	对！不许她卖酒。不许她卖酒。

【卓王孙下。男仆跟下。

第三场　卖酒

【雁儿、驹儿分上。一个举酒帘，一个举招牌。酒帘上有大大的"酒"字。招牌上是"相君酒"三字。

雁　儿	（念）日上三竿，挂起酒帘。
驹　儿	（念）酒客要来，挂起招牌。

雁、驹		（向观众）喂，相君酒馆开堂啰。快到相君酒馆来喝酒哟！
		【二人载歌载舞。
雁　儿		（唱）酒，酒，酒，
驹　儿		（唱）三点水、一个酉。
雁　儿		（唱）中国有些啥子酒？
驹　儿		（唱）黄酒和白酒。
雁　儿		（唱）黄酒有些啥名酒？
驹　儿		（唱）有绍兴加饭酒、九江封缸酒、无锡惠泉酒。
雁　儿		（唱）还有福建老酒，广东珍珠红酒，山东即墨老酒。
驹　儿		（唱）花雕女儿红，是黄酒魁首。
雁　儿		（唱）说了黄酒说白酒。
驹　儿		（唱）白酒如何分类型？
雁　儿		（唱）不同香气不同型。
驹　儿		（唱）茅台酒？
雁　儿		（唱）酱香型。
驹　儿		（唱）西凤酒？
雁　儿		（唱）凤香型。
驹　儿		（唱）口子窖？
雁　儿		（唱）兼香型。
驹　儿		（唱）老白干？
雁　儿		（唱）干香型。
驹　儿		（唱）酒鬼酒？
雁　儿		（唱）馥郁型。
驹　儿		（唱）山西汾酒竹叶青？
雁　儿		（唱）两个都是清香型。
驹　儿		（唱）四川的五粮液、水井坊、泸州老窖剑南春？
雁　儿		（唱）它们都是浓香型那个浓、香、型！
驹　儿		（唱）这香型，那香型，不管他九九八十一香型，

		比不上，本店酿制的相君型。
雁　儿	（唱）	相君酒，浓香型，
		顺风十里便醉人。
驹　儿	（唱）	尝一口，你坐下来就不想走，
雁　儿	（唱）	闻一闻，你喝了还要买一瓶。
驹　儿	（唱）	倘若有啥不满意，
雁　儿	（夹白）	怎么样？
驹　儿	（唱）	喝一口来赔十文。
雁　儿	（夹白）	老板没得钱！
驹　儿	（唱）	老板没得钱来赔，
		到临邛——去找他的老、丈、人！
雁、驹		哈哈哈！（向内叫）老板、老板娘，开堂了。出来得啰！

【文君与相如上。

卓文君	（唱）	情之所钟兮，恩恩爱爱。
司马相如	（唱）	终成眷属兮，我我卿卿。
雁、驹	（唱）	芙蓉花儿开呀，菜花儿黄。
		凤凰鸟儿飞呀，百鸟儿鸣。
卓文君	（唱）	黄澄澄的茅舍，
司马相如	（唱）	好安身，
卓文君	（唱）	绿茵茵的草堂，
司马相如	（唱）	好行吟。
卓文君	（唱）	热闹闹的街面，
司马相如	（唱）	好买卖，
卓文君	（唱）	熙攘攘的码头，
司马相如	（唱）	好迎宾。
卓文君	（唱）	夫妻开店，
司马相如	（唱）	同甘共苦。
卓文君	（唱）	当垆，

自在飞花

司马相如	（唱）涤器。
君、如	（唱）不辞艰辛。
	（唱）酒美价廉，
	（唱）诚信为本。
	（唱）口碑载道，
	（唱）顾客盈门。
雁、驹	（唱）芙蓉花儿开呀，菜花儿黄。 凤凰鸟儿飞呀，百鸟儿鸣。
卓文君	（唱）喜得一心人， 快乐度晨昏。 喜得一心人， 飘上九霄云。 喜得一心人， 白头不离分。
三　人	（唱）老板娘哟喂，
卓文君	呃。
三　人	（唱）快开堂哟喂。
卓文君	要得。
全体唱	咿啊哟，呀儿哟，咿啊咿啊呀儿哟…… 菜花儿黄吔，百鸟儿鸣。

【几人欢笑。

雁　儿	吔，姑爷今天出来得早呢！
司马相如	雁儿，听你这话，是嫌本姑爷往日出来晚了？
雁　儿	姑爷是有点偷懒嘛。往日，都是我们小姐把店铺打点好了，你才出来。
卓文君	雁儿。你姑爷是文人，喜欢无忧无虑做文章。
司马相如	雁儿你呀，要学学你家小姐善、解、人、意。我跟你说，等酒店赚了钱，我就顾个小二来帮忙。那时，本姑爷便不必出

	来卖酒,只需安安心心做文章了。
驹　儿	相公。原来你不想卖酒嗦?那从今往后,我就使劲吆喝,好替你多招徕一些酒客哈。等酒店赚了钱……(旁白)我好恳求先生娘子把那个丫头嫁给我。
雁　儿	(佯怒)你在说啥?
驹　儿	没有说啥呀……
卓文君	我都听见了。
司马相如	我也听见了。
驹　儿	我啥子都没有说哈,啥子都没有说哈……看嘛看嘛,客人来了。
	【雁儿与驹儿配合,鞠躬,说:"欢迎光临!"
雁、驹	(各向文君与相如指观众席)小姐你看(相公你看),客满了!客满了!
相、君	(各向雁儿、驹儿)取酒来。
	【雁儿、驹儿下。
司马相如	鄙人,司马相如。
卓文君	小妇人,卓文君。
君、相	欢迎各位客官光临。我们这厢有礼了。(施礼)
司马相如	相君酒馆自开张以来,便定下一个店规。即每日开堂之时,须向客官敬酒一杯。
卓文君	并献上一曲"祝酒歌",以表本店对各位客官的谢意。
	【雁儿、驹儿捧盘托杯上。相如与文君取杯在手。
君、相	各位客官,请听。
	(唱)相君酒,端在手,
	万事如意,好运长久。
	相君酒,喝一杯,
	健康长寿,日月同辉。
	我们先干为敬。

【二人喝酒。雁儿与驹儿接酒杯下。

【舞台一侧走出男仆。

男　仆　（叫）小姐，小姐。

【文君转身。

男　仆　（施礼）见过小姐。

卓文君　你到此则甚？

男　仆　禀小姐。老爷在成都与小姐买了一个院子，还要把一半家产分与小姐。请小姐去成都居住，不要在这里卖酒。

卓文君　本小姐卖酒，自谋生路，自食其力。不卑不贱，不羞不耻。至于那一半家产……

司马相如　娘子。（拉文君到一边）那些家产，乃岳父爱女之情。万不可拂老人家之意而伤老人家之心。

卓文君　倘若收下，我怕人家说你贪图钱财。

司马相如　不怕！是岳父自己送的，又不是我要的。（向男仆）回去对老爷言说，小姐遵从父命，择日搬回成都。

男　仆　那，小的就回去了。（下）

【舞台另一侧走出家丞。

上　差　（大声）司马相如在否？

司马相如　（忙答）在，在。

【相如迎前。文君退下。

司马相如　在下司马相如。请问客官……

上　差　本官乃当今长公主的家丞。

司马相如　哦。失敬了。请问上差，找我何事？

上　差　长公主闻说先生长于辞赋，特遣本官前来拜见先生。愿以百金之资，请先生作赋。

司马相如　百金之资……请问，巨资求赋，所为何来？

上　差　当今的皇后，原是长公主之女阿娇。阿娇得罪皇上，被废长门宫中。长公主心疼爱女，欲请先生作赋，代废后阿娇陈情，以

	打动皇上之心，挽回天子之意。那百金之资，已送至先生草堂。
司马相如	不过区区一赋，何必破费许多。
上　差	先生若是应允，便随我同往咸阳。
司马相如	上差请回馆驿稍候。待我与家人交代几句，即刻启程。
上　差	告辞。（下）
司马相如	不送。（转身狂喜）好了好了，这下好了。（高叫）驹儿驹儿，快把招牌收起，跟我到咸阳。雁儿雁儿，快把酒帘收起，帮我收拾出门的衣服。

【驹儿、雁儿上，收招牌和酒帘下。

司马相如	（沉浸在狂喜中，向内叫）娘子快来！娘子快来！（奔至侧幕处，拉出文君）娘子你听见没有？你听见没有？我们再不愁衣食无着了！日后我写文章，也无后顾之忧了！我定会写出很好很好的辞赋，挣回很多很多的金子和银子！（手舞足蹈，完全没注意到文君的神态）
帮　腔	岳父分财兮， 公主赠金。
司马相如	（唱）喜时运之天降兮， 恍若重生。 无后顾之忧虑兮， 可出剑门。 免碌碌之无为兮， 宽解我心。 携生花之妙笔兮， 挥洒帝京。 遂男儿之壮志兮， 青史留名。 博皇家之恩宠兮， 以谢贤卿。

帮　腔	以谢贤卿。
司马相如	娘子娘子。这酒店的生意不必做了。你各自去到成都，安安心心地等着，等我功成名就，回来接你。哈哈哈。（下）
帮　腔	哗啦啦、哗啦啦、哗啦啦、哗啦啦…… 乱了一切。

【静场。无声。文君摇晃。

帮　腔	晕乎乎……晕乎乎……（文君旋转） 找不着北。（文君软软坐地） 口默默，心痛彻。

【雁儿上。扶起文君。

帮　腔	泪潸潸，伤离别。（文君泣）
雁　儿	小姐……小姐你舍不得姑爷走，就拦住他，不要他走嘛。
卓文君	不要他走……他是个男人。男人都想：出人头地，名扬四海，有权有势，金玉满堂。我若不要他走，只怕这"一心人"，就会变成"二心人"了。
雁　儿	那，你只有在家里等了？
卓文君	也只有，等……了……
雁　儿	唉！那我就陪你——等嘛。
帮　腔	心痛彻，伤离别。

【文君与雁儿下。

过场（四）

【男仆从"太平门"跑上，跑到观众席前。

男　仆	（向观众席后叫）老爷，太阳都要落山了。走快点嘛。

【卓王孙在观众席后应声"来了来了"上。

| 卓王孙 | （从观席后向前走，一路对观众打招呼）啊，诸位，久违了， |

久违了。呵呵呵,好些日子不见,看你们红光满面的,一个个都像发了财的样子。是不是炒股赚了?不是?那就是炒楼赚了?也不是?哦,是你们生活得好,快乐幸福,快乐幸福。啥?你说我也幸福?哈哈哈哈,我是有点福,是有点福。我的女婿司马相如——他时来运转,发达了!发达了!

(唱)可喜女儿卓文君哟喂,

　　　有先见之明。

　　　相如凭着《长门赋》哟喂,

　　　扬名京城。

　　　他赋了《长门》赋《上林》,赋了《子虚》赋《美人》

　　　那个接着赋《大人》,还要赋个《哀二世》哟喂,

　　　赋东赋西忙不赢。

　　　皇帝赏识他,

　　　定居在茂陵。

　　　有权又有势,

　　　就该有女人。

　　　既然已安身,

　　　就会接文君。

　　　我到成都来,

　　　为的跟着女儿出剑门,过秦岭,逛咸阳,到茂陵。

　　　打个哈哈认女婿,

　　　当他一个富而且贵,富而且贵呀——

帮　腔	富而且贵的老丈人。
男　仆	老爷,拢了。(指着舞台上)
卓王孙	拢了就去叫门噻。

【二人走上舞台。

第四场　传书

【驹儿从舞台另一侧上。

驹　儿　（念）脚板朝天忙跑路，
　　　　　　　只为送信回成都。
　　　　（做拍门状）开门开门！

男　仆　（推开驹儿）哪来的街娃在这儿乱打门？

驹　儿　哪个是街娃乱打门？这是我的家！

男　仆　啥？你的家？

驹　儿　这是鼎鼎大名的司马相如的别墅！我是他的书童。

男　仆　这是天下闻名的卓文君的公馆！我是她的家人。

驹　儿　你是她的家人？哪个证明？

男　仆　（推出卓王孙）他来证明！

驹　儿　啊哟，老太爷，驹儿有礼。

卓王孙　驹儿，你是从茂陵回来吗？

驹　儿　是。我替相公送信回家。

卓王孙　你相公是不是叫夫人去茂陵？

驹　儿　不晓得。相公说，他的话都写在信里。

卓王孙　快些叫门！

男　仆　（敲门）雁儿雁儿！老爷来了！姑爷的书信来了！

【雁儿应着"来了来了"上，开门。

雁　儿　老爷请进。

【卓王孙进门。男仆与驹儿跟进。雁儿关门。

雁　儿　（向驹儿）信呢信呢？拿出来！

驹　儿　（慢慢摸信，小声）我天天想你。你想不想我？

卓王孙　啥子信？半天摸不出来？

驹　儿　摸出来了！

雁　儿	（一把抓过）拿来哟！
卓王孙	（从雁儿手里抓过信）让我看他写些什么。
雁　儿	老爷！人家小夫妻总有几句体己话嘛，只怕你看不得哟！（向内叫）小姐。姑爷来信了！

【卓文君上。

卓文君	爹爹来了。（施礼）爹爹一向可好？
卓王孙	好好好。快些看信！看贤婿要我们几时动身？
雁　儿	哎呀老爷！姑爷好不容易来一封信。你让小姐一个人先看嘛。
卓王孙	哈哈哈！说得对。（向男仆与驹儿）我们走。渴了的喝茶，饿了的吃饭。

【驹儿与男仆笑着："要得要得。喝茶吃饭。"
【雁儿招呼众人下。

| 卓文君 | 他的信……相如！夫君！别后五年有余，你让为妻想得好苦。如今，你功成名就，该心满意足。当与为妻朝夕相厮守，白头不分离了……（拆信而观，念）一、二、三、四、五、六、七、八、九、十、百、千、万……（觉得诧异，看看信纸反面，再看正面，念）一、二、三、四、五、六、七、八、九、十……百、千、万……（思索，明白了什么，信从手落） |

【雁儿上。

雁　儿	小姐……（见情况不对，拾起信纸，轻念）一、二、三、四、五、六、七、八、九、十、百、千、万……小姐，信上一串数字，是什么意思？
卓文君	一串数字！（苦笑）你看，还少了哪个数？
雁　儿	（看信）……十、百、千、万……（想想）少了个——"亿"。
卓文君	不错。少了个"亿"。
雁　儿	（着急）少了个"亿"，说明什么？
卓文君	无亿，就是无有了记忆。无亿，就是无有了情意。
雁　儿	啊？无有记忆，他把你忘了！无有情意，他不爱你了！

自在飞花

卓文君	忘记了……不爱了……
雁　儿	我的个天！天下竟有这样的事……我找驹儿问个清楚！

【雁儿下。

卓文君　　相如，你有一串数字。可知文君心中，也有一串数字。
　　　　　（唱）一别之后啊，
　　　　　　　　两地苦相思。
帮　腔　　戚戚然。
卓文君　　（唱）只说三四月，
　　　　　　　　谁知五六年。
帮　腔　　惶惶然。
卓文君　　（唱）七弦琴无心弹，
　　　　　　　　八行书无可传。
帮　腔　　凄凄然。
卓文君　　（唱）九连环从中断，
　　　　　　　　十里亭眼望穿。
帮　腔　　惨惨然。
卓文君　　（唱）百般想，千般念，
　　　　　　　　万般无奈把郎怨。
　　　　　　　　忆从前，忆当年，
　　　　　　　　柔肠寸断泪难干。
帮　腔　　悻悻然、惘惘然、苍苍然，啊呀心儿颤颤，颤颤然。
卓文君　　（唱）万语千言道不尽。
帮　腔　　戚戚然。
卓文君　　（唱）百无聊赖十凭栏。
帮　腔　　惶惶然。
卓文君　　（唱）重九登高望孤雁。
帮　腔　　凄凄然。
卓文君　　（唱）八月中秋月圆人不圆。

帮　腔	惨惨然。
卓文君	（唱）七月半，烧香秉烛问苍天，
	六月里，人人摇扇我心寒。
	五月桃李无心摘，
	四月牡丹无心观。
	三月风筝断了线，
	郎啊郎，
	为何变作二心男？
	你本一心人，
	为何变作二心男？
	变作二心男？
帮　腔	悻悻然，惘惘然，苍苍然，啊呀心儿颤颤，颤颤然。

【雁儿拉驹儿上。

雁　儿	小姐，听驹儿跟你说。
卓文君	不必多说。想必他另有新欢、移情别恋了。（下）
雁　儿	（向文君叫着）他就是另有新欢，移情别恋了！

【卓王孙上。男仆随后。

卓王孙	哪个另有新欢、移情别恋？
雁　儿	哎呀老爷！茂陵有个大户人家，要把他家小姐嫁与我家姑爷。
卓王孙	你姑爷该不会答应嚓。
男　仆	姑爷不会答应！
雁　儿	哎哟。姑爷看上了那个茂陵女，把我家小姐忘了！
卓王孙	啊？司马相如！你才是个忘恩负义的东西！
男　仆	忘恩负义！
驹　儿	不能这么说！相公爱小姐，才来唱曲。小姐爱相公，才会私奔。小姐并非施恩，相公不是受恩。不能说忘恩负义。
卓王孙	（语塞）那那那，那他个穷小子有啥资格来唱《凤求凰》？他来唱《凤求凰》，就是想勾引我女儿。勾引我女儿，就是想骗

我卓家的钱财!

男　仆　　就是骗财!

驹　儿　　不是骗财! 成都的大院子和那一半家财,是老爷你自己送的! 相公对小姐说过自家贫穷。是小姐不嫌贫穷,自己要嫁给他!

雁　儿　　小姐以为你家相公是个有情人,可以白头偕老。哪晓得,你相公才是个可以共患难、不可以共安乐的坏家伙!

驹　儿　　(亲昵地靠近她)就数你这几句骂得有点水平。

雁　儿　　站开些! 我看到男人就讨厌!

驹　儿　　啊? 相公薄情嘛,我多情噻。

卓王孙　　不要说啥子情不情了! 他司马相如就是有十个八个姨太太,也只有你小姐才是堂堂正正的夫人!

雁　儿　　这样的夫人,只怕小姐不愿做!

卓王孙　　不愿做,也要做。赶紧收拾东西,立马动身去茂陵!

雁　儿　　不忙。问过小姐再说。(转身)小姐……咦,小姐呢?

【几人这才发现,文君已不在现场。

卓王孙　　哎呀! 鬼女子心高气傲。相如这般薄幸,她如何受得了?

男　仆　　会不会寻短见?

卓王孙　　(惊)寻短见!

雁　儿　　啥? 为了一个见异思迁、薄情寡义的男子,小姐会去寻短见? 哼,我看小姐只会瞧不起他。只会和他吹了!

驹　儿　　啊? 吹了?

卓王孙　　说得撇脱! 你忍心让你小姐守了死寡、又守活寡吗? 吹了?!

雁　儿　　就该吹、就该吹、就该吹!(一顿)呃! 他们两个"吹了",又不是我说的。是史书上写的!

卓王孙　　史书?(向观众,指雁儿)她晓得啥子史书?

雁　儿　　我晓得! 那本书叫《史记》! 司马迁的《史记》! 鼎鼎大名的《史记》上写着:司马相如在茂陵得了"消渴症"……

卓王孙	啥叫"消渴症"？
雁　儿	"消渴症"就是"糖尿病"。司马相如得了糖尿病，死了！死的时候，他身边有个妻子。可是，那个妻子不是卓文君。
众	那是哪个？
雁　儿	我猜呀，所谓的"妻子"，就是那个茂、陵、女！
驹　儿	未必！别的史书就不这么写。
雁　儿	咦！你还晓得有别的史书？
驹　儿	我就是晓得。
卓王孙	快说，别的还有啥子史书？
驹　儿	《西、京、杂、记》！《西京杂记》也不是"歪"书！那上面写的是，卓文君给了司马相如一封信。信里有一首诗叫作《白头吟》。
雁　儿	《白头吟》？写些啥？
驹　儿	说是有这么几句："皑如山上雪，皎若云间月。闻君有两意，故来相决绝。"还有"努力加餐勿念妾"……
雁　儿	还不是说的分手！
驹　儿	可是司马相如读了卓文君的《白头吟》，他就惭愧了，就后悔了，就没有要那个茂陵女，就回到成都和卓文君言归于好，白头到老。
卓王孙	雁儿，我宁可相信《西京杂记》上写的。你小姐又是私奔，又是卖酒。这个样子的婚姻，咋能说吹就吹？（向观众）你们也希望卓文君跟司马相如和好。对不对？
	【观众回答："和好！和好！"】
卓王孙	（向雁儿）你看，个个都希望他们和好。
雁　儿	可是，小姐没有给姑爷写过信呀！
驹　儿	你去看一下。看小姐是不是正在写信。
卓王孙	对。去看一下。要是她没有写，你就喊她写封信问个明白。
男　仆	哦。是要问个明白。问个明白！

雁　儿	好。我去看一下。(下)

【几人忐忑不安。

驹　儿	你们说，小姐会不会写信？
男　仆	我看哪，小姐不得写。
卓王孙	不写？不写我也要鼓捣她写！婚姻大事，哪能让他司马相如一个人说了算？
驹　儿	小姐写了信，相公当真就会回来？
男　仆	我看他不得回来。
卓王孙	他司马相如不回来，就要落下千、古、骂、名！

【雁儿在幕内呼喊："小姐写信了。"拿着书信上。

雁　儿	小姐写信了。驹儿，这是小姐给你家相公的书信。(交信)
卓王孙	快些送起走！快些快些！
驹　儿	好。我立马就走！(跑下)
卓王孙	(猛想起，叫)等一下！等我买匹马儿，让你娃娃骑起马儿跑。(下)
男　仆	对。马儿跑得快。马儿跑得快。(跟下)
雁　儿	(叫)驹儿！你要快去快回。快去快回呀！(追下)
帮　腔	啊……

【帮腔中，卓文君慢步上。

卓文君	(唱)哀哀朱弦断，(帮：啊……)
	黯黯明镜缺。(帮：啊……)
	日日朝露晞，(帮：啊……)
	岁岁芳时歇。(帮：啊……)
	郁郁心结，
	层层叠叠。
	烁烁心火，
	明明灭灭。
帮　腔	烁烁心火，烁烁心火——

　　　　明明……灭灭……明明……灭灭……

【帮腔中，文君慢慢走向舞台后部，回头，造型定格。

【重起幕前曲：

　　　　锦水有鸳，

　　　　汉宫有木。

　　　　琴尚在御兮，

　　　　而新声代故。

　　　　　　　　　　——卓文君

【幕落。

　　　　　　　　　　　　　——剧终
　　　　　　　　　　　　　2013年初稿
　　　　　　　　　　　　　2014年首演

"其乐斋"品戏

一段两千多年前的真实故事,一段街头巷尾的古老传说,一段文人墨客的笔下佳话,能说的早已被人说过,好看的早已被人看过。面对今天的观众,川剧还能对人说点什么?还能让人看点什么?

怀着好奇与挑剔的心态,我发现作者在"无话可说"与"无路可走"的困境中另辟了蹊径:她对原材料的取舍、老情节的使用、新细节的创造是与众不同的;对剧本的结构手法、演出的呈现方式,结尾的题旨意趣是与众不同的;对观察人物的角度、刻画人物的力度、解释人物的心理,也是与众不同的。更与众不同的是,作者竟把川剧的幕后帮腔人扩大成8位窈窕淑女,让她们从幕后走到幕前,插入故事的情节细节中,插入人物关系的变化中,以求将文学与戏剧、继承与发展、古典与时尚、高雅与通俗、审美与思辨、轻歌与曼舞等都熔于一炉。

作者从困境中突围而出了。她使这老戏不但有看头、有听头,还有想头。它让我想着相如"而新声代故"的行为,想着文君"愿得一心人"的情愫,想着古今相似的生活,那些人情、爱情、亲情等人生况味……

曲终人散时,听见有人轻声说:"司马相如的问题,就是你的问题。"有人轻笑:"卓文君的困惑,就是你的困惑。"

成都市川剧院排演《卓文君》，
陈巧茹饰卓文君、陈作全饰司马相如

成都市川剧院排演《卓文君》，陈巧茹饰卓文君

成都市川剧院排演《卓文君》，陈巧茹饰卓文君、陈作全饰司马相如

成都市川剧院排演《卓文君》，蔡少波饰卓王孙

成都市川剧院排演《卓文君》，陈巧茹饰卓文君、叶长敏饰雁儿

成都市川剧院排演《卓文君》，陈巧茹饰卓文君

秀才外传

(根据传统戏《小富贵图》改编)

人　物

倪　俊	男，20岁，穷秀才
尹金莲	女，18岁，倪俊的未婚妻
李幺妹	女，17岁，金莲的表妹
尹天成	男，50多岁，金莲的父亲
袁　龙	男，25岁，倪俊的表兄
宋　万	男，60岁，牢头
张　千	男，30多岁，公差
李　万	男，30多岁，公差

群角兼演：牙将一人、山寨兵卒甲、乙等数人、官兵若干

场　次

第一场	劝兄助兄	第二场	借银赠银
第三场	出狱返狱	第四场	允婚逃婚
第五场	历险遇险	第六场	拜堂闹堂
第七场	相逢不逢	第八场	临危解危

第一场　劝兄助兄

【幕启。幕后人呼："逮到，逮到……"

【袁龙背身退出，转身亮相，比画打人状，笑。

【张千与李万追上，要抓袁龙，被袁龙打倒。袁龙下。

张　千　（唱）这个凶犯好难捉，

李　万　（唱）三拳两爪就跑脱。

张　千　（唱）杀官抗税容不过，

李　万　（唱）逮不到他——我们不得活。

张　千　（唱）打屁股，捆索索，

李　万　（唱）咔嚓一声……（用手掌砍张千之颈）

张　千　（唱）砍脑壳！

李、张　（唱）你我若怕砍脑壳，

　　　　　　　设法去把凶犯捉。

　　　　（叫）逮到，逮到杀人凶犯……（下）

【袁龙上。

袁　龙　（唱）杀官抗税惹灾祸，

　　　　　　　除奸惩恶好快活。

　　　　（拍门，叫）倪俊，表弟，开门来。

【倪俊捧书上。

倪　俊　（唱）坐寒窗忽听有人呼唤我……

袁　龙　（拍门）表弟开门。

倪　俊　（吓了一跳，好笑。唱）

　　　　　　　是我那莽撞的表哥。

【倪俊开门。袁龙入内。

倪　俊　看表兄喜气洋洋，（开玩笑）莫非中了武状元？

袁　龙　武状元没得为兄的份了。告诉你，我做了一件大快人心的事。

倪　俊	什么事大快人心？
袁　龙	为兄在大街之上，将那收税的官儿打死了。
倪　俊	（大惊）啊……此话当真？
袁　龙	人命大事哪有戏言。
倪　俊	哎——呀！

（唱）言入耳肝胆惊破，

　　　你你你，你杀官吏犯王法却是为何？

袁　龙　　贤弟。

（唱）王国舅要路过，

　　　地方上降灾魔。

　　　小巷逼银两，

　　　大街搜绫罗。

　　　煽起我一腔霹雳火，

　　　打税官，只消我三拳并两脚。

　　　此乃是，杀他一个儆百个，

　　　须知晓触犯众怒不得活。

倪　俊	哎呀，表兄。你只顾一时痛快，便不顾触犯王法。如今朝廷定然不能容你，你又拿来怎处？
袁　龙	为兄欲逃往他方，暂避一时。
倪　俊	逃走？！……唉，事到如今，也只有远走高飞了。
袁　龙	愚兄告辞。
倪　俊	表兄稍候。（下）

【张千、李万上，从"门缝"中看见袁龙，二人耳语，隐于台口两侧大幕旁。

【倪俊取银两上。

倪　俊	表兄，此有纹银十两，表兄拿去途中使用。
袁　龙	不可。这是贤弟数年来省吃俭用积下的赴考盘缠。如今科举期近，我拿了这银子，岂不耽误贤弟的功名？

秀才外传

倪　俊		赴考盘缠小弟可向岳父告借。
袁　龙		可向岳父告借？好。那我就收下了。（接银）
倪　俊		表兄。
		（唱）今后休得再任性……
袁　龙		为兄去了。（出门）
倪　俊		（唱）含泪送兄暗伤情。（闭门，下）

【张千、李万欲抓袁龙，反被袁龙抓住。

袁　龙　　你们在找死？

张　千　　哎哟，袁壮士。常言道，真人面前不说假，我们就给你哥子一个月亮坝耍刀——明砍。

李　万　　刺史大人说的：和尚走了庙子在，鹦哥飞了架子在。你走了你表弟在。要是捉不到你，就要拉你表弟去抵案。

袁　龙　　啊？你们要加害我的表弟呀！（欲打）

张　千　　壮士壮士，不是我们，是刺史大人说的啊。

李　万　　是呀，大人打个屁，小人跑断气。我们咋个敢啊。

袁　龙　　哦……（背白）我今一走，表弟必受牵连。不如先去府衙完案，然后再越狱逃走。（转）论捉呢，你们倒将袁爷捉之不了。好汉做事好汉当，随你们上堂投案去。

张、李　　套起！

【二人欲用绳索套袁龙，反被袁龙套住拉下。

第二场　借银赠银

【尹天成夹算盘和账本上。

尹天成　　（唱）外穿麻布里穿缎——装烂。
　　　　　　　不收租子不开店——闲散。
　　　　　　　专靠放贷刮利钱——财源。

　　　　　　一吊滚成两吊半——划算，划算。

【李幺妹端碗敲筷吆喝着上。

李幺妹　　幺舅，吃饭吃饭，你不吃饭嗦……
尹天成　　敲啥子？又不是喂狗！
李幺妹　　（把碗敲得更响）饭都冷了……

【倪俊上。

倪　俊　　岳父，开门来。

【尹天成忙把账本藏在桌下。

李幺妹　　（喜）哎呀，姐夫来了，我去开门……
尹天成　　（低声）转来。（指碗）
李幺妹　　（误会了）对，留他吃饭。我马上去摆一碟拼盘、炒一份鸡丁、烧两条鲢鱼、煮一碗蛋汤、打四两白酒……

【尹天成捏拢五指示意她别说话。

李幺妹　　啊？打五两？

【尹天成忙加一手制止。

李幺妹　　啊？十两？
尹天成　　（压低声音）我给你一巴掌！（推李幺妹下场）还不给我滚进去，不懂事的东西！
倪　俊　　（敲门）门内有人否？
尹天成　　（转身）谁在叫门？
倪　俊　　岳父，是我，倪俊。
尹天成　　（开门）来了就进来嘛。
倪　俊　　（入室）小婿见过岳父。

【李幺妹上，偷看。

尹天成　　你来做啥？
倪　俊　　这……来与岳父请安。
尹天成　　我吃得饭，睡得觉，走得路，无灾无病，要你请什么安。
倪　俊　　这……今乃大比之年，科举期近，小婿有心上京赶考……

自在飞花

尹天成	好哇，得了一官半职你再回来。
倪　俊	怎奈小婿家贫如洗，囊无分文……
尹天成	（跳起来）咋个说的？你囊无分文了？你就穷得来光精精的了？你，你要我给你养老呀？
倪　俊	小婿不敢，不敢。我是想……
尹天成	想啥？
倪　俊	想借点路资盘费，待我……
尹天成	借钱？要好多？
倪　俊	不多不多。十两纹银足之够矣。
尹天成	十两银子？此乃小事。说啥借哟，拿去用就是。
倪　俊	（惊喜）啊，岳父如此慷慨仁义，小婿若能名列金榜，岳父深恩，不敢忘也。
尹天成	只是你要依我一件。
倪　俊	岳父严命，小婿敢不件件依从。
尹天成	那就好。与我写一张退婚文约。
倪　俊	啊？！
尹天成	写了退婚文约，我便给你十两银子。

【李幺妹下。

倪　俊　　唉，岳父呀。

（唱）孔夫子、孟夫子皆曾言讲，

尹天成　　（插白）盐酱拿来炒菜。

倪　俊　　（唱）是君子当谨守三纲五常。

尹天成　　（插白）无常是个鬼。

倪　俊　　（唱）婚姻事人伦首至高至上。

尹天成　　（插白）高矮都要退婚。

倪　俊　　（唱）切不可违礼教改弦更张。

尹天成　　（唱）你好比麸醋和面又酸又酱（犟），

　　　　　　　　我出钱你退婚两无损伤。

倪　俊	（唱）这一些无理言只有你讲，
	我岂为十两银出卖妻房。
尹天成	（唱）若嫌少再拿十两来添上……
	（插白）二十两要不要得？
倪　俊	（插白）你，你，你呀。
	（唱）你不肯借贷又何妨？！
	（插白）岂有此理啊。（下）
尹天成	（唱）你不退我要退哪怕你犟……

【李幺妹推尹金莲出，自己退下。

尹金莲	爹爹。
	（唱）退婚姻对你儿名节有伤。
	倘若是外人知传遍乡党，
	要责你老爹爹败坏纲常。
尹天成	（唱）论纲常婚姻当由父做主，
尹金莲	（唱）这婚事当初原是父主张。
尹天成	（唱）而今他家已贫困，
尹金莲	（唱）家境贫困人温良。
尹天成	（唱）温良之人有啥好？
	心慈手软无用场。
	此婚说退定要退，
	老子与儿另选郎。（下）
尹金莲	爹爹……
	（唱）见爹爹不回头执意而往，
	不由人放声哭死去的娘。娘呀！
	你可知爹爹贪财仁德丧，
	你可知爹爹心冷如冰凉。
	你可知他薄情寡义待亲女，
	你可知他嫌贫爱富抛倪郎。

自在飞花

儿不愿学杨花随风飘荡，
又不敢违父命有悖纲常。
两下里为奴家兴风起浪，
好叫我在其间左右彷徨。
意乱心伤悲声放……喂呀……

【李幺妹上。

李幺妹　（唱）劝姐姐且忍珠泪慢商量。

姐姐，倘若哭有用，我都帮你哭几天。现在还是把眼泪忍住，来想一下办法。

尹金莲　有什么办法呀？

李幺妹　你读过那么多书，未必然一个办法都想不出来？

尹金莲　书上教我们三从四德。在家从父，出嫁从夫。要是我已经过门，便可从夫了。而今我虽已许人，却未过门。你教我是从夫的好，还是从父的好呀？

李幺妹　哎，给你这样三从两从的，倒把我从糊涂了。我先问你，这个倪姐夫，你喜欢不喜欢？

尹金莲　我……（羞）不晓得。

李幺妹　你见过他没有？

【尹金莲点头。

李幺妹　嚄，你大门不出，二门不迈，你好久看见过他？

尹金莲　母亲在世之时，他常到我家做客，我就……（羞）

李幺妹　你就把窗户纸钻个洞，然后这样……（做偷看状）

尹金莲　（羞）哎呀……（以手蒙脸）

李幺妹　怕啥子？要跟他过一辈子，哪能不看？是我呀，还要走到跟前去看个清楚。说正经的，我看姐夫是个老实人。要是丢了他让幺舅另外找，只怕给你找个不成才的纨绔子。

尹金莲　就是。所以我决不另嫁。

李幺妹　有志气。我的办法来了。

	（唱）但等今夜三更后，
	出门去将姐夫投。
	拜天地，入洞房，再饮一盏交杯酒。
	米成饭你爹爹敢不点头？
	来，来，来，我助你一手，
	效一个文君私奔美名留。
尹金莲	（插白）这主意吓掉人的魂也。使不得！
李幺妹	（插白）使不得？……哦，有了。
	（唱）才子落难佳人救，
	曲儿唱来歌儿讴。
	你何不仿古人解囊相授，
	赠银两助他去把功名求？
	只要他衣锦荣归在秋后，
	我保你笙箫鼓乐结鸾俦。
	来来来，快往倪家走一走……
尹金莲	（唱）闺中女岂能够露脸抛头？！
李幺妹	（插白）那就这样：
	（唱）我与你后园门悄悄等候，
	等姐夫路过时暗把银投。
	人不知鬼不觉不羞不丑……
尹金莲	（唱）好一个女军师足智多谋。
	【二人下。少顷，倪俊上。
倪　俊	（唱）兄闯祸已令我愁闷难受，
	岂堪那婚姻事再来添忧。
	怅怅然惶惶然低头而走……
	【李幺妹与尹金莲上。
	【倪俊撞在"门"上，把李、尹二人吓了一跳。
倪　俊	哎哟，真乃祸不单行，连门也撞起我来了。（揉额）

自在飞花

【李幺妹从"门缝"中往外看。

李幺妹　（向尹）姐夫来了。

倪　俊　（发现是尹家后门，生气）岳父家的后门！哼！

（唱）势利门前不可留。（拂袖而去）

【李幺妹开门推出尹金莲。

李幺妹　倪秀才请转。

倪　俊　谁在叫我？（转身见幺妹，忙以袖遮面）你你你，你是何人？

李幺妹　（叫金莲答话，金莲难以张口，她只得代言）我是尹金莲。

倪　俊　（张皇四顾）小小小小姐唤转学生，不不不不知有何见见见教？

尹金莲　我，我……（又怕又急，不知如何说）

李幺妹　（急得跺足）哎！

【倪俊与金莲吓得分头逃走。李幺妹忙将倪俊拉回，却见金莲已走，忙又去拉回金莲，谁知倪俊又走……如是者二次。最后，她一手拉着倪俊的帽带，一手拉着金莲的发梢。那两人皆以袖遮面，浑身颤抖。

李幺妹　（气喘吁吁地）说，说，说嘛……

尹金莲　我，我，我……

倪　俊　（惶急地）哎呀，小姐！夫妻未婚，理当见而避之。此乃行人之处，耳目甚多。若被别人看见，岂不坏了你我的名声？请你撒手，撒手呀。

李幺妹　（当机立断，代金莲言）倪秀才，奴感你有情有义，不肯退婚，特与你送来纹银二十两，钗环首饰几件，助你上京赴考。你若能博得金榜题名，我们的婚事便有望了，快快拿去。（一把从金莲手中夺过包袱，从倪俊袖子下递过去）

倪　俊　（后退）男女授受不亲，授受不亲……

李幺妹　（旁白）哎呀，硬是比山西醋还要酸。（转）秀才，包袱在此，要不要随你。

【李幺妹将包袱放在地上，拉金莲入园，关门，下。

倪　俊　（好容易缓过气来，偷看，见人已不在，放下心来）唉。难得尹小姐情深义重，赠我银两钗环，而今我也能上京赴考去了。

（唱）这包袱好比旱天及时雨……

（欲拾又止）哎呀，不可。若旁人问我哪来的路资盘费，我该如何答对？子曰："妇无私货、无私器。不敢私假，不敢私与。"今小姐背父赠银则为私与，私与则为非礼，非礼则不可动也。

（唱）非礼之物读书人受之不宜……

子曰："君子忧道不忧贫。"吾宁可终身贫贱，也不可有违圣人教诲。这包袱还是不要的好，不要的好……

（欲走又止）哎呀，不妥呀。

（唱）我去后岂不被旁人拾起？

　　　数十两丢掉了岂不可惜？哦。

　　　倒不如隔院墙抛将进去……（摇头）

　　　底下人禀岳父要泄机密。

　　　那时节岳父必定生怒气，

　　　尹小姐受打受骂受委屈。

　　　辜负她一片深情和美意，

　　　我岂不抱歉抱愧心戚戚。（围着包袱转）

　　　包袱呀，包袱，吾将何以对待你……

【尹天成上，见倪俊，偷望。

倪　俊　（唱）猛然间心开一窍破痴迷。

　　　尹小姐虽未过门已成礼，

　　　聘礼既下是夫妻。

　　　妻子之物丈夫取，

　　　堂堂正正谁敢讥？！

哈哈。为丈夫的取用妻子之物，（吟）吾不知其不可也……

（拾起包袱）

尹天成　（抓住他）胆大倪俊，竟敢偷我的东西。

倪　俊　啊呀，岳父。我倪俊堂堂秀才，岂有偷盗之理？

尹天成　（夺过包袱）还说无有偷盗？这块包袱布都是我家的。

倪　俊　这这这……这是我捡的……

尹天成　你会捡？再与我捡一个来。（拉住倪俊）走啊，打官司去。

倪　俊　打官司……哪有翁婿二人打官司的……

尹天成　啥子翁婿啊，老子要你退婚！

倪　俊　啊，你诬良为盗，就是要逼我退婚吗？休得妄想！

尹天成　好，不退婚就打官司。

倪　俊　打官司就打官司。像你这种人，何妨去至府衙，让刺史大人教诲教诲。正是：我有理何妨见官府。

尹天成　嘿嘿，我有钱哪怕进衙门。走。

倪　俊　走。

【二人下。

第三场　出狱返狱

【牢头宋万上。

宋　万　（念）我是牢头管牢房，

　　　　　　　关起牢门称霸王。

　　　　　　　有钱的进来我敲竹杠，

　　　　　　　没得钱哪——（做凶狠状，又扑哧一笑）

　　　　　　　没得钱我就帮干忙。

【内呼："牢头，收犯人。"

宋　万　（向内）来啰，来啰。（自语）这世道坏人多，犯人也多哟。

【宋万开牢门。张千押倪俊上，将倪俊推入，下。

【倪俊跌倒，宋万忙将他扶起。

宋　万　　秀才，你受刑了？

倪　俊　　牢头哥，你说，我是偷盗之人吗？我是秀才哟，秀才都有偷盗的吗？你说呀。

宋　万　　倪秀才，我们都知道你是个好人。小葱拌豆腐——一清二白！

倪　俊　　（得到了安慰）啊……既然众人皆知我为冤枉，那我受了冤枉，也如同未受冤枉……

宋　万　　对，要想得开。

倪　俊　　我此刻前来坐牢，权当是来你家做客……

宋　万　　（端椅）说得好，秀才请坐。

倪　俊　　谢坐。（规规矩矩坐下，立刻痛得跳起来）哎哟……

宋　万　　想是秀才腿痛，你就侧起身子坐嘛。

倪　俊　　使得，使得。

宋　万　　待我与你去了刑具。

倪　俊　　多谢牢头哥。

宋　万　　倪秀才，你吃了这冤枉官司，总要想个办法嘛。

倪　俊　　牢头哥，只因刺史大人听我岳父一面之词，故而将我钉镣丢监。我有心请牢头哥去见尹家小姐，求她去至刺史大人台前，与我辩明冤枉，则我倪俊感激不尽也。

宋　万　　此乃小事一件，我即刻就去。

倪　俊　　牢头哥如此大恩，请受我一拜。

宋　万　　算啰，哪有这么多的礼哟。我去了。（做出门状）噫，这里到尹家还有好远一截路的嘛……哦，待我来大跨一步。

【"当"一声锣响。宋万在锣声中大跨一步转身。

倪　俊　　（独白）他该走拢了？

宋　万　　（抬头看看）拢了。（拍门）开门来。

【李幺妹内应"来了"，上。

李幺妹　　（开门）噫，你像是宋伯伯。

宋　万	你咋个认得我？
李幺妹	从前，你常到我家茶馆中来吃茶呀。
宋　万	哦，你就是南门外开茶馆的李天顺的女儿，人家都喊你李幺妹，是不是？啊哟，都长得来泡酥酥的了哟。你怎么到尹家来了？
李幺妹	尹天成是我的幺舅。爹爹一死，我无依无靠的，就来跟着他了。宋伯伯，你到这儿来做啥？
宋　万	幺妹子，你不晓得哟……

【幕后吹打，宋万手语。

【注：以下李幺妹的话，都是向宋万说的，但又要与另一个"空间"中的倪俊形成"对话式"。故宋万说话全用低声加手语。倪俊则在宋万说话时独白。

李幺妹	（惊诧）啊？竟有这种事？
宋　万	（低声手语）
倪　俊	（独白）谁料我都坐起牢来了。
李幺妹	（向宋）是可怜啊，也只有让姐姐前去辩冤了。
宋　万	（低声手语）
倪　俊	（独白）只怕她不肯抛头露面啊。
李幺妹	（向宋）不要紧，这事包在我身上。
宋　万	（低声手语）
倪　俊	（独白）那包袱我早些捡走就好了。
李幺妹	（向宋）这就叫木匠戴枷——自作自受。
宋　万	（大声）可怜他读书读迂了。幺妹子，我就回去了。
李幺妹	宋伯伯，你慢慢走。（关门，下）
宋　万	我还是来大跨一步。

【"当"一声锣响，宋万大跨一步转身。

倪　俊	（独白）牢头哥该回来了？
宋　万	（抬头看看）嘿，回来啰。（入门）

倪　俊　　牢头哥，请你带信一事？
宋　万　　尹小姐要去替你辩冤。
　　　　　【幕后堂鼓响。
宋　万　　呀，耳闻法鼓声，必然有事情。秀才，你各自歇息，我有事去了。（下）
倪　俊　　这就好了。
　　　　　（唱）蒙小姐允辩冤感恩匪浅，
　　　　　　　　愿刺史查详情放我出监。
　　　　　【袁龙上。
袁　龙　　（唱）投罗网为表弟得免于难，
　　　　　　　　判死罪我依旧处之泰然。
　　　　　　　　欲逃走又难舍牢中囚犯，
　　　　　　　　一个个皆求我解他倒悬。
　　　　　　　　我有心越监狱放胆去干，
　　　　　　　　效黄巢举义旗率众上山。
　　　　　（见倪俊）倪俊，是你？
倪　俊　　表兄……你怎么在这里？
袁　龙　　兄投案自首了。贤弟，你怎么也坐起牢来？
倪　俊　　你问我么……唉……（哭泣）
袁　龙　　大丈夫不掉吞声之泪，有何冤枉，对兄道来。
倪　俊　　岳父嫌贫爱富，要我退婚。是我不允，他便诬良为盗。刺史大人未及详查，便责打小弟二十大板，还将弟的秀才革除了。
袁　龙　　狗官呀狗官，害来害去，连我表弟这样的人，你们都容不过呀？！
　　　　　【宋万拿着竹梆上，乱敲一通。
宋　万　　众囚犯听着。刺史大人晓谕诸位：今有圣旨到来，只因黄巢作乱，骚扰江南，皇上特令王国舅招兵征讨。所经之地，须将牢中囚犯，悉数配入营伍当兵。明日五鼓，起程前往。已

判死刑者不在此列。违误者斩！

【幕后一片吵闹声、哭叫声。

倪　俊　牢头哥，我也要去当兵吗？

宋　万　牢中的犯人都要去。

倪　俊　（跌足）哎呀……

袁　龙　喳！（观察幕后，思索对策）

【幕后喊"不愿当兵"的声音更大。

宋　万　（向幕后）莫吵，莫吵。你们向我吵啥子？我不过是个木鱼脑壳，人家敲一下，我就响一声。这是皇上的圣旨，哪个违抗得了？！

袁　龙　牢头哥，那王国舅何时能到呀？

宋　万　说是今天下午。刺史大人已带领城内兵丁和官宦豪绅，出城十里迎接去了。

袁　龙　（喜）这么说，刺史大人领兵出城迎接去了？！

宋　万　正是。

袁　龙　牢头哥，此有纹银十两，托你多办酒菜。我袁龙一来为众位难友饯行，二来谢众位禁子关照之情。哎，想我身犯死罪，不日就要问斩，活一天算一天。趁今夜众位难友尚在，就热热闹闹地痛饮一醉罢了。

宋　万　（难为情地）嘿嘿，咋个好让你破费呢……

袁　龙　不要客气。

宋　万　如此，道谢了。（收银，背白）不愧称壮士，重义又轻财。（下）

袁　龙　贤弟，我们今夜便可出狱了。

倪　俊　这是为何？

袁　龙　囚犯发配当兵，谁不怨恨？我欲趁机率领众犯，越狱逃走。

倪　俊　（大惊）越狱逃走？啊呀，不可呀，万万不可！

袁　龙　贤弟，难道你甘心当兵打黄巢，前去送死不成？

倪　俊	尹小姐要去替我辩冤。待刺史大人详查之后，便可将我开释出狱。那时，弟也就不在当兵之列了。
袁　龙	好糊涂的贤弟！难道你还看不出来，那是狗官受贿、颠倒黑白，故意冤枉于你。你今若不逃走，只怕凶多吉少。
倪　俊	子曰："临难勿苟免。"又道是："不能正己，焉能正人？"我秀才若不守法，他日为官，怎能执掌法度？孟子曰："天之将降大任于斯人也……"
袁　龙	哈哈哈。贤弟呀。

　　（唱）越狱事非为你贤弟一个，
　　　　　为救那众难友不受折磨。
　　　　　兄已将狗官府识透看破，
　　　　　誓与他拼一个你死我活。

【宋万抱酒坛上。

宋　万	袁壮士，酒来啰。
袁　龙	来得好。
袁　龙	（接过酒坛，一手高举，向倪俊）为兄去了。（下）
宋　万	秀才，你也来喝一杯。（下）
倪　俊	表兄，表兄……唉。

　　（唱）见表兄铤而走险我心难过……

【幕后传来猜拳声。

倪　俊　（唱）听众人猜拳饮酒还讴歌。
　　　　　　禁卒们贪杯不防其中祸，
　　　　　　囚犯们把盏为的出网罗。
　　　　　　我不敢犯王法随声附和，
　　　　　　稳坐在钓鱼台静观风波。

【幕后喧闹声弱。袁龙上。

袁　龙　（唱）喜众人欣然允诺，
　　　　　　要随我冲出网罗。

自在飞花

　　　　　灌醉了众禁子钥匙归我，

　　　　　启牢门做一个开笼放雀。

　　众弟兄听着：钥匙在此，各自打开牢门。人人奋勇，个个争先，手执兵器，杀出城去。（将钥匙丢进幕内）

【幕后呐喊声起。

袁　龙　贤弟，快随我走。

倪　俊　表兄请便，小弟不走。

袁　龙　为兄救你出狱，怎说不走？！（一把将倪俊背起，圆场）

倪　俊　（在袁龙背上大声疾呼）我不走！我不走……（甩水发）

【幕后传来呼声："捉拿逃犯！"

【袁龙向左，左有呼声；袁龙向右，右有呼声。

袁　龙　（放下倪俊）贤弟，官兵阻挡，难以通行。待为兄施个调虎离山之计，将官兵引开，你好趁机逃走。

倪　俊　表兄，你乃罪魁祸首，速速逃命去吧。小弟乃清白之人，不用怕官。

袁　龙　哎呀，贤弟！事已至此，你若不逃走，官兵前来，定要将你杀了！

倪　俊　杀？！好，我走，我走……

袁　龙　这就是了。为兄在伏牛山上等你。记下了：伏牛山！（向内大叫）呔！众官兵听着，俺袁龙在此，让我者生，挡我者亡。不怕死的，你与我来！（下）

【幕后呼喊声随袁龙的去向渐远。

倪　俊　吓煞人也。

　　（唱）袁表兄引官兵将他追赶，

　　　　　但愿他出重围平平安安。

　　　　　这一旁冷清清无人查看，

　　　　　趁此刻逃他方暂避祸端。

　　（圆场欲下，突又止步）哎呀，走不得！

（唱）尹小姐府衙替我把冤辩，
　　　若逃走岂不累她受牵连。哦，
　　　倒不如重回到监狱里面，
　　　方显我临风霜松柏耐寒。

着着着，此言有理。众犯越狱而逃，独我留而不去，岂不是我清白无罪之铁证吗？刺史大人知我如此正直不苟，必然愧喜交加。先复我功名，后送我归家。那时节，我岂不又是一个堂而皇之的秀才了？哎呀袁表兄。

（唱）休怪我辜负你好心一片，
　　　你当知真君子不求苟安。
　　　有一朝弟若得身贵名显，
　　　奏万岁赦兄罪重返家园。
　　　想到此心泰然独自回转，（圆场）
　　　却怎么监狱中漆黑一团。（摸索）

【宋万醉沉沉上。

宋　万　　（唱）下烧酒最好是松花皮蛋……（倒在椅上，睡去）

倪　俊　　（唱）只有我守法者独自坐监。
　　　　　（坐在宋万身上，惊起，细听）哎呀，牢头哥。（推他）牢头哥，你怎么还在睡哟，犯人都跑光了。

宋　万　　你怕吃醉啰。犯人都跑光了，你咋个还在呢？

倪　俊　　你看看，除了我，别的犯人在哪里？

宋　万　　啊？！（大叫）李石匠……宋黑娃……张裁缝……哎呀，上了袁大汉的当了，犯人跑——（见倪俊）噫，秀才，你咋个不跑？

倪　俊　　我本无罪之人，何须越狱逃走？

宋　万　　哎呀呀，你真不愧是知礼守法的秀才郎！（自语）只是走脱了犯人，我咋个交代呢？哦，有了。倪秀才，少时上头追究起来，你就说是犯人把我打晕了，莫说我吃酒带醉了哈。

倪　俊	君子待人，当隐恶扬善，何须盼咐。有请牢头哥转告刺史大人，就说众犯越狱，我都不肯苟且逃走，岂是盗窃金银之徒。望他重审前案，开释于我。
宋　万	像你这样的人，我还没有见到过。待我去禀告大人，说不定硬是放了你。（欲下）
倪　俊	牢头哥请转。牢门还未上锁，你怎么就去了？
宋　万	你横竖不得跑，我还锁牢门做啥？算了。（下）
倪　俊	啊哈哈哈。

（唱）牢头哥他把我连声夸赞，
　　　至诚人感动他不得不然。
　　　刺史爷必将我案情改判，
　　　又披红又放炮送我出监。

【张千、李万背着手上。

张、李	倪秀才。
倪　俊	二位差哥，到此何事？
张　千	（念）牢头宋万，上堂报禀。
李　万	（念）大人夸你，守法至诚。
张　千	（念）命我送来，厚礼一份。
倪　俊	啊呀呀，不敢当呀不敢当。知礼守法乃读书人的本分。但不知是何厚礼？
李　万	（念）一面大枷，八字罪名。（亮出木枷）
倪　俊	这就奇了！请问哪八个字的罪名？
张　千	（念）煽动越狱，罪魁祸首。
倪　俊	从何说起？
李　万	（念）这都不懂，枉自为人。
张　千	（念）众犯越狱，各自逃奔。
李　万	（念）此事有关，大人前程。
张　千	（念）轻则丢官，重则丧命。

李　万	（念）因此拉你，顶个罪名。
张　千	（念）煽动越狱，罪魁祸首，
李　万	（念）严惩不贷，要判重刑！
倪　俊	啊？怎会如此？怎会如此……你们的话，信不得。且等牢头哥回来问个明白。
张　千	（向李）他还不信啊。
李　万	好嘛，让他各自去问。（向后）宋老头，快来快来。

【宋万跛足上。

宋　万	（呻吟）哎哟……
倪　俊	牢头哥，你怎么样了？
宋　万	大人把我从牢头降为解差，还打了我四十大板。
倪　俊	（悲呼）牢头哥呀……
张　千	（向李）这才是，锅里头的鸭哭案板上的鸡——
李　万	不晓得自己的死活。
宋　万	秀才，你也走不脱了，大人要拉你背黑锅！
倪　俊	唉，早知这般下场，我才该跟着众人逃走啊。
宋　万	呃，哪个喊你不走嘛。
倪　俊	思来想去，好不冤哉枉矣。
张　千	枉矣枉矣，快来戴起。（与倪俊上枷）走。
倪　俊	牢头哥，他们要我到哪里去？
宋　万	众犯越狱，王国舅十分恼怒。他说作乱的人越来越多，要刺史大人将你解到京城审办，以戒天下人心。
倪　俊	啊？那王国舅他，他不问青红皂白就这样说吗？王国舅呀王国舅，我倪俊与你何冤何仇，你定要将我押送京城审办……（灵机一动）押送京城……（高兴）呵呵，哈哈，呵呵哈哈……
宋　万	秀才秀才，你莫非气疯了？
倪　俊	非也，非也。是我猛然想起，若去京城，便与天子相距咫尺。

　　　　　　　想天子乃万乘之尊，明察秋毫之末。只要我能叩首辇前，泣血上疏，天子定会开释于我。与其在此含冤莫白，不如进京审办。二位差哥，请。

张、李　　　请啥子？拉起走！
【张、李拉倪俊下。宋万叹息，随下。

第四场　允婚逃婚

【尹天成上。

尹天成　　（唱）奉劝生男勿喜欢，
　　　　　　　　　休道养女要赔钱。
　　　　　　　　　只要算盘打得好，
　　　　　　　　　赔一百来赚一千。

　　　　　　（拍门）开门！开门！
【李幺妹上，轻轻抽去门闩。尹天成推门，跌倒。

尹天成　　哎哟，背时女娃子，你开门嘛先答应一声嘛……（见李要走，忙叫）转来转来，叫你姐姐出来见我。

李幺妹　　（没好气）人家在睡。

尹天成　　咋个搞的？天都没黑就睡了？十二岁进养老院，不要享福享早啰。（转念）也好，让她娃娃再闲散一会。明天过了门，就没得这么安逸了。

李幺妹　　（警觉）过门？过啥子门？

尹天成　　她告状告得好……

李幺妹　　是告得好啊。刺史大人准了她的状子，不得由你诬良为盗。

尹天成　　嘿，这个傻女子！哪有这么好打的官司哟。

李幺妹　　啥子意思？

尹天成　　你要问？

李幺妹	当然要问。
尹天成	那就听了。

      （唱）国舅大人金驾到，
         刺史接风摆酒肴。
         宾主正在讲客套，
         忽然门外叫声高。（学女人声，插白）申冤哪申冤！
         才是金莲把状告……

李幺妹	（插白）怎么样？
尹天成	（唱）众官绅齐夸她艳若李桃。
李幺妹	（插白）那又如何？
尹天成	（唱）王国舅一见她神魂颠倒。
李幺妹	（插白）癞蛤蟆想吃天鹅肉。
尹天成	（唱）刺史爷做冰媒，当面就把聘礼交。
李幺妹	（插白）你该没有答应吗？
尹天成	（唱）当皇亲与国戚岂能推掉？
李幺妹	（插白）难道你——
尹天成	（唱）我就要头戴乌纱、身着紫袍。
李幺妹	此话当真？
尹天成	这种事哪个哄你？！明日王国舅离开此地，便将你姐姐带走。
李幺妹	（大怒）你，你，你你你才是一个狼心狗肺的坏东西！
尹天成	你敢骂我！（脱下一只鞋来）老子打你个无上无下。（追打）
李幺妹	（闪开）上梁不正下梁歪！
尹天成	老子打你个不孝！（追打）
李幺妹	（闪开）父不慈，子不孝，何况是你哟！
尹天成	老子打你个……
李幺妹	（进房，端椅抵门）你打！打嘛。姐姐还不晓得你把她嫁给了王国舅。她若知道，定要寻死。那时节，（一口气说下去）她要上吊我就递绳子。她要抹喉我就拿刀子。她要跳井我就揭

	盖子。让你在街坊邻里前丢面子！在王国舅跟前挨板子！你要打我。哼！（坐下）
尹天成	（软下来）哪个要打你哟，幺舅是逗你耍。幺妹子，听我说。等你姐姐醒来，好生帮我劝一下。若是劝好了，幺舅赏你一两银子。
李幺妹	要你一两银子，我不如去打瞌睡！
尹天成	那就五两。
李幺妹	少了。
尹天成	那就十两。
李幺妹	还是少了。
尹天成	那就十五两。
李幺妹	耶，你好有钱啰。那我就要二十两！
尹天成	二，二，（咬牙）二十两就二十两！
李幺妹	好嘛，那我就帮你劝嘛。
尹天成	劝得她回心转意，你我都有好处。我去准备王国舅明天来抬人的事，你好生帮我劝……（下）
李幺妹	唉，姐夫呀姐夫，只怪你要姐姐前去告状，如今弄出祸事来，咋个得了啊……哎，常言道三十六计，走为上策。（下）
	【更鼓声。尹天成摸索上。
	【同时，李幺妹与尹金莲提包袱出，摸索中与尹天成碰撞。
尹天成	哪个？
尹金莲	我，我……
尹天成	你做啥？
尹金莲	赏月，赏月……
尹天成	赏月？（抬头）月黑头赏啥子月？进屋去，为父要和你说话。
李幺妹	幺舅，有话就在这里说。外头有星星还亮些。这么贵的灯油，省一点算一点嘛。
尹天成	省点灯油？也要得。儿哪，为父将你改嫁国舅大人，你喜欢

	不喜欢哪？
尹金莲	我……
李幺妹	（连忙）喜欢，喜欢。一品夫人，皇亲国戚，有几个人不喜欢？（低声）幺舅，我都帮你劝好了，她自己咋个好意思说？！
尹天成	既是如此，你们早些回房去睡，明天好早些起来梳妆打扮。王国舅花轿一到，就要抬人。
李幺妹	好嘛，早些睡。
	【李幺妹拉金莲入室，二人闭门，徘徊。
尹天成	（思索）赏月？喜欢？……噫，不对呀。
	（唱）月黑头她二人看啥月亮？
	不进屋不点灯有点荒唐。
	金莲儿声含悲为的哪样？
	李幺妹代答话慌慌张张。
	莫非是设圈套将我欺谎？
	要做个蝉脱壳高飞远翔。
	思至此，心难放，
	想到此，须提防。
	莫奈何，我只得亲自守望……
	【尹天成端椅子到房门前，坐下。
	【李幺妹倾听门外无声，以为尹天成已走，便背上包袱，轻轻开了房门摸索欲出，恰好摸着尹天成的头。尹天成惊得跳起来，李幺妹吓得连忙关门。
李幺妹	（向金莲低声）坏了，坏了。他在门外守倒！
	（接唱）想必他识破了你我行藏。
尹金莲	啊？他要是在门口守一夜……
李幺妹	姐，你快哭！
尹金莲	哭？
李幺妹	哭！放声大哭。

尹金莲	（大哭）喂呀，我的妈呀……
尹天成	幺女，咋个哭起来了？
尹金莲	爹爹，儿不嫁，儿不嫁呀……
尹天成	怎么又不嫁了？幺妹子，你咋个劝的哟？二大二十两银子没得那么好拿啊！
李幺妹	姐姐脾气怪，说好了又翻跷。我劝不了，哪个会劝哪个来。
尹天成	哼，你劝不好，老子还省了二十两银子。把门打开，我自己来劝。
李幺妹	（背白）就怕你不来。（开门）
尹天成	（摸索）幺妹子，把灯点起。
李幺妹	你先进来噻。（一手将尹天成从面前拉进门，一手将尹金莲从背后拉出门，同时说着）幺舅，你坐好，我马上去点灯。（将尹天成按在椅子上，又端好另一把椅子）姐姐，你就在这里陪着幺舅，听他跟你说话。我呢，就去把灯点起来。（出门，拉门）
尹天成	关门做啥？
李幺妹	起风了。要把灯吹歇。
	【李幺妹轻轻将门反扣，拉金莲下。
尹天成	幺女，这门亲事人家打起灯笼火把都找不到，你还有啥子不称心的吗？当一品夫人啰……又在使闷气，你就是喜欢使闷气，有啥话就跟老子说噻……幺女……（感到不对）幺女……（摸索过去，摸着空椅）幺女，幺女……（拉门，拉不开）哎呀，两个女娃子跑了，气死我了……（捶胸，倒在椅上）

第五场　历险遇险

倪　俊	（内唱）赴皇都虽戴枷也开笑脸……
	【倪俊上。李万、张千、宋万随上。

倪　俊	（接唱）愿天子居高听卑纳忠言。
	满怀希望把路赶……
宋　万	（唱）见他快乐我心酸。
	秀才，走慢点。
倪　俊	走慢了岂不要耽误时辰？
宋　万	又不是吃喜酒，你还怕赶不上吗？
张、李	站倒！
宋　万	你两个又要做啥？
张　千	不关你的事，站过去。秀才，你懂不懂规矩哟？
倪　俊	不依规矩，不能成方圆。我连规矩都不懂，还算得秀才吗？
张　千	你既懂规矩，就快些拿来。（伸手）
倪　俊	拿什么来？
张　千	这就是规矩——跟犯人吃犯人。
倪　俊	这这这……这是什么话？犯人如何能吃……
宋　万	他们在向你要钱！
倪　俊	要钱？为何向我要钱？
李　万	不向你要钱，我们喝西北风呀？！
倪　俊	哎，二位差哥既在府衙供职，岂无月薪乎？
张　千	乎？巍巍乎，荡荡乎，道士符，灵官符，堂倌提的开水壶！未必你只有满肚皮的也者之乎？
李　万	（向张）文的不行，来武的。（举拳）倪俊，我把你这……
宋　万	（拦住）做啥？做啥？看他那个样儿，你们也该积点阴德嘛。
李　万	宋老头，你处处维护他，阴倒贪了他好多包袱？
倪　俊	（忙上前劝解）请二位息怒……
李　万	息怒就拿钱来。
倪　俊	要钱好说。只求二位差哥等一等。
张、李	等好久？
倪　俊	等倪俊见着天子，辩明冤屈，开释回家，再赴科场取得一官

半职。那时必有肥马轻裘,当与二位共之……

张　千　吓哟!跟你硬是说不清楚。

李　万　呃!你老人家硬是想得好咧。

倪　俊　二位差哥放心,我倪俊出头之期,指日可待也。

张　千　你做梦啊。上山了,上山!

【四人圆场。

倪　俊　(唱)望前程口角带笑,
　　　　　　思往事怒火中烧。

【四人先后登上一桌二椅,表示上山。

倪　俊　(唱)愿只愿尹小姐玉体安好,
　　　　　　待倪俊凯歌还共咏桃夭。

张　千　(唱)尹小姐被国舅看中容貌,

倪　俊　(插白)此话当真?

李　万　(唱)要将她抬回去金屋藏娇。

倪　俊　(插白)小姐必定不从。

宋　万　(唱)不依从除非是连夜逃跑……

倪　俊　(呆住)啊……

【四人摆画面,不动(定格)。

【李幺妹拉着尹金莲逃跑,过场下。

倪　俊　(唱)闺中女怎堪那跋涉辛劳。
　　　　　　女儿家出远门诸多不妙。

张　千　(唱)王国舅官兵追谅她难逃。

【牙将执令箭带官兵打空轿上,过场下。

李　万　(唱)跑不出百十里就会逮到。

倪　俊　啊呀,尹小姐……(晕倒,被宋万扶住)

【牙将领官兵上。尹金莲坐轿中哭泣。李幺妹被二官兵挟持。众人过场下。

倪　俊　(跳下桌子,扑到台前)王国舅,我与你拼了。

张、李	（拦住）前头是万丈悬崖！
宋　万	哪个喊你们把尹小姐的事对他说嘛？！看把他急成这个样儿。万一摔下崖去，你我也交不到差。你看秀才好不可怜，等他歇息一下再走。
张、李	好好好，歇息一下。

【四人正欲歇息，一声锣响，若干山寨兵卒上。张千、李万藏于桌后。山寨兵卒挟持倪俊与宋万下。

张　千	皇犯被贼抢，
李　万	官府报信息。
张、李	走！

【二人下。

第六场　拜堂闹堂

【袁龙率众卒上。

袁　龙	（唱）盖世英雄浑身胆，
	越狱奔来伏牛山。
	联络黄巢共患难，
	要为那，万民头上换青天。

【报子上。

报　子	报。救下朝廷要犯一名。
袁　龙	带上来。
倪　俊	（内唱）问苍穹吾命何太蹇……

【倪俊上。宋万随上。

倪　俊	（唱）逆水行舟遇狂澜。
	吓得我战兢兢不敢仰面……
宋　万	（插白）秀才，不要怕。

（唱）有我去见大王多说好言。

大王……啊，你是袁大汉呀？！

袁　龙　　你是牢头哥？

宋　万　　啥子牢头哥哟。我是一碗水煮一斤面——浆（降）了。牢头降成解差了。

袁　龙　　这是何故？

宋　万　　都是你哥子会挽圈圈嘛。把我弄得挨打降职都不要紧，只是把你表弟倪秀才也除脱了……

袁　龙　　啊？！（哭叫）倪俊，贤弟……

倪　俊　　（闻声而视）表兄。

袁　龙　　（见倪）啊，贤弟，你还没有死呀？

倪　俊　　小弟还活着。

袁　龙　　（向宋万）你搞些啥哟。

宋　万　　你各人捞起半截就开跑。

袁　龙　　（与倪俊开枷）贤弟，你怎么成了皇犯了？

倪　俊　　唉，表兄。

【倪俊手语，幕后吹打。

袁　龙　　呃！这都是你不听为兄之言，方有今日之祸。如今上得山来，就可万事无忧了。（让倪俊坐下）

宋　万　　喂，大王，我呢？我咋个交差呢？

袁　龙　　你就留在山上，当一名头领如何？

宋　万　　这咋个要得哟，要不得……

袁　龙　　你若回去，只怕吃饭的家伙就要除脱了啊（指头颅）。

宋　万　　这……

（念）留下当头领，

　　　　回去砍脑壳。

　　　　两边比一比，

　　　　这边划得着。

　　　　　　我光杆怕个啥？

　　　　　　回头叫大哥。

　　　　　　（向袁龙）大哥。

袁　龙　　哎，你偌大年纪，怎叫我大哥？

宋　万　　这就是少兄老弟嘛。

袁　龙　　呵哈哈哈。下面更衣。

宋　万　　得令！（下）

袁　龙　　贤弟，快去下面更衣。

倪　俊　　且慢。敢问表兄，这是什么所在？

袁　龙　　这就是伏牛山。众好汉扶兄在此为王，招兵买马……

倪　俊　　啊？你你你……你落草为寇了？！（拉袁龙）快快随我下山！

袁　龙　　贤弟，兄是煽动越狱的重犯，你要为兄下山送死不成？

倪　俊　　这……既是如此，我们各行其便罢了。（欲走）

袁　龙　　贤弟！难道你还要进京完案吗？

倪　俊　　进京……唉！我本来可以进京叩见天子，陈述冤情。而今被你一抢……那勾结强寇的罪名，只怕跳进黄河也洗不清了。

袁　龙　　好哇，你总算明白了。既不能进京，你下山则甚？

倪　俊　　只怪吾命不济，生当乱世。不但满腹道德文章不能为人所用，且乎身蒙奇冤、久困缧绁。子曰："用之则行，舍之则藏。"小弟还是效法古圣先贤，隐姓埋名。开书馆，授蒙童，安贫乐道罢了。

袁　龙　　事到而今，只怕你来得去不得。

倪　俊　　这是何故？

袁　龙　　你身为皇犯，半途脱逃，难道官府就会善罢甘休？

倪　俊　　这……

袁　龙　　为兄这里正缺读书之人，贤弟就在此间做一书办如何？

倪　俊　　哎。想小弟世代书香，清白传家。知礼守法，温良恭让。身入黉门，乃天子学生；斯文秀才，岂为寇做盗。人各有志，

	不可相强。望表兄放我下山。
袁　龙	我倒想放你下山，却又不忍姑母一家断了香烟后代。来呀，请倪秀才后寨更衣。
众　卒	（应声）喳！
倪　俊	表兄……（见袁龙不理，转念）更衣就更衣。更衣之后，下山就更加方便了。（下）

【报子上。

报　子	报！擒下王国舅家眷。
袁　龙	擒得好。带上来。
报　子	（向内）带上来。

【牙将与尹金莲被押上。

袁　龙	你们是王国舅的家眷？
牙　将	有令箭在此，未必还是假的？！（举令箭）
袁　龙	（接过令箭，看后抛在桌上）杀！

【牙将被推下。

尹金莲	哎呀！（吓得晕倒，被扶在椅上）

【幕后传来李幺妹的呼声："申冤啦申冤！"

袁　龙	谁在喊叫？
报　子	是王国舅家中的丫鬟。
袁　龙	叫她上前。
报　子	喊冤女子上前答话。（下）

【李幺妹上。

李幺妹	（跪下）见过大王。
袁　龙	你有何冤情只管道来。待本大王将这妇人（指金莲）千刀万剐，与你报仇雪恨。
李幺妹	大王。小女子并无冤枉，是她（指金莲）冤深如海呀。
袁　龙	嗯，这是什么话？！
李幺妹	禀大王，她并非国舅夫人，她乃渊州秀才倪俊之妻尹金莲。

	我叫李幺妹，乃是她的表亲。只因国舅逼她成亲，我才伴她逃奔在外，不料又被官兵捉住。大王，你要饶命啊。
袁　龙	原来如此。快快起来。小大姐有所不知，我名袁龙，本是倪秀才的表兄。
李幺妹	（惊喜）哎呀，才是个老表大王，你可知秀才坐牢之事？
袁　龙	如今他已上山来了。
李幺妹	他也上山了？！
袁　龙	有请倪秀才。
李幺妹	姐姐苏醒……

【尹金莲仍昏迷着。倪俊上。

倪　俊	表兄，你莫非放我走了？
袁　龙	先不要说走不走。那旁有一女子，贤弟快去看过。
倪　俊	表兄，你才落草几天，怎么便连"非礼勿视"都忘了？！竟然叫我去看什么女子……啊呀呀，不成话了！
李幺妹	秀才，我们不是外人啰……
倪　俊	（不看不理，拂袖背身）嗨呀，此女子好生无耻也。
李幺妹	（羞恼）啊？我都成了无耻之人了？！
袁　龙	贤弟，那便是你未婚之妻……
倪　俊	（打断）休得多言，小弟全都明白了。
袁　龙	明白就好……
倪　俊	好什么？！你以为将掳来的女子与我为妻，我便会留在山上吗？哼，美人计只能对付那些无德之辈，岂能蛊惑我堂堂秀才？！（转身自语）子曰："道不同，不相为谋。"何必与他多讲，各自下山去吧。（疾步下）
袁　龙	（高叫）表弟！秀才！（啼笑不得，向幺妹）嘿嘿嘿，你看你看。（向幕内）快些，去把秀才拉倒。
李幺妹	（向袁龙）他咋个像根四季豆——不进油盐啰？！
袁　龙	唉。死读书，读书死，只怕说的就是他！既然说不清楚，不

	如给他两个拜了天地,送入洞房。等他两人一对面,自然啥都明白了。
李幺妹	对。这个办法撇脱。免得我们顶起碓窝跳加官——费力不讨好。只是先要向我表姐说清楚。(摇金莲,呼)姐姐苏醒……
尹金莲	(渐渐醒来,睁眼见袁,大惊躲避)啊……
李幺妹	姐姐不必害怕。这个大王是倪秀才的表兄袁龙。
袁 龙	那是表弟妹,为兄这旁有礼了。
尹金莲	这……(看着幺妹)表兄?(相信了,转身)小妹还礼。
李幺妹	姐姐,姐夫也在山上。
尹金莲	哪有此事!
李幺妹	我都看见他了。如今表兄做主,叫你们两个即刻拜堂成亲。
尹金莲	这……这这这,使得使不得?
李幺妹	有啥使不得?你和秀才都是有家不能归,不如就在这里跟着袁表兄。
尹金莲	那就要在山上当……(不敢说出)
袁 龙	当绿林好汉。打富济贫,除暴安良,难道不好?
李幺妹	这个世道,就要像老表大王这样才有活路。(向袁)快把新郎官请出来。
袁 龙	(向二卒)去,把秀才拉出来拜堂成亲。
二 卒	(笑)得令。(下)
	【鼓乐声起。李幺妹用手帕搭在金莲头上。
	【倪俊被二卒拉出,挟持拜堂。宋万乐颠颠跑出来。
宋 万	(叫着)秀才成亲,我来赞礼……
倪 俊	(叫)你们讲理不讲理?
宋 万	要讲礼,要讲礼。(叫)一拜天地,二拜兄长,夫妻交拜。
倪 俊	(叫)我不拜堂……
宋 万	(叫)送入洞房。
	【倪俊被二卒挟持下。李幺妹扶金莲下。

袁　龙	哈哈哈。正是：文劝不行改武劝，送入洞房自了然。（拉住宋万）走，喝两杯。
	【二人笑着下。众卒下。

第七场　相逢不逢

【房间内外。室内有一桌二椅。

【二卒上。一人手端火盆，一人手执红烛，推"门"而入。

卒　甲	（念）山高风冷，炭火一盆。
卒　乙	（念）洞房喜庆，花烛两根。
	【二人放好火盆、蜡烛后，环顾四周。
卒　甲	噫，新房里面咋个没得床铺？
卒　乙	那么，我来铺床……
卒　甲	站开哟。要有福气的人才能给新人铺床。
卒　乙	这么说，你我两个都不能铺床了。
卒　甲	那，又找哪个有福之人来铺床呢？
	【"当"一声锣响，耳帐从侧幕后伸出。
卒　乙	看。有福之人把床都铺好啰。
	【二卒哈哈大笑而下。
	【李幺妹扶尹金莲上，掀开帐帘——这时帐帘后已摆好了"床"——扶金莲坐"床"上。
	【另二卒挟持倪俊上，将他按在椅上坐下。
	【李幺妹与二卒出门，反扣房门，下。
	【倪俊奔去拉门，拉不开。
倪　俊	表兄，你把我害了，把我害了。
	（唱）怨表兄行事莽撞，
	强婚配何其荒唐。

自在飞花

     陷我于尴尬境况，

     好教人进退无方。

     想起了金莲小姐，

     不由我百转回肠……

    （插白）尹小姐，你在哪里呀……

尹金莲　　（慢慢掀开盖头）

    （唱）羞答答独坐牙床。

     喜滋滋轻揭罗帕，

     殷切切把郎端详。呀！

     他为何痴呆呆——

倪　俊　　（唱）我误蹈法网。

尹金莲　　（唱）闷怏怏——

倪　俊　　（唱）我身困洞房。

尹金莲　　（唱）冷冰冰——

倪　俊　　（唱）我拒却此女。

尹金莲　　（唱）气昂昂——

倪　俊　　（唱）我不负糟糠。

     不饮合欢酒，

     不入香罗帐。

     不与她交言，

     不近她身旁。

     视足而立待天亮……尹小姐！

     教卿知我情义长。

尹金莲　　（唱）你让金莲心不爽，

     为什么呆若木鸡在洞房？

     莫非是六礼不全怕人诽谤？

     莫非是绿林安家脸面无光？唉。

     颠沛流离我与你，

　　　　　　苦尽甘来终成双。
　　　　　　能有今朝已万幸，
　　　　　　婚事简陋又何妨。
　　　　　　表兄做主偕伉俪，
　　　　　　山寨总比监牢强。
　　　　　　休叫春宵随流水，
　　　　　　剪烛对坐叙衷肠。
　　　　　倪郎，倪郎，你要放明白些才好啊。

倪　俊　　（打喷嚏）呀，冷起来了。
尹金莲　　看他衣衫单薄，怎经得深山午夜之寒哪。
　　　　　【二人同时注意到火盆。
尹、倪　　（同时）那旁有火一盆，叫他（待我）上前取暖。
　　　　　【二人相碰，倪俊惊退，金莲羞避。
倪　俊　　啊呀呀，这女子好不知羞也。我只说过去烤火，谁知她竟迎上前来。我还是退避三舍，熬到天亮罢了。
尹金莲　　唉，这就是我的不是了。适才倪郎近前，我不该退而避之。又道是书生面浅。他见我退避于他，怎好再来答话。不如我去……哎呀，羞人答答，怎好开口呀……
　　　　　【一阵风来，倪俊冷得打战。
　　　　　【金莲见倪俊冷，轻轻把火盆端到倪俊身旁放下。又发现他身后无椅，忙去端椅子。
　　　　　【倪俊觉得身后有人走动，回头见火盆，想到是那女子搬过来的。他想，"我才不和你一起烤火呢"，于是把火盆搬到远处。当他退回原地时，转身恰遇金莲搬椅子过来。
尹金莲　　倪郎……
倪　俊　　（忙以袖遮面，恼怒大声）谁是你的倪郎？谁是你的……啊呀呀，不成话了！（忙忙走远）
尹金莲　　啊？！（松手。椅子落下打了脚，痛呼，落泪）喂呀……

倪　俊	（渐渐由恼怒转为不安）唉，听那女子哭得好不悲伤，倒将我的心儿哭软了。想必她也是良家妇女，被掳掠上山，身不由己。不如对她把话言明，叫她死了这条心。（欲转又止）且慢。男女不便交言，我又怎好对她讲话……哦，我不免假做吟诗之状，使她知我之意也就是了。（咳嗽一声，大声吟诵）

　　　　　　秀才有理兮说不清，
　　　　　　接二连三兮遇灾星。
　　　　　　礼法混沌兮常抱恨，
　　　　　　斯文独在兮拒此婚。

尹金莲	哦。原来他因我爹爹强逼退婚、诬良为盗之事怀恨在心，故而不愿与我成亲了。（木然落座）
倪　俊	阿弥陀佛，她果然不哭了。还是我吟诗传话的妙计高！（风吹来，不由得浑身抖索，回望火盆）好一盆炭火。此时已无后顾之忧（指金莲），我何不近前烤上一烤。（搬椅近前，坐下烤火，不久便打起瞌睡来）
尹金莲	（越想越不服气）哎，秀才无理呀。虽然我的爹爹为富不仁，当遭鄙弃。但金莲何负于他，他竟然如此待我？我倒要问他一问。（上前，见倪）咦？！你看他，将别人气个半死，自己倒安然入睡了。（叫）倪……叫不得。适才我叫了一声倪郎，他就像被马蜂蜇了一样，从那旁跑到那旁。而今他在朦胧之中，听我这一叫，说不定会跳将起来，把我骂上几句。若被旁人听见，岂不贻笑大方。还是要他醒来，才好与他辩理。只是我又怎样让他醒来呢？（思索片刻）哦，有了。（悄悄将火盆搬到另一边，表示"我看你怎么睡"，然后自己坐下烤火）

　　　　【一阵风来。倪俊觉得冷，迷迷糊糊伸手烤火，仍冷。睁眼低头，不见火盆，起身找寻。见金莲在烤，忙退到一边，拂袖，表示"我就不烤"。

　　　　【金莲偷看，见状，赌气背身，假寐。

　　　　　　【倪俊冷得受不了，忽注意到床上是空的，高兴起来，轻轻过去，脱鞋上床，把被子裹在身上，似和尚入定般闭目端坐。

尹金莲　　（偷看，不见倪俊，起身寻找，见在床上。叹气，徘徊，下决心走近床边，大声叫）倪郎……

倪　俊　　（大惊，甩开被子跳下床来，边躲避边大叫）做啥？做啥？瓜田李下，避不避嫌啰？！避不避嫌啰？！

尹金莲　　（先是被他吓得退开，想一想却胆大起来）避嫌？避什么嫌？

倪　俊　　完了完了，她连避嫌都不懂！表兄表兄，你叫小弟怎样下台哟？！

　　　　　　【倪俊满屋乱走。金莲追叫"倪郎"。
　　　　　　【鸡叫。二人停步。

倪、尹　　（同时）天亮了！（一喜一怨）哈哈……喂呀……（一挥汗一拭泪）

　　　　　　【卒上，下门扣。

卒　　　　（在门外）秀才，起来得啰。（下）

倪　俊　　谢天谢地，我可以下山去了。（伸脚，见脚上无鞋，轻轻溜到床边去取）

尹金莲　　（回身）倪郎……

倪　俊　　（忙抓起鞋子跳开，背身穿鞋，同时口里不住地念着）子曰："非礼勿言……"

尹金莲　　（跟过去）倪郎，你听我说……

倪　俊　　（忙跳到另一边，声音更大地念着）子曰："非礼勿言，非礼勿行，非礼勿动，非礼……"（终于穿好鞋子，跳出房门，松一口气）啊呀呀，总算跳出这是非之地了。尹小姐呀，尹小姐，我倪俊硬是对得起你啊！（下）

尹金莲　　（跟到门边，叫）倪郎，倪郎……（转身大哭）喂呀……

　　　　　　【袁龙、李幺妹、宋万上，二卒跟上入内。

李幺妹　　噫，新姑娘怎么清早八晨就在哭？

袁　龙	表弟妹，新郎官呢？
尹金莲	他走了……
宋　万	走哪里去了？
尹金莲	不晓得……
李幺妹	你怎么都不问他一声呢？
尹金莲	他……他连话都不肯跟我说……
袁、宋	（互语）竟有这等事！
李幺妹	哎呀，他不和你说，你就和他说嘛。他还不晓得你是哪个。
尹金莲	啊？他不晓得是我？
李幺妹	只说入了洞房，你们一说话就晓得了噻。
尹金莲	怪道他……（更伤心了）喂呀……
李幺妹	老表大王，他该不得跑下山去嘛？
宋　万	他要是跑下山去，就要被官府捉住了。

【报子上。

报　子	报！（入室）禀大王，倪秀才走到山下，就被官兵捉住，带往县衙去了。
众	啊……
尹金莲	表兄，你要救他一命啊……
袁　龙	走，前厅商议如何搭救倪秀才。（下）

【宋万、尹金莲、李幺妹随下。

| 二　卒 | 新房没有用，撤了。 |

【二卒撤去火盆、红烛及床铺。下。

第八场　临危解危

【众官兵杀气腾腾冲上，列队。

【倪俊叫着"冤枉"，身着囚衣、背插罪标被刀斧手押上。

倪　　俊	（唱）秀才郎变成了江洋大盗，
	守法者只落得头插罪标。
	我只说隐名姓安贫乐道，
	又谁知狗官府不将我饶。
	我呼苍天——朵朵白云却在笑，
	它笑我自作自受在今朝。
	我叫后土——滚滚红尘怒火冒，
	它怒我腐朽之材不可雕。
	事至此远望伏牛高声叫，（插白）袁表兄！
	快，快，快救小弟命一条。

【袁龙戴假须，扮王国舅牙将，手执令箭冲上。

袁　　龙	（向侧幕内）县令听着。今有王国舅令箭到来，外附书信一封，请太爷照书行事，不得有误。
官　　兵	喳！（接过令箭与书信送入侧幕后，返场）太爷令下。今有国舅大人手谕，特准国舅家丁家将护送尹小姐生祭凶犯倪俊。尔等各自退后十步，背身而立，不可窥视，不可喧哗，违令者重责。

【众官兵齐背过身去。

袁　　龙	有请尹小姐。

【山寨兵卒拥尹金莲与李幺妹上。
【兵卒们一个个与官兵背靠背而立。

尹金莲	（一见倪俊，悲痛万分）倪郎……
倪　　俊	你你你，你是谁？
尹金莲	我是尹金莲。
倪　　俊	（悲）哎呀，小姐，我贤德的……妻呀……
李幺妹	（旁白）磨子上睡觉，他想"转"了。
倪　　俊	（唱）我叫，叫叫叫叫一声金莲小姐，
	我哭，哭哭哭哭一声贤德的妻。

		倪俊不才，
		累及小姐，
		受屈遭灾。
		今生今世情义在，
		来生来世再重来。
李幺妹	（旁白）重来不得啰。	
袁　龙	（忍俊不禁）哈……（忙住口摇头）	
倪　俊	（唱）见将军心存怜悯把头摆，	
		我何不求他放雀把笼开。
		将军啊，你何必助纣为虐把小姐害，
		放了她，我的阴灵保佑你，征战疆场不受灾。
		哎呀呀，临终语和泪诉把人哭坏，
		怪只怪，都怪倪俊呆秀才。
		千不该来万不该，不该，不该……唉，
		再说不该也悔不转来。

【张千、李万上。

|张　千|（念）今天秀才命除脱，|
|李　万|（念）拿起箱箱装脑壳。|

【二人站在旁边。

|官　兵|时辰已到，起鼓开刀。|

【炮响。刀斧手举刀，被袁龙杀死。

【袁龙扔掉假须。张千、李万大惊。

|张、李|啊，你是袁……|

【袁龙举刀杀死张千、李万。

【官兵闻声欲动，已被寨卒缴械，押下。

【杀声四起，袁龙登高一望。

【李幺妹扶起倪俊。

|倪　俊|（拉住李幺妹）尹小姐，倪俊阴魂不散，前来看你来了……|

李幺妹　　你变了鬼还要认错人哪？（推他过去）那才是你的尹小姐。
尹金莲　　秀才，袁表兄将你救下了。
　　【宋万上。
宋　万　　参见大哥。我们已杀了狗官，战退官兵，请大哥速速回山。
袁　龙　　贤弟，我们要回山去了。你呢？
倪　俊　　我，我……子曰："吾从众。"（跺脚举臂高呼）上山！

——剧终
1961 年创作
1962 年首演

 "其乐斋"品戏

1961年,徐棻和羽军将传统弹戏《小富贵图》改编为《秀才外传》。

《小富贵图》说的是,只要你谨遵封建礼法,你就可逢凶化吉、人神共助。最终金榜题名、娶妻纳妾、双喜临门。

《秀才外传》反其道而行之,大力揭露封建礼法的虚伪与残酷,以及它对人性的异化和扭曲。让观众看见:谨遵封建礼法是一条死路。

此剧是一出地道的喜剧。在保留传统戏曲"一桌二椅、白光照明"的演出方式中,充分利用戏曲艺术的"时空自由",创造了"一台两空间"甚至"一台数空间"的表现手法,让这个地道的传统戏具有了不一般的艺术魅力,散发出耀眼的现代光辉。

戏曲中,川剧小生的表演向来独树一帜,尤以表现秀才的"穷酸"和"迂腐"最具特色。这一点在此剧的主人公倪俊身上,有着十分突出的表现。如"借银赠银""出狱返狱""相逢不逢"等场次,读剧本都会令人哑然失笑。

1963 年单行本封面

1963 年手工钢板刻印剧本

1991 年手工钢板刻印剧本

1964 年手工钢板刻印剧本

徐棻戏剧代表作

自在飞花 下

徐棻 著

中国戏剧出版社
CHINA THEATRE PRESS

目录

序一　致敬徐棻先生 …………… 陈　彦　001
序二　一代风流　川剧大家 ………… 朱丹枫　005

·上·

死水微澜 ………………………………… 001

欲海狂潮 ………………………………… 049

王熙凤 …………………………………… 087

田姐与庄周 ……………………………… 127

马前泼水 ………………………………… 163

红梅记 …………………………………… 207

卓文君 …………………………………… 243

秀才外传 ………………………………… 273

· 下 ·

尘埃落定	319
目连之母	369
红楼惊梦	407
燕　燕	447
花自飘零水自流	491
马克白夫人	531
辛亥潮	547
死去活来	595
后　记	646

尘埃落定

（根据阿来同名小说改编）

时间：1946—1952 年
地点：康巴地区、麦其土司的官寨内外

人　物

傻　子	麦其土司的小儿子
卓　玛	麦其家的女奴
塔　娜	茸贡土司的女儿
	（卓玛与塔娜由一人兼演）
哥　哥	麦其土司的长子，傻子同父异母的哥哥
土　司	麦其土司
太　太	土司的二太太，傻子的母亲
央　宗	土司的三太太
特派员	汉族，政府官员
老管家	土司的管家
茸　贡	女土司，塔娜的母亲
复仇人	汪波土司的儿子
行刑人	麦其家的奴隶
群角兼演	行刑人、男女奴隶、男女奴隶士兵、汉人士兵及喇嘛等

【幕在合唱中缓缓启动，可看见一群转经的奴隶。

幕后唱　　　啊……古老的康巴高原，

　　　　　　土司和奴隶代代相传。

　　　　　　寨墙隔断了人们的视线，

　　　　　　只有一个傻子——看到了明天。

【幕全开。管家叫着"老爷"跑上。

管　家　（向内）老爷，老爷，大少爷回来了。

【麦其土司上。太太和傻子跟上。哥哥从另一方上。

哥　哥　阿爸！我们打赢了！（举哈达献与土司）阿爸！这一仗得胜利——

帮　腔　　全靠阿爸！

哥　哥　（唱）我遵命，已杀掉汪波全家。

　　　　　　汪波的奴隶——已是我麦其的牛马，

　　　　　　汪波的土地——要生长麦其的庄稼。

土　司　（唱）灭汪波，我麦其从此为大，

　　　　　　看谁敢再对我——

帮　腔　　咧嘴龇牙！

土　司　这一仗，有多少俘虏？

哥　哥　七八十个！

傻　子　（吃惊）那么多！

哥　哥　（向内）把俘虏押过来！

【士兵们押俘虏上。傻子近前张望。

哥　哥　阿爸，这些俘虏，怎样处置？

土　司　杀！

哥　哥　全都杀？

土　司　都杀！我要让远远近近的奴隶都知道，以后再和我麦其家打仗，谁敢替他主子卖命，被我抓住就不得活！

哥　哥　好主意！都砍头吗？

土　司	砍头太费事。都枪毙！
哥　哥	好。让我用这些活靶子练练枪法！（拔枪）
傻　子	哥！（冲过来拦住）不能杀死他们！
哥　哥	有什么不能？土司要哪个死，哪个就要死。
傻　子	（奔向土司）阿爸！七八十个人哪！
土　司	他们是奴隶！奴隶算不得人！连这个也不懂，真是个傻子！
哥　哥	阿爸，我看该让傻子去收拾俘虏。用枪——练练他的胆子（把枪塞到傻子手中）。拿去！
傻　子	我不要！我不要这个杀人的东西！（把枪丢回）
哥　哥	阿爸你看，傻子哪像我麦其家的男人！
土　司	你以为，麦其家再多一个会杀人、会打仗的男人——更好吗？
哥　哥	（有所悟）啊……
太　太	（故意风凉）大少爷，你要是希望我的儿子会杀人、会打仗，我就叫人教他！
哥　哥	啊，不不，不……
土　司	（对哥哥不满）哼！（拂袖而去）
	【土司下。太太、管家跟下。
哥　哥	傻子，哥哥我明白了：你不是土司的继承人，胆小怕事、傻里吧唧没关系。麦其家，只要有阿爸和我两个男子汉，就够了。
	【哥哥举枪点射。俘虏们一个个倒下。鲜血喷到寨墙上。
	【傻子惊恐抱头，蹲到地上。哥哥下，枪声停。
	【傻子起身，向天空寻看，突然害怕起来。
傻　子	（唱）我在哪里？ 　　　我是谁？
	【卓玛上。
卓　玛	（叫着）小少爷……小少爷……（向观众，自语）我叫卓玛，

	是伺候小少爷的奴隶。(看见)傻子,人家都回去了,你怎么还在这里?
傻　子	卓玛,俘房们都被杀了。七八十个人哪,都杀了。我听说,人死了灵魂可以升天。可是我看呀看呀,看不见升天的灵魂,却看见官寨——坍塌了!
卓　玛	(惊骇)官寨坍塌了?!
傻　子	你说这是为什么?
帮　腔	为什么?
傻　子	(唱)为什么,不见灵魂升天去?
	难道说,他们已经下地狱?
	为什么,俘房都要被枪毙?
	难道说,只因他们是奴隶?
	为什么,会见官寨倒下地?
	难道说,作恶的报应在旦夕?
	为什么、为什么、为什么……
帮　腔	太多太多想不清的问题。
卓　玛	想不清就不要想了。(拉着傻子,边走边说)这些事,老人们也想不清楚。你小小年纪,想它做什么。跟我回去。(拉着傻子下)
	【切光。台前左侧出现定点光,其中站着全身裹黑的复仇人。
复仇人	(面向观众高叫)麦其土司!麦其土司!
	【台前右侧出现定点光,其中站着麦其土司。
土　司	(面向观众)何人叫我?
复仇人	土司老爷,请脱下你的帽子,让我看清楚你的样子。
土　司	你是何人?
复仇人	我是被你杀了全家的、汪波土司的儿子。
土　司	原来,你小子漏网了。
复仇人	这是上天的旨意:上天要我活着。你害怕了吧?

土　司	笑话！你不过想报仇嘛。可是，你杀得了我吗？
复仇人	等着瞧！只是我不愿错杀了别人。如果你有胆量，就让我把你看个清楚。
土　司	好小子，我就让你看个清楚。（脱帽）
复仇人	看清了。多谢了！
土　司	要是你小子还没能报仇，我就死了呢？
复仇人	你死了还有儿子、孙子。哪个是麦其土司，哪个就是我的仇人。
土　司	好。麦其家的男人等着你！

【定点光灭。土司与复仇人隐去。内传管家声："特派员到！"

【全台灯亮。特派员上。管家跟上侍立。

特派员	（面向观众，念）代表康巴政府，
	管理土司事务。
	不管说啥做啥，
	自己心中有数。

【土司从另一方上。哥哥、太太跟上。土司向特派员致意。

土　司	哈哈哈！特派员，我能打败汪波土司，全靠你卖与我的洋枪洋炮。
特派员	那些洋枪洋炮，是从投降的日本鬼子那里缴获的，是当今最好的武器！
土　司	所以我就打赢了。你说，我麦其该如何感谢你？你是要银子，要珠宝，还是要女人？
特派员	感谢嘛，先不忙。我还有礼物送给你。（向幕内）抬过来。

【两汉人士兵抬一麻袋到台前放下，解开袋上的绳子，退后。

特派员	（向在场人）你们都看看，麻袋里装的什么。

【土司、哥哥与太太上前，从口袋里捞出点东西各自细看。

【管家也跟去，站在后面伸着头往口袋里看。

【卓玛推着傻子上。

自在飞花

卓　玛	（小声）快过去！那是特派员的礼物，看看是什么东西。
傻　子	（好奇）礼物？嘿嘿。礼物。（过去捞出点东西，退到一边给卓玛看）卓玛，你看这是什么？（和卓玛一起看）
哥　哥	（把东西丢进口袋）我不知道它是什么。（向太太）你知道吗？
太　太	我也不知道。
哥　哥	（向管家）老管家，你知道吗？
管　家	（忙赔笑后退）不，不知道，不知道。
卓　玛	（小声向傻子）说，是银子！银子！
傻　子	（不假思索，回头大声）是银子！
哥　哥	哼！这东西是银子，那地上的泥沙，岂不成了金子？真是个傻子！
太　太	（埋怨）傻子！叫你少说话，少说话！你不怕出丑，我还嫌丢人呢！
特派员	（指着傻子）这位是——
太　太	请特派员不要见怪。这是我的儿子，他生下来就是一个傻子。
特派员	哦？也许他并不傻。诸位，这麻袋里的东西，就是银子。
卓　玛	（大声）小少爷说对了！小少爷说对了！
土　司	（掂着手里的东西）傻子，你为啥说这东西是银子？
傻　子	卓玛说是银子。
土　司	（把东西丢进口袋）卓玛，你为什么说是银子？
卓　玛	（慌乱地）我，我是说，特派员带来的东西，必定，珍贵。珍贵的东西就，就可以……（拉傻子的衣服）
傻　子	换银子，换银子。
特派员	小少爷说得不错。这些东西，本不是银子。但是，它可以换来很多很多的银子。 （唱）麻袋里，罂粟种子一颗颗， 　　　　撒下地，结出果子一坡坡。

	把果浆，熬成鸦片一坨坨，
	就能够，换来银子多多多。
土　司	（唱）罂粟我也听说过，
	还听说，汉人和洋人，
	曾经为它起风波。
	官府不许卖鸦片——
帮　腔	送我种子又为何？
特派员	官府是不许卖鸦片。不过，各地情况不同嘛。本特派员把它作为礼物送与你，你还有什么不放心的吗？
土　司	我哪有不放心的！感谢还来不及呢。（叫）管家！
管　家	（恭应）哦呀。
土　司	我家有的是粮食。今年，我们的土地就不种粮食，全部种上罂粟！
管　家	（恭应）哦呀。
土　司	特派员，喝酒去。请。

【特派员走。土司随后。哥哥理所当然地跟着。

特派员	（突然停步转身）小少爷，你也来呀。

【傻子没反应过来，一动不动。

土　司	傻子，特派员叫你，你就来吧。

【卓玛连忙推傻子一把。傻子一个跟跄向前撞到哥哥，自己差点跌倒。

土　司	（忙将傻子拉住）小心点！你傻得连路也不会走了吗？

【特派员、土司和傻子下。太太跟着。管家指示汉兵抬麻袋下。

【哥哥不满地跟去。但是他突然停步，转身走向卓玛。

哥　哥	卓玛！老爷们说话你竟敢插嘴！（一个耳光扇去）以后再敢多嘴，我割掉你的舌头！（下）
太　太	（见状折回）卓玛，大少爷打你，知道为什么吗？

自在飞花

卓　玛	（躬身）不知道……
太　太	你呀！
	（念）傻子傻，你就让他傻，
帮　腔	不必用心去教他。
太　太	（唱）倘若他变得聪明了，
	犹恐碧血染黄沙。（夹白）懂了吗？（下）
卓　玛	（唱）听了太太几句话，
	才知卓玛做事差。
	土司家里两少爷，
	只需要，一人继位做当家。
	他们希望小少爷傻，希望小少爷傻，
	（白）免得兄弟相争斗——
帮　腔	碧血染黄沙。

【卓玛下。灯光渐暗。

【传来傻子的声音："我梦见了，我梦见了……"

【追光中，傻子用被子蒙着头，跑上。

傻　子	我梦见了，我梦见了……
幕后唱	官寨倒地！官寨倒地！
傻　子	（唱）我也变了，尘埃一粒。
	太恐惧！
	我的周围——
帮　腔	一片废墟。
傻　子	（叫）卓玛，卓玛……
卓　玛	（应声）来了来了。（进入追光）傻子，你怎么又去睡了？
傻　子	我害怕！我以为睡着了就好了。可是，我睡着了又梦见了！
卓　玛	梦见什么？
傻　子	官寨坍塌了！
卓　玛	（捂住他的嘴，左右一看，小声）莫乱说！你不是土司的继承

人，不要想官寨的事！（拿下傻子的被子丢开，一边说）地里的罂粟都开花了。走。跟我去看罂粟花。

【满台灯亮。遍地罂粟花鲜艳夺目。

卓　玛　　傻子你看，罂粟花！好不好看？

傻　子　　（惊异）好，好看……好看……

卓　玛　　好看你就好好看。我怎么看也看不够哩！（自去看花）

傻　子　　（惊疑地后退）这花，好看得，让人害，害怕……

帮　腔　　　　怪事物，藏灾祸，
　　　　　　　曾有喇嘛如此说。

傻　子　　（唱）罂粟花，令我恐惧，
　　　　　　　恐惧中，偏感诱惑。

帮　腔　　　　那诱惑会是什么？

卓　玛　　（拿着一束罂粟花）傻子，好不好看？好不好看？

傻　子　　（唱）忽看见——
　　　　　　　卓玛的脸儿像开放的花朵，
　　　　　　　卓玛的眼睛像明星在闪烁。
　　　　　　　卓玛的腰身像柔软的绸缎，
　　　　　　　卓玛的神情像鸟儿般活泼。
　　　　　　　突然间——
　　　　　　　腹内烘烘地热着，
　　　　　　　心里酥酥地痒着，
　　　　　　　脚下轻轻地飘着，
　　　　　　　浑身滚烫——浑身滚烫似火灼。

傻　子　　（叫）卓玛！（奔去抓起她的手臂）我想咬你！（咬）

卓　玛　　（呼痛）哎哟！（将傻子推开）你在做啥哟！

傻　子　　我要像酥油融化在奶茶里！我要像酥油融化在奶茶里！（跪下，抱住卓玛）

幕后唱　　　　啊……

【卓玛捧起傻子的脸看着。

卓 玛　（唱）原来傻子已长大，
　　　　　　他要像酥油融进奶茶。（慢慢拉起傻子）
　　　　　　让我们在春光里融化，
　　　　　　记住你满十六，
　　　　　　卓玛我——

帮 腔　　　正十八。

【卓玛和傻子相拥着走向花海深处。哥哥上。

哥 哥　（向观众）虽然我的弟弟是傻子，我不必担心他和我争当继承人。但是，我没有阿妈。而傻子却有阿妈的帮助，我不得不多加小心。所以，我给阿爸找了个漂亮的女人。一来，我讨了阿爸的欢心；二来，这个女人可以帮我；三来，让傻子的妈失去阿爸的宠爱。这就是汉人说的：一箭三雕！（幕后传来笑声）是阿爸和那个女人来了！我该把这个调情的好地方让给他们。（下）

【央宗与土司上，调情。太太上，窥视。土司拥央宗下。太太怒。

太 太　（发脾气乱叫）管家管家！傻子傻子！管家管家！

【管家跑上。傻子从另一边懒懒地上，远远站着。

太 太　（冲到管家面前）给我枪！（接过枪）你去把她杀了！（递枪）
管 家　哦呀。（掰开枪栓就走，忽止步回身）太太，你要我杀哪个？
太 太　杀那个——要夺走我丈夫的女人！
管 家　央宗！（惊慌）太太，我不敢，我不敢……
太 太　（冲上前，怒吼）去，还是不去？！
傻 子　（大声）阿妈！（跑过来）阿妈！阿爸喜欢那个女人，老管家怎敢杀她？（拿过枪）我帮你杀。
太 太　你敢杀？
傻 子　我？（自问）我敢不敢杀？（拿着枪乱走，自语）我敢不敢

	杀？我敢不敢杀？（抬手向土司那边高处："砰"）
土　司	（在内）谁在打枪？！
	【奴隶士兵们端枪奔出，四面搜索，满台乱跑。
土　司	（奔上，号叫）搜！仔细给我搜！定是汪波家那个龟儿子！他想报仇！仔细搜……
傻　子	阿爸！阿爸！（大叫）不要搜了。是我在打枪。
土　司	你在打枪？我没听说过你会打枪。
傻　子	（抬起手里的枪）你看，是我在打枪。（乱放一枪："砰"）
土　司	（大怒）你差点打死我！你这个傻瓜！（冲过去要打他，忽停住）你为什么打枪？为什么朝我那里打枪？！
傻　子	那个女人要把你抢走。阿妈叫我杀了她。
太　太	你胡说！是你玩枪走火！（向土司）你不能相信一个傻子的话！
土　司	我倒情愿相信一个傻子的话，也不愿相信聪明人的话。（叫）央宗，你出来。
	【央宗怯生生地出来。
土　司	从今天起，央宗就是我的三太太，住进我的官寨中。我看哪个敢杀她！
	【土司揽着央宗故作亲热地走下。士兵们退下。
太　太	（用手指戳傻子的额头，怒骂）你这个傻子！你这个傻子！你这个傻子！
	【傻子退到管家身后躲着。太太怒下。
管　家	小少爷。你救了一条命，也替我解了围。（从傻子手里拿过枪）你是个可爱的傻子。（下）
傻　子	（迷茫自语）我是个傻子……我生下来就是一个傻子……我是个大家都讨厌的……傻，子……（颓然落座）
	【灯光转暗。卓玛上。
卓　玛	（对观众说）傻子又在胡思乱想了。（去挨着傻子坐下）傻子，

自在飞花

傻　子　　今天我做了你的女人。以后，你有什么事就对我说，好吗？
　　　　　（悲伤地）卓玛。除了你不讨厌我，所有的人都讨厌我，连阿妈也讨厌我。我是个傻子！

卓　玛　　你不傻！你一点儿也不傻！

傻　子　　可是，所有的人都叫我傻子！你也叫我傻子。

卓　玛　　我叫你傻子，是和你亲热呀。要是你不喜欢……

傻　子　　不。我喜欢你叫我傻子。可是，我不喜欢别人叫我傻子。

卓　玛　　别人要叫，就让他叫，只要你真的不傻。

傻　子　　可是我，我真的不傻吗？

卓　玛　　不傻不傻。只不过你呀——

帮　腔　　　　爱想事。

卓　玛　　（唱）望着天——

傻　子　　（唱）我想天上的事。

卓　玛　　（唱）望着地——

傻　子　　（唱）我想地上的事。

卓　玛　　（唱）望着人——

傻　子　　（唱）我想人间的事。

卓　玛　　（唱）望着将来——

傻　子　　（唱）我想将来的事。

卓　玛　　（唱）你想着别人不想的事，（夹白）别人就说你——
　　　　　　　　说的傻话做的傻事。

傻　子　　（唱）听你说了我的傻，
　　　　　　　　再不怕人说我傻。
　　　　　　　　你能懂得我的傻，
　　　　　　　　看来你也有点傻。
　　　　　（笑指卓玛）傻子！傻子！傻子！

卓　玛　　哈哈哈哈。两个傻子！进屋去吧。

傻　子　　我不想进屋！我不想看见那些人。（坐下）

| 卓 玛 | 好好好。我陪你在这里坐一会儿。
| | 【卓玛坐下，傻子依偎在卓玛的怀中。卓玛轻轻地拍着他。
| | 【哥哥手里玩弄着马鞭，慢步上。
| 哥 哥 | （远远望着他们，向观众）你看这一对儿！这就是后妈偏心，把麦其家最美的女奴，给了她的傻儿子。可是，一个傻子凭什么得到最美的女奴？最美的女奴，只能由我这个未来的土司享用。（叫）卓玛。过来过来！
| 卓 玛 | 啊，大少爷。（赶忙放下傻子，起身上前，施礼）
| 哥 哥 | 傻子睡了。你这会没事，跟我去耍一会儿。
| 卓 玛 | 大少爷。我不能跟你去。我是你弟弟的女人。
| 哥 哥 | 啊？你是傻子的女人？哈哈哈哈！
| | （唱）他像弟，你像姐，
| | 　　　他像儿子你像妈。
| | 　　　他是个，没有炒熟的青稞籽，
| | 　　　他是个，少了酥油的烂糌粑。
| | 　　　他不懂，床上嬉戏摸爬滚打，
| | 　　　他不懂，野外调情扑跌擒拿。
| | 　　　我才是，真正的男子汉，
| | 　　　有了我——
| 帮 腔 | 你就不会再要他。（动手动脚）
| 卓 玛 | （避开，叫）小少爷！小少爷！
| 哥 哥 | （笑）傻子傻睡，叫不醒！（笑着去抓卓玛，几次抓不着，恼羞成怒）你敢抗拒未来的土司？！
| | 【哥哥用马鞭打卓玛。卓玛躬身挨打，一声不响。
| | 【傻子醒，见状大惊，冲过去用自己的背为卓玛抵挡马鞭。
| 哥 哥 | （住手）咦！傻子，难道你对女人也有兴趣？
| 傻 子 | （背着身子回头）啥叫兴趣？
| 哥 哥 | 哈！（旁白）连兴趣也不懂。（转）我问你，你为啥要替卓玛

挨打？

傻　子　（大叫）我喜欢卓玛！

卓　玛　（感动）小少爷……

哥　哥　好。好。要是你受得了我十鞭子，我就不要你的卓玛。（给他一鞭，笑问）痛不痛？

傻　子　（叫）不痛！

哥　哥　（再打一鞭）痛不痛？

傻　子　（大叫）不痛！

卓　玛　（忙替傻子遮挡）大少爷！你不能打他！他是你的弟弟！

哥　哥　弟弟？哼！一旦阿爸死了，他和他的阿妈都要在我的手下讨饭吃。傻子，我劝你不要得罪我这个未来的土司！

傻　子　（大叫）你现在还不是土司！（弯腰向哥哥一头撞去）

哥　哥　（冷不防差点摔倒）你讨打呀？！（举鞭）

【管家叫着"大少爷"奔上，插入哥哥与傻子之间。

管　家　大少爷，大少爷，老爷请你议事。

哥　哥　天都黑了，议什么事？

管　家　明天特派员要来。

哥　哥　（自语）这个特派员，又来做什么？（转）傻子你等着！等我有空再来收拾你！（下）

管　家　卓玛，太太叫你。快去。

【卓玛下。

管　家　小少爷，以后对你哥哥，要让着点、忍着点。你和他斗气要吃大亏。他是未来的土司！（下）

傻　子　（自语）他是未来的土司……（面向观众，自语）他跟阿爸一样，会杀人、会打仗。他是未来的土司……

【复仇人上，溜到傻子身后，突然举刀。

傻　子　你来了？

复仇人　（倒退一步，仔细看看）你是——傻子？

傻　子	（仍面向观众，一动不动）我知道你会来。我看见过你在我家的官寨中。我看见你把我杀了，把麦其家的人都杀了，就像我的阿爸和哥哥杀了你的全家一样。你想杀我，就动手吧。
复仇人	你——没有罪。（收刀，下）
傻　子	（起身慢步，喃喃自语）我以为我要死了。我看见过我死了，看见麦其家的人都死了……许多的人都死了，死了……（下）

【切光。传来管家的呼叫："特派员到，歌舞迎接。"

【全台灯亮。女奴们跑上，歌舞。

众　唱	罂粟结了果，啊啰啰啰。
	果肥浆也多，啊啰啰啰。
	熬成鸦片换银子，
	土司老爷好快乐。老爷好快乐！

（吼）巴扎嘿！

【特派员与土司上。女奴们躬身施礼，站队侍立。

【哥哥、太太、央宗上。

【几个汉兵抬三口大箱子上，在台前放成一排，打开箱盖。

土　司	特派员。你是我麦其家的福星。今天，又给我带来什么？
特派员	这里有，一万三千两银子。收购你，全部的鸦片膏子。

【两个太太和哥哥惊喜，呼叫："一万三千两银子！"他们奔去箱子前，拿银子，在箱子上下载歌载舞。

三　人	（半唱半讲）白花花的银子，
	抠痒我的心子，
	扯出我的肠子，
	抓痛我的肝子，
	钻进我的肚子，
	弄昏我的脑子，
	完全成了瞎子，
	而且是个聋子，

	只要看见银子，
	我也变了傻子。
	我也变了——
帮　腔	变成了傻子！
特派员	麦其土司，我们成交了吗？
土　司	成交了。成交了。
土　司	今天我才知道，特派员你——原来是个很有钱的人！
特派员	误会了。这些银子不是我的，是政府的。
土　司	政府？政府买那么多鸦片做什么？
特派员	这个，我们汉人的事，说多了你也不明白。总之，政府拿这些鸦片，也是去换钱。
土　司	难道政府还缺钱？
特派员	要打仗，就缺钱。政府打败了日本人，如今要打红汉人了。
土　司	啥叫红汉人？他们的脸是红的吗？
特派员	他们的脸倒不是红的。他们的心是红的。
土　司	难道你们的心不是红的？（猛知不妥）不不不，我是说……
特派员	不要说了。红汉人的事，你弄不清楚，还是叫人收割罂粟要紧。务必在雷雨天到来之前，收割完毕。
土　司	只管放心！（到台前正中，面向观众高声）大家听着！都去收割罂粟。最卖力的那个人，我将让他成为自由人。

【众声内应："哦呀。"土司与众人下。

【奴隶们上。卓玛转经。奴隶们"磕长头"。

女声独唱	"啊……啊……"
	扎西德勒，啊，扎西德勒——
	神在祝福你。
	你想得自由，
	你肯多卖力。
	扎西德勒，啊，扎西德勒——

　　　　　　神在祝福你。

　　　　　　你想得自由，

　　　　　　你肯多卖力。

　　　　　　多卖力，多卖力，多卖力……

【灯光渐暗。磕长头的奴隶们隐去。

【二太太在追光中快步上，叫着："老爷，老爷……"

【另一束追光照土司上。

土　司　　大呼小叫做什么？

帮　腔　　　情况不妙，情况不妙。

太　太　　（唱）消息传来心内焦。

　　　　　　罂粟的种子，你卖出不少，

　　　　　　让别人也种罂粟——自把祸招。

　　　　　　鸦片多了，不值钱了，

　　　　　　万儿八千的银子，

　　　　　　再去哪里捞？！

　　　　　晓不晓得？鸦片跌价了！跌价了！

土　司　　哈哈哈哈！原在我意料之中。管家！

管　家　　（应声上）老爷。

土　司　　把三太太、大少爷、小少爷请来议事。

管　家　　（面向观众，叫）老爷请三太太、大少爷、小少爷议事。

【全台灯亮。央宗、哥哥同上。傻子上。卓玛跟上。众人落座。

土　司　　这两年，我家种罂粟熬鸦片，赚了许多银子。今年，我们是继续种罂粟，还是改种粮食？你们说。

太　太　　嗨！鸦片虽然跌了价，还是赚钱的东西。我家又不缺粮食，当然还是种罂粟！（向央宗）你说呢？

央　宗　　二太太你说种罂粟嘛，那就种罂粟嘛。（转）大少爷，你说呢？

哥　哥	我……我听阿爸的。（讨好）阿爸你的意思……
土　司	先说说你的意思。
哥　哥	我说，我说还是种罂粟。
土　司	傻子，你说呢？
太　太	他是个傻子，问他做什么？
土　司	我就是要问他。傻子你说。
卓　玛	（向他低声）跟着大家说，种罂粟。
傻　子	（似乎在想）我，我……
卓　玛	（小声）跟着大家说，种罂粟。种罂粟。
傻　子	我……我说，种粮食。
众	什么？
傻　子	（豁出去了）种——粮——食！

【哥哥大笑："哈哈哈哈。"央宗捂嘴笑："咕咕咕咕。"

太　太	（向土司）叫你不要问他，你偏要问他。明知他是个傻子，何必要他出丑！
土　司	（不理会众人）傻子，为什么说种粮食？
傻　子	（不自信地）说种粮食，错了吗？
土　司	为什么要说种粮食？
傻　子	我想……（不自信）我想……（回头看看卓玛）
土　司	（厉声）想些什么，你说！
傻　子	（胆怯地试探着）说种粮食……错了吗？
土　司	是不是卓玛叫你说的？
哥　哥	不是卓玛还有哪个？卓玛，我要割掉你的舌头！
央　宗	卓玛，汉人有句话，叫"祸从口出"！
太　太	卓玛，叫你伺候傻子，你也变傻啦？居然叫他说种粮食！
傻　子	（惶恐）是不是我错了？
太　太	你还以为你对了吗？！
土　司	卓玛，是你叫傻子说种粮食的吗？

卓　玛	（不知怎么回答才好）我，我，我是，是……
傻　子	（连忙）不是她说的！
土　司	不是她，你能说出种粮食？
太　太	老爷，你这话是什么意思？
土　司	我的意思就是：种——粮——食！
三　人	啊？！
傻　子	（大喜）说对了！（拉住卓玛，雀跃）就该种粮食！就该种粮食！
土　司	（斜视着傻子与卓玛）哼！
帮　腔	他二人言语间彼此遮掩， 　　主非主奴非奴让人心烦。
土　司	（旁唱）傻子呆憨，卓玛有主见， 　　　　这便是麦其家——隐藏的祸端。 　　　　为他两弟兄，相安能久远， 　　　　聪明的女奴万不能——
帮　腔	留在傻子身边！
土　司	卓玛，不用你伺候傻子了。到官寨外去做苦力奴。
傻　子	阿爸！为什么赶走卓玛？
土　司	不管为什么。我想赶她走，就要赶她走。
傻　子	我说种粮食，不关她的事！
土　司	关不关她的事，我要赶她走，她就要走！
傻　子	阿爸不讲理！
土　司	什么叫理？土司就是理！土司的话，不能更改！土司的话，谁也不能不听！
傻　子	那，那那那，那我就要……
土　司	你要做啥？你要做啥？
傻　子	我，我，我就要—— （唱）当土司！

众	（惊）啊？！
哥　哥	傻子！你想造反？
傻　子	我不想造反，我只想当土司！
哥　哥	想当土司就是想造反！（往前冲想去打傻子）
土　司	（大喝）站住！（上前）傻子，你想当土司，是你阿妈教你的吗？
傻　子	没有人教我。你要卓玛做苦力，我就要当土司！我就要当土司！
土　司	放肆！（一个耳光扇去）
太　太	（忙护着傻子）他是个傻子！他的话你不能当真！他是个傻子！
土　司	傻子也不能说这种话！
哥　哥	说这种话的人就该死！傻子说这种话，不死也该用鞭子抽，好让他晓得厉害！
卓　玛	（伏地）老爷！我愿意去做苦力奴。我愿意去做苦力奴。
土　司	你马上给我——走！（下）

【众跟下。

傻　子	（叫）卓玛……
幕后男声独唱	舍不得你呀！
幕后女声独唱	舍不得你！
幕后男女声二重唱	从此思念无尽期。
卓　玛	（唱）你是官寨的王子，
	我是官寨的蝼蚁。
	你为我挨打受骂、伤心落泪，
	我知足、我欣慰、我满怀感激。
	只恨我命运不济，
	娘胎里就成定局。
	奴隶、土司，土司、奴隶，

		身份差天壤,一样都世袭。(痛哭)
傻　子	(唱)	心痛如刀绞,欲言却无语,
		血泪腹中淌,点点复滴滴。
		卓玛啊,我求神灵保佑你,(面对观众跪下)
		熬得住,冰冻霜打风雪欺。(闭目祈祷)
卓　玛	(唱)	风雪冰霜我不惧,
		怕只怕,你孤独愤懑度朝夕。
		担心你,满腹话儿没个知己。
		担心你,多忧多虑惶恐惊疑。
		担心你,恼怒之间用事意气。
		担心你,直肠坦露受害受欺。
		傻子呀,
		人前千万少言语,
		要说就说假或虚。
		藏起真情和实意,
		莫与你哥哥比高低。
		为了平安地活下去,
		想当土司的话儿——
帮　腔		永远莫再提,永远莫再提,永远莫再提……

【卓玛在帮腔中向后退去,下。

傻　子	(念)	这念头——挥之不去,挥之不去,挥之不去!
		从不像今天这样——想当土司!想当土司!
		为卓玛,为奴隶,为他们成为自由人。
	(仰天呐喊)	天上的神啊——
	(唱)	请让我当土司!

【复仇人出现。

复仇人	傻子,你不要当土司。
傻　子	为什么?

复仇人	你当了土司,我就会杀了你。
傻　子	那就等我当了土司,你再来杀我。
复仇人	好。只要你能当上土司。
傻　子	我一定会当上土司!我一定会当上土司!

【切光。二人隐去。

【传来土司的声音(念):"土司们,种了罂粟缺了粮……"

【全台灯亮。土司欢快地上。

土　司　（唱）风调雨顺的年月,闹起粮荒。
　　　　　　饥饿的奴隶,在田野游荡,
　　　　　　把天上飞的、地上爬的、大的小的、软的硬的、死的活的都吃光。
　　　　　　自古来,千金难买荒年粮,
　　　　　　粮食的力量胜刀枪。
　　　　　　趁此刻,我权力增强、地盘扩张,
　　　　　　做一个,皇帝般的土司王。

【四奴隶相继上场报事。

奴隶甲　　老爷,拉雪巴土司求见!
奴隶乙　　老爷,嘎拉多土司求见!
奴隶丙　　老爷,雪吉土司求见!
奴隶丁　　老爷,茸贡土司求见!

【四奴隶下。管家上。

管　家　　老爷,官寨外来了许多土司,他们要求见你,想跟你借粮食。
土　司　　知道了。请太太们和少爷们出来。
管　家　　哦呀。(面向观众,叫)老爷有请二太太、三太太、大少爷、小少爷。

【众人上。傻子懒懒地跟出。

土　司　　听着!今年我心里高兴,决定带你们到成都去耍。

【众人高兴:"嗨呀,到成都去耍……"只有傻子没有反应。

太　太	傻子傻子，你听见没有？你也可以到成都去耍了！
土　司	不。傻子不去。傻子留下来看家。
太　太	你疯了！怎么让一个傻子看家？
土　司	那么多土司来借粮，看家的事情不好办。只有傻子看家，别人拿他不好办！傻子，有老管家帮你。你只需记住一件事：对那些借粮的土司，叫他们用奴隶或者用土地来交换。
太　太	他一个傻子哪懂得这些。万一做错了……
土　司	错了就错了。错了，别人也莫奈何，他不过是个傻子。我们走。

【土司下。三太太与哥哥跟下。太太看看傻子，叹气，下。
【傻子木呆呆地站着。

管　家	（恭送众人走去，转身望望傻子，慢慢上前）小少爷。借粮的土司们在官寨外等着，见不见？
傻　子	（懒懒地）我不见。你见。
管　家	小少爷。官寨外，有许多乞食的饥民，该怎样打发？
傻　子	怎会有许多饥民？
管　家	这些年，土司们只顾种罂粟、卖鸦片、赚钱，弄得没有粮食了。现在正是青黄不接的时候，除了我们家有饭吃外，别人家都在饿肚子。已经饿死了许多人。
傻　子	啊？饿死了许多人！
帮　腔	一言惊魂魄！ 　　见死不救太作孽。
傻　子	（唱）似看见，尸横遍野。 　　　似听见，儿啼母呜咽。 　　　栽种罂粟，实在缺德， 　　　人造饥荒，良心泯灭。
帮　腔	心痛彻！心痛彻！
傻　子	（夹白）老管家。

自在飞花

　　　　　　　　（唱）你赶快，支起几口大锅，（管家夹白）支起大锅。
　　　　　　　　　　大锅内，多多炒些小麦，（管家夹白）多炒小麦。
　　　　　　　　　　每日里，官寨门外施舍，（管家夹白）每日施舍。
　　　　　　　　　　从天亮，舍到黄昏见月。
管　家　　（念）会舍掉许多麦子，
　　　　　　　　老爷知定要见责。
傻　子　　（唱）让我看家守官寨，
　　　　　　　　你莫管老爷，且听少爷。
管　家　　哦呀。（下）
傻　子　　（唱）我愿奴隶得温饱，
　　　　　　　　哪顾阿爸心不悦。
　　　　　　　　我愿奴隶都自由，
　　　　　　　　不受欺凌和压迫。
　　　　　　　　这义愤，填膺久，
　　　　　　　　这忧思，早郁结。
　　　　　　　　这怨恨，难排解，
　　　　　　　　这怒火，冲天烈。
　　　　　　　　今日独自守官寨——
帮　腔　　机会难得！机会难得！机会难得！
傻　子　　（唱）霎时浑身涌热血。
　　　　　　　　我要自作主张自抉择。
　　　　　　　　呵呵呵呵，哈哈哈哈！
　　　　　　　　尊敬的土司老爷，
　　　　　　　　感谢你将我轻蔑。
　　　　　　　　傻子我做傻事，
　　　　　　　　别人家奈何不得。
　　　　　　　　（夹白）我不过是个傻子。
　　　　　　　　（唱）傻子我做傻事，

　　　　　　　　阿爸你——也只能喋喋，喋喋不休啊不休喋喋。

　　　　　（夹白）我不过是个傻子。

　　　　　（唱）我啥都不懂得，啥都不懂得。

　　　　　　　　呵呵呵呵，哈哈哈哈。

　　　　　　　　傻子要——

　　　　　　　　让阿爸束手无策，

　　　　　　　　让哥哥胆颤心怯。

　　　　　　　　让阿妈另眼相看，

　　　　　　　　让所有的土司——土司们大惊失色、大惊失色。

　　　　　　　　呀啦嗦，呵呵哈哈，呀啦里嗦，呵呵哈哈哈哈……

　　　　　（夹白）让他们看看我是怎样一个傻子！

幕后唱　　　　　你是那——康巴人杰！康巴人杰！康巴——（吼）人杰！

　　　【帮腔中，傻子快步走，猛停步，慢转身。

傻　　子　（神秘地）我看见了……（小声向观众）我又看见了……可是我不想看见……那就睡吧。（叫）睡榻！抬睡榻来！

　　　【男奴抬睡榻来安置，下。

傻　　子　（慢慢地坐到睡榻上）可是，我看见过的，也梦见过……但愿今天，不要做那样的梦……（睡下）

　　　【少顷，管家喜滋滋上。

帮　　腔　　　　炒小麦，救饥民，

管　　家　（唱）饥民感谢救命恩。

　　　　　　　　都愿来到麦其家，

　　　　　　　　来当奴隶或仆人。

　　　　　　　　土司们因此着急了，

　　　　　（白）只好土地换粮食——

　　　　　（唱）稳定奴隶心。

　　　　　　　　全亏小少爷，

　　　　　　　　办事有本领。

帮 腔	（白）依我看，麦其土司的位子—— 该他来继承！
管 家	（向帮腔处）嘘！不要命啦？这个话，想得说不得！（转身看傻子，自语）这个傻子，他是原来就不傻呢，还是现在才不傻了？

【幕内人声喧嚷。几个奴隶女兵冲上。茸贡土司紧跟而上。

【管家迎前，被茸贡一把推出老远。

茸 贡	（面向观众，大叫）麦其老儿，你给我出来！给我出来！
傻 子	（惊起）老管家，我听见鬼哭狼嚎了！
茸 贡	（看见傻子）这娃娃是谁？
傻 子	这女人是谁？
管 家	这是茸贡土司。这是我家小少爷。
茸 贡	哦，就是那个傻子哟。喂，傻子，快把你老子喊出来。
傻 子	我老子到成都去了。你到成都去找他。
茸 贡	啥？到成都找他？等我找到他，我的奴隶都饿死了！
傻 子	土司们常说，奴隶像牲口，饿死了不算什么。
茸 贡	说得轻巧！奴隶们都饿死了，我还当什么土司！
傻 子	你不愿跑路，就等我老子回来。管家，带她去客房，我要睡觉。
茸 贡	嗨！麦其老儿老糊涂了？留一个傻子看家，我怎么跟他说得清楚？这这这……哦，有了。

（念）自古英雄怕美女，
　　　更何况，他是一个傻东西！
　　　看家宝贝亮出去，
　　　借粮食，不信傻子他不依。

（叫）塔娜，快来！快来！

【塔娜撑小阳伞遮住面孔上，亮相。她烫卷发，穿连衣裙，戴齐肘手套、蹬高跟皮鞋，活泼而妖艳。

| 傻　子 | （起身大叫）卓玛！ |
| 茸　贡 | 哪个是卓玛？这是我的独生女儿塔娜！你看她像不像天上仙女下凡？你忍心这样的姑娘挨饿吗？啊？你看仔细，看仔细了！ |

【塔娜摆出各种姿态。傻子看。

帮　腔	一股热流心中淌，
	又看见熟悉的脸庞。
傻　子	（唱）眼睛一般大而亮，
	眉毛一般细而长。
	一般红润的嘴唇，
	一般挺直的鼻梁。
	只有服饰很别样，
帮　腔	服饰别样又何妨？！
	（叫）卓玛！
茸　贡	（生气）她叫塔娜！
傻　子	我喜欢叫她卓玛。（向塔娜）卓玛，卓玛，卓玛。
塔　娜	你喜欢叫我卓玛？可是，我为什么要叫卓玛？
傻　子	你叫卓玛，我就借粮。
塔　娜	我叫卓玛，你就借粮？那，还要不要奴隶？要不要土地？
傻　子	都不要。
塔　娜	阿妈，他奴隶土地都不要，只要我把名字改成卓玛。
茸　贡	只怕，没有这么便宜！
傻　子	对。不光要改名字，还要——
茸　贡	还要啥？
傻　子	还要她，嫁——给——我！
茸　贡	啊？要她嫁给你？
傻　子	怎么样？
茸　贡	癞蛤蟆想吃天鹅肉！

自在飞花

傻　子	那就不要借粮食！
塔　娜	不借就不借！哼！
	（唱）我在英国三年整，
	见多识广无人及。
	怎能为了借粮食，
	嫁给一个大傻子！
	阿妈，我们走！（走）
茸　贡	（拉住她）走不得！走不得！你想回去挨饿呀？你想把奴隶们都饿死呀？
塔　娜	嗨呀。你种罂粟卖鸦片赚了好多钱。拿钱到成都去买粮食嘛！
茸　贡	已经去过了。如今，白汉人和红汉人正在打仗，成都没有多的粮食卖给我们。
塔　娜	哎呀，那怎么办吗？
茸　贡	（小声）忘了你的看家本领啦？把你的本领施展出来！（拿过她的小阳伞）去！（向傻子那边猛推一把）
塔　娜	（夸张地叫着）哎呀，不要推嘛。（顺势一倒，坐在了傻子身上）看把人家推倒了。（勾住傻子的脖子）傻子。
帮　腔	莫着急！
塔　娜	我们先谈个恋爱。
傻　子	啥叫恋爱？
塔　娜	（唱）就是先行交朋友，
	再谈做夫妻。
	我愿住下陪陪你，
	陪你唱歌、跳舞、打猎，同把马儿骑。
	温泉游泳也可以，
	游泳时，还可上下不穿衣。
	（夹白）来个时髦的"裸泳"！（见傻子鄙夷拂袖）傻子你听着！
	（唱）谁到我家做女婿，

		将来难免当土司。
		（夹白）可是你，出了名的傻——
		（唱）哪个肯服气？
		（夹白）谨防属下来造反，
		（唱）你身首两分离！你身首两分离！
傻 子	（唱）管他服气不服气，
		管我身首分或离。
		傻子就要冒傻气，
		偏去你家当土司。
		偏去你家——
帮 腔	当一个土司。
塔 娜	阿妈，你看他，你看他。我好话说尽了，他不听！
茸 贡	（不安地）看这个样子……
塔 娜	（觉得情况不妙）阿妈，你总不会拿我换粮食吧？
茸 贡	女儿嘞。要是奴隶们都饿死了，或者，奴隶们都跑到这个麦其家来了，阿妈还怎么当土司？以后，你又去哪里当土司？
塔 娜	哎呀，快想个办法，想个办法嘛！
茸 贡	（想想，过去拉着傻子，亲昵低语）傻子，我给你土地，比别人家多给一些。好不好？
傻 子	不好。
茸 贡	除了多给你土地，再给你几个奴隶。好不好？
傻 子	不好。
茸 贡	那，再加两个漂亮女人！
傻 子	不好。
茸 贡	不好！不好！不好！你会不会说别的话？塔娜是我的独生女儿，我不会把她嫁出去！
傻 子	所以我才要她。
茸 贡	（不解）所——以？

傻　子	等你死了，我就是土司。
茸　贡	（惊得一个趔趄）你！你你你……（倒退几步）你不是……你不是……
塔　娜	阿妈，他不是什么？
茸　贡	他不是傻子……他不是傻子……
塔　娜	（看看傻子）他是傻子。
傻　子	茸贡土司，我们这件事……
茸　贡	（怒吼）成交！成交！
傻　子	老管家，带我的丈母娘去搬粮食。
塔　娜	（诧异）丈母娘？
茸　贡	你只有嫁给他！（把小阳伞塞给塔娜，转身而去）

【茸贡下。管家随下。女兵们下。

塔　娜	（明白过来）气死我了！气死我了！（追几步）阿妈！阿妈！（转身怒吼）你这个可恶的傻子！你这个可恶的傻子！

【塔娜冲过去用小阳伞打傻子。傻子先抱头挨打，突然直起身来，夺过小阳伞抛去，一把抱起塔娜扛在肩头，跑几步把她丢在睡榻上。

【切光。传来土司的笑声："哈哈哈……"

【土司出现在某处定点光中。

帮　腔	傻子干得真漂亮，
土　司	（唱）竟然要把土司当。

哈哈哈！想起来了！倒是特派员说得对，傻子并不是傻子。只不过，傻子不傻了，这是好事呢，还是坏事呢？（向观众）你们说，傻子不傻了，是好事，还是坏事？（有观众说"是好事"）好事？唔，我要好好想一想，我要好好想一想。（定点光灭，隐去）

【同时传来太太的笑声："嘻嘻嘻……"

【太太出现在另一个定点光中。

帮　腔		我的儿子他不傻，
太　太	（唱）	心里笑开一朵花，笑开一朵花。

是嘛！像我这样的女人，怎会生出傻儿子呢？现在，他是茸贡土司的女婿。等茸贡死了，我儿子就是土司。（对观众说悄悄话）嗨呀，我恨不得茸贡快点死！等她死了，我好跟傻子住到茸贡的领地上，再不受大少爷的欺负。（定点光灭，隐去）

【哥哥出现在中场小片光区中，手提酒坛。

哥　哥　（念）可恨傻子施诡计，
　　　　　　　他变高来我变低。

傻子利用看家的机会，让我变得不如他。只怕他还想当我麦其家的土司！我绝不容他！绝不容他！（喝酒）

【央宗上。

央　宗　（讥讽）你就用喝酒——来和傻子斗吗？

哥　哥　你说我怎么办？现在，我又不能杀他。

央　宗　难怪你阿爸说你——有勇无谋。

哥　哥　阿爸这么说我，你就该帮我！

央　宗　我不是帮你来了吗？（四下一看后，小声）你，制造事端！

哥　哥　制造事端？怎么制造？

央　宗　去找他心爱的女人卓玛！

　　　　（念）去折磨她，或者杀掉她。

　　　　（唱）那时节——

　　　　（念）傻子必定来争斗。好哇！
　　　　　　　他来争斗，你就趁机——

　　　　（唱）杀了他。

　　　　（念）杀了他，再去找你阿爸。

　　　　（唱）说傻子——
　　　　　　　不甘心，当个小土司去那茸贡家，

　　　　　　　还想当个大土司——在我们麦其家。

　　　　　　　因此他要来杀你，

　　　　　　（念）你出于自卫而失手，

　　　　　　（唱）失手杀了他。

哥　哥　　好主意！

　　　　　【切光。二人隐去。

　　　　　【全台灯亮。女奴们背水过场。

帮　腔　　　山下背水来复往，

　　　　　【卓玛背水上。

帮　腔　　　身染疾病步踉跄。

卓　玛　　（唱）谁解奴隶倒悬苦？

　　　　　　　谁知卓玛好悲伤。

　　　　　　　夜半醒来，把官寨遥望，

　　　　　　　强忍寒风，刺骨的冰凉。

　　　　　　　细细回想，傻子的模样，

　　　　　　　慢慢咀嚼，快乐的时光。

　　　　　　　傻子呀，我的傻子呀，

　　　　　　　卓玛还在思念你，

　　　　　　　你是否——

帮　腔　　　将我遗忘？

　　　　　【卓玛站立不稳，跌地，扶着水桶喘气。哥哥上。

哥　哥　　好你个卓玛！竟敢在这里偷懒！

卓　玛　　啊，大少爷，我病了……

哥　哥　　病了？是真病还是装病？我看你发不发烧。（要去摸她的脸）

卓　玛　　（闪躲）不烧。不烧。

哥　哥　　（怒）臭婆娘！你现在还要抗拒我？要知道，你是傻子的母马，所以我一定要骑上。

卓　玛　　（乞求）大少爷，我病了。你饶了我，饶了我吧。

哥　哥	等我骑上了你，就饶你！
	【哥哥扑过去，卓玛躲开。哥哥抓住她的脚拉扯。卓玛挣扎不开，捡起石头猛打哥哥的头。哥哥叫着"哎哟"松手，退到一边。
哥　哥	（叫）来人哪！
	【男奴数人奔上。抓起卓玛。
哥　哥	卓玛打我！
男奴们	杀！
哥　哥	慢！我不能让她痛痛快快地死。我要让她知道死的恐惧。把她拖到刑场！
	【男奴们高举卓玛，圆场。哥哥跟在后面。
	【男奴们站定，把卓玛放到地上跪着，反剪双手。
哥　哥	（叫）行刑人！
	【行刑人应声推出寒光闪闪的各种刑具。
哥　哥	（向行刑人）把刑具拿给她看，吓破她的胆！
	【行刑人一一拿起刑具，男奴们强迫卓玛看刑具，众造型。
行刑人	（念）看这把——
卓　玛	（念）用它将人的骨头剔。
行刑人	（念）看这把——
卓　玛	（念）专门用它剥人皮。
行刑人	（念）看这把——
卓　玛	（念）将人的满口牙齿取。
行刑人	（念）看这把——
卓　玛	（念）穿人的肋骨刺肝脾。
行刑人	（念）看这些——（把刑具推到卓玛面前）
卓　玛	（念）挑人的脚筋、剁人的手足、挖人的眼珠、割人的舌头和耳鼻。（踢开刑具，挣开男奴们，接念） 　　不必看刑具。

|幕后唱|卓玛不恐惧。

杀剐任随你。

我愿意死——死了才好变厉鬼，

抓你下地狱！|
|---|---|
|哥　哥|（号叫）哇呀呀呀呀！砍掉她的手！|

【男奴们将卓玛拖到后区。一奴拉起她一只手。行刑人奔去举刀。

哥　哥	（号叫）砍砍砍！

【行刑人挥刀。卓玛惨叫。

哥　哥	（号叫）再割掉她的舌头！

【男奴们架起浑身是血的卓玛。行刑人换了刑具走向卓玛。

【枪声"叭"。传来叫声"住手"。傻子持手枪奔上，冲过去护住卓玛。行刑人退下。

哥　哥	（大吃一惊）你你你，你敢拿枪对着我这个未来的土司？！
傻　子	你要杀卓玛，我就和你拼了。
哥　哥	我就是要杀她！（再欲往前）
傻　子	（用枪指着哥哥）不要逼我！
卓　玛	傻子，我愿意死！（跑去哥哥面前）你想杀我，就杀了我！（仰面）
哥　哥	我就是要杀你！（举刀）

【傻子鸣枪。哥哥大惊卧倒。傻子冲过来拉起卓玛欲跑。哥哥翻身抓住卓玛的脚，把刀对着卓玛的颈项。傻子回身，用枪口抵住哥哥的额头。

傻　子	放下你的刀！
哥　哥	放下你的枪！
傻　子	放下你的刀！
哥　哥	放下你的枪！
奴隶们	（齐叫）少爷！少爷！（跪下）

【麦其土司奔上。两位太太紧随。

土　司　（怒喝）你们要做什么？！
傻　子　阿爸，不许他杀死卓玛！
哥　哥　卓玛打我，不能不杀！
土　司　都给我松手！松手！

【哥哥与傻子慢慢松手，各自后退一步。卓玛伏在地上。

土　司　卓玛有罪……
傻　子　（大叫）阿爸！
土　司　但可不杀……
哥　哥　（大叫）阿爸！
土　司　你已经砍掉她一只手了！（向男奴们）把卓玛拖出官寨，丢到大荒山！

【二男奴拖卓玛下。傻子欲跟去。

土　司　（大喝）傻子！我已经饶她不死。你敢去大荒山看她，我就杀了她！
傻　子　阿爸！
土　司　（向二男奴）把小少爷送回官寨，不许他出来！
二男奴　啊呀。

【傻子要跑，被二太太抓住不放。二男奴过来拉傻子。傻子挣扎着，叫着"阿爸"被拉下。

哥　哥　（向土司）阿爸，为什么不杀卓玛？
土　司　傻子也是我的儿子！你想逼他做出傻事吗？
哥　哥　可是，这样会坏了规矩！
土　司　土司就是规矩！只要土司在，要什么规矩有什么规矩，哪个坏得了规矩？滚！

【哥哥敢怒而不敢言，丧气地下。

土　司　（沉吟自语）原想着傻子是个傻子，兄弟俩就相安无事。偏偏傻子不傻了，这个家不得安宁了。我只有马上退位，让长子

继任麦其土司。两位太太（急叫）老爷！

【管家叫着"老爷"奔上。

管　家　老爷老爷，特派员送来急信。（递信）

土　司　特派员？（拆信自语）他有什么急事？

【两位太太近前，问："什么事？"

土　司　（看着信）白汉人打红汉人，打败了。特派员叫我准备打仗。

太　太　白汉人和红汉人打仗，关我们什么事？不打不打！

央　宗　政府喊打，哪能不打？只是老爷，你想退位就赶快退。免得你在外面打仗，两个儿子在家里打仗。

太　太　（怒斥）你就希望两个儿子打仗！（转）老爷你想退位，一定要等傻子当了茸贡土司再退！

央　宗　只怕等不到小少爷当茸贡土司，兄弟俩就打起仗来。

土　司　不要说了。我自会处置。（上前几步，面向观众）我宣布：自今日起，除了打仗、杀人两件事由我掌管外，麦其家其余事务，一概交与我的长子管理，由他继任麦其家第十二代土司！

【土司与两位太太隐去。

【传来哥哥的笑声："哈哈哈！我是麦其家第十二代土司！"

【全台灯亮。喇嘛们站在后平台上，吹长号。

【女奴们呼喊着"土司老爷"跑出，跳舞庆祝。哥哥冲出来。

哥　哥　（狂叫着）我是麦其家第十二代土司！（向四方狂叫）我是麦其家第十二代土司……

【长号响着……女奴舞着……哥哥叫着……

【复仇人从台侧跑出，躬身横穿舞台前沿，从另一侧跑到哥哥身后，抽刀，寻找下手的时机。

哥　哥　（叫着）我是麦其家第十二代土司……

【复仇人举刀刺进哥哥胸膛。哥哥叫声"啊"。女奴们惊呆。长号失声。

哥　　哥	（慢慢转身）你，为何，杀我？我是，麦其土司……
复仇人	我杀的就是麦其土司！（再一刀刺进哥哥胸膛）
	【女奴们奔下。喇嘛们奔下。复仇人用刀将哥哥顶下。
	【"轰"一声炮响。接着，炮声隆隆，红光闪闪。
	【傻子跑上。
傻　　子	（惊叫）红汉人打来了！红汉人打来了！官寨坍塌了！官寨坍塌了！
	【土司上。管家跟上。
傻　　子	阿爸，拉雪巴土司的官寨坍塌了！
	【特派员跑上。他头缠血绷带，衣服又脏又破。
特派员	（边跑边叫）红汉人打来了……
土　　司	特派员！你怎么成了这个样子？
特派员	我们打败了。
土　　司	这么快就打败了？
特派员	败了败了。
土　　司	真是兵败如山倒吗？
特派员	说这些做啥？你有洋枪洋炮，快把队伍带出去，和红汉人打仗！
土　　司	你们都打败了。还要我去打？
特派员	你不打？红汉人来了，要让奴隶成为自由人！要砍你土司全家的脑壳，剥你土司全家的人皮！
土　　司	好好好。打打打。管家，你去集合队伍。
	【管家下。
土　　司	傻子，你留下看家。如果我死了，你就是第十三代麦其土司！（拔枪）打红汉人啦！杀！
	【土司跑下。特派员跟下。炮声隆隆。舞台两侧红光闪烁。
	【傻子张望。幕后传来巨大的"轰隆"声。
帮　　腔	曾经看见，曾经看见。

傻　子	（唱）官寨坍塌了，
	尘土冲上天。
	眼前情景非梦幻，
	再不是梦幻。
	古老的康巴啊，康巴啊——
帮　腔	不知来年是何年。

【枪炮声中，太太抱着首饰箱，歇斯底里跑上。

太　太　　（叫着）天塌啦！一切都完啦！土司们的队伍打垮啦！老爷也不知是死是活啦。（叫）傻子傻子！（转身看见）傻子，塔娜都逃走啦，你还不走呀？再不走就没命啦！（向外跑，又回头叫着）傻子，快些逃走呀！（下）

【没有左臂的卓玛寻看着上。

卓　玛　　（叫着）傻子！傻子！

傻　子　　（惊喜）卓玛！（跑过来）卓玛，你还活着？

卓　玛　　红汉人救了我。

傻　子　　你见到红汉人了？

卓　玛　　见到了。见到了。他们要我回来找你！

幕后女声独唱　　快逃离！

卓　玛　　走！跟我到红汉人那里！（拉傻子走）

傻　子　　到红汉人那里？（退缩）

幕后男声独唱　　惊且疑！

傻　子　　（唱）红汉人为何来此地？

卓　玛　　（唱）来此解放众奴隶。

　　　　　　　　从此奴隶得自由，

　　　　　　　　卑贱的身份，再也不世袭。

傻　子　　（唱）我是土司小少爷，

　　　　　　　　要被砍头与剥皮。

卓　玛　　（唱）谣言四处起，

		故意把人欺。
		红汉人，要我回来告诉你：
		你是朋友是朋友……
傻　子	（唱）	我是朋友？
卓　玛	（唱）	你是朋友不是敌！
		希望你，抓紧时间逃出去，
		怕的是，玉石俱焚在瞬息。
傻　子	（唱）	未见红汉人，
		但我相信你。
		此刻官寨无人管，
帮　腔		逃走正是好时机！

【傻子与卓玛走。迎面，特派员率几个汉族士兵奔上。

【管家奔上。奴隶们持长枪、扛机枪跟上。

特派员	（回头叫着）快进来，进来！守住寨门！守住寨门！（指挥众人）
傻　子	管家！我阿爸呢？
管　家	老爷和我们跑散了。
傻　子	阿爸没回来，我们怎么办？我们怎么办？
管　家	老爷没回来，你就是土司！
特派员	（跑过来）对！现在你就是麦其土司！（把步枪塞在傻子手中）
	牢牢守住官寨，和红汉人打仗！
傻　子	（思索自语）这个仗……不能打。不能打。（高叫）大家听着！
	我是麦其土司！从现在起，我的奴隶都可以成为自由人！
奴隶们	（站起）自由人！
特派员	只要你们好好打仗！
奴隶们	（蹲下）打仗。
傻　子	不！红汉人给我们自由！我们打开寨门，迎接他们！

【有几个奴隶要动。

|特派员|（大叫）站住！谁敢打开寨门，我枪毙谁！|

【那几个奴隶向后退。

管　家　　（向奴隶们叫）我们听麦其土司的命令！打开寨门！打开……

【特派员向管家开枪。管家倒入幕内。

傻　子　　（悲呼）老管家……（奔过去）

特派员　　（把傻子拉回来）傻子！守住寨门！守住寨门！

傻　子　　不！打开寨门！（向奴隶们高呼）打开寨门！打开寨门！

【特派员向傻子开枪。傻子中弹，捂着胸膛，踉跄一步。

【奴隶们举枪射向特派员。特派员倒入幕内。

【傻子单膝跪地。卓玛喊着"傻子……"奔过去扶住他。

【"轰隆"一声炮响，官寨坍塌，满台硝烟……

【硝烟渐散。现出坍塌的官寨。寨墙后是白云蓝天。

【傻子倚在卓玛怀中，慢慢坐到地上。

卓　玛　　（叫着）傻子，土司们的官寨坍塌了……

傻　子　　（虚弱地）我，看见过……

卓　玛　　你看见过，你看见过。

傻　子　　我也，变了，尘埃，一粒……

卓　玛　　不！红汉人就要来了！奴隶们就要成为自由人了。你也自由了！傻子你快看哪……

幕后唱　　　官寨倒地，官寨倒地，
　　　　　　尘埃落定，覆盖了废墟。
　　　　　　啊……

——剧终

2004 年改编为川剧

2006 年广东汉剧院首演

2014 年成都市川剧院演出

"其乐斋"品戏

尘埃落定

　　川剧《尘埃落定》讲述的是四川康巴藏族的一个故事，记录了一个时代变迁的喧嚣与动荡，以及一个古老民族的变化与沧桑。

　　此剧塑造了一个独特的人物——傻子。这个傻子之所以傻，是因为他不傻；正因为他不傻，而成为傻子。本剧以傻子这个人物，为戏曲增添了一个从未有过的、崭新的、别具魅力的艺术形象。观众为他的悲天悯人而心颤，为他的孤独惶惑而心颤，为他的精神压抑而心颤，为他的向往自由而心颤，为他的大智大慧、先知先觉而心颤。

　　原著中的各种矛盾——土司与土司、土司与奴隶以及继承权的争夺、鸦片导致的人祸、红白汉人的战争、妻妾的钩心斗角等矛盾，都被作者巧妙地融入强烈的人文关怀中，融入善良与邪恶的较量中，融入出人意料的情节中，从而展现出残酷、愚昧、极不人道的土司制度走向灭亡的必然结果。因而具有浓厚的文化意蕴和深厚的历史底蕴，传递着高尚的思想境界与积极的人生追求。

　　此剧在视觉上、听觉上、思辨上都会让人感到这是一曲心灵压抑的哀歌，一曲人性闪光的赞歌，一曲纯洁爱情的悲歌，一曲人文关怀的高歌。

　　笔者认为：作者通过角色之维、题旨之维、情节之维、风格之维等四个审美维度，对原著重构而创造出了自由的、自主的川剧《尘埃落定》!

成都市川剧院排演《尘埃落定》，王超饰傻子

成都市川剧院排演《尘埃落定》，马丽饰太太、孙普协饰哥哥、虞佳饰央宗

成都市川剧院排演《尘埃落定》，陈巧茹饰卓玛

成都市川剧院排演《尘埃落定》，薛川饰傻子

成都市川剧院排演《尘埃落定》，陈作全饰老管家、蔡少波饰特派员、康勇饰土司

成都市川剧院排演《尘埃落定》，孙普协饰哥哥、虞佳饰央宗、王厚盛饰土司、马丽饰太太、陈作全饰老管家、王超饰傻子

成都市川剧院排演《尘埃落定》,
王超饰傻子、虞佳饰卓玛

成都市川剧院排演《尘埃落定》,陈巧茹饰卓玛、
王超饰傻子

成都市川剧院排演《尘埃落定》,陈巧茹饰卓玛、余洛州饰行刑人

成都市川剧院排演《尘埃落定》

成都市川剧院排演《尘埃落定》，王超饰傻子、文冬饰复仇人

成都市川剧院排演《尘埃落定》，周礼兵饰哥哥、吴雯婷饰央宗

成都市川剧院排演《尘埃落定》，陈巧茹饰塔娜、王华茂饰茸贡、王超饰傻子

成都市川剧院排演《尘埃落定》,陈而刚饰哥哥、陈巧茹饰卓玛、王超饰傻子

成都市川剧院排演《尘埃落定》

广东汉剧院（今为广东汉剧传承研究院）
排演《尘埃落定》，邱涛饰傻子

广东汉剧院排演《尘埃落定》，邱涛饰傻子、嵇兵饰卓玛

目连之母

故事新编

人 物

刘氏	（青衣、花旦、武旦）
傅罗卜	（即目连，小生）
菩萨	（老丑，木偶身段）
四小鬼甲、乙、丙、丁	（武丑）
金奴	（彩旦）
李华君	（小生）
傅相	（正生）
益利	（须生）

堂倌兼男女仆人和菩萨的彩云

【幕启：灯光下，刘氏捧药碗立于庭院中。

帮　腔　　　　傅家有媳名四娘，

【追光照刘氏圆场。

帮　腔　　　　养个娇儿病恹恹。

　　　　　　　春秋六载药不断……

刘　氏　（插白，叫）罗卜儿，快来吃药。

【全台灯亮。傅相上。

傅　相	四娘，你在大呼小叫什么？
刘　氏	老爷，罗卜儿呢？叫他来吃药。
傅　相	四娘，我们的罗卜儿长到六岁，就吃了六年的药。为了他能够长命百岁，我已将他……送走了。
刘　氏	你将他送到哪里去了？
帮　腔	送去出家进庙堂。
刘　氏	（抛碗，哭喊）儿啊！（奔去，被傅相拉住）

【帮腔声中，刘氏与傅相定格。
【舞台后区，追光照和尚背傅罗卜过场。

傅　相	（拉住刘氏，大喝）哭不得！过往神灵听见你的哭声，就会怪你心不诚，就不会保佑你的儿子！快念阿弥陀佛！
刘　氏	（强迫自己一字一字念出）阿、弥、陀、佛。阿——弥——（晕倒，被傅相托住）

【二丫鬟与李华君上。丫鬟扶刘氏下。

李华君	（见状情急）表兄，待我将罗卜儿追赶回来。（走）
傅　相	（拦）不可！万万不可！
李华君	表嫂失子，悲痛欲绝，难道你就无动于衷吗？
傅　相	晕倒的，是我的妻子；送走的，是我的儿子，我怎能无动于衷。可是，只有将罗卜儿送与神灵照看，他才不会夭折！（下）
李华君	唉！表兄想些啥，我真是弄不明白！（下）

【益利背包执伞上。

益　利	日高三丈，请老爷登程。
帮　腔	善男信女意虔诚，
	朝山拜佛出远门。

【帮腔中，傅相上。金奴扶刘氏与李华君随上。

刘　氏	（念）一路小心防灾病，
傅　相	（念）自有菩萨保太平。
帮　腔	自有菩萨保太平。

【帮腔中，傅相、益利与刘氏、李华君、金奴分下。

【音乐中，仆人们设佛堂香案等过场。

【刘氏握三炷香上。

帮　腔　　　　香烟缭绕，

烛光闪烁。

刘　氏　（唱）拜菩萨朝朝暮暮，

每日里虔诚执着。

不奢求修成正果，

不妄想西天极乐。

愿平生了无罪过，

愿家人亲爱谐和。

愿我夫，朝山拜佛平安归来无灾祸，

愿我儿，庙中修行终身康健无病疴。

帮　腔　　　　南无阿弥陀佛……

【李华君上。

李华君　表嫂，益利回来了。

刘　氏　（未回头，慢慢地）你那表兄呢？

李华君　表兄有家书回来。（叫）益利，还不进来见过安人。

【益利背包执信上。

益　利　安人可好？老爷有家书在此。（呈信）

刘　氏　（接信不看）益利，这是老爷送回来的第几封家书？

益　利　（看看李华君）第……第四封。

刘　氏　不错。老爷出门两年后，你送回一封。以后每年送回一封。如今，是老爷出门的第五个年头了……益利，你不妨对我实说，老爷是不是出家当了和尚？

益　利　出家当和尚？没有没有！

刘　氏　既未出家当和尚，怎会五年不归呢？

益　利　这……（望着李华君）

刘　氏　　（叫）金奴。

【金奴应声："来了来了！"风风火火地跑上。

金　奴　　（见益利，喜）哟，益利！我们天天盼你回来，你果然回来了。你回来了，我和安人就可以出门了。（转对刘氏）安人，你说，我们好久动身呢？

李华君　　（惊）表嫂要到哪里去？

刘　氏　　让益利带路，去寻找你那表兄。

李华君　　（骇然）寻找表兄？！

刘　氏　　我看他是不是出家了。他若是出家当了和尚，我也出家去当尼姑。

益　利　　这这这……表老爷，瞒不下去了，说了算了。哎呀，安人哪！
（念）老爷出门第二年，
　　　　回家经过半壁山。
　　　　山上起风石头滚，
　　　　打死老爷赴黄泉。

【刘氏惊呆。

金　奴　　你是说……老爷死了？

益　利　　死了都三年多了。

【信从刘氏手中落下。

金　奴　　（捡信）那这些家信……

益　利　　都是假的！表老爷怕安人经不起悲痛，就让我住在外头，每年送回来一封假信。

金　奴　　这么说，安人守了活寡守死寡，她都守了五年的寡了！

【刘氏踉跄。

李华君　　四娘，也许我不该瞒你，我是怕你……四娘，你哭出声来，你大声地哭出来呀！

刘　氏　　（转身扑向香案，哀号）菩萨呀……

【众人呼叫着围上劝慰，切光。众人隐去。

帮　腔　　　　　菩萨来了。

【舞台一角亮起一束光，照见菩萨和围在他脚下的彩云，定格。

帮　腔　　　　　鬼也来啰。

【四个小鬼在舞台另一角现形。

【菩萨与四鬼反向过场。小鬼下。

【菩萨在中场站定。全台灯亮。

菩　萨　　（唱）驾祥云，下凡尘，

　　　　　　　　勘察好人和坏人。

　　　　　　　　香气扑鼻把我引——

　　　　　　（见香案鲜花，喜，上前取花，嗅花，赞）好花，好花！

帮　腔　　　　　菩萨见花也动情。

【彩云拥菩萨乐陶陶下。

【四鬼上。

鬼　甲　　（唱）地皮风起鬼出巡，

三　鬼　　（唱）肚皮饿了没精神。

鬼　甲　　（唱）佛堂之上有供品——

　　　　　　（往前冲，滑倒）哎哟！鬼儿子些，把油灯拨亮点。

三　鬼　　（唱）油脚子点灯，灯不明。

鬼　甲　　（唱）油脚子点灯大不敬，

三　鬼　　（唱）大不敬！

　　　　　　　　看不清供品，

　　　　　　　　嗅不到油腥。

鬼　甲　　（唱）隔壁猪头肥得很，

　　　　　　　　还有美酒敬鬼神。

三　鬼　　（叫）那就去——吃！

【四鬼下。

【刘氏病恹恹上。

刘　氏　　（唱）久病未把佛堂进，

　　　　　　病入膏肓懒念经。

　　　　　　无药能医心头病，

　　　　　　不知如何度残生。（靠在椅后喘息）

　　　【益利叫着："表老爷!"与李华君分上。

益　利　　那医生再也不肯来了。

李华君　　他为何不肯来了？

益　利　　医生说，要想医好安人的病，须得一味稀罕的药引子。找不到这味药引子，他来了，也是枉然。

李华君　　什么稀罕的药引子？

益　利　　就是男人家胸口上正正中中那一块肉。

李华君　　啊……

益　利　　你说，到哪里去找男人家胸口上的那块肉吗？！

李华君　　这……（想一下）你快快请那医生前来，就说药引子已经有了。

　　　【益利下。

李华君　　（念）舍我胸肉做那药引，

　　　　　　换来四娘康健之身。（去侧幕边拿出匕首，欲宽衣割肉）

　　　【刘氏转身冲出，抓住李华君执刀之手。

刘　氏　　不可，万万不可！

李华君　　（掩饰）我……我看看这匕首打造得好不好，有何不可呀？

刘　氏　　你和益利说的话，我都听见了……

李华君　　这……（笑着）四娘不必担心，只不过小小一块肉而已，割去了又会长出来的。（欲走）

刘　氏　　（拦阻，夺下匕首）你何苦如此，何苦如此呀……

李华君　　表嫂呀，四娘！

　　　　　（唱）多年来同院相处，

　　　　　　深知你饱受孤独。

　　　　　　朝见你眉锁愁云，

                顿教我心似炭涂。
                午见你腮边有泪，
                急得我额冒汗珠。
                暮闻你含悲长叹，
                不由我捶首顿足。
                这关切难以倾诉，
                这情爱铭心刻骨。
                我为你受苦受累长相伴，
                我为你不婚不娶做鳏夫。
                我为你于生于死皆不顾，
                何惜这胸前小小一片肉。

帮　　腔　　　　知心话儿扫迷雾，
　　　　　　　　霞光一片托日出。

刘　　氏　　（唱）十余年曾与亡夫长相处，
　　　　　　　　十余年心如止水人似木。
　　　　　　　　虔诚诚他把日月赠神鬼，
　　　　　　　　凄楚楚我用青春数念珠。
　　　　　　　　何曾有温存言语动肺腑，
　　　　　　　　何曾有情热如火爱如沸。
　　　　　　　　苍天赐我多情种，
　　　　　　　　他为我受苦受累、不婚不娶、于生于死都不在乎。
　　　　　　　　龟裂的心田得甘露……
　　　　　　　　李郎！

李华君　　　　　四娘！

【二人拥抱。

帮　　腔　　　　你二人早该成眷属。

【四鬼冲上，鬼甲打刘氏头顶。

鬼　　甲　　　　要不得！

【四鬼下。

刘　　氏　　（猛推开李华君）要不得！要不得！

李华君　　怎么要不得？怎么要不得？

刘　　氏　　我已经有过一个丈夫。我若改嫁，便有了第二个丈夫。等我死后去至阴曹地府，便要被锯子锯成两半，分与两个丈夫。

李华君　　哎，男婚女嫁，两相情愿，与鬼神何干？不必惧怕于他。

刘　　氏　　鬼神是专门管人的，我不能不怕。

李华君　　难道你年纪轻轻便要孤寡一生？

刘　　氏　　谁叫我的命苦？孤寡一生便孤寡一生。（突然想起）啊，我不会孤寡一生！我还有一个儿子，我的罗卜儿，他已经长大了。我要给他娶一个好媳妇，抱一个好孙子。好儿子，好媳妇，好孙子；好孙子，好媳妇，好儿子。好一派天伦之乐呀。对对对，我要找回我的儿子，我要找回我的儿子！（下）

李华君　　（追呼）四娘……（下）

【切光。佛堂香案等物隐去。

【台前角，傅罗卜执木把扫帚出现，亮相。

傅罗卜　　阿弥陀佛！

（念）诵罢经卷出庙门……

【灯光渐起。山野路上，傅罗卜漫不经心地扫地。

帮　　腔　　　　路上落叶乱纷纷。

傅罗卜　　（唱）心底惆怅扫不尽，

　　　　　　　　隔山隔水望母亲。

　　　　　　　　儿在庙中奉神灵，

　　　　　　　　谁在家中奉母亲？

　　　　　　　　头一回母来把儿探，

　　　　　　　　儿扑进怀中放悲声。

　　　　　　　　二一回母来把儿探，

　　　　　　　　儿不言不语咬破唇。

	三一回母来把儿探，
	儿磕个响头便转身。
	妈呀，非是你儿不孝顺，
帮　腔	出家人不该恋红尘。
	【金奴一个踉跄蹿出，喘气。
金　奴	（念）埋怨菩萨住山顶，
	爬坡上坎累死人。（见傅罗卜）
	喂，师父，你们那个庙子还有好远啰？
傅罗卜	前面便是。
金　奴	喂，你们庙里的那个傅罗卜还好吗？
傅罗卜	这……（回身）
金　奴	啊？你？哈哈！你就是少爷！
傅罗卜	不不不，贫僧法号目连……
金　奴	啥子目连哟！你就是少爷！就是少爷！（向内叫）安人快些走，少爷在这里！
	【刘氏内喊：罗卜儿，儿哪……
	【傅罗卜惊慌失措地躲避，虚下。
	【刘氏疲惫不堪奔上。她脚下绊着什么，跌下又跃起。
刘　氏	（叫）我儿在哪里？
金　奴	在这里。（见无人，寻找）
刘　氏	啊……（急切中找错地方，身段过场）我儿在哪里？
金　奴	在——这——里！（把傅罗卜拉出来推到刘氏面前）
刘　氏	你是……傅罗卜……
傅罗卜	我……（点头又摇头）
刘　氏	你是……我儿……
傅罗卜	我……（摇头又点头）
刘　氏	（哽咽）罗卜儿，儿哪！
傅罗卜	（忍不住了）母亲！（跪下，抱刘氏腿）

刘　氏　　（抚其头而哭）儿哪，抬起头来，让为娘看看你。

金　奴　　（在侧叹息）嗨呀！远看是个木桩桩，近看是个少年郎。眉清目秀、唇红齿白，乖兮兮的硬是有点逗人爱。（大声）安人，我们打个亲家。

刘　氏　　什么？

金　奴　　我把女娃子拿来嫁给他！

傅罗卜　　啊呀呀，不成话了！（起身拂袖）

金　奴　　（自笑）老实话，人家和尚不兴讨婆娘。（自去一旁，虚下）

傅罗卜　　母亲，你老人家到此何事？

刘　氏　　妈来看你呀。

傅罗卜　　山高路远，母亲受苦了。

刘　氏　　山高路远之苦，算不得苦。寂寞孤独，才是苦中之苦哇。

傅罗卜　　母亲……孩儿出家修行，不能侍奉左右。母亲要多多保重，以免孩儿牵挂。

刘　氏　　难得我儿一片孝心。

傅罗卜　　养育之恩，没齿不忘。

刘　氏　　我的儿哪……

帮　腔　　　　一言入耳泪又滚，

　　　　　　　　有几个儿女懂得养育恩？

刘　氏　　（唱）犹记当年娘怀孕，

　　　　　　时刻把儿挂在心。

　　　　　　一月护胎多谨慎，

　　　　　　二月剪布缝包裙。

　　　　　　三月知儿分男女，

　　　　　　四月知儿已成形。

　　　　　　五月知儿筋骨长，

　　　　　　六月知儿毛发生。

　　　　　　七月儿的那个手在动，

目连之母

八月儿的那个脚会蹬。
九月呀，儿淘气淘气腹中转，
十月呀，儿挣扎挣扎要临盆。
咬断青丝忍奇痛，
产下娇儿，是娘的心头肉掌上珍。
日间抱儿在怀内，
夜间偎儿在暖衾。
儿睡熟时娘未睡，
儿尿床时娘点灯。
左边湿了娘去睡，
右边湿了娘去温。
倘若两边都湿了，
胸前拥儿到天明。
谁知孩儿总多病，
娘为儿，四处寻医、八方求治、煎汤熬药、日夜照料忙不停。
你爹为儿能活命，
舍儿出家娘断魂。

傅罗卜　　（唱）孩儿当年离家门，
哭破咽喉哭哑声。
每见别人伴慈母，
孩儿便会想娘亲。
在庙中，常因六根不清净，
受责罚，苦念经卷苦修行。
到如今，儿遵规守戒受夸奖，
愿早日，修成正果上天庭。
只求母亲多保重，
免得孩儿分了心。

	晨昏不能常定省， 母亲呀，可知孩儿也心疼。
刘　氏	（唱）我儿既有怜母意， 何不随娘返家门。
傅罗卜	（唱）返家二字如雷震， 儿是庙中出家人。
刘　氏 帮　腔	（唱）脱下袈裟自归去， 回到家中伴娘亲。

【彩云拥菩萨出现，在高处观望。

傅罗卜	母亲之意，莫非要儿……
金　奴	还俗！
刘　氏	我儿意下如何？
傅罗卜	哎呀，母亲。要儿还俗，万万不可！万万不可！
刘　氏	儿在怎讲？
傅罗卜	儿不能还俗！儿不能还俗！儿已出家，便不再有家。我是僧人目连；不是俗家罗卜。佛门弟子，只知有佛，不知有母。清规难违，戒律难破。施主快快下山，休得在此纠缠！（转身疾走）

【刘氏与金奴追赶。

金　奴	（抢前拦住）少爷不能走！
傅罗卜	（用扫帚一横，挡开金奴）阿弥陀佛！
刘　氏	（赶上拉住傅罗卜衣襟）我儿不能走！
傅罗卜	（回头用扫帚把抵在刘氏胸口上）阿弥陀佛！（用扫帚推开刘氏，松手，奔下）
刘　氏	（喃喃）我儿……（腿一软，坐地）
金　奴	（跺脚）啊嗬！
菩　萨	哈哈哈！目连遵规守戒，真乃好僧人，好和尚。待吾神禀明上天，重重嘉奖于他。（彩云拥下）

刘　氏	（神情恍惚，见手上扫帚）这是什么？
金　奴	扫地的——扫帚。
刘　氏	哪来的扫帚？
金　奴	是你那罗卜儿拿来把你抵开的扫帚。
刘　氏	哦……（回忆刚才的动作，怪笑）他用这扫帚，扫清通往佛门的道路……他用这扫帚，把他的亲娘从心中扫去了……（突发狂喊）罗卜儿，你既没有我这亲娘，我也没有你这儿子。从今往后，母子之情便一刀两断了！（用力折断扫帚把，向傅罗卜下场处抛去）我没有儿子！我没有儿子！孑然一身，无牵无挂。好得很，好得很。哈哈哈……（奔下）
金　奴	安人！（追下）

【堂倌出来摆上一桌二椅。

【同时，另一堂倌举招牌上，牌书"好吃来"（"好"字三声四声两读）。

堂　倌	（吆喝）喂，"好吃来"开堂啰，"好吃来"开堂啰。
	（念）本店新从北京城、南京城，
	西域龟兹城、东域大坂城，
	请来的厨师很有名。
	拿手红案与白案，
	善烹海味和山珍。
	婚嫁宴席能承办，
	家常便饭更得行。
	童叟不欺，
	买卖公平。
	"好吃来""好吃来"，老招牌亮得很，
	"好吃来""好吃来"，挂招牌迎嘉宾。

【幕后几人叫：堂倌堂倌，订席、火锅、买花生……

堂　倌	来了来了。预订席桌账房请，凉菜出堂柜台请，家常便饭厅

房请，成都火锅楼厢请。（至侧幕边做挂招牌状，下）

【刘氏神经兮兮走来。金奴随后。

刘　氏　（突然停步）什么东西这样香？

金　奴　（耸鼻四顾）路边有一家饭馆。是饭馆炒菜的菜香。

刘　氏　菜香？我家的菜为何不香？

金　奴　我们上上下下一年四季吃长素，哪来这样的菜香？

刘　氏　有这样香的菜，我们何不尝一尝？

金　奴　啊？尝呀？

刘　氏　尝一尝好不好吃。

金　奴　吃？吃不吃得哟！

刘　氏　你看。（指台下）别人都吃得，我们为何吃不得？

金　奴　吃得吗，就吃嘛。

刘　氏　吃！（入店，坐到椅背上）

金　奴　我巴不得吃！（入店）堂倌堂倌。

【堂倌上。

堂　倌　来了来了。客人请坐。（放一双很长的筷子在刘氏面前）

金　奴　安人点菜。

刘　氏　点……香的！

堂　倌　香的有施鸭子……

刘　氏　死鸭子不要不要。

堂　倌　那就张鸭子……

刘　氏　脏鸭子不要不要。要干净的！

金　奴　原本就是干净的。

刘　氏　你晓得？

金　奴　我晓得。

刘　氏　你来点。

金　奴　我来点。一要鸭脚板儿，二要鸡翅膀儿，三要兔脑壳……

堂　倌　尽是啃的？

金　奴		啃起才香。四要豆瓣鱼、五要糖醋鱼、六要清蒸鱼……
堂　倌		尽是鱼？
金　奴		年年有余（鱼）。七要水煮肉片、八要白油肉片、九要锅巴肉片、十要十全大补汤。
堂　倌		吃不吃得完啰？
金　奴		一样吃一口嘛。
堂　倌		先付钱。（伸手）
金　奴		后算账。（交银）
堂　倌		我端不了那么多。（下）
金　奴		有我来帮忙。（下）
刘　氏		（用筷子敲桌子，敲出有趣的节奏，唱歌似的叫着）快点快点，快点快点。

【金奴答："来了来了！"上。她拿着酒壶酒杯，正自斟自饮。

【刘氏下椅。

刘　氏		给我吃哟！（夺过酒壶酒杯，自斟自饮，身段过场）

【金奴端鱼上，边走边吃，舔唇咂舌。

金　奴		香！硬是香！安人吃鱼。这是豆瓣……（咳嗽不止）
刘　氏		你怎么了？
金　奴		（比画被鱼刺卡住，大咳一声，伸手从口中拈刺出）好长一根刺哟。（下）
刘　氏		（坐椅背上，用筷夹"鱼"尝，品味）鲜！鲜！

【金奴端盘跑上。

金　奴		鸡翅膀来了。（取一只给刘氏）
刘　氏		骨头架架的，如何吃？
金　奴		我来教你。

【刘氏、金奴啃鸡（运用传统的虚拟动作）。二人啃得舔嘴咂舌。

【堂倌上。

自在飞花

| 堂 倌 | 客人，天色不早了，我们要关店门了。 |
| 金 奴 | 我晓得。安人，该回去了。 |

【金奴扶刘氏起身出店。堂倌们撤去桌椅等物。

刘 氏	（迷迷糊糊）回去……
金 奴	安人，你今天……开了荤啰。
刘 氏	开了荤……又怎样？
金 奴	开了荤，神鬼不容啊。
刘 氏	不容？（笑）嘻嘻，原本就不容。
金 奴	原本不容？
刘 氏	不容不容！鬼……不容我，夺……夺走了……我的丈夫……神……不容我，抢……抢去了……我的儿子。我……吃长素……伶仃孤苦……我……拜鬼神……孤苦伶仃……等我回去……回去把……把佛堂撤了，供品甩了，香蜡灭了，神像丢了。我还要把……把这家饭馆的师傅请去做菜。开五荤！办酒席！全家上下打牙祭！
金 奴	（拍手）那才好哟！安人，我扶你回家，扶你回家！（扶刘氏跌跌撞撞下）

【四鬼上，圆场，东张西望。

鬼 甲	（念）佛堂找不见，
鬼 乙	（念）莫非搬了家。
鬼 丙	看，好吃的，好喝的，都来了！

【益利与男仆抱酒坛，身段过场。

【金奴与女仆端盘子，身段过场。

【益利与男仆上菜过场。

【金奴与女仆端汤过场。

【与此同时，四鬼歌舞，一唱众和。

| 鬼 甲 | （唱）全兴大曲香喷儿香喷儿， |
| 众 | （唱）香喷儿香喷儿。 |

鬼　甲	（唱）灯影牛肉辣呼儿辣呼儿，
众	（唱）辣呼儿辣呼儿。
鬼　甲	（唱）东坡肘子糯滋儿糯滋儿，
众	（唱）糯滋儿糯滋儿。
鬼　甲	（唱）竹荪炖鸡哟……

【四鬼偷着喝汤。

帮　腔	烫了舌头儿。
鬼　甲	（怒）哇呀呀……记起！

【三鬼扯出长长的账簿，鬼甲扯出大笔。

鬼　甲　　（唱）馋点心儿，油脚子灯儿，
　　　　　　　　刘氏四娘开五荤儿。
　　　　　　　　垂涎三尺我未尝一口儿，
　　　　　　　　气得鬼儿子鼓眼睛儿。
　　　　　　　　拿本本儿，写字字儿，
　　　　　　　　不漏半点儿和丁丁儿。
　　　　　　　　报告送上那个南天门儿，
　　　　　　　　扒她的皮来抽她的筋儿。

　　　　　　走！

【四鬼下。

刘　氏	（内唱）一觉醒来……
幕后齐唱	一觉醒来，一觉醒来，一觉醒来……

【刘氏上。她容光焕发，步履轻盈，载歌载舞，宛如少女。

幕后唱　　　一觉醒来忽见春，
　　　　　　莺歌燕舞花如云。
　　　　　　方知日月无限好，
　　　　　　是人就该像个人。

刘　氏　　（唱）可惜年已三十二……
　　　　　金奴，拿镜子来。

自在飞花

金　奴	来了。(执镜上)
刘　氏	(对镜左顾右盼)哎呀金奴,你看我是不是老了?
金　奴	不老不老。
刘　氏	额头上都有皱纹了。
金　奴	光光生生的!
刘　氏	眼角都有鱼尾了。
金　奴	平平整整的!
刘　氏	眼泡子都有点肿了。
金　奴	你不哭吗,就不肿嘛。
刘　氏	嘴巴有点瘪了。
金　奴	你不怄气吗,就不瘪嘛。
刘　氏	这样说来,我还看得?
金　奴	哎哟,你岂止看得,你还是个大美人。
刘　氏	真的呀?
金　奴	真的!
刘　氏	(撒娇)哼,我们这些人嘛,不说美,也和美差不多!(笑)
帮　腔	徐娘半老,风韵犹存。
刘　氏	金奴,哎呀,金奴,过来过来。
金　奴	来了,又有啥子事嘛。
刘　氏	我有句悄悄话要给你说。
金　奴	说嘛,我立起耳朵在听。
刘　氏	明天我要……
金　奴	你要干啥?
刘　氏	(飞快说出)我要嫁人。
金　奴	我要嫁人?
刘　氏	呸哟,哪是你要嫁人吗?!人家别个……
金　奴	哪个?
刘　氏	那个。

金 奴	哪个？
刘 氏	哎呀，我要嫁人。
金 奴	哈哈哈。安人，你早该嫁人了。
刘 氏	嫁得呀？
金 奴	咋个嫁不得？我看呀，你就嫁给表、老、爷。
刘 氏	（娇嗔）哎呀，你乱说，你乱说，我要掌你的嘴……
金 奴	哎哟，不要装疯迷窍的哟。表老爷爱你，你爱表老爷。你不嫁给他，嫁给哪个？
刘 氏	嗨呀，这些事情你都看出来了？
金 奴	我们这么精灵的人，哪样看不出？
刘 氏	既是如此，你去把表老爷请来，我们商量商量。
金 奴	对，把表老爷请出来。（向内叫）益利，有请表老爷。
益 利	（上）表老爷都走了。
金 奴	走了？好久回来呢？
益 利	不得回来了。表老爷说，他得罪了安人。安人回家，三天三夜都不理他，他只好走了。
金 奴	哎呀！我们安人又气又累又酒醉，睡了三天都喊不醒，哪里是不见他嘛。（对刘氏）安人，咋个办呢？
刘 氏	我去把他找回来。

【金奴、益利下。刘氏圆场。

帮 腔	穿山林，走捷径，
	荆棘丛中把路寻。
刘 氏	（唱）三弯九拐羊肠道，
	兔在窜来鹿在奔。
	兔有三窟避灾祸，
	鹿有长角去相拼。
	刘氏我乃人一个，
	命运不济也要争。

帮　腔	还我真情和本性， 哪怕前途路难行。
刘　氏	前面有一行路之人，好像是他，哎呀，是他！
帮　腔	疾步飞奔如风快，

【刘氏到侧幕边拉着李华君的后衣襟，李华君退出。

帮　腔	拉得郎君退回来。
李华君	（转身见刘氏）四娘你，你怎么来了？
刘　氏	我……我是来找你回去的。
李华君	找我回去做啥呀？
刘　氏	找你回去……管家呀。
李华君	（失望）管家？你可以找别人嘛。我，我走了……（走）
刘　氏	（忙叫）李郎！
李华君	（猛止步，慢慢回身）你叫的什么？
刘　氏	我叫……（难为情，轻声）李郎。
李华君	（惊喜，故意）哎呀，我听不清楚，你再叫一遍。
刘　氏	（害羞地背过身去）李郎……
李华君	大声一点嘛。
刘　氏	（高声）李郎——

【刘氏转身跃入李华君的怀中。二人起舞。

【仆人们跑上。他们举着喜庆的灯笼，与二人配舞。

帮　腔	年过三十才知春， 抓住春光伴我行。 一路撒下爱和笑， 自由自在做个人。

【金奴上。她替刘氏搭上盖头。把红绸交在李华君和刘氏手中。

【李华君用红绸拉着刘氏，下。众人跟下。

【四鬼上，亮出"勾魂"牌及铁链等物。

鬼　甲	（念）阎王令捉刘氏地府归案，	
	哪管她入洞房不到十天。	
	进门来忽觉得有些气短，	
	见她在罗帐中含笑而眠。唉！（向三鬼）	
	她夫妻恩爱不浅，	
	一心想偕老百年。	
	将他们阴阳隔断，	
	岂不是也很可怜？	
三　鬼	快动手。	
鬼　甲	（念）手有点儿耙。	
三　鬼	快出脚。	
鬼　甲	（念）脚有点儿软。	
三　鬼	这是为啥？	
鬼　甲	（念）心，有点亏；	
	鼻，有点酸。	
三　鬼	（念）只怪她吃油大把我们怠慢，	
鬼　甲	该捉？	
三　鬼	该捉！	
鬼　甲	好，那就捉！捉！捉！	
	（念）亮牌子，套链子，	
四　鬼	（念）把刘氏捉到鬼门关！走！（众鬼下）	

【傅罗卜手执断把扫帚，慢步上。

傅罗卜	（望着扫帚，自语）断了……断了……
	（唱）断了帚把断亲情，
	母伤心来儿伤心。
	母伤心时将儿骂，
	儿伤心时对谁云？

【放下扫帚，看看四下无人，从胸前扯出一张绢画。

| 傅罗卜 | 傅罗卜思念母亲，又不敢对人言说，只得暗自画下母亲的真容，于无人之时悄悄看上一眼。（挂画）母亲，妈呀，你要宽恕孩儿不孝之罪啊……（跪拜） |

【菩萨彩云拥上。

菩　萨	僧人目连。
傅罗卜	（大惊而起）菩萨……（以身遮画）
菩　萨	上天知汝诚心修行，命吾神来传佛祖法谕：赐汝尊号西天圣僧大目犍连。速来领受衣冠。
傅罗卜	领法谕。（不得不上前接受衣冠）
菩　萨	（给傅罗卜披袈裟时看见画）那是什么？
傅罗卜	（顺口搪塞）是观音……（以身遮画）
菩　萨	观音？再赐汝锡杖一根，上天入地任汝通行。
傅罗卜	（不得不上前接杖）多谢佛祖！
菩　萨	（望画）那是什么观音？
傅罗卜	（惊慌搪塞）送子观音。
菩　萨	啊？你个和尚，拜送子观音？
傅罗卜	不不不。不是小僧在拜，是小僧画出送子观音，挂至佛堂之上，让那些善男信女来拜……
菩　萨	那还差不多。（推开遮遮挡挡的傅罗卜）吾神看一看你娃娃的画工如何。（拿起画）画工尚可，只是画得一点也不像。吾神在天上随时碰见送子观音。哎哟，她老啰，没有这么丰满啰。她天天忙着帮别人送儿子，自己累得来干瘪瘪的像块门板，哪有这么好看哟。（仔细看）嗯，越看越好看……看了还想看……咦，这个美人，我像在哪里看见过。她像是……是傅家那个守寡的媳妇刘氏四娘……（大叫）目连，你在思亲画像，画像思亲！
傅罗卜	（跪）菩萨恕罪！（叩头不止）菩萨恕罪！
菩　萨	你呀，你呀。是吾神上天，禀明佛祖，说你娃如何如何，谁

	知你还这般这般。你可知，你的母亲已经死了。
傅罗卜	母亲死了？不会的！不会的！
菩　萨	你的母亲是个十恶不赦之人。
傅罗卜	十恶不赦？不是的！不是的！
菩　萨	哎呀，吾神不哄你。上天已命阎王遣鬼，将她捉到阴司问罪。要叫她受尽种种酷刑，再打入铁围城中，永世不得超生！
傅罗卜	（菩萨说一句，他惊恐地"啊"一声。此时忽大叫而起）母亲，是孩儿不孝，是孩儿害了母亲……菩萨，我要去至阴司，搭救母亲。
菩　萨	啊？你是正神，她是鬼犯。你对她只能避而远之，恨而责之，相逢而不相认之，为何还要去到阴司搭而救之？
傅罗卜	佛之宗旨，普度众生。我若连母亲都不能超度，还说什么普度众生？求菩萨指点，目连如何才能搭救母亲？
菩　萨	弄清楚！此事若被上天知道，你就不能升天成佛！
傅罗卜	事到如今，哪还顾得了许多。
菩　萨	唉，人非草木，孰能无情。母子天性，情有可原。（四下一望）附耳过来嘛。

【傅罗卜趋近，菩萨做耳语状。

菩　萨	（一口气地说）阎王爷原本是我的同窗好友，只因这娃修行不认真，念经不用心，当年佛祖考问功课是我帮他做的夹带。他虽然未能升天成佛却也入地做了阎王。因此他欠我的情卖我的账。你就对他说我是你的师父，你是我的徒弟。反正公事瞒上不瞒下，让他对你的母亲网开一面也就是了。
傅罗卜	多谢菩萨。目连救母去了。（下）
菩　萨	（追着叮咛）一路小心！谨防那些盯梢、打吊线的东西瞧见了去上天打个小报告，还要连累吾神受过遭殃……（自语）唉。不做好事，心头又过不得。做点好事，心头又怕得很。哎哟，难啰。（欲走，又回头，拿起刘氏画像看看，笑嘻嘻揣入怀中，

　　　　　　　下彩云拥下）

　　　　　　【灯光变化。

刘　氏　　（内唱）阴风狂，镣铐叮当……

四　鬼　　（内白）走！

　　　　　　【四鬼押刘氏上，舞蹈造型。

刘　氏　　（唱）黄泉路上黑茫茫。

　　　　　　　　无端大祸从天降，

　　　　　　　　神差鬼使闯兰房。

　　　　　　　　勾魂牌子亮，

　　　　　　　　铁索套脊梁。

　　　　　　　　冤魂一缕随魍魉，

　　　　　　　　撇下了，撇下了——

帮　腔　　　　新婚夫君受凄凉。

鬼　甲　　把刘氏拖往刀山剑林！走！

　　　　　　【三鬼拖刘氏。

　　　　　　【傅相手握"投生牌"奔上，拦住三鬼。

傅　相　　慢仗些，慢仗些。

鬼　甲　　你拿着投生牌不去投生，你要做啥？

傅　相　　（指刘氏）此妇人乃是我阳间的妻室，我想……

鬼　甲　　你想做啥？

傅　相　　我想与她说几句话。（掏一锭银子塞给鬼甲）

鬼　甲　　（见钱心喜）好，长话短说。

　　　　　　【鬼甲向三鬼抛示银子。四鬼高兴地到一边分钱。

傅　相　　你是刘氏？

刘　氏　　你是老爷？

傅　相　　四娘。

刘　氏　　（悲从中来）老爷呀！

傅　相　　莫哭，莫哭。你我夫妻总算又见上一面了……刘氏，我见鬼

		差要将你拉往刀山剑林，莫非为夫死后，你犯了什么罪？
刘　氏		这……老爷，你平生并无过错，为何也短了阳寿呢？
傅　相		为夫有罪，为夫有罪。
刘　氏		谁人不知，你是远近有名的大善人，你有什么罪呀？
傅　相		有。有。

（念）那一年，朝山拜佛去得远，
　　　在庙中，天长日久心不专。
　　　敬香时，不小心把香头折断，
　　　念经时，神恍惚把经卷错翻。
　　　都怪我，这些错是一犯再犯，
　　　才落得，归途中命丧黄泉。

刘　氏		（念）为小过受重惩理当争辩，
傅　相		（念）亵渎神灵，罪该万死，我自己心甘。
刘　氏		（苦笑，惨笑）好。好。唯愿你投生转世，再不犯一丁点过错。
傅　相		哎呀，再也不会错了，再也不会错了。为夫投生，不投人胎，去投狗胎。我要变成一只黑狗——看守庙宇，以赎前世之过……唉，说了半天，你到底身犯何罪？
鬼　乙		她用混浊浊的油脚子点佛前灯。
傅　相		哎呀。你何必舍不得那点清油嘛。
鬼　丙		她大开五荤。
傅　相		啊？你怎么忍心杀生啰！
鬼　丁		她改嫁二夫。
傅　相		（跳起来）呀！刘氏！我生前待你不薄，不料你却不肯为我守节！你说，那个野男人是谁？你说出来，我变了狗，好去咬他几口。你说，你说呀！她还不说，她还在庇护那个野男人！（举"投生牌"打刘氏）我把你这不贞不烈的妇人……
鬼　甲		（踢傅相一脚）变你的狗去哟！

【傅相就地一滚变成黑狗。

刘　氏　（大恸）老爷！（膝行向前）你不该受此重惩，你冤枉，你冤枉呀……

【黑狗向刘氏叫："汪，汪汪"，他叫着跑下。

刘　氏　（哭喊）老爷，你冤枉呀，老爷……

鬼　甲　你在哭啥子，你在号啥子？他变了狗还有肉骨头啃，你呢？你只有受那刀砍剑割之苦。

刘　氏　我为何要受那刀砍剑割之苦？

鬼　甲　你大开五荤，还不知罪？

刘　氏　开荤也是罪？你们错了！

（唱）天地生万物，

　　　唯人最尊贵。

　　　人要活得美，

　　　自当享甘肥。

　　　岂止凡夫难忍口，

　　　仙家何尝不贪杯。

　　　祭天祭地祭神鬼，

　　　雄鸡猪头案上堆。

　　　独我食荤便获罪，

　　　好教刘氏愤且悲。

　　　酷刑相加情理悖，

　　　谁与我，说这曲直和是非？

鬼　甲　不容分说，将刘氏叉上刀山剑林，走！

【众鬼打叉。刘氏躲闪、抵挡，终被三鬼叉下。

傅罗卜　（内叫）母亲……（奔上）

（唱）执锡杖，闯阴司，

　　　搭救母亲恨步迟。

　　　刀山剑林娘已去，

　　　紧追急赶竟如痴。

母亲，孩儿救你来了。（身段过场，下）

【四鬼押刘氏上，舞蹈造型。

鬼　甲　　刘氏，来此已是滑油山。你还要受那滑油之苦。

刘　氏　　何谓滑油之苦？

鬼　甲　　滑油山乃是油脚子堆成，溜滑无比。你爬上去就要跌下来，跌下来又要爬上去。凡用混浊浊的油脚子点佛前灯者，死后都要受那滑油之苦。

刘　氏　　（冷笑）嘿嘿，原来如此。

　　　　　（唱）只因那油清油浑，
　　　　　　　　便设下油山为刑。
　　　　　　　　为这点蝇头小利，
　　　　　　　　鬼神也如此相争。
　　　　　　　　你掌着世人性命，
　　　　　　　　人敬你用油必清。
　　　　　　　　倘若是人能管你，
　　　　　　　　你对人岂敢不尊？
　　　　　　　　滑油山前满腔恨，
　　　　　　　　人鬼清浊谁来分？

帮　腔　　谁来分？谁来分？

鬼　甲　　不容分说！将刘氏叉上滑油山。

鬼　乙　　我来叉。（绕刘氏耍叉）

鬼　甲　　（看了一阵，吼）过来！我问你，你在做啥？

鬼　乙　　打叉嘛。

鬼　甲　　打叉？你给老子打假叉！（抓住鬼乙）说，她背地给你塞了好多红包？

鬼　乙　　没有。没有。

鬼　甲　　没有塞红包，你会打假叉？

鬼　乙　　哎呀，平时我们还是吃了人家不少的雄鸡、猪头、糖油果子、

酥锅盔哪。

鬼　甲　（打鬼乙）哪有做鬼的心慈手软？！（向刘氏）刘氏，看鬼大爷亲自将你叉上滑油山。（拉架子要叉，身段过场）

【三鬼护刘氏跑下。

鬼　甲　（耍叉后发现无观看对象，泄气）嘿，没得人看……（拖着叉无精打采地走，忽想起）不打叉，还唱啥子目连戏呢？（提起精神高叫）刘氏，看叉！（举叉做态，下）

【傅罗卜奔上。

傅罗卜　（叫）母亲……

（唱）寻母寻到滑油山，
　　　阴风惨惨透骨寒。
　　　亡魂哀号何忍听，
　　　不见母亲泪涟涟。

帮　腔　　　泪涟涟。

傅罗卜　母亲，孩儿救你来了！（身段过场，下）

【四鬼押刘氏上，舞蹈造型。

鬼　甲　刘氏，来此已是锯子房。你要去受那铁锯分身之刑。

刘　氏　刘氏不服！

鬼　甲　管你服不服。凡是改嫁二夫者，死后都要用铁锯将她锯成两半。

鬼　乙　喂，过来，过来。（拉鬼甲到一边）她的前夫变了狗，后夫又还没有死。你把她锯成两半，给哪个？

鬼　甲　（小声）我们两个，一家一半。

鬼　乙　她呀……算了，我不敢要。

鬼　甲　你不要，都给我！（转）刘氏，速上铁锯受刑。

刘　氏　刘氏不服！刘氏不服！

（唱）刘氏嫁二嫁，
　　　罪魁是你们。

		若非小过施重惩，
		我夫怎会命归阴。
		男婚女嫁两情愿，
		何事干犯鬼与神？
		滥施酷刑不公正，
		纵锯成粉粉末末、末末粉粉，粉粉末末、末末粉粉，
		一腔怨恨也难平！
帮　腔		也难平！也难平！
鬼　甲		不容分说，将刘氏叉上铁锯！
	【傅罗卜奔上。	
傅罗卜		叉下留人！（举杖趋前）吾乃西天圣僧大目犍连。锡杖在此，众鬼回避。
	【四鬼退下。	
傅罗卜		（扶起刘氏）母亲醒来。
刘　氏		你是圣僧。
傅罗卜		我是傅罗卜……
刘　氏		傅罗卜舍与佛门了。
傅罗卜		我是你的儿子！
刘　氏		我哪有什么儿子。
傅罗卜		母亲，孩儿人在佛门，身不由己。母亲要宽恕孩儿，恕孩儿不孝之罪呀。（跪）
刘　氏		唉。如今我死在阴间，成了鬼犯。你还前来则甚。
傅罗卜		母亲。儿已修成正果，可以上天入地。闻母亲在阴间受苦，特来搭救母亲。
刘　氏		你不怕违清规、破戒律？
傅罗卜		母亲身遭大难，孩儿哪还顾得许多！
刘　氏		儿哪……
傅罗卜		（替刘氏拭泪）母亲不用悲伤。儿已见过阎王，他答应网开一

刘　氏	面了。 如此说来，为娘再也不必受酷刑了？
傅罗卜	再也不必受酷刑了。只是，他要母亲立下字据，诚心悔过。答应来世投胎为女，定要吃斋念佛，守寡尽节，以补今生之过。
刘　氏	什么？他要我转世投胎为女，还要吃斋念佛、守寡尽节？
傅罗卜	阎王拿着字据，才好向上天交代。母亲，你就悔过吧。母亲……
刘　氏	我儿从小进了佛门，你哪知为娘这一生啊……
帮　腔	人间三十有二载， 　　最后一月才识春。
刘　氏	（唱）人间三十有二载， 　　最后一月才识春。
帮　腔	才识春。
刘　氏	（唱）识得春光无限好， 　　宁度春日几晨昏。 　　几晨昏，多欢欣， 　　胜过百年怀抱冰。 　　百年抱冰何其冷， 　　冷透肌肤冷透心。 　　冷得灵魂出了窍， 　　冷得模样变了形。 　　冷得生而不如死， 　　冷得为人不像人。 　　倘若来世依旧生不如死， 　　何必死后又投生。 　　倘若来世依旧人不像人， 　　何必人间走一程。 　　刘氏无过不悔过，

　　　　　　情愿去到铁围城。

　　　　　　铁围城，冤魂尚怜冤魂苦，

　　　　　　还可以，号哭呐喊惊鬼神。

傅罗卜　　母亲，你悔过吧！

　　　　【四鬼上。

鬼　甲　　阎王有令，免去刘氏受刑。有悔过字据，便拿来呈上。若其不然，打入铁围城中，永不超生！刘氏，字据呢？

刘　氏　　无有。

鬼　甲　　你不悔过？

刘　氏　　原本无过，何悔之有？

鬼　甲　　打入铁围城！

　　　　【四鬼抓刘氏，造型。

傅罗卜　　母亲！你快悔过，你快悔过呀！

鬼　甲　　打入铁围城！（四鬼拉走刘氏）

傅罗卜　　（紧追不舍）母亲！（抓住刘氏）

刘　氏　　（唱）娘唯有一事放不下，

　　　　　　　求我儿，照看你的继父——

帮　腔　　　李华君。

鬼　甲　　走！

　　　　【四鬼拖刘氏。傅罗卜拦阻。舞蹈过场。

傅罗卜　　（一直哭叫着）母亲！你悔过呀……你悔过呀……

　　　　【众造型定格。

——剧终
1989 年创作
1999 年首演

自在飞花

"其乐斋"品戏

《目连之母》是一则成人寓言。剧中借人鬼神的纠葛表现出一个荒唐的世界。

始于八百年前的传统戏《目连传》，充满迷信、恐怖、色情等糟粕，于1949年后被政府禁演。作者以"故事新编"的方式，把世间当作人鬼神共居的场所。原来，鬼也有恻隐之时，神也有某种苦衷。圣僧不顾违规破戒，竟往地狱搭救鬼犯。菩萨开后门瞒上不瞒下，却害怕盯梢的恶鬼告密。虔诚的善人愿投胎变狗，最想咬的是他老婆的后夫……一个原本严肃的悲剧，因幽默调侃而变得轻松可笑。显然，作者虽无哗众取宠之心，却有指鬼讽人之意。其嬉笑之态与冷峻之情跃然纸上，其游戏之形与深邃之思溢于舞台，其浓烈的人文精神，改变了八百年"目连戏"的思想，开掘出十分现代的意识。故而此剧自问世以来，即被视为我国拨乱反正后文艺复兴的一个成果，被誉为"化腐朽为神奇"。

此剧塑造了热爱生活的刘氏。刘氏动人的母子亲情与真挚爱情，以及她宁可在地狱受罪，也不以丧失人的尊严、人的权利作为交换条件而偷生人间的遭遇，足以让世人品尝到许多人生况味。同时，刘氏也是戏曲中一个特殊的形象，演员需从正剧性的青衣，转换为喜剧性的花旦，再转为勇敢顽强的武旦；需从温柔端庄转换为歇斯底里，需从逆来顺受转为坚决抗争；还需从中规中矩的程式，转为贴近生活的表演，再回到中规中矩的程式。因此，该剧属于旦角演员的"犯功戏"，有利于戏曲艺术的传承，也有利于培养具有唱、做、念、打多种才艺的"全能型"演员。此剧美视而美听，其中"寻子开荤"的"十月"之唱和"啃鸡"之做，以及"刘氏无悔"的舞式身段与鬼打叉等，都极具观赏价值，备受观众喜爱。

成都市川剧院排演《目连之母》,陈巧茹饰刘氏

成都市川剧院排演《目连之母》，陈巧茹饰刘氏、熊剑饰傅相

成都市川剧院排演《目连之母》，陈巧茹饰刘氏，刘磊、周礼兵、邓方园、张顺饰四小鬼

成都市川剧院排演《目连之母》，虞佳饰刘氏，刘磊、周礼兵、邓方园、张顺饰四小鬼

成都市川剧院排演《目连之母》，陈巧茹饰刘氏、文冬饰目连

成都市川剧院排演《目连之母》，陈巧茹饰刘氏

成都市川剧院排演《目连之母》，虞佳饰刘氏、王超饰李华君

成都市川剧院排演《目连之母》，陈巧茹饰刘氏、孙勇波饰目连

成都市川剧院排演《目连之母》，虞佳饰刘氏

成都市川剧院排演《目连之母》，陈作全饰菩萨

中国评剧院移植川剧《目连之母》，王婧饰金奴、郑岚饰刘四娘

中国评剧院移植川剧《目连之母》，郑岚饰刘四娘、赵岩饰傅罗卜

红楼惊梦

（取材《红楼梦》）

人　物

王熙凤　　　　　　　20多岁，贾府当家少奶奶
焦　大　　　　　　　90来岁（兼太老爷），有功于贾府的仆人
贾　母　　　　　　　80岁，贾府的最高统治者
秦可卿　　　　　　　20岁，贾蓉的妻子
瑞　珠　　　　　　　16岁，丫头
静　虚　　　　　　　50多岁，尼姑
平　儿　　　　　　　20来岁，王熙凤的心腹丫头
张金哥　　　　　　　18岁，财主的女儿
林公子　　　　　　　20岁，金哥的未婚夫
马太监　　　　　　　60多岁，内宫掌权太监
贾　珍　　　　　　　40多岁，贾蓉的父亲
贾　蓉　　　　　　　20来岁，王熙凤的侄儿
巧　姐　　　　　　　10来岁，王熙凤的女儿
王　仁　　　　　　　20来岁，王熙凤的弟弟
男角若干（兼演）　　男仆甲和男仆们、锦衣卫们
女角若干（兼演）　　丫鬟仆妇们、尼姑们

自在飞花

|帮　腔|【大幕缓缓移动。
　　　满纸荒唐言，
　　　一把辛酸泪！
　　　都云作者痴。
　　　谁解其中味？

【台上一片混沌。飘浮的云和溟蒙的雾，使混沌变得神秘。
【透过混沌，人们隐约可见几根大红圆柱。
【突然，一束白光穿云透雾照在圆柱间的一株枯树上。
【接着，枯树枝上冒出硕大的蓓蕾。
【顷刻，蓓蕾绽放出绚丽的花朵。
【四个男仆上。他们在圆柱后探头探脑，蹑手蹑脚向花树走去。

四男仆　（屏气轻声，唱）心儿惊，魂儿诧，
　　　　　　背发冷，头发麻。
　　　　　　园中怪树开怪花，（刚走近花树，又惊恐退开）
　　　　　　又想看它又怕它。

【王熙凤内唱："我不怕！"

四男仆　（互语）琏二奶奶来了！（退避下场）

【满台灯亮。四丫头手提玻璃灯笼上。
【王熙凤快步上。平儿一手牵巧姐，一手执红绸随上。

王熙凤　（唱）国公府宅，
　　　　　贵妃娘家。
　　　　　贾门洪福齐天大，
　　　　　怕什么十月开出三月花。
　　　　　是妖孽，我与他比一比胆；
　　　　　是神怪，我与他斗一斗法。
　　　　　叫平儿，三尺红绫枝上挂……

【平儿将红绫挂在树枝上。

王熙凤　（唱）定教那扬扬喜色映奇葩。

	平儿！
平　儿	奶奶。
王熙凤	传话下去，摆酒设宴，请老祖宗赏花。
平　儿	是。（放开巧姐）
巧　姐	妈，我怕。（躲到王熙凤身后）

【焦大执酒葫芦踉跄而上。

焦　大	（拦住平儿）不要……去……
王熙凤	（不悦而又忍耐地）焦大，你喝你的酒，我赏我的花，我不管你也就罢了。平儿，快去！

【平儿下。

焦　大	（喊）不要去……那花……赏不得……
巧　姐	那花为何赏不得？
焦　大	那花……不是好兆头！只怕这个家……要败啰……（捶胸哭叫）这个家，要败啦……
王熙凤	来人！

【二男仆上。

王熙凤	（指焦大）把他拉下去……（一顿，缓和语气）灌几口醒酒汤。

【二男仆抓住焦大，拉下。

【幕后仆妇声："老祖宗来了！"

【平儿扶贾母上，二仆妇后随。

王熙凤	孙媳见过老祖宗。
贾　母	凤丫头，枯了的海棠当真开花了吗？
王熙凤	老祖宗请观。

　　（唱）此树去春已枯败，
　　　　　今秋忽然花又开；
　　　　　定是北堂添寿考，
　　　　　特与老祖宗贺喜来。

【贾母轻轻摇头。

帮　腔	来得怪。
贾　母	（唱）难测好歹，
	颇费疑猜。
	草木最应知时令，
	不时而发多不谐。
	莫非妖孽在作怪？
	莫非神佛要降灾？
	贾氏兴旺将百载，
	常言久盛必有衰。
帮　腔	怕只怕泰极否来！
贾　母	（唱）花开若是主祥瑞，
	让我儿孙皆成才。
	花开若是主凶险，
	老身一人受祸灾。
	叫人捧来玉杯酒……
王熙凤	捧酒来！

【一仆妇递上酒盘，平儿转递与王熙凤，王熙凤取酒杯呈与贾母。

贾　母　　（接杯）尔等退下，待我祝告上苍。
王熙凤　　是。（率众人退下）
贾　母　　（举杯向天）菩萨呀，列祖列宗！
　　　　　（唱）求你们冥冥之中——
帮　腔　　　　冥冥之中好安排。

【贾母洒酒于地，向花树跪下，双手合十，低头默祷。
【台上又沉入半明半暗之中，只有那束白光罩着花树。
【花树慢慢转动起来。当树身转过另一面时，粗壮的树干变成了人身——贾府太老爷——他项有黑须，身披战袍，但脸孔却像焦大。

太老爷	（声音空灵，有如发自幽谷）唉……
贾　母	（抬头，惊呼）太老爷！（惊吓坐地）
太老爷	（仍是那空灵的声音，念）

　　　　　　痴男愚女情多纵，

　　　　　　弄巧卖乖愿难酬。

　　　　　　花开异兆权为警，

　　　　　　约束儿孙固红楼。

【树身在最后一句中转回原状。

贾　母	太老爷！（起身奔到树下）太老爷……（慢慢回身，自语）太老爷显灵了……他说，约束儿孙固红楼……儿孙们怎样了？我的儿孙们怎样了？（大叫）把老爷们、少爷们、孙少爷们、重孙少爷们都与我叫来，都与我叫来……

【切光。

【黑暗中，有人一声一声传呼："老祖宗传老少爷们大观园赏花……"

【灯光渐明。此处是贾蓉的起居室。秦可卿背身靠在美人榻上。

【瑞珠上。

瑞　珠	（向秦可卿）少奶奶，蓉少爷呢？
秦可卿	（不答，只懒懒抬手指指幕内）
瑞　珠	（向内）有请蓉少爷。

【贾蓉自内出。

贾　蓉	什么事？
瑞　珠	禀蓉少爷，老祖宗传老少爷们大观园赏花。
贾　蓉	赏什么花？哼，分明是花妖作怪。待我禀明老祖宗，将那妖树砍了。（欲走）
秦可卿	（挣扎坐起）不……不。老祖宗什么事不曾见过，还要你重孙儿去说？如今十月小阳春，天气暖和，春花忽开也是有的。叫你赏花，你就赏花。吉利的话你要多讲；那不吉利的话呀，

　　　　　　你千万说不得。
贾　蓉　　好好好，多说吉利话。跟你一样，做个大贤人。
秦可卿　　（无奈一笑）如今我卧病在床，百事不管，倒真的成了大闲人了！
贾　蓉　　瑞珠，奶奶该吃二遍药了，快去熬好端来。小心侍候。
瑞　珠　　是。（下）
贾　蓉　　如此，你就各自静养，我去去便来。（下）
秦可卿　　（扶床起身）唯愿我秦可卿也像那海棠花一样，转危为安就好了。

　　　　　（唱）叹平生与人无忤，谦逊恭顺，
　　　　　　　只求个无灾少难，安稳太平。
　　　　　　　为何苍天不怜悯，
　　　　　　　竟教疾病苦缠身。
　　　　　　　谁不爱姹紫嫣红枝头盛景？
　　　　　　　谁不怜衰桃败李树下落英？
　　　　　　　怕只怕好景不长红颜薄命，
　　　　　　　感悲戚不由可卿暗自沉吟。（叹息，靠榻侧卧）

　　　　　【贾珍背身溜上，转身，偷眼四望。

贾　珍　　（唱）美儿媳，身染病，
　　　　　　　病西施勾去我的心。
　　　　　　　贾珍迷了性，
　　　　　　　失魂又落魄。
　　　　　　　充耳不闻祖母唤，
　　　　　　　躲躲闪闪回家门。
　　　　　　　趁着众人赏花去，
　　　　　　　来与儿媳做情人。
帮　腔　　廉耻何存？
贾　珍　　（一惊）哪个？（四顾，擦汗）吓我这一跳！（蹑手蹑脚走近秦

	可卿，又向幕内一望，确信无人后，以手搭秦可卿肩头，轻呼）可卿，卿！
秦可卿	（以为是贾蓉）你就回来了……（慢慢转身坐起，抬头见是贾珍，大惊）爹！（从里侧滚下，坐在地上，浑身颤抖）
贾　珍	可卿不必惊慌，为父是来探病的。你好些没有呀？
秦可卿	（挣扎着站起）好……好……
贾　珍	（绕榻走向秦可卿）你病了，为父心中牵挂，以致坐卧不宁，寝食不安，禁不住前来探望于你。好媳妇，你那心中要领情才是啊……（边说边伸手去拉秦可卿）
	【秦可卿惊恐万状地绕榻后退。贾珍扑上前欲拥抱秦可卿。
	【秦可卿奔向幕内，下。贾珍追下。
	【瑞珠端药上。见榻上无人，走向幕内。
瑞　珠	（喊）少奶奶，少奶……（大惊）啊！（药碗脱手而飞，身子跌坐在地）
	【贾珍奔出，见瑞珠，以袖遮面逃下。
	【瑞珠奋力站起，站不稳，两脚一软，劈叉坐地。她又勉力收起僵直的腿，刚迈步，两脚一软，又劈叉坐地……她一起一跌仓皇而下。
	【秦可卿衣装不整，踉跄奔上。她不知去向何处。
秦可卿	（突发一声惨呼）……教我如何见人哪……
帮　腔	天塌地陷，天塌地陷， 　　再无有立足地， 　　哪还有锦绣天！
秦可卿	（唱）谦逊恭顺，未免于难， 　　与人无忤，何尝平安。 　　只落得——
帮　腔	狂飙吹落柳间絮， 　　无声无息去如烟。

【在蓝色灯光的晃动里，纱幕呼呼地飞去了，卧榻滚滚地滑走了，秦可卿身不由已地旋转起来，水袖与衫裙齐飞，像被狂风卷起的落叶，旋转着悠悠飘去……灯光渐灭。

【黑暗中，传来铁片的敲击声，每次四下："当当当当，当当当当……"

帮　腔　　　敲云板，传丧音，
　　　　　　梦中可有惊醒人？

【灯光起。巧姐惊惧地跑上。

巧　姐　（向四面问）这是什么声音？这是什么声音？（无人回答，她急得大叫）这是什么声音呀？！

【焦大脚步蹒跚地走出。他没有醉，显得十分衰老。

巧　姐　（一眼望见，忙跑过去）焦大爷，这是什么声音？

焦　大　（呆呆地）丧……音……

巧　姐　什么叫丧音？什么叫丧音？

【王仁跑上。

王　仁　巧姐儿！

巧　姐　舅舅！舅舅，什么叫丧音？

王　仁　你们家死人了。

巧　姐　（惊骇）死人了！（哭声问）哪个死了？哪个死了？

王　仁　管他哪个死了！你妈叫你回去，你就回去。（拉巧姐下）

【云板声停。瑞珠惊慌逃来，撞着发呆的焦大。

瑞　珠　（大惊，见是焦大，又如获救星，将他一把抓住）焦大爷，你要救我！你要救我……（叩头如捣蒜）。

焦　大　（拦住她）你犯了什么家法？

瑞　珠　蓉少奶奶死了……

焦　大　（自语）原来是蓉哥儿媳妇死了……她病了许久，死了与你何干哪？

瑞　珠　我，我，我看见……看见珍大爷……在她的卧室里……

焦　大	（一把捂住瑞珠的口，左右看看，低声问）你对别人说了没有？
瑞　珠	（使劲摇头）没有，没有。可是，珍大爷看见我了。他必定容不过我。焦大爷，我爷爷帮你喂过战马。看在我死去的爷爷的分上，你你你要救我一命哪……
焦　大	唉……起来，起来。（拉起瑞珠）这件事，若让别人知道，我们贾家就要遭祸了。你宁死也不能对别人说一句。你肯赌咒，我便救你。
瑞　珠	（"咚"一声跪下）我若对别人说出一句，就不得好死！
	【内传男人呼喊："抓瑞珠！"瑞珠惊恐地抱住焦大的腿。
焦　大	你且逃出府去躲避一时，等我向老祖宗求情，日后再让你回来。
	【幕后又呼"抓瑞珠！"
焦　大	快跑！
	【瑞珠起身逃下。焦大取下腰间酒葫芦，做饮酒状。
	【四男仆执棍追上。焦大拦路。
焦　大	（佯醉）喝一杯……喝。（见男仆甲夺路走，忙将他一把抓住）喝……（欲灌酒）
仆　甲	（气恼而又无奈地）焦大爷，小的们有急事。
焦　大	啥……急事？嗯？
仆　甲	小丫头瑞珠不听招呼，将蓉少奶奶气倒在地，一命呜呼。如今珍大爷要抓住她——正，家，法。
仆　乙	焦大爷，你看见瑞珠往哪儿跑了？
焦　大	瑞珠？就是那个……眯眼、眯眼的黄毛……黄毛丫头？
仆　甲	就是她，人小鬼大！
焦　大	（东指西指）朝那边……（见众仆拔腿就追，忙叫）不是……是朝那边……
仆　甲	到底朝哪边？

焦　大	（拍胸口）焦大爷……带路。（指瑞珠下场的反方向）跟我，走。
众　仆	追！

【众仆越过焦大奔下。焦大随下。

帮　腔	心炸胆裂！

【灯光骤然昏暗。几根红柱特别显眼。

【瑞珠上。她惊恐地瞪着两眼，浑身哆嗦。

帮　腔	正家法，声声勾魂魄。

【瑞珠逃走。红柱移动。它们或并成一排，或列为夹道，或突出一根。瑞珠奔向哪里，哪里就有红柱挡道。她狂奔于红柱之间。

【最后，红柱呈圆形围困着瑞珠。瑞珠蜷缩于地。

帮　腔	沉冤何处白？！

【幕后有人喊："抓瑞珠……"红柱复归原位。

【台上灯亮。瑞珠跃起欲走，四男仆执棍冲出，举棍逼视瑞珠。

瑞　珠	（唱）天哪，天！
	你不该赐我一双眼。
	予我三寸舌。
	教他们怕这眼底赃证在。
	舌尖隐私泄。
	饮恨吞声自去也。
	免遭凌辱受磨折。

【瑞珠向红柱撞去。

【众仆大惊，垂棍于地，呆立。

【瑞珠倚柱慢慢倒下，额上一抹鲜血。

【王熙凤与贾蓉急步上。焦大从另一方上。焦大与贾蓉惊呆。

王熙凤	（唱）白惨惨的脸，
	红殷殷的血。
	两眼望天留长恨，

|||不由人，阵阵寒噤阵阵怯。
你触柱，我明白：
丧事因由问不得。
小命儿无辜丢也，|
|---|---|
|帮　腔|铁石心肠也凄切。|
|焦　大|（慢慢蹲下抚摸瑞珠的脸颊，哀声）我还没有见着老祖宗，你何苦忙着去死啊……（向王熙凤）二奶奶，瑞珠是个好丫头，你要厚葬她呀……|
|王熙凤|（缓缓地）焦大说得不错。瑞珠……是个好丫头……|
|众　仆|（不解）这……|
|王熙凤|想这瑞珠，本是蓉少奶奶的贴身丫头。蓉少奶奶生病去世，她便触柱而亡。此乃以身殉主，可敬可嘉。|
|众　仆|（仍不明白）以身殉主……|
|王熙凤|这等义仆，既是你们的榜样，也是贾门的荣光。还不向蓉少爷道喜！|
|众　仆|（莫名其妙地照办）给蓉少爷道喜。|
|贾　蓉|哦，哦……（回过神来）好，好。瑞珠殉主，可敬可嘉，当以我的女儿之礼厚葬。来，将瑞珠小姐的尸体抬下去，与少奶奶的遗体，一并停放在登仙阁中。|
|众　仆|是。|

【众仆举起瑞珠缓步下。焦大垂头跟下。

帮　腔	啊……啊……

【王熙凤与贾蓉互相望望，缓步而下。

【灯光渐暗，灭。

帮　腔	芳魂相继去， 灵牌成双设。

【底幕前渐渐有光，好像是一片灰蒙蒙的天空。

【一些人影从四面八方先后走来，三三两两聚在一起，交头

接耳。

帮　　腔　　　　　廉耻丧，
　　　　　　　　　隐私泄。

帮　　腔　　　　　流言沸沸，
　　　　　　　　　恶语窃窃。

【焦大以袖蒙面踉跄上。

【人影涌向焦大，围着他指指戳戳，有的大笑，有的不许他蒙面。

帮　　腔　　　　　老奴焦大也羞涩，也羞涩，
　　　　　　　　　有酒难掩耳根热，耳根热。

【人影渐渐散去。追光照着焦大。

焦　　大　　（唱）有人说，有人骂，
　　　　　　　　　有人耻笑有人责。
　　　　　　　　　贾门权威损，
　　　　　　　　　贾门名声亵。
　　　　　　　　　都说道，只有门前石狮子，
　　　　　　　　　才是干净与清白。
　　　　　　　　　焦大心似滚油煎，
　　　　　　　　　老祖宗呀，老祖宗
　　　　　　　　　你究竟晓得不晓得？

【幕后传来贾母的长叹："唉……"焦大隐去。

【贾母出现在舞台某处的定点光中。

贾　　母　　（唱）养尊须得装聋哑，
　　　　　　　　　处优何须心忐忑。
　　　　　　　　　奈何花为警。
　　　　　　　　　致令情悱恻。
　　　　　　　　　叫来众儿孙，
　　　　　　　　　训诫守祖德。

　　　　　　　谁知言未了，

　　　　　　　主亡奴尽节。

　　　　　　　欲问却怎问？

　　　　　　　欲责待怎责？

　　　　　　　深究怕出丑，

　　　　　　　浅谈空喋喋。

　　　　　　　贾门权势不可损，

　　　　　　　贾门名声不可亵。

　　　　　　　纵然有蹊跷，

　　　　　　　亦当守缄默。

　　　　【焦大出现在舞台稍远处的定点光中。

焦　大　　（唱）使不得！

　　　　　　　长堤溃于蝼蚁穴。

贾　母　　（唱）待我从容思良策。

　　　　　　　但愿皇恩能镇邪。（光圈灭。贾母隐）

焦　大　　（唱）避灾防患在眉睫，

　　　　　　　况有宵小弄诡谲。

　　　　【另一定点光中出现马太监。他和焦大都面向观众（两个空间）。

马太监　　（插白）我，马太监。

焦　大　　（唱）马太监，良心黑。

　　　　　　　不可与他相交结！

马太监　　呸！（与焦大隔空吵架）

　　　　　（唱）你多管闲事多磨折！

焦　大　　（唱）你的心肠似蛇蝎！

马太监　　（唱）骂我蛇蝎便蛇蝎，

　　　　　　　不毒何从敛财帛？

　　　　【马太监弓腰低声，机密地。

马太监　　（唱）贾府丧事太奇特，

定将情由弄明白。

一旦把柄掌中捏，

金银财宝唾手得。

【传来贾珍的声音："老内相。"

【另一定点光中出现贾珍。马太监转身与贾珍对面。

马太监　　珍老爷！传唤咱家，有何吩咐？

贾　珍　　老内相！

（唱）蓉儿捐官心迫切，

马太监　　（唱）正为此事来告捷。

官中三百龙禁卫，

伤病减员有空缺。

速将银两交与我，

待我前去办交涉。

贾　珍　　（唱）深深谢！（施礼）

马太监　　（唱）自家人何必多礼节？（插白）告辞。

贾　珍　　慢走！

【马太监隐去。贾珍转身欲走。

【焦大叫："珍大爷！"

【贾珍吃惊地回身，面向观众。

焦　大　　（唱）你捉襟见肘日窘迫，

捐来闲官何所得？

贾　珍　　（唱）国公府第办丧事，

蓉儿无官怎见客？

脸少光，

受轻蔑。

焦　大　　（唱）何处筹银千余两？

贾　珍　　（唱）求他婶娘通关节。

【定点光灭。同时，追光迎王熙凤上，贾蓉跟上，二人圆场。

贾　蓉	婶娘，婶娘。（追上王熙凤，拉着她的衣袖）二婶娘……
王熙凤	（两边看看，小声）松手！
贾　蓉	（跪下）婶娘不借钱，侄儿不松手。
王熙凤	咦！你敢要挟我？起来！
贾　蓉	（撒娇）婶娘不借钱，侄儿不起来。
王熙凤	哼，我还缺钱用，哪有银子借与你？
贾　蓉	你以为我不晓得？单是小丫头、小厮们的月例银子，婶娘拿去放高利贷，每月也收入百十两利钱。
王熙凤	（捂其口）轻声！我放高利贷又怎么样？还不是为了补贴家用，为了支撑国公府的面子！
贾　蓉	就是为了我国公府的面子，我才去捐个官，我爹才叫我来向婶娘借钱。要是借不到呀……
王熙凤	怎么样？
贾　蓉	我只有把老祖宗的东西，偷几箱出去典当！
王熙凤	嘿！还轮得着你去偷？老祖宗的东西，早就典当了！
贾　蓉	啊？（撒娇地抱着王熙凤的腿）那侄儿就去偷——你……
王熙凤	（轻轻拍打他的头）没出息的东西！说什么偷，只要心头多转几个弯弯，哪里弄不到三五千两银子？起来。
贾　蓉	婶娘答应了？
王熙凤	（以手指戳贾蓉之额）你这个小冤家！
贾　蓉	嘻嘻！多谢疼侄儿的婶娘。（起身）
焦　大	（幕后唱）劝凤姐， 　　　休缺德！
王熙凤	（冷冷地）哼！管我的人，他的妈还没有把他生出来。（扭身而下）
贾　蓉	（附和）哦！（追下）

【切光。

焦　大	（幕后唱）凤姐不可再作孽，

　　　　　　　　　　不可再作孽……

【满台灯亮。这里是秦可卿的灵堂。白绫悬挂四方。

【男仆推出两块镶金大木牌"防护内廷紫禁道御前侍卫龙禁尉"。

【静虚老尼领尼姑们执香、敲木鱼、念经过场,下。

【巧姐尾随而上,好奇地观看。焦大颠颠地跑上。

焦　大	巧姐儿,老祖宗……在哪里?
巧　姐	你要见老祖宗呀,那要先找我妈。
焦　大	呸!你妈不是东西。我要见……老太君……
巧　姐	老祖宗住在最后面的最最后面的后院里。外头有小厮们、婆子们、丫头们一层一层把守着。
焦　大	把守!守得房子都要倒了!我要问她……管不管……(越到后来越口齿不清,眼也睁不开了,跟跄地碰在木牌上)这是个啥……啥东西?
巧　姐	(念字)"防护内廷紫禁道御前侍卫龙禁尉"。哦,是蓉大哥当了官的牌子。
焦　大	(怒)花一千多两银子去捐,捐这么个,牌牌?这个家,咋个不败!(生气踢牌,反踢痛自己的脚,抱脚后退,站立不稳,倒在祭帐后,睡去)
巧　姐	焦大爷……哎呀,他就睡着了。(下)

【张金哥与林公子分上。

| 帮　腔 | 　　借吊丧寻知音两厢游转…… |

【张金哥与林公子碰面。

| 张金哥 | 林郎! |
| 林公子 | 金哥! |

【二人警惕地回身察看。

| 帮　腔 | 　　富贵场耳目多有话快谈。 |
| 张金哥 | (唱)恨李家,仗势欺人强下聘, |

	恨我父，要悔婚约图高攀。
林公子	（唱）官司已到都察院，
	要我退亲如登天。
张、林	（同唱）恶雨邪风任吹打，
	宁折也不弯。
	珍重了！
	【二人相视着，慢慢后退。
帮　腔	一声珍重分别去。
	此处不可久流连。
	【幕后人声："二奶奶这边歇息。"
	【林公子奔下。张金哥欲下，迎面王熙凤上，静虚与平儿随上。
	【王熙凤与张金哥照面，张金哥忙退到旁边施礼。
王熙凤	（打量张金哥）这是谁家姑娘，长得这样标致？
静　虚	姑娘芳名张金哥。她的父亲就是有名的张员外，与已故蓉少奶奶是同乡。
王熙凤	哦？蓉儿媳妇那么美，这姑娘也美。看来，蓉儿媳妇她家乡出美人哪。
静　虚	再美也美不过二奶奶呀。哈哈哈！金哥姑娘，你妈正在找你，还不快去！
	【张金哥下。平儿已端来椅子。王熙凤落座，平儿替她捏肩。
静　虚	说来也巧。这个金哥姑娘的父亲张员外，正好有事请求二奶奶帮忙。不料二奶奶刚才便碰见了这个张金哥。
王熙凤	嘿嘿！屋里放着个美人，想必是求我帮忙找个好婆家。
静　虚	这姑娘已有了婆家了。
王熙凤	哦？哪家子弟有此艳福？
静　虚	一个姓林的穷秀才。可是，长安府李老爷的公子看上了金哥姑娘，打发人到张员外家求亲。张员外想攀长安府这门好亲，就想悔了林秀才的婚约。谁知，那个林秀才人穷骨头硬，死

  也不肯退婚。两家为此打官司已打到了都察院。因此，张员外托我来向二奶奶求情，请你老人家在都察院打个招呼，帮他悔掉林秀才的婚约。

王熙凤 怎么说，张员外要我替他打通都察院的关节？
静　虚 事成之后，他愿孝敬奶奶一千两银子。
平　儿 老姑姐，这就是你的不是了。

  （唱）二奶奶操劳不停，
     哪管得他人婚姻。
     有闲暇当保玉体，
     岂让她劳神费心。

静　虚 （唱）平姑娘言语甚中肯，
     恕老尼一时耳软竟应承。
     倘若奶奶不肯管，
     怕只怕……

王熙凤 怕什么？
静　虚 （唱）怕他们，以为奶奶也无能。
王熙凤 啥话？！（站起）

  （唱）区区一察院，
     小小一纠纷。
     只要我开口，
     话到事便成。
     叫张家拿来银子三千两，
     我就替他——

帮　腔 替他悔了这门亲。
静　虚 好，好，三千两就三千两，我即刻跟张家去说。阿弥陀佛。（下）
平　儿 奶奶，你真的要帮张家悔掉林家的婚约吗？
王熙凤 蓉儿捐官要跟我借一千两银子，正好把张家的钱拿来给他。

【忽传焦大的叫声："老太君来了！"

【王熙凤、平儿一惊，忙转向幕后施礼恭迎。

王熙凤　　老祖宗。

【幕后无动静。少顷，传来鼾声。王熙凤、平儿诧异。

平　儿　　（循声而视）是焦大爷在说梦话！他又喝醉了！

王熙凤　　（怒）王公大臣们人来客往的地方，怎么让这个老东西睡在这里？（叫）来人啦！

【王仁与贾蓉上。

王　仁　　（向王熙凤）你惊呼呐喊的做啥子？（见状，明白）妹妹，亏你是个当家奶奶，也不管一管这个老东西！

王熙凤　　怎么管？太老爷有遗言，要我们对他另眼相看、养老送终！

贾　蓉　　（走近，用脚踢焦大）起来，起来！

焦　大　　（蒙眬坐起）老太君来啦……（爬起）老太君在哪里？（寻找）

贾　蓉　　你找老太君做什么？

焦　大　　我为这个家……操心哪！

王熙凤　　这个家不用你操心！

焦　大　　啥？你焦大爷流了血……流了汗……

贾　蓉　　还不滚回下房去！

焦　大　　啊……滚？哪个敢喊我滚……（见王仁，以为是他）哈哈，才是你这个不干不净的小舅子……

王　仁　　（扑上去打焦大）呃！（被焦大撞一个跟头，他摔倒时又撞倒了贾蓉）

焦　大　　（来了精神，拉起格斗的架势，只是脚下不稳）哈哈！来，来！焦大爷好多年没有打仗了。十八般武艺，焦大爷我，我……（举起酒葫芦）样样精通……（比画着）

王熙凤　　（大叫）来人！

【四男仆上。

王熙凤　　（指焦大）把这个没王法的东西拖到下房，锁起。

【四男仆拥上,被焦大拳打脚踢挡开。

焦　　大　（边和男仆们周旋,边叫着）凤姐儿,蓉哥儿,你们跟焦大爷抖啥……啥威风?不是你焦大爷,你们,做什么官?享什么……富贵?如今不报我的恩,反跟我抖……抖威风。忘了这份家业……是咋个挣来的了?你们要……败家,焦大爷不许……不许!

王熙凤　　让外人听见成何体统?

贾　　蓉　还不把他拖下去?

【四男仆一直想靠近焦大,又近身不得。

焦　　大　我要……见老太君……告你们!

【此时王仁已悄悄绕到焦大身后,使个绊子把他绊倒。

【四男仆一拥而上,捉住焦大。

焦　　大　（挣扎,喊叫）我要告你们……贪赃枉法……杀人害命……爬灰的爬灰……养小叔子的养小叔子……

王熙凤　　还不拖出去,拿马粪填住他的嘴!

贾　　蓉　快,拖出去,马粪填嘴!

【四周响起回应:"马——粪——填——嘴……"

【四男仆拖焦大下。

【切光。

【黑暗中,"马粪填嘴"的回声持续片刻。接着闷雷滚滚、狂风呼号。

【大雨点一滴一滴地响着,终于变成倾盆大雨。

【闪电划破黑暗,可见金匾"荣国府",以及两个巨大的石狮子。

【一声霹雳。

帮　　腔　　　炸雷响,狂风吼,

【焦大腰挂酒葫芦出现在台后一角。

焦　　大　（悲呼）太老爷呀……（扑地跪倒,"哧溜"一声斜穿舞台,

　　　　　　　　直滑到台前，举手向天）

　　　　　【雨声哗啦。

帮　腔　　　　倾盆雨恰似焦大老泪流。

　　　　　【焦大擦嘴，接着又"呸呸"地似吐脏物。

帮　腔　　　　马粪堵塞忠言口……

焦　大　（打自己的耳光）贱骨头！贱骨头！不要你操心，你还操什么心？不晓得各自喝酒呀？喝酒喝酒，喝——酒。（解下腰间葫芦，站起狂饮）

帮　腔　　　　借酒浇愁更添愁。

焦　大　（唱）想当年太老爷的鞍前马后，

　　　　　　　有焦大随他上阵杀敌酋。

　　　　　　　红战场，白骷髅，

　　　　　　　老鹰飞，野鬼啾。

　　　　　　　尸体堆中识袍袖，

　　　　　　　找出了太老爷，他一息尚留。

　　　　　　　为救命焦大只得去讨口，

　　　　　　　讨来干的他饱肠肚，

　　　　　　　讨来稀的他润咽喉。

　　　　　　　多少年生生死死苦争斗，

　　　　　　　才换得天子赐福，封他国公建红楼。

帮　腔　　　　红楼……红楼……

焦　大　（唱）荣耀的红楼人翘首，

　　　　　　　威严的红楼人低头，

　　　　　　　显赫的红楼恩德厚，

　　　　　　　繁华的红楼有个女儿在皇宫里游。

　　　　　　　非是焦大乱夸口，

　　　　　　　当年的红楼才是楼。

　　　　　　　到而今，梁歪柱斜房顶漏。

自在飞花

　　　　　　　欲帮扶，反把焦大当寇仇。（见石狮）
　　　　　　　石狮呀，我的老朋友，
　　　　　　　贾府的大门你把守，
　　　　　　　寸步不离数十秋。
　　　　　　　数十秋，你们日夜大张口，
　　　　　　　为什么，不肯言公道，只想吞绣球？
　　　　　　　我受屈，你鼓起眼睛不搭救，
　　　　　　　我尽忠，你咧开嘴巴笑不休。
　　　　　　　袖手旁观在左右，
　　　　　　　冷冰冰，看我马粪塞咽喉。（哭）

【传来空灵的大笑声："哈哈哈……"】
【两个石狮在大笑中转动身子，从背后出来两个狮身女人头。】

两　　狮　（唱）不识时务一老朽，
　　　　　　　人皆报喜你报忧。
　　　　　　　烦恼只因多开口，
　　　　　　　谁教你管它春与秋。

焦　　大　（唱）倘若从此撒开手，
　　　　　　　一生血汗皆白流。

两　　狮　（唱）人间丑恶看不透，
　　　　　　　你悲苦如牛笨如牛。

焦　　大　（唱）赤心热肠全无有，
　　　　　　　活着还有啥想头？

两　　狮　（唱）何不与我成佳偶，
　　　　　　　天伦之乐享几秋。

左　　狮　（唱）我与你生个女儿也去皇宫走一走，

右　　狮　（唱）我与你生个儿子也去打仗封王侯。

左　　狮　（唱）三分姿色我还有……（变脸）

右　　狮　（唱）七分姿色我还有……（变脸）

左　狮	（唱）我有酒窝会喝酒，（忸怩作态）
右　狮	（唱）我有腰肢像杨柳，（忸怩作态）
左　狮	（拉焦大，唱）去拜堂……
右　狮	（拉焦大，唱）入洞房……
两　狮	（唱）免得你，打起光棍进坟丘。

【两狮拉扯焦大。焦大甩开它们。

焦　大　呸！呸！

（唱）只说你干净清白无尘垢，

　　　　只当你稳重坚硬是石头。

　　　　万不料耳濡目染日月久，

　　　　你石雕的东西也合污流。

　　　　羞，羞，羞。

【两个石狮退归原状。

焦　大　（唱）倒不如让我焦大站门口，

　　　　睁起比你们亮的眼，

　　　　昂起比你们高的头。

　　　　看家护院日继夜，

　　　　把外盗家贼个个揪。

　　　　管它马粪香或臭，

　　　　不顾香臭保红楼。

　　　　进忠言事不宜迟，走，走，走……

【焦大脚步踉跄地奔跑，跌倒，挣扎站起，圆场。

【静虚低眉垂目、手捻佛珠、从焦大对面走来。

焦　大　这个老尼姑不是好东西。（挥手）你回去……不许你来……你回去……

【静虚仍手捻佛珠缓缓行走。焦大似乎永远也拦不住她，两人隔着一段距离交臂而过。

【舞台中后区灯暗，两个石狮隐去。

【舞台前沿两角有光。静虚和焦大走入光区。

焦　大　嗨，你硬是不听招呼！等我去见老祖宗……告你……

【两人向对方走去，将至舞台正中时，静虚停步，一转身变成了贾母。

焦　大　（忙站住）啊，老祖宗！快管一管你的儿孙们哪。

【贾母一转身又变成了静虚。

焦　大　啊，才是你！你这个吃斋念佛的坏东西。不许你来。你滚回去……

【焦大与静虚再前行，二人又交臂而过。

焦　大　（挥手叫着）不许你来！滚回去……滚回去……（下）

【静虚仍低眉垂目地念着佛，慢慢前行。

【全台灯亮。这里是王熙凤的暖阁。

静　虚　（站定，躬身向内）静虚老尼求见琏二奶奶。

【王熙凤慢步上，平儿随上。

静　虚　二奶奶一向可好？

王熙凤　（冷淡地）好。

静　虚　琏二爷身体可好？

平　儿　（见王熙凤不愿搭话，忙说）二爷外出公干去了。

王熙凤　（坐下）老姑姐，你是特来问安的吗？

静　虚　呃……我来向二奶奶回复张员外那场官司。

王熙凤　（来了精神）官司怎么样呀？

静　虚　打赢了。都察院已判定林家退婚。

王熙凤　（得意）如何？我说过嘛，只要我一句话，没有办不妥的事情。平儿，给老姑姐看座。

静　虚　多谢奶奶。（坐下）奶奶，官司虽然打赢了，可是……

王熙凤　可是什么？

静　虚　哎呀，奶奶，那金哥姑娘听说退了林家的婚事，竟然三尺白绫挂上柳树——自尽了。

王熙凤　　（诧异）啊？

　　　　　【王熙凤、静虚、平儿呆住，定格。

　　　　　【台上灯光暗淡下来。传来一种似唱似哭的声音。

　　　　　【台前左角，追光中出现张金哥。她的下巴托在一根由台顶垂下的白绫上。她挪步横穿全场，追光与白绫随之移动，在台前右角消失。

　　　　　【台上灯亮。

平　儿　　（叹息）好个刚烈的姑娘。

静　虚　　那林秀才也迂腐不堪，听说金哥姑娘自尽，他也找一棵柳树，三尺白绫殉情而死。

王熙凤　　（惊奇）啊？

　　　　　【王熙凤、静虚、平儿又一呆。定格。

　　　　　【台上灯光暗淡下来。那似唱似哭的声音又起。

　　　　　【台前右侧（张金哥下场处），追光中出现林公子。他的下巴同样托在白绫上。他挪步横穿全场，追光与白绫亦随之移动，至前台左侧（张金哥上场处）消失。

　　　　　【台上灯亮。

平　儿　　（叹息）好个多情的相公。

静　虚　　只是苦了张员外，攀高门不成，反落得人财两空。

王熙凤　　听你之言，莫非那三千两银子他不想拿了？

静　虚　　不，不。他怎敢失信二奶奶？

王熙凤　　这还差不多。官司打赢了，银子就该拿。又不是我要，不过是打发跑腿、传话的小厮们。难道我稀罕他三千两银子？

静　虚　　那是自然，那是自然。府上何等人家？岂图这扯篷牵线的银子？只是，为此死了两个人，我不知奶奶还敢不敢要……（边说边取出银票）

王熙凤　　笑话！他们自己要死，关别人什么事？我从来不信什么阴司地狱、因果报应。随便什么事，我说行，就行；我说不行，

就不行。我天不怕,地不怕,就怕……

【传来贾蓉的声音。

贾　蓉　　二婶娘,二婶娘……

【平儿忙接过银票,送静虚下。贾蓉跑上。

贾　蓉　　婶娘,适才马太监到我家去借五百两银子,我爹只借了三百两给他。他说不够,还要到这边来借。爹让我先来报与婶娘知道……

王熙凤　　(咬牙)这只老狗,一年不知要敲诈我们多少银两!

【平儿内声:马公公来了。

贾　蓉　　他来了。

王熙凤　　(向外)有请马公公。(向贾蓉)你且躲在房中,看我来对付他。

【贾蓉入内。王熙凤起身相迎。

【平儿陪马太监上。

马太监　　哈哈哈。凤姐儿。

王熙凤　　马公公,什么仙风把你老人家吹来了?

马太监　　为有一事想求你凤姐儿帮忙。

王熙凤　　哎呀,马公公,你老人家的事,就是侄媳妇的事,怎说帮忙二字!凡是我能办到的,赴汤蹈火,在所不辞。

马太监　　啊哟,只不过一件小事,小事。

　　　　　(唱)只为买园庭,

　　　　　　　周转手不灵。

　　　　　　　特地登门来告贷,

　　　　　　　欲借三百雪花银。

　　　　　　　从前所欠一千二,

　　　　　　　年底一并归还清。

　　　　　　　不知凤姐你肯不肯?

王熙凤　　哎呀,马公公。

帮　腔　　　　太生分!

王熙凤	（唱）你愿开金口，
	我心喜盈盈。
	若非有情分，
	岂肯来登门？
	从前一千二，
	亏你记在心。
	公公好小气，
	提起多羞人。
	说什么借不借，
	算什么清不清。
	我有时，你只管拿去用，
	我无时，也向你把手伸。
	这样才叫相亲近，
	这样才叫同枯荣。
	公公你说对不对？
马太监	哈哈哈……对，对。
王熙凤	平儿！（递眼色）
	（接唱）取银两把公公的好事来玉成。
平　儿	（会意）奶奶，钱呢？
王熙凤	钱？昨天不是还剩下三百两银子吗？
平　儿	奶奶。
	（唱）南安郡王丧妃子，
	伏波将军得长孙。
	三百纹银备礼品，
	而今手上无分文。
王熙凤	（恼怒状）奴才怎如此说话？哪里拉扯不到二三百两银子！你就不怕公公多心吗？快把屋里的宝石灯和我的项链拿去典当了。（取项链）

红楼惊梦

【平儿下。

马太监　（阴沉地）我只说二奶奶发了财，故而前来……既是如此，也就罢了。

【平儿拿灯出。

王熙凤　公公莫多心。平儿，还不命人快去。（递过项链）

平　儿　是。

马太监　不必了。（转身便走）

王熙凤　（热情挽留）公公稍候，公公稍候……

马太监　哼！（拂袖而下）

王熙凤　（大声）平儿，回头叫人把银子与公公送去。

平　儿　是。（叫着）公公慢走……（追下）

【贾蓉大笑而上。

贾　蓉　二婶娘！天下哪有比你老人家更聪明能干的人哪。侄儿硬是服了，服了。

王熙凤　太老爷九死一生挣下这份家业，我们辛辛苦苦积攒几个银子，如今出的多，进的少，怎能拿去孝敬这老狗……

【外面传来吵嚷声。

王熙凤　谁吃了豹子胆，敢来这里撒野？

贾　蓉　（向外看）又是焦大吃醉了酒，吵着要见老祖宗，告什么败家子。

王熙凤　败家败家，这个家不败也要被他吵败了。跟他说，再不安分守己，我就把他撵到乡下去！

贾　蓉　是。（下）

王熙凤　（忽感不安）那老狗说我发了财，这是什么意思？难道那三千两银子的事，他就知道了……（转念）知道又怎样？虽说我家贵妃娘娘已经去世，但我堂堂国公府还在，难道怕他一个太监不成……（坐下）唉。每日穷于应对，真要把人累死。（疲惫地以手支头，闭目养神，入梦）

【忽传人声:"恭喜!恭喜!"
【王熙凤张望。
【人声又叫:"贺喜!贺喜!"

王熙凤　　（起身,不耐烦）谁在乱嚼舌根?左一个恭喜,右一个贺喜?
【椅背后突然站起焦大:"哈哈!"他跳上椅子,坐在椅背上,跷起二郎腿。

焦　大　　三千两银子两条命,划得来!拿奴婢的工钱放高利贷,好主意!

王熙凤　　（不服）少说风凉话。若不然,你来当当这个家!
【传来秦可卿的声音:"二婶娘!"秦可卿蒙着面纱随声而上。

秦可卿　　二婶娘,莫非怕人借钱?

王熙凤　　你是何人?

秦可卿　　我是你侄儿媳妇秦可卿哪。

王熙凤　　秦可卿……蓉儿媳妇!怎么看不清你的面孔?

秦可卿　　我的面孔已经腐烂了,看不清了。

王熙凤　　一个如花似玉的美人,怎么就腐烂得面目不清了?好可怜哪……（伸手抚其面）

秦可卿　　婶娘既有怜惜之意,何不借些银两与我,让我买些胭脂花粉打扮打扮,也好有一张面孔见人哪。

王熙凤　　要借钱嘛……（退开）我实实无有呀……

焦　大　　嘻嘻,把私房银子借她。嘻嘻,把私房银子借她。

王熙凤　　私房银子有好多?经得住你也借、他也借?

秦可卿　　我不相信二婶娘手上没有钱。

王熙凤　　真是不当家不知柴米贵!连老祖宗的东西,我都偷几箱出去典当了。若不是东拉西扯,上上下下的日子还不知怎么过哩。
【一个空灵的声音由远而近。

空灵之声　难道我的家业就衰败至此了?!

王熙凤　　（诧异）谁在说话?（循声而找,发现天上有什么）那——

	是——谁？
焦、秦	（同看，同说）他是太老爷。太老爷来了……（二人隐去）
王熙凤	（惶恐地）啊，叩见太老爷。（面向观众跪下）
空灵之声	难道我的家业就衰败至此了？！
王熙凤	回太老爷。我们家外面的架子尚未倒，只是内瓤子就要掏空了。
空灵之声	什么？内瓤子就要掏空了？就要掏空了？
王熙凤	（不住叩头）太老爷息怒……
空灵之声	你这当家奶奶如何在当家？你如何在当家？
王熙凤	这当家的事儿嘛……喂呀，太老爷容禀……（伏地）
帮　腔	声声责骂声声训，
	泪落胸前苦填膺。
王熙凤	（唱）当家的酸楚谁曾问，
	谁知我把贾氏的门面苦支撑。
	梦中客，只道繁华仍是锦，
	那萧萧风、瑟瑟雨、凄凉景况对谁云？
	满腹疑虑唯自省，
	太老爷呀，今非昔比忧患深。
	人口增多，事务日盛，
	主子贪欢，奴婢不勤，
	上下尊荣又安富，
	运筹谋划竟无人。
	更有旧例如山重，
	积习似海深。
	每日应酬事，
	操碎我的心。
	祝寿诞，吊亡魂。
	贺婚嫁，庆高升。

	往饯别，来洗尘。
	养儿养女皆是喜。
	三朝满月又做生。
	端阳中秋送节酒。
	除夕元宵拜新春。
	一条一项谁敢免？
	一条一项皆金银。
	府中还有四百口，
	要管他——生老病死、冬暖夏凉、娶妻嫁女、衣食住行。
	开销数不清，
	节省也不能。
	可叹风雨又不顺，
	旱灾未去涝灾临。
	田园荒废盗贼起，
	收赋已无处，交租也无人。
	库存积蓄补贴尽，我的太老爷呀，
帮　　腔	前路茫茫心着惊。
空灵之声	我的家败了……我的家败了……（声音渐远）
王熙凤	（起身，追着声音叫）太老爷，我该怎么办哪？太老爷，我该怎么办哪？我该怎么办哪……（坐在椅上，哭）
	【平儿匆匆跑上。
平　　儿	奶奶！（摇着王熙凤）奶奶，奶奶……
王熙凤	（清醒过来，四顾）白日光天，我怎么……
平　　儿	奶奶，刚才你像是睡着了。做梦了。
王熙凤	唔，好像是……迷糊了一会……梦见一些人……
平　　儿	奶奶，你的诞辰就要到了。老祖宗传下话来，要与奶奶做生。
王熙凤	（尚未完全清醒）你说什么？
平　　儿	老祖宗要全家大小与奶奶做生。

王熙凤	（精神一振）真的吗？
平　儿	老祖宗最爱奶奶。要全家大小与奶奶热热闹闹地做个生！
王熙凤	（大喜）哈哈哈……待我去叩谢老祖宗。

【王熙凤下，平儿跟下。
【切光。喜乐大作。一丫鬟出现在定点光中，她手执红纸包。

丫　鬟	（向对面叫）焦大爷！焦大爷！

【焦大出现在对面的定点光中。

焦　大	喊啥子？喊啥子？
丫　鬟	你来不来凑个份子？
焦　大	凑什么份子？
丫　鬟	老祖宗给琏二奶奶做生。（举红包）奴才们凑份子给琏二奶奶祝寿！
焦　大	我给她祝寿？只怕折了她的阳寿！
丫　鬟	不凑就算了。（隐去）
焦　大	还要给她做生？她就是个大大的败家子！我要去找老祖宗，告她！

【满台灯亮。几个男仆奔上。

仆　甲	（迎面拦住焦大）焦大爷，哪里去？
焦　大	去见老祖宗。
仆　甲	二奶奶盼咐了。今天，小的们要好好侍候你老人家。（左拦右挡）你老人家要喝二奶奶的寿酒，就在这里喝，只求你不要喝醉……
焦　大	焦大爷从来没有醉！从来没有醉！是你们这些奴才上上下下都醉了！我要去见老祖宗。

【男仆们一拥而上，捉住焦大。

仆　甲	（抱来坛酒）焦大爷，你还是喝醉了的好。醉了各自去睡，免得给众人添麻烦。

【男仆们按住焦大，仆甲给焦大灌酒。

【焦大先挣扎着，渐渐醉倒在地。仆人们将他拖到台框下靠着，散去。
【喜乐欢快地响着……舞台上霞光乱射，彩云翻飞。
【焦大进入梦乡：平儿出现在远处。

平　　儒　　（叫）焦大爷，老祖宗请你去喝酒。
焦　　大　　（坐起）老祖宗……她还记得我……
平　　儒　　怎么记不得？她说焦大爷爱喝酒，请他来喝个够。
焦　　大　　（狂喜）老祖宗请我喝酒！（一跃而起）哈哈哈……
【焦大笑着满场乱跑，叫着："老祖宗请我喝酒……"平儿隐去。
【王熙凤突然出现在某处。
王熙凤　　焦大！你这只报忧不报喜的乌鸦。看打！（扬手做打状）
【贾母声："住手！"随声出现。

贾　　母　　不许打他！
焦　　大　　贤明的老祖宗呀！……（跪下，膝行而前，匍匐在地）
贾　　母　　快快起来。
【焦大颤巍巍地站起，擦着眼泪。
贾　　母　　焦大，我赏你好酒一坛，你尽情地喝。
【仆甲抱着酒坛跑过来。

焦　　大　　（抓过酒坛，抛到远处）不喝了。（伤感地）老祖宗哪！焦大不是爱喝酒……是爱操心！焦大的肚子里……不是酒多，是话多！焦大日日想见老祖宗，日日……见不着。焦大……（哭声）有好多话要向你老人家禀报啊……
贾　　母　　你是我家大功臣，有话只管道来。
焦　　大　　（痛心疾首地）老祖宗呀……我怕这个家……要败了……
贾　　母　　（一惊）啊？焦大，你莫非听见什么风声？
焦　　大　　风刮得呜呜地响。大街上、小路边、茶馆里、酒馆里……到处都在刮风……不想听……也听得见……

王熙凤	（大声）他又在说酒话。
焦　大	（愤然）不是酒话！
贾　母	好，你说，你说。
焦　大	我们这个家……寅年吃了卯年粮，收的……抵不上用的……要节省！
贾　母	说得对。要节省，节省。
焦　大	你的儿孙些……吃饱了没事做，斗鸡……走狗……聚赌……行奸……要管束！
贾　母	这……好，好，管束。管束。
焦　大	更不许他们贪赃枉法、杀人害命！
贾　母	嗯！这种话，不可信口开河。
焦　大	河已经开了口子……
贾　母	你可知道你说的什么话？
焦　大	最要紧的话……
贾　母	一派胡言！（背过身去）
焦　大	不信？你问问蓉少奶奶……你问问瑞珠丫头……你问问三千两银子的来路……你问尤二姐咋个死的、石呆子怎么疯了……
王熙凤	（大喝）来呀！
	【男仆们应声上。
王熙凤	把这个以下犯上的奴才捆起来！拿马鞭给我痛打！
焦　大	（避开众人，奔到贾母身边，再次跪下）老祖宗，我是一片忠心为这个家呀……
王熙凤	打！打！打！
	【男仆们把焦大按跪在地，举鞭痛打。
焦　大	（没有反抗，只是叫着）我是一片忠心呀……我是一片忠心呀……
	【突传人声呐喊："抄家……"切光。
	【贾母、王熙凤隐去。焦大回归原处原态。

【呐喊声:"抄家!"灯光大亮。锦衣卫举刀奔上,气势汹汹跑圆场。

【马太监跟在锦衣卫后面跑,但因年老而落后一截。

【焦大陡然翻身坐起,呆望着锦衣卫们,不知发生了什么事。

【马太监停步喘气,锦衣卫奔下。

【马太监看见发呆的焦大,便向他走去。

马太监	焦大……你在看热闹嗦?贾府垮杆了!抄家了!
焦　大	(不能相信,抓住他)啥?你说啥?
马太监	(指着各处)你睁开眼睛看清楚,锦衣卫在抄家。懂不懂?抄家!万岁下圣旨——抄了贾府!
焦　大	啊……(慢慢松手,仰面哀号)太老爷呀……(痛心疾首,拍地捶胸)
马太监	焦大,你在府中一辈子,哪样事情不晓得。快把贾府的罪过通通说出来,我好到万岁面前,替你邀功请赏。
焦　大	(一跃而起)呸!你这个不男不女的狗东西!几十年来贾府何等待你?送了你多少银子花?今天你竟带人抄家。焦大早就活得不耐烦了,正好和你拼了!

【焦大向马太监一拳打去,把马太监打倒在地。他又把马太监提起来抛出去,再追去对马太监拳打脚踢。马太监一边叫着"来人哪",一边翻滚、躲避、招架、窜逃(可以显显两位演员的功夫)……在焦大的怒打中,台上渐起烟尘……烟尘滚滚遮掩了二人。

【少顷,烟尘渐散,露出空荡荡的舞台。

【台上有一门板放在两条长凳上,这就是一张床。床上躺着王熙凤。

【衣衫破旧的巧姐跪在床边啼哭,呜呜咽咽地叫着:"妈……妈……"

王熙凤	(忽然坐起,两眼发直,大叫)抄了……

巧　姐	妈，你醒了！（向外呼唤）妈妈醒来了……
	【平儿上。她衣着破旧，疲惫不堪。
平　儿	（悲喜交集）二奶奶……（奔向床边，扶住王熙凤）你三天不省人事，把我们急坏了！
巧　姐	（哭着）我们以为你死了……
	【焦大上。他没有一点醉态，站在远处低声叫："平姑娘。"
平　儿	（示意巧姐扶着王熙凤，去到焦大身边）焦大爷，事情怎么样了？
焦　大	我已打探明白，是王仁做主，把巧姐卖给马太监当丫头。
平　儿	（大惊）啊？（难以置信）王仁！他是奶奶的亲弟弟，是巧姐的亲舅舅呀！
焦　大	他是最坏的坏人！这件事，你要马上禀告二奶奶。
平　儿	奶奶刚刚苏醒……
焦　大	耽搁不得了。王仁和马太监就要过来了。快与二奶奶说！（推平儿）
平　儿	（去到床边）奶奶……舅老爷他……他把巧姐……卖了！
巧　姐	（哭喊）妈……
王熙凤	（不明白）卖了……谁？
平　儿	舅老爷！舅老爷把巧姐儿……把巧姐儿卖给马太监当丫头了。
王熙凤	（一把抱住巧姐儿）我的女儿……不能卖……不能卖……
平　儿	眼前只有一个办法，让巧姐儿逃走！
王熙凤	（迷迷怔怔）逃走……
焦　大	（趋前）二奶奶，我已备好车子，把巧姐儿送到她干妈刘姥姥家中。你放心，焦大保巧姐儿平安无事。马太监和你兄弟就要过来领人。我们要赶快走。（牵起巧姐儿的手，边走边回头）二奶奶你要保重呀。
	（牵着巧姐儿疾下）
王熙凤	（喃喃地）巧姐儿……

平　儿	（安抚王熙凤）有焦大保着巧姐儿，奶奶放心。等躲过这一劫，巧姐儿就回来……
王熙凤	（愣怔着，忽大叫）不！不！不能让焦大带走巧姐儿……（扑下床来，趴在地上喊着）我灌过焦大的马粪……不能让焦大把巧姐儿带走……（一边挣扎向前，一边叫着）我灌过他马粪……不能让他把巧姐儿带走……把焦大追回来……
平　儿	（叫着）二奶奶……（拉住王熙凤）你要相信焦大爷……
王熙凤	（甩开平儿，跌跌撞撞走几步，倒下，仍伸着一只手向前嘶喊）把焦大……追……回来……

【王熙凤与平儿造型定格。

【风声凄厉，雪花乱飘……

帮　腔　　　　满纸荒唐言，
　　　　　　　一把辛酸泪。
　　　　　　　都云作者痴，
　　　　　　　谁解其中味？

【大幕在帮腔中徐闭。

——剧终

1982年6月初稿

1987年8月首演

36年后修订，略有删改

"其乐斋"品戏

听说，《红楼惊梦》是作者对《红楼梦》的一幅印象图。

的确，这戏不是演绎一段红楼故事，也不是描绘几个红楼人物。它是用国画的透视法俯瞰红楼之衰败，用国画的写意法点染红楼人的生活，加上才从西方传来的现代派手法，它便成为现实主义、表现主义、象征主义的结合体。从现象到抽象再到意象——创作和演出的难度和味道便在这里。

本剧撇开了戏曲"一人一事"的传统，主人公竟是王熙凤和焦大两人。这主仆二人像刺猬似的不能相处，可偏偏两人又是一而二、二而一。同时，这两人又非文学人物的戏剧化，而是剧作者精心再创的艺术形象。因此笔者一直猜想，剧作者为什么把重点放在王熙凤和焦大身上？让我们看他俩或费尽心机，或捶胸顿足，都在全心全意维护无价值的东西，结果一切努力又徒劳无功。那么，此剧是不是剧作者在俯视那荒谬的生活？她是否希望观众领悟"维护无价值的东西"是可笑的呢？

也许，剧中的系列事件只是载体，通过实的载体引出虚的象征，才是作者的创作旨趣。所以，剧本未迷恋外部情节，而着力为人物提供心理空间。一旦建立起这样的空间，戏就会升腾。就会变得似物非物，似形非形，若有若无，若即若离。就会使人去琢磨它的深度和广度，去宏观地把握它全部的意蕴和未知的意象。

自在飞花

成都市川剧院排演《红楼惊梦》，肖开蓉饰王熙凤、王树基饰焦大

浙江小百花越剧团移植川剧《红楼惊梦》之《焦大醉酒》，陈海峰饰焦大

成都市川剧院排演《红楼惊梦》，肖开蓉饰王熙凤、王树基饰焦大

成都市川剧院排演《红楼惊梦》，
裴小秋饰贾母

成都市川剧院排演《红楼惊梦》，
肖开蓉饰王熙凤

成都市川剧院排演《红楼惊梦》，
肖开蓉饰王熙凤

燕　燕

（据关汉卿残本《诈妮子调风月》改编）

人　物

燕　燕　　　　17岁，夫人的丫鬟

李维德　　　　25岁，总镇的外甥

莺　莺　　　　17岁，夫人的内侄女

夫　人　　　　50来岁，总镇夫人

梅　花　　　　15岁，莺莺的丫鬟

王　四　　　　30多岁，总镇家男仆

场　次

第一场　拒嫁　　　第二场　送衾

第三场　路遇　　　第四场　情变

第五场　说媒　　　第六场　抗婚

第一场 拒嫁

【地点：厅堂。

【夫人上。

帮　腔	春阑珊，意阑珊，
	后堂开出红牡丹。
夫　人	（唱）红牡丹，甚娇艳，
	可惜命蹇是丫鬟。
	纵是丫鬟无人嫌，
	男儿见了都垂涎。
	提亲人不断，
	恐后又争先。
	我冷眼看，我细盘算，
	选了个，富家贵胄结姻缘。
	嫁丫头要嫁得，比人家的小姐还体面，
	（念）方显我总镇家——
帮　腔	声势非凡。
	燕燕走来。
	【燕燕应"来了"，上。
燕　燕	（念）耳听夫人唤，
	急忙到堂前。（见礼）夫人。
夫　人	燕燕。
	（念）史家这门亲，
	你究竟愿不愿？
燕　燕	（唱）我不愿！
	（念）求宽宥，望垂怜，
帮　腔	回绝史家恩如山。

夫　人	你这丫头！年长的，你不嫁；年轻的，也不嫁；有钱无钱都不嫁。未必然，你想一辈子守在我身边，当个老丫头？
燕　燕	（撒娇地）燕燕要报答夫人的恩典，就想一辈子守在夫人身边，当个老丫头！
夫　人	胡说。哪有丫头大了不嫁人！我为你挑挑拣拣，好不容易选中这个又富贵又年轻的史衙内。虽说他有了三房妻妾，可是至今无儿无女。你若能为他生个一男半子，那万贯家财——以后都是你的了。
燕　燕	（嘀咕）我要万贯家财做啥嘛。
夫　人	要万贯家财做啥？！算了算了，懒得与你多说。总之史家这门亲，我已经允了。
燕　燕	（跪下）夫人！（拉其衣袖）让我伺候你一辈子。我情愿伺候你一辈子……
夫　人	我不要你伺候一辈子！史家这门亲，你愿意，也要嫁。不愿意，也要嫁！
燕　燕	那，那我就宁死不从！（猛站起）
夫　人	啊？你！（怒）反了反了。（叫）老管家，呈家法来！
燕　燕	（转身拿出竹鞭）家法在此，任凭夫人责打！（跪下。将竹鞭高举）
夫　人	你你你，你气死我了！（拿过竹鞭，欲打）

【王四奔上。

| 王　四 | （惊慌地）夫人夫人，李公子来了！ |
| 夫　人 | （扔下竹鞭）哪一个李公子？ |

【燕燕拾起竹鞭，下。

| 王　四 | （小声）就是去年冬天、前来冒认官亲、说他是老爷的外甥的、那个叫花子！ |
| 夫　人 | 又是他？！他去年来冒认官亲，已被我逐出府去。如今他还敢前来？ |

王　四	如今他不是叫花子了！他身着锦衣绣袍，胯下玉辔金鞍。前有保镖的打手，后有伺候的仆人。他，气势汹汹地闯进府门来了！
夫　人	（惊）啊！待我看来。（忙向外走）

【李维德昂首而上，故意撞夫人之肩，径自入内而坐。

夫　人	（打量对方之后，硬着头皮上前）那旁坐的，可是维德贤侄？
李维德	说是便是，说非便非。
夫　人	（赔笑）贤侄突然光临，为舅母有所不知，未曾出外相迎。贤侄你该没有怄气吧？
李维德	想我这冒认官亲的叫花子，怎当得你总镇夫人的迎接？！
夫　人	（难堪）这……贤侄光临，为了何事？
李维德	特来与总镇夫人报喜！
夫　人	老身何喜之有？
李维德	你听了！是我进京替父辩冤，多亏潘老丞相保奏，皇上查明情由。不但释放我父出狱，归还全部家产，且将我父官还原职，不日就要路过此地，进京上任去了！这意外之喜，恐非你总镇夫人始料不及吧？
夫　人	哎呀贤侄！这正是我早已料就之事。我常常对人言说，你父为人正直忠义。贤侄也是志气不凡……
李维德	（冷笑）嘿嘿！若非我志气不凡，哪吃得着你总镇夫人的闭门羹！
夫　人	此话从何说起？
李维德	真乃贵人多忘事呀。曾不记三月之前，我死里逃生，来投奔于你。不过想借点路资盘费，以便进京替父辩冤。谁知你……
夫　人	（抢过话头）贤侄三月前曾来投奔于我？我怎么丝毫不知？
李维德	丝毫不知？（转向王四）那天是你……
王　四	（赶紧）我禀报了夫人！夫人说，她的侄儿名叫李卫德，不是李维德……

夫　人	（怒喝）住口！分明是你听话不清，禀事不明。得罪我的贤侄一人尚还事小，若误他进京辩冤，怎对得起姑老爷一家数十口？
王　四	（还欲辩解）夫人……
夫　人	还敢犟嘴！
	【王四低头不语。李维德心中明白，不禁放声大笑"哈哈哈"。
夫　人	（只好打岔，叫）燕燕，贵客到了，打茶来。
李维德	谁吃你的茶？！谁吃你的茶？！（叫）左右！（内应）带马！（内应）
夫　人	（拦住）贤侄何往？
李维德	迎接双亲进京。告辞了！
	【李维德推开夫人往外走，与端茶来的燕燕照面。二人不觉后退，互相打量。
李维德	你，你像是前番赠我银两钗环的大姐？
燕　燕	你是李公子？
李维德	（看看夫人，故意地）原来恩人在此。恩人请受，受我一拜。
燕　燕	（退避）公子不可！
夫　人	这是为何？
李维德	前番，我被你逐出府去，倒卧街头，幸遇着这位大姐。多亏她赠我银两钗环，我方能进京替父辩冤。大姐，难得你身居奴婢之列，常处势利群中，能出淤泥而不染，傲风雪而自芳，实实令人敬佩。（斜视夫人）不像那些见富贵而逢迎，遇贫困而疏远的小人。这一拜，理当。理当。
	【李维德从燕燕手中夺过茶盘，顺手交与夫人，叩拜。燕燕避让，叹息。
李维德	（拜毕）大姐。我观你面带愁容，脸有泪痕。莫非遇着为难之事？说出唇来，待我与你分忧解愁。
燕　燕	我……并无为难之事。

李维德	我却不信，定要问个明白。（看着夫人）
夫　人	（只好说）贤侄不知。本城史衙内欲纳她为妾。这门亲事原本甚好，无奈这丫头却不愿意。
李维德	大姐既然不愿，就不该勉强于她。
夫　人	只是这门亲……我已然应允了。
李维德	那就看在我的面上，把这门亲事拿来毁了。
夫　人	把亲事毁了？
李维德	毁了！
夫　人	就依贤侄。燕燕，还不叩谢公子。
燕　燕	（喜出望外）多谢公子！
帮　腔	感盛情。

【燕燕拜谢。李维德谦让相扶。燕燕报以微笑。李维德看呆。

李维德	（唱）一笑嫣然百媚生，
	容光四射迷煞人。
	霎时如将醇酒饮——
帮　腔	似醉似痴暗销魂。
夫　人	（看在眼里）贤侄，贤侄。
李维德	舅母……（清醒过来，又傲然地）嗯，何事呀？
夫　人	贤侄言说，你双亲不日便要路过此地。贤侄何不就在我府住上几日，等你双亲到来，一同进京。
李维德	（不好意思转弯）怎好在此打搅别人。（并不走）
夫　人	燕燕，还不过来留公子多住几日。
燕　燕	请公子多住几日。
李维德	那，我就看在恩人的分上，权且住下。
夫　人	王四，送公子书房歇息。
王　四	公子，请。

【李维德随王四下。

| 夫　人 | 燕燕，我平素待你如何？ |

燕　　燕	夫人待我恩高义厚。所以，我情愿一辈子伺候你老人家。
夫　　人	（慈爱地笑着）好好好。就让你伺候一辈子。不过，你要帮我一个忙。
燕　　燕	请夫人吩咐。
夫　　人	燕燕哪，去冬李公子前来投奔，我曾将他逐出府门。你可知是何缘故？
燕　　燕	燕燕不知。
夫　　人	因我家老爷皆由兵部尚书马雄一手提拔。偏偏公子家与马尚书家结仇结怨。你说，我身居其间，是以老爷他兄妹之情为重，还是以老爷的前程为重？我，也有我的难处啊……唉。（拉住燕燕的手，亲密地）燕燕哪，你且前去伺候于他。务必殷勤周到，使他意满心欢，替我将他的一腔怨恨化解化解。
燕　　燕	燕燕明白了。
夫　　人	好燕燕！这事，我就拜托你啰。
燕　　燕	夫人言重了。燕燕定当尽力而为。
夫　　人	那，你就去吧。

【燕燕下，夫人目送。

| 夫　　人 | （念）且喜她生就几分色， |
| | 　　　　可助我释却数重难。 |

第二场　送衾

【地点：书房。

【李维德上。

帮　　腔	跋涉本为迎双亲，
	不料中途遇洛神。
李维德	（唱）恨前番困穷途未及细审，

     险些儿错过这绝色佳人。

     只觉得——腿儿软，心儿困，

     再欲上路无精神。（插白）爹妈呀。

     休怪你儿欠礼信，

     实难舍小丫头倾国倾城。（慢步入内，下）

   【燕燕捧茶上，圆场。

燕　　燕　　（唱）满天云雾齐散尽，

     笑在眉头喜在心。

     难得那李公子忠厚诚恳，

     全不似富家儿轻薄骄横。

     难得他不嫌我奴婢身份，

     竟在那府庭上屈膝谢恩。

     难得他多关怀肯施恻隐，

     挽厄运谢绝了史家的婚姻。

     人与人心换心我感激不尽，

帮　　腔　　捧香茶去书斋谢他盛情。

燕　　燕　　（向内呼）请公子用茶。（置茶于桌案）

李维德　　（在内）啊，恩人到了。（快步上）恩人到了，请坐。

燕　　燕　　公子，若说恩人，你才是我的恩人。

李维德　　哎，我不过唇舌之劳，怎及你前番赠我银两钗环……

燕　　燕　　那一点点银子……

李维德　　银子虽则不多，却救得我一家免受牢狱之灾、免遭杀身之祸。何况，那银子于你来说，也如倾家荡产一般……

燕　　燕　　公子，这件事，再不要提了。

李维德　　怎么不提？我不但今生今世要提，就是来生来世我也要提。恩人，请坐。

燕　　燕　　公子，我是奉夫人之命，前来伺候于你。你这样对我，不是没有上下之分、主仆之别了吗？

李维德	燕燕，我求你再莫对我提起主仆二字。想我李维德若非你好心搭救，只怕欲为奴而不得。你我患难相交，同病相怜，哪还有什么上下之分、主仆之别呢？你说，是也不是？
燕　燕	是……啊，不是，不是……
李维德	燕燕，坐。坐下好叙话。

【燕燕侧身而坐。李维德也坐下。

李维德	燕燕，恕我冒昧相问。那史衙内乃富家子弟，你为何不肯嫁他？
燕　燕	这……
李维德	你我患难之交，什么话不好说？难道，有什么不可告人的隐情吗？
燕　燕	没有，没有。我……只是不愿嫁人。
李维德	不愿嫁人？嘿嘿，女大当嫁，你为何不愿嫁人？
燕　燕	我们当丫头的，无论是嫁到贫穷人家为妻，还是嫁到富贵人家做妾，都是任人糟践、受人欺凌。倒不如当个丫头，就是受气，也只受主人的气，不过挨打受骂而已。
李维德	哎呀，你竟会这样想……哈哈哈哈。燕燕哪，这回有我在，你可以不嫁。等我走了，舅母还是要将你嫁人，未必然你还犟得过她？依我说，你不如找个知冷知热、有情有义的男子……
燕　燕	（羞窘而起）哎呀，不说这些事。不说这些事。（转身见花瓶）老爷不在家，连花瓶也空着。待我采些花来。（抱花瓶跑下）
李维德	这丫头，真是越看越好看呀。
帮　腔	几曾见这等女娃， 　　几曾见这等女娃。
李维德	（唱）大家闺秀，无她洒脱淡雅， 　　　小家碧玉，又无她明朗豁达。 　　　她来时，满室春风笑语花，

	她去也，日月无光华。
	怎了这情丝牵挂？（见笔砚）
帮　腔	借羊毫打动于她。

【李维德坐下写字。燕燕捧花瓶上。

燕　燕	公子，你看这些花好不好？（放下花瓶）
李维德	好，好。（招手）燕燕，快来坐下。
燕　燕	你是主，我是……
李维德	你是奴！又来了。又来了。快坐，快坐。

【燕燕只好在桌边坐下。

李维德	燕燕，你猜我写的什么？
燕　燕	我猜不着。
李维德	拿去看看就知道了。（递过去）
燕　燕	看……（接到手中看着）
李维德	你看我写得好不好吗？
燕　燕	（顺口奉承）写得好呀，写得好。
李维德	写得好？那你念与我听。
燕　燕	念哪？嗨呀，人家字都认不到！（放纸于桌）
李维德	（笑）哦，你认不到字呀。这也无妨，待我念与你听。
燕　燕	难得公子好兴致。只怕你抱着琵琶进磨坊，要对……（猛住口）
李维德	对什么？说呀，对什么？
燕　燕	对磨子弹琴。
李维德	站过来。（打量她）你鼻子生得并不矮，怎么说话会转拐呢？明明是对牛弹琴，你偏说对磨子弹琴。
燕　燕	牛，牵去饮水去了，只剩下一张磨子。
李维德	哈哈哈！燕燕，你这般聪明伶俐，保管一听便懂。
燕　燕	我真的不懂。
李维德	哦，晓得了。总是嫌我的诗写得不好。不念了，不念了。

燕　燕	哎呀，恭敬不如从命，我听你念就是。
李维德	对啰。我先朗读一遍。
	（吟诵）燕子来时春色满，
	燕子去时春色残。
	如何添得双羽翼，
	笑随燕燕舞翩跹。
燕　燕	（好笑）晓得你念些啥哟。
李维德	听我与你讲解。头一句是说燕子来了……
燕　燕	啊，燕子来了。来了又咋个呢？
李维德	这房中就如春天一般，鸟语花香，欢然有趣。
燕　燕	（好笑）哪有那么好啊。
李维德	二一句是说，燕子去了，这房中就如秋天一般，花谢草枯，索然无味。
燕　燕	（好笑）哪有那么凶啊。
李维德	有那么凶。因为燕子就是你！我愿生出一双翅膀，永远随你同欢同乐……
燕　燕	（一愣之后，抓过诗稿）你倒是随便乱写。看夫人知道，要打死我了。公子，这里没事我就……
李维德	你刚才叫我什么？
燕　燕	公子嘛。
李维德	不，不许叫公子。
燕　燕	不叫公子，又叫什么？
李维德	叫……叫李维德。
燕　燕	哪有直呼别人名讳的！
李维德	那……就叫李兄。
燕　燕	你是主，我是奴，怎么高攀起兄妹来了。使不得！
李维德	那就叫我……李郎。
燕　燕	啊？（以为听错）里——昂？

自在飞花

李维德	我又不是牯牛，啥子（学牛叫）"里——昂"哟！燕燕，难道你真的不明白我的心意吗？我要与你……（比画成双成对）
燕　燕	（惊羞）哎呀，说些啥哟！（跑）
李维德	（拦住）你不能走。
燕　燕	这里没有事，我就要走。
李维德	谁说这里没有事？
燕　燕	有啥子事嘛？
李维德	我要，我要更衣。
燕　燕	待我取来。（欲走）
李维德	不不不。我要，我要脱衣。
燕　燕	脱衣？！
李维德	脱去——这外衣。
燕　燕	脱外衣……这么大个人了，自己脱嘛。
李维德	你不是来伺候我的吗？我要你帮我脱。
燕　燕	不。
李维德	不？你不，我就要告你。（走到门边，夸张地）舅母，你看燕燕……
燕　燕	（拉住他的衣袖）公子公子，我帮你脱就是了……

【燕燕尴尬地为李维德脱外衣。李维德饶有兴趣地欣赏着她。最后，他欲乘机拉住燕燕的手。燕燕警惕地退开，把外衣搭在椅上。李维德走向燕燕。燕燕绕桌而走，向外跑去。

| 李维德 | （叫）燕燕，我与你跪下了。（跪） |

【燕燕猛停步，回头看着他。

李维德	燕燕，你要是走了，我就跪着不起来了。
燕　燕	（不由得回身来扶）公子……
李维德	（去拉她伸来的手）燕燕。
燕　燕	（猛缩手，飞奔而去，下）
李维德	（向外叫）我不起来啰，我不起来啰……（等了一会，不见动

静。他轻轻站起，走到门边张望）耶！这丫头当真走了。（打哈欠，伸懒腰）唉。马背劳顿数日，我也累了，且歇息片刻。（入内，下）

【台上灯光渐暗。鼓打三更。风起。雨来。电光闪闪。雷声隆隆。

【追光照燕燕提灯笼、抱被子上。

帮　腔　　　　夜深沉，风紧雨紧，
　　　　　　　出花厅，欲行难行。

燕　燕　（唱）奉主命送衾绸御寒御冷，
　　　　　　　好教我进退难怨天怨人。
　　　　　　　步回廊突惧这漏静人静，
　　　　　　　去书斋猛叫我心惊意惊。
　　　　　　　柳枝柔带春雨似定非定，
　　　　　　　荷池水春风吹欲平难平。
　　　　　　　半天空春雷声时来时隐，
　　　　　　　手儿内红纱灯忽暗忽明。
　　　　　　　意彷徨自思自忖，
　　　　　　　心缭乱——

帮　腔　　　　心缭乱且走且停。

【燕燕踟蹰不前，转身徘徊。台上灯光渐亮。李维德自内出。

李维德　（哆哆嗦嗦，自语）好冷。好冷。只说歇息片刻，谁知竟然睡着了。（见椅背上的外衣，拿起欲穿，忽察觉外面有人，看，喜）燕燕来了！（忙将外衣放还椅背，去原地跪下，唉声叹气）燕燕哪燕燕，你好狠心啰，你好薄情啰……

燕　燕　（闻声诧异，转身进门，见状吃惊）公子！

李维德　唉，燕燕。我跪到这三更天，总算把你跪来了。

燕　燕　我是奉夫人之命，与你送被子来的。（绕过他，入内，下）

李维德　（跪在地上，转身向内叫）送啥被子哟，让我冷死算啰，冷死

　　　　　　　算哟……
燕　　燕　　（返场，着急地）公子，你这是做啥嘛！
李维德　　我做啥，你心里明白。不想当初你救我一命，而今又要送我一命啊。
燕　　燕　　（无奈地）公子，快歇息去吧。
李维德　　你答应了？
燕　　燕　　（跺脚）哪个答应你啥哟！（向外跑去）
李维德　　（一把拉住）燕燕！（拉住不放，站起）燕燕哪……
帮　　腔　　　　你且稍等，你且稍等，
　　　　　　　　听维德剖诉衷情。
李维德　　（唱）我敬你雪中送炭施恻隐，
　　　　　　　　我爱你侠骨柔肠赤子心。
　　　　　　　　我怜你红颜薄命，
　　　　　　　　我惜你孤苦伶仃。
　　　　　　　　我妻病故于昨春，
　　　　　　　　愿求大姐白首盟。
帮　　腔　　　　喜且惊！
燕　　燕　　（唱）我为奴十余载谁疼谁问，
　　　　　　　　万不料今宵遇知己知心……唉。
　　　　　　　　梦再美，切莫信，
　　　　　　　　梦再好，难成真。（转向李）
　　　　　　　　我与你，主仆身份太不等，
　　　　　　　　我与你，门第悬殊怎配婚？
李维德　　（唱）爹娘万事迁就我，
　　　　　　　　婚姻只需我应承。
　　　　　　　　更何况，我父冤情得平反，
　　　　　　　　论功劳，你是救命第一恩。
　　　　　　　　我感恩，父感恩，母感恩，

　　　　　　哪能够，不许恩人进家门。

　　　　　　燕燕哪，

　　　　　　　你若与我结秦晋，

　　　　　　　再不为奴受欺凌。

　　　　　　　换下你这系腰裙，

　　　　　　　脱下你这短衣襟。

　　　　　　　免去你奴婢身份，

　　　　　　　自由自在做个人。

　　　　　　　你若不将维德信，

　　　　　　　敢对苍天把誓盟。（跪）

　　　　（念）我若有负燕燕姐——

　　　　（唱）悬梁而死三尺绫！

燕　　燕　（跪下扶他）谁要你赌咒啊。

李维德　　这么说，你允了？

燕　　燕　哪个允了？

李维德　　你不允，怎么与我拜起天地来了？

燕　　燕　（察觉，娇羞而起）哎呀！

　　　　【燕燕要跑，被李维德拉住。李维德将半推半就的燕燕拉向内室。

第三场　路遇

　　　　【地点：郊外。

莺　　莺　（内念）扫墓归来步芳丛——

帮　　腔　　　　步芳丛。

　　　　【帮腔中，莺莺与梅花上。

莺　　莺　（唱）啊……

	清明时节春意浓。
	春意浓，
帮　腔	春情动，
莺　莺	（唱）可怜孤似钗头凤。
	绵绵哀怨锁眉峰，
	点点珠泪染玉容。
	重重心事无人懂，
	妒煞那——
帮　腔	处处桃李戏春风。

【李维德走马上。

李维德	（唱）马蹄香，惹来彩蝶舞，
	银铃响，惊动小牧童。
	柳絮飘作清明雨……（见莺莺）呀！（驻马凝目）
帮　腔	连天芳草映芙蓉。
梅　花	小姐，有人看你。
莺　莺	在哪里？
梅　花	在那里。

【莺莺寻看，与李维德照面，凝目。

李维德	（背白）好标致的小姐！想古人有九美图、十美图等多妻韵事。我得了燕燕，若能再得这位小姐——
帮　腔	其乐也，无穷！
梅　花	喂！骑马的！你骑起马儿走嘛。咋个站在路上挡别人的路啊！
李维德	大姐。是我迷路了。正欲相问，只是不便启齿。
梅　花	哦。小姐，他迷路了。
莺　莺	既是如此，你到那旁与他言话。免得别人观之不雅。

【梅花走近李维德。莺莺在另一侧倾听，李维德下马。

李维德	请问大姐，王总镇的府宅，向哪里走？

梅　花	你问王总镇呀？
李维德	正是。（大声说与莺莺）王总镇是我的舅父。我乃湖广襄阳李维德。
莺　莺	啊，是他……
梅　花	你是李公子呀！听说，你已经到了总镇府，怎么还要问路呢？
李维德	这，此地我是初到。今日出外踏青，不觉迷失路途。大姐，你怎么知道我已到了总镇府？
梅　花	总镇夫人是我们小姐的姨妈。
李维德	啊，原来我们还是亲戚呀！请问你家小姐叫何名讳？
梅　花	我家小姐叫……不忙。（过去）小姐，李公子问你的名讳，说不说？
莺　莺	既是亲戚，说也无妨。
梅　花	是。（过来）李公子，我家小姐名叫莺莺，是工部贾侍郎的千金。
李维德	贾侍郎不是亡故了吗？
梅　花	是呀。我家小姐命苦。老爷、夫人都不在了，又无兄弟姊妹。一个人好可怜啊。
李维德	（大声）我与你家小姐既是亲戚，我有心请她上马，送她回家。
梅　花	我家小姐要观赏风景。她把自家的轿子都打发回去了，哪会骑你的马。
李维德	还是请大姐与我禀一声。
梅　花	好嘛，禀就禀嘛。（过去）小姐，李公子说……
莺　莺	听见了。虽是亲戚，男女有别。他的好意，我领情了。
梅　花	（过来）李公子，我家小姐说……
李维德	听见了。
梅　花	那我们就各走各！你要去的总镇府，在那边。（指）
李维德	那我就走了。（向莺莺喊话）我走啰……走啰……

梅　花	（背白）这个人才怪哟。说走又不动。（向李维德）要走你就上马……
莺　莺	（情急生智，忽大叫做躲避状）哎呀蜜蜂！蜜蜂！

【梅花慌忙过去赶蜂。莺莺趁机把手帕抛与李维德。

梅　花	小姐，蜜蜂在哪里？
莺　莺	飞了，飞了。（拉梅花下）
李维德	（展帕）喜鹊闹梅。哈哈哈。好兆头！正是：

（念）踏青不虚行，

　　　郊外遇美人。

　　　我要独占三春景，

　　　燕燕复莺莺。（上马，下）

第四场　情变

【地点：书房。

【燕燕舞着手帕上。

帮　腔	夕阳依山尽，
	归鸟报黄昏。
燕　燕	（唱）公子出门踏青去，
	一日不见如三春。

（插白）公子，公子……（不见人）公子，夫呀。

（唱）相见时，这个"夫"字难出唇，

　　　不见时，暗自呼唤千万声。

　　　看着他，犹自相思情难禁，

　　　傍着他，还恨二人非一身。

　　　只盼他父母到洛城，

　　　到洛城，允了婚。

|||允了婚，便成亲，
|||再不用躲躲闪闪似偷情。
|||换下我这系腰裙，
|||脱下我这短衣襟。
|||免除我奴婢身份，
|||自由自在——
|帮　腔||自由自在做个人。
	【燕燕舞手帕。李维德舞莺莺的手帕上，见燕燕，忙将手帕藏入袖中。
燕　燕	（回身看见）你回来了！（撒娇）怎么这时候才回来？把人家想坏了。
李维德	（吟诵）郊外春光好，
		王孙不思归。
		哈哈哈（轻薄地用扇头拨燕燕的脸）。
燕　燕	（让开）你醉了？
李维德	哈哈。我不是酒醉，乃是心醉。
燕　燕	心醉？何事令你心醉呀？
李维德	我在外面都是好端端的。回来看见你，我的心就醉了，醉了。（做醉状，坐下）
燕　燕	（娇嗔）呸哟。（挨着他坐下）公子，你的双亲何时到此？
李维德	无有书信到来，哪知他们何时到此。
燕　燕	唉。他们还不来，我都等急了。
李维德	他们进京当官都不急，你又何必着急呢。唉，游玩一天，我累了。
燕　燕	累了？那就快快歇息。待我与你脱衣。
李维德	（急避）我自己脱。
燕　燕	嘿，你这个人啊。往日你不累，偏偏要我脱。今日你累了，偏偏又不要我脱。（笑）我这个人就是个犟性子。你不要我

脱，我偏要脱。

【燕燕嬉笑着要与李维德脱衣。李维德躲躲闪闪。二人拉扯间手帕掉下。

燕　燕　　什么东西掉了？

【李维德与燕燕同时去取，被燕燕拾得。

燕　燕　　女孩儿家用的手帕。哪里来的？

李维德　　我，买的。

燕　燕　　给我买的？

李维德　　那倒不是。我喜欢这手帕上的花样，便随手买来。

燕　燕　　（观帕）喜鹊闹梅。这花样并无新奇之处。待我与你绣一张更好的。

李维德　　那就先谢了。（伸手）这一张，还我。

燕　燕　　（欲还又止）不。这一张，归我。

李维德　　你又不缺手帕用。

燕　燕　　这是你买的呀。女儿家的东西，你拿它无用。不如送我，当作定情的信物！

李维德　　啊，是是是。是该送你一个定情之物。那……我就送你这把扇子。

燕　燕　　扇子是你们公子哥儿用的东西，我又不能随身携带。还是手帕好。（要揣入怀中）

李维德　　（着急地去拿）还我！

燕　燕　　（闪开）看你这个样儿！啧啧啧。倒像它是个宝物。

李维德　　（半真半假地）你焉知它不是宝物？

燕　燕　　这个也算宝物？（开玩笑，吟诵）除非是知心人儿所送啊。

李维德　　耶！你硬是聪明呀！

燕　燕　　我本来也不笨哪。（把玩笑开下去）你这宝物的来历，我都晓得。

李维德　　（觉得有趣）哟！你还晓得它的来历。那就说出来我听上

	一听。
燕　燕	你要听？
李维德	（开心地）要听，要听。
燕　燕	好。你且听了！（到桌后拿起砚台拍打两下，用说书人的口气讲起来）话说清明之日，有一公子出外走马踏青。只见路上行人不断。有游春之仕女，有上坟之孤孀。公子正在观赏青山绿水之际，忽见路旁坟头之上，站定一位二八佳人。于是……
李维德	（饶有兴味）于是怎么样呀？
燕　燕	于是两下一见钟情，相逢恨晚。临别之时，公子赠予佳人一个玉扇坠。佳人赠予公子一方香罗帕。这便是它的来历了。（拍砚台，笑）
李维德	（触动）嗨耶！（背白）我原想暂且隐瞒于她，不料她竟把话儿递到我的口中来……反正，瞒得过今日，瞒不过明日……（拿定主意，转）燕燕，你果然是个聪明人儿，说得甚好。
燕　燕	（得意）那是当然。夫人常把张胡子请到府中来说书。我听得多了，自然会说。
李维德	可惜，有一件未曾说对。
燕　燕	哪一件？
李维德	那公子并未赠予佳人一个玉扇坠。
燕　燕	这样说来，那公子是个吝啬鬼！（以手指戳李之额头）
李维德	哈哈。非也。那公子赠予佳人的，乃是一座金屋。
燕　燕	（笑）金屋？没有听说过赠什么金屋。
李维德	这金屋，过两天就要抬去了。
燕　燕	什么金屋还可以抬？
李维德	月老红媒抬前，花红彩礼抬后。抬前抬后，将那佳人抬来藏在金屋之中，岂不是送了她一座金屋吗？
燕　燕	既是如此，下面就是大团圆了。到了大团圆，这段评书也就

	说完了。
李维德	（正色）你说的是评书，我说的，却是正事。
燕　燕	嘻！什么正事！
李维德	此事迟早瞒不过你，就此对你实说了吧。我今日踏青郊外，正是遇着一位千金小姐，蒙她赠我这方罗帕。待我禀明舅母，就邀媒前去下聘。
燕　燕	（暗惊，但不能相信）笑话只能说一遍。三遍四遍讨人厌。
李维德	（反倒着急了）哎呀，燕燕。（抓过手帕）这方手帕，当真是一位千金小姐送与我的！
燕　燕	啊！（紧张起来，但不敢相信）公子，我们不要乱说。我们不要乱说……
李维德	我没有乱说！（着急）嗨呀，你怎么不相信哟！我说的，乃是我和那位小姐的婚姻大事！
燕　燕	那，那，那那那你和我是，是什么……事？
李维德	当然是……是成双成对的事……
燕　燕	是成双成对……的事……但不是……婚姻大事？
李维德	（又好笑又抱怨）嗨！燕燕哪，燕燕。你真叫聪明一世，糊涂一时。想你我门第不等，身份悬殊，怎谈那婚姻二字哟！
燕　燕	啊！
帮　腔	闻言犹如霹雳震， 刀扎胸膛火焚心。
燕　燕	（唱）你曾讲，门第身份不必论， 　　　你曾言，患难恩情似海深。 　　　你曾许，免我为奴遭踩躏， 　　　你曾在窗下跪吐山海盟。 　　　哄得我，交与你一片赤心， 　　　哄得我，随定你一缕深情。 　　　哄得我，痴盼那为人自在，

李维德	哄得我，给了你清白之身。 谁知晓，你才是假情假语， 你丧尽良心！
李维德	哎呀，真是活天冤枉！我虽不娶你为妻，但做个二房夫人也不算亏待于你。何况我李维德最是多情不过，无论我与多少女子相好，我爱你之情绝不会稍减。哦，就好比，我爱牡丹，也爱芍药；我爱下棋，也爱抚琴……
燕　燕	住口！ （唱）难道说我是你园中盆景？ 　　　难道说我是你几上鸣琴？ 　　　难道说我不是父母生养？ 　　　难道说我不是血肉之人？
帮　腔	天哪，天！
燕　燕	（唱）我好悔呀……
帮　腔	我好悔，我好悔，我好悔……
燕　燕	（唱）悔断肝肠空留恨， 　　　恨自己瞎了眼睛。 （念）好话说在清早， 　　　变了卦在中午， 　　　冷了心在黄昏。 （唱）这苦酒自斟还自饮， 　　　刀斩乱麻两下分。（转向李） 　　　从今后各持身份， 　　　你是主我是奴——
帮　腔	分道而行。
李维德	（拦住）不许你走。
燕　燕	（出不去，退开）公子要奴婢做什么？
李维德	要你依然与我做一对戏水鸳鸯。

燕　　燕　　这也不难，只要你敢对天赌个咒。

李维德　　赌个咒就是。（跪）皇天在上，后土在下。维德若负燕燕，三尺白绫，悬梁而死。（叩头）

燕　　燕　　我早就听过了。（拂袖而去，下）

李维德　　这一下你该放心了嘛。（起身）噫，人呢？（找不见）哦，把老爷们哄跪在地，她倒各自去了。（先是恼怒，继而转念，笑起来）嘿嘿。争风吃醋原本是女人的常情。只是燕燕你——你却耍不得这些脾气哟。看来，我还需压一压她的醋劲，杀一杀她的风头。正是：

（念）天公生我太多情，

　　　一心兼得二美人。

　　　不教佳话成虚话，

　　　且施巧计驯钗裙。（下）

第五场　说媒

【地点：厅堂。

【夫人上。

夫　　人　　（念）宦门子弟性情乖，

　　　　　　喜怒无常难遂怀。

　　　　　　维德燕燕骤翻脸，

　　　　　　其中隐由我不猜。

燕燕走来。

【燕燕上。

燕　　燕　　（念）刀斩乱麻麻犹在，

　　　　　　断麻万缕填胸怀。

　　　　　　心烦意躁恨难解，

　　　　　　如此世道谁安排？！
　　　　　　夫人。
夫　人　　燕燕，李公子要在我府成亲了。
燕　燕　　（冷冷地）夫人唤我何事？
夫　人　　叫你前去替公子说媒。
燕　燕　　（意外）叫我——替他——说媒？哎呀夫人！
　　　　　　（韵白）燕燕为奴作婢，只晓得端茶奉水，哪懂得行聘说媒。这样大的洛阳城，数十数百的官媒证。何需我丫鬟下人，上华堂说媒提亲！
夫　人　　原非我的主意。是李公子看得起你，特意求我，让你替他说媒。
燕　燕　　怎么！是他……
夫　人　　再说，那莺莺小姐与你……
燕　燕　　什么？是莺莺小姐……
夫　人　　正是莺莺小姐。平素间你们情同姊妹。如今要你为她的婚事走一遭，你能不去吗？
燕　燕　　这……（思索片刻）好。我去。我，去！
夫　人　　那就即刻前往贾府提亲。（下）
燕　燕　　贼子可恶呀，狗贼欺人！贼子明知我肠断心碎，却不肯就此罢休，反令我前去说媒。把我活生生一个人当作草芥，将我血淋淋一颗心任意践踏。他以为如此便可使那莺莺到手，又可使我燕燕低头。李维德呀，狗贼。你想错了！（圆场）
　　　　　【灯暗。追光跟燕燕。
帮　腔　　　你要我替你说媒，
　　　　　　　我便去替你说媒。
燕　燕　　（唱）试看我将尔的如意算盘打碎，
　　　　　　　教你知人心不可昧，
帮　腔　　　天理不容亏。

【灯亮。地点转至莺莺闺房。

燕　燕　　（叫）梅花！梅花！

【梅花声："啊，燕燕姐来了。"上。

梅　花　　燕燕姐！你许久不来，把人家想坏了。

【莺莺声："梅花，你在与何人讲话？"

梅　花　　燕燕姐来了。

【莺莺声："怎么说，燕燕来了？"随声捧衣而出。

莺　莺　　（亲热地）燕燕，姨妈答应过，让你清明节来这里陪我。你怎么今天才来？少时摆酒，我要罚你三杯。

梅　花　　想是李公子来了，燕燕姐忙得抽不开身。

莺　莺　　唔。此言有理。（向燕燕）燕燕，今年添制新衣，与往年一样，我也与你做了一身衣裙。（抖开衣裙）看！好不好？

燕　燕　　哎呀！这样好的衣裙，燕燕如何当得起？

莺　莺　　像你这样的人儿，就该穿这样的衣裙。快！穿与我看看，合身不合身。

燕　燕　　多谢小姐。衣裙稍后再试。奴婢奉夫人之命前来，有要事与小姐相商。

莺　莺　　有要事相商？（已明白几分）梅花，站着则甚？还不与你燕燕姐熬一碗银耳燕窝汤来。（把衣裙放到她手中）

梅　花　　是。（捧衣裙下）

莺　莺　　燕燕，姨妈有何大事，须得与我商量？

燕　燕　　小姐，昨日你可曾将一方罗帕，赠予李公子？

莺　莺　　（惊）这！（怒状）谁说我赠罗帕与什么李公子、王公子……（忽想到瞒不过去）哦，想起来了。昨日出门扫墓，我确曾失落一方手帕……

燕　燕　　失落？可是那李公子说，是你赠他罗帕，有相爱之意。因此，夫人命我前来替他说媒。倘若并无赠帕之事，那我就不说了……（转身欲走）

莺　莺　　　（连忙）燕燕！哎呀，燕燕哪！

　　　　　　（念）我与你虽则是——

帮　腔　　　　　　主仆名分。（莺莺请燕燕入座）

莺　莺　　　（唱）情意合未将你当作下人。

　　　　　　　　闺房中无外人对面坐定，

　　　　　　　　把一腔心腹事说与你听。

　　　　　　　　自从爹妈归仙境，

　　　　　　　　门前不闻车马声。

　　　　　　　　夜对青灯日伴影，

　　　　　　　　冷冷清清、凄凄惨惨、好不伤情。

　　　　　　　　万不料，清明扫墓出门去，

　　　　　　　　巧遇表兄在踏青。

　　　　　　　　一时动心赠罗帕，

　　　　　　　　都怪我，有失检点坠迷津。（羞窘背身）

帮　腔　　　　　　难乎为情……

燕　燕　　　（唱）男儿何薄幸，

　　　　　　　　女儿何痴心。

　　　　　　　　我失足落得这千古恨，

　　　　　　　　誓不教无情恼多情。（插白）小姐呀。

　　　　　　　　你可知他窃玉偷香有本领，

　　　　　　　　你可知他的恩爱如烟云。

　　　　　　　　你可知他的心肠歹毒狠，

　　　　　　　　你可知他一日一个王魁负桂英。

莺　莺　　　呀！

　　　　　　（唱）听她言涌起我疑云阵阵，

　　　　　　　　月老因何断红绳？

　　　　　　　　不免回头细盘问，

　　　　　　　　你所言有何为凭？

燕　燕	这……别人都这样传说……
莺　莺	传说些什么？
燕　燕	传说，他在洛阳城中，已有一位相好的女子。
莺　莺	是谁？是谁？
燕　燕	好像是，是……
莺　莺	是一位小姐？
燕　燕	唔……一位……小姐……
莺　莺	这传说中的小姐，只怕就是我啊。
燕　燕	怎会是你？你昨日才见着他。传说中，他与那位女子已相爱半月多了。
莺　莺	啊！既是如此，他怎不与那女子成亲，却要与我……
燕　燕	这正是他的薄情寡义啊。他用虚情假爱将别人哄到手中，转眼之间，他又变心了。
莺　莺	燕燕……你，你怎么知道得这般仔细呀？
燕　燕	别人都是这样说……
莺　莺	别人说，别人说。难道你不知耳听为虚、眼见为实吗？安知不是有人心怀叵测，故意造谣中伤于他。
燕　燕	小姐，你，真的不信吗？
莺　莺	无凭无据，叫我相信什么？
帮　腔	要凭证， 　　揪我心！
燕　燕	（背唱）若将实情对她论， 　　　叫我脸面何处存？ 　　　若不将实情对她论， 　　　她死心塌地愿配婚…… 　　　罢，罢，罢。 　　　燕燕何必顾自己， 　　　不教莺莺步后尘。

474

　　　　　　小姐。适才所言那女子，便是……
莺　莺　　谁？
燕　燕　　是——我。
莺　莺　　是——你？
燕　燕　　（接唱）小姐若还不相信——（交出诗稿）
　　　　　（念）亲笔题诗可为凭。
莺　莺　　（看罢，妒恨不已）好一首情诗！（将诗稿揉碎扔去）
　　　　　（念）这婚事我决意不允！
燕　燕　　好小姐！
　　　　　（念）不枉我良苦用心。（转身疾走）
莺　莺　　慢着！慢……着……
　　　　　（背唱）猛想起，他的门第与家声。
　　　　　　　　　论富豪，他家有良田万顷，
　　　　　　　　　论权贵，他的父势压朝廷。
　　　　　　　　　公子他，定然会官居一品，
　　　　　　　　　那时节，我便是诰命夫人。
燕　燕　　小姐！
　　　　　（唱）天下美女数不尽，
　　　　　　　　休等待，身为秋扇悔不赢。
莺　莺　　（背唱）只要我能擒能纵有本领，
　　　　　　　　　他敢不顺我二三分。（转，插白）燕燕。
　　　　　　　　　姨母主婚我怎好不应允，
　　　　　　　　　成婚后，我保你做个二房夫人。
燕　燕　　（唱）二夫人公子早应承，
　　　　　　　　我不稀罕不领情。
　　　　　　　　休把燕燕来看轻。
莺　莺　　（念）难道说你想做大房夫人？
燕　燕　　（唱）我视荣华如粪土，

　　　　　　　岂为名分来相争。

　　　　　　　不羡锦衣与霞帔，

　　　　　　　只愿真心对赤诚。

　　　　　　　李维德本是衣冠兽，

　　　　　　　他把女子不当人。

莺　莺　　（唱）何得出言太不逊，

　　　　　　　为人须有自知明。

　　　　　　　只怪你，自己主意拿不定，

　　　　　　　乍相逢，便以终身托付人。

　　　　　　　到而今居侧室，又何必怨恨，

　　　　　　　正所谓——

　　　　　（念）自不庄重受人轻。

燕　燕　　（唱）小姐之言何太忍，

　　　　　　　舌剑伤人无血痕。

　　　　　　　想燕燕岂是杨花随风舞，

　　　　　　　恨只恨错信他患难恩情。

莺　莺　　患难恩情？你与他有什么患难恩情？

燕　燕　　（韵白）可记得去年寒冬，我伴你观赏雪景。

　　　　　　　见一个落魄书生，卧街头一息尚存。

　　　　　　　是我上前仔细问，才是他——投奔舅母到洛城。

莺　莺　　想起来了……

燕　燕　　（韵白）我求你周济他，你未曾答应。

　　　　　　　是我于心不忍，赠钗环又赠纹银。

　　　　　　　他因此得以活命，进京去辩明冤情……（说不下去）

莺　莺　　呀！

　　　　　（背念）小事不曾上心，

　　　　　　　大错险些铸成！

　　　　　（背白）去岁公子家遭不幸，来至洛阳投奔姨母。姨母不肯收留，将他逐出门外。彼时，这丫头曾求我周济于他。是我害怕得罪姨母，做了个袖手旁观。不料，竟将一个天大的人情，让与这丫头去了……如今，她既是公子的恩人，又是公子的情人。我若容她在公子跟前出出进进，与我争风夺宠的，不是她，又是何人？！有朝一日，我若得罪于她，她将我从前见死不救之事，说与公子得知……噫，只怕我那凤冠霞帔就穿戴不稳了！这这这，这……唔，我自有道理。（转）燕燕哪，燕燕。适才我不明原委，故而错怪于你。听你叙述真情，令我凄怆欲泣。想你我虽为主仆，素来情谊甚厚；况乎错识萧郎，岂不同病相怜。你既是前车之鉴，我怎敢重蹈覆辙。此婚，我决意不允了。

燕　燕　　（喜出泪来）好一位明白的小姐，也不枉燕燕走这一遭啊。

莺　莺　　（双关地）真不枉你走这一遭。我应该重重地谢你。

燕　燕　　那，奴婢就回去了。

莺　莺　　慢着。待我修书一封，烦你带与公子，让他另聘佳人吧。（写毕）拿去。

燕　燕　　奴婢告辞。（下）

莺　莺　　不送。正是：

（念）人生在世各有命，

　　　你要争来枉费心。（下）

第六场　抗婚

【地点：新房。台后正中有华丽的大床，帐里贴着硕大的红双喜。

【李维德上。

李维德　　（念）用妙计，使玄机，堪称情场诸葛亮，

遣二房，说大房，亚赛赤壁借东风。

【燕燕上。

李维德	（笑迎）哈哈。红叶大人归来了。三百杯谢媒酒——我都与你备好啰。
燕　燕	你不要高兴早了！
李维德	明日成婚，今日高兴也不为早呀。
燕　燕	早了！
李维德	不早啊。
燕　燕	莺莺小姐有话，叫你另聘佳人。（掷信）
李维德	（一惊）啊！莫非你坏了我的好事？（拾信看，越看越乐，笑）你以为说了我的坏话，她就不答应了？
燕　燕	她答应了？

李维德　你是什么东西？她会和你一般见识？你听这最后几句：

（念）莺燕春争鸣，

　　各自有归程。

　　燕燕居檐下，

　　莺莺藏深林。

你懂不懂？这是说，有你无她，有她无你！

燕　燕　（怒极而笑）哈哈，哈哈哈……

（念）一个是宦门公子薄情，

　　一个是富家小姐狠心。

　　一个狡诈，

　　一个凶横。

　　一个是笑面虎，

　　一个是伪善君。

　　似这样品德相当，才能相等的佳偶，

　　人间天上何处寻？

哈哈哈哈！

李维德	（恼羞成怒）你怎么骂起人来了？
燕　燕	（念）非是骂只是把实情讲，
	真情实况一桩桩。
	奴婢身贱志气强。
	哪像你们——口头上仁义道德，
	满腹中呀——
帮　腔	男盗女娼！

【燕燕欲走，夫人上。

夫　人	燕燕，命你提亲一事？
李维德	舅母，这就是燕燕的成人之美。（递过信去）
夫　人	（看信大怒）燕燕哪，小贱人！我这府中已容不得你了。还不与我滚！
燕　燕	我走！（欲走）
李维德	（示意阻止）舅母！
夫　人	站住！
李维德	舅母，燕燕乃孤身一人，你将她逐出府去，叫我于心何忍？
夫　人	依贤侄之见？
李维德	燕燕曾有恩于我。而今她虽无情，我却不能无义。为了她不致冻饿而死，还是让她与史衙内做妾去。
夫　人	好。（向燕燕）明日便是吉期，你收拾收拾去到史家。
燕　燕	夫人！你曾答应，让我伺候你一辈子！
夫　人	如今我不想答应了。
燕　燕	难道你，你也要言而无信吗？
夫　人	一个丫头，谁与你讲什么有信无信？！叫你去史家，你就去史家。
燕　燕	我，不去！
夫　人	由不得你！（拂袖而去。下）

【李维德欲下，又转身趋燕燕面前发出赢家的狂笑。燕燕扬手

自在飞花

　　　　　　　　　　给李维德一记耳光。李维德一脚将燕燕踢倒在地，下。

帮　腔　　　　沉云乍黑狂涛卷，
　　　　　　　欲哭泪已干。
　　　　　　　抬头问天天不语，
　　　　　　　唯有那，晚风呜咽似相怜。

【鼓打三更。燕燕惊起。

燕　燕　　谯楼鼓打三更，我还是逃走。逃走！（跑几步，猛停）
帮　腔　　　　哎呀，我往哪里逃？
燕　燕　　（唱）天涯茫茫何处去？
　　　　　　　孤身弱女谁相怜？
　　　　　　　世态炎凉人心险，
　　　　　　　怎能免欺诈摧残！（哭）

【鼓响四更。

燕　燕　　（唱）谯楼更鼓起四点，
　　　　　　　时不待人近明天。
　　　　　　　火烧眉睫方寸乱，
　　　　　　　凄惶徘徊左右难。

　　　　　啊，想上心来。我何不趁贼子拜堂之时，闯上喜堂。当着他诸亲百客，哭诉我满腹冤屈。我要让他们声威扫地，臭名昭彰；千人指责，万人唾骂。对，我就是这个主意！（坐下）

帮　腔　　　　哎呀，想错了！
燕　燕　　（唱）想他们拜堂之时，
　　　　　　　岂容我任意剖诉。
　　　　　　　定说我是个疯癫丫头。
　　　　　　　命人将我捆绑起来，
　　　　　　　一阵乱棒活活打死，
　　　　　　　我才死得不值了。

帮　腔　　　　去不得！

【燕燕见灯蛾扑火，驱赶不去，百感交集。

帮　腔　　　　见灯蛾扑向火焰。
　　　　　　　　顿化作一缕青烟。

燕　燕　灯蛾呀！
　　　　（唱）可怜你恰似燕燕，
　　　　　　　力薄弱性情痴憨。
　　　　　　　你为这亮堂堂灯火闪闪，
　　　　　　　我为那儿女情恩爱绵绵。
　　　　　　　浮光一点，
　　　　　　　幻影半片。
　　　　　　　诱得咱灵魂儿游丝飘悬。

【鼓打五更。

燕　燕　（唱）五更鼓惊裂肝胆，
　　　　　　　声声问怎度今天？
　　　　　　　怎容得虎狼称心愿，
　　　　　　　怎看得魔鬼披红衫。
　　　　　　　怎能够任他作践，
　　　　　　　怎雪我耻辱般般。（插白）也罢！
　　　　　　　你们要一乘小轿看我低头走，
　　　　　　　我叫你枉费心机落得人笑谈。
　　　　　　　你们要欢天喜地、八面玲珑摆酒宴，
　　　　　　　我叫你鬼哭神嚎、一石万钧压心间。
　　　　　　　你们要红喜临门拜天地，
　　　　　　　我叫你——

帮　腔　　　　白凶当头恶运缠。

【燕燕跳上床，一把撕破红双喜，放下帐帘。

【喜乐声由远而近。李维德用红绸牵莺莺上。莺莺搭着盖头，由梅花搀扶。夫人随后。

燕
燕

【王四奔上。

王　四　（惊慌地叫）夫人！夫人！史衙内小轿来接燕燕。可是，燕燕不见了！

夫　人　不见了？叫人前院后院各处寻找。找着了就把她拖上轿去。

王　四　是。（疾下）

夫　人　（转身）噫！梅花，怎不将帐帘挂起？

【梅花忙上前挂帐帘。李维德牵莺莺走向床边。

李维德　（抬头一看，惊叫）啊！

【同时，那华丽的大床像电影的特写镜头似的猛然向台前推来。李维德和莺莺被逼得连连后退，跌坐在地。大床乃戛然而停。

梅　花　（哀号）燕燕姐呀……（扑到床边，恸哭）

【夫人在一旁呆立。幕急落。

——剧终

1960 年徐棻和羽军合作

1962 年成都市川剧院首演

2010 年徐棻修订

"其乐斋"品戏

1962年，成都市川剧院①在成都首演此剧，连演30余场而观众不减。同时，几乎所有的川剧团（包括云南、贵州）都上演了《燕燕》。接着，便有京剧、越剧、豫剧、吕剧、粤剧、黔剧、黄梅戏等兄弟剧种的许多剧团先后移植。20年后的1982年，《燕燕》更有京剧、川剧、越剧的戏曲电视剧于同年播放。川剧燕燕一角的饰演者，60年来在成都市川剧院也已历经杨淑英、筱舫、丁惠如、陈家英、雷变影、刘芸、刘萍、王玉梅等8代演员了。

此剧广受喜爱，从艺术的角度看，笔者认为有这样几个特点：

一是，剧中人都不是扁平的类型化人物，而是人人个性复杂多变。这较之"以歌舞演故事"的传统戏多把人物作为故事的载体，《燕燕》的个性化人物在审美方面提供给观众的信息量自然会丰富许多。

二是，此剧改变了传统戏曲的叙述方式以及"铜壶滴漏"式缓慢推进的弊端，使全剧的节奏如行云流水般顺畅而明快。同时，剧中人的思想是在矛盾中逐次展开，其个性是在冲突中逐步呈现。须臾之间，情节大起大落、人物大恨大爱，而每个拐点都既在观众的意料之外，又在故事的情理之中。此剧巧妙的悬念设置，动人的情感变化，都紧紧抓着观众的好奇心，使他们一定要看到结果而后快。

三是，此剧少有"陈词滥调"，而有不少优美的、情感细腻的、雅俗共赏的佳句，如"雨夜送衾""晚风呜咽""灯蛾扑火"等。

---

① 成都市川剧院后更名为成都市川剧研究院。因本书中作者所述内容多为成都市川剧院未更名时期，故全书统一写为成都市川剧院。特此说明。

成都市川剧院排演《燕燕》，杨淑英饰燕燕、谢文新饰李维德

成都市川剧院排演《燕燕》，晓艇饰李维德

成都市川剧院排演《燕燕》，筱舫饰燕燕

成都市川剧院排演《燕燕》,王玉梅饰燕燕

成都市川剧院排演《燕燕》，
罗芳饰莺莺、李清君饰梅花

成都市川剧院排演《燕燕》，
马丽饰夫人、彭凌饰王四

中国京剧院移植川剧《燕燕》,
刘长瑜饰燕燕、夏永泉饰李维德

中国京剧院移植川剧《燕燕》,刘长瑜饰燕燕

上海越剧院移植川剧《燕燕》,金美芳饰李维德

上海越剧院移植川剧《燕燕》,张月芳饰燕燕

成都市川剧院排演《燕燕》,王玉梅饰燕燕、邓方园饰李维德

成都市川剧院排演《燕燕》，王玉梅饰燕燕、王超饰李维德

花自飘零水自流

故事新编

人　物

皇　后　　　　　　　皇　帝
乔秀儿　　　　　　　林冬儿
大宫女　　　　　　　太　子
大太监
太监们、侍卫们、金甲武士们
宫女甲和宫女们、女兵们、皇帝二新妃、太子二侧妃

场　次

序
第一场　宴宫　　　　　第二场　闯宫
第三场　别宫　　　　　第四场　杀宫
第五场　谬宫　　　　　第六场　哀宫

序

【大幕缓启：舞台上一片漆黑。

帮　腔　　　　冷飕飕……

　　　　　　　黑漆漆……

【舞台渐起一束光，照见皇后装饰华丽的头部。

帮　腔　　　　难道是盲了双眼？

　　　　　　　难道是死的沉寂？

【舞台再起一束光，照出皇后裹在黑袍中的全身轮廓。

帮　腔　　　　了无生气，

　　　　　　　了无声息。

　　　　　　　这是哪里？

　　　　　　　这是哪里？

男声齐唱　　　是地狱！

皇　后　　　（唱）不由我浑身战栗！

　　　　　（身体一动不动）想起一个故事。说：前朝皇后，因为嫉妒，杀死了妃子。待她死后，阎王便砍去她的双臂双腿，将她变成一条没有四肢的蟒蛇，只能用腹部梭行在荒野草丛之中……

【突然，几条粗大的绳索从皇后肩后抛来，套在皇后身上呈捆绑状。

皇　后　　　（惊骇，仍一动不动，高叫）为何捆绑我？为何捆绑我？（似听见什么）什么？阎王要砍去我的四肢？要将我变成一条蟒蛇？阎王弄错了！我虽然是个皇后，但是我没有嫉妒，更没有杀人。皇上称帝两年，未曾选美纳妃。他只爱我这个皇后，我无须嫉妒，无须杀人。阎王弄错了。弄错了！

【传来男人的呼声："皇上凯旋回京！"

【传来女子的呼声："娘娘，娘娘，皇上回来啦。"
【皇后身上的绳索瞬间消失。皇后也忘了恐惧，但仍然一动不动。

皇　　后　　（快乐地高叫）皇上回来了！后宫摆宴，与皇上接风……
【切光。

第一场　宴宫

【黑暗中，宫女的声音："后宫摆宴，与皇上接风……"一声一声远去。
【满台灯亮。地点：后宫花厅。
【宫女们置酒具、捧果品，设宴过场，返场列队。大宫女上，巡视一番。

大宫女　　（向幕后）有请娘娘。
帮　　腔　　　噩梦醒，
　　　　　　　佳音传。

【帮腔中，皇后盛装快步上，忍不住笑："哈哈哈哈……"

皇　　后　　（唱）睁开凤眼，
　　　　　　　便从地狱到人间。
　　　　　　　恐惧抛脑后，
　　　　　　　喜悦在眼前。
　　　　　　　皇上去作战，
　　　　　　　今日得凯旋。
　　　　　　　久别胜新婚，
　　　　　　　俗话非妄言。
　　　　　　（插白）皇上到哪里了？
大宫女　　（向内）皇上到哪里了？

【幕内男声:"御驾离城四十里。"】

帮　腔　　　哎呀还有那么远!

皇　后　　（唱）四十里……似觉得还要等候四十年。
　　　　　　我与他，出生入死、面对强敌背靠背，
　　　　　　我与他，打下江山、形影不离肩并肩。
　　　　　　同苦难，
　　　　　　共甘甜。
　　　　　　帝后恩爱，我们堪称是典范……
　　　　　（插白）皇上到哪里了?

大宫女　　（向内）皇上到哪里了?

【幕内男声:"御驾离城二十里。"】

皇　后　　（唱）恨煞马儿慢，害我眼望穿。
　　　　　　这心境，
　　　　　　好一似婚前。
　　　　　　那时节，幽会需待月明夜，
　　　　　　苦了我——

帮　腔　　　长盼冰轮挂碧天。

【幕内男声:"御驾入城!"】

大宫女　　娘娘，皇上进城了!

皇　后　　（激动不已）他进城了!他进城了!我要出宫去接他。（疾走又停）太子呢?这个不懂事的东西!他该出宫接驾才好。（向大宫女）太子怎么还不出来?未必然，他不晓得他爹今天回宫?

大宫女　　晓得晓得。我再去催催太子爷。（欲走）

【幕内男声:"御驾回宫。"】

【鼓乐起，太子衣冠不整慌张跑出。】

太　子　　妈……

皇　后　　背时娃娃!都来不及出宫接驾了。还不赶快跪下!

【太子跪。皇后替他整冠。幕内声:"皇上驾到。"

【武士上,列队。太监上,列队。

【皇帝上。大太监跟上。

皇　后	(快步趋前)臣妾恭迎皇上。(欲跪)
皇　帝	(快步急扶)梓童免礼!(执手相问)梓童别来可好?
皇　后	皇上可好?
皇　帝	好。好。
皇　后	(心疼地)好啥哟!(抚其颊)你看你,脸都窄了。(两手卡其腰)腰都细了。
太　子	(大声)儿臣恭迎父皇。
皇　帝	吼啥?吓老子一跳。起来嘛。
太　子	父皇出征之时,吩咐儿臣要学会皇家规矩。儿臣谨遵父皇教诲,要等父皇叫儿臣平身,儿臣才能起来。
皇　帝	嘿嘿,你在耍规矩嗦?那你就,平——身。
太　子	多谢父皇。(站起)
皇　帝	呀!长高了好长一截,像个大人了。
太　子	儿臣已是大人了。父皇再御驾亲征,儿臣便可追随左右,侍候父皇。
皇　后	天下已经太平,你父皇再不会亲征了。不会说话!
皇　帝	朕倒觉得他会说话了。说起话来文绉绉的,再不是个野小子。
太　子	多谢父皇夸奖,全仗母后调教。
皇　后	学了点规矩,嘴巴儿也甜了。(转向大宫女)接风宴齐备否?
大宫女	早已齐备。请皇上、娘娘、太子爷,升座。

【鼓乐中,太监们布置桌椅。皇帝、皇后、太子分别入座。

皇　帝	朕,亲征南蛮,得胜而归。从今往后,那南蛮再也无力犯我边境、杀我子民、掠我财物了。
皇　后	皇上安天下,保黎民。德泽万世,功垂千秋。臣妾与皇上接风,庆贺皇上凯旋。(拿起酒壶)

自在飞花

帮　腔	亲斟美酒敬皇上……
皇　帝	且慢。（向大太监）带上来。
大太监	（向外）带上来。
帮　腔	礼物呈来送娘娘。
皇　后	（喜）还有礼物给我哟！

【乔秀儿、林冬儿上。她们身穿异族服装。

大太监	前去拜见皇后娘娘。
乔、林	（上前）奴婢拜见皇后娘娘。（跪）
皇　后	这，这是？
皇　帝	这就是寡人送与梓童的礼物。南蛮战败，归顺我朝，特遣青壮男女五百，入我朝接受教化。朕选此二女入宫，与梓童分享胜利。让她们伺候梓童起居，听候梓童差遣。
皇　后	多谢皇上。（转）你二人姓甚名谁？
乔秀儿	奴婢叫乔秀儿。
林冬儿	奴婢叫林冬儿。
皇　后	乔秀儿？林冬儿？你姓乔？你姓林？
太　子	母后有所不知。他们那里，名姓不分。
皇　帝	故而，外人不知，她们本是同胞姐妹。
皇　后	一母所生？
皇　帝	（紧接）亲生姐妹。两人不愿分离，因此一同进宫。
皇　后	（触动心事）不愿分离，姐妹情深呀……
帮　腔	一言动情情伤惨， 悲情往事到眼前。
皇　后	（唱）想我两个亲妹妹， 战乱之中赴黄泉。 眼前这对亲姐妹， 惹得本后好心酸。 她们国破家亡，何苦伤口撒盐添仇怨……

	（夹白）起来吧。
	（接唱）且将皇宫当家园。
	本后认作干妹妹，
	与你们——（执二人之手）
帮　　腔	义结金兰。
皇　　帝	（惊讶）啊？梓童要与她们——义结金兰？
皇　　后	皇上以为如何？
太　　子	妈！哦，母后！她们是敌国之人啰！
皇　　后	仗都打完了，人都归顺了。再不要"敌国、敌国"地说！
太　　子	她们是父皇带回来伺候你的宫女！
皇　　后	我要那么多宫女做啥？我情愿要两个妹妹。
皇　　帝	好哇。（鼓掌）好，好。（向乔、林）你二人的前生，想必做了许多善事，今天，才遇着菩萨心肠的皇后娘娘。还不快快谢恩。
乔、林	叩谢娘娘大恩大德。（欲叩拜）
皇　　后	（拦住）既已认作姐妹，无须行此大礼。
皇　　帝	左右。
大太监	皇上。
皇　　帝	与朕的两个干姨妹儿——赐座！
	【大太监招手。两个太监搬出绣凳。乔、林落座。皇后回座。
皇　　后	皇上。今日酒宴，一庆皇上凯旋，二为皇上接风。如今，臣妾得了两个妹妹，可谓又添一喜。三喜临门，臣妾要与皇上敬酒三杯。（起身执壶）
帮　　腔	斟美酒，敬皇上……
皇　　帝	且慢。
帮　　腔	有佳酿，待品尝。
皇　　帝	（向大太监）这酒，换过了吗？
大太监	换过了换过了。已换了皇上带回来的南蛮之酒……

自在飞花

皇　帝	哎！朕带回来的酒，叫作——得，胜，酒！
大太监	是是是。这壶中之酒——正是皇上的得、胜、酒。
皇　帝	（向皇后）朕带回异邦美酒，请梓童品尝。
大太监	奴婢与娘娘斟酒。（执壶斟酒）
皇　后	皇上的得胜酒，臣妾理当品尝。（饮酒，皱眉，但夸赞着）果然好酒。好酒。

【大太监将酒壶给乔，示意她"敬酒"。

| 乔秀儿 | 皇后姐姐，今日初次相见，小妹无以为礼。只有借花献佛，敬姐姐美酒一杯。（斟酒） |
| 皇　后 | 姐妹相见，前世有缘。妹妹这杯酒，姐姐要喝。（饮酒，观杯自语）这南蛮之酒……（向皇帝）哦，这个得胜酒，味道有点特别哈。 |

【大太监将酒壶递与林冬儿，示意她敬酒。

| 林冬儿 | （接过酒壶）皇后姐姐，小妹也要敬酒一杯。（斟酒） |
| 皇　后 | 喝了你姐姐的，自然要喝你的。（饮，头晕，自语）这酒，上头…… |

【大太监将酒壶递与太子，示意他敬酒。

太　子	（执壶起身）儿臣与母后敬酒……
皇　后	（摇手）敬你，父皇……
太　子	哦。（转向皇帝）儿臣敬父皇……
皇　帝	（打断）敬你母后！
太　子	哦。儿臣敬母后。
皇　后	（头晕）敬，你父……
太　子	父皇……
皇　帝	敬你母后。
太　子	母后……
皇　后	（口齿不清）不能，喝了……
太　子	母后，你才饮三杯……

皇　后	（站立不稳）这酒……凶……（跌坐在椅）
太　子	父皇，三杯酒醉倒母后。南蛮之酒，这么凶呀？
皇　帝	南蛮之酒，蛮劲大嘛。（吩咐）搀扶娘娘回宫。

【二宫女扶皇后下。大宫女随下。宫女们下。

太　子	（对乔、林）喂，你两个站着做啥？伺候娘娘去呀。

【乔、林疾走。

皇　帝	（大声）乔秀儿，林冬儿。
乔、林	（止步转身）皇上。
皇　帝	皇后既认你二人为妹妹，朕便要与你二人加封。
乔、林	（惊）这……（互望）
皇　帝	朕，封乔秀儿为乔贤妃。
太　子	（惊）父皇！
皇　帝	封林冬儿为林德妃。
太　子	（叫）父皇！
乔、林	（后退着）奴婢乃战败国之贱民，岂敢受封……
皇　帝	你们要抗旨吗？
乔、林	不敢……
皇　帝	不敢就好。
大太监	（向乔、林）还不叩谢皇恩！
乔、林	（跪下）叩谢皇恩。
皇　帝	平身。（站起）二妃近前，随寡人摆驾寝宫。

【乔、林近前。皇帝挽二妃下。太监们下。

太　子	（回过神来，追几步）父皇……
帮　腔	霎时间混沌一片，混沌一片……
大太监	（捂嘴而笑）嘻嘻嘻。
帮　腔	施巧计阖宫欢庆无波澜。

【大太监挥手。武士们下。大太监欲溜走。

太　子	（清醒过来，大喝）站住！（抓住大太监）这是怎么回事？这

是怎么回事？

大太监　　皇上封妃子，小事。

太　子　　（一掌推倒）哪个说是小事？！哪个说是小事？！（急得跳脚）妈！你为啥要认干姐妹？你为啥偏在此刻醉倒？你……（一顿，醒悟）酒！（一把抓起酒壶）这酒！这酒中必定有……

大太监　　（翻身跪地）太子爷！这酒，是皇上带回来的得、胜、酒。太子爷不可妄言，千万不可妄——言！

太　子　　（抛去酒壶，抓起大太监）你说！父皇是不是早就看上了那两个蛮女？

大太监　　太子爷，事到如今，你问这些还有啥用嘛。

太　子　　（无奈松手，痛心疾首）父皇呀，爹爹！你……你你你，你也太假了！母后呀，我的妈！你……你你你，你也太真了！

大太监　　唉。真真假假，假假真真，天下事原本如此。

太　子　　不！父皇对母后原本真情实意！

大太监　　太子爷，难道你不明白——今、非、昔、比？

太　子　　我，我明白，明白……昔日，父皇是个猎户、是个兵将……而今，他是个天子，是个皇帝……可是他说过，没有母亲相助，他当不了皇帝。他说过，今生今世永不会忘记母亲的恩情……明日，明日母亲酒醒，他如何向母亲交代？你说，他如何向母亲交代？我，我要去问他！

大太监　　（拦阻）去不得！去不得！这件事，太子爷你只能缄默不语！

太　子　　我为何要缄默不语？

大太监　　因为，寻常百姓尚可三妻四妾，何况你父身为皇帝！因为，没有三宫六院、七十二妃，皇帝还算什么皇帝！因为，你母后若要醋海生波，你父皇便可以废了她，杀了她，她死后还要变成蟒蛇！

太　子　　（惊骇）啊……

【切光。

第二场　闯宫

【黑暗中。

帮　　腔　　　　（内唱）皇后昏睡三日整……

【满台灯亮。地点：宫室与宫室之间的开阔地。

【武士上，列队。

【皇后上，宫女数人随上。

皇　　后　　（接唱）冷落了——

帮　　腔　　　　　　冷落了我久别的夫君。

皇　　后　　（接唱）南蛮酒，好大劲，

　　　　　　　　　　后悔事前未问清。

　　　　　　　　　　酒醒忙向寝宫去，

　　　　　　　　　　表表歉意撒撒娇——（捂嘴而笑）嘻嘻嘻。

帮　　腔　　　　　　将我的夫君细细温存。

【大宫女从另一方疾步出，与皇后照面。

大宫女　　（有点惊慌）参见娘娘！

皇　　后　　（诧异）嘿！到处找不见你，你怎么到这里来了？

大宫女　　呃，奴婢来看看皇上可好……好回去向娘娘禀报，以免娘娘牵挂……

皇　　后　　（好笑）本后牵挂皇上，本后自会来看。哪个要你帮忙看。（走）

大宫女　　（拦住）娘娘……皇上吩咐，今天不见人……

皇　　后　　不见人？未必不见我？（再走）

大宫女　　娘娘！（拉住皇后）奴婢有事禀报娘娘。请娘娘回去。

皇　　后　　才走拢，怎么就回去？有什么大不了的事，就在这里说。

大宫女　　娘娘……这里不便说。

皇　　后　　小声点就是嘛。（推她到一边）说。（见她不愿）怪头怪脑

的！什么事情在这里说不得？叫你说，你就说。

大宫女	（跺脚）说就说！说就说！皇上……皇上他另有新欢了！
皇　后	（蒙了）什么新，新欢？
大宫女	就是那两个蛮女子！她们早就与皇上勾搭成奸。如今被皇上封为贵妃，与皇上同住寝宫，朝夕相处形影不离了！
皇　后	（如遭雷击）啊……（差点晕过去）
大宫女	（忙扶住）娘娘，娘娘……
皇　后	（慢慢明白，喃喃自语）他……骗我……他……设下圈套……欺骗我……
大宫女	事成定局，难以作为了。
皇　后	（缓过气来，狂吼）都——去——死——吧！

【皇后推开大宫女，夺下一个武士的武器，不顾一切向里冲。

| 众 | （惊呼）娘娘！|

【武士们与宫女们拦阻……大宫女拉扯……（身段、造型等过场）

【太子奔上。

| 太　子 | （高叫）母后！母后……|

【太子奔去拉住皇后，皇后挣扎。几番之后，太子跪下，紧紧抱住皇后的双腿。

太　子	（高叫）母后……
众	（一起跪下，叫）娘娘！
太　子	（哭喊）妈！他是皇帝，他是皇帝了！妈，孩儿已是太子了。看在孩儿的分上……你睁只眼闭只眼吧……妈呀，你睁只眼闭只眼吧……
帮　腔	噩梦原非梦， 预感早在胸。

【皇后手中的兵器慢慢掉到地上。

【灯光渐弱，渐灭。

第三场　别宫

【黑暗中。

帮　腔　　　皇后闭只眼，闭只眼，
　　　　　　宫内无波澜，无波澜。

【台上灯光渐明。地点：皇后的起居室。
【大宫女慢步上。

大宫女　（唱）宫内无波澜，
　　　　　　宫外起烽烟。
　　　　　　边关传凶信，
　　　　　　北狄犯中原。
　　　　　　我军忙应战，
　　　　　　屡战屡败、损兵折将、溃不成军待后援。
　　　　　　皇上无奈颁圣诏，
　　　　　　御驾亲征在今天。
　　　　　　娘娘不愿送行去，
　　　　　　托词有恙行动难。唉！
　　　　　　帝后恩怨谁能管？谁能管？

帮　腔　　　众人皆作壁上观。

【大太监上，咳嗽一声。

大宫女　哦，公公。公公可曾奏明皇上？娘娘凤体不适，不能与皇上送行。

大太监　奏明了。皇上得知娘娘凤体欠安，启程之前，特来看望娘娘。

大宫女　皇上要来？

大太监　已经来了，快去禀告娘娘。

大宫女　是。（边走边叫）娘娘，皇上来了……（下）

【太监们上。列队。

自在飞花

【皇帝上。乔、林二妃穿汉服随上。太子在后。

皇　帝　（念）封二妃,弄巧成拙——
帮　腔　　　　非所愿。
皇　帝　（唱）老夫妻,形同冤家也歉然。
　　　　　　只怪朕,操之过急瞒且骗,
　　　　　　未能够,晓之以理用好言。
　　　　　　帝王家,醋海生波何惧险,
　　　　　　醋海中,戏水更觉天地宽。
　　　　　　看多了,美目含情绽笑脸,
　　　　　　有一个,怒目含嗔也新鲜。
　　　　　　今日里,口吐莲花来相劝,
　　　　　　定教她,回心转意释前嫌。
　　　　　　纵然是,后妃之间难友善,
　　　　　　也需要——
帮　腔　　　相安无事,和气一团。
【大宫女上。二宫女随上,安座。
大宫女　启禀皇上,娘娘带病接驾。
【二宫女扶皇后上。皇后头上缠着一块布表示有病。
皇　后　臣妾恭迎皇上。（远远地做准备下跪状）
皇　帝　（忙叫）梓童免礼！（远远地示意不必下跪）
【皇后停止下跪。
皇　帝　梓童欠安,快快坐下。
皇　后　多谢皇上。
【皇帝与皇后落座。宫女列队。
太　子　儿臣参见母后。（跪）
皇　后　我儿要随你父皇出征？
太　子　是。儿臣跟随父皇出征,也好长些见识。只是,望母后保重凤体,免得儿臣牵挂。

皇　后	难得我儿一片孝心。起来吧。
太　子	谢母后。（起身）
乔、林	参见皇后娘娘。（跪）
皇　后	（做惊慌状起身）哟！二位贵妃驾到，本后不知，有失远迎，还望二位贵妃恕罪。（做准备下跪状）
乔、林	（惊骇）娘娘！（伏地）
皇　帝	（连忙拉住皇后）梓童！何必如此，何必如此……
皇　后	陛下心尖尖儿上的人儿，臣妾不敢怠慢呀。
皇　帝	嗨呀，梓童！
太　子	母后，算了嘛，算了嘛。你把人家吓着了。
皇　后	（不满，斥责）人家与皇上同来，才把你妈吓着了。（向乔、林）起来吧。你们跪着，皇上心痛。
皇　帝	（向皇后）你呀，你呀！（向乔、林）娘娘叫你们起来，你们就起来。
	【乔、林起。
皇　帝	梓童。北狄兴兵犯境，朕不得不御驾亲征。不幸爱卿凤体欠安，教朕在外，如何放心？
皇　后	只怪臣妾病得不是时候，与皇上添麻烦了。
皇　帝	唉。梓童、朕的爱卿、孤的贤内助、皇后娘娘！
帮　腔	出宫前忽觉方寸乱，
皇　帝	（念）千言万语——
帮　腔	涌舌尖。
皇　后	（插白）哟！皇上有千言万语要说？嗨呀，臣妾好久好久没有听皇上说话了。千言万语不嫌多，不嫌多。皇上只管说，只管说。
皇　帝	（唱）想起了，昔日生活多贫贱，
	想起了，当年征战好艰难。
	想起了，你舍命为我挡飞箭，
	想起了，你筹集粮草送边关。

自在飞花

| 皇 后 | （插白）嗨，这些陈谷子烂芝麻我都忘了，亏你还记得！|

皇　后　（插白）嗨，这些陈谷子烂芝麻我都忘了，亏你还记得！

皇　帝　（唱）孤爱你，虽是女流浑身胆，
　　　　　　　孤爱你，胸襟宽广能撑船。
　　　　　　　孤爱你，慈悲为怀心良善，
　　　　　　　孤爱你，母仪天下美名传。

皇　后　（插白）哎哟，过奖啰。过奖啰。

皇　帝　（唱）孤爱你敬你深信你，
　　　　　　　你执掌六宫朕心安。（转向众人）
　　　　　　　尔等门外且稍候，
　　　　　　　体己话，朕要对娘娘一人谈。

【众人应声，依次退下。

皇　帝　梓童啊，朕的心肝。

皇　后　嗨呀呀，山西醋打翻了，好酸，好酸！

皇　帝　（唱）二蛮女陪孤嬉戏权做伴，
　　　　　　　怎比得孤与梓童情万千。

皇　后　（插白）真的吗？

皇　帝　（唱）封贵妃不过是装点门面，
　　　　　　　显一显做天子富贵威严。

皇　后　（插白）原来如此啊。

皇　帝　（唱）得胜酒，醉倒梓童眼不见，
　　　　　　　你眼不见来心不烦。
　　　　　　　免得你一时转不过弯，
　　　　　　　转不过弯来——你情何堪？

皇　后　（插白）呵呵呵，原来是为我着想呀。

皇　帝　（唱）万不料，思虑太多反添乱，
　　　　　　　接风宴，竟成了你对孤王的断情餐。

皇　后　（插白）我们这些笨人，懂不起皇上的良苦用心啰。

皇　帝　（唱）孤对卿，爱未消来情未减，

　　　　　　　　哪怕是，遇着西施或貂蝉。

皇　后　　（插白）嘿嘿，你这个话，信不信由我哈。
皇　帝　　（唱）劝梓童，冲牛斗的怒气，你那怒气……
皇　后　　（插白）咋个？
皇　帝　　（唱）今日要消散，要消散。
皇　后　　（插白）散不了呢？
皇　帝　　（唱）散不了……散不了……
皇　后　　（插白）怎么样？
皇　帝　　（唱）我我我……朕朕朕……孤孤孤……（抓一个椅垫）
　　　　　　（唱）仗也不打了，朝也不上了，（把椅垫丢在皇后脚下）
　　　　　　（唱）双膝跪在你面前。（"咚"一声跪下）
皇　后　　（站起，转到椅后）咃！从前那一手——你还没有搞忘嗦？！
皇　帝　　想打就打，想骂就骂。反正，你不消气，我不起来。
皇　后　　（淡淡一笑）今非昔比。如今你是皇帝，哪个不怕死的敢打你、骂你？
皇　帝　　消气没有？
皇　后　　（背身）起来。
皇　帝　　消气没有？
皇　后　　（走开）起来！
皇　帝　　听其言而观其行。还没有消气，还没有消气。
皇　后　　（无奈）呃！（转身，扶）起来哟。
皇　帝　　这还差不多。（起身，走开，想起椅垫，忙回身拿起，放到椅上。回头看看皇后，把椅子端到她身边，挨着她坐下，有点不好意思地）嘿嘿嘿。
皇　后　　（学他）嘿嘿嘿。皇上的千言万语，说完了吗？
皇　帝　　嘻嘻。还有两句。
皇　后　　啊？还有两句？那就接着说。哦，接着唱。
皇　帝　　好。接着唱。（咳嗽，清理喉咙）

帮　腔	要紧的话儿在后面，
	朕还有两句肺腑言。
皇　后	（插白）肺腑言？那就是最最最最最要紧的话啰。你说嘛。我洗耳恭听。
皇　帝	（唱）封贵妃，乃是孤乾纲独断，
	这件事，与她姐妹不相干。
	孤走后，你要对二人多照看，
	莫忘了，你曾与她们结金兰。
	结金兰，你贤良名声传得远，
	都夸你，现世观音下尘凡。
	待孤王，凯旋归来赐金匾，
	上写着："统六宫天下第一贤。"
皇　后	啊？天下第一贤？
皇　帝	嗯。天下第一贤。
皇　后	哈哈，哈哈，哈哈哈哈哈……
皇　帝	梓童为何发笑？
皇　后	当了皇帝，你的口才也变得如此之好。说得我都无话可说了。
皇　帝	（有点尴尬）呵呵，呵呵呵……（转过身去）
皇　后	（咬牙）满口谎言，骗，骗——
帮　腔	都是骗！
皇　后	（背唱）冷气袭人透骨寒。
	早知他会这样变，
	不该帮他打江山。
	如今他，虚情包假意，
	逼得我，巧语伴花言。（插白）皇上！
	万岁爷呀！
帮　腔	何须苦心劝，
皇　后	（唱）都怪臣妾理不端。

　　　　　　　事不如意就翻脸，
　　　　　　　忘却了，国母的身份和威严。
　　　　　　　今朝话明（我们）气就散，
　　　　　　　往事不必再纠缠。
　　　　　　　义结金兰我所愿，
　　　　　　　对二妃——我原本有爱又有怜。
　　　　　　　你把她们交与我，
　　　　　　　（就是）我的宝贝和心肝。
　　　　　　　饮食起居（我）亲照看，
　　　　　　　保她们，受不着丁丁点点暑或寒。
　　　　　　　阴雨天，（我们）促膝闲摆龙门阵，
　　　　　　　艳阳天，（我们）骑马溜达御花园。
　　　　　　　万岁爷（你）只管英勇去作战，
　　　　　　　宫中事，为妻与你保周全。
　　　　　　　后顾无忧（你就）无敌手，
　　　　　　　定能够捷报频传奏凯旋。

皇　　帝　　（唱）皇后如此识大体，
　　　　　　　寡人自然心放宽。
　　　　　　　待孤归来赐金匾，（插白）莫负我——

帮　　腔　　金匾之上一字"贤"。

【传来鼓乐声。大宫女上。

大宫女　　吉时已到，请皇上起驾。

皇　　后　　臣妾恭送。

皇　　帝　　梓童欠安，不必多礼。

皇　　后　　那，就此一别。臣妾恭祝皇上，旗开得胜，马到成功。

【大宫女搀扶着皇后跪下。

皇　　帝　　梓童保重。朕去了。

【皇帝下。少顷，鼓乐声渐远渐渺。

自在飞花

【皇后仍跪着一动不动,静场片刻。

大宫女　（小心翼翼）娘娘,皇上他……走远了……
皇　后　（慢慢抬头,喃喃自语）走,远,了……
帮　腔　　　人远,心也远,

【皇后慢慢起身。

皇　后　（喃喃自语）回不去了……
帮　腔　　　无计呀……回到从前。

【皇后慢慢扯下头上布带,大宫女接着。

皇　后　（唱）从前,一顾一盼他满怀爱恋,
　　　　　　　而今,目光闪烁他意绪阑珊。
　　　　　　　从前,他一语一言深情无限,
　　　　　　　而今,肌肤相触他心不在焉。
　　　　　　　今日领兵出征去,
　　　　　　　临行探病到此间。
　　　　　　　探病无语问康健,
　　　　　　　东拉西扯来周旋。
　　　　　　　违心之言一串串,
　　　　　　　刻意叮嘱一番番。
　　　　　　　屈膝下跪,不顾他皇帝的尊严和体面,
　　　　　　　只为着,与他心爱的女人求平安。
　　　　　　　全不管,那一字字、一句句、字字句句、句句字字、一言一语、一语一言,恰似利斧剁、剁、剁……剁剁剁剁,剁碎了我的心肝。（痛哭）
大宫女　（跟着哭）娘娘……
皇　后　（唱）恨二妃,狠心歹肠施手段,
　　　　　　　夺君宠,竟将本后抛一边。
　　　　　　　辜负我,心怀恻隐另眼看,
　　　　　　　辜负我,恩深义重结金兰。

大宫女	（唱）忘恩负义狐媚女，
	任她得意怎心甘？
	与其终日泪洗面，
	不如消除这祸端。
	乱麻还需快刀斩——（插白）劝娘娘早决断，
帮　腔	送她姐妹到黄泉。
大宫女	杀了她！
皇　后	杀？（一顿）你可记得，我做的那个噩梦……变成蟒蛇……
大宫女	哎呀娘娘！梦中之事，哪里信得？杀妃变蟒，有谁亲见？这些话，不过是皇家编排出来，震慑皇后而已。想想这些日子，你受的那些煎熬。若不杀死二妃，待皇上归来，他三个再如胶似漆，那时候娘娘你呀，你就好比……（住口）
皇　后	好比什么？（逼问）好比什么？好比什么？
大宫女	（豁出去）你好比呀——
帮　腔	死了未曾埋！
皇　后	（震颤）啊……
大宫女	当断不断，必受其乱。杀了吧。杀了吧！
皇　后	那就……杀！传令金甲武士，校场集结。
大宫女	是。（呼叫）娘娘懿旨：金甲武士，校场集结！

【幕后应声。男女兵卒随声从两侧奔上，在台前耀武扬威过场不断。

【同时，两个宫女上场，与大宫女一起替皇后换战袍，挂宝剑。

【皇后换装毕。兵卒们环列。皇后亮相。

帮　腔	重新披挂起，
	好似临大敌。
皇　后	（唱）就依前朝老规矩，
	金甲武士校场集。
	弓箭手，箭穿她们的心，心作靶，

骠骑兵，马踏她们的身，身成泥。

警示天下狐媚女，

休仗美色——

帮　　腔　　　休仗美色把人欺！

皇　　后　　　待本后亲自捉拿二妃！

【皇后造型，定格。兵卒们举刀箭列队，造型定格。

【切光。

第四场　杀宫

【黑暗中。

女声齐唱　　　黑云压宫墙！黑云压宫墙！

人心慌慌。人心惶惶。

【灯光渐起。地点：乔、林二妃的居所。

【宫女甲跑上。

宫女甲　　　（向内小声叫）皇后娘娘来了！（跑下）

帮　　腔　　　大祸降！

大祸降！

【灯光大亮。乔妃惊慌跑上，林妃紧跟。二人圆场观望。

帮　　腔　　　大祸降临无处藏，

无处藏！无处藏！

【武士们奔上，列队。

【宫女们奔上，列队。

【乔妃拉着林妃跑下。

【皇后上。大宫女紧跟。

皇　　后　　　（唱）怒难忍，恨难消，

心上插着一把刀。

	春去秋来昼复夜，
	朝朝暮暮受煎熬。
女声齐唱	难忍这煎熬。

【幕后唱中，乔妃手捧红碗快步上，林妃手捧黄碗跟上。

乔　妃	（高声叫）皇后娘娘贤姐姐，我姊妹向你告别了！（跪下）
林　妃	（哭叫）告别了。（跪下）
大宫女	（向皇后）告别？莫非她们想逃走？
皇　后	（示意且听）嘘！
乔　妃	想一想皇后娘娘。
林　妃	（哭着）想她呀？
大宫女	她们要说啥？
皇　后	且听她们说！（宝剑入鞘）
乔　妃	（唱）贤姐姐从此宽心放，
	为报恩情，愿将毒酒当琼浆。
皇后、大宫女	（惊讶互语）毒酒？

【大宫女欲进，被皇后拉住。

林　妃	（哭叫）我不想死。我不想死呀……
乔　妃	为了皇上与娘娘恩爱如初，你我不能不死！
	（唱）临终前，妹要哭诉几句话，
	愿长风，送与姐姐听端详。
帮　腔	啊……
乔　妃	（唱）一声哭，薄命堪比黄连苦，
	邻邦失和动刀枪。
林　妃	（唱）动刀枪。
乔　妃	（唱）二声哭，百姓无辜把命丧，
	可怜姐妹齐遭殃。
林　妃	（唱）姐妹齐遭殃。
乔　妃	（唱）三声哭，沦为人质任摆布，

		远行千里来异乡。
林　妃	（唱）	来到异乡。
乔　妃	（唱）	四声哭，牵挂年迈的爹，
		心疼多病的娘。
林　妃	（唱）	想爹呀想娘，
乔、林	（同唱）	想断了儿的肝肠……
皇　后	（唱）	我的爹娘在何方，
		战乱失散久，生死俱不详。
乔　妃	（唱）	五声哭，鱼儿雁儿难传信，
		从此永别我的郎。
		无缘今生偕白首，
		只求来世再成双。
乔、林	（同唱）	来世再成双。
皇　后	（唱）	却原来，皇帝做了无情棒，
		打散两对好鸳鸯。
乔　妃	（唱）	六声哭，皇上宠爱非所望，
		日夜忐忑心彷徨。
		辜负皇后恩德广，
		皇后肠断我断肠。
皇　后	（唱）	原来并非狐媚女，
		她心我心同悲怆。
乔　妃	（唱）	七声哭，此情无计对人讲，
		八声哭，欲解困厄无良方。
		九声哭，毒酒入口——我顷刻，顷刻把命丧，
		十声哭，祈求皇后能原谅，
		原谅我，并非有意把你伤。
皇　后	（唱）	情非得已苦命女，
		怎忍她——

帮　腔	怎忍她碧血溅官墙。
乔　妃	妹妹，你我一同把酒喝了。
林　妃	（把碗放在地上，向后退缩着，哭）姐呀，我不想死，我不想死……
乔　妃	我们一定要死！你怕，就看我先喝。（举碗）
皇　后	（大叫）慢着！

【乔妃惊得酒碗落地。皇后冲入室中，大宫女随后。

乔、林	（惊骇）娘娘……（伏地）
大宫女	（观察酒碗落地处）还真是毒性大的酒嘞，把毯子都烧烂了。你们想死？莫非要嫁祸娘娘，让皇上与娘娘失和！
乔　妃	不！我们已写下绝命书，说自己想念家乡，想念父母，想念丈夫，不愿长住天朝。皇后娘娘呀姐姐，我二人只有一死，才能报答你的大恩大德！（去拿黄色酒碗）
皇　后	住手！（稍停）你们，不该死！（转身而去，下）

【宫女们跟下。

大宫女	哼！娘娘心慈手软，饶你二人不死。可是，皇上归来之后，依旧会宠爱你们。那时，你们与娘娘如何相处？如何相处？（跺脚）呃！（下）

【武士们跟下。

乔　妃	（慢慢吁出一口气）唉……
林　妃	姐姐，我们不死了？
乔　妃	（慢慢站起）暂且，不死了。
林　妃	暂且不死也好，总要多活几天。（端起地上的黄碗，站起）我把它拿去倒了。（要走）
乔　妃	不！给我。（接过碗，要喝）
林　妃	（大惊，忙拉住）姐姐！可以多活几天了，你为何还要喝这毒酒？
乔　妃	此酒，无毒。

林　妃	把毯子都烧烂了，怎说无毒？
乔　妃	那碗酒，才有毒。
林　妃	你的酒，有毒！我的酒，无毒？
乔　妃	姐姐知道，皇后为人，善良慈悲。她看见姐姐我死了，也许就不忍心妹妹你再死。所以，我的酒中，有毒。而你的酒中，无毒。（慢慢喝）
林　妃	（泣不成声）我的……姐姐呀……（跪下抱住乔妃的腿，恸哭）

【二人造型。灯光渐弱，渐灭。

第五场　谬宫

【黑暗中，响起欢乐的乐曲。

男声齐唱　　　　皇上去出征，
　　　　　　　　四顾无男人。四顾啊，无有男人。

【全台灯亮。地点：御花园。
【宫女们手执绣花绷，以各种美妙的姿态绣花。

女声齐唱　　　　后宫好似女儿国，
　　　　　　　　姊姊妹妹都相亲。
　　　　　　　　绣花绣朵赛本领，
　　　　　　　　看谁堪称织女星。

【乔、林二妃执绣花绷上，绣花如跳舞。

男声齐唱　　　　皇上去出征，
　　　　　　　　四顾无男人。四顾啊，无有男人。

【宫女们聚集，共舞。

女声齐唱　　　　不闻啼哭只闻笑，
　　　　　　　　笑声飘上九霄云。
　　　　　　　　绣花绣朵赛本领，

看谁堪称织女星啊，织女星。

【皇后慢步上。大宫女随上。大家围到皇后身边。

众　　　　（施礼）娘娘。（争相让皇后看自己绣的花，七嘴八舌）娘娘你看，谁是织女星？谁是织女星？

皇　后　　谁是织女星，要一个个仔细看过才能说。若是信口说来，你们会服气吗？

【众笑。

大宫女　　绣好了的都交到娘娘宫中。等娘娘空闲时，再慢慢评比。

【众人应声。互相观看着下。

【林妃跟去，见乔妃未动，又退了回来。

皇　后　　（向乔、林）你们怎么不交呀？

乔　妃　　我们才学绣花。绣得不好，怕姐姐见笑。

皇　后　　哎。消遣之事，何必当真，让我看看。（接过乔妃的花绷）哟！很好呀。你才学绣花，就能绣到这样，真是不错。说不定，你就能当选织女星。

乔　妃　　姐姐取笑了。

皇　后　　不是取笑，是本后未曾料到。（拿过林妃的花绷）嗯，也好。不过比你姐姐还是差一点。（把花绷还给二人）你们十分聪慧。能绣成这样，应该交上来评比评比。

林　妃　　（向乔妃，雀跃）姐，我们也交上去，交上去！

乔　妃　　（向皇后）姐姐你看她！真是天朝人说的：给她三分颜色，她就要开染房了。

林　妃　　（向乔妃撒娇）是娘娘叫我们开染房的！（夺过乔妃手上的花绷）开染房去。（边跑边叫）开染房啰！（下）

乔　妃　　（惶恐不安）小妹无知，姐姐恕罪。

皇　后　　小妹天真可爱，哪有什么罪？你也去吧。

乔　妃　　妹妹告退。（施礼而去）

皇　后　　（目送）你说这两姊妹，像不像我那两个妹妹？

自在飞花

大宫女	像得很。一个安静，一个吵闹。一个有心眼，一个没心眼。
皇　后	可惜，我的妹妹都不在了……
大宫女	娘娘！不要想那些伤心事了……天黑了，回去歇息吧。
皇　后	反正，上了床也睡不着，不如随意走走。
大宫女	那，我陪你。

【灯光渐暗，入夜。皇后慢慢行走。大宫女相随。

帮　腔　　　万籁静，
　　　　　　夜已深。
　　　　　　夜深人不寐，
　　　　　　唯恐天色明。

皇　后　（唱）皇上归期近，
　　　　　　闻报暗惊心。
　　　　　　噩梦尚未醒，
　　　　　　怨恨尚填膺。
　　　　　　欲杀二妃……欲杀又不忍，
　　　　　　欲留二妃……如留眼中钉。
　　　　　　似觉得——
　　　　　　自挖陷阱自受困，
　　　　　　自握利剑自戳心。

帮　腔　　　夜深沉，万籁静。

【帮腔中：皇后微微踉跄，手捂左胸似有疼痛。乔、林二妃慢慢走出。

帮　腔　　　万籁静，暗沉吟。

【帮腔中：二妃慢慢行走。大宫女扶皇后慢步下。

乔、林　（同唱）拂晓将至无灾祸，
　　　　　　又有一日可偷生。
　　　　　　愿苍天，施恻隐，
　　　　　　让后宫，永太平。

愿前方，战事不败也不胜，
愿皇帝，滞留在外无归程。
愿菩萨，垂怜我等苦命女，
莫让皇帝回宫廷。（跪下祈祷）

帮　　腔　　　　莫让皇帝回宫廷。

【切光。

第六场　哀宫

【黑暗中，男声呼喊："报——皇上凯旋回京。"

男声齐唱　　　　凯旋回京一声吼，
女声齐唱　　　　五味翻滚在心头。

【全台灯亮，宫女甲疾步上。

宫女甲　　（向内）有请娘娘。

【皇后内应："来了"，漫不经心地上。

宫女甲　　（急迫地）娘娘，娘娘，皇上归来了。

皇　　后　　（淡然地）哦……到了哪里？

宫女甲　　离城四十里。

皇　　后　　还有四十里嘛，不急。

宫女甲　　（着急）娘娘！四十里平川，快马加鞭转瞬即到。

皇　　后　　那就通知各宫各处，准备迎接圣驾归来。

宫女甲　　是。（边走边叫）娘娘吩咐，各宫各处，准备接驾。御厨备好接风宴。（下）

皇　　后　　（惊心）接风宴！

帮　　腔　　　　三个字芒刺在背，芒刺在背。

皇　　后　　（冷笑）接风宴！

帮　　腔　　　　三个字我心成灰，我心成灰。

皇　　后	（唱）接风宴的屈辱，
	已化作匕首插肝肺。
	接风宴的骗局，
	深爱之人是罪魁。
帮　　腔	那日之后啊——
皇　　后	（唱）白昼，看不见阳光明媚，
	黑夜，只觉得寒浸骨髓。
	可叹我，自舔伤口自安慰，
	强欢笑，欲求陶醉欲免悲。
	悲，未能免；人，未能醉，
	无边忧愤诉与谁？诉与谁？
	为什么，男儿自在如流水？
	为什么，女子如囚守狱规？
	为什么，皇帝可将皇后废？
	为什么，夫妻要分尊与卑？
	少时刻，上下人等各归位，
	我仍是，一个怨妇在宫闱。
	今方知，雾霾在天天必晦，
	雾霾在天天必晦……
	哪怕是贵为皇后也难免——
帮　　腔	海样深的苦、山样沉的悲。

【大宫女疾步上。

大宫女　　娘娘，娘娘，御驾离城只有二十里了。

皇　　后　　二十里……

大宫女　　那两个人……如何处置？

皇　　后　　处置……谁？

大宫女　　还有谁？那两个蛮女子所谓贵妃！娘娘须得先把她们处置了！

皇　　后　　（六神无主）先把她们处置了？

大宫女	难道娘娘忘了从前过的什么日子？难道娘娘就忘了你好比……（猛住口）
皇　后	（喃喃地）"死了未曾埋……"
大宫女	是！就是"死了未曾埋"的日子！
皇　后	没有忘……又能怎样？
大宫女	杀呀。杀！
皇　后	皇上回来要人……
大宫女	就说她二人水土不服，患病而死。哪个太医敢不做证？皇上又能将你如何？
皇　后	（犹豫）这……
大宫女	娘娘你下不了手。待奴婢去帮你处置。（欲走）
皇　后	（大声）她们无罪！
大宫女	（停步）皇上的宠爱，就是她们的罪！
皇　后	（一愣，自语）匹夫无罪，怀璧其罪……
大宫女	管它五罪、七罪！就是天大的罪名，奴婢一人承担！（疾下）
皇　后	啊？（急忙追向大宫女）你回来……回来……

【幕内呼："御驾回宫！"

【宫女甲奔上。

宫女甲	娘娘，娘娘。皇上回宫了！

【幕内呼："皇上驾到！"

【鼓乐声起。大太监快步上。

大太监	（高呼）皇上回宫！

【太监们上。列队。

【皇帝上。停步。

大太监	（忙向皇后走近两步，呼叫）皇上回宫！
皇　后	（慢慢转过身来）恭迎皇上。（慢慢跪下）
皇　帝	（等皇后跪下后）梓童平身。
皇　后	谢皇上。（慢慢起身）

皇　帝	梓童。朕与你带回来……
皇　后	什，么？
皇　帝	你看——（向内招手）

【两个妃子上。

皇　帝	两个妹妹。二位爱妃，拜见皇后娘娘。
二　妃	妾妃拜见皇后娘娘。（跪下）
皇　后	（低头看着，片刻，笑起来）嘻嘻，哈哈，嘻嘻哈哈哈哈……
皇　帝	哈哈哈哈……（示意二妃起身）梓童。她二人初来乍到，还望你多多关照。你是"统六宫天下第一贤"哦。哈哈哈哈！

【皇帝携二妃下。大太监和太监们跟下。

【幕内传来太子的呼声："妈！妈！"太子人随声上。

太　子	妈！（快乐忘形地奔来拉住皇后的手，跪下撒娇）妈，孩儿好想你哟。你还好吗？
皇　后	（神情恍惚）好……
太　子	（起身向后招手）快来快来！

【二妃上。

太　子	妈，父皇与孩儿选了两个侧妃。（向二人）快参见母后。
二　妃	（跪）参见母后。
太　子	起来吧。母后，待孩儿和她们洗去尘土，再来拜见你哈。（向二妃）随我来。（率二妃下）
皇　后	（呆着，脑中一片空白）
宫女甲	（忐忑地）娘娘……娘娘……
皇　后	啊？（突然清醒）皇帝有新欢，乔、林二妃失宠了，她们和我一样了。

【皇后转身疾走。迎面大宫女奔上。

大宫女	娘娘……
皇　后	你杀了她们？
大宫女	没有！没有！

皇　　后	（长吁一口气）那就好。那就好。快！快叫她们去拜见皇上。
大宫女	她们，她们……
皇　　后	（又紧张起来）她们，怎样？
大宫女	她们，死了！
皇　　后	（大叫）你还是……
大宫女	不是我！不是我！是她们——自尽了。
皇　　后	自、尽、了？
大宫女	我去时，她们已留下绝命书（举起一封信）……悬梁，自尽了……
皇　　后	（呆若木鸡，片刻后，狂叫）妹妹呀……

【皇后发疯似的奔跑（圆场）。大宫女和宫女甲呼叫着在后面追赶。

【大宫女和宫女甲在奔跑中隐去。

【皇后疯狂地奔跑着（圆场）。

【侧幕外，高处，飘下两条白绫。皇后叫着"妹妹"努力去抓白绫。

【白绫套在乔、林二妃的颔下。皇后努力去抓白绫，二妃面无表情，从皇后两侧与她擦肩而过（三人慢动作）。

【二妃身后拖着长长的白绫穿场而去，飘然下。

【皇后追赶着，踉跄着，晕眩着，她抓住了白绫的末端。

【身心交瘁的皇后慢慢倒在地上……

帮　　腔	纵然是，本性洁来还洁去，
	没奈何，花自飘零水自流。

【帮腔声中，大幕缓缓落下。

——剧终
2016 年创作
2022 年成都市川剧院首演

"其乐斋"品戏

戏剧,永远都是别人的故事。但别人的故事中,永远都影影绰绰有我们自己和我们所知的生活。故而有人说,《花自飘零水自流》表现男性特权是建立在女性痛苦之上的一种罪恶;也有人说,《花自飘零水自流》表现夫妻间一旦失去真情,就只有怨恨和欺骗;还有人说,《花自飘零水自流》表现人性中的妒忌,以致婚恋中、职场中、家庭中都时有悲剧发生。这些说法都没错。

但是,《花自飘零水自流》是一出宫廷戏。为何它既没写男人争权,也没写女人争宠?它分明有矛盾却又无冲突,那么它想表现什么?笔者认为,它想表现的是:灵魂的挣扎!这,可能才是该剧的最高旨趣。

当一个女人的真情和尊严受到践踏而被勾起人性之恶时,她的人性之善在狂怒的波涛中和泄愤的洪流中仍苦苦挣扎着不愿改变;当一个满怀爱情、追求友情、富于人情的女性被推入悲哀、愤怒、无奈、绝望的深渊中时,她的人性之善仍苦苦挣扎着不愿改变;当几个女人被置于妒恨之间、恩仇之间、生死之间时,她们在保全其人性的真善美或将人性异化为假恶丑之间仍苦苦挣扎着不愿改变。

《花自飘零水自流》让人们目睹了一次"真善美的毁灭",聆听了一曲"人文主义的哀歌"。所以笔者认为,抒情、明理,才是这出戏的审美特征和最高旨趣。抒情,通过对人物内心的细致剖析,那情伤之痛足以动人。明理,通过对人物行为的逻辑展示,那理性之思足以服人。

总之,《花自飘零水自流》通过曲折的情节、细节和演员的精彩表演,让人们在享受戏曲艺术之美时,体验到一些"唯有寸心知"的人生况味。从而对社会、对生活、对他人、对自己,能在惊心动魄之后有一阵无语的沉思……

成都市川剧院排演《花自飘零水自流》,陈巧茹饰皇后

成都市川剧院排演《花自飘零水自流》，陈巧茹饰皇后、蔡少波饰皇帝

成都市川剧院排演《花自飘零水自流》，
邓方园饰太子、陈作全饰大太监

成都市川剧院排演《花自飘零水自流》，
蔡少波饰皇帝、邓方园饰太子

成都市川剧院排演《花自飘零水自流》，李玲琳饰乔秀儿、魏榕饰林冬儿

成都市川剧院排演《花自飘零水自流》,蔡少波饰皇帝

成都市川剧院排演《花自飘零水自流》，陈巧茹饰皇后

成都市川剧院排演《花自飘零水自流》，刘茜饰大宫女

成都市川剧院排演《花自飘零水自流》，陈巧茹饰皇后

成都市川剧院排演《花自飘零水自流》

马克白夫人

（根据莎士比亚《麦克白》改编）

人 物

马克白夫人

马克白

侍女若干

【幕在音乐中起。

帮　腔　　　宫廷静静，宫闱深深。
　　　　　　夜色黯黯，夜梦沉沉。

【敲门声起。

【随着一声尖叫，精神反常的夫人在帏幔深处坐起。

帮　腔　　　何人寅夜叩宫门？！

【敲门声。

夫　人　　　谁在敲门？谁在敲门？谁在敲门？（站起）

【夫人奔到台前。同时，侍女们由两侧奔出，奔至夫人面前一字儿跪下。

夫　人　　　（惊恐四顾，自语）鬼来了……鬼来了……冤鬼索命来了……人来了……人来了……有人抓我来了……（向四侍女）紧闭

	宫门！加杠上锁！不许他们进来！
四侍女	无人前来。
夫　人	无人前来？那么，谁在敲门呢？
四侍女	无人敲门。
夫　人	无人敲门？我分明听见有人敲门。我睡着时，在敲；我醒了，还在敲。（忽欣喜）哦，是他！是他！（自语）想当初敌国入侵，略地攻城。皇上眼看江山不保，便命我夫率军出征。我夫得令，立刻披上战袍，跨上战马，威风凛凛、杀气腾腾地策马而去了……（敲门声）听，敲门声响，是他，是我的夫君骁骑将军得胜归来了。（向四侍女）快去开门！快去开门！

【侍女们下。

【马克白裹在黑色大氅中飘然而上。

夫　人	将军回来了。为妻与将军恭喜、贺喜。（施礼而起，追随在马克白左右）闻将军杀敌，势如破竹，所向披靡。已将贼寇赶出国门，保得江山社稷平安。如此盖世之功，不知皇上对将军如何嘉奖？（似听见马克白说了什么）哦，皇上封将军为平西王？平西王……这么说，将军算是一人之下，万人之上了……唉，其实，像将军这样智勇双全的人，一人之下都委屈你啰！（马克白好像又说什么）什么？你不会久居一人之下？可是，你不在一人之下，又在哪里呢？（马克白又说了什么）在高高的金銮殿上那一把金交椅中……（惊）未必然你想当皇帝？（转念一想）是呀，是呀。你我夫妻，珠联璧合，一个当皇帝，一个当皇后，又有何不可？有何不可？！

（唱）看今朝，忆从前，

　　　有位佳人游花园。

　　　登锦阁，放眼看，

　　　看见一个好儿男。

　　　他行如玉树临风舞，

　　　　　　　站如泰山顶青天；
　　　　　　　他弯弓射落云里雁，
　　　　　　　徒手擒得林中獾。
　　　　　　　佳人私奔随他去，
　　　　　　　皆因为早知夫君不平凡。
　　　　　　　不平凡，非等闲，
　　　　　　　非等闲就该坐金銮。
　　　　　　　再不受人来调遣，
　　　　　　　唯你独尊天地间。
帮　腔　　　唯我独尊才了然。
夫　人　　　（向帮腔处）嘘……（小声）有些事，心头明白就是了，不可说出口来。（转向马克白）可是，夫君你乃君王面前一个臣子。为人臣子若想当皇帝，（试探）除非弑君篡位，篡位弑君……（马克白似说了什么）你害怕落下叛逆的罪名？（一笑）何必担心这个？我们可以设法嫁祸于太子，让太子有口难辩。皇帝一死，你就以讨伐叛逆为名，带兵捉拿太子，太子必定闻风而逃。一旦太子逃走，你便可以名正言顺地登上宝座，去当你的皇帝了。夫君，你看为妻这计谋如何？（马克白又说了什么）啊？皇上为表示和你亲密无间，今天要带着太子来我家做客，还要在我家过夜？哈哈，哈哈，哈哈哈哈。这才是人算不如天算。天赐良机，机不可失。将军当皇帝，就看今夜了。

【敲门声响。

夫　人　　　听，敲门声响，皇帝老儿他来了。

【马克白隐去。

帮　腔　　　敲门声响！
夫　人　　　（唱）快把计谋藏，
　　　　　　　　　速将笑脸装。

受宠的感激，要挂在眉梢眼角上；

报恩的殷勤，要手指脚尖都在忙。

阿谀的话儿，要口若悬河滔滔讲，

讲得他云里雾里不提防。

赞美的曲儿，要含情脉脉低低唱，

唱得他亦飘亦荡如痴狂。

只等那万籁俱寂三更后，

且看这血溅象牙床。

我为夫，把钢刀磨亮磨亮再磨亮……

【台沿垂下一柄雪亮的钢刀，夫人取刀。

帮　　腔　　　恶女人丧尽天良。

夫　　人　　哪个在骂？丧尽天良，哼，你若处在我的位子上，也许比我更加恶毒。（执刀，这边磨磨，又去那边磨磨。磨毕，观刀自笑）嘿嘿，早听说磨刀霍霍，今夜才霍霍磨刀。皇帝老倌儿呀，万岁爷。人家都说你是英明的天子。你若英明，就该让贤，该将你那帝王之位，禅让与我的夫君马克白。谁知，你只赏了他一个小小的平西王。今夜晚，你死在我们的刀下，也只能怪你不仁，休怪我们不义了。（转身欲行）

【马克白执带血匕首飘上。

夫　　人　　夫君！你手执血刃，难道已将那皇帝老儿结果了？（马克白说了什么）什么？他还没有断气！那，你就该给他致命一刀！你下不了手？你，你你你你才是敢想不敢做的银样镴枪头啊。且站过一旁，待为妻帮你去补上一刀。

【马克白隐去。

夫　　人　　【圆场来到侧幕前，似见幕中皇帝，走近，举刀。刀在空中停住。

帮　　腔　　　使不得！

夫　　人　　（唱）受伤老人在呻吟，

　　　　白发皱面像父亲。（刀从手落，夫人后退）

　　　　鲜血汩汩眼前淌，

　　　　呼救声声耳畔鸣。

　　　　悲惨之状不忍睹，

　　　　恻隐之情揪我心。

（扑向前，叫）父亲……（猛止步）他不是我的父亲，他是当今天子、我们的皇上……是谁杀了他？谁在我的家中杀了他……（想起来）哦，为了夫君能当皇帝，我们决定给他一刀……（哭起来）有了第一刀，便不能不有第二刀了！（拾刀）苍天！（转体飞跪）

（念）快夺走我的本性，

　　　　快荡涤我的宽仁。

　　　　将我的心肠变得铁一样硬，

　　　　让我的臂膀能够力举千钧。（站起）

　　　　实现野心须伴随残忍，

　　　　夺取非分须抛弃常情。

　　　　做大事要敢于承担责任，

　　　　莫让那凡夫俗子的恐惧，

　　　　阻碍我向峰顶攀登！

【夫人执刀冲前砍下。一抹血光射出。夫人退至台前。

夫　　人　　（高呼）太子弑君篡位哪！太子篡位弑君哪……（静场片刻，夫人冷笑）嘿嘿，嘿嘿嘿嘿……

【侍女上，为夫人更衣。

【众侍女端果、酒等物过场。

【台后中部，黑幕缓缓升起，露出高高的台阶和台阶上的金交椅。

【舞台两旁垂下层层帷幕和喜庆宫灯。

【众侍女执灯鱼贯儿上两旁鹄立。

【夫人左顾右盼，踌躇满志。
【马克白上，偕夫人登阶入座。

帮　腔　　　　　金交椅，金銮殿，

夫　人　　（唱）金光四射目晕眩。

　　　　　　　　多少人为它苦征战，

　　　　　　　　多少人为它赴黄泉。

　　　　　　　　多少人为它反目结仇怨，

　　　　　　　　多少人为它相残骨肉间。

　　　　　　　　天赐良机我遂愿，

　　　　　　　　称王称后在今天。

　　　　　　　　哪怕双手鲜血染——

帮　腔　　　　　俯视苍生我掌权。

【二侍女托酒杯上阶，跪敬王与后。
【马克白与夫人取杯，洒酒敬天地。再取杯碰杯、干杯。夫人哈哈大笑。
【敲门声响。

夫　人　　（惊）有人敲门。

【敲门声响。

夫　人　　（抛杯而起，叫）有人敲门！

【夫人从阶顶奔下。帷幕与宫灯隐去。
【黑幕下垂，马克白与侍女们隐去。

夫　人　　（奔到台左做听状）有人说，是我和马克白弑君篡位！（到台右做听状）有人说，是我和马克白篡位弑君！（大惊而退，叫）胡说！一派胡说！（定定神）他们如何知道是我们杀了皇上……我的计谋天衣无缝，弄得太子有口难辩。这天字第一号的机密，只有我和马克白知道，怎会泄露出去了……（慌乱徘徊，突然站住）莫非……是这一双手……（从背后慢慢伸出血红的双手）血！是别人看见这手上的鲜血，知道是我们杀害了皇上；是别人嗅到这手上的血腥，知道是我们杀害了那个长得和我父亲一样的老人……（哭，看双手）鲜血……鲜血……

【敲门声响。

夫　人　　有人敲门！我要在他们进来之前，将鲜血清洗干净。（叫）打水来，我要洗手……打水来，我要洗手……

【侍女们上。夫人洗手与侍女们舞蹈并造型。

帮　腔　　　水盈盈……（身段过场）

　　　　　　水温温……（身段过场）

　　　　　　仔细洗……（身段过场）

　　　　　　仔细清……（身段过场）

　　　　　　要用力，要用心，（身段过场）

　　　　　　用心用力洗又清。

夫　人　　（唱）可恨这血腥血迹洗不尽，

　　　　　　害得我瞒不了鬼也瞒不了人。

　　　　　　我怕呀我怕——

帮　腔　　　怕人兴师来问罪。

夫　人　　（唱）我怕呀我怕——

帮　腔　　　怕鬼索命来冤魂。

夫　人　　（唱）日胆战，夜心惊，

　　　　　　日胆战，夜心惊，

帮　腔　　　心惊胆战怕敲门。

【敲门声响。

夫　人　　（惊）人来了，人来了，有人抓我来了……

　　　　　（叫）紧闭宫门，紧闭宫门。

【侍女们下。

【敲门声响。

夫　人　　（惊）鬼来了，鬼来了，冤鬼索命来了……（躲闪逃避，惊呼）

打鬼，打鬼……（分辨着）我没有杀人！我没有杀人！（伸出双手）血！（忙将双手藏于身后）打水来，我要洗手！打水来，我要洗手！（奔跑喊叫）我要洗手……我要洗手……

【敲门声响。夫人呆住。敲门声再响。夫人颤抖。敲门声又响。

夫　人　哎——呀！（猝然倒地）

【静场片刻。

【侍女们从各方慢慢走出，静静地以各种形态望着夫人。

帮　腔　　背负谴责和内疚，
　　　　　黄泉路上你慢慢行。

——剧终

1999年改编由省川校首演
2019年成都市川剧院演出
2020年云南玉溪滇剧院演出

"其乐斋"品戏

马克白夫人

《马克白夫人》是一个表现主义风格的戏曲剧目。它是由莎士比亚名著《麦克白》改编并加以中国化、戏曲化、川剧化的新戏。可谓中西方文化交流的一个宝贵成果,也是中国古典戏曲中一个稀有的珍品。

此剧是根据马克白夫人的意识流程而表现其心理动态,并成为舞台演出的结构方式。马克白几次飘然而至,那是夫人意念中的"样子"。他的几度无声登场,其意在剖视夫人的心理和精神状态。侍女们长袖似水的奇异舞姿,把夫人的主观感觉外化为具体的舞台形象。在这里,中国戏曲传统的写意和虚拟等表现手法,与西方的"表现主义"艺术含有相近甚至相同的特质。

此剧将莎士比亚原作5幕27场的话剧,浓缩为40分钟左右的"独角戏"。剧作者直接进入马克白夫人的"梦游"式追忆,进行着"补前、叙后"的闪回性连缀,将人的本性恶和尚未泯灭的善的交锋揭露无遗。神秘的"敲门声"惊醒的不是马克白夫人,而是她挣扎在恐惧、悔恨、内疚中的灵魂。"弑君篡位"的来龙去脉、人物关系、心理和背景等,都在马克白夫人的记忆激荡中,得到一一展现,让观众在舞台呈现的感知和想象中获得审美愉悦,获得对历史、文化和人性的某种"钩沉"式的评价,甚至会有"警钟"般的回响撞击观众的心扉。

此剧是一出戏曲旦角艺术的犯功戏。它给演员提供了展示表演才华的巨大空间,也是训练和提高青年演员表演才能的极好教材。

四川省川剧学校排演《马克白夫人》，田蔓莎饰马克白夫人

四川省川剧学校排演《马克白夫人》，田蔓莎饰马克白夫人

四川省川剧学校排演《马克白夫人》，田蔓莎饰马克白夫人、赵文学饰马克白

成都市川剧院排演《马克白夫人》，陈巧茹饰马克白夫人

成都市川剧院排演《马克白夫人》，陈巧茹饰马克白夫人、熊剑饰马克白

玉溪市滇剧院移植川剧《马克白夫人》，冯咏梅饰马克白夫人

成都市川剧院排演《马克白夫人》，
叶长敏饰马克白夫人

四川省川剧学校排演《马克白夫人》，
田蔓莎饰马克白夫人

四川省川剧学校排演《马克白夫人》,田蔓莎饰马克白夫人

辛亥潮

原创纪事体话剧

人　物

赵尔丰　　　　　　60多岁，四川总督
蒲殿俊　　　　　　40多岁，川汉铁路股东代表大会会长
尹昌衡　　　　　　20多岁，同盟会员，革命军官
张　澜　　　　　　40多岁，川汉铁路股东代表大会副会长
罗　纶　　　　　　40多岁，川汉铁路股东代表大会副会长
邓孝可　　　　　　40多岁，咨议局《蜀报》主笔
赵老九　　　　　　30多岁，赵尔丰之子
端　方　　　　　　50多岁，川汉铁路督办大臣
周大人　　　　　　50多岁，赵尔丰之助手，文官
龙之杰　　　　　　30来岁，同盟会员，铁道学堂教员
王文彬　　　　　　青年学生，同盟会员
栗　峰　　　　　　40来岁，记者，君主立宪派
朱庆澜　　　　　　50来岁，赵尔丰部下军官
端　锦　　　　　　50来岁，端方之弟
杨保芳　　　　　　50多岁，哥老会头领
陶玉华　　　　　　女学生，妇女同志会负责人
苏二娘　　　　　　40来岁，皮货铺老板，皮货行同志会负责人

老牛筋	60多岁，市民，街道同志会负责人
卖报老汉（说四川话）	新军军官甲、乙、丙、丁
幕僚甲、乙、丙、丁	
王小二	20多岁，店员
蛮丫头甲、乙	女保镖
群角兼演	太监、听差、股东们、巡防兵、男女群众

【大幕在潮声轰鸣中徐徐拉开。

画外音　公元1911年，孙中山先生领导的广州起义再次失败了，七十二名烈士被埋葬在黄花岗上。四川也曾有过十次起义，可十次起义都以失败告终。（少停）突然，从四川传来振奋人心的消息，反帝爱国的保路运动正风起云涌，把四川的几千万民众都发动起来了！

【台侧光圈中，出现端方。

端　方　臣，川汉铁路督办大臣端方，启奏皇上。查川省集会领头闹事之人，多系年少好事之徒。望明降谕旨，严重对付，以靖地方治安。

【台中，光圈里出现捧旨太监。

太　监　赵尔丰接旨。

【舞台另一侧的光圈中，出现赵尔丰。

赵尔丰　臣在。

太　监　命川滇边务大臣赵尔丰调任四川总督，前往成都弹压。凡敢对铁路国有政策抗旨不遵者，即将首倡之人严拿惩办！宣统三年六月十七日，钦此。

赵尔丰　遵旨。

【太监隐去。赵尔丰站起。

赵尔丰　我赵尔丰到成都，不出十日，定能将这股保路风潮一举平息。

端　方　（站起）去吧去吧，赵尔丰，快到成都去吧。去和那些保路之

	人鹬蚌相争，我端方好坐收渔人之利！
赵尔丰	我知道你的用心。
端　方	我就等着瞧好呢。
	【光圈灭。二人隐去。
	【蒲殿俊、罗纶、张澜、邓孝可四人出现在一个小光区中。
张　澜	赵尔丰来了。马上召开铁路公司股东代表大会，让赵尔丰看看四川保路的人有多少，给他一个下马威！
邓孝可	对！哪怕他赵尔丰外号"赵屠夫"，也不敢对几千万民众下手。
蒲殿俊	要紧的是让赵尔丰明白，我们不是革命党，我们是主张君主立宪的绅士……
罗　纶	是呀，我们只保铁路，不反朝廷。
蒲殿俊	对，一定告诉所有的股东，我们……
四　人	保路，不反朝廷。（隐去）
	【尹昌衡与龙之杰由两边分上。两个光圈跟着他们。
尹昌衡	之杰。
龙之杰	昌衡，孙中山先生指示我们四川革命党人，要暂时隐蔽身份，加入合法的保路同志会中，去组织武装，准备起义。
尹昌衡	好。那我的任务呢？
龙之杰	要抓住你们新军中的四川军官，让他们支持保路，以后成为起义的骨干。
尹昌衡	抓住新军中的四川军官，让他们支持保路，以后成为起义的骨干。
龙之杰	对。
尹昌衡	好。
二　人	推翻清朝，建立共和！（分下）
	【卖报老汉吆喝而上。
卖报老汉	看报看报，川汉铁路公司召开特别股东代表大会，商量保路

保国的事情。看报看报……（过场下）

【全台灯亮。地点："川汉铁路特别股东代表大会"会场。

【台上有两条标语："保川保路""保路保国"。

【坐在长条板凳上开会的股东们从台上延伸到幕后。

【蒲殿俊正在向开会的股东们讲话。

蒲殿俊　总之，保路不反朝廷。但是，朝廷要把我们的川汉铁路拿去出卖与外国列强，我们决不答应。况且，先皇帝光绪爷早颁圣诏，准许我们四川人自办铁路。故而，保路不犯大清王法。

老牛筋　（向幕内喊道）都听清楚了：保路不犯王法！

一股东　要是朝廷不许我们保路，怎么办？

陶玉华　蒲先生，听说朝廷把川滇边务大臣赵尔丰调来做四川总督，可是真的？

蒲殿俊　是真的。赵大帅已经到了成都。

王小二　赵尔丰外号"赵屠夫"，他来了，是不是要杀人呀？

苏二娘　那我们怎么办哪？！

股东们　我们怎么办？

蒲殿俊　量他不敢！四川共 142 个州县，如今已有 98 个州县成立了保路同志会。几千万人在保路，赵尔丰该懂得众怒难犯。

杨保芳　就是这个话！谁想把四川人的铁路卖给洋鬼子，先要问我杨舵把子杨保芳大爷答应不答应。

【"蒲先生"，栗峰在幕内叫着匆匆上场。

栗　峰　蒲先生，赵尔丰他，他到这儿来了！

众　人　（惊诧）啊！赵尔丰来了……

杨保芳　（站出来）来得好！蒲先生，你就当面问个明白，他赵尔丰让不让我们保路。

【内呼："署理四川总督赵大人到！"

杨保芳　（向股东们）走。我们先到外边歇会儿去。让蒲先生他们和姓赵的说话。（下）

【众随下。

【巡防兵上，其后是二蛮丫头与四幕僚。

【赵尔丰迈着稳健的步履上。朱庆澜与周大人随后。

【蒲殿俊、张澜等四人向赵尔丰施礼。

【赵尔丰坐在了蛮丫头放好的椅子上。

赵尔丰　（对蒲、罗等四人）起来吧。

【四人起身站立。

周大人　（介绍）大帅，这位就是蒲先生。蒲先生名殿俊，字伯英，广安人，乃癸卯年乡试头名解元；进京会考，中二甲进士；后经朝廷遴选，东渡日本留学，对君主立宪政体有独到之见。现为四川省咨议局议长、川汉铁路股东代表大会会长。

赵尔丰　（略略点头）坐。

【蒲殿俊在股东们开会的凳子上坐下。

周大人　这位张澜先生，字表方，南充人。乃巴蜀才子，可谓学贯中外，博古通今……

赵尔丰　（不耐多听）坐吧。

周大人　（趁张澜入座，赶快补充一句）张澜先生是股东代表大会副会长。（已知赵尔丰意，介绍从简）这位是罗纶先生，亦股东代表大会之副会长。这位是咨议局《蜀报》主笔邓孝可先生。

赵尔丰　坐吧，都坐吧。（待众人入座后）朝廷命我署理四川，而四川正在闹什么保路风潮。今天你们要开股东代表大会，我想，你们对于开会的目的和宗旨不能不细加研究……

蒲殿俊　（站起）禀大帅，股东会的目的和宗旨就是商讨股权转移问题。因川汉铁路原系川民自己出资兴办，各家各户均为修路出了钱。如今朝廷要把铁路收归国有，涉及千家万户的利益，故需全体股东……

赵尔丰　（打断）股东们也会识大体顾大局的。为修川汉铁路，川民节衣缩食，好不容易才凑齐一千六百多万两银子。可是，一千

多万两也是不够的。因此，朝廷体恤川民疾苦，决意借助于英、法、德、美四国……

张　澜　　（按捺不住地）大帅之意，如果川民愿意加倍节衣缩食、继续筹集资本，那么，朝廷就不用把铁路收归国有了吗？

赵尔丰　　（克制自己，注视着张澜）

张　澜　　（紧接）大帅又说，朝廷不许川民自办铁路，乃是体恤川民疾苦。可是，朝廷不但要收回川民苦心经营的铁路，还要把川民节衣缩食、好不容易才凑足的一千六百多万两股本一并吞没。这，也是朝廷体恤我川民的疾苦吗？

【蒲欲制止张。

张　澜　　（不容赵尔丰喘息）大帅还说，朝廷借助于外国，言下之意，外国尚有利于我。可是，铁路修成后之路权和沿路之矿产等资源，将悉归英、法、美、德四国所有。此乃朝廷夺我川人之路权与矿权授予四国，使我川人沦为四国之奴隶，川省矿藏变为四国之财富。我川人但凡有血性者，焉能不奋起而争路？奋起而保路？

罗　纶　　（站起，紧接）朝廷既夺我路权，又夺我路款，我川人是可忍孰不可忍！

邓孝可　　（站起）面对英、法等西方列强，我川民唯有死中求生！

赵尔丰　　（站起）放肆！

蒲殿俊　　（忙转弯）大帅息怒……

赵尔丰　　（厉声）咨议局好歹也是替朝廷办事的！尔等身为人臣，竟如此非议朝廷，心目中还有无皇上？

蒲殿俊　　我等岂敢非议朝廷、目无皇上。只因皇上年幼，摄政王总揽国事，不幸朝中出了端方等"卖国"小人。他们蒙蔽圣聪，蛊惑朝廷，才有这铁路国有政策。我等乃义愤端方等卖国权奸，保路亦保皇上，望大帅明鉴。

四　人　　（同时跪下）望大帅明鉴。

赵尔丰	（稍停）起来吧。
	【四人起身站立。
赵尔丰	尔等均到不惑之年了，出言行事当知进退高低。（一顿，向周大人）把两封朝廷的电报抄本，给他们吧。
周大人	是。（取出电报抄文给蒲殿俊）
赵尔丰	（对四人）你们，看着办吧。
	【赵尔丰转身。巡防兵绕场而下。蛮丫头甲抢前数步为赵尔丰开路。朱庆澜、周大人跟随赵尔丰下。蛮丫头乙持枪盯着蒲殿俊等后退而下。
蒲殿俊	（待赵尔丰走后）朝廷来电。（念）"查蜀中近日路事嚣张，闻有革命党人混迹其中……"
罗　纶	哪儿有革命党啊？
邓孝可	明明知道我们是君主立宪派，偏要说成孙中山的革命党！
张　澜	不说成革命党，怎么好杀你的头？
罗　纶	（拿过电报）看这儿！（念）"铁路国有政策凡敢抗旨不遵者，即将首倡之人严拿惩办"。（拍着电报）严拿惩办！
栗　峰	那一封说什么？
蒲殿俊	这是端方打给朝廷的。（念）"查川省集会倡议之人，多系年少好事之徒……"
张　澜	放屁！我等均四十出头的人了，怎么还是年少好事之徒？
蒲殿俊	（接念）"请明降谕旨，严重对付，以靖地方治安"。
罗、邓	（咬牙）该死的端方！
栗　峰	看来，赵尔丰真的要杀人了……
蒲殿俊	我们怎么办？
张　澜	那就拿出我们的最后手段！
罗　纶	如果最后手段也落空……
蒲殿俊	最后手段打出去是收不回来的。况且，赵尔丰不像是……
张　澜	不像是什么？难道赵尔丰会抗旨不遵吗？难道我们闹了几个

	月的保路，被这两封电报一吓，便偃旗息鼓不成？
蒲殿俊	事到如今，便想偃旗息鼓恐怕也难了。
罗　纶	是呀。保路是我们领头闹起来的。保路同志会是我们叫大家成立的。这时节我们要是退后一步，全川保路的人就会吃了我们。
邓孝可	先开会吧。看大家怎么说。
蒲殿俊	先不忙交到会上……
张　澜	等不得了。栗峰，快去请大家进来开会。

【栗峰询问地走到蒲殿俊跟前。

蒲殿俊	（看看三人，只好依从）那就请股东们进来吧。

【栗峰下。

蒲殿俊	（向张澜）表方，冷静一点。电报的事，先不要让大家知道。

【股东们喧哗着上，龙之杰、王文彬、苏二娘、老牛筋、王小二、杨保芳等都在人群中。

罗　纶	（举手示意）安静。请诸位安静。川汉铁路特别股东大会现在继续开会。
老牛筋	听说赵大帅丢下两封电报就走了。
王小二	把电报念出来我们听一下。
杨保芳	宣布电报，宣布电报。
蒲殿俊	不要急躁，不要急躁。我大清国正准备君主立宪，而立宪国之国民就要文明。文明保路、文明开会……
龙之杰	宣布了电报再开会，我们才知道该说什么。
张　澜	诸位，电报不用念。一封是朝廷的上谕，说我们若不交出路权，即将首倡之人严拿惩办。
杨保芳	（立即起来站到蒲的跟前）什么？谁敢动蒲先生一根汗毛，老子就跟他拼了。
张　澜	另一封是端方的奏章。要求朝廷严重对付我等保路之川民。
众　人	（惊诧）啊……要严重对付？还要拿办？我们犯了什么

	法呀……
杨保芳	上边儿的人知不知道官逼民反？逼急了，我杨保芳手下还有几千哥老会弟兄。老子就给他来个官逼民反。
苏二娘	兔子逼急了也咬人。谁要拿办我们，我们就和他拼命！
老牛筋	蒲先生，您不是说保路不犯王法吗？
蒲殿俊	本来就不犯王法呀！我们集资修川汉铁路，为的是保朝廷、保国家，故而先皇帝光绪爷特予钦准。怎么弄得先皇帝的旨意也不算数了？（悲从中来，望空呼叫）先皇帝呀。我们按您的旨意办事，忠心保国，为什么朝廷反而处处和我们作对？如今保路未果，还要将我等保路之人严拿重办，先皇帝呀，（"咚"的一声跪下，哭声）叫我等臣民如何是好呀……
	【罗纶、邓孝可亦跪下。众人也跪下，哭的哭，叫的叫。
苏二娘	（跪着）光绪爷呀，我们如何是好呀……
邓孝可	铁路是您准许我们办的呀……
龙之杰	（见此情境，大喊）别哭啦！别哭啦！
	【众人还是哭号着。
龙之杰	（只好跳上椅子，大声叫）先皇帝死了！他已经死了！（众人止哭）先皇帝救不了我们，救不了四川！（众人先后站起）从甲午战争到现在的十五年间，你们知道中国一共修了多少铁路？一万九千两百多里。可是，属于我们自己的，仅仅一千三百三十里。也就是说，每一百里铁路，归我们自己的只有七里。一百里中只有七里呀！其余的，全由列强控制。如果四川的铁路再归外国所有，他们就可：一通西藏印度，二达长江东海，三扼云南贵州，四挟陕西湖南。列强通过控制我国的交通命脉，就可以控制我们的国家。故而，保路即保川、保川即保国。对端方等卖国奸贼，我们要口诛笔伐。对朝廷之卖国政策，我们要抗旨不遵。如今的四川，已变成一座烈焰万丈的火山。谁想将它扑灭，必将葬身于烈火

	之中！
杨保芳	这才是四川人说的话。
王文彬	朝廷卖国，我们就不认这个朝廷！
蒲殿俊	（呵斥王文彬）年轻人休出狂言！（向龙之杰）保路并非革命，你说话当有分寸！
罗　纶	（忙岔开）诸位股东。如今我们哭也无益，骂也无用。还是共同商议一个应对之策。
老牛筋	我们有什么应对之策？以往都是听你们的，现如今还不是听你们的。
王小二	我家老板说了，蒲先生、罗先生说怎么办，我们就怎么办。
众　人	蒲先生，你们说吧。
蒲殿俊	（犹犹豫豫）如今之计……也别无他策……到了万不得已……
张　澜	（急不可待）我们有一个最后手段！（一顿）朝廷若不收回铁路国有成命，我们就——四罢！
众　人	四罢？（互问）什么四罢？
张　澜	罢市、罢课、罢耕、罢业。
王文彬	同意罢课！我们学生同志会马上罢课。
陶玉华	我们妇女同志会同意四罢！
老牛筋	我老牛筋的街道同志会，给四罢壮胆撑腰！
王小二	罢市少赚钱。不晓得我们老板同意不……
张　澜	告诉你们老板，事关国家存亡，不要只顾眼前的蝇头小利。
苏二娘	豁出去了！老娘的狐皮、狗皮、貂皮、羊皮，宁可放在柜子里生虫也不卖了。我们皮货行同志会，同意罢市！
蒲殿俊	不要急，不要急。
罗　纶	先听蒲先生讲。
蒲殿俊	凡事都须有个节制。我们先不要四罢，先两罢：罢课、罢市。
罗　纶	蒲先生说两罢，诸位意下如何？
张　澜	要罢就四罢。

众　　人	四罢，四罢！
邓孝可	先两罢也好。两罢无效，再行四罢。
蒲殿俊	赞同两罢者请举手。（先举起手来）
众　　人	好吧，好吧，那就先两罢，两罢。（纷纷举手）
蒲殿俊	股东代表会全体通过。（叫）文牍部。
栗　　峰	在。
蒲殿俊	我们的《蜀报》《西顾报》要用大量版面宣传两罢宗旨：只为保路，不反朝廷。并立即油印两罢传单，务必今日之内分发到各街各巷，各中、小学堂。
栗　　峰	是。
蒲殿俊	讲演部。
王文彬、陶玉华	（应声）在。
蒲殿俊	速将罢课学生组成演讲团，分赴各州县，宣传两罢，务求各地响应，共同执行两罢。
王文彬、陶玉华	是。
蒲殿俊	交涉部。（有人应"在"）交涉部会后即去总督衙门，向赵大帅陈述两罢决议。总务部。（杨保芳应"在"）火速调拨人力物力，为两罢提供一切方便。
杨保芳	是。
张　　澜	股东们，大家齐心合力，就此开始两罢。

【大家准备离开会场。

龙之杰	（举手喊）朝廷一日不肯归还路权，我川人一日不能复市、复课！

【人们呼叫着"不还路权，就不复市、复课"而去。

蒲殿俊	（追着对众人大喊）股东们，股东们，只罢三天！只罢三天！（拿出一沓写着黑字的黄纸，向在场的人）这是"德宗景皇帝之圣位"。德宗景皇帝就是光绪皇帝。两边的小字是："庶政公诸舆论""铁路准归商办"。

王小二	我们拿这个干什么用？
蒲殿俊	各家各户，拿回去贴在门上。再立香案，早晚供奉。
苏二娘	拿回去早晚供奉。哎，供奉这个干什么？
蒲殿俊	让赵尔丰和朝廷都明白，我们两罢，只为保路，不反朝廷！

【切光。众人隐去。

【卖报老汉在追光中出现。

| 卖报老汉 | 看报，看报。罢课啰，罢市啰。你喝酒买不到豆腐干啰。你听不到娃儿家的读书声啰。你听不到唱戏的打锣啰。茶铺里的椅子空起没得人坐啰。（向观众小声地）说是供奉圣位牌，其实，这是蒲殿俊他们耍的一个花招。用先皇帝压赵尔丰，让赵尔丰打不出喷嚏来。唉，只是，这个赵尔丰呀，也不是省油的灯哟。看报，看报……（下） |

【众人举圣位牌出，跪于舞台后部的平台上。平台上方垂下一片片灵幡似的圣位牌。众人向圣位牌叩头，呼叫着"先帝爷呀……""光绪爷呀……""你老人家要保佑我们呀……"。

【尹昌衡与龙之杰上。

尹昌衡	之杰，你看看，满城香烟缭绕，黄纸飘摇。大家既然已经罢市、罢课了，为什么还要在圣位牌前顶礼膜拜呢？
龙之杰	这就是我们的同胞。这就是被几千年帝王专制禁锢了思想的同胞，就连保路爱国也战战兢兢的同胞！
尹昌衡	这次保路运动，不是已经唤起了四川几千万民众吗？
龙之杰	可是，领导保路运动的不是我们革命党人，而是君主立宪派！
尹昌衡	之杰，我们不能再等了。我已经抓住了新军中的四川军官，他们都把我当成了领头人，我们赶快起义吧！
龙之杰	不行。孙中山先生一再告诫我们，要吸取以往起义失败的惨痛教训。在民众没有完全觉悟之前，绝不能轻举妄动。
尹昌衡	可是，你看看眼前这情景……要等到什么时候，他们才会

	觉悟？
龙之杰	昌衡，你现在的任务是，抓住一切机会取得赵尔丰的信任，争取多掌握一些武装力量，为今后的起义做准备。
尹昌衡	取得赵尔丰的信任？这，有点难……好吧。我尽力吧。（远处传来鼓声与练兵声）你听，这是赵尔丰在阅兵。他用武力来威胁保路运动了。
龙之杰	让他来吧！阅兵这样的威胁，也许就是机会。
尹昌衡	唔。不错。他阅兵，也许就是我们的机会。
	【切光。众人隐。黑暗中传来赵尔丰的笑声："哈哈哈……"。
	【全台灯亮。新军军官数人与尹昌衡正步上场，站立一侧。
	【二蛮丫头快步上，站在另一侧。赵尔丰打着"哈哈"上。
	【朱庆澜、周大人及幕僚四人附和地打着"哈哈"随上。
赵尔丰	今天阅兵，咨议局那些缙绅该长长见识啦。
朱庆澜	他们该长长见识了。
赵尔丰	（向周大人）跟你说话的年轻人是谁？
周大人	是龙之杰。
赵尔丰	我看他不像咨议局的缙绅，怎么也来了？
周大人	他是铁道学堂的教员，铁道学堂是有请帖的。
赵尔丰	他跟你说什么？
周大人	他问那些军官怎么都是外省人。
赵尔丰	居心叵测！外省军官也是为朝廷效命。（一顿）我知道，有人说我歧视四川人。说我用四川的钱，练四川的兵，而中上级的军官却没有四川人。其实，我也想提升几个，不过找不出这样的军事人才。
尹昌衡	（大声）报告大帅，四川有军事人才！
	【全场震惊。
赵尔丰	（一愣）谁在说话？
尹昌衡	（跨出一步）报告大帅，是标下。

自在飞花

| 赵尔丰 | （转过身）你是谁？
| 尹昌衡 | （用标准的军人姿态，大步上前跪下）陆军学堂总办尹昌衡。
| 赵尔丰 | 好。你说四川有人才。那你说，谁是四川的军事人才？
| 尹昌衡 | 报告大帅，标下尹昌衡，就是军事人才。
| 赵尔丰 | （一愣）你？你是军事人才？
| 尹昌衡 | 大帅把重担交与昌衡，便可看出昌衡是不是一个军事人才。
| 赵尔丰 | 嗯……好。说得好。是人才终归不会埋没的。（挥手）回去吧。

【尹昌衡起身入列，与军官等一同敬礼，转身正步走下。

| 赵尔丰 | （目送着）这个姓尹的……是什么根底？
| 朱庆澜 | 他乃彭县人氏。由四川武备学堂选入日本陆军士官学校，毕业于步兵科。
| 赵尔丰 | （沉吟）留日习武者，多与革命党有瓜葛。你们看见了吗？他的辫子是假的。记住：此人终身不得重用！
| 朱庆澜 | 是。
| 赵老九 | 爹。他竟敢当面顶撞您，定非良善之辈。不如找个碴儿，把他宰了。
| 赵尔丰 | 犯不着为苍蝇蚊子污我钢刀。这种野心勃勃的年轻人，只要不给他兵权，也就把他掐死了。

【听差上。

| 听　差 | 禀大帅，咨议局蒲殿俊先生求见。
| 赵尔丰 | 呵呵呵，他果然来了。（向幕僚）你们可以回去了。
| 众幕僚 | 是。（退下）。
| 赵尔丰 | （坐下）有请蒲先生。
| 听　差 | 喳！（转身向外呼）有请蒲先生。（下）

【蒲殿俊上，向赵施礼，叫"大帅"。

| 赵尔丰 | 有什么事吗？
| 蒲殿俊 | 川民两罢已经七天，不知大帅有何良策平息风潮？

赵尔丰	让他们罢吧。我这督院，一不愁吃、二不愁穿，三没有上学之人。谁不想赚钱，不想读书，随他的便。
蒲殿俊	大帅，话不能这么说。川民罢市、罢课，是为了抵制端方等奸臣卖国。如今，两罢风潮波及全川。千里内外，府县州镇万店闭户，百校关门。大局岌岌，人心惶惶。再拖上两日，后果不堪设想。虽然，大帅有精兵良将、千军万马；但是，川民已铁心保路，坚如磐石。军民一旦冲突，必起燎原之灾。事关江山社稷，还望大帅三思。
赵尔丰	听你的话，倒像是为朝廷着想。
蒲殿俊	我咨议局与保路同志会，原非反叛朝廷之革命党。
赵尔丰	那么，你说怎么办？
蒲殿俊	请大帅代奏朝廷，将川汉铁路暂归川人商办。
赵尔丰	（站起）暂归？
蒲殿俊	是的。如果朝廷肯将那一千多万两修路的股本退还川人的话。
赵尔丰	（走到蒲跟前）你们就同意铁路国有？
蒲殿俊	不……如果朝廷答应退还股本，那么，铁路是否收归国有，可交北京咨政院详议。
赵尔丰	（思索）交北京咨政院详议……好，我可以把你们的请求转奏朝廷。不过，你们要做到一件事。
蒲殿俊	请大帅明示。
赵尔丰	马上复市、复课。
蒲殿俊	这原本就是我们的期望……
赵尔丰	送客。

【蒲殿俊下。

赵尔丰	哈哈哈……蒲殿俊呀蒲殿俊，你们几个咨议局的缙绅，成不了什么气候。
赵老九	爹，您真是老了，还要答应替他们代奏。为什么不把这些目无君上的东西宰了？

赵尔丰　　（愤然）你当我真是屠夫？！
赵老九　　是您自己说的，到成都杀他几个，风潮便会平息。
赵尔丰　　那是说与别人听的！是吓唬胆小怕事的！（一顿）你要记住，杀人务必慎重！不到万不得已，切忌动刀动枪。唉，你呀，什么时候才能学会心怀韬略哟。
赵老九　　难道，你老人家做了什么圈套？
赵尔丰　　不是老子软硬兼施，姓蒲的会来？交北京咨政院详议……详议嘛，可以议上一年半载，也可以议上三年五载。只要目前的风潮能平息下去，以后的事就好办了。
赵老九　　难怪人家说，姜还是老的辣。哎，爹，钱呢？真的把那一千六百多万两银子的股本，还给他们？
赵尔丰　　银钱事小，江山社稷事大。只要坐稳了江山，还怕捞不回一千多万两银子？懂吗？
赵老九　　懂了。爹，您累了半天，进里屋躺躺吧。
赵尔丰　　不，你们都出去，让我一个人静静。

【朱庆澜、二蛮丫头、赵老九等下。

赵尔丰　　蒲殿俊，你上了我的当了。（闲步）前人每谓四川难治，其实，是他们不善治理。闹了三个多月的保路风潮，我赵尔丰到任不出十日，不放一枪一炮，竟一举而平息，也算尔丰不负朝廷重托了。（坐下，闭目养神）

【周大人惊慌上。见赵尔丰睡着，他便蹑手蹑脚靠近赵尔丰。

周大人　　（轻声）大帅，大帅。他们保路同志会通过决议，抗税抗捐。
赵尔丰　　（坐起）什么？蒲殿俊没有说我同意代奏朝廷，归还股本？
周大人　　说啦，说啦。那些人不肯听。他们说，银钱事小，国家存亡事大。朝廷不放弃铁路国有，自明日起，他们就抗税抗捐……
赵尔丰　　（站起）我不信，川耗子都变成川蛮子啦？！
周大人　　他们决议，连朝廷摊派下来，给洋人的庚子赔款也不交了。除非归还路权，否则，朝廷要四川出的钱，他们一分一厘也

	不交！
赵尔丰	（踢倒椅子，咆哮）反了，反了！
	【周大人扶起椅子，下。赵老九手举一纸慌张跑上。
赵老九	爹，爹，家里打来密电。（看看四面无人）端方奏本，参劾咱们。说您"违抗圣旨，助长乱民"，要求朝廷"另选大臣，入川震慑"。（说完即匆匆退下）
	【周大人惊慌奔上。
周大人	大帅，大帅。城中谣言四起，街头秩序混乱。有钱人忙着搬家，为官者纷纷辞职。火烧眉睫，祸在旦夕。请大帅速定良策，以安地方。（退下）
	【赵老九手举一纸仓皇奔上。
赵老九	爹，爹，家里又来密电。（低声）朝廷降旨，命端方入川，查办路事。（大声）以后是您说了算，还是他说了算？您快拿个主意吧，晚了就完了。（退下）
赵尔丰	（不安地）端方入川，查办路事……百姓抗税抗捐，朝廷岂能容我？不交庚子赔款，列强岂会甘休？路事……该怎么办？怎么办？朝廷不松口，百姓不松手……我赵尔丰已陷于两难之地，还要来一个端方……
	【幕僚甲奔上。
幕僚甲	禀大帅，端方离开武昌，取水路入川。（下）
	【幕僚乙奔上。
幕僚乙	禀大帅，端方离开宜昌，前往万县。（下）
	【幕僚丙奔上。
幕僚丙	禀大帅，端方离开万县，取旱路直奔重庆。（下）
	【幕僚丁奔上。
幕僚丁	禀大帅，端方已经抵达重庆。（下）
赵尔丰	（惊慌自语）端老四水陆兼程前来，他到底想干什么？莫非，想要我这总督之位？对、对、对。端老四虽名为川汉铁路大

臣，可是，他既没有实权，也没有地盘。他觊觎我这总督之位，欲乘乱而入。不……不……我得想个什么办法，拒端方于国门之外……哦，朝廷叫他查办路事，倘若路事平息，他就没有理由到成都来了……对，我要抓住"查办路事"四个字做文章……只是，目前民情已如决堤之黄河，波涛汹涌，一时之间，又如何平息得下……（焦虑徘徊，忽见佩剑，趋前拔下，思索着）事到其间，也只有动真格的了。（叫）来人！

周大人	（上）大帅。
赵尔丰	请蒲殿俊等人来督院有要事商议。
周大人	是。

【二人分下。

【一组巡防兵过场。

【周大人领着蒲殿俊、张澜、罗纶、邓孝可上。

周大人	请诸位稍待。我去禀报大帅。（下）

【四人俱感蹊跷。

张　澜	没人让座，没人送茶，也没有幕僚来打哈哈，院子里三步一岗，五步一哨。把我们扔在这里坐冷板凳。看样子，今日唱的是鸿门宴。
蒲殿俊	鸿门宴？我看今日要唱白门楼。
张　澜	你们知道今年是什么年？
邓孝可	还用问吗？辛亥年嘛！
张　澜	辛亥属猪，屠夫要动刀子了。
罗　纶	我们不是猪，我们是鸡，杀鸡给猴看。
蒲殿俊	不！我们是王。擒贼先擒王。
邓孝可	难道，我们今天要……
蒲、张、罗	（同时）死。
邓孝可	（怒吼）不！不！我可没有想到死。

张　澜	孝可兄,你说过"川人只有死中求生"。你应该想到死。
邓孝可	不。我说的是死中求生,死中求生呀……

【幕僚甲打着"哈哈"上。

幕僚甲	(拱手)诸位……
张　澜	你来干什么?
幕僚甲	来陪诸位说说话儿……
张　澜	好哇。那么你说,你是赞同保路,还是不赞同保路?
幕僚甲	这个……
张　澜	凡赞同保路者,虽是我的仇人,也可以做我的朋友。凡不赞同保路者,虽是我的朋友,也将成为我的仇人。你说,你是赞同还是不赞同?
幕僚甲	(赔笑)在下不过是督院中区区一个幕僚……
张　澜	幕僚也是炎黄子孙。说!
幕僚甲	表方兄……
张　澜	不说我们就没有什么好谈的。(推幕僚)出去!出去!(幕僚下)
蒲殿俊	唉,当初两罢,我就怕打得出去收不回来。果然,谁也不听招呼。两罢不停,还要抗税抗捐……(埋怨罗、张)连你们也举手赞同。
张　澜	老百姓都义无反顾,我们怎能退缩不前?
罗　纶	抗税抗捐是有点儿过分。不过,骑上老虎背的人,老虎不死又怎么下来?我还是那句话,若是后退,全川保路的人就会吃了我们。
蒲殿俊	若不后退,赵尔丰也会吃了我们。
邓孝可	这么说,左右都得死?
张　澜	我们都是有头有脸的人。死、活,都得像个样子。
罗　纶	所以,我在路上就想,宁可死在赵尔丰的手里,流芳百世。也不要死在老百姓手里,遗臭万年。

| 蒲殿俊 | 唉,好了,好了。保路会,股东会,我都是会长。要杀要剐,蒲某愿一人承担,绝不牵连诸位! |

【幕后有人大声叫:"把花厅围起来!"】

| 罗　纶 | 我们被包围了! |

【台前沿,两队巡防兵交叉走过,站立于台后方之平台上。】

| 邓孝可 | (突然爆发)我是笨蛋!我是傻瓜!和朝廷作对,和赵尔丰较量,我怎么就没有想到过死?!我不想死。我有高堂老母,膝下娇儿,我不想死……(哭) |

【其他三人赶快去安慰邓。】

| 罗　纶 | 小声点、小声点。别让外边听见,不要留下笑柄…… |
| 蒲殿俊 | 谁愿意死?我放着北京的京官儿不做,跑回四川来成立咨议局,闹保路运动,图个什么?不就是为了忠君爱国吗?(悲愤)谁料到,忠君爱国也会招来杀身之祸呀…… |

【邓孝可又开始哭。】

| 张　澜 | 小声点! |

【周大人与赵老九上。】

周大人	哎呀,诸位仁兄……前因后果大家都明白。大帅说,可以马上送诸位回去,只是……
罗　纶	(讥讽地)只是要我们写一封降表?
周大人	(苦笑)梓青兄……唉。诸位愿意写封信,令全川同志会复市、复课,取消抗税抗捐,当然最好。若不愿写信,用别的有效之策也可。总之,要请诸位出面……
蒲殿俊	我们不肯出面呢?
周大人	伯英兄何苦为难小弟……
张　澜	不关你的事。你把那边的话带过来了,也把我们的话带过去。要坐牢,要砍头,先得有诛语。让赵尔丰来说,我们保路保国,犯了什么罪?犯了什么罪?
蒲殿俊	我等数人,乃众望所归的绅士,且有功名在身,不才还是天

	子门下的一个官员。未得朝廷钦准而以非礼相加，恐怕因禁我等之人，先已犯了欺君罔上之罪！
邓孝可	朝廷预备君主立宪，刚刚颁布了民主新法。总督没有擅行杀戮之权，怎能先斩后奏？
赵老九	老子就是要先斩后奏！（高叫）刽子手伺候。
	【四名提大刀的刽子手上。
赵老九	（冲到蒲殿俊面前）你说，出面不出面？
蒲殿俊	哼！（拂袖转身）
赵老九	（冲到罗纶面前）你说！
罗　纶	（"哗"一声打开折扇扇着）人生自古谁无死？留取丹心照汗青。
赵老九	臭酸！（冲到邓孝可面前）你说！不出面就砍你的头。
邓孝可	（浑身颤抖，双眼圆瞪）我……我……我跟你拼了！（一头向赵老九撞去，却被赵老九推一个跟跄，差点跌倒）
赵老九	（抽刀）你找死！
张　澜	（赶紧）我说！
赵老九	（来到张澜跟前）好。你说。
张　澜	（厉声）先给老子拿酒来。
	【周大人摇头而去。下。
赵老九	（对外）拿酒来。
	【内应"喳"。一听差用托盘捧酒碗上。
张　澜	（上前，取碗在手）请。（对蒲殿俊）
	【蒲殿俊等三人望望张澜，先后上前，取碗在手。
四　人	（相互）请！
张　澜	（举碗吟诵）自斟清酒自饯行，
罗　纶	（举碗接诵）今日断头为苍生。
邓孝可	（微微颤抖，举碗，努力镇定，鼓劲大吼）何惧屠夫三尺剑，
蒲殿俊	（举碗，高诵）一腔热血写英名！
四　人	（举碗）干！（一饮而尽，摔碗于幕后）

张　澜	（叫）刽子手，来吧！
赵老九	（无可奈何地）你们，你们……（狂叫）五福堂前问斩！

【四个刽子手一步步向四人走去。
【切光。众隐。
【黑暗中，传来男男女女的呼叫声："放了蒲先生、罗先生他们哪……"
【灯光渐亮。请愿的男女面向观众跪着，作揖、叩头，呼叫着："放了蒲先生、罗先生他们哪……"
【龙之杰、王文彬与铁道学堂的学生上。

王、龙	（面对观众举手呼叫）不许赵尔丰抓人！
学生们	不许赵尔丰抓人！
众男女	（有的站起来，跟着学生叫）

【跪地之人先后站起来叫着："把蒲先生、罗先生他们放出来！"
【吼叫声中，枪声骤响。龙之杰首先中弹。
【枪声中，人们死的死，伤的伤，逃的逃。一些人倒下去了，另一些人又冲出来……
【枪声停止，尸体横陈。静场片刻。
【尹昌衡带几个新军赶来，他们目睹着眼前这惨烈的情景。

新军们	（悲愤地）苍天哪！
尹昌衡	（抽出军刀高高举起）赵尔丰，我要杀了你！

【新军们脱帽下跪，向死难者表示哀悼。

龙之杰	（从尸体中挣扎坐起，浑身是血）昌衡……

【尹昌衡收回军刀，扶住龙之杰。

龙之杰	昌衡……赵尔丰制造了成都血案，民众不会善罢甘休。时机到了。快，快发动起义……
尹昌衡	之杰！
龙之杰	清朝不亡……我……死不瞑目……（死去）
众　人	龙老师……

【众人跪在龙之杰的尸体旁,悲痛不已。

尹昌衡　　（站起）不要哭了!快通知各地同志会武装起义,推翻清朝,建立共和。

众　人　　（站起,齐声）推翻清朝,建立共和!

【切光。

【潮声起。音乐起。台后是铺天盖地的火点。火点此起彼伏。

【舞台前沿中部,出现一圈定点光。朱庆澜奔入定点光中。

朱庆澜　　（面向观众）禀大帅,各地同志会揭竿而起,改名同志军。从四面八方向成都扑来。三日之内,匪众已达二十余万。四门扎围,交通断阻。如何是好?请大帅定夺!（躬身退去）

士兵甲　　（奔来冲入定点光中,叫着）报告大帅。同盟会员秦赓,率同志军千余人,攻打东门（反身奔下）。

士兵乙　　（奔来冲入定点光中,叫着）报告大帅。哥老会首领杨保芳,率领哥老会同志军六千人,攻打南门（反身奔下）。

士兵甲　　（奔来冲入定点光中,叫着）报告大帅。西路同志军以学生大队为前锋,从犀浦方向扑来,攻我西门（反身奔下）。

士兵乙　　（奔来冲入定点光中,叫着）报告大帅。苏二娘带领妇女同志军,攻打北门（反身奔下）。

朱庆澜　　（奔来冲入定点光中,叫着）报告大帅,咱们起家的老本儿、巡防军第八营周鸿勋部,在邛崃宣布反正,加入了同志军。（反身奔下）

赵老九　　（奔来冲入定点光中,手拿告示,高声吩咐）大帅有令,凡有拿获同志军首领者,赏纹银千两。

【定点光灭。潮声与火点先后隐去。

【舞台一侧,垂下灯笼,上面有大大的一个"端"字。

【平台推出逍遥椅上坐着的端方。端锦在侧。

【栗峰提着行李箱匆匆而来。

栗　峰　　成都来的蜀报记者栗峰,求见钦差大臣。

端　锦　　有请栗先生。

端　方　　您就是栗先生？久仰久仰。

栗　峰　　（放下行李箱，行大礼）参见端大人。

端　方　　栗先生免礼。我常在报纸上读到栗先生的文章。真知灼见，振聋发聩，令人钦佩。今日亲睹栗先生的风采，可谓三生有幸。哈哈……（向栗峰指端锦）这是我的五弟端锦。

【栗峰给端锦行礼，端锦还礼。

端　方　　栗先生风尘仆仆从成都赶到资州，有何要事呀？

栗　峰　　大人。皆因赵尔丰刚愎自用，擅捕缙绅，枪杀无辜，激成巨变。（咚地跪下）端大人，您是钦差大臣，您要拯救黎民百姓，您要拯救大清江山哪……

端　方　　栗先生快快请起……赵帅曾有电报与我，说蒲殿俊等人尚未斩首，如今关押在成都的大牢里……

栗　峰　　什么，蒲先生他们还活着！

端　方　　赵尔丰说，蒲殿俊等人是乱党。对此，我原本就不相信。乱党分子到底有多少？他们十次作乱，十次失败。今年三月广州之役，黄花岗杀了一批，监牢里又关了一批。我就不相信，四川的民众都是乱党分子。栗先生，依您看，四川乱事如何才能平息？

栗　峰　　（受宠若惊）这个……如今之计，只需把咨议局的蒲先生等在押缙绅全部释放；然后，再弹劾赵尔丰一本，请旨调离四川。

端　方　　好、好、好，栗先生所见与我大体相同。昨日晚上我就写好了几句话。五弟，你去把它拿出来，请栗先生过目。栗先生若无疑义，就把它写成告示张贴出去，晓谕全川。

【端锦下。

栗　峰　　不敢，不敢，不敢。（三次施礼）

端　方　　栗先生，您是……旗人？

栗　峰　　（尴尬）不……在下是汉人……

端　方	哦，没什么，没什么。有才学的、忠于我大清的汉人，我还是器重的。赵帅查封了你的报纸，以后我再委托先生办几张好报。栗先生若愿留下，也可与我同往成都，如何？	
栗　峰	多谢大人。栗某愿追随大人左右。	

【端锦上。

端　锦	（把一张纸递给栗峰）请栗先生过目。
栗　峰	不敢不敢。（展开纸，念）"蒲、罗等人释放，酷吏赃官参办。良民各自归家，匪徒从速解散。倘有持械抗拒，官兵痛剿莫怨"。好，写得好啊！

【切光。端锦与栗峰退下。端方嗅着鼻烟壶，他的平台不动。

【舞台另一侧垂下个灯笼，上面有个大大的"赵"字。

【同时推出另一个平台。赵尔丰坐在平台的太师椅上。

端　方	（在逍遥椅上摇着，自语）赵尔丰呀，赵尔丰，你看到我的告示，会是个什么样子？嘻嘻。（站起）想必是怒气冲天了。
赵尔丰	（大怒而起）该杀的端老四！（冲到端方的平台前，指着逍遥椅）你这趁火打劫的东西！
端　方	（同时冲到赵尔丰的平台前，指着太师椅）你又是什么东西？我满人之家奴而已！
赵尔丰	（指着逍遥椅，切齿）你是贵族，你瞧不起我。可是，没有我们这些人，你几个满人早被汉人捏扁了！
端　方	（笑）难怪人家骂你是汉奸！
赵尔丰	（转身冲向台中，差点摔倒，面向观众单腿跪地）你才是汉奸！你怂恿朝廷把铁路卖与列强，惹出祸事，让我坐蜡！
端　方	（疾走到赵尔丰背后）好啦好啦。那就回去当你的川滇边务大臣，不是就不坐蜡了吗？
赵尔丰	（起身，面向端方）你为什么不去？谁不知道四川是西南的首富。你为了运动川汉铁路督办大臣的位子，花了四十多万两银子，就想到四川来捞回去！

端　方	（笑着）知道就行啦，就让一让啦，就自个儿到康定去得啦，也免得伤了咱们的和气啦。
赵尔丰	呸！你想到成都来，没那么便宜！
端　方	那咱们走着瞧吧。
赵尔丰	那就走着瞧！

【两人各回自己的平台上，坐下。周大人上。

周大人	大帅，摄政王传来谕旨。
赵尔丰	摄政王？他又有什么昏招儿？（一顿）念。
周大人	命，川汉铁路督办大臣端方署理四川总督，赵尔丰毋庸署理。
赵尔丰	（跳起来）他果然夺了我的总督之位！端老四，我和你不共戴天。（一顿）那，那我呢？没说我到哪里去？
周大人	说了。（念）赵尔丰仍任川滇边务大臣。新总督端方未到任之前，所有川中剿抚事宜，仍由赵尔丰办理，钦此！（退去）

【赵尔丰茫然坐下。

端　方	瞧见了吗？赵尔丰，不叫你当总督，还要你做总督之事。有啥灾祸，还得你兜着。这回，你输得太惨了。嘻嘻嘻……
赵尔丰	（自语）欺人太甚……老不死的摄政王！四川既有我赵尔丰，为何又来个端老四？（慢慢起身）无论如何，我不能输给端老四，我不能就此认输……（徘徊思索）端方未到成都之前，兵权仍在我的手中，我仍然可以行使总督之事。我可以从湖南、湖北、陕西、云南、贵州等地调集大军入川，等我剿平几处同志军，我在摄政王面前就说得起话了！
端　方	你的如意算盘打得不错呀。那我就看你剿灭同志军吧。

【端锦与赵老九分上。

锦、九	（各向端方、赵尔丰）四哥（爹），孙中山的革命党在武昌起义了！（分下）

【音乐起。端方、赵尔丰定格。
【手执武器的新军与民众来到台上排列。尹昌衡从中走出。

| 尹昌衡 | 武昌起义了。并占领了汉口、汉阳。成立了大汉军政府。这次武昌起义，多亏端方、赵尔丰帮了大忙。端方入川时，带来了湖北鄂军中第三十一、二十二两支最精锐的队伍；于是武昌方面兵力空虚，致使革命一举成功。（向前到台口）所以孙中山先生说："若没有四川保路同志会的起义，武昌革命或者要迟上一年半载的。"赵尔丰，端方，多谢你们啦。

【尹昌衡与众人退去。

【赵尔丰与端方自语。

| 赵尔丰 | 难道咱们大清的江山，真的气数尽了？
| 端　方 | 不要紧的。纵然半个中国都独立了，革命党还是会被扑灭的。过去不都是这样。
| 赵尔丰 | 不……这次来势凶猛。单看四川的同志军，就不是好兆头。
| 端　方 | 我们的背后有洋人。太平天国、义和团、红灯照，为什么都被扑灭了？那是因为洋人反对他们。如今，洋人也不会袖手旁观的。大清灭了，对洋人没有好处。
| 赵尔丰 | 对、对、对。洋人不会袖手旁观的。何况四川地处长江上游，只要稳住了四川，朝廷就不愁兵源和粮草。

【端锦与赵老九匆上。

| 锦、九 | （惊慌地叫）不好了，不好了。重庆独立了，成立了大汉重庆军政府！！还听说，北京已然失守啦！（退下）

【端、赵两个平台靠拢。各自来回摇晃，如在波涛之上。

【四幕僚上，面向观众。

| 幕僚甲 | 革命党长入宫门。
| 幕僚乙 | 摄政王逃离山海关。
| 幕僚丙 | 隆裕太后自缢殉国。
| 幕僚丁 | 皇上不知下落。
| 四幕僚 | 我们都成了凄凄惶惶的孤臣了……（哭着退去）
| 端　方 | （在自己的平台上）赵尔丰呀赵尔丰，如今风雨飘摇，洪涛汹

	涌。我们同在一条破船上，理当互相扶持，共克时艰。
赵尔丰	（在自己的平台上）你要来成都也可以。但必须轻车简从，单人数骑，从此不提总督易位之事。
端　方	（从平台上跳下来）赵尔丰！你抗旨不遵，便是死罪！

【两个平台分开、撤下。

【端方从侧幕边拿出老百姓的衣服，更衣。端锦跑来。

【台上出现了新军们。

端　锦	四哥，四哥。我们进不能去成都，退不能回武昌。从湖北带来的队伍里，又有革命党在策动起义。我们完了……（哭）
端　方	哭什么！快换衣服！（拉起端锦）走！
新军们	（呐喊）杀了端方回武昌！杀了端方回武昌！

【新军们向端方慢慢逼近。端锦颤抖起来，向端方身后躲。

【三名新军军官执刀拦住端方的去路。

端　方	（拱手）弟兄们，弟兄们，诸位要推翻清朝、建立共和，端某深表同情，并愿与弟兄们共同革命，恢复中华。其实，端某原非满人，而是汉人……

【三名军官互相望望。

端　方	实不相瞒，端某原是东北奉天省的汉人。本姓陶，陶渊明的陶。因上代祖宗被满人掳去为奴，不得已才改了族籍。
端　锦	是是……我们是汉人……是汉人……
端　方	现在不怕了。现在我们都是汉人了。都是汉人了……

【一个军官大吼一声，直刺端方胸膛。另一军官杀端锦。

端　方	（瞪着眼）我是……汉……人……

【新军们围住端氏兄弟，将他们卷走。

【切光。光圈照卖报老汉上。

卖报老汉	看报看报！端方、端锦在资州被杀，两支鄂军起义。看报看报！端方、端锦在资州被杀，两支鄂军返回武昌。看报看报！端方遭革命军杀啰……（过场下）

【赵老九搀赵尔丰上场。

赵尔丰　（痛哭流涕）端老四，你就这样死了，死得这么惨哪……
赵老九　爹。他自作自受，你还哭他。
赵尔丰　我们……同朝事君。我哭他，也是哭我自己。
赵老九　你老人家什么也不少，就少了个总督的名儿。
赵尔丰　总督，总督，你就知道总督。如今朝廷都不存在了，孙中山的革命党布满全川。端老四，你为什么要和我作对？如果我们和衷共济，携手合作，至少可以割据一方，何至于落到这步田地？！端老四啊，你害了自己，也害了我啊！

【周大人上。

周大人　大帅，原《蜀报》记者栗峰求见。
赵尔丰　不见，不见，谁也不见。
周大人　大帅，他有要事相告。（向栗招手）

【栗峰上。

栗　峰　大帅，我听说革命党要在成都成立军政府。
赵尔丰　此话当真？
周大人　千真万确！
栗　峰　在下虽赞同保路，可是不反朝廷，和大帅一样忠于皇上。
周大人　大帅，以卑职之见，要当机立断。否则，军政府将落入革命党的手中！（率栗峰与赵老九退下）
赵尔丰　（自语）我必须抢在革命党的前头，自己来成立大汉四川军政府！（望空而呼）皇上，为了保住实力，以图东山再起，微臣，不得不出此下策。皇上，恕臣死罪！（叩拜后，站起，大声）来人！立即释放蒲殿俊等人，并告示万民，明日签订《四川独立条约》，成立大汉四川军政府！（疾步下）

【尹昌衡与四个新军军官上。

尹昌衡　你们看见告示了吗？赵尔丰出面成立军政府，他抢在我们前头了！

自在飞花

军官甲	成立军政府这么大的事，怎么也不通知我们一声？
军官乙	他有心排斥我们！
军官丙	他眼里根本没有四川军人！
军官丁	由赵尔丰成立的军政府，会是个什么样的政府？
尹昌衡	当然是由他操纵的政府。
军官乙	不能让他的阴谋得逞！
军官甲	可是，马上就要开会了，我们做什么都来不及了。
尹昌衡	来得及，我们也去开会。
军官丁	昌衡，他没有通知我们去呀！
尹昌衡	不通知，也要去！
军官丙	对！老百姓都能去开会，我们为什么不能去开会？
尹昌衡	到了会上，见机行事。走！（众下）

【内喊"奏乐"。音乐起。

【二听差抬出一长桌置于台中。杨保芳率众上场。

【周大人迈着与音乐不合拍的步子上，向左右示意请入会场。

【蒲殿俊、罗纶、张澜、邓孝可衣冠整齐鱼贯而入；对面，朱庆澜、赵尔丰与文官二人鱼贯而入。众人分列于两侧。

周大人	（举手）乐止。（音乐停）请赵帅训示。（退于一侧）
赵尔丰	（走到桌前，向观众）各位父老兄弟。先因端方卖国，致铁路国有酿成保路风潮；后因端方以朝廷之名令我严办士绅，又酿成流血惨案。兄弟上不能为君分忧，下不能为民解难。故而，甘愿将四川省行政大权转授予四川缙绅，由他们出来独立自治。今日签订《四川独立条约》，尚乞士农工商，一体遵照执行。（退后）
周大人	请大汉四川军政府都督，蒲殿俊都督训示。

【赵尔丰等人鼓掌。

蒲殿俊	（来到桌前）各位父老兄弟。四川之乱，起因争路，以致缙绅被捕，父老兄弟流血。而今成立了军政府，铁路国有无形取

	消，是我等争路之目的已经达到；缙绅平安释放，是父老流血援救所得之结果。故而，同志军暴力不可再用，军民双方不可再斗。从今往后，务期大众放下武器，息事归业，遵守条约，保障和平，则为全体川人之幸。
周大人	由罗纶先生宣读《四川独立条约》。
罗　纶	（语气犹豫）《四川独立条约》三十条……赵尔丰仍按上谕为川滇边务大臣，但暂留成都。独立之后，新政府遇事仍请赵帅襄助指导……"
杨保芳	这是什么话？独立了，遇事还要赵尔丰指导？
王文彬	那印把子不是还在赵尔丰的手上？
老牛筋	这算什么独立？独立个屁！
	【每人说话均有人附和。
王文彬	我们被人出卖了。这个军政府是假的！
王小二	假货！就是假货！
老牛筋	又流血，又死人，又打仗，到手的是一个假货！
王文彬	有赵尔丰的政府，我们不认账！
杨保芳	岂止不认账。我还要找赵尔丰算账。要为死难的兄弟伙报仇。这个会老子不开了！走！（率众下）
	【群众骂骂咧咧一哄而散。赵老九跑来护着赵尔丰退下。
罗　纶	（只好接着朗读）"所有一切军队，悉交第十七镇朱庆澜统制接管……"
	【传来众军官的吼声："我们不同意！我们不同意！"尹昌衡与军官数人上。
尹昌衡	一切军队都交给朱统制，恐怕不妥吧？
朱庆澜	有何不妥？我是大汉军政府的副都督。
尹昌衡	副都督的手下，没有一个四川的中上级军官。你就不怕人地两疏，办起事来不顺手吗？
军官甲	排挤川人，川人不服。

蒲殿俊	（迎上）先完成签约仪式，下来再商议川籍军官如何安排……
军官甲	不行，今天不说好，川籍军官就拒绝执行军政府的命令。川籍军人还要到军政府来抗议示威。
邓孝可	（调解）诸位，诸位，军政府中，还有参谋部、军政部尚未确定人选。待条约签订之后……
军官乙	掌印把子的人都在，何必等签约之后？
军官丙	干脆。军政部长就归我们的尹昌衡。
尹昌衡	（生气状）昌衡是为四川军官请命，不要牵扯我个人。（下）
二军官	你不当，我们要你当！（追下）

【其余军官向蒲殿俊与邓孝可说理。推推搡搡地下。

张 澜	（看见眼前这一切，生气）这像个什么政府？哪有半点弃旧图新的样子。人都走完了，还开什么会？（大叫）我宣布：散会！

【二听差出来抬桌子下。四幕僚惊慌走出。

幕僚甲	现在没人，咱们快跑吧。
幕僚乙	对对对。
幕僚丙	等等，等等。现在到处是革命党，你往哪儿跑呀？
幕僚乙	跑出去再说嘛，逃命要紧。
众 人	走吧走吧……

【赵老九叫着："站住！"上。

赵老九	（破口大骂）你们几个浑蛋！成事不足，败事有余的东西！是谁说的"北京失守"了？北京现如今好好地在朝廷的手里！是谁说的"摄政王逃出了山海关，皇上下落不明"？全他妈的造谣惑众，扰乱人心！若不是你们胡说八道，我爹岂会放出蒲殿俊来成立什么大汉军政府！是你们陷我爹于不忠不义！我要杀了你们！（拔刀）

【四幕僚惊叫，抱头鼠窜。赵老九追下。

【在鼓点似的音乐声中，赵尔丰的平台由舞台正中推至台前。

【赵尔丰稳坐于太师椅上。突然远处传来枪声，赵尔丰按捺不住地站了起来，又坐下。

【周大人上。

周大人	禀大帅，一切按您的指示，进行得十分顺利。枪声一响，士兵哗变。他们拥上街头，抢银行、抢商店。到处鸡飞狗跳、全城秩序大乱。
赵尔丰	都督呢？蒲殿俊都督呢？怎么不出来安定局面？
周大人	枪响后，有人看见蒲都督狼狈逃走了。
赵尔丰	以为都督就那么好当？接管政权才十二天，我看他怎么收拾这个烂摊子。

【赵老九上。

赵老九	爹，蒲殿俊来了。
赵尔丰	我正等着他来呢。有请。
赵老九	（对内）有请蒲都督。

【内传呼"有请蒲都督"。

【蒲殿俊上。

蒲殿俊	大帅。
赵尔丰	啊，蒲都督。都督大驾光临，对赵某有何差遣？
蒲殿俊	（愤懑）我……为辞职而来。
赵尔丰	辞职？打退堂鼓了？
蒲殿俊	蒲某一介书生，不懂阴谋诡计，又不忍草菅人命，故而当不了都督。（转身离去，突听枪声，又折回）大帅。蒲某到此，还有一事相求。
赵尔丰	请讲。
蒲殿俊	川民受苦已多，实不堪乱兵骚扰。请大帅消灾弭祸，安定民生。
赵尔丰	（向周）记下我的话。（念）前任四川总督，现任川滇边务大臣，告示。不论是巡防兵，或者是陆军，不得骚扰百姓，迅速各归兵营。违令者，重惩不贷。宣统三年十月十九日。

【平台退到台后方。

蒲殿俊	周兄……请问，赵帅他说的是……宣统三年？
周大人	（看看笔记）是啊，宣统三年。
蒲殿俊	（不解地）现在不是成立了四川大汉军政府了吗？怎么还宣统？
周大人	这……无可奉告（下）。
蒲殿俊	（揣摩地）宣统三年……难道，赵尔丰他要复辟？！（下）

【枪声起。赵尔丰的平台摇晃着推至台前。

【朱庆澜惊慌地跑上。

朱庆澜	大帅，大帅，尹昌衡带领新军平定兵变，军官们要推举他接替蒲殿俊出任都督。
赵尔丰	尹昌衡？
朱庆澜	就是那个说自己是军事人才，向大帅要官儿做的……
赵尔丰	唔，想起来了……好。他想做官儿，我就顺水推舟，给他个官做。（向朱庆澜）立即改组军政府，让尹昌衡当都督……（见朱要走）慢。再派一可靠之人与傅华封送信，叫他领兵来攻打成都，与我里应外合。
朱庆澜	是。

【赵尔丰的平台退下。

【赵老九执信出，交与朱庆澜后，二人分下。

【几个新军军官跑出，叫"尹都督"。尹昌衡上。

军官甲	（小声）赵尔丰写信给川康边务大臣傅华封，叫他带兵攻打成都，自己做内应。这封信，被我们半路截获了。（递信）
尹昌衡	（惊）真的？！（看信）
军官乙	赵尔丰手上还有三千骁勇善战的巡防兵，他们真的里应外合，只怕我们不是对手。
军官甲	先下手为强。咱们放火烧了他的督院。
军官乙	将督院包围起来。
尹昌衡	不！不能蛮干！没有我的命令，谁也不许动。（率众下）

【切光。光圈照卖报老汉上。

卖报老汉　　看报看报，蒲殿俊辞职，军政府改组，推选尹昌衡为都督。看报看报，军政府改组，尹昌衡为都督。（向观众小声地）尹昌衡这个娃儿，他斗不斗得赢赵尔丰这个老奸巨猾哟？（又大声）看报看报，尹昌衡当选军政府的都督啰……（过场下）

【赵尔丰与赵老九上。

赵老九　　爹！当初我让您杀了这个姓尹的，您不杀。现在，人家是都督了。

赵尔丰　　都督又怎么样？他要想坐稳都督的位子，就不敢和我作对。

赵老九　　何必让他坐稳位子？趁早把他拉下来！

赵尔丰　　拉下来？拉下来就会大动干戈，血流成河！与其把他拉下来，不如把他拉过来。

赵老九　　拉过来？

赵尔丰　　我这一辈子，从对手那边拉过来的人，又何止一个两个？姓尹的不过是个乳臭未干的娃娃，难道他就不能为我所用？

【周大人上。

周大人　　大帅，这是尹都督的手本。

赵尔丰　　（向赵老九）你看，他就来拜访我了。他的手本上，写的还是"世晚"。他承认自己是晚辈，态度谦恭，没敢在我面前摆都督的架子。他知道，和我作对就得垮台。他正在野心勃勃地往上爬，岂肯吃这个眼前亏。（向周）有请。

周大人　　（对士兵）有请尹都督。

士　兵　　（对内）有请尹都督。

【内应"有请尹都督"。

【二蛮丫头上，保护赵尔丰。

【尹昌衡上。

尹昌衡　　（敬礼）大帅！

赵尔丰　　（趋前热情地拉住尹昌衡的手）尹都督。我早说过，是人才终

	归不会被埋没的。哈哈哈。（向外看）您的侍从呢？都请进来呀。
尹昌衡	晚生是独自前来，无人知道。
赵尔丰	（高兴）是呀是呀。如今世事纷乱如麻，你我弟兄二人，正好单独聚谈聚谈。
尹昌衡	晚生此来，正有心腹话，要向大帅倾吐……
赵尔丰	好。（向老九）后厅设宴，我与都督一醉方休。
尹昌衡	大帅，晚生不能久留……（环视左右）
赵尔丰	（挥手）退下。

【二蛮丫头下。

赵老九	（不放心地）爹……
赵尔丰	退下！

【赵老九下。

尹昌衡	昌衡得为军政府都督，全仗大帅提携。
赵尔丰	此话从何说起？您是军政府推选出来的嘛。
尹昌衡	虽说由军政府推选，但也因大帅您默许。否则，哪会如此顺利？昌衡哪有今天？
赵尔丰	哈哈哈。老弟真是个明白人哪！哈哈哈。
尹昌衡	多谢大帅。大帅既有恩于昌衡，昌衡就不能知情不报，有负大帅的提携之恩。
赵尔丰	哦？有什么情况吗？
尹昌衡	大帅，您是不是写了一封信，给川康边务大臣傅华封？
赵尔丰	没有呀。
尹昌衡	您叫他带兵攻打成都，您做内应。
赵尔丰	（笑）无稽之谈！
尹昌衡	这封信……已被军政府半路截获了。
赵尔丰	哈……老弟，这样的玩笑是不能开的……
尹昌衡	（掏出信）大帅您看，是您的……亲笔吧？（拿着信让赵看

	信封）
赵尔丰	哦？（看后，沉默片刻）是又怎么样？！
尹昌衡	军官们见信哗然，三五成群地前来找我。有的叫我火烧督院，有的叫我兵围督院。总之，要和大帅您拼个死活。
赵尔丰	那……赵某也只好奉陪了。哼。我还有三千骁勇善战的巡防兵，他们个个皆忠诚于我。真要是火并起来……吃亏的，未必是我赵尔丰！
尹昌衡	可是，火并往往玉石俱焚，而玉石俱焚却是下策。何况，军政府不但掌握着全部新军，还有城里城外各州各县，遍布全川的同盟会武装。如果战火再起，大帅您单凭三千巡防兵……怕也不容易占到便宜。
赵尔丰	未必！如今朝廷尚存，已令袁世凯统兵南下，剿平革命党。尹都督，你我谁胜谁负，尚在两可之间。
尹昌衡	所以昌衡只身前来，向您透露这一机密。难道，大帅还不明白昌衡的意思？
赵尔丰	你……？
尹昌衡	大帅。近日，我总是在想，时局瞬息万变，前途吉凶难测。要是清朝真的倒下去了，大帅您会怎样？如果民国不能建立起来，昌衡我又会怎样？于是，我突然明白，大帅与昌衡虽然身份有别，然而一样地如临深渊，如履薄冰……
赵尔丰	（试探地）如此说来，你我是同病相怜了？
尹昌衡	正因同病相怜，昌衡才到大帅您这儿来。可是大帅您……昌衡告辞了。（大步走去）
赵尔丰	慢着！（少顷）老弟，有什么话你就直说。
尹昌衡	好。昌衡这次来，是想与大帅秘密协议。
赵尔丰	秘密协议？

【尹昌衡示意，两人分别向外察看。

尹昌衡	如果清朝真的倒下去了，我负责保全大帅的身家性命；如果

民国没有建立起来，大帅负责保全我的身家性命。这样，在大局有了分晓以后……

赵尔丰　（兴奋极了，但克制着）无论谁胜谁负、谁兴谁亡，彼此均保平安无事……

尹昌衡　如蒙大帅应允，我们就此结盟。（见赵还有犹豫）大帅若信不过昌衡……（拔刀割手臂）

赵尔丰　昌衡！（取出手帕为之包扎伤口）你这又是何必呢？尔丰与你共结同心。

【二人跪下。

赵、尹　（同声）皇天在上，后土在下。我二人结为兄弟，携手合作，共渡难关。如有三心二意，人鬼不容，天诛地灭。（起）

赵尔丰　唉，愚兄过去错待你了……

尹昌衡　大哥……我们也是梁山好汉，不打不相识呀。

赵尔丰　说得好。（一顿）兄弟，那封信的事……

尹昌衡　（把信交给赵）我对军官们说，这封信可能是有人用离间之计。在没有新的证据之前，万不可轻信。（一顿）可是军官们不以为然，说我为你开脱。大哥，前几天您用"宣统"二字发告示，使民心不安；如今您的这封密信，又使军心躁动。兄弟真怕控制不住这个局面。

赵尔丰　唉，都怪我太性急了。

【一巡防兵上。

巡防兵　禀大帅，门外有几个新军军官，吵着嚷着一定要见大帅。

尹昌衡　大哥，千万不能让他们知道我在这里。

赵尔丰　就说我不在。

巡防兵　喳。（下）

赵尔丰　事到如今，要是能摆脱困境稳住军心民心，愚兄愿肝脑涂地。

【几个军官冲上。

军官们　尹都督！

军官甲	你怎么在这儿？
尹昌衡	我和大帅有要事相商。难道我一个军政府的都督，任何事情都要跟你们商量吗？去，都给我回去！

【众人满腹狐疑，愤怒地下。

尹昌衡　事情怎么会闹成这样？！若无有效之策使他们相信我，恐怕，我这个都督的位置都要坐不稳了。

赵尔丰　可是，一时之间，又有什么有效之策呢？

尹昌衡　（着急）是呀是呀。一时之间……有效之策……（猛然）哎，有了！大哥，我就说，我到你这儿来，是要你把三千巡防兵交给军政府指挥。对，就这么办，昌衡告辞。（走）

赵尔丰　慢着。就这么说一句，他们能相信你吗？

尹昌衡　这！倒也是。只凭一句话……那，您就把您的手令给我。

赵尔丰　手令！

尹昌衡　我不是军政府的都督吗？你把三千巡防兵交与军政府，我再出面，令这三千巡防兵原地驻防，仍旧在这督院内外保护大帅。这样，名义不同，实质一样。反正我们两人，面子是里子，里子是面子。先把眼前的事遮掩过去，免得军队与民众疑神疑鬼，引出"马嵬兵变"的祸事。大哥意下如何？（见赵难下决心）大哥，您要当机立断。兄弟不能在此久留！

赵尔丰　（无可奈何）唉，事到如今，也只有如此了……（交给他手令）

尹昌衡　大哥，只要昌衡在，您就可以高枕无忧了。（下）

【切光。

【台前定点光亮。军官甲走入。

军官甲　（面向观众）大帅有令。从今日起，巡防兵悉交大汉四川军政府指挥。下午一时，在南苑发放恩饷一个月。各连、各排、各班，各自派人前往领取，不得有误。（隐）

【全台灯亮。赵老九与赵尔丰上。

赵老九　爹，您不该把手令交给姓尹的。您以为自己有回马枪，不知

	道别人还有拖刀计，你是老糊涂了……
赵尔丰	（气愤地打了赵老九一耳光）你这是跟老子说话吗？

【二蛮丫头冲了出来抓住赵老九。

赵老九	就是跟老子才这样说话。您要是成了端方，我就是端锦……

【赵尔丰向二蛮丫头扬手，示意放了赵老九。

赵尔丰	（走过去，疼爱地拉过赵老九）我不会是端方，你也不会是端锦。
赵老九	（跪下）爹，我们只有这三千巡防兵了，您实在不该呀……
赵尔丰	（疼爱地抚着赵老九的头）儿子，这也是万不得已，只能破釜沉舟，背水一战了。要不是尹昌衡想和我做成交易，为自己留条后路，此刻这督院内外，早已是炮火连天、玉石俱焚了。我赵尔丰要打，就只能赢不能输，也不能玉石俱焚。故而，我与尹昌衡暂时结盟，叫他当都督，替我稳住局面，好争取时间。
赵老九	这么说，您用的是缓兵之计？
赵尔丰	对。你立即派心腹密探，去向傅华封传我口信，叫他火速领兵攻打成都，我与他里应外合。
赵老九	是。（下）

【赵尔丰下。灯光转弱。二蛮丫头上，巡逻。
【几名新军官悄悄潜入。下。二蛮丫头惊觉，拔枪分别察看。
【台后两侧出现许多人，卷走了二蛮丫头。
【几名新军出现在舞台上，他们持枪轻轻潜入侧幕。
【满台灯亮。从舞台两侧，赵尔丰、赵老九被新军押上。
【尹昌衡疾步走出。

赵尔丰	昌衡，出了什么事？
尹昌衡	本都督受全川军民之托，前来拿办你赵尔丰！
赵尔丰	（慌了）兄弟！你……你忘了我们……
尹昌衡	（抬起缠有手帕的手）我们义结同心，生死与共？哈哈哈……那是本都督一计！要不然，怎么能解除你的兵权？怎么能解

	散你的三千巡防兵？怎么能抓住你这杀人不眨眼的屠夫？大家说，如何处置赵尔丰？
众官兵	（举枪大叫）杀！杀！杀！
	【赵老九挣脱士兵跑到台中，从脚上拔出匕首。
赵老九	爹，儿子先走一步了。（自杀）
	【赵尔丰扑上前去扶住赵老九。
赵尔丰	（悲痛地）老九，老九……（赵尔丰把赵老九放在地上）娃娃们，你们听着！民主共和的江山长不了！外国列强不会容许你们长久的。把我的人头挂在梅花树上，我要看着你们的好下场！
尹昌衡	我答应你的要求。把赵尔丰押到督院广场，准备行刑。
	【军民奔走穿场。赵尔丰隐去。
	【尹昌衡带领几名队员站立台前。
尹昌衡	（高喊）行刑！
	【行刑队员拔出钢刀，转身冲上平台，举刀劈下。
尹昌衡	把赵尔丰的人头，挂在梅花树上。让他看着，帝王专制永不复返。（下）
众 兵	（高喊）帝王专制永不复返！帝王专制永不复返！（下）
	【满台灯笼，似洪流，似潮水，滚滚而来。
画外音	（孙中山遗嘱）余致力国民革命，凡四十年。其目的在求中国之自由平等……必须唤起民众及联合世界上以平等待我之民族，共同奋斗……革命尚未成功，同志仍需努力……

——剧终

1990 年创作

1991 年首演

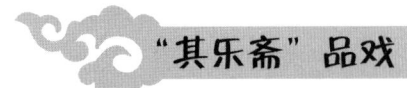

用两小时左右的舞台演出,来表现波澜壮阔、前赴后继、头绪纷繁、人物众多的辛亥革命这个历史事件,是一件很难的事。

面对这一特殊题材,剧作者做了特殊处理。她把功夫下在了"无场次"和"纪事体"上,开创了话剧对事件"泼墨而书",对人物"工笔而描"的创作方法。

"无场次"突破了舞台的时空局限,"纪事体"以历史真实去撞击观众的心灵。"泼墨而书"可展现时代的风云变幻,"工笔而描"可保证对人物性格和心理的刻画。这样的编剧法,在我国话剧中尚属罕见,尤其是在20世纪90年代初叶。

该剧在结构上,大胆借用戏曲的时空自由与影视的镜头切换。从大幕拉开时的太监传旨、赵尔丰与端方的异地对话,即传达出这个话剧的"非常规"信息。后来的各种人和各种样式的"报军情",特别是赵尔丰在成都而端方在资中的"异地同台、相互指骂"的场面,更是充分体现了作者的独具匠心。

此剧在北京公演后,被话剧界人士誉为"话剧民族化的又一个里程碑"。

此剧本被载入《中国话剧百年剧作选》第17卷。

四川人民艺术剧院排演《辛亥潮》，孙滨饰赵尔丰、陈天陆饰尹昌衡

四川人民艺术剧院排演《辛亥潮》，孙滨饰赵尔丰、省人艺演员饰幕僚

四川人民艺术剧院排演《辛亥潮》，孙奇饰龙之杰、四川人民艺术剧院演员饰保路同志会成员

四川人民艺术剧院排演《辛亥潮》，孙滨饰赵尔丰、李鑑秋饰端方

四川人民艺术剧院排演《辛亥潮》,孙滨饰赵尔丰

四川人民艺术剧院排演《辛亥潮》，孔斐饰尹昌衡、孙恒等饰新军军官

四川人民艺术剧院排演《辛亥潮》，孔斐饰尹昌衡、孙奇饰龙之杰

四川人民艺术剧院排演《辛亥潮》,吴德恩饰张澜、周利国饰罗纶、贾建立饰蒲殿俊、李国华饰邓孝可

四川人民艺术剧院排演《辛亥潮》

死去活来

故事新编

人物

周玉妍	17岁，小家碧玉
周　父	50岁，粮店掌柜，玉妍之父
段自清	25岁，知府
范玉良	19岁，秀才
迎　儿	15岁，玉妍的丫头
牛老汉	60岁，卖水老者
赖皮虎	20多岁，土老财的大少爷
周　母	40多岁，玉妍之母
范老大	30多岁，玉良之兄，开酒店的人
段　忠	40来岁，段自清的亲信
张　千	30多岁，赖家的仆人
李　万	30多岁，赖家的仆人
群角兼演	花仙们、衙役们、女仆们、小商贩们

场　次

第一场　巧相逢　　　　　第二场　争岳丈

第三场　破好梦　　　　　第四场　惊柴房

第五场　闹酒店　　　　　第六场　斗公堂

第一场　巧相逢

时间　春天。

地点　成都花会之一角。

【幕在合唱中启。

幕后唱　　　　三月三，艳阳天，

　　　　　　　锦官城外笑声喧。

　　　　　　　一年一度赶花会，

　　　　　　　青羊宫里哟，人海人山。

【合唱中，卖糖油果子的、卖花生瓜子的、卖风车子玩具的、卖鲜花的等小贩从各方欢快地上场。其中，最显眼的是牛老汉和范老大。牛老汉一手提铜水壶、一手提装碗竹篮。范老大肩扛酒坛、手提竹篮装猪蹄。

范老大　（吆喝）烧酒卤猪蹄——香啊！

牛老汉　（吆喝）桂花蜂糖水——甜啰！

【观众席后，人声大喊："让开让开！赖大少爷的马来了！"

【台上人惊（造型定格）。

【观众席后，张千、李万、赖皮虎从观众席的通道中冲上舞台。

【台上众人四散而去。

【赖皮虎与张千、李万载歌载舞。

赖皮虎　　　（唱）花会之上寻花仙。

张、李　　　（唱）寻花仙。

赖皮虎　　　（唱）要看花仙下尘凡。

张、李　　　（唱）下尘凡。

赖皮虎　　　（唱）东边转来西边窜，

张、李　　　（唱）转那个转，窜那个窜……

【赖与张、李欢舞而下。

【着便衣的段自清与段忠上。

段自清　　　（唱）来了我新上任的知府官。

　　　　　　　　看着那红男绿女春风面，

　　　　　　　　惹得我枯水之心起波澜。

　　　　　　　　去佛殿叩请菩萨赐美眷……

【段自清下。段忠随下。

【周玉妍与迎儿上。

周玉妍　　　（唱）春风送我到花前。

　　　　　　　　百花放，我的心花也放，

　　　　　　　　蜂蝶舞，我的脚步翩跹。

　　　　　　　　看芍药；看牡丹……

迎　儿　　　（唱）看龙抄手，看赖汤元。

　　　　　　　　还有叶儿粑、甜水面、灯影牛肉、夫妻肺片，

　　　　　　　　糖油果子香又甜。

　　　　　　　　拿钱给我买两串……（向内叫）卖糖油果子的，等一下！

【周玉妍掏出钱来数着。

迎　儿　　　哎呀，莫数了。（抓一把铜钱，追叫）卖糖油果子的！等等，等等……（下）

【迎儿抓钱时把钱撒到地上，周玉妍蹲下拾钱。

【范玉良上。

范玉良　　（唱）出户来始觉得春满人间。
　　　　　　　　看万紫与千红眼花缭乱，
　　　　　　　　穿曲径来到了金鱼池边。（观鱼）

【周玉妍伸手拾钱，钱正好被范玉良无意中踩着。范玉良只顾观鱼，未曾察觉。周玉妍在他身后欲叫不便，欲走不舍。周玉妍忽然灵机一动，拾起石子向鱼池扔去。池水溅起，范玉良惊避时将扇子落在地上。周玉妍趁机拾钱。范玉良弯腰拾扇。二人起身时四目相对，顿时呆住。

幕后唱　　　分明是陌路相逢乍相望，
　　　　　　为什么似曾相识在何方？

【二人互相打量，徘徊思索。

周、范　　（猛想起，惊喜不已）啊！想起来了！
　　　　　（唱）心扉忽开心儿亮，
　　　　　　　　他好像从前的邻居周玉妍（范玉良）。

周玉妍　　（旁唱）他的哥开酒馆我常去打酒，
范玉良　　（旁唱）他的父开粮店我常去买粮。
周玉妍　　（旁唱）他家的后院有桃树，
范玉良　　（旁唱）我摘下毛桃给她尝。
周玉妍　　（旁唱）手拉手我俩一同看川戏，
范玉良　　（旁唱）肩并肩我俩学人拜花堂。
周玉妍　　（旁唱）青梅竹马常来往，
范玉良　　（旁唱）两小无猜情意长。
周玉妍　　（旁唱）谁知爹妈搬家走，
范玉良　　（旁唱）从此音信两渺茫。
周玉妍　　（旁唱）春秋十载常相忆，
范玉良　　（旁唱）倩影几度入梦乡。
周、范　　（旁唱）万不料今朝相逢花会上，

　　　　　他（她）长成了端端正正的少年郎（好姑娘），
　　　　惊喜交加情如浪，情如浪……
【二人欲前又退。
（旁唱）倘若貌似人不是，错认太荒唐。
【二人欲走又止。
（旁唱）犹恐今朝分别后，
　　　　从此相思泪两行。
　　　　欲待开口难开口，（插白）天呀，
　　　　谁来帮个忙？！
【牛老汉吆喝而上。

牛老汉	卖糖水！又香又甜的桂花蜂糖水哟。
周玉妍	（灵机一动）买糖水！
牛老汉	来了来了。（倒水入碗）小大姐，桂花蜂糖水来了。
周玉妍	（接碗一看）好你个老头儿，竟敢来暗害我！你道我是何人？
牛老汉	（莫名其妙）你是何人？
周玉妍	我是北巷子周家米粮店周掌柜的女儿，名叫周玉妍。你看我是闺中弱女，无人相帮，就来暗害我吗？
牛老汉	我咋个暗害你了？
周玉妍	还说没有暗害，你这碗里有一根草！（把碗向空中抛去）
牛老汉	（忙伸手接着，看）哪有啥子草？！就是有，也说不上暗害嘛。
周玉妍	你想卡我的喉咙，把我卡死。
牛老汉	哎呀，周小姐，你的爹妈我都认得到，我做啥要……
范玉良	（忍住笑，叫）卖水的，把你那糖水倒一碗来。
牛老汉	来了来了。（倒水送上）这位相公，你看我的糖水多清亮……
范玉良	（接碗一看）哎呀，卖水的，你做啥也要暗害我？你道我是何人？
牛老汉	你又是何人哪？
范玉良	我是九眼桥开酒店的范老大的兄弟范玉良。身为黉门秀才，

	弱冠尚未娶妻。你道我家中无人相助，就来暗害我吗？
牛老汉	我咋个又暗害你了？
范玉良	还说没有暗害，你这碗里有一根草！（把碗向空中抛去）
牛老汉	（伸手接着）你有点疯病吗咋个？！（忽有所悟，望望二人）哦，你们两个是不是要找个说媒牵线的月老啊？

【范玉良与周玉妍害羞，各自转身跑开。范玉良下。

牛老汉	（向范）喂，水钱，水钱……（追下）

【周玉妍欲下时，赖皮虎迎面上。

赖皮虎	（见周大喜）嗨！花仙下凡哪！

【周玉妍要走，赖皮虎左拦右挡。

周玉妍	你是何人？为何阻挡我的去路？
赖皮虎	小姐，我是成都市首富赖员外的大少爷，名叫赖继祖……
李 万	（接嘴）外号赖皮虎。
赖皮虎	混账！
李 万	（紧接）是，少爷。
赖皮虎	老子打……
张 千	美人跑了！（去拦住周玉妍）
赖皮虎	（赶上前去）小姐莫走，我还要和你说话呀。
	（唱）我见过成都姑娘千千万，
	唯有你闭月羞花赛天仙。
	我家里金屋修成少美眷，
	求小姐鸾凤和谐到百年。
周玉妍	呸哟！
	（唱）浪子狂言太大胆，
	谨防告你到官前。

【周玉妍推开赖皮虎，夺路而走。

赖皮虎	（叫）拦住！拦住！
周玉妍	（高呼）迎儿快来……

【张千、李万和赖皮虎团团围住周玉妍，嬉皮笑脸地不肯让路。

【迎儿拿两串糖油果子上，见状大惊。

迎　儿　　哎呀，遇到怪物了！

【迎儿用糖油果子打张千，张千一口将糖油果子咬住。迎儿用另一串糖油果子打李万，李万也将糖油果子咬住。张千和李万蹲到一边吃糖油果子。

【迎儿用脚绊倒赖皮虎。周玉妍趁机与迎儿会合，但又被赖皮虎拉住了她的裙摆。迎儿急得用手帕打赖皮虎。

【范玉良返场，见状大惊。

范玉良　　玉妍！

周玉妍　　玉良！

【范玉良赶去打掉赖皮虎拉裙子的手。迎儿拉着周玉妍逃走。

【赖皮虎揪住范玉良。

赖皮虎　　（吼）打这个管闲事的东西！

【张千、李万扔掉糖油果子，过来抓住范玉良，将他扭跪在地。赖皮虎脚踢范玉良。周玉妍见状奔回，欲加阻拦，被张千、李万抓住。

周玉妍　　（大叫）救命哪……救命哪……

【段自清与段忠上，范老大从另一方上。

范老大　　住手！你为何打人？

赖皮虎　　老子喜欢打，就要打……

段自清　　（上前拍拍赖皮虎的肩头）放手。

赖皮虎　　老子不……（回头见段，吃惊，松手，换笑脸）不……不打了……原本是打起耍的……（示意张千、李万放开周玉妍）

张、李　　（不解地）大少爷，你做啥……

赖皮虎　　（制止）嘘！（小声）这是新上任的知府大人！假装认不到，快些溜。（转向段自清）嘻嘻，误会，误会。失陪，失陪……

（边施礼打躬作揖，边退下）

【张千、李万随下。

范老大　（早将玉良扶起）兄弟，快去谢过那位相公。

范玉良　多谢仁兄相救。

段自清　区区小事，何足挂齿。

周玉妍　（上前）这位相公，多谢相救之恩。（施礼）

段自清　（忙还礼）小姐多礼了……（注视她）啊，小姐。花会之上人来人往，良莠不齐。小姐若不嫌弃，何妨与我等结伴而游，也好有个照应。

周玉妍　这……多谢相公盛情。只是我要回家了。

迎　儿　（拉住）小姐，路上也有怪物！

范玉良　（鼓起勇气）我送你们回家。

范老大　你送？要不得！

范玉良　（急了）哥，她是我们的老邻居，米粮店周掌柜家的小妹周玉妍！

范老大　唵？！闹半天才是蒸笼里取出个面娃娃——熟人啰。哎呀，十年不见，长得来像枝水仙花了。小妹，你们搬到哪里去了？

周玉妍　北巷子。范大哥有空来耍。

范老大　要来，要来。

周玉妍　二哥为小妹受屈了。身上还痛吗？

范玉良　不痛，不痛。小妹，我们走吧。请。

范老大　你们路上小心些。我做生意去了。

【周玉妍与范玉良向段自清施礼，下。迎儿跟下。范老大从另一方下。

【段自清目送周玉妍不舍。

段　忠　老爷，老爷……（大声）老爷！

段自清　（惊）啊？

段　忠　（故意地）人家不要了，我们还要不要呢？

段自清	（心口不一）耍，咋个不要？
段　忠	好，那我们就去耍嘛。（走）
段自清	（回头翘首张望）。
段　忠	（止步，回头）老爷，快去耍呀。
段自清	（惊，回头，扫兴地）唉，不耍了。不耍了。
段　忠	我就晓得你没有心肠耍了。好。回家我就给老爷做媒去。
段自清	还是你懂得起我。哈哈哈。（下）

【段忠笑着跟下。

第二场　争岳丈

时间　第二天。

地点　街头。

【赖皮虎得意扬扬地上。张千、李万抬礼盒随后。

赖皮虎	（唱）花会上那个姑娘真好看，
	打听得芳名就叫周玉妍。
	今日登门求婚配，
	才子佳人早团圆。

【周父肩背褡裢上，与赖皮虎照面。

周　父	（忙哈腰点头）赖大少爷安好？
赖皮虎	（这才看见他，忙去搀扶）周老伯好。你老人家从哪儿来呀？
周　父	（受宠若惊）我，我下乡买粮食去了……
赖皮虎	哎呀，我家有的是粮食，以后你来买粮打九折，打八折也要得。
周　父	（打量对方，疑惑地）大少爷，你……你有啥子事吗？
赖皮虎	对，有点事。我想和你攀个亲戚。
周　父	你和我隔八丈远，攀得着啥子亲戚哟？

赖皮虎	你给我当老丈人，我给你当女婿娃，不就是亲戚了吗？
周　父	啊……（态度一变）搞了半天，你在打我女娃子的主意？！
赖皮虎	咋个？未必然这些个大少爷还配不上你的女娃子？
周　父	（傲起来）哼，我还要等到当皇亲国戚哩。有朝一日皇帝老倌来选妃……
赖皮虎	算了啊。你晓得皇帝老倌哪天来选妃？再搁几年，把你那女娃子脸上搁起了鸡皮绉，就不值价了。
周　父	这……
赖皮虎	你看。（指礼盒）白银千两，作为聘金。你收下这笔钱，不做生意也吃喝不尽了。
周　父	（围着礼盒转）一千两银子……
张　千	一千两！你见都没有见过。
李　万	以后买粮食还可以打个八九折。
周　父	（下决心）如此说来，老汉就高攀啰？
赖皮虎	（连忙）岳父在上，请受小婿一拜。

【赖皮虎整衣冠。周父摆好架子。赖皮虎正欲下拜，段忠官差打扮上。

段　忠	周掌柜，你才在这里哟！
周　父	（大惊，急忙躲到赖的身后）哎呀，差哥。我一不欠税，二不犯法，你找我做啥子？
赖皮虎	这位差哥请了。有啥子事只管和我商量……
段　忠	（推开赖）和你商量个啥？！周掌柜，我家老爷——哦，就是成都知府段大人，请你到衙门走一趟。
周　父	（发抖）天老爷！（掏钱给段）请在大人面前美言几句，请大人高抬贵手……
段　忠	（抓住他）不要害怕。你见了大人就明白了。

【段忠拉周父下。

赖皮虎	嗨，我遇到鬼啰！

张　千	大少爷，只怕夜长梦多哟。
李　万	我看煮熟的鸭子要飞。
赖皮虎	飞？！老子晓得把盆盆捂倒！今天拜不成老丈人，大少爷今天就不回去。走，拐拐上等他。

【赖皮虎等三人至侧幕边等候。稍后隐去（虚下）。

【幕内吆喝："嘚儿，驾！"

【段忠挥鞭驾车，周父坐车中，二衙役随车后，众人舞蹈上。

| 周　父 | （唱）坐高车驾驷马前呼后拥， |

　　　　横起冲直起闯气势汹汹。

　　　　往日里我见了官车忙后退，

　　　　今日里我坐上官车好威风。

　　　　从此有钱又有势，

　　　　谁人见了敢不恭？！

| 赖皮虎 | （跑出来拦车）岳父大人，岳父大人…… |

【张千、李万也出现在侧幕边。

周　父	停车。
段　忠	哦，哦。（车停）
周　父	（下车，拉赖到一旁）赖大少爷，以后不要乱喊哈。我有了女婿了。
赖皮虎	啊？眼睛一眨，老母鸡变鸭。你就有女婿了？是哪个？
周　父	就是成都知府，段自清段大人。
赖皮虎	原来狗官看上了周玉妍！（转向周父）嘿，亏你还是个生意买卖人，招女婿也不算一算咋个划得来。莫看姓段的是个官儿，他新官上任（拍拍腰）没得大少爷有钱！
周　父	钱！你娃娃懂个啥哟！

　　　（唱）说什么新官上任腰无银，

　　　　要知道乌纱一顶赛千金。

　　　　有了它，财源似水家里滚，

死去活来

    有了它，千家万户我为尊。

    有了它，亲戚儿孙皆托福，

    有了它，威风凛凛，杀气腾腾，人人效命、个个逢迎、百事可如意、万事能称心。

    乌纱帽的好处说不尽，

    胜过那仓有米粮库有银。

    姓段的头上有顶乌纱帽，

    你量一量，称一称，你二人哪个重来哪个轻？

赖皮虎　　（耍赖）不管谁轻谁重，你已经当面许了我的亲事。

周　父　　哪个许了你亲事？聘金还在路边边搁起的，少打胡乱说！

赖皮虎　　（拉住周）好个老杂毛你想赖婚？也不打听打听，赖大少爷是不是好欺负的……

周　父　　（大叫）来人啦。

二衙役　　（大声应）有。

【赖皮虎吓了一跳。

周　父　　（指着赖皮虎）龟儿子欺负岳老太爷！

【二衙役上前，推开赖皮虎，举拳要打。

张　千　　（跑来拦住）打不得！打不得！这是赖员外的大少爷！

段　忠　　赖大少爷，昨天你在花会上调戏民女的案子，还没有了啊。

赖皮虎　　你！

张　千　　（拉开赖）大少爷，大少爷……（小声）民不和官斗，民不和官斗！

赖皮虎　　（咬牙）好嘛，君子报仇，十年不晚。走。（下）

【张千、李万抬礼盒随下。

周　父　　（得意大笑）哈哈哈……

【牛老汉吆喝上。

牛老汉　　卖桂花蜂糖水哟。

周　父　　（本欲上车，闻声止步）喂，牛老头儿，我正要找你。

牛老汉	周掌柜，啥子事？
周　父	（伸手）拿来。
牛老汉	啥东西？
周　父	你借我的一两银子，连本带利都是三两了。
牛老汉	是。是。你老再宽限几天嘛。
周　父	你不还？
牛老汉	咋能不还呢？只是眼下实在没钱……
周　父	（叫）来人。
二衙役	有。
周　父	把这个老东西的水壶给我没收了。
二衙役	是。

【二衙役抢水壶，牛老汉不松手，被二衙役推倒在地。

周　父　听着。（越说越快）你今天来还钱，我收你三两银子。你明天来还，我收你三两五钱银子。你后天来还，我收你四两银子。多一天不还，多收你五钱银子。你自己算一算，看是还银子还是不还银子。（转身）来呀，扶岳老太爷上车子！

【段忠扶周父上车。二衙役抱水壶、提竹篮随后。

段　忠　（扬鞭）嘚儿，驾！（响鞭）

【周父、段忠与二衙役舞下。牛老汉趔趔趄趄追去。

牛老汉　你要断我的生路呀，还我的水壶……（下）

第三场　破好梦

时间　与前场相近。

地点　周玉妍家的堂屋。

【迎儿叫着"安人"急上。同时，周母从另一侧出。

迎　儿　中邪了！中邪了！

周　母	哪个中邪了？
迎　儿	小姐中邪了！
周　母	（自语）天哪！昨天让她们赶花会，是我趁掌柜的不在家自己做了主。要是女儿中了邪，今天他回来还不和我闹翻天。
迎　儿	（惊叫）来了！
周　母	（吓一跳）啥子来了？
迎　儿	（惊恐地向周母身后躲藏，同时指着幕内）小姐来了。（拉周母退到大幕后，探头窥视）

【周玉妍体态慵倦地上。她头缠轻纱，身着睡衣，外裹披风。

周玉妍	（想起昨天买水的情景，自言自语地学起来）买糖水！（又学牛老汉）又香又甜的桂花蜂糖水来啰。（又学自己）好你个老头儿，竟敢来暗害我……
周　母	（从侧幕后奔出）幺儿，哪个要暗害你？妈和他拼了。
周玉妍	（好笑）我说起耍的。
周　母	乖乖儿，你好了吗？
周玉妍	好？（忧郁地）妈，我好不了啦……（做头晕状）
周　母	哎呀。（扶玉妍坐下）儿哪，你头痛吗？
周玉妍	痛？（想起范玉良）我不痛，他痛。
周　母	（莫名其妙）他痛？
周玉妍	（忘情地自语）他挨打我晓得他痛，可是他说他不痛。
周　母	他不痛？
周玉妍	他不痛，我心痛。
周　母	迎儿，小姐心痛，啥子东西吃坏了？
迎　儿	她啥也没有吃，是饿得痛。我去端碗面条来。（下）。
周　母	儿哪，心痛只怕是饿倒了。快吃碗面……
周玉妍	面？……我不要面，我要范……（羞）

【迎儿端面上。

迎　儿	面来了……

周　母	端回去。小姐要饭。
迎　儿	要得，端饭……（欲下）.
周玉妍	（叫）我不要饭，不要饭……
周　母	不要饭，要啥呢？
周玉妍	我要范……（羞、咬手帕）
周　母	还是端饭。
迎　儿	（又跑）还是端饭……
周玉妍	（跺脚）不要，不要……
周　母	儿哪，是你自己说的要饭……
周玉妍	我不要这个饭，我要那个范……（说不出口）
周　母	迎儿，快端那个饭……
迎　儿	（生气）啥、子、饭？是蛋炒饭、肉丝饭、什锦饭、八宝饭、糯米饭、锅巴饭、豌豆胡豆孔饭还是开水泡稀饭？
周玉妍	不要，不要，都不要！（急得哭）叫我咋个说吗？喂呀……（伏在椅背上哭泣）
周　母	（拉迎儿到一旁）迎儿，小姐真是中邪了。快些摆起香案，求观世音菩萨保佑她。
迎　儿	要得要得。
	【迎儿同周母抬出桌案，摆上香烛，迎儿下。周母跪下，合掌祈祷。
周　母	大慈大悲的观世音菩萨，保佑我女儿逢凶化吉，遇难成祥呀……
	【周母背对观众叩头。
周玉妍	（见状惊讶）观世音菩萨……（计上心来，笑，闭目端坐，轻轻甩手踏脚，口中念念有词）慈悲为怀，普度众生。慈悲为怀，普度众生……
	【周母惊骇，抬头注视。
	【周玉妍越念越快，手脚动作越来越快，然后她突然站起，脱

死去活来

掉披风抛入幕内，扯下头上轻纱拿在手里，在房中旋舞。

【周母吓得坐在地上。

【周玉妍窃笑。最后，她跨椅上桌，模仿菩萨的姿势造型。

周玉妍	（念）一心一意怜情种，
	千手千眼结良缘。
	吾神，南海千手观世音是也。
周　母	（转向观众惊叫）神仙附体了！（转身伏地）
周玉妍	（仿菩萨的各种姿态，在桌案上动作并造型）
	（唱）脚踏两朵五彩云，
	乘风飞到通惠门。
	护城河，水连水，
	青羊宫，人挤人。
	吾神高踞八角亭，
	花会巡查儿女情。
周　母	（举手高呼）菩萨保佑啊……（叩头伏地）
周玉妍	（唱）东方飞来桃花神……

【桃花仙子飘然而出，造型、定格。

周　母	（向东方叩头，唱）哎呀，桃花神。（伏地）
周玉妍	（唱）南方飞来荷花神……

【荷花仙子飘然而出，造型、定格。

周　母	（向南方叩头，唱）哎呀，荷花神。（伏地）
周玉妍	（唱）西方飞来桂花神……

【桂花仙子飘然而出，造型、定格。

周　母	（向西方叩头，唱）哎呀，桂花神（伏地）
周玉妍	（唱）北方飞来梅花神……

【梅花仙子飘然而出，造型、定格。

周　母	（向北方叩头，唱）哎呀，梅花神。（伏地）

【周玉妍与众花仙共舞。

周玉妍	（唱）四季花仙降花会，
	共为情种系红绳。
	九眼桥有个范玉良，
	心地善良性温存。
	他和玉妍有缘分，
	除却巫山不是云。
	四季花神共为证，
	人间佳偶天作成。
周　母	哎呀，老爷不得干！
周玉妍	（呵斥）嘟！
	（接唱）谁敢违背吾神意，
	严惩重责不容情。
周　母	（连连叩头）不敢不敢……
周玉妍	（笑，连忙绷住）好事早成，吾神去也。
	（唱）起香风，驾祥云，
	众神随吾返天庭。

【花仙们分下。周玉妍下桌，轻轻回到椅上，伏在椅背上不动。

周　母	（慢慢抬头，四顾，小声）菩萨走了。花仙们也走了。（大声）多谢菩萨指点。（叩头）
周玉妍	（大声打哈欠，做苏醒状）啊——妈，你在做啥？
周　母	阿弥陀佛，你醒过来了。（起身，捶腰，揉膝，坐下）我看见菩萨显灵，花仙下凡了。
周玉妍	啊？我怎么没有看见？
周　母	菩萨附体，借你的身子说话，你咋个看得见？
周玉妍	有这种事呀？菩萨说些啥呢？
周　母	说……（不愿说）说……（周玉妍催促）唉，菩萨叫你嫁给范玉良！

周玉妍	（连忙）菩萨真的这么说呀？
周　母	真的倒是真的。可是你爹一心要等皇帝来选妃，怎会把你嫁给卖酒的哟？
周玉妍	哎呀妈！皇帝老倌有三宫六院、七十二妃。哪个把女儿拿去选妃，就是把女儿往火坑里送，就是黑心烂肺没得好下场的……
周　母	鬼女子！他是你爹，骂不得。这个事等他回来再商量。看他答不答应……
周玉妍	跟他商量？哎呀！他不会答应！（哭叫）他不会答应……（晕倒在地）
周　母	嗨呀，菩萨降灾了！（忙跪地呼天）大慈大悲的观世音菩萨，老婆子再也不敢违背天意了。我即刻去范家提亲。求菩萨消灾免祸……（叩头不止）

【迎儿奔上。

迎　儿	咋个？小姐死啦？
周　母	（叩头高叫）菩萨菩萨！我把她嫁给范玉良就是了……
迎　儿	你看，小姐活了。
周玉妍	妈……（撒娇）我的个乖乖好妈妈哟……
周　母	这个菩萨真是灵验呢。
迎　儿	小姐，你想嫁人就嫁人哪？

【周玉妍羞，下。

| 迎　儿 | 安人。小姐出嫁，我来当媒婆。 |
| 周　母 | 你来当媒娃！（思索自语）嗯，这件事要抢先办妥，等她老汉儿回来，充其量吵闹一场。免得他不答应，误了女儿的性命。（转）迎儿，找个媒婆到范家去提亲。跑快点。（叹息。落座） |

【迎儿出门。范老大上。二人相遇。

| 范老大 | 迎儿，安人在家吗？ |
| 迎　儿 | 嘿嘿。来了个媒公，何必找媒婆。 |

范老大	（不解）你说啥？
迎　儿	女的是媒婆，男的就是媒公。你来了，就帮我们小姐做个媒。
范老大	你家小姐要嫁人？
迎　儿	再不嫁就要出人命了。（转身叫）安人，媒公来了。
周　母	啥子媒公？
迎　儿	你的大舅子嚓。（指范老大）
周　母	（咬牙）瓜女子哟！（扬手欲打）

【迎儿逃下。

范老大	周家伯母，范老大给你老人家请安。（跪）
周　母	快快请起。
范老大	（不起）求伯母救我兄弟一命。
周　母	（惊）玉良怎样了？
范老大	伯母容禀。

　　（念）玉良逛花会，

　　　　　回家掉了魂。

　　　　　不吃又不睡，

　　　　　直呼玉妍名。

　　　　　这是相思病，

　　　　　服药都不灵。

　　　　　登门求婚配，

　　　　　救命靠情人。

周　母	唉，真是天意难违哟。起来吧，我允了这门亲事。
范老大	多谢伯母。（起，怀中取物）这是我兄弟的生辰八字帖。这是我家祖传的金镶白玉盏，权作信物，请伯母收下。
周　母	（接过）好，我两家换帖为定。待我把玉妍的生辰八字帖取来……

【迎儿手拿红帖与珍珠链跑上。

迎　儿	红帖来了。（递上红帖）

死去活来

周　母	瓜女子，你咋个晓得拿红帖？（接帖）
迎　儿	我不晓得，人家观世音菩萨晓得。这是小姐的珍珠链，权作回礼。
周　母	你就替我做主了？
迎　儿	人家观世音菩萨做的主！
周　母	（将珍珠链与红帖交给范老大）拿去吧。
范老大	小侄告辞。
周　母	快些选个日子，早点让他们成亲。
范老大	知道了。（欲下）
周　母	喂！（待范老大停步回头后）快些哟！早点哟！
范老大	明白。明白。（下）
周　母	迎儿，小姐定了亲，吩咐厨下杀鸡宰鸭，烫一壶好酒。等老爷回来喝得二醺二醺的，我好向他说明这件婚事。
迎　儿	（拍手雀跃）要得，要得。是该打牙祭了。一个月不见油珠珠儿，我都掉了三寸厚的膘。（下）

【周父内叫："安人，安人……"

| 周　母 | （不安）哎哟。背时老汉咋个提前几天回来了？！ |

【周父大笑上。

周　父	哈哈哈，安人，我给你道喜啰。
周　母	（旁白）他就晓得了？（试探着）我，我也给你道喜哈。
周　父	（旁白）她就晓得了？（转）如此大家有喜。
周　母	大家有喜。
父、母	哈哈哈。

【二人落座。

周　父	安人，女儿这门亲事，你喜欢不喜欢？
周　母	起初，嗯，我有点不喜欢，后来一想……
周　父	哈哈哈。我起初也有点不喜欢。后来一想，哪个晓得皇帝老倌何时来选妃？再说，这是花会上出的事，也算天赐

　　　　　　良缘……

周　母　　对对对，花会上的事，天赐良缘。天赐良缘。

周　父　　就是这句话，天赐良缘，不必商量也能定下来。

周　母　　哎哟老汉儿。我没有料到你会这么爽快。

周　父　　我倒是拿得稳，你不会给我打麻烦。就是不晓得女儿愿意不愿意。

周　母　　愿意，愿意。天赐良缘，她有啥不愿意！

周　父　　那就十全十美了。

周　母　　十全十美。十全十美。

【二人在说话中原在桌子两边的椅子越拉越近，此时已靠在一起，同时"哈哈"笑着。

周　父　　老婆子，官车就是好，跑起来风快。哪天你也抖一抖阔气，坐一坐四匹马拉的官车！

周　母　　哪来的官车哟？

周　父　　嘻嘻，女婿娃的啰。

周　母　　他的车！啥子官车哟？只怕是拉酒坛子用的牛车。

周　父　　牛车拉酒坛子也是为了办喜事啰。等他们小两口拜过天地，我们老两口也搬进衙门去住。那时候，全成都市的人见了我，都要点头哈腰溜须拍马……

周　母　　你咋个越说越玄啰？！

周　父　　玄啥？一点儿都不玄！家里有人当官，就是这个样子！

周　母　　当官？喂，你说我们的女婿是做啥子的？

周　父　　当官的嘛。

周　母　　不对。是读书的！

周　父　　从前读书，现在当官。

周　母　　现在读书，以后当官。

周　父　　还等啥子以后？人家现在就是五品正堂！

周　母　　啥子五品正堂哟？你是不是吃醉了，弄错了？

周　父	这种事，哪会有错？
周　母	错了！错了！
周　父	没错！没错！我们的女婿就是现任成都知府大人——五、品、正、堂！
周　母	哎呀！我是把女儿许配给从前的邻居，开酒馆的范老大的兄弟范玉良了。
周　父	（跳起来）啥？！（气得说不出话）你，你，你……（一巴掌打去）
周　母	（后退跌地）是观世音菩萨做主，若不然菩萨要降灾……
周　父	（咆哮）老子先降你的灾！

【周父脚踢周母，周母惊叫躲闪。

【周玉妍与迎儿分上。迎儿护住周母，周玉妍拦住周父。

周玉妍	爹爹！
	（唱）爹爹何必生怒恨，
	婚事不能怪母亲。
周　父	（唱）胆敢背地自作主，
	我不打她气难平。
周玉妍	（唱）范玉良心好人品好，
	女儿自愿许终身。
周　父	（唱）官府权大势力大，
	为父让你当夫人。
周玉妍	（唱）父逼女儿休太甚，
周　父	（唱）为父之命敢不遵？
周玉妍	（唱）除却范郎儿不嫁，
周　父	（唱）不嫁官府休出门。
周玉妍	（唱）儿决不退一步，
周　父	（唱）父决不让半分。
周玉妍	（唱）儿主意拿定，

周　父	（唱）父早已铁心。
周玉妍	（唱）儿愿舍命，
周　父	（唱）父敢相拼。
周玉妍	（唱）势利眼。
周　父	（唱）败家精。
周玉妍	（唱）残忍！
周　父	（唱）忘恩！

　　　　　　　打死你这小贱人！

【周父抓烛台扔去，打在周玉妍头部。周玉妍倒在椅上不动了。
【三人惊呆。静场片刻。迎儿首先清醒过来，轻轻走去试周玉妍的鼻息。

迎　儿　（惊叫）没得气了！

周　父　啊？死了！（抽泣，悲呼）玉妍，儿哪。你怎么这样经不住打，才一下……就死了呀……（跺脚大哭）

周　母　（哀号）我的儿哪……（转向周父）菩萨降灾了！快答应把女儿嫁给范玉良！快答应吧。我求求你啦。（向周父跪下，膝行一步，叩一个头，哀号一声——水发、水袖等功夫）我求求你了，我求求你了……（膝行至周父脚下，抱住他的腿，仰面哀求）我们好不容易把女儿养大，她是我的命根子，也是你的亲骨肉，你就答应她嫁给范玉良吧……（以头碰地）

周　父　（自语）嫁给范玉良……（猛地抽腿，甩开周母，号叫）呸！我宁可这贱人死掉，也不做那赔本的买卖！（转对周玉妍）你死了的好，你死了……（呜咽）好……（踉跄而下）

周　母　（站起来，气得浑身打战，向周父的去处大骂）老杀才！老浑蛋！你个只认银子不认人的坏东西！我跟你受了一辈子的气。女儿死了，我也不想活了。你怕赔钱，我偏要让你赔够、赔光、赔个倾家荡产！（转）迎儿，去把家里的钗环、首饰、金银珠宝全都拿出来，一件不剩地给你小姐陪葬！

迎　儿	要得要得！陪葬陪葬！（下）
周　母	（取下镯子、耳环等物）儿哪，你把值钱的东西尽都带走……（边说边哭哭啼啼地给周玉妍戴首饰）

【迎儿抱首饰匣上。

迎　儿	（哭叫）小姐，你带起走……
周　母	（从匣中抓起一把珠宝，哭叫）女儿，你带起走……

第四场　惊柴房

时间　当天晚上。

地点　周家柴房。

【台上，一边堆着几捆干树枝，树枝下横放着牛老汉的铜水壶。另一边重叠放着几个空箩筐。中部靠后，胡乱叉着破烂门窗。看来，周玉妍的"尸体"就躺在门窗后。门窗前有个凳子，凳子上点着一盏油灯。

幕后唱	风凄凄，露泠泠……

【迎儿轻手轻脚地走来。

幕后唱	黑夜里来了哭灵的人， 轻移步，紧闭唇， 悄悄摸进柴房门。
迎　儿	（向门窗后叫）小姐……（忙捂嘴，回头看看，低声）小姐，你说不成话了，我来帮你说。 （唱）骂一声千手观世音， 你断了手杆瞎了眼睛。 要降灾该把老爷惩， 为什么不整坏人整好人？ 我要上天找玉帝，

　　　　　下地见阎君。
　　　　　请来神和鬼，
　　　　　把这冤屈伸。
　　　　　找来柴刀割断颈，
　　　　　魂魄好去南天门。

【迎儿站起，从柴捆上取下柴刀，拉起抹喉的架势。
【门窗后传出周玉妍的呻吟："哎——"
【迎儿忘了抹脖子，吓得浑身哆嗦，一动不动。
【门窗的破烂处露出周玉妍的身影——她显然是从躺着的地方坐了起来。她伸臂舒气："唉——"

迎　儿　　（壮起胆子回头，见状大骇，柴刀落地）啊……
周玉妍　　（从破洞处露出面孔）迎儿！
迎　儿　　啊！（尖叫着躲到柴堆旁）小、小、小姐……我是来，来哭……哭你的……
周玉妍　　（走出来，茫然）哭我？
迎　儿　　你死了，我哭得好伤心啊……
周玉妍　　我死了？
迎　儿　　你爹把你打死了，都死了半天了，这是停尸的柴房。
周玉妍　　（思索片刻，回忆）想起来了……可是迎儿，我又活了。
迎　儿　　你活了？
周玉妍　　活了。你看。（走几步给迎儿看，表示好端端的）
迎　儿　　（大喜）哎哟，小姐！（跑出来，雀跃）我就说你不会死嘛。千手观音给你保了媒，你咋个会死？小姐，你活了，嫁给哪一个呀？
周玉妍　　不嫁范玉良，我情愿再死。
迎　儿　　你老子不答应呢？
周玉妍　　他不答应……（想想）迎儿，趁现在没人看见，我要连夜去找范玉良，和他一同逃走。你看外边有人没有。

迎　儿	不会有人。你爹吩咐了,不许哪个来看你。
周玉妍	那就好。(吹灭油灯)走。

【迎儿牵着周玉妍的手摸索前行。

周玉妍	(猛止步)有人来了。

【二人侧耳倾听。

周玉妍	不忙走了。我去装死,你躲藏起来。

【迎儿摸索着藏到柴堆后。周玉妍摸着凳子,又摸着隐于破烂的门窗后。

幕后唱	风凄凄,露泠泠, 黑夜里来了可怜的人。

【牛老汉摸上。

幕后唱	轻移步,紧闭唇, 悄悄摸进柴房门。
牛老汉	周小姐,我实在没有别的活路了。(面对观众,跪下) (唱)跪柴房对小姐祝告声声, 　　　请小姐听老汉细诉苦情。 　　　我卖水度日月守己安分, 　　　欠下债无钱还备受欺凌。 　　　你的爹抢水壶逼我性命, 　　　我和你一样是遭难之人。 　　　我前来取水壶多施恻隐, 　　　休怪我半夜里惊扰亡魂。

【牛老汉叩头后,起身摸索。
【周玉妍从门窗后摸索而出,退下一只手镯丢到牛老汉面前。
【牛老汉闻声一惊,伸手摸,拾起手镯。

牛老汉	(摸着手镯自语)这是个啥子圈圈……(嗅)有香粉气,定是周小姐掉下的手镯。等我先给小姐戴上,再找我的水壶。 (摸索)

	【同时，周玉妍也与迎儿摸索着会合一起，牵手向门外摸去。
幕后唱	风凄凄，露泠泠……
	黑夜里来了狠毒的人。
	【周父蹑手蹑脚上。
幕后唱	轻移步，紧闭唇，
	悄悄摸进柴房门。
	【周父绊着迎儿的脚，"咕咚"跌倒。
	【周玉妍与迎儿大惊，后退几步一动不动。
	【牛老汉在箩筐边吓得跌坐在地。
周　父	（爬起来，自语）迎儿这个死丫头也不给油灯添油，黑咕隆咚绊我这一跤！嗨！（拍拍衣服，继续摸着走）
	【周玉妍和迎儿闻声分开。迎儿摸回柴堆后，周玉妍摸回门窗后。
	【同时，牛老汉轻轻取下一个箩筐。扣在自己的头上，蹲下。
	【周父向前摸索，摸着牛老汉头上的箩筐。
周　父	（自语）箩筐在此，死女子就在那里，待我来祝祷几句。（顺箩筐后退，摸着凳子与油灯，把油灯放在旁边地上，把凳子向后移动到破烂门窗前，坐下）死女子，老子跟你说几句话，你好生听了。
	（唱）死女子性情犟可恼可恨，
	害老子人财两空好不心疼。
	你的娘如疯癫劝也不听，
	把财物全陪葬丢金抛银。
	莫奈何我只得假作不问，
	趁黑夜盗珍宝暗地一行。
	亲老子在灵前给你下跪，
	死女子你当要达理通情。
	【周父起身转身，在凳子前跪下叩头。

死去活来

【在场人都明白了周父的来意。周玉妍从门窗后出来,迎儿从柴堆后出来。牛老汉也取下箩筐,轻轻站起身来。
【周父祝祷毕,起身把凳子挪开,向前摸去,碰着牛老汉。
【牛老汉把手镯高举过头。

周　父　（摸到手镯,抓住,喜）像是手镯!

【牛老汉松手,悄悄后退。

周　父　（忽然想起)噫,这手镯咋个自己凑到我手上来啦?（开始心虚）莫不是有……有鬼哟……

周玉妍　（闻言心动,决心将他吓走,于是尖叫）叽——

【牛老汉惊住。

周　父　（大骇,身如筛糠,欲跑,腿脚酸软不听使唤）鬼……鬼……

周玉妍　（索性大叫一声）哇!

周　父　哎——呀!

【周玉妍做恐吓人的怪动作,周父做惊恐之极的怪动作。迎儿与牛老汉在两旁做窥视的怪动作,从而形成一段节奏迅速而又奇特的四人"迪斯科"。最后,周父吓倒在迎儿的脚边。

周玉妍　（又往前一跳）哇——

迎　儿　（已弯腰看见地上的人）啊嚄!死了!

周玉妍　（惊）啊?!（俯身哭泣）爹呀……

迎　儿　（拉起她）哭啥?哭啥?

周玉妍　（悲声）他是我的爹呀……

迎　儿　呸!他是什么爹?他是畜生!不,连畜生都不如。虎毒还不食子咧。他是个啥子东西?哼,连东西都不是……

周玉妍　（呜咽）不要骂了嘛,他都死了……

迎　儿　死了少个祸害。（边说边蹲下去试鼻息）哎呀,还没有死!

周玉妍　快走。（又止）哎呀,不对!牛老爹咋个没有声音?莫不是被我吓坏了?

牛老汉　周小姐,我在这里。（摸索过去）

周玉妍	迎儿，快把水壶拿来还给老爹。（拉住摸过来的牛老汉，脱下另一只手镯给他）老爹，拿着吧。
牛老汉	（坚决不要）我不要，不要……（往后退）
周玉妍	（拉住他，把东西塞在他手上）这是我给你的糖水钱。
牛老汉	我的糖水不值钱。
周玉妍	不。你那碗糖水价值千金哪。
牛老汉	（感动）你真是一个好姑娘……小姐，我陪你去找范玉良。到了九眼桥，我到河下替你雇船只，你进酒馆去找范玉良，你二人好早点逃走。
周玉妍	多谢老爹。
迎　儿	（已拿着水壶摸回来交给牛老汉）我们快些走。

【迎儿拉周玉妍，周玉妍拉牛老汉，三人摸索下。

【静场片刻。鸡叫。天亮。周父呻吟，翻身坐起。

周　父	（发愣，忽然跳起来，大叫）打鬼，打鬼……（拔腿便跑，欲下又止，惊恐回看）啊？尸首咋个不见了？！（绕房查看，拾起手镯，思索）哦……未必死女子又活过来了？她装鬼吓我，好各自逃走？嗯，定是如此。好你个死女娃子，真是胆大包天。你逃到天边，老子也要把你抓回来！（下）

第五场　闹酒店

时间　紧接前场。

地点　范家酒店。

【张千、李万引赖皮虎骑马上。

赖皮虎	走啊。 （唱）一夜里左思右想， 　　　气得人捣枕捶床。

若不是狗知府两次阻挡，
大少爷说不定早做新郎。
如今他强占民妻出人命，
我正好揪住尾巴做文章。
去找那范玉良出面告状，
管叫他削职丢官臭名扬。

张　千　　大少爷，范家酒店到了。
赖皮虎　　叫门。

【赖皮虎下马，李万牵马入侧幕。

张　千　　（拍门）范玉良，范玉良……

【范老大急步上。

范老大　　（小声制止）莫喊，莫喊……（见赖）你来干啥？还想打人吗？

赖皮虎　　范老大，前天是我吃酒带醉了，平常大少爷是个规矩老实的好人。你看，我今天就是来帮你们打抱不平的。

范老大　　帮我打抱不平？

赖皮虎　　对，你范家未过门的媳妇被人打死了，你就善罢甘休了吗？

范老大　　那又能咋个吗？人家老子打女儿……

赖皮虎　　不对。是狗知府段自清强占民妻，唆使周掌柜打死女儿。快把你兄弟叫出来，听大少爷替你们出谋划策，报仇雪恨。（叫）范玉……

范老大　　（制止）不要喊！我兄弟哭了一夜，又割颈项又跳河，闹得我一步都不敢离开。还是隔壁子药铺里的医生过来，悄悄给他的茶水里放了点药面面，他喝了茶才昏昏沉沉地躺倒……

赖皮虎　　（不耐烦）好了好了。听我说。你们赶快去告那个姓段的狗官一状。

范老大　　告状？跟哪个告状？他就是官！

赖皮虎　　嗨！天外有天，官上有官。你不晓得越衙上告？

范老大	那,我要和兄弟商量……
赖皮虎	未必然你兄弟还不愿意替周玉妍报仇吗?我帮你们写状,拿纸笔来。
范老大	纸笔在我兄弟屋里,我不想惊动他……
赖皮虎	好好好,隔壁不是个药铺吗?药铺有纸笔。到药铺去写。走。

【赖皮虎拉范老大下。张千随下。

范玉良	(内唱)恍惚中见伊人飘然而降……

【范玉良手捧珍珠链奔上。

范玉良　　玉妍,小妹……(四顾无人,哭)喂呀……

(唱)却原来又是南柯梦一场。

　　珠链尚在人不在,

　　物有余温心已凉。

　　玉妍啊,

　　你既为我死,

　　我亦为你亡,

　　追你追到黄泉路,

　　生不偕鸾凤,死后做鸳鸯。

【范玉良解下腰间丝绦,站上椅子,把绳子往房梁上抛去。
【周玉妍上,见状大惊。

周玉妍	范郎!
范玉良	(回头大喜,忘乎所以)玉妍!(跳下椅来,奔去抓住周玉妍的手)
周玉妍	(心疼)范郎,你不该寻死呀……
范玉良	(憨笑)我死得好,死得好。我若不死,如何能见着你呀……
周玉妍	唉,你好呆哟。
范玉良	我不呆,我知道你会在黄泉路上等我,连忙前来找你,果然一找就着。玉妍,从今以后我们再也不分离了,就在这阴曹地府之中,做一对恩恩爱爱的鬼夫妻……

死去活来

周玉妍	范郎,看你尽说傻话。你和我都没有死。
范玉良	(笑)休得哄我,我不怕死,我是自己要死的。为了你,我就是死上一千次,也决不后悔!
周玉妍	(悲喜难禁)范郎……
范玉良	玉妍!

【二人相依相偎在一起。

【范老大上。

范老大	(见状大惊)啊……

【范玉良与周玉妍惊觉,害羞地分开。

范老大	(吓得魂不附体)鬼……鬼……
周玉妍	(连忙)大哥,我不是鬼……
范玉良	哥,我们是不害人的鬼……
范老大	鬼缠住兄弟了……(咬破指头向周玉妍不住地甩)灭、灭、灭……
范玉良	(上前护住周玉妍)不能灭,不能灭……
周玉妍	大哥,我真的不是鬼……
范老大	(脱鞋向周玉妍甩去)打鬼!(又脱下另一只鞋甩出去)打鬼!

【周父跑上,被鞋子打中。

周　父	哎哟!
周玉妍	(大惊)我爹来了!(拉范玉良)快跑!
范玉良	(不肯走)我变了鬼,不怕他!
周玉妍	(来不及细说,急得跺脚,拉范)快跑,快跑!

【周玉妍拉范玉良跑。

周　父	(拦住)哪里去?!(逼上)不要脸的死女娃子,还不跟老子回去!
周玉妍	我宁可再死,决不回家。
周　父	你不回家,我宁可让你再死!(举起椅子要打)
范玉良	(挺身而上)住手!(夺下椅子,逼上前去)我本来是一个不

		害人的鬼，但是你不是人，是一个衣冠禽兽！我要为民除害，将你一口吞掉！（大张其口，举臂向前扑）啊呜——（做咬状）
周　父	（被这莫名其妙的言行弄昏了，吓得往后一跳）
范玉良	（又张口举臂扑过去）啊呜——（做咬状）
周　父	（清醒过来，趁势抓住范玉良）好小子！你拐骗我的女儿，还敢装鬼吓人。走，打官司去！
范玉良	好，阎王殿上评理！
周玉妍	（拉住范）范郎，去不得！
范玉良	玉妍，未必我们死了还要怕他？！
周玉妍	范郎，你没有死，我也没有死呀。
范老大	（明白过来）哎呀，原来都是活人！你们赶快逃走！

【范老大上前拉住周父，周父则拉着范玉良，周玉妍又在范玉良身后拉他，欲帮他挣脱。四人分两边，如拔河一般拉过去、拉过来。

【段忠带二衙役上。

段　忠　咄！谁人在此吵闹？

【众人松手，退开。

周　父　你们再不来，就让他们跑啦。（指范玉良）这家伙拐骗我的女儿，给我抓起来。

【二衙役上前扭住范玉良。

范玉良　（悲愤地）玉妍！我们为啥没有死啊？

周玉妍　（大恸）范郎……

【二衙役扭范玉良下。周父拉周玉妍下。段忠随下。

【范老大欲跟去，发现脚上无鞋，忙找鞋穿。

【牛老汉与赖皮虎分上。赖皮虎手拿状纸。

牛老汉　（一路叫着）小姐，小姐，船只雇好了，快上船……（见范老大）周小姐呢？

范老大　她没有死！狗官派来官差，把他们拉到衙门里去了。

赖皮虎	（扔了状子，叫）带马带马。（下）
牛老汉	这是啥子世道哟。
范老大	我跟他们拼了。

【二人下。

第六场　斗公堂

时间　紧接前场。

地点　知府公堂。

【段自清上。

段自清　（唱）喜事初定噩耗来，
　　　　　　　惊闻玉妍赴泉台。
　　　　　　　悼诗未成香魂返，
　　　　　　　旧情难断遣官差。

【段忠跑上。

段　忠　老爷，老爷，周小姐来了。

段自清　她来了……她是怎样来的？

段　忠　是周掌柜把她拉来的。

段自清　拉来的……

段　忠　是不是即刻请她进来？

段自清　事到其间，老爷倒有些迟疑了。

段　忠　这是为何？

段自清　这是出过人命的事。万一百姓们说起……

段　忠　老爷！出人命是他周家老子打女儿，与老爷何干哪？！再说，老爷哪点不比姓范的强？堂堂知府大人，要是输给一个穷秀才，连我们当下人的也不光彩。老爷，你只要能使周小姐自己愿意，就万事大吉了。

段自清	唔，此言倒也有理。好吧，带周玉妍……哦，不，有请周小姐。
段　忠	是。（向内）有请周小姐。（下）

【段自清整衣冠。周父拉着周玉妍上。周玉妍甩开他。

周玉妍	（唱）死且不怕何所怕，
	满怀悲愤进府衙。
	做官的顺乎人情还则罢，
	若不然拼将碧血染黄沙。
	昂首上前去问话……
	喂，当官的！
段自清	（转身施礼）周小姐。
周玉妍	（惊诧）呀！
	（唱）却怎么知府大人竟是他？
周　父	（唱）叫一声我的女婿大人快搭话。（示意段自清上前，然后溜下）
段自清	（唱）为什么我有点头皮发麻？
	想当初在黉门游学天下。
	见过了多少个美女娇娃。
	我不对艳桃李论婚论嫁，
	偏求这冷冰霜宜室宜家。
	想必是前生欠下了相思债，
	到如今甘受煎熬来偿还她。
	也罢。周小姐！
周玉妍	大人。
段自清	（接唱）你是那女儿魁首人人敬，
	我是那男子班头个个夸。
	这姻缘满城争相传佳话，
	你为何宁死不肯到我家？

周玉妍	（惊）难道爹爹看中的五品正堂……
段自清	就是下官哪。
周玉妍	啊！

（唱）原指望遇着他可遂我愿，
　　　万不料正是他破我良缘。
　　　顾不得羞……说不得怨……
　　　我只得半求半劝用好言。
　　　大人哪！
　　　你饱读诗书千万卷，
　　　你胸怀坦荡可撑船。
　　　有道是，君子不夺人所好，
　　　你何不，将我与范郎来成全？

段自清　　小姐。

（唱）人世间富贵荣华皆可让，
　　　唯有这情之所钟欲罢难。
　　　与卿相逢只恨晚，
　　　岂能改辙或易弦。

周玉妍　（唱）相逢恨晚实已晚，
　　　　我心已许范家男。
　　　　大人既是多情种，
　　　　何愁偕好无婵娟？

段自清　（唱）有婵娟，无婵娟，
　　　　全在心中情万千。
　　　　下官痴情恋小姐，
　　　　小姐何忍负下官？

周玉妍　（唱）我与你邂逅相逢仅一面，
　　　　我与他青梅竹马十余年。
　　　　一面之交何言负？

	生死之交才堪怜。
段自清	（唱）范家贫穷门户贱，
	何苦跟去受熬煎？
周玉妍	（唱）愿效文君当垆艳，
	流得佳话千古传。
段自清	（唱）我升坐大堂断公案，
	判他个拐骗妇女丢进监。
周玉妍	（唱）进监总有出监日，
	小酒店中等他还。
段自清	（唱）我有权可行强婚配，
	拜过天地便团圆。
周玉妍	（唱）你想团圆，要团圆，
	一厢情愿难团圆。
	我怀揣刀，袖藏剪，刺你的胸膛扎你的眼，
	教你知：强扭的瓜不甜，强扭的瓜不甜。
段自清	啊……小姐呀，小姐。下官哪一点比不上那个范玉良？你这样是为了什么？为了什么呀？
周玉妍	为了什么……为了一个字。
段自清	一个什么字？
周玉妍	一个情字——
	（唱）世间万物孰为贵？
	地老天荒不变情。
	君不见，
	仙姑下凡配董永，
	苦难越多越深情。
	君不见，
	尾生蓝桥待知己，
	抱柱而死不渝情。

> 君不见,
> 孔雀徘徊东南隅,
> 仲卿为妻肯殉情。
> 君不见,
> 坟开坟合梁祝恨,
> 化为彩蝶续旧情。
> 虽然你位高权重金玉富,
> 怎抵他地厚天宽生死情。
> 劝君休再枉开口,
> 莫教薄情恼多情。

段自清　（恼怒）你！你你……

【段自清逼上前去,周玉妍毫不退缩,二人目光炯炯地对视片刻,然后段自清闭目、摇头、拂袖、退开。

段自清　来人。

【二衙役上。

段自清　将这女子押至后堂,严加看管。待她母亲到来,即刻拜堂成亲。

【二衙役捉住周玉妍。

周玉妍　狗官,看我杀了你！

段自清　成亲之后,任你杀剐。（挥手）押下去,

【二衙役挟周玉妍下。段忠上。

段　忠　老爷,老爷,快把赖皮虎抓起来！

段自清　这是为何？

段　忠　他说老爷知法犯法、强占民妻。正煽动百姓,写万民状告你！

段自清　啊,知法犯法,强占民妻……（思索片刻）段忠,命人将他暗暗盯住。看他还有什么动静,速来报我。

段　忠　是。（下）

【周父领周母及迎儿上。

周　母	（一路叫来）玉妍，我儿……（见段，后退）
周　父	（上前）女婿大人，快见过你的岳母。
段自清	（施礼）小婿见过岳母……
迎　儿	（抢在前面）是你呀，我们都见过了。
周　母	女儿在哪里？
段自清	在后堂……
周　父	（不听完便向周母）你看，都到后堂去啦。

【周母向后面奔去，下。迎儿随下。

周　父	（得意非凡）我早就说过，谁见了大人你这样的女婿会不喜欢啦？我说女婿大人，你们今天就把喜事办了吧。
段自清	你那女儿还是要嫁给范玉良。
周　父	啊？她没有回心转意？
段自清	就是嘛。你说，她为何不嫁给我这个当官的，偏要嫁给那穷秀才？
周　父	鬼迷心窍了！
段自清	不对。她是担心你老人家舍不得陪嫁。一个姑娘陪嫁太少，嫁到富贵人家，常会受人轻贱。因此她情愿嫁给穷秀才，免得日后受闲气。
周　父	这……（旁白）好厉害，转弯抹角跟我要陪嫁来了……哎，陪嫁就陪嫁，有了当官的女婿，还怕捞不回来？！（转）女婿大人言之有理。她要是嫁与穷人，我没得一个钱的陪嫁；要是嫁与大人你，我能陪多少就陪多少。
段自清	话虽如此，你父女之间已伤了和气。口说无凭，不如写个字据与她。
周　父	对对对。死女子就是嫌我小气，我不写个字据，她也信不过我。纸笔呢？
段自清	（指桌案）这里有。
周　父	（去到桌旁，拿起笔来，试探）女婿大人，我给她纹银

		五十两……
段自清	（鼻子里哼一声，转身）
周　父	（连忙）一百两……
段自清	（给衣服拍灰，不理）
周　父	（忍痛地）二百两……
段自清	（径自坐下）你看着办吧。
周　父	那，那，那……（咬牙）那就三百两！
段自清	你开着粮店，不陪嫁点粮食吗？
周　父	这……（旁白）这赃官好狠的心啰。（转）我再加粮食五……
段自清	（抢先）五百担太多，五十担就够了。
周　父	（差点瘫到桌下）五十担……（扶着桌沿又站直）好，好，我写，写……（提笔哆哆嗦嗦地写，写毕捧起纸来，舍不得交出又不得不交出）大，大大大……人，这，这这这，这是我……一半的家，家财了……
段自清	（接过）好。你辛苦了一天一夜，该去厢房歇息。到拜堂之时，我命人请你上堂。

【段自清说话时，手里拿着字据比画着。周父的眼睛便直勾勾地盯着那张纸，手也微微伸出，似乎希望那张纸会回到自己手中，直到段自清把字据放入衣袖后，他还失魂落魄地呆立着。

段自清	噫，你怎么不走呀？
周　父	哦，走……（直挺挺地向台下走去，一只脚踩到台沿下）
段自清	（惊叫）哎呀！（忙一把将他揪住，提起来，同时叫着）走错了！

【周父像纸人儿似的被提得晃动着，轻飘飘地转身"飘"下。

段自清	来人。

【段忠上。

段自清	去至九眼桥将范玉良带来见我。
段　忠	早就带来了。

段自清	带上来。
段　忠	是。（向内）带范玉良。
	【二衙役押范玉良上。
范玉良	（念）早将生死置度外，
	何必畏惧掌权人。
	（愤懑地）请了请了……（看清对方）呀！是你？你不是前日花会上仗义救人的相公吗？
段自清	范玉良，你既然认得我，就该知恩报恩，将周玉妍让与本官才是。
范玉良	哼，早知你是这种人品，前日就不会向你道一个谢字。
段自清	难道我不曾救你？
范玉良	你乃救人一时，害人一世；以救人之名，行利己之实。
段自清	（笑）嘿嘿嘿。我只道你是个迂腐秀才，不料你还有一些儿豪气。实不相瞒，周小姐与我见面之后，已改变初衷，要你还她红帖，退了婚事。
范玉良	要我还帖退婚……这也不难，只需周小姐对我当面言讲。
段自清	要人家做姑娘的当面言讲，未免太不近人情了吧？
范玉良	倘若小姐当面开口，我立刻还帖退婚。若非小姐当面开口，定是你挑拨离间。
段自清	（掏出字据）你看，玉妍小姐愿给你纹银三百两、粮食五十担作为赔偿，也是助你另聘佳人。
范玉良	（不屑一顾）哼，我爱玉妍其人，岂为金银所动！
段自清	那就休怪本官无情了！来，刑杖伺候。
	【二衙役持大棒冲上。
段自清	将范玉良痛打八十大棒！
	【二衙役扭跪范玉良，二衙役举棒。
段自清	（以手制止）范玉良，退婚不退？
范玉良	便八百大棒，也不退婚！

死去活来

| 段自清 | 好，你不怕打，我就不打！（至桌后提笔而书，扣住念着）刁民范玉良，因拐骗良家妇女，险些酿成人命。按律当问斩刑，着令就地正法。（投笔，举判决书）范玉良你来看。
【二衙役提范玉良转身，使之仰面。
| 范玉良 | 狗官，你敢草菅人命？！
| 段自清 | 区区小民，杀了你又待如何？只有即刻退婚，方可免你一死。
| 范玉良 | 那你就杀。
| 段自清 | 那就拖下去……杀！（扔下一个竹签）
【二衙役抓起范玉良下。二衙役持棒下。
【段自清离桌案，追望。
【段忠惊骇，拉着段自清衣袖劝阻，段自清抗拒，甩开他。
| 段自清 | （追至下场处向内观望，高呼）押回来！
【二衙役押范玉良返场。
| 段自清 | 范玉良，你果真不怕死。你既不怕死，我就不叫你死。我要你马上拜堂成亲！
| 段　忠 | 老爷，你要他与谁拜堂成亲？
| 段自清 | 我要找一个丑女人、一个凶女人，一个力大如牛的傻女人来与他拜堂成亲，让那女人把他管倒、降倒，看他还到哪里去会周玉妍。
| 段　忠 | 高！
| 范玉良 | （怒极）狗官！你你你你也太狠毒了！
| 段自清 | 叫你知道本官的厉害！来人。
| 众　卒 | 有。
| 段自清 | 将范玉良拖下去打扮成新郎，待本官找来丑女子，即叫他拜堂成亲。
| 范玉良 | （大叫）我宁死不娶……
| 段自清 | 要死，等你拜堂之后再死。拖下去！
【二衙役拖范玉良下。

【迎儿叫着"大老爷"跑出。

迎　　儿　　大老爷,莫要逼我家小姐成亲了。

段自清　　怎么,你说我配不上你家小姐?!

迎　　儿　　配得上,配得上。要是我呀,巴不得嫁给你。可是我家小姐就爱范玉良,总不能把她劈成两半啰?!还是大老爷你开开恩。你要是不答应,我就跪死在这里不起来哪。(跪)

段自清　　(苦笑)好哇,又来了一个不怕死的。

迎　　儿　　对了,我不怕死。只要能让我家小姐活着,叫我做啥都要得。

段自清　　叫你做啥都要得?(意味深长地笑)小大姐,你不后悔?

迎　　儿　　绝不后悔!哪个后悔就吃饭胀死,睡觉睡死,这辈子不死下辈子死,死了变个瓜女子。

段自清　　哈哈哈,那你就嫁给范玉良!

迎　　儿　　啥?!

段自清　　你嫁了范玉良,你家小姐就不会寻死了。

迎　　儿　　坏蛋!(跳起来)我跟你拼了!(向段自清冲去)

段自清　　(躲开,叫)抓住她!

【段忠抓住迎儿。

段自清　　拉下去仔细看管,少时再拖出来拜堂成亲!(下)

【段忠拖迎儿下。

【衙役甲、乙鸣锣上。

甲　　　　(念)府台有令,

乙　　　　(念)百姓是听。

甲　　　　(念)今日大喜,

乙　　　　(念)衙内结亲。

甲　　　　(念)与民同乐,

乙　　　　(念)大开衙门。

甲　　　　(念)特备美酒,

乙　　　　(念)来者一樽。

死去活来

【二人鸣锣吆喝过场下。

【赖皮虎手拿状子带张千、李万上。范老大与牛老汉从另一方上。

赖皮虎	（向范、牛低声）万民状已经有了。（拿给二人看。看后藏入袖内）一定要告倒这个狗官！
牛老汉	等不得告状了。少时拜堂成亲，就要出人命！
赖皮虎	出了人命更好！
范老大	好啥？！我兄弟和周小姐都不能死！
赖皮虎	这……有了。一不做，二不休，给他唱一出官逼民反，你们敢不敢？
范老大	敢。为了我兄弟，豁出去了。
牛老汉	我，我为了周小姐，也，也豁出去了。
范、牛	你说，咋个反？
赖皮虎	少时狗官出来拜堂，你们就大吵大闹，弄得个乌烟瘴气，那时我就带人冲上去抢出周小姐。
范老大	我兄弟呢？
赖皮虎	当然也抢出你家兄弟。
范、牛	好，就这么办。（下）
赖皮虎	李万。
李　万	少爷。
赖皮虎	你去藏在府衙后院，等大堂上闹起来，就放一把火。
张　千	（惊）放火要坐牢！
赖皮虎	笨蛋！不是唱官逼民反吗？你不要让人看见，我们就说是老百姓放的火。
李　万	晓得了。（下）
赖皮虎	张千。
张　千	少爷。
赖皮虎	你去叫一些泼皮来，混进衙门。等大堂上闹起来，就冲上去把周小姐给我抢回家。

张　千	那范玉良呢？
赖皮虎	蠢材！抢他回去跟我争到当新郎官呀？
张　千	明白了。（下）
赖皮虎	哼，但等风浪起，浑水就摸鱼。（向四方喊叫）喂，不是说有美酒一樽与民同乐吗？大家来讨喜酒喝呀。来呀！来呀！（下）
幕后唱	与民同乐办喜事，
	红烛高烧照大堂。
	少时刻，火光剑影溅血泪，
	试看这，古怪姻缘怎收场？！

【合唱声中，男卒女仆等摆设喜堂。事毕，分下。

【段忠上。

段　忠	时辰已到，我来赞礼。
	（念）大人办喜事，
	小民笑开颜。
	鼓乐动天地，
	新人到堂前。

【喜乐大作。一衙役挟迎儿上，迎儿挣扎着。

【同时，二衙役挟范玉良上，范玉良已披红挂花，他也挣扎着。

【接着，周玉妍被二女仆挟持上。周玉妍已换衣服戴花冠，她也挣扎着。

【周母淌眼抹泪紧跟其后。同时，段自清上，周父紧跟其后。

【范老大与牛老汉、赖皮虎与张千分上，立于两侧台口。

【范玉良与迎儿被按在两旁，不得动弹。

【音乐停。

段自清	（面向台下）众位父老乡亲，本府为澄清谣言，以正视听，特于今日大开衙门，亲自主持范秀才与周小姐的结亲大典，并将周掌柜陪嫁之纹银三百两、粮食五十担，当众交与新人。
众	啊？

【满台之人呆若木鸡。定格。静场。

段　忠　　（低声）老爷，咋个变了？

段自清　　是要随机应变呀。干得成，我就当新郎。干不成，我就做清官。

段　忠　　那不是把一个美人丢了？

段自清　　哎。丢了一个美人，却得了一个美名。

段　忠　　（领悟）哦。有了美名声，便有好前程。

段自清　　哈哈哈……（转身）周小姐，范秀才。愿你们夫妻和美，偕老百年。

周、范　　（遥遥相望，怔怔无语）

周　父　　（有气无力地）我的银子和粮食呀……（慢慢瘫倒在地上）

迎　儿　　（冲上去对段自清跳脚大叫）你在做啥吗？你想吓死个人吗？！

段自清　　（得意地）嘿嘿，我就是要看一下，你们几个到底怕不怕死！

牛老汉　　（大叫）还不叩谢青天大老爷！

周、范　　（清醒过来，扑向对方）范郎！（玉妍！）（两双手刚刚拉在一起，便连忙丢开，转向段自清）多谢青天大老爷！（二人施礼）

【李万执火把跑上。

李　万　　少爷少爷，好久才放火哟……

【赖皮虎一脚把李万踢倒在地。张千赶紧捂住李万的嘴。三人一副怪相。

【众人大笑。

——剧终
1981年徐棻和羽军合作
成都市川剧院首演

"其乐斋"品戏

此书分为上下两册，每册的最后一戏都是没有剧照和更多艺术资料的喜剧。幸好还有油印的剧本封面和演出的一纸说明，可证实这两个喜剧的确有过舞台生命。

这样寒碜的两个戏竟被选入代表作中，它们能算作者的代表作吗？

笔者认为：能！

《秀才外传》创作于1961年。一经演出便广受观众喜爱和领导赞许。所以它到了北京，进了怀仁堂，由中国戏剧出版社出版了单行本，又被一些兄弟剧团移植。可惜1964年春节后，它被众所周知的原因抛进了戏曲的"垃圾堆"。

1981年，作者和羽军又合作了这个喜剧《死去活来》。这戏由成都市川剧院三团首演，接着有温江地区川剧团更名为《情之所钟》演出，又有中国戏曲学院演出。可惜，那时戏曲的处境已呈断崖式的下滑之势。加之社会对喜剧的评价普遍偏低，认为它哈哈一笑就完了，轻飘飘的难以承载有分量的内容。所以舞台上少有喜剧，连漫画也几乎绝迹。

作者这两个大型喜剧，也是其众多大戏中的稀有品种。从中可以窥见作者的喜剧创作才能。这两个喜剧内容积极向上，人物性格鲜明，情节出人意表，细节丰富多彩，结构紧凑严谨。仅读文本，即可令人会心而笑。若看演出，必会让人欢声不止。这两个喜剧无论是从思想内容上看，还是从艺术表现上看，丝毫都无愧于"徐棻戏剧代表作"这七个大字！

传奇喜剧

死去活来

(根据徐棻、羽军同名川剧改编)

改　编：焦　克
导　演：迟兴才

指导教师：汪荣汉　王小蓉
唱腔、音乐设计：王汶章
舞美设计：赵振邦　赵凤琴

中国戏曲学院实验京剧团演出

舞台监督：李文才
剧　　务：赵小群

音乐伴奏人员

耿连军	赵建华	洪　伟	田少华	王彩霞
马　勇	王建平	徐东升	李学增	李凤琴
陆慧菊	张鸿生	林学成	姜景洪	钱华庆
郭四泉	耿建华	刘义民		

舞台工作人员

蒋士林	赵　成	李金龙	张月华	尹永明
张连甫	孔祥云	王　华	沙汝修	徐义新
穆祥锐	刘惠玲			

徐棻 60 年来戏剧作品出版物

1963 年，《秀才外传》(单本)，中国戏剧出版社。
1981 年，《燕燕》(单本)，四川人民出版社。
1983 年，《燕燕》(剧照连环画)，中国戏剧出版社。
1983 年，《王熙凤》(单本)，重庆出版社。
1983 年，《王熙凤》(剧照连环画)，中国戏剧出版社。
1984 年，《徐棻戏曲选》，中国戏剧出版社。
1990 年，《探索集》，四川文艺出版社。
2001 年，《徐棻戏剧作品选》(上、下卷)，四川人民出版社。
2009 年，《徐棻剧作精选》(上、下卷)，四川文艺出版社。
2010 年，《徐棻剧作研究论文集萃》，四川文艺出版社。
2015 年，《徐棻新编折子戏精选》，天地出版社。
2015 年，《徐棻川剧作品专辑——六部剧目汉英对照光碟》，
　　　　　四川峨眉音像出版公司。
2016 年，《新风徐来——徐棻剧作新选》，四川人民出版社。
2018 年，《汉英对照——徐棻剧作选（Chinese-English SELECTED
　　　　　PLAYS OF XU FEN）》(上、下卷)，四川人民出版社。
2019 年，《舞台上下悲喜录——徐棻谈编剧》，中国戏剧出版社。
2019 年，《笔吐玑珠　心怀时代——徐棻艺术生涯七十周年系列活动》，
　　　　　成都市川剧研究院编印。
2023 年，《自在飞花》(上、下)，中国戏剧出版社。

本书图片提供

余小武	牟航远	王纪言	王达军
朱建国	李绪成	张德重	赵亦琪
汪　涛	高江辉	徐　磊	宋道祥
陈秀萍	吕丽云	张之先	王输尊
王大明	武　龙	陈　琪	赵秀文
姜晓文	梁永康	李　晨	

后记

  年过九旬，独坐遐思。老人的记忆，越远越清晰。

  想起抗战时期。读初小的我在重庆，跟着从沦陷区来的语文老师，表演《放下你的鞭子》之类的街头剧。

  想起我家院子里涌来的许多"下江人"。他们每月要自娱自乐演一场京剧，于是祖母成了戏迷。在她的威权下，我从《苏三起解》开始，学会了清唱全本《玉堂春》《坐宫》及《贺后骂殿》《汾河湾》等旦角段子。

  想起我读高小时那个音乐老师，她用一架旧风琴，教我们演出黎锦晖的《小小画家》《葡萄仙子》《麻雀与小孩》等歌舞剧。

  想起抗战胜利后，从南开的初中到复旦的高中，我主演过《如此北平》《野玫瑰》《孔雀胆》《夜店》等大型话剧。1949年年底，我参军进了文工团，如愿以偿地演起了话剧。在抗美援朝的全军动员会上，演出了我自编自导自演的话剧《归队》。这是我真正意义上的处女作：胆子很大，水平很低。

  到了朝鲜战场，为宣传鼓动除了唱歌跳舞，我还学会了创作并说唱北京快板和单弦，以及山东快书、凤阳花鼓、河南坠子、四川金钱板、有韵评书和卖梨膏糖等曲艺。

  战争结束，归国转业。我考入北大中文系新闻专业，担任了学生会

"地方戏曲社"社长，和同学们一起演出了评剧、越剧、川剧、黄梅戏、二人转、湖南花鼓戏。

我毕业后分配到四川省文化局（今为四川省文化和旅游厅），学写戏剧评论和剧本创作。1961年，我调到成都市川剧院成了专业编剧。1998年退休到2023年，我居然还在写戏！

思绪至此，骤然停顿。

原来，我的一生用两个字便可概括：戏剧！

原来，伴我成长、伴我历经生死荣辱而不离不弃的是：戏剧！

老人的回忆没有缜密的逻辑，像虚空中飘动的一缕游丝，不知怎样的一点微风，就飘进我调到成都市川剧院的第二年。那年我跟着剧院进京，在北京从1962年12月演出到1963年3月，然后巡演于天津、济南、徐州、蚌埠、合肥、芜湖、南京、上海、杭州、苏州、无锡、安庆、九江、武汉、重庆等15地。这是我亲历的川剧最辉煌的时期。

这最后的辉煌成就了我！

我和羽军合作的悲剧《燕燕》和喜剧《秀才外传》，从北京到重庆一路凯歌，受到各地观众的喜爱和专家学者的认可。从那时到现在，我的作品除了成都市川剧院演出外，还有一些兄弟院团也在演出。就我知道的有：国家京剧院、北京京剧院、武汉京剧院、成都京剧院（今为成都市京剧研究院）、中国评剧院、上海越剧院、广东潮剧院、山东吕剧院、河南豫剧院、贵州省黔剧院、甘肃省陇剧院、桂林市桂剧院、云南玉溪市滇剧院、云南玉溪市花灯剧院、太原市实验晋剧院、浙江昆剧院（今为浙江京昆艺术剧院）、广东汉剧院（今为广东汉剧传承研究院）、陕西省戏剧研究院秦腔团、广西壮族自治区戏剧院桂剧团、安庆市黄梅戏剧团（今为安庆市黄梅戏艺术剧院）、中国台湾国光剧团豫剧队（今为中国台湾豫剧团）、南通艺术剧院越剧团、西宁市戏剧团、忻州市北路梆子一团、永州市祁阳祁剧团、中国戏曲学院、四川省川剧学校（今为四川艺术职业学院）、四川省川

剧院、重庆市川剧院以及各地曾经存在过的大部分川剧团，他们有的演过我一两台戏、有的演过我三四台戏。

在我的作品《燕燕》、《秀才外传》、《王熙凤》、《田姐与庄周》、《死水微澜》、《欲海狂潮》、《目连之母》、《尘埃落定》、《马克白夫人》、《贵妇还乡》、《烂柯山下》（又名：《马前泼水》或《马背上下》）、《红梅记》（又名《一树红梅》）、《都督夫人董竹君》、《死去活来》以及舞剧《远山的花朵》、话剧《辛亥潮》的演出中，诞生了"梅花奖"①12名（其中"二度梅"2名）。还有"文华大奖"6名，"文华导演奖"和"文华表演奖"5名，上海电视节"白玉兰奖"3名（其中"最佳主角奖"2名等）。我为我的戏有助于演员施展才华而骄傲。据说，有许多青年演员用这些大戏中的某一折或某一段去参加比赛，其中以越剧最多，据说云南也有不少青年演员喜欢以我的折戏参赛。参赛得奖者也不在少数。其中最突出的，当数宁波小百花越剧团的赵海英。她曾以《田姐与庄周》中的《劈棺》一折和另外二小戏组台获得了第十九届中国戏剧"梅花奖"。

当然，让我又欣慰又骄傲的是我所在的成都市川剧院。我到川剧院一年半，就上演了我5台大戏，其中就有被称为我的"成名作"的《燕燕》和《秀才外传》。如今，我到成都市川剧院已62年，创作了大小剧本50多个。每逢国家或川剧院有重大戏剧活动，巧不巧的总会有我两台戏。例如：1980年巡演两广和滇、黔四地，上演了《燕燕》《王熙凤》。1983年，成都市川剧院进京演出，上演了《王熙凤》《跪门鉴》。1987年，成都市川剧院赴北京、上海，上演了《田姐与庄周》《红楼惊梦》。1989年，庆祝中华人民共和国成立40周年，上演了《田姐与庄周》《欲海狂潮》。2008年，庆祝改革开放30年，成都市川剧院进京演出，上演了《欲海狂潮》《红梅记》。2015年，成都市川剧院在上海举办"川剧文化艺术周"，又上演了我的3台戏《尘埃落定》《马前泼水》《欲海狂潮》。1999年，首届中国川剧节，上演

---

① "梅花奖"于2007年更名为"中国戏剧奖·梅花表演奖"。

了我 6 台戏：《死水微澜》《欲海狂潮》《目连之母》《天下一佛》《梨园香径长徘徊》[①]以及京剧《千古一人》……

因为川剧的精彩演出，我的文本才获得舞台生命，我的戏才会引起兄弟剧种的关注并有兴趣移植演出。而川剧和兄弟剧种的演出，给了我信心和勇气，让我从 28 岁写到这 90 岁。可以说，是川剧和兄弟剧种成就了我。没有他们，就没有剧作者徐棻和眼前这部代表作《自在飞花》。借此机会，我向川剧和所有关注过我、演出过我的作品的兄弟剧团、导演、演员、作曲家、舞美设计等合作者，致以衷心的感谢！

感谢的激情使思绪的游丝上下飞舞，猛然挂在一棵大树上。仿佛有个声音在问：你这个学新闻的怎么来到川剧院了？

记远不记近的老人，偏记得六十多年前的往事。在"残酷斗争，无情打击"的波涛中，我被推入大海，沉沉落向深处。我知道我这辈子完了。忽然，有一只大手横伸过来，像一把大勺将我从水中捞起。我得救了！救我的是 1927 年入党的老革命家、原中共四川省委统战部部长、原成都市市长李宗林。

最初，我在朝鲜战场上认识了祖国慰问团的川剧名角李笑非，他决心帮我。他说动了成都市文化局局长和成都市川剧院院长，但局长和院长多次出面均无结果。最后，时任成都市文化局局长张达雄不得不去向李市长汇报。李市长听说了我的履历，看了我发表的几篇文章和未成型的剧本《燕燕》，就给不肯放人的对方打电话，说到后来竟然说："只要徐棻不是杀人放火的现行反革命，我就要！"

素未谋面啊！李市长就这样把我调到了成都市川剧院，要把我培养成编剧。这救命之恩、知遇之情我怎敢片刻遗忘？！六十二年来，我为川剧事业鞠躬尽瘁，年逾九旬仍笔耕不辍，李市长是我永不枯竭的力量源泉！李市长是我生命中的贵人！

---

① 《梨园香径长徘徊》包括《阴阳河》《山岔口》《马克白夫人》3 台戏。

此后，我的生命中出现了不少贵人，如在北京的阳翰笙、张庚、曹禺、赵寻、刘厚生、郭汉城、凤子、张国础。在成都的王少雄、肖菊人、黄寅逵、龚笃伦、黄忠莹、崔桦以及中共四川省委宣传部的李致、朱丹枫，四川省文化和旅游厅的杨启泉、胡继先。在我顺利时，他们激励我更上一层楼。在我遭受打击时，他们帮助我奋勇向前。

不能忘却的，还有扶持我、帮助我的新朋旧友，如陈彦、董伟、陈涌泉、季国平、李振玉、康式昭、薛若琳、黎继德、崔伟、杨雪英、柏松林、曹顺宝、赵承燕、武丹丹、晓耕、王勇、王馗、罗松、张燕君、廖全京、严福昌、张仲炎、陈仕元、常剑钧以及和我共同奋斗过的伙伴胡伟民、陈薪伊、张曼君、曹其敬、熊源伟、何惠林、严晓琴、罗渊、王志秋、夏阳、熊正堃、谢平安、任庭芳、曹平、晓艇、李增林、肖开蓉、彭恩全、赵志珍、陈巧茹、王文训、蔡少波、田蔓莎、李莎、蓝天、余琛、孙勇波、董雯、谢涛、冯咏梅、李仙花、徐新华、林为林、王明强等，请原谅我无法在此一一写出他们的名字。但，当年北大中文系新闻教研室主任罗列，我必须单写一笔。只因他心存怜惜，我没有被发配边疆而是分配到家乡四川。否则，川剧界哪有编剧徐棻！对以上所有的人，我会永远记得他们提携我、扶持我、信任我、帮助我、鼓励我的那份情谊。当然还有我的老伴儿——剧评家张羽军。如果我获得"军功章"，那么有一半就是他的！

在漫无边际的遐思中，老人独自笑了！

一个念头在我的脑海中浮现：把观众和剧团都喜欢的那些戏集中起来出本书吧，免得今后哪个演员想演某个戏时，不得不到各个书刊里去寻找。再配上几张剧照，这样就可以让演过那些戏的演员风采永存了。

对！让演员们见证我的作品！让我的作品见证我的人生。

于是有了这部戏剧代表作《自在飞花》（上、下）。

徐 棻

2023 年 9 月 17 日